中国文学思想史研究论丛

（第一辑）

首都师范大学中国文学思想研究院 编

生活·读书·新知 三联书店

U0644741

图书在版编目（CIP）数据

中国文学思想史研究论丛. 第一辑/首都师范大学中国
文学思想研究院编. —北京：生活·读书·新知三联书
店，2022.1
　ISBN 978 - 7 - 108 - 06829 - 3

　Ⅰ. ①中…　Ⅱ. ①首…　Ⅲ. ①中国文学－文学思想史－
文集　Ⅳ. ①I209 - 53

中国版本图书馆 CIP 数据核字（2020）第 060953 号

责任编辑　刁俊娅
封面设计　米　兰
出版发行　生活·讀書·新知 三联书店
　　　　　（北京市东城区美术馆东街 22 号）
邮　　编　100010
印　　刷　常熟市人民印刷有限公司
版　　次　2022 年 1 月第 1 版
　　　　　2022 年 1 月第 1 次印刷
开　　本　720 毫米×1020 毫米　1/16　印张　30.75
字　　数　345 千字
定　　价　98.00 元

《中国文学思想史研究论丛》发刊词

中国文学思想史作为一种新的研究方法和一个新的学科方向，乃是由南开大学中文系罗宗强教授于 20 世纪 80 年代开创的，距今已有三十多年的历史。作为学术研究与人才培养的学科平台，首都师范大学建有中国文学思想研究院，南开大学与首都师范大学都设置此一研究方向招收博士研究生，并培养了一批年轻而富有学术创造力的文学思想研究人员。

本学科的属性与研究特点大致包括四个方面：一是求真求实与历史还原的研究目的；二是将理论批评与创作实践相结合以概括文学思想的研究方法；三是从历史环境与士人心态相关联的层面探讨文学思想产生、发展及演变的复杂历史文化原因；四是心灵体悟的审美把握与大文观的综合概括所构成的学科交叉原则。

经过三十多年的学术实践与人才培养实验，中国文学思想史研究目前已经成为一个队伍整齐、方法成熟、特色鲜明的学科，因此很有必要创设一个展示该学科学术研究成果与信息交流的平台和窗口，以深入探讨中国优秀传统文学中文学观念、理论范畴、学术方法及历史发展线索的丰富内涵，展示中国学者理论方法的原创成果，为当今的文学理论建设提供有益的思想资源与理论借鉴，并增强中国文化的影响力与竞争力。

　　《中国文学思想史研究论丛》以集刊的方式出版，暂定每年一辑，每辑四十万字左右。主要栏目有文学思想学术方法研究、文学观念研究、文献研究、学科前沿问题研究、文学思想研究信息等。本刊欢迎学界同仁惠赐有关文学思想理论方法的创新文章，以及以此种方法在相关领域所取得的创新性学术成果，以展示本领域的学术实力与贡献。希望国内外学界同仁予以关注、支持，并多提批评、指导意见。

目录

学术理念与研究方法

文学思想研究

士人心态研究

文学思想研究项目介绍

学术理念与研究方法

路越走越远

——研究中国古代文学思想史的体会

□ 罗宗强 [*]

我的研究领域是中国古代文学思想史，但是如何研究，却至今仍在摸索，而且我也不知道自己今后的研究路子是什么。我想，大概只能是走走，看看，想想，再决定如何往前走。这走走，看看，想想，再往前走，就是我的一点体会。

一

治中国古代文学思想史与治中国古代文论，有同也有不同。二者都要研究文学批评与文学理论，这是同的地方；除此之外，文学思想史还要研究文学创作所反映出来的文学思想，这是不同的地方。治古代文论的人多，治古代文学思想史的人少，开始的时候，我便想用研究古代文论的方法研究古代文学思想。国内研究古代文论的人，大抵有两种类型，一种是治文

*广东揭阳人，1931年生，2020年逝世。1961年毕业于南开大学中文系，曾任南开大学中文系教授、中国文学批评史专业博士生导师，中国李白研究会副会长，唐代文学学会常务理事。著有《隋唐五代文学思想史》《唐诗小史》等。

艺理论出身，另一种是治文学史出身，前者更重理论而后者更重史。就是说，研究同一问题，前者更重理论的阐释而后者更重史实的清理。当然这也不是绝对的，大抵是如此。我是从理论开始的。我想首先弄清中国古代文学理论中的各种理论范畴，然后再弄清各种文学思想的理论体系。我就选了二十来个常见的理论范畴，如兴寄、兴象、意象、气、风骨、势、体、神韵、境等等，多方收集资料，仔细辨认思索，想要考其原始，释其内涵，辨其演变。而采用的方法，大抵只是归纳法。例如风骨，只是把与风骨有关的材料收在一起，归类排比，看有多少种含义。这样做了很长一段时间，资料收集了不少，有些范畴的资料可以说已经相当齐备。但是弄来弄去，总觉得缺少点什么。缺少什么呢？缺乏历史实感。古代的文学理论，原本应该是活泼泼的，有它们丰富的历史内涵。打个比方，十几年前我们文学界提出"反思文学"这个概念的时候，背后是一个多么惊心动魄的文化背景！以今推古，道理相似。每一个古代文学理论范畴的提出，都有它们的社会审美心理、创作倾向的变化等等复杂原因。离开了这些原因，仅从资料的摘录排比来阐释这些范畴，便把这些范畴的丰富的历史内涵舍弃了，把它们变成一堆僵化的东西。经过再三思考，我决意放弃这一路子，而改为研究文学思潮的演变。

于是我便从"论"转向"史"，搞断代文学思想的研究，从隋唐五代文学思想史开始。我力图探讨这一时期文学思想发展的不同段落和各个段落的文学思想风貌、特点，它们的出现和消失的原因，还有演变的轨迹。而采用的方法，则是非常笨拙的。从读史开始，正史、杂史以至史评和当代学者有关唐史的论著，凡能找到的，都一一找来读。然后又是读这个时期的集子，有关作家的传记资料、谱录等等，努力还原（或者说在史料提供的基础上想象）各个历史段落的社会风貌与作家群落。在这样一个基础上，再研究每一段落的文学思想。

可以说，我把很大精力放在对文化背景的了解上；同时，为了比较不同段落审美情趣、艺术追求的差异，我用了很多精力在审美鉴赏上。隋唐五代文学思想，主要是从诗文创作倾向的变化上反映出来的，而诗文创作倾向的变化，不细致地做审美的判断，便不易觉察。当然，我也注意作家心态的变化与文学思想变化的关系，考虑政局的变化、社会思想潮流的变化、社会环境的变化对作家心态的影响。但是，所有这些还是一种比较粗糙的联系，带着印象式，还没有把主要精力放在对作家心态变化的研究上。待到我接着撰写《魏晋南北朝文学思想史》时，作家心态的研究便成了主要的内容了。

可能是魏晋士人心态的巨大变化吸引着我，使我产生了一种强烈的印象：不研究士人心态的演变轨迹，是很难阐释文学思想发展的主要原因的。于是我又改变了我的研究路子，集中精力研究士人心态。这就是我撰写《玄学与魏晋士人心态》一书的原因。

影响士人心态的原因甚为复杂，例如政局的变化。中国的士人，与政治有着甚深的联系，政局的变化往往可以改变一代士人的心态，例如东汉末年的党人事件，魏晋禅代之际的杀何晏、夏侯玄以及杀嵇康事件，都引起了士人极大的心灵震撼。司马氏为什么要杀何晏、夏侯玄，杀嵇康，而不杀阮籍？为什么向秀要入仕晋室而又要写《思旧赋》？这里面涉及中国士人与政权的复杂关系的许多问题。研究这些事件中士人的各种反应，推测他们的心态，对于了解这一时期文学思想的变化，无疑是非常有帮助的。

又如，社会思潮对于士人心态的变化亦影响至巨。一种社会思潮的出现，仿佛是一种无法阻挡的历史力量，把士人不知不觉地卷了进去，而卷进去之后，他们心态的变化又进而煽起该思潮的发展。玄学思潮就是一例。玄学思潮的出现，其实是一个漫长而必然的过程。它随着经学学风的变化就已经开始了。经学学风的演变，事实上是慢慢地改变着士人的思想方法，从实证走向思辨，为玄学的出现奠定了基础。而经学束缚的解除、自我意识的活跃，在社会生活中提出了许多需要做出理论回答的问题，现实的需要催促着玄学的出现。而人物品评发展到清谈，又为玄学思潮的发展提供了一种很容易被士人普遍接受的方式。所有这些，都使玄学思潮的出现成为水到渠成之事，不知不觉而又不可阻拦。它出现之后，便改变着一代士人的生活方式、生活情趣。

又如，不同的生活环境和文化教养，与士人心态亦关系甚大。研究闻喜裴氏和琅玡王氏的许多代表人物，便可以发现，同一家族的不少人，心态有许多相似处。魏晋时期，家族文化实为决定士人心态之一重要因素。而对同一事件之不同心态反应，又往往因所处境遇不同而不同。刘琨和王衍死前对于西晋玄风的反思，就与南渡士人对于西晋玄风的反思有不同处，而他们在元康时期都同样是玄风的积极参与者。

上面这些，事实上涉及许多领域的问题，例如历史领域和哲学领域的不少方面。而我的史学修养和哲学修养原本又都极差，于是只好从头学起，阅读有关这些方面的研究论著，而更主要的，是从士人心态的角度清理史料，对一些事件的方方面面做认真的思考。在研究隋唐五代文学思想史的时候，我读各种各样的史籍，目的只在于对历史发展的各个段落的社会风貌有一个具体的印象。虽然阅读的范围很广，有关唐代的史籍能够找到的都找来读了，但是读的着眼点，只在于把它们作为文化背景资料，在形成社会风貌的印象之后，与其时的文学创作实际相联系，并不对某一具体事件做深入的探讨。研究士人心态就不同了，它涉及的是一些非常具体的事件。这些具体事件不弄清楚，士人心态便无从谈起。而由于存世魏晋史料的缺乏，现存史料又真假混杂，给弄清事实真相带来许多困难。有时同一事件，各种史料的叙述差别极大，只靠史料本身的排比归纳是无法解决问题的，需要从各个角度对史料做周密的考析。有一些牵涉较广的事件，还要追索它的发展脉络，了解它的发展过程。例如，弑高贵乡公曹髦事件，牵涉晋初士人心态的许多问题。这件事为什么直到十年之后还被提出来，并被卷入入仕晋室的名士群体与司马氏心腹的激烈斗争中？在这事发生的当时，司马昭为什么要做那样原则上自相矛盾、依违两可的处理？为什么既杀成济又奖励贾充，既给王祥、司马孚加封又给王沈升官？为什么杀王经的四年之后又下诏褒扬他？这些行为的背后，反映着晋初名士群体的一种重要心态，也反映着司马氏在处理名教问题上的两难境地。在这两难境地中，只有一种无可选择的选择，那便是依违两可。这种依违两可，后来在司马炎的许多施政措施中都出现过。而这依违两可又导致了政失准的，政失准的对西晋一朝的士人心态又产生了深远影响，等等。不把牵涉这类事件的所有可以找到的材料都找出来认真分析，是解决不了问题的。

说了这些琐碎的事，是想说明，这离我当初从阐释理论范畴入手研究古代文学思想史，已经距离颇远了。十多年前，当我研究理论范畴的时候，根本没有想到心态研究这种搞法。路走得离原来的出发点实在是太远了。但是，我想，这是不是就与古代文学思想史的研究疏远了呢？正好相反，我觉得对于同一时期的文学思想的认识更有历史实感了。绕了这样一个大弯，再来搞文学思想史，我感到更具体，更真实，更充满了历史的活泼泼的生命。

我还想说明，研究的路子不会是一成不变的。走走，看看，想想，该怎么走就怎么走，大可不必守住一种研究方法、一条研究路子以定终身。别人的研究方法、研究路子，只是作为自己的参考，不必照搬。各人的气质不同，学养不同，研究对象的特点不同，各人有各人的方法、各人的路。走自己的路，既不必畏惧也不必徘徊。当然要尽量少走弯路，但万一走了，也不必烦恼，改过来就是，关键在于要清醒地对待自己的研究工作，走一段之后静下来想一想，以决定下一步怎么走。

二

古代文学思想史既是史，重视史实的还原与把握；又是一门理论性很强的学科，重视理论分析。如何处理好论与史的关系，一直是这一学科很难处理又必须处理的问题。

从事这一学科的研究，没有较好的理论素养，是很难有高层次的成就的。当然可以从事某些史料的整理，比如说，一辈子校勘一部书，弄得很精。这当然有很大贡献，为他人的研究提供可信的资料依据，但它还不是真正意义上的文学思想史研究，充其量只是文学思想史史料学的工作。文学思想史（或者古代文论），它要研究的是理论现象，离开理论，是说不清楚的。但是对于理论素养如何理解，却存有不同的认识。我以为理论的最根本的训练，应该是训练思想的敏锐性、思维的严密性和明快地把握问题的能力。如果理论训练的结果是把简单的问题复杂化，用现成的理论框架去套文学现象，那应该被认为是理论训练的失败。

但这个学科又属于历史科学中的一支，离开了史料，它就不可能存在。应该充分占有材料，研究一个问题，力求做到材料的详备，虽不能做到"所藏尽于此矣"，但至少应该力所能及地收集齐备。有的青年同志重理论，往往从他人研究成果中转引史料，这是非常危险的，应该自己收集，自己整理。在这方面没有下苦功夫、笨功夫，不可能成大气候。这些都是老生常谈了。我觉得还有一点往往为人所忽略，那便是资料的使用问题。因为这一学科涉及面广，文学思想的发展与哲学思想、艺术思想、宗教思想等等有关系，当然也就存在着如何选择和解释这些方面的有关材料的问题。一种简单的最常见的方法，便是从字面联系上比附材料。这当然是一种省力的方法，但是它不可能说明文学思想与这些相邻学科之间的内在联系。这些相邻学科如何影响文学思想，是非常复杂的，它往往是一种观念、一种情趣、一种人生境界的影响，材料的选择与分析当然应该从这种内在联系上着眼。这才是真功夫。

文学思想史是一个既充满思辨色彩而又充满感情因素的学科，没有较强的审美感受能力，要深刻理解文学思想现象是不易做到的。有意识地提高审美感受能力，对研究的深入或许会有帮助。

前面说过，我对这个领域的研究至今仍在摸索之中，知之

甚少。这些肤浅的见解，必定贻笑于方家。我能说的唯一一点
经验，就是我在涉足自己的研究领域时，虽步履艰难而始终感
受到无穷乐趣，这或者就是甘于寂寞的力量之所在。

（原刊《文史知识》1990 年第 10 期）

《宋代文学思想史》序

□ 罗宗强

一

极简略地说，文学思想就是人们对于文学的看法。文学的特质是什么？它是功利的还是非功利的？它在社会生活中应占有什么样的位置，扮演什么样的角色？它应该是个什么样的面貌（体裁的探索，风格、韵味、情趣的追求等等）？应该如何构成这个面貌（方法与技巧的选择、修辞与声律的运用等等）？它的承传关系是什么（应该接受哪些和摒弃或者改造哪些传统，以及文学传统上的是是非非等等）？它应该如何发展？对诸如此类的问题的种种看法，都属于文学思想史所要研究的范围。

文学思想史不仅要研究个人的文学思想，而且要研究文学思想潮流。有时候，一种文学思想倾向成为一股不可阻拦的力量，推动着一个时期文学的发展。这在历史上是可以举出无数例子来的。建安时期以文学抒发个人情怀，追求风骨，成为一时风尚，梁、陈的宫体诗风，明代诗坛的复古风尚，明清之际的才子佳人小说创作热,都是人所共知的例子。在这些形成一时风尚的创作倾向背后,是什么样的共同的文学思想支配着它们?这正是文学思想史所要着重研究的内容。

文学思想史不仅要研究左右一代文坛的文学思想潮流,还要研究不同文学流派的文学思想。在中国文学思想史上,我们可以看到一种很有意思的现象,这就是:在文学发展的初期,文学思想的发展趋向较为单一,而越到后来,便越向多元发展,在同一个社会经济文化背景里,产生了不同流派的文学思想。这同样可以举出许多的例子。例如,同是中唐,就有基本倾向完全不同的元白诗派与韩孟诗派。这两个诗派,在看待文学的特质、功能上,在审美情趣的好尚上,在技巧的追求上,都是完全相左的。何以产生这类现象?应该给予怎样的解释与评价?这正是文学思想史所特别关注的问题。

文学思想史还要研究文学思想的地域色彩问题。在中国文学思想史上,有过这样的现象:出生于同一个地域或者活动于同一个地域的作家,往往在创作倾向上相近或相似。如何解释这种现象?文学思想史也必须做出回答。

二

文学思想史应该是一个独立的学科,它与文学批评史、文学理论史既有联系又有区别。这一点,我在《隋唐五代文学思想史》前言中已经提及,这里还想稍加阐述。

中国文学批评史学科创立之初,研究对象似未曾有过明确之界定。它既包括文学批评史,也包括文学理论史。就中国文学批评与文学理论之历史状况而言,这样的研究对象的认定未尝不可。因为在中国古代，纯粹的文学理论著作是少数，多数的文学理论著作都包括了文学批评。即使体大思精，有完整理论体系如《文心雕龙》，也不例外地包含了大量的文学批评内容，更确切地说，它是在对于文的历史（作品与作者）做评论的基础上建立它的理论体系的。《文心雕龙》尚且如此，更不用说其他的文学理论著作了。当然，不涉及文学批评的纯粹的文学理论著作不是没有，如司空图的《二十四诗品》。但是，这类著作毕竟只是少数。

因此，从中国文学批评与文学理论之此种历史状况而言，文学批评史的研究对象包含文学批评与文学理论，当然是顺理成章的事。问题出在什么地方呢？就出在这一学科的定名上。名之为中国文学批评史，它应该只研究文学批评的历史；而中国的文学批评既与文学理论纠结在一起，那么它自然而然应该按照它的历史实际给予命名，名之为中国文学理论批评史。这样的命名，在理论研究上可能会较少疏漏，而使这一学科在理论上更趋于严密与成熟。

文学思想史的研究对象显然比文学理论批评史更为广泛。文学理论与批评当然反映了文学思想，是文学思想史研究的主要对象。但是，文学思想除了反映在文学批评与文学理论之外，它大量的是反映在文学创作里。有的时期，理论与批评可能相对沉寂，而文学思想的新潮流却是异常活跃的。如果只研究文学批评与理论，而不从文学创作的发展趋向研究文学思想，我们可能就会把极其重要的文学思想的发展段落忽略了。同样的道理，有的文学家可能没有或很少有文学理论的表述，而他的创作所反映的文学思想却是异常重要的。这样的例子在中国文学思想史上为数不少，例如李商隐的诗文思想。义山诗歌，无疑反映着一种异常独特而又十分重要的诗歌思想倾向，由于他追求凄美幽约，表现朦胧情思，他对于诗的特质与功能、诗的技巧与趣味，就都有着完全异于前人的理解。但是，他却几乎没有明确的理论表述。他的文的思想也有相似的表现。在中唐那样大规模的文体变革之后，他却复归于骈体文的创作，而且是那样用典圆融，结构谨严，典丽深美。他的骈文创作无疑是对中唐文体变革的一种反弹，但是他同样没有明确的理论表述。我们还可以举出《金瓶梅》的例子。这部小说在中国古代小说思想发展史上的意义，至今还没有为治文学思想史者所充分认识。由于转向写日常生活，它在人物塑造、情节安排与叙事方法、修辞技巧诸方面，便都有了极其重要的发展。它无疑标志着小说思想发展的一个重要阶段，但作者同样也没有理论的明确表述。如果我们忽略文学创作实际所反映出来的文学思想，那么我们便会把文学思想史的重要方面忽略了，就会写出一部不完整的文学思想史。

更重要的是，由于汉中叶以后，儒家思想一直是中国社会的基本行为规范，是各个朝代的统治思想，违反了它，个人无论在仕途上还是立身处世上，便都可能遇到麻烦。因此，在公开场合，言行符合于儒家规范，便常常是大多数入仕的士人所共同遵守的准则。对于文的种种言论，同样受着这一观念的深刻影响。在公开的场合，说一些冠冕堂皇的话；而自己的真实爱好，却流露在创作里。我们常常看到一种奇异的现象：有的人在文论和文学批评里阐述的文学观，在自己的文学创作里却并不实行；他在创作里反映出的文学思想，是与他的言论完全相左的另一种倾向。究竟哪一种倾向更代表着他的文学观，这就需要将他的言论与他的创作实际加以比对，做一番认真的研究。如果我们不去考察他的文学创作倾向，而只根据他的言论做出判断，那么我们对于他的文学思想的描述，便很有可能是片面的甚至是错误的。

即使只就文学批评与文学理论本身的解读而言，也离不开对文学创作实际的考察。刘勰的《文心雕龙》与钟嵘的《诗品》，都是明显的例子。他们评论了许多作家，如果我们不对这些作家的创作实际做一番认真的研究，就无法对刘勰与钟嵘的有关评论做出正确的解读，当然也就无法做出是非判断。

凡此种种，都足以说明，文学思想史的研究，离开文学创作实际是无法进行的。把在文学创作中反映出来的文学思想倾向，与文学批评、文学理论相印证，结合起来研究，我们才有可能写出一部完整的文学思想史。

三

既然文学思想史研究的一个重要方面是文学创作实际，那么也就提出了一个与文学史相区别的问题。

文学史应如何写，至今仍是学界争论的问题，因之现在来说文学思想史与文学史的区别，也就存在着一些难以解决的困难。不过，我想，最基本的一点还是可以说清楚的，那便是：文学史是文学的历史，而文学思想史则是文学思想的历史。文学史必须描述文学的史的面貌，而文学思想史要描述的，是文学思想的发展脉络。由于这一基本着眼点的不同，也就产生了一系列的差别。

同是研究一种文学现象，文学史研究的是这种现象本身，而文学思想史研究的是这种现象所反映的文学思想。由于文学史研究的是文学现象本身，因此它常常离不开具体的作家作品。当它描述文学现象时，往往较为全面地顾及其时之作家群落，顾及作家创作的各个方面。而文学思想史，由于它的着眼点是文学思想，而且是在史的发展中考察文学思想的演变，因此它只注意文学现象中那些反映出新的文学思想倾向的部分，而忽略其余。如果是一个作家，它便只对他的以及与他的文学思想倾向有关的文学作品加以分析，而置其余于不顾；如果是一个流派，它只着眼于这一流派各个作家著作中那些反映出共同倾向的作品，而不去描述一个一个的作家；如果是一种思潮，则它的描述更广阔些，同时也就更加忽略文学创作的更为完整更为多面的情形。要之，同是涉及文学创作，文学史更注重文学创作的全貌，而文学思想史则只注意那些反映出文学思想共同倾向的部分。

即使涉及同样的作品，文学史与文学思想史的着眼点也往往是不同的。文学史分析的是作品本身；而文学思想史则是通过作品追寻其文学思想，它是属于更为内在的层次。与此有关，文学史往往较为详细地介绍作者的生平遭际（对大作家尤其如此），以便更为全面与深刻地分析他的作品；而文学思想史则极少这样做，除非他生平的某一重要经历对于他文学思想的转变有着重大影响。

当然，更为主要的区别，是文学思想史不仅涉及创作实际，而且大量涉及文学批评与文学理论。而这两个方面，在大多数的文学史著作里，是被忽略或者是被放在次要地位上的。而从总体风貌上看，文学思想史较之文学史，必然更富思辨色彩，更具理论素质。

当然，由于二者均涉及文学现象，相同与相近有时也在所难免，但是，大的方面，它们的区别应当说相当明显，不易混同。如果一部文学思想史写出来让人感到它是一部文学史，那便是它的失败。因为这至少说明，它的作者缺乏理论的素养，缺乏思辨的能力，当然，也缺乏对于复杂的文学现象的抽象的总体把握的能力。

四

文学思想史的研究可以说有各种各样的方法。但是我以为，不论用何种方法，都必须极重视历史的真实面貌。

今人看古人，由于观念与思维方法的差异，由于史料的种种限制（它的完整性与真实性的种种局限），要完全地了解，准确地认识，是极难的。今人眼中的古人，不可避免地常常附上今人的印记。研究古人的文学思想，不可避免地带着今人文学观念的因素。从这个意义上说，要完全地恢复古代文学思想的原貌，是做不到的。但是，这不等于说可以任意地附会古人，装扮古人，把古代文学思想现代化。如果说在古代文学思想史的研究中有什么大忌的话，那么，我以为，把古代文学思想现代化就是大忌。把古代文学思想现代化，结果一定会把古代文学思想史弄得面目全非，从而完全失去它作为史的价值。

古代文学思想史研究的第一位的工作，应该是古代文学思想的尽可能的复原。复原古代文学思想的面貌，才有可能进一步对它做出评价，论列是非。这一步如果做不好，那么一切议论都是毫无意义的。我把这一步的工作称为历史还原。

对于文学批评和文学理论这两部分来说，历史还原的最重要的工作，便是原文的正确解读。原文的解读当然有一个训诂的问题。但是文学批评、文学理论作为一种理论形态，它们又不仅仅涉及文字训诂。有许多批评范畴，仅看文字训诂是无法正确解读的，如"气""风骨"等等，它还有一个理论索原的工作要做。即使那些在文字上看来并不难懂的地方，也往往存在着解读的困难。一种批评与一种理论的出现，有它的具体的环境。它是针对什么说的？它的原意是什么？离开了具体的环境，就无从索解。在当时，有的问题不言而喻，时人都能理解，作者在文字里便省略了。我们今天如果忽略了这一点，我们便无法对之做出符合原意的解释。这就涉及考察历史环境的问题，有时为了一句话，可能要求清理一大段历史。离开了细心的大量的史料的清理与历史面貌的追寻，我们便有可能对看来明白而其实甚为复杂的文学批评、文学理论原文做出牵强附会的解释。从这个角度说，原文的正确解读不仅仅是针对文字本身，也包含着更为广阔的历史事实的清理，复原历史的原貌。

无论是文学批评、文学理论还是文学创作实际所反映的文学思想，都必须涉及它们所以产生的社会历史条件，要恢复它们的原貌，不可避免地要对社会历史条件做出认真的研究。我以为，影响文学思想的最重要的因素，是社会思潮和士人心态的变化。一种强大的社会思潮，往往左右着人们（特别是士人）的生活理想、生活方式和生活情趣，深入生活的各个角落。这在中国历史上是可以举出许多例子来的。魏晋时期的玄学思潮，就差不多改变了一代士人的生活风貌。宋明之际的理学也是例子。社会思潮对于文学思想演变的影响，主要在于文学功能、审美时尚、题材倾向诸方面。一个充满变革思想的时全可以用现代社会培养起来的严密的思维能力，对它做出更为精密的阐释，对它的意义加以更为深入的辨析，把它所蕴涵而又尚未充分展开的理论内涵展开来，探讨它在当代的价值所在"。但这种解读又绝非随意的，而必须限定在原典所约定的范围之内，所以结论是："经典的解读总是带着解读者的时代印记，问题只在于是不是在原典所约定的范围内展开。"一方面要恢复原典本意，一方面又可以展开其理论内涵并探讨其当代价值，他将此一过程概括为"还原、展开、充填"。宗强先生的这些见解显然比 20 世纪 80 年代所倡导的恢复历史本来面目的主张有了很大的发展，从而显得更为圆融周全，也为其中国文学思想史研究的学术思想注入了更大的活力，开拓出更大的思维空间。

宗强先生虽然一向谦称自己不懂西学，并且很少染指历史哲学与阐释学理论，但我以为他所提出的"还原、展开、充填"的学术宗旨是合乎当代学术的发展趋势的。西方的历史哲学与阐释学在 20 世纪上半叶的确曾过分强调了主观的局限性与理解的相对性，以致对我国学术界曾一度造成过不良的影响。但在最近的时期，西方已经有一些有识之士提出了不少折中之论，如美国文学理论家赫施（Hirsch）将解释分为含义与意义两种："一件本文具有特定的含义，这特定的含义就存在于作者用一系列符号系统所要表达的事物中，因此，这含义也就能被符号所复现；而意义则是指含义与某个人、某个系统、某个情境或与某个完全任意的事物之间的关系。"[1] 艾柯（Eco）

---

① 赫施：《解释的有效性》，王才勇译，生活·读书·新知三联书店 1991 年版，第 16—17 页。

期，文学创作自然地带来了变革思想；一个儒学复古的时期，文学中的明道主题就相对多起来。不过，我以为，影响文学思想演变最重要的还是古人心态的变化，社会思潮对于文学的影响，最终还是通过士人心态的变化来实现。文学毕竟是人学，描写人的生活、人的理想、人的心灵，社会上的一切影响，终究要通过心灵才能流向作品。心态的变化在文学思想演变中实具关键之意义。

影响士人心态变化的因素极多，经济、政治、思潮、生活时尚、地域文化环境以至个人的遭际等等，都会很敏锐地反映到心态上来。中国的士人，大多走入仕一途，因此与政局的变化关系甚大。政局的每一次重大变化，差不多都会在他们的心灵中引起回响。在研究士人心态的变化时，政局变化的影响无疑具有不可忽视的意义。

当我们弄清楚是什么样的外部原因引起士人心态变化的时候，我们就可以解释何以他们的人生旨趣变了，文学创作的主题变了，审美情趣变了。当然，影响文学思想变化的，还有其他艺术门类的发展情况，艺术的各个门类是相通的，自然也存在着相互的影响。

历史还原，就是要弄清上述种种因素在当时的实际情况。在广泛、认真、严谨地清理史料的基础上，形成对于历史的一种活生生的体认。设想当时社会生活的种种情状，这样，对于当时文学思想的理解就会真切得多，可靠得多，真实得多，当然也就会少一些现代的影子，少一些附会。在复原古代文学思想的真实面貌的基础上，才有可能探讨规律，做出是非判断，以论定其价值之高低。

当然，这样做的工作量是很大的。往往需要通读一个时期

差不多所有的存世之作，和作者们的生平材料，才能形成其时
文坛风貌的大致轮廓；需要阅读所能得到的各种各样的史料，
辨别思索，才能对该时期的种种重要事件有一个大体的了解。
在实际工作中，常常是这样的：为了弄清一个时期的文学思想，
往往翻遍存世的能够找到的所有典籍，结果用得上的材料则百
不得一，甚至千不得一。

这样的研究方法，当然是很笨拙的，无疑也是很艰辛的，
而且朝代距今越近，困难也就越大，盖存世典籍浩如烟海故。

五

张毅的《宋代文学思想史》，是我主编的八卷本《中国文
学思想通史》中的一卷。上面说的这些话，是为这套书的研究
对象、研究方法做一点简略的说明，本该放在《周秦汉文学思
想史》的卷首。但是因为我们是从后往前写，继我的《隋唐五
代文学思想史》之后，《宋代文学思想史》率先完成，又蒙中
华书局扶持后进的一片热情，应允先为出版，就把上面的这些
本该置诸第一卷《周秦汉文学思想史》卷首的话置诸《宋代文
学思想史》卷首。将来《周秦汉文学思想史》成书时，我想它
的卷首应该有一篇总结中国古代文学思想的演变轨迹、特色与
价值的前言。

我第一次见张毅，是近八年前他入南开攻读硕士课程的时
候，当时的他壮实、精明而且敏锐。一次看他的读书笔记，我
大吃一惊，那上面不是材料的摘录，而是他读书时的种种见
解，电花石火，新见迭出，左右融通，浮想联翩，其中的许多
见解，都可以独立写成文章。我感到他是一个有敏锐思辨能力

的理论型的研究人才。但是到了攻读博士学位的时候，他便一头钻进资料堆里去了。他博士论文的选题，就是我主编的《中国文学思想通史》中的一段。对于一个青年人来说，这个题目难度实在太大。有时候我想，我实在有些狠心，压给他这样大的题目。但又想，他那么壮实的身体，恐怕是累不垮的吧！两宋载籍数量极大，他便一部一部读，总集、别集，子、史以至经注，寒来暑往，历时四年，未曾间断。终于从电光石火走向坚实严谨的治学之途。那么大的工作量，他居然没有累垮，还是那么壮实，而且书写得令我非常满意。他是把他赋有的敏锐思辨能力与细心的丰富的资料梳理结合起来了。面对人所共知的宋代文学现象，若没有新的材料与新的视角、新的理解，便可能失之于陈旧；若对资料做全面清理，多所发现而缺乏总体把握的能力，则又可能失之于琐碎。张毅的书，这两个方面都避免了，既给人以新鲜之感，确有自己的理解与发现，也没有琐碎之弊。他是把宋代文学思想的总的风貌给描述出来了。

在这个总体面貌的描述中，既可以看到文学思想发展的轨迹，又时有精彩的见解，如关于北宋初期创作心态向内收敛，在创作上追求老境美的有关论述，对苏、黄诗风的比较和对江西诗派诗歌思想的总结，对"辨句法""主活法""求高妙"的阐释，对朱熹的心性理论和他的诗歌思想的理解等等，都是相当精彩的。记得有一位青年学者，在一篇文章中提到近年来学界有一种"著书而不立说"的现象，我以为，这是说得非常中肯的。这种现象之所以存在，就因为缺乏严谨的学风，缺乏刻苦的治学精神，依靠二手材料，只言片语，胡乱发挥，衡之历史事实，则大相悖违。不是通过认真研究的结论，虽有所说而其实说不能立。我以为，张毅没有受这样的风气的影响，他是走着认真刻苦、严谨治学的路，著书而立说了的。但愿他继续沿着这条路走下去，他还年轻，前路尚远，循此以往，当有所成。

（原刊张毅：《宋代文学思想史》，中华书局 1995 年版）

中国文学思想史的学术理念与研究方法

——罗宗强先生学术思想述论

□ 左东岭[*]

如果从出版《李杜论略》的 1980 年算起，宗强先生从事中国文学思想史的研究已经有二十四年了，其学术思想经过了萌生、发展到成为一个较为完整的体系的过程。如果从 1992 年到宗强先生那里攻读博士学位算起，我随宗强先生治中国文学思想史，也已经有十二个年头了。宗强先生在这二十四年里，先后有近十种著作出版，其中有不少是像获得教育部社会科学著作一、二等奖的《隋唐五代文学思想史》与《玄学与魏晋士人心态》那样的学术精品。但我认为更重要的是，宗强先生经过长期的实践与探索，建立起了中国文学思想史研究的学科体系，提出了一整套该学科的学术理念与研究方法。这些学术思想有的是中国文学思想史研究所特有的，有的则拥有文学史、批评史及美学史研究的普遍意义。总结其学术思想的特点，当对文学研究的推进与成熟具有建设性的意义。我随宗强先生治学，虽难说已透彻领悟其学术思想，然经过十余年的品

* 文学博士，首都师范大学中国文学思想研究院教授、博士生导师。

味咀嚼，亦颇有会心并受益良多。我按此种学术思想撰写的博士论文《李贽与晚明文学思想》，曾获首届全国百篇优秀博士学位论文奖，另一部论著《王学与中晚明士人心态》亦获北京市优秀论著奖励。在此总结宗强先生的学术思想，对我本人也是一个提高认识的机会。我以为中国文学思想史的学术理念与研究方法主要有以下几个方面。

一、 求真求实与历史还原

中国文学思想史属于历史研究的范畴，当然就存在着研究目的的问题。究竟是为现实服务而研究，还是为恢复历史真实而研究？历史真实到底是可以认识的，还是永远也无法把握的？这本来都是历史哲学中争论已久的重要问题。但宗强先生切入此问题的前提却并非从历史哲学的理论探究出发，而是从中国学术的研究现状出发。依宗强先生的看法，民国时期的中国文学批评史研究并不存在太多的研究目的的争论，学者们几乎都毫无争议地认为，弄清中国文学批评理论的历史原貌乃是其根本目的。即使罗根泽先生在 20 世纪 40 年代明确提出其研究目的，也是求真求好并举，且以先求真后求好为次序。但在新中国成立之后，由于受苏联文艺理论及西方文学理论的冲击，中国学术界急于建立具有中国特色的文学理论体系，便形成了急功近利的学术理念，从而使中国古代文论的研究经常处于现代文学理论注脚的尴尬地位。有感于此，宗强先生在许多场合反复强调求真求实的研究目的："有时候，对于历史的真切描述本身就是研究目的。"① "弄清古代文学理论的历史面貌本身，也可以说就是研究目的。"② "有时候，复原古文论的历史面貌，也可视为研究的目的。"③ "学术研究的一个重要目的就是求真。""从文化传承的角度，弄清古文论的本来面目，也可以说是研究目的。"④ 之所以不厌其烦地反复强调，是由于急功近利的实用主义观念在中国学界根深蒂固并一次次掀起高潮。仅近十年来，就有以中国古代文论为母体建立有中国特色的马克思主义文艺理论体系与因"失语症"而带来的话语转换的呼吁，从而使以平常心研究历史真实这样一个本来不成为问题的话题却要反复呼吁，并至今难以得到所有人的认可，由此可见中国学术界积重难返的沉重现实。

宗强先生既然认为求真或者说复原历史面貌乃是古代文论研究的重要目的之一，则历史还原便成为不言而喻的具体途径，所以他说："历史还原的目的，是为了了解古文论的历史原貌。"⑤ 有时宗强先生将历史真实又称为历史感，并认为"要使研究成果具有历史感，第一步而且最重要的一步工作便是还原"⑥。当然，研究缺乏真实历史感的原因除了研究目的的急功近利外，也还存在研究方法适应与否的问题。宗强先生在 20世纪 80 年代初重操旧业时，本来是打算研究古代文论的理论范畴的，但是"其中遇到的一个问题，就是这些基本概念的产

① 罗宗强等：《四十年古代文学理论研究的反思》，《文学遗产》1989 年第 4 期。
② 罗宗强等：《古代文学理论研究概述》，天津教育出版社 1991 年版，第 7 页。
③ 罗宗强：《近百年中国古代文论之研究》，《文学评论》1997 年第 2 期。
④ 罗宗强：《古文论研究杂识》，《文艺研究》1999 年第 3 期。
⑤ 罗宗强：《四十年来的中国古代文学理论研究》，载林徐典编《汉学研究之回顾与前瞻（文学语言卷）》，中华书局 1995 年版，第 82 页。
⑥ 罗宗强等：《四十年古代文学理论研究的反思》，《文学遗产》1989 年第 4 期。

生，都和一定时期的创作风貌、文学思想潮流有关。不弄清文学创作的历史发展，不弄清文学思想潮流的演变，就不可能确切解释这些基本概念为什么产生以及它们产生的最初含义是什么。因此，只好终止了这一工作，而同时却动了先来搞文学思想史的念头"①。正是追求历史原貌的一贯主张，使得宗强先生将历史还原作为中国文学思想史研究的第一要义，他说："古代文学思想史研究的第一位的工作，应该是古代文学思想的尽可能的复原。复原古代文学思想的面貌，才有可能进一步对它做出评价，论列是非。这一步如果做不好，那么一切议论都是毫无意义的。我把这一步的工作称为历史还原。"② 可以说中国文学思想史的所有方法与程序，均是为了实现此一目的而进行的，如果失去此一目的，便不是真正意义上的文学思想史的研究。而且我以为，宗强先生以其研究的实绩，已经使其所倡导的求真学风在研究界产生了广泛的影响，从而得到越来越多的学界同仁的认可。

当然，宗强先生在强调求真目的时，从来也没有否认学术研究应具有的文化建设作用，他只是认为，基础研究不应该那样急功近利，而应该将眼光放得更长远些。之所以强调求真求实，是因为如此可以使古代文学思想发挥更大的作用。所以他说："求真的研究，看似于当前未有直接的用处，其实却是今天的文化建设非有不可的方面。我们的文学创作、书法、绘画创作，无不与文化素养的深厚与否有关。"③ 他将此称为"无用

① 罗宗强：《〈隋唐五代文学思想史〉后记》，载罗宗强《隋唐五代文学思想史》，中华书局 2003 年版。
② 罗宗强：《〈宋代文学思想史〉序》，载张毅《宋代文学思想史》，中华书局 1995年版。
③ 罗宗强：《古文论研究杂识》，《文艺研究》1999 年第 3 期。

之用"，并认为是更为有益的。同时宗强先生也没有因为追求历史还原而忽视当代意识与主观因素对客观性的影响，可以说自中国文学思想史的研究体系提出之日起，他都一再反复强调要完全复原历史是不可能的。他在《四十年来的中国古代文学理论研究》一文中说："对于历史的研究，完全地符合于历史的本来面目是绝对不可能的，这不仅有一个史料的完备与否的问题，而且更重要的还在于研究者的种种主观因素会妨碍历史面貌的真实复现。但这并不是说，历史还原是不可能的，而只是说，尽可能接近地描述历史的真实面貌，是应该做到的。"①这样的认识使之与传统的乾嘉学派的绝对主义观念有了明显的区别，从而拥有了现代的学术品格。

尽管如此，上述的求真观念毕竟是为了纠偏而提出的，所以较多地强调了主体因素对于古代文学思想研究的负面作用。随着学术思想的发展与学科体系的完善，宗强先生越来越多地对研究中的主体要素做出了建设性的阐述。这种主张集中体现在他最近为涂光社先生《庄子范畴心解》所作的序文②中。首先他明确承认了经典解读中的局限："至少在思想遗产的范围内，任何经典的解读，都不可能完全回归到原典的本来面目，都不可避免地带着解读者的印记。这印记，有解读者的思想与学养，也有时代的影子。"但与以前有区别的是，除了指出此种影响所带来的曲解经典的负面作用外，他还特意强调了这种解读也有可能深化与丰富原典所蕴涵的思想，认为"由于《庄子》所蕴涵的理论的巨大涵盖力，又由于它的模糊性，我们完

---

① 林徐典编：《汉学研究之回顾与前瞻（文学语言卷）》，第 82 页。
② 罗宗强：《〈庄子范畴心解〉序》，载涂光社《庄子范畴心解》，中国社会科学出版社 2003 年版。

则将这种不同的目的区别为"诠释本文"与"使用本文",认为诠释本文时"必须尊重他那个时代的语言背景",而使用本文时"可以根据不同的文化参照系得到的不同的解读"。① 他们的意图其实很明显,含义与诠释本文指本文的客观性,而意义与使用本文则指对本文的主观阐发。无论是历史哲学还是阐释学,都把目光集中在将主观因素与客观因素既结合又区分开来,从而达到既尊重历史客观性而又能与现实紧密地联系起来的目的。我想宗强先生的"还原"相当于诠释本文与探求含义,而"展开""充填"则相当于对文本意义的使用。在有意无意之间,宗强先生对传统诠释学与本体诠释学进行了理论的整合。

二、 理论批评与创作实践

把古代文学的理论批评与创作实践结合起来进行研究,是宗强先生中国文学思想史研究得以建立的基本前提,同时也是其历史还原的求真目的得以实现的重要一环。早在 1980 年,宗强先生便在《李杜论略》中指出:"探讨一个时期的文艺思想,有必要从理论和创作实践两个方面进行考察。"② 而关于他的中国文学思想史的学术理念与研究方法,他在《隋唐五代文学思想史》的"引言"中指出,他在本书中使用的研究方法就是"把文学批评、文学理论与文学创作的倾向结合起来考察"。这种把研究对象从理论批评扩展至文学创作实践的做法之所以

---

① 艾柯等著,柯里尼编:《诠释与过度诠释》,王宇根译,生活·读书·新知三联书店 1997 年版,第 83 页。
② 罗宗强:《李杜论略》,内蒙古人民出版社 1980 年版,第 103 页。

能够成立，其主要的学理依据便是能够更全面、更真实地描述中国古代的文学思想。这主要体现在两个方面。

一是结合创作来探讨文学思想可以补理论批评之不足。正如宗强先生所言："文学思想除了反映在文学批评与文学理论之外，它大量的是反映在创作里。有的时期，理论与批评可能相对沉寂，而文学思想的新潮流却是异常活跃的。如果只研究文学批评与理论，而不从文学创作的发展趋向研究文学思想，我们可能就会把极其重要的文学思想的发展段落忽略了。同样的道理，有的文学家可能没有或很少有文学理论的表述，而他的创作所反映的文学思想却是异常重要的。"① 如果只研究理论批评而不研究创作实践中的文学思想，那么至少这样的文学思想研究是不完整的，而不完整当然也就不能是完全真实的，因为历史的原貌只有完整才会真实。如果在横向上缺乏立体感，在纵向上失去了许多重要的段落与环节，则所谓的历史还原也就名不副实。

二是结合创作来探讨文学思想可以与理论批评互为印证。这主要是由中国古代大一统的思想现实决定的。尽管中国古代士人也讲儒释道互补，但儒家思想却是他们大多数人标榜的立身处世原则，只要他想入仕为官取得成功，就不能在公开场合讲不利于儒家的言论。这便造成了宗强先生所说的情形："在公开的场合，说一些冠冕堂皇的话，而自己的真实爱好，却流露在创作里。我们常常看到一种奇异的现象：有的人在文论和文学批评里阐述的文学观，在自己的文学创作里却并不实行；他在创作里反映的文学思想，是与他的言论完全相左的另一种

---

① 罗宗强：《〈宋代文学思想史〉序》，载张毅《宋代文学思想史》。

倾向。究竟哪一种倾向更代表着他的文学观，这就需要将他的言论与他的创作实际加以对比，做一番认真的研究。如果我们不去考察他的文学创作倾向，而只根据他的言论做出判断，那么我们对于他的文学思想的描述，便很有可能是片面的甚至是错误的。"① 而无论是片面还是错误，都是与真实面貌相悖谬的。

《隋唐五代文学思想史》的出版，标志着中国文学思想史研究体系的正式确立。因为唐代是一个理论并不发达而文学思想异常活跃的时代，宗强先生运用其文学思想史的研究方法，将这三百八十年文学思想发展的整体脉络清晰地梳理出来，将李白、李商隐这些没有多少理论表述的重要作家的文学思想论述得那样丰富多彩，给人一种耳目一新的感觉。当时著名学者傅璇琮先生就敏锐地指出：这本书"结合文学创作、风格写文学思想，使我们在书中看到的不仅仅是理论，而且是原来的一些实际情况"②。可见傅先生是把宗强先生的文学思想史研究与传统的文学理论批评史明确区别开来了。尽管以前的文学批评史研究界也曾有像王运熙这样的学者提出过将理论与批评结合起来，但主要指的是将批评文字中所涉及的作家作品拿来研究以印证其理论，而宗强先生的主要力量却是用在从创作中归纳出文学思想的这一方面，从而显示了一种全新的学术思路。更重要的是，通过这种研究树立了一种学术理念，即研究任何一种文学思想都不要只看其说了什么，而应该综合全面地进行考察。这使得在实际的研究过程中能够具体对待任何复杂的现

① 罗宗强：《〈宋代文学思想史〉序》，载张毅《宋代文学思想史》。
② 傅璇琮：《古典文学研究及其方法》，《复旦学报》1987 年第 4 期。

象。后来还引申出了不仅理论要与创作相互印证，即使创作也要区分不同的情形。比如同是一首诗，作者是写给他人的还是独自吟诵的；同是一封信，作者是写给上司的还是写给亲人的；同是一位作家，写此首诗时是在其官运亨通的时期，而写另一首诗时却是贬官流放的时期……这些都有可能造成其文学思想的矛盾与出入，都需要认真加以比较与辨析，庶几能够得出近于历史真实的判断。

将理论批评与创作实践结合起来进行文学思想史的研究，会给研究者提供许多新的思路与看法，因为新成果的出现不外乎新材料的发现与新方法的采用。文学思想史的研究既然扩大了研究对象的范围，当然会出现以前未曾留意的新材料；而将视野转向文学创作倾向的分析，也可被视为新的研究方法。因此，文学思想史的研究就目前来看，还有极大的发展空间。但此种研究较之以前的纯理论批评研究也大大增加了难度。首先是随着研究对象范围的扩大而增加了阅读的容量，要对一代文学思想做出整体的描述，几乎需要遍读目前存世的所有作家文集，才能成竹在胸。而最后能够用到的材料，则往往百不得一。其次是需要敏锐的审美感受能力，不像理论批评那样，只要进行理性的思辨就可得出学术结论。研究者需要感受到哪些作品显示了新的审美倾向，体现了独特的艺术风格，拥有了鲜明的艺术个性，透露了新的文学观念，等等。只有将这些都感受到并将其清楚地揭示出来，才算是真正的文学思想史的研究。其三是还需要拥有较强的抽象概括能力，做到既能够深入具体作品，又能够统观大局，如此方可始终把握住文学思想发展的主流与大势。宗强先生的《隋唐五代文学思想史》之所以受到广泛的好评，就是具备了以上诸点。从整体上看，该书打破了以人为单元的传统框架，而紧扣文学思想演变的主要趋势与大的发展阶段。从具体来看，又能够细致入微地剖析作品，敏锐地感受到新的艺术观念的出现，从而做到了高屋建瓴与扎实具体的有机结合，这也使该书成为学术史上的经典之作。

三、 历史环境与士人心态

中国文学思想史研究之所以能够与传统的理论批评史鲜明地区别开来，除了结合创作实践而更完整真实地把握文学思想的内涵外，更重要的还在于对文学思想发展的具体过程与演变原因的重视。所谓历史感，其实是由对过去事实的尊重与事物发展过程性的探求这两种因素共同构成的。而要对文学思想的发展过程与演变原因进行深入的研究，就离不开对社会历史环境的考察。因为离开了具体存在的历史环境与产生条件，就既无法弄清文学思想的真实内涵，也无法检验我们的结论是否符合历史的真实。因为人文学科的研究不能像自然科学那样进行重复性实验以进行检验，而只能将其放入更大的系统中，看其是否能够相融。影响文学思想的因素是非常复杂的，举凡经济、政治、哲学、宗教、风俗、社会思潮、生活时尚、地域文化等等，任何一种都会成为影响文学思想的因素。而且这种影响又是诸要素的综合效应而非单一结果，这就更增加了工作的难度。可以说，如果不对某个时代的历史总体状况及相关领域有深入的了解，是很难准确把握其文学思想的。

以前的文学史与文学批评史，其实也很少有不对当时的历史环境进行叙述的，有的叙述还很详细，但却总给人一种文学与历史环境两张皮的感觉。究其原因，乃是由于将文学与历史环境直接相连。将文人心态研究引入中国文学思想史的领域，是宗强先生进行历史还原的又一个贡献。这是因为："社会上的一切影响，终究要通过心灵才能流向作品。"① 也就是说，社会环境影响士人心态，士人心态又影响文学思想，因此士人心态也就成了社会历史环境与文学思想的重要中介。"政治的、社会的种种外部因素，是通过士人心态的中介影响到文学思想上来的。"② "当我们弄清楚是什么样的外部原因引起士人心态起了变化的时候，我们就可以解释何以他们的人生旨趣变了，文学创作的主题变了，审美情趣变了。"③ 士人心态研究尽管在宗强先生撰写《隋唐五代文学思想史》时就已进行了初步的尝试，但真正的成熟却是对魏晋文学思想的研究，其代表作便是《玄学与魏晋士人心态》与《魏晋南北朝文学思想史》。尤其是在前一部书里，宗强先生深入细致地论述了魏晋玄学思潮演变与士人心态变化的关系，并具体说明了士人心态变化如何影响了当时的审美情趣、题材选择与文体演变。本书出版后以其方法的新颖与论述的透辟在学术界引起了很大的反响，得到了有识之士的普遍好评，也标志着士人心态研究在中国文学思想史学科中已占有举足轻重的位置。有了士人心态研究的参与，文学思想史的研究得以成为一种立体、综合、动态与鲜活的研究，从而避免了数字堆砌的枯燥与平面归纳的生硬，它让读者看到的是文学思想发展的动态过程与内在关联。这些特征也使宗强先生的中国文学思想史研究与日本、中国香港和台湾

① 罗宗强：《〈宋代文学思想史〉序》，载张毅《宋代文学思想史》。
② 罗宗强：《我与中国古代文学思想史》，载张世林编《学林春秋》，朝华出版社 1999 年版，第 3 编，第 121 页。
③ 罗宗强：《〈宋代文学思想史〉序》，载张毅《宋代文学思想史》。

地区的学者的同名研究鲜明地区别开来，显示出独特的学术个性。

西方的心理历史学曾经历过本我心理史学、自我心理史学与群体心理史学三个阶段，我以为宗强先生的士人心态研究较为接近群体心理史学。这是因为前二者基本是以个人的心理作为研究对象，从而更关注其生理心理方面，而群体心理史学不仅在名称上可以与心态史互释，而且它拥有的两个突出特征也更接近士人心态史的研究，那就是群体心理史学的主要关注对象是集体心态，而且其心态的内涵主要是潜意识中的感情、态度与情绪。[①] 宗强先生明确地说："我的研究对象，是士人群体。我要研究的是士人群体的普遍的人生取向、道德操守、生活情趣，他们的人性的张扬与泯灭。"[②] 就研究对象的群体性及其对人生态度与情感情绪的关注来看，宗强先生的士人心态研究的确可大致归于群体心理史学的范围。但是由于宗强先生对士人心态的研究是从影响文学思想的角度出发的，所以便有了自己的独特性。因为他面对的不是一般的群体，而是在中国历史上占据重要位置的知识精英阶层，这些人拥有极强的政治参与意识和儒释道互补的思想特征，所以他们对环境的敏感往往超过了其他的群体。有鉴于此，宗强先生将历史环境对士人心态的影响研究主要集中在以下三个方面。第一，政局变化。"多数的士人，出仕入仕，因之政局变化也就与他们息息相关。家国情怀似乎是中国士人的一种根性。"第二，思想潮流。如

---

① 参见杨豫、胡成：《历史学的思想与方法》第 7 章第 4 节，南京大学出版社 1999 年版。
② 罗宗强：《〈玄学与魏晋士人心态〉再版后记》，载《玄学与魏晋士人心态》，南开大学出版社 2003 年版。

两汉经学、魏晋玄学与宋明理学，都曾给士人的心态带来深远的影响。前人对这些思潮都进行过许多义理方面的辨析，但它们是如何进入士人的内心，融入他们的情感世界，是士人心态研究的关注点。第三，士人的具体生活境遇。"现实的生活状况是决定一个人心境的非常实在的因素。他们有什么样的生活条件，就可能产生什么样的想法。"这三个方面是研究一个时期影响士人心态的主要关注点，而且与文学思想的变迁有着极密切的关系。但是如果要探讨不同士人群体及重要代表人物的心态，情况就会更复杂一些，诸如家族文化传统、社党组合、朋友交往、婚姻状况、特殊遭遇等等，都会起到一定的作用。但就中国文学思想史的整体研究看，上述三方面构成了其心态研究的主要骨架。

以我这么多年随宗强先生治文学思想史的体会，士人心态研究的难点在于研究者须具备文史哲的广博知识背景与融贯能力。这不仅是指要弄清一个时期的历史状况而需要阅读经史子集的几乎全部材料，更重要的是还要具有独立研究相关领域的学术问题的能力。作为现代学术研究，当然会借鉴相关领域的研究成果，但借鉴不等于替代。因为不同的研究目的导致了研究者所关注的重心的不同，文学思想研究所看重的是政局变化、社会思潮与人生境遇对士人价值取向与情感情趣的影响，以及如何影响其审美趣味与文学观念，所以必须找出社会环境与士人心态的内在关联与具体渗透途径。比如说唐宋派是阳明心学向明代文学思想界渗透的最早的文学流派，这种渗透主要是嘉靖年间的朝政变化、心学流行与人生际遇对其人格心态影响的结果。但尽管黄宗羲将唐宋派主要代表人物唐顺之列入《明儒学案》中，可哲学界却几乎没有人将其作为研究对象，连其心学的理论形态都较少涉及，更不要说心学对其人格心态的影响了。于是要研究明代中期的文学思想，也就不能不从头对这些论题展开探讨。学术界喊了这么多年的"文史哲打通"，其成果却不能尽如人意，其主要难点就在这里。心态研究是社会环境与文学思想的关键与中介，两端连缀起的却是好几个巨大的学术领域。

四、 心灵体悟与回归本位

中国文学思想史的研究，就其实质来说，依然是理论观念的研究，具体讲就是古人对文学的看法，诸如文学的特质、文学的功能、文学的价值、文学的风格、文学的趣味、文学的技巧、文学的传承、文学的影响等等。但文学思想史研究牵涉的领域又十分广阔，它包括了史料的考辨、文字的训释、社会环境的梳理、作品的解读、理论的思辨、心态的探求等等。从理论上讲，应该将这些因素和谐地纳入整体之中，从而形成一个严密的体系。但是在实际操作中又不那么简单，而是存在着种种的矛盾与悖论，其中有两点尤其应该引起研究者的关注。

一是历史客观性与心灵体悟的统一。中国文学思想史研究是由文学、思想与历史三种要素构成的，思想是理论形态，需要理性的思辨；历史属于外在于研究者的客体，需要避免主观的臆断；文学则属于情感与人生体验的表现，无论创作还是阅读都需要主观情感的介入。尤其是其中的心态研究与作品解读，更需要与古人进行情感的交流与心灵的沟通。文学的本质特征是审美的，而面对审美的对象是不可能无动于衷的。这无论是对具体作品的解读，还是对文学流派以及某一时期的文学

思潮的体认均是如此。宗强先生曾坦承在进行士人心态研究时
"难免带着感情色彩",同时他更强调审美能力的重要:"对于
文学思潮发展的敏锐感受,在很大程度上,要求具备审美的能
力。一个作家、一个流派的创作,美在哪里,反映了什么样新
的审美趣味,乃是文学思想中最为核心的问题。如果这一点都
把握不到,那写出来的就不会是文学思想史,而是一般意义上
的思想史。如果把一篇美的作品疏漏过去,而把一篇并不美的
作品拿来分析,并且把它说得头头是道,那就会把文学思想史
的面貌写走样了。"① 文学研究毕竟是一个特殊的领域,其他学
科感情过多的介入也许会影响历史真实的发现,而文学研究如
果不运用自己的审美能力去悉心体验作品,不动用情感去感同
身受,不发挥想象去设身处地,就很难进入古人的心灵世界从
而正确地把握其作品的真实内涵,当然也就说不上客观评价
了。一个好的文学思想史研究者在面对古代作家的作品时,理
应能够既深入进去又退得出来,从而做到审美体验与理性思辨
的协调一致。

二是跨学科研究与回归文学本位的协调。文学思想史研究
既然是一种立体动态的研究,当然会涉及许多领域。士人心态
的变化会牵涉朝政变迁、社会思潮演变等历史要素,而每一种
大的文学思潮的背后也大都有某种哲学的观念作为支撑,不弄
清这些就很难把文学思想说清楚。于是文学思想史研究中便有
了儒释道思想的研究,有了士人心态的研究,有了政治制度的
研究,等等。但研究者应该清楚,他做这些研究都是为了弄清

---

① 罗宗强:《我与中国古代文学思想史》,载张世林编《学林春秋》,第 3 编,第
124 页。

文学思想的内涵与产生原因，是为了解决文学思想研究中的种种问题。宗强先生在一篇文章中曾明确地谈及此问题："多学科交叉的研究，如果没有用来说明文学现象，那就有可能离开文学这一学科，成了其他学科的研究，例如，成了政治制度史、教育史、思想史、民俗史、宗教史、音乐艺术史、社会生活史，或者其他什么史的研究。这些'史'的研究，研究古代文学的人可以用来说明文学现象，但是它们本身，并不是文学本身的研究。我们既然是研究古代文学，多学科交叉当然最终还是要回到文学本位。"① 而回到文学本位的主要表现，是真正说明审美方面的问题；回归文学的途径，则是寻找出各学科间与文学审美的深层学理关联。尽管宗强先生在此是针对古代文学的大学科而言的，但我以为这同样适用于文学思想史的研究。因为文学思想史研究牵扯面更广，更需要学科交叉，所以也更容易产生往而不归的"跑题"现象，也就更需要强调回归文学思想本位的重要。

正是由于上述复杂情况的存在，所以宗强先生对文学思想史研究者提出了很高的要求，即国学基础、理论素养和审美能力。"没有必要的国学基础，就会陷入架空议论。没有必要的理论素养，就会把文学思想史写成资料长编。"② 而没有审美能力，正如上面所言，就会把文学思想史写成一般意义上的思想史。除此三点之外，宗强先生平时还反复强调良好的语言表达能力对研究者的重要性，因为好的想法必须充分表现出来才算最终完成研究。而且文学思想史的研究毕竟是文学研究，所以

---

① 罗宗强：《目的、态度、方法》，《天津社会科学》2002 年第 5 期。
② 罗宗强：《我与中国古代文学思想史》，载张世林编《学林春秋》，第 3 编，第 123 页。

研究者的语言不仅需要准确，还要流畅、生动、严密、雅驯。只有具备了这四方面，才算一个合格的文学思想史研究者。

我以为宗强先生在这四个方面都起到了表率的作用。尽管他一贯谦称自己基础不好，但那是与自幼接受经史教育而国学修养深厚的老一代学者相比而言的，其实以宗强先生的严谨与勤奋，在竭泽而渔式地占有材料方面，是很少有人能够与之相比的，无论是研究隋唐五代还是魏晋南北朝的文学思想，他都几乎读完了所有现存的材料，并在材料真伪与文字训释上下过极大的气力。在理论思辨上他又是深邃而敏锐的，他研究问题的强劲穿透力、把握文学思潮大势的高超驾驭力，都使得他的著作既具有高屋建瓴的大气，又有周全缜密的严谨。我在刚接触宗强先生时，对他的印象是清峻而近于严厉，可时间长了却发现他具有丰富的情感世界与鲜活的艺术味觉。他自幼习画，至今兴趣不减；他兼写旧诗，大有义山风韵；同时还有欣赏书法碑帖的嗜好。这些艺术实践使之对文学作品的解读与鉴赏堪称精到。至于他著述语言的流畅雅驯，更是读过其著作的人公认的事实。正是因为具备了这些优势，所以他才能不断为学术界奉献学术精品。吴相先生在评价《玄学与魏晋士人心态》一书时说："读这样的书，确实感到极大的满足，既有一种艺术享受的美感，又得到思辨清晰的理性愉悦。"① 能有这样的效果，当然是宗强先生雄厚的综合学术实力与高超的学术境界的体现。

但我最为佩服宗强先生的，还是他那不断超越自我的创新精神。傅璇琮先生在《玄学与魏晋士人心态》的序中曾如此评

---

① 吴相:《无奈的辉煌》,《读书》1992 年第 1 期。

价宗强先生："无论是审视近十年的中国文学思想史研究，还是回顾这一时期古典诗歌特别是唐代诗歌的研究，他的著作的问世，总会使人感觉到是在整个研究的进程中画出一道线，明显地标志出研究层次的提高。"我以为不仅横向对比是如此，就其本人著述的纵向对比看，也是一部书提高一个层次。读宗强先生的书，你很少能够感到他同时代一些学者所受的庸俗社会学的影响。我想，这除了与其本人的独特人格有关外，也与其不断更新自己的知识结构分不开。这只要对比一下他的第一部著作《李杜论略》与十年后出版的《玄学与魏晋士人心态》，就不难感受到它们之间的巨大差别。尽管宗强先生无论是自己从事研究还是指导研究生，都把严谨扎实的学风作为基本的要求，以弄清问题为旨归，以历史还原为目的，而把浮光掠影的感想式研究与一知半解的卖弄新方法、新术语视为学术的大忌，但他又绝不陈旧保守，总是密切关注国内学术界与国际汉学界研究的新动向、新趋势，并同时了解文学理论界与史学界新的理论动态。这保证了他总是能够与学术界的最新发展水平保持一致，从而提出许多新的学术观点。记得在获取博士学位后即将离开宗强先生的头天晚上，我到他的家中告别。师生间讲了许多话，但最令我难以忘怀的是，当我表示自己基础太差，需要补的课太多时，宗强先生说："岂但你们需要补课，我本人也要补课，而且是不断地补课。"我想，这不断补课的精神保证了宗强先生思维的新颖与理论的鲜活。中国文学思想史的研究还处于方兴未艾的发展时期，许多问题包括学术思想上的问题还有待解决，比如两汉以前文学尚未从其他领域独立出来时文学思想该如何研究，元代文学的雅俗观念的变异与异族文化的介入有何关系，明清时期文坛上的主流文学思想的活跃与传统诗文成就的不足之间有何关联等等，都需要做出进一步的深入思考。有像宗强先生这样严谨而又富于创新的学科带头人，又有一大批受宗强先生影响的年轻学者，我想一定能使中国文学思想史这一学科得到持续的发展与不断的完善。

（原刊《文学评论》2004 年第 3 期）

"自强不息，易；任自然，难。心向往之，而力不能至"

——罗宗强先生访谈录

□ 罗宗强　张　毅

张毅：罗先生，据我所知，您的第一部著作《李杜论略》是1980年出版的，那时您研究生毕业已有十五年，接近"知天命"的年龄了。能否谈谈您当时著书的情况，以及你们那一辈人从事学术研究的不易？对文史哲等人文学科而言，人生的历练和世事的洞明，是否也是一种学术积累？您是如何把读"有字书"（前人著作）与读"无字书"（人生体验）结合起来的？

罗宗强：《李杜论略》是1978年开始写，1979年写完，1980年出版。这本书是在没有充分学术积累的情况下写的，书出版后就后悔了，觉得写得很不满意。写这本书的起因，是在"文革"期间，看到郭沫若先生出版的《李白与杜甫》，把杜甫贬得一无是处。那时我在江西偏远地区，大部分书都被抄家抄走了，只剩下一部《鲁迅全集》和一部《杜诗镜铨》。这两部书成为我度过艰难岁月的精神支柱，一有机会就反复地读。以我当时的处境和心情，非常喜欢杜甫那些沉郁、悲愤的诗，真是感同身受。看了郭沫若的书就非常反感。那时没有想到要写文章，当然也不可能写。1978年以后，才开始带着情绪写《李杜论略》。我们这辈人，真正从事学术研究的时间很少，一旦开始学术研究，真是困难重重。

那时候经济状况也不好，人总是感觉很疲劳。但是十几二十年没有从事学术研究的环境，书生老去，机会方来。我写过一首诗，有两句是"待到升平人已老，空留锦囊贮哀词"，这就是当时的心情。有了机会了，当然非常珍惜，就是凭着一种爱好、兴趣，以及对杜甫的那种感情，我写下了这本书。可以说这本书是一种情绪化的东西，学术水平不高，但写这本书使我有个体会，人文学科的学术研究，特别是文学研究，里面包含着很多人生感悟的东西，含有对人性的理解在里面。真切的人生体验对文学研究很有好处。人生多艰，人生不易！但是多艰的人生也让人对生命有更深沉的感悟。理想和向往，受到挫折以后的感慨，各种各样的生存境遇和体验，使人对文学作品可能会有更真切的感受，对人性也会有更深的体悟。所以我后来在文学研究中，特别重视人性的把握、人生况味的表述；当然，古人与今人的思想观念距离很远，但是人性中总有相通的地方，对人生的体悟也有相通的地方。你看我的书里有许多情绪化的东西，带有自己人生体验的感情色彩，这跟我的人生经历是有关系的。

张毅：您是性情中人，有诗人气质，笔端常带感情，这我深有体会。在《李杜论略》出版后，仅十年左右的时间，您又出版了《隋唐五代文学思想史》《唐诗小史》和《玄学与魏晋士人心态》等著作，在《中国社会科学》等刊物上发表了不少有影响的重要论文，获得了学界的普遍关注和好评。如傅璇琮先生所说：无论是审视这一时期的文学思想史研究，还是回顾这个阶段的古典诗歌特别是唐代诗歌的研究，您的著作问世，"总会使人感到是在整个研究的进程中画出一道线，明显地标志出研究层次的提高"。在一个不太长的时期内不断推出学术精品，您是如何做到这一点的？

罗宗强：我这几本书并不是什么精品，只能说研究时确实下了点功夫，对历史有自己的一番真切感受，能真诚地说出点跟别人不一样的看法，如此而已。我写这几本书的时候，国内的古代文学研究在十年浩劫后刚刚恢复。"文革"之前的十七年，衡量古代文学作品好坏的标准基本上是"三性"和"两主义"，就是强调人民性、现实性、阶级性，还有现实主义、浪漫主义。用"三性""两主义"的标准去套古代的作家和作品，去衡量是非。现在看来，能够留下来的优秀的古代文学研究成果并不很多，由于有了一个固定的框框，就让人感到千篇一律，千人一面。研究古代文学、古代文学思想，我的想法是一切从实际出发，在史料清理的基础上，尽力地去还原历史，并且要有自己对文学、对历史的看法，去判断是非，不人云亦云。研究唐代的文学思想，就从唐代文学创作的实际出发，去认真地看唐代作家的集子，要从最基本的原始材料和历史文献入手。从自己阅读时的真实感受出发，着重于看其艺术上的成就，分析其艺术特点，从这个角度感受文学观念变化的是是非非。我更喜欢真实表现人性的优点和弱点、真实表现个人情怀的作品，所以我对白居易新乐府评价不高，对唐代古文运动评价也不高，而特别喜欢王维、李白、李贺、李商隐，喜欢他们作品的强烈的艺术个性，所以对这些人评价就比较高。根据文学发展的实际情况，根据作品本身，根据个人的感受，真诚地说出自己的看法，这是我写这几本书时的初衷。当然，这种出于一己爱好、用自己的文学观念去衡量作家作品是非的做法是否恰当，那只能由他人去评说。我的原则，是绝不说违心的话。

再有一点就是从第一手材料出发，绝不取巧，不相信和转引二手材料。当我没有看过大量原著的时候，在没有对大量原始资料进行认真梳理之前，我是不敢动笔的。对一些重大的文学事件，对一些重要的文学观念，对一些人和事，我尽力做到把它的来龙去脉理清楚。如在写《玄学与魏晋士人心态》的时候，牵扯到对魏晋时期很多人的评价、很多事情的是是非非。在当时的环境下，魏晋士人面对生活的基本态度，他们的行为、他们的内心世界，究竟是怎么回事？我的一个基本的想法是：力求做历史的还原，尽量根据史料推测当年到底是怎么样的一回事，当年的真实情况如何，在此基础上来判断是非。所以这部书可能对魏晋时期一些士人的心态，说出了跟别人不太一样的看法。从写《隋唐五代文学思想史》，到写完《玄学与魏晋士人心态》，中间有将近十年的时间，我在研究过程中注意两个最基本的方面：一个是真诚地面对历史，尽量做历史还原的工作；再就是对作家的衡量以人性作为标准，看其在作品中如何真实表现他的性情、他的个性，如何表述他的人生感悟，当然，也看他艺术表现的特色与成就。从这些来推测他在创作中的崇尚，来理解他的文学观念。

张毅：中国文学思想史学科，既不同于中国文学史研究，也不同于中国文学批评史研究，在这门学科的建立过程中，您的《隋唐五代文学思想史》《魏晋南北朝文学思想史》堪称标志性的著作。能否就这两部书的写作，谈谈这门学科与文学史和文学批评史的区别，以及中国文学思想史学科的发展情况？

　　罗宗强：中国文学思想史的学科性质，我想在我给你的《宋代文学思想史》所写的序里，已经讲得比较清楚了。中国文学思想史研究的特点，主要在于了解、掌握一个时期文学思潮变化的过程，根据思潮的变化说明文学观念的发展演变。这里面有从文学创作中反映出来的文学思潮的变化、文学观念的变化，也有文学批评和理论方面的总结和表述。从文学创作中反映出来的思潮和观念的变化，与文学批评和文学理论的表述不一定总是吻合的。怎么说呢，有互相契合的时期，也有互相分开的时期，也有矛盾的时期。假如专门研究文学批评史，仅仅从文学批评、文学理论着眼，就会忽略文学创作中反映出来的文学思潮、文学观念变化的复杂情况，很难全面地、准确地把握文学思想潮流、文学观念流变的风貌。对于整个文学思潮走向的把握是这样，对于一个人的文学观念的把握也是这样。有的人，他的文学批评、他的理论表述说的是一套，而他在创作中反映出来的文学思想倾向又是另一套。只根据他的理论表述来论定他的文学思想，就不会是全面的、准确的。文学思想史研究很重要的一个方面，就是要把文学创作实际中反映出来的文学思潮、文学观念的变化给清理出来，结合当时文学批评、文学理论的表述，二者互相印证。文学思想史与文学史也不一样。文学思想史也研究文学创作，但着眼点是创作所反映的文学观念。文学史研究就不一样了，文学史主要研究文学创作本身，它主要研究文学创作在艺术上的成就，文学创作中作家、作品、流派所表现出来的特点，没有与文学批评理论相印证的问题。另外，文学史研究以作家、作品的个案研究为基础，而文学思想史研究的着眼点不在单个作家或某部作品，虽然它也研究重要的文学家、文学理论家的文学观念，但更注重的是整体的思潮研究。

文学思想史的研究，除了对一个时期的文学思潮、文学观念的整体观照外，还要加强对流派文学思潮、地域文学思潮的研究。我最近看了一下这十几年出版的文学思想史著作，如涉及西汉的《西汉文学思想史》就有三部，还有汉代诗歌思想史，汉代文学思想流变史等，大概四五部吧。这四五部看起来都各有特点，每本书的方法和侧重点都是不一样的。我想文学思想史研究的进一步发展，就是要往细里做，往深里做。要做得很细致，除了大的脉络之外，恐怕就是要研究流派的文学思想。在文学史方面已有一些流派研究著作，但侧重点在作家作品，不在思想观念上，对流派的文学思想的特点、来龙去脉和价值所在，缺乏专门的研究。做某一流派的文学思想研究，可以在局部做得很细，可以研究他们理想的东西，他们的题材选择趋向、审美趋向，他们善于使用的表现技巧，这些技巧背后的艺术观念的性质，他们的文学主张，他们的文学观念之所以形成流派的种种原因，他们的文学观念与其他流派的差别与联系，他们的文学观念与文学主潮的关系，他们的承传和影响，等等。这些方面的研究现在来说还不是很充分。再就是地域的文学思想研究，地域文学观念的特点到了明清以后就表现得很明显了。我最近正在研究明代嘉靖前后江右（也就是江西）地区的文学观念，就感到很有意思，觉得那时江右地区的文学思想倾向，跟吴中的那批人像文徵明他们的思想很不一样。江右是王阳明心学影响极大的一个地区，王阳明的第一代弟子、再传弟子数量很大，这些人深受王阳明思想的影响，他们的人生态度、他们的生活趣味、他们的诗歌、他们的文学观念，带有很浓的地域文化的特点。地域文学思想与主流文学思潮发展的关系也是值得研究的课题，所以文学思想史除了研究一个时代的文学思潮，除了研究流派和个人的文学观念外，还应该研究不同的地域文化对文学思想的影响。

今后文学思想史研究的发展，进一步就是要往细里做，要做流派的研究、地域的研究。这会涉及很多问题，会有很多空白等待我们去开拓。近来有研究者发表文章，说古代文学批评的研究，从构架到史料的开拓，后来者恐怕很难有新的突破了。这一说法是极不准确的，是对于文学思想潮流、文学观念的历史实际知之不多的表现。事实是：不少的原始材料都还有待清理，出土的新材料将要改变我们对先秦文学观念的一些看法就不用说了，历代经注中反映的文学观念我们都还没有认真地清理，大量的别集都还没有认真全面地细究，大量的诗话包括流传于地方小范围内的本子，都还没有清理出来，明清两代尤其如此。近年蒋寅、张寅彭、吴宏一等先生都在做清代诗话的搜集、整理工作，听说数量极大。这其中可能会有非常精彩的、有价值的东西。总之，无论是文学批评史还是文学思想史，研究的空间都还非常广阔，空白的研究领域是大量存在的，并不是到此为止，问题是要往细里做。

当然，文学思想史研究的最终目的，是要弄清我国古代的文学思想潮流演变的整体风貌，弄清文学思想潮流演变的诸种原因，弄清它们和文学创作或繁荣或衰落的关系，弄清在文学思想发展演变的过程中，有些什么样的观念是最有价值的，发展的主线是什么。至今，我们对于什么是我们的文学思想的主线，什么是最为优秀的传统，什么样的文学观念是推动我们的文学发展的真正力量，都还并不清楚，或者说，都还没有深入的探讨。梳理当然是为了继承。这可能就涉及文学思想理论遗产如何继承的问题。

张毅：研究古代文史的学者，多就个人的禀性和兴趣爱好决定自己的学问路数，有的偏重于史料的收集考辨，以竭泽而渔的方式整理文献；有的擅长理论思辨，每每借助现代观念来解构著作；还有的倾向于审美感悟，以灵心慧性感知文学的妙趣真谛。您的著作，可以说是以上三个方面的有机结合，既有强烈的实证精神，又充满浓厚的思辨色彩，还兼备审美把握的细腻准确。请问这是不是一种有意识的学术追求？

罗宗强：是有意识的追求，但是还没有做好，心向往之，力不能至。研究文学思想史的人，如果离开坚实的史料基础，他就不可能去感知、去把握文学思想的真实面貌。他对于一个人、一个流派、一个时期的文学思想的描述，就不可能有历史实感。以自己的理论框架去套古代的文学思想现象，就好比给司空图穿上西装、系上领带，显得不伦不类。但对于研究文学思想史的人来说，只停留在史料上同样不够，还有一个理论把握和理论表述的问题。应该说，在描述文学思想现象时，如何处理理论表述问题，是很难的。我非常不喜欢摆理论面孔，特别不喜欢对简单的问题做深奥的表述。我在描述文学思想现象时，力图把理论色彩淡化，把它藏在描述的行文中，藏在行文的内在逻辑里，让思辨的力量从行文中自然表现出来。表述时要淡化理论色彩，又要把理论问题说清楚，实在是一件不容易的事。我现在也还在探索之中。至于审美感悟，这可能跟个人的气质、经历和素养有关系。怎么讲呢，我是个重感情的人，爱激动，爱感慨。我较早受到古诗词的熏陶，十五六岁时就爱写诗，和一些好朋友，常在一起写一些感伤的诗，有这么一个多愁善感的气质。我读古代的诗歌、古代的散文，对感情浓郁的作品很容易引起共鸣，有一种生命的感发和激动。所谓审美感受，恐怕主要是对古代作品的那种感情的共鸣，我注意在书中把那种感情的共鸣传达出来，这可能就是我在研究过程中要把个人的感情注入的原因。当然这里有一个审美积累的问题，由于我从小读的古诗比较多，自己也写一点，所以对诗词、散文在艺术上的好坏，有一种比较敏锐的感受力。但是这种感受力偏向于自己所爱好的东西，比如我读钱锺书先生的《宋诗选》，他选的诗中有一些是写得很活泼的，我却不喜欢这样的诗。我喜欢人生感慨深沉的诗、感伤的诗、悲愤的诗，这可能跟个人的爱好有关系。

张毅：个人气质和审美感受应该是很主观的东西，易表现为才华横溢；但是您的著作却具有很强的历史感，在叙述事件时抱定一种客观的态度，注意对历史文献资料做认真的清理和考辨，绝不只依据古人的只言片语做随意发挥，杜绝不切实际的无根游谈。这种严谨的学风和认真的态度又是如何形成的呢？对文学研究有什么帮助？

罗宗强：这可能跟我个人的经历有关系。我少年时代是很毛躁的，学习也不认真，中学老逃学。但是在考入南开之前的20世纪50年代初期，我在海南岛的橡胶种植场工作了几年，做计划统计工作。那时是计划经济，每年都要制订下一年的生产、管理、财务计划，总有六七大本，每一本都几十页，有很多表格和一系列的数字，每个数字都和前后有联系。开始做的时候总是出错，只要错一个数字，全部表格就都要从头返工。那时没有计算机，全靠算盘。通宵通宵地返工，越返越乱；所以必须每做一步都很细心，丝毫不敢马虎。这段经历，训练出了一个细心的习惯。后来把这个习惯带到了文学研究里面来，在研究一个问题时，没有把应该看的材料看完了，想清楚，不敢动笔写，总是胸有成竹了才写。这样，工作习惯的严谨就跟个人气质自然地结合起来了。我现在就养成了这样的习惯，做什么事情都要有条理，井井有条，乱了绝对不行。我读大学本科的时候，四年级时曾提前毕业，在文艺理论教研室工作了一年，后来才又念研究生的。这一年认真看了几本理论书，例如，康德的《判断力批判》，我就看了半年多。这书很不好懂，我就一段一段地读、想，一行一行地拆开来读，看它的逻辑思路，看一遍不懂，就看第二遍、第三遍，直至大概弄明白了。读西方的哲学著作，对于理论思维的训练很有帮助。读理论著作，不在于同不同意理论家的说法，更不在于搬用他们的理论，而应当是一种思维能力的训练，训练思维的敏锐性，训练思维的逻辑层次感。

但是话又得说回来。对于研究文学思想的人来说，仅有严谨的学风，对史料做认真的清理是不够的。文学思想的最为基本的东西是文学，面对大量的文学现象，就有一个审美感受的问题。要有审美能力，才能分辨优劣，才能分辨审美趋向的细微变化。我最近在好几篇文章中都提到这一点。现在一些年轻的研究者，比较缺乏审美能力，一首诗艺术上好在什么地方看不出来，只能从思想上来分析问题。搞文学研究，若没有敏锐的审美能力，没有感情的共鸣，只靠纯理性的分析是不行的。文学不是哲学，也不是历史。现在研究文学的人，有的光搞史料清理，或者光搞历史背景研究，历史背景的种种问题，当然对于全面了解当时的文学有必要，但是研究完这些问题以后，一定要回到文学上来。假如不回到文学本身，那就不是文学研究，而是历史学研究、社会学研究或别的什么研究。陈寅恪先生的《元白诗笺证稿》，是大家公认的一部学术名作，利用文学来研究历史。我们往往容易产生错觉，以为陈先生那样一种学问的路子是文学研究，其实不是。所以要回到文学上来，要尝试新的路数，用科学的方法，而不是沿用过去的方法，过去的方法只是鉴赏呀，风格呀，等等。到底如何解读文学作品？应该利用新的途径、现代的途径，来解剖各个时期、各个流派、各个作家艺术上的成就，把它说清楚了。文学研究应建立在审美感悟的基础之上。

张毅：现代社会是个讲功利的社会，流行实用主义，所以研究古代文学和古代文论的学者，不太愿意回答文学研究有什么用这样的问题，因这问题本身就蕴涵着研究文学无用的世俗观念，以为文学不能当饭吃，没有什么实用价值。您一向对"古为今用"有不同看法，又不太赞成古代文论的"现代转换"，是否含有要脱心志于俗谛的意味？是不是主张以非功利的态度来对待文学，注重文学自身的审美属性，赞赏用"为学术而学术"的态度来从事文学研究。

罗宗强：这个问题我考虑过很长时间，也写过文章，我看这与社会文化的发展有关，不能简单地说有用与无用，也不能简单地说功利与非功利。我认为社会文化构成是分层次的，有普及的大众文化，有精深的高层文化，还有处于中层的文化。高层文化只能是少数人来研究，不能大家都来搞。我想，古代文学研究应该是属于高层文化研究的范围，所以搞古代文学研究的人只能是少数，多了没有必要。真正的研究、高层次的研究只能是少数人的事业，中间有大量的过渡式的承传，如大学、中学里的古代文学教学、各种讯息媒体。通过学校教育和文化传播，把古典文学知识和优秀作品向社会普及，满足大众的审美文化需要。只有普及了才谈得上发挥社会作用。但是普及性的大众文化并不能完全反映我们民族的精神、民族文化的整体特点，所以注定还要有高层次的文化研究包括文学研究，以提高整个民族文化水平的层次。比如说对中国古代文学的研究，哪些是精华的东西，哪些是应该留下来的，要通过高层次的研究来清理、探讨，再经由中间的传递，就逐步地渗透到一般社会民众中去了。文化传统的继承和吸收是无形的，如春雨之润物。在我们的思想行为里，如果追究起来，有许多就是文化传统的遗存。对于古代文化的研究，就是要辨明哪些是有益的，哪些是有害的，我想，这关系到国民性的塑造，是民族发展、民族生存的更为根本的东西。不能把对文化传统的利用和继承，局限在当前的政治需要和商业利益上，不能只着眼于当前需要，而应有一个长远的目标。就拿古代文学研究来说，古代文学在今天的作用，主要在情操的陶冶和人格的塑造上。我们的古代文学作品里，有许多非常高尚的值得珍视、值得自豪的思想情操；但是从情操熏陶和人格塑造上来看待古代文学的作用，我们似乎还没有给予充分的重视。这里我要讲一点题外的话，因这涉及有用与无用的问题。近些年来，报纸上可看到一些让人惊心动魄的报道，如说有四个青少年，最大的十八岁，最小的十六岁，抢劫了一辆出租车，杀死了司机，抢得了一百元。四个人商量如何处理尸体，其中的一个说，煮来吃了，不留痕迹。又一个报道，说一个十五岁的少年，因为奶奶没有满足他的一个要求，就用榔头把奶奶砸死了。还有砸死亲生母亲的。没有人性，没有亲情，没有爱，只有欲望。这些当然是个别现象，但这些个别的现象却告诉我们，在我们的教育中缺少了什么。我想，就是缺少善良的感情的熏陶，缺少健全的人格教育。光是知识教育是不够的，光是思想教育也是不够的，一个人要成长为一个有健康人格的人，感情教育就处于非常重要的地位。在这个时候，古代文学就有它的作用了。我们的文化传统里保存的善良人性，在文学里有充分的反映，乡土的爱、亲情、友情、爱情、同情心等等，都有非常真诚、非常生动的表述，都能在健全的人格塑造、丰富的健康感情的培养中，起到很好的作用。但是这作用不是立竿见影的，不是今天讲了，明天就起作用的，不是拿来就用的。它是长期的无形的熏陶，是细雨润物。要讲眼前功利，它做不到，它的作用，是百年树人，是世世代代，是缓慢地改变民族性格。从长远看，它又是很有用的。

古代文学思想的研究也是这样。一些研究题目，在当前看来，可能是毫无用处的，既不能配合当前的政治需求，也没有商业利益，但是对于我们认识我们的传统，对于文化积累，对于提高文化层次，却可能是不可少的。从目前看，它可能毫无功利可言，是为学术而学术；但从长远看，它在文化建设中又是有用的。功利与非功利，有用与无用，在于你怎么看。简单化的实用主义的功利目的，结果可能是帮倒忙。继承文学批评理论遗产，也不是简单的"话语转换"就能做到的。一定的话语都是当时当地的话语，都与当时的文化环境有关。比如说"自性良知"，我们就会想起明代的心学；说"斗私批修"，就会想起"文革"。古代文论也一样，像"意境"，讲情景交融；可你读海子的诗，用"意境"是绝对解释不了的。海子诗那种心灵的自白，那种意象的组合，是一种观念性的组合，从东到西，从西到东，没有完整的意境，不知道他在说什么，但在奇怪的意象组合里，分明又可感受到生命本能的冲动，一种宿命的悲愤、苍凉。古代文学思想、文学理论遗产的继承，应注重精神实质，而不是简单的"话语转换"。关于这方面的意见，我在 1999 年第 3 期《文艺研究》杂志上发表的《古文论研究杂识》中有论述，这里就不多说了。我们对古代文化遗产的继承，往往用非常简单的方法来对待，比如我最近听说，有些地方让小学生读四书五经。他们的目的可能是好的，是要继承优秀的文化遗产，但是什么是优秀的文化遗产呢？目前不是还在讨论吗？曾经有一种说法，新儒学能救中国，我对此一向很不以为然。提倡新儒学的人，对于我们的国情恐怕知之不多。退一步说，就算儒学能救国吧，那么四书五经中哪些是好的，哪些就不很好，也还是大可讨论的问题。小孩子还没有分辨这些问题的能力，小学的老师要说清这些问题怕也不易。在这种情况下，让孩子们读四书五经，这种做法我以为未必妥当。我以为这是一种极简单化地对待文化遗产继承的做法。你让一个生活在现代社会里的孩子，摇头晃脑地读"子曰""《诗》云"，我一想起来就觉得滑稽。没有分辨力地读经，和现实生活对照，只会造成孩子性格、人格的扭曲，造成他们价值观的无所适从。我想，这是一件近于荒唐的事。我们完全可以通过其他的方式，把我们的文化传统中优秀的遗产通俗易懂地传达给我们的孩子，而不是简单化地读经。从研究的功利与非功利，说了这么多题外的话，是不是把问题说远了？其实我要说的只是一点，就是：应从长远看功利，不应只看眼前利益。总而言之，古代文化的研究、古代文学的研究和古代文学思想的研究，是一种少数人的很专门的事业，但它是一个民族文化建设中最基本的东西，从长远来讲，它终究还是非常有用的。

张毅：记得您在《玄学与魏晋士人心态》的后记中说："青灯摊书，实在是一种难以言喻的快乐。"以读书为乐，视荣华富贵如浮云，这样才能真正静下心来做一点学问。可当今的社会充满了急于求成的浮躁之风，追求时尚，玩学术，有将学术庸俗化和世俗化的倾向。对此您有何感想？学者如何才能保持心的宁静而甘于寂寞？

罗宗强：在古代文学研究日益边缘化的今天，要从事古代文学研究，没有点个人爱好是不行的，你自己非常喜欢这个行当，非常喜欢这个事业，你才会专心致志地去研究它。如果著书都为稻粱谋，只是把学问作为一种谋生的手段，不但总会使得自己有很大的压力，也容易把学问搞走样了，结果两败俱伤。如果你出于个人爱好，热爱学术研究，当你发现一条新材料，解决一个新问题，就会有无穷的乐趣，读书就不会感到有多少的压力。当然，人不能够脱离社会，在满足基本的生活需要之后，才能够坐下来安安静静地做学问。人文科学的研究有许多是要长期积累的，一时半会出不了好成果。我对人文科学研究以量化的标准来衡量一个人的成就非常反感，为什么呢？学术水平是不能够量化的，一些大师一辈子才能有多少著作？钱锺书先生一生主要的学术著作，不就是《管锥篇》《谈艺录》两部书吗？两部书就传世了，就不朽了。可是现在有些学者，一年就出三四本书，还有人自称写了四十多本学术著作的，我就不知道他是怎么写出来的！著作不在多，关键在于你的著作是不是原创性的精品，精品一本也就够了，也能传下去。你匆匆忙忙写了十本书，可是过了几年，一本也没留下来，风吹过马耳，与草木同朽。制造文字垃圾，有什么意义？目前这个浮躁的学风，与学术评价的体制有关系，也与研究者的心态有关系。急于求成，是不可能有什么大作为的。学者要能够真正坐下来，以平静的心态，凭自己的爱好，不管外界的干扰，一心一意地做学问，这样才可能会有所成就，不只是浪得虚名而已。将来在古代文学研究领域真正有大成就的人，一定是能够坐冷板凳的人，肯下笨功夫的人。五年、十年、二十年，能在某个领域孜孜不倦、锲而不舍的人，必成大器。

张毅："文章千古事，得失寸心知。"您对道家思想素有研究，尤其对《庄子》一书情有独钟，照理应有几分逍遥旷达的至人之心，无可无不可。但您却是一个十分认真的人，在学术上一丝不苟，常告诫我们："出书要慎重，白纸黑字，是无法收回的。"这是为什么？是不是寄希望于后辈心存远大？

罗宗强：我喜欢《庄子》一书有两方面的原因，一方面是向往它所表述的任自然的人生态度，一方面关系到对中国文学发展的基本看法。我认为在中国文学的发展过程中，特别是诗、词、文方面，真正有成就的作家，多数受庄子思想的影响。要真正了解中国传统诗文的艺术特质，了解中国文学创作的思想基础，《庄子》一书不可不读。至于我个人对《庄子》这本书的喜好，主要是生活情趣、精神归宿的问题。怎么说呢，就是对生命的理解，对人生的感悟，《庄子》这本书讲得非常好。是是非非，可与不可，方生方死，说出了很多很深奥的道理。随着时间和条件的变化，当年可的，后来变成不可了，当年不可的，后来变成可了。是与非也一样，三十年河东，三十年河西。人类社会就在可与不可，是与非的反复中不断地前进。庄子的很多思想，特别是对人生的感悟非常到位。

庄子所向往的那种自然境界是很难达到的。儒家讲的宁静致远是一个道德境界，而庄子讲的是自然人生的境界。王阳明及其弟子们讲无善无恶心之体，讲良知的虚灵、心境的平静，已是一种很高的境界了，但也还是道德是非判断，达不到天人合一的自然境界。庄子"心斋"的虚静就没有道德意味，没有

是非判断，"天地与我并立，万物与我为一"，天人是融为一体
的。我什么牵挂都没有，无所待，吾丧我，独与天地精神往来。
这种境界是非常难到达的。记得张世林先生编《学林春秋》第
三编时，让我写篇谈中国文学思想史研究的文章，要求要有一
个题词。我写的题词是："自强不息，易；任自然，难。心向往
之，而力不能至。"现在我已七十二岁了，依然可以刻苦奋斗，
凭自己的爱好，朝着既定的目标日夜工作，我自己觉得，"自强
不息"是做到了，可是要做到"任自然"却非常难。"任自然"
是什么呢，就是不以物喜，不以己悲，随遇而安，不受外界的
干扰，保持完全平静的心境，这不是那么容易做到的。庄子的
"任自然"是个很高的人生境界，我们过去对庄子有一些错误的
看法，认为他的思想是消极的，是绝对的虚无主义，其实是不
对的。从我个人的爱好来说，从对人生的感悟、对人生的体验
来说，我是非常喜欢庄子的。但"任自然"非常难，我做不到，
问题在于我往往喜怒形于色，爱憎鲜明，喜欢就喜欢，不喜欢
就不喜欢，从来不拐弯抹角。依我的气质和习惯，我达不到庄子
那种理想的境界，所以只能是心向往之。理想化的东西，不容易做
到；但做事要认真，要一丝不苟，却是经过努力可以做到的。

我希望我的学生认真，是我七十多年来的一点人生感悟，
要办成几件事，不认真是做不成的。但是除认真之外，还要超
脱，要拿得起，放得下，一切顺应自然。这恐怕就更难一些，
能和认真结合起来，那就更好了。

张毅：谢谢您接受我的采访。

（原刊《文艺研究》2004 年第 3 期）

中国文学思想史学科体系的规划者

——罗宗强先生的学术思想

□ 卢盛江[*]

罗宗强先生 1931 年生于广东省揭阳县榕城镇。1956 年考入南开大学中文系，1961 年留校师从王达津先生攻读中国文学批评史研究生。毕业后，被分配到江西赣南师范学院任教。1975 年春返回南开大学工作至今。1985 年晋升教授，1986 年由国务院学位委员会批准为中国文学批评史专业博士生导师。1991 年起，历任南开大学中文系主任、校务委员会委员、校学术委员会委员。2001 年获"全国模范教师"称号。1996 至1997 年，受聘为新加坡国立大学中文系客座教授。2002、2004 年两次受聘为日本大谷大学客员教授。2004 年从南开大学退休。2006 至 2008 年，受聘为首都师范大学特聘教授。曾任中国唐代文学学会副会长、李白研究会副会长、杜甫学会副会长、教育部人文社会科学重点研究基地复旦大学中国古代文学研究中心学术委员会副主任、教育部人文社会科学重点研究

* 文学博士，南开大学文学院教授、博士生导师，主要研究方向为中国文学思想史，著有《文镜秘府论汇校会考》等。

基地首都师范大学中国诗歌研究中心学术委员会主任。现为中
国唐代文学学会顾问、中国古代文论学会顾问、《文学遗产》
杂志编委。

一

　　近三十年来，罗宗强先生的研究领域集中在中国古代文学
思想史与古代士人心态史方面。在国内，他较早地阐述了中国
古代文学思想史学科的研究目的、对象和方法，形成了系统的
学术思想，并以自己的文学思想史研究实践，为该学科的创立
和发展奠定了坚实基础。20 世纪开始的中国文学批评史研究取
得了很大成绩，但是研究的是文学批评和理论自身，忽略了文
学创作实际所反映出来的文学思想倾向。宗强先生注意到了这
一点，1978 年在《李杜论略》中就提出："一种普遍的审美趣
味常常伴随着相应的理论主张。作家和评论家们在创作上普遍
追求某种倾向时，也在理论上进行着同样的探讨。理论上的探
讨，既是对创作实践的总结、提高，又反转过来影响创作实
践。因此，探讨一个时期的文艺思潮，有必要从理论和创作实
践两个方面进行考察，做出评价，特别是对当时的代表人物的
研究尤其必须如此。"[1] 1979 年底，他又提出："中国古代许多
文学批评范畴的出现，都和创作中某种文学思想、文学思潮有
关。也就是说，研究文学批评、文学理论，离开创作中反映出
来的文学思想、文学思潮，都难以做出更接近历史原貌的解
释。研究文学思想的演变，可能是研究古代文学观念的一条较

---

[1] 罗宗强：《李杜论略》，内蒙古人民出版社 1980 年版，第 103 页。

好途径。"①

1986 年，宗强先生的《隋唐五代文学思想史》出版，书中指出："文学思想不仅仅反映在文学批评和文学理论著作里，它还大量反映在文学创作中。作家对于文学的思考，例如，他对于文学的社会功能和它的艺术特质的认识、他的审美理想、他对文学遗产的态度和取舍、他对艺术技巧的追求、对艺术形式的探索，都可以在他的创作中反映出来。某些重要的文学思想的代表人物，有时可能并不是文学批评家或文学理论家，有时甚至很少或竟至于没有理论上的明确表述，他的文学思想，仅仅在他的创作倾向里反映出来。一个文学流派的文学思想，就常常反映在他们共同的创作倾向里，而一个时代的文学思潮的发展与演变，大量的是在创作中反映出来的。因此，研究文学思想史，除了研究文学批评的发展史和文学理论的发展史之外，很重要的一个内容，便是研究文学创作中反映出来的文学思想倾向。离开了对文学创作中所反映的文学思想倾向的研究，仅研究文学批评和文学理论的发展史，对于文学思想史来说，至少是不完全的。"② 如傅璇琮先生为宗强先生的《玄学与魏晋士人心态》一书所写的序所评价的，《李杜论略》之后，宗强先生"从这一可贵的思想萌芽出发，坚韧不拔地前进，终于对古代文学思想史的研究格局有了成熟而明确的思考"③。1996 年，宗强先生的《魏晋南北朝文学思想史》出版。他进一

① 罗宗强：《我与中国古代文学思想史》，载张世林编《学林春秋》，朝华出版社1999 年版，第 3 编，第 117 页。
② 罗宗强：《隋唐五代文学思想史》，上海古籍出版社 1986 年，第 2 页。
③ 傅璇琮：《〈玄学与魏晋士人心态〉序》，载罗宗强《玄学与魏晋士人心态》，浙江人民出版社 1991 年版。

步提出，要结合士人心态研究文学思想。这样，研究视野更为开阔，文学思想发展面貌也展示得更为生动壮阔。

这时，宗强先生又进一步明确指出，"文学思想史应该是一个独立的学科"，不但与文学批评史、文学理论史既有联系又有区别，和文学史也不一样。"文学史是文学的历史，而文学思想史则是文学思想的历史"，"同是研究一种文学现象，文学史研究的是这种现象本身，而文学思想史研究的是这种现象所反映的文学思想"，"从总体风貌上看，文学思想史较之文学史，必然更富思辨色彩，更具理论素质"。①

宗强先生指出，文学思想史的研究，要注意处理文学思想的个别现象与文学思想的发展趋向的关系。他说："离开个案研究，文学思潮的描述就失去了基础，就无法描述整个的文学思潮。但是，如果仅停留在个案上，就会陷于琐碎，难以把握文学思潮发展的大趋向。"其原则是"着眼于文学思潮的大趋向，而舍弃个案中的若干枝节"②。他同时指出："文学思想史研究的进一步发展，就是要往细里做，往深里做。要做得很细致。""要加强对流派文学思潮、地域文学思潮的研究。"地域文学思想与主流文学思潮发展的关系、地域文化对文学思想的影响，也是值得研究的课题。③

此前，中日包括台湾地区学者关于中国文艺思想史、断代文学思想史的著作，研究范围宽泛，目的、对象不明确，并未

---

① 罗宗强：《〈宋代文学思想史〉序》，载张毅《宋代文学思想史》，中华书局1995年版。
② 罗宗强：《我与中国古代文学思想史》，载张世林编《学林春秋》，第3编，第123页。
③ 罗宗强、张毅：《"自强不息，易；任自然，难。心向往之，而力不能至"——罗宗强先生访谈录》，《文艺研究》2004年第3期。

形成系统的研究方法。宗强先生的贡献就是为这一学科做了系统的奠基工作。关于中国文学思想史学科的研究目的、研究对象、研究范围、研究方法，它和文学批评史、文学理论史、文学史的区别，它的方方面面，还有这一学科未来的发展，都已经描述得非常清楚。中国文学思想史研究作为一个学科实际已经形成。宗强先生就是这一学科体系的规划者、创立者。

二

宗强先生对士人心态研究领域也做了深入的开拓。宗强先生的士人心态研究，是其文学思想史研究的重要部分。1980年出版的《李杜论略》和1986出版的《隋唐五代文学思想史》，实际已把文学思想的研究和士人心态的研究联系在一起。到写《魏晋南北朝文学思想史》时，他进一步发现："哲学思潮、文人的生存状态和他们的心理状态，对于文学思想的发展也起着十分重要的作用。"建安诗人在战乱和人生短促的感喟之中慷慨悲歌，但我们却对从一尊儒术到思想多元这种思潮的演变在文学思想发展中的意义认识不足。如停留在一尊儒术的局面，没有思想的多元化，就不可能有自我的发现和文学的自觉，文学也就不可能从功利走向非功利。玄学思潮起来之后，改变了一代士人的生存状态，改变了他们的志趣、行为甚至品格。这一点对于中国文学的发展，影响至为深远。宗强先生说，就在这个时候，他产生了研究士人心态的兴趣。他觉得"文学思想中的许多问题，都和士人心态的变化有关。政治的、社会的种种外部因素，是通过士人心态的中介影响到文学思想上来的"。宗强先生于是对魏晋时期士人的生存状态和心路历程做了比较认真的研究，写了《玄学与魏晋士人心态》。在这本书里，宗强先生试图说明"玄学思潮和士人心态变化之间的关系，探讨士人心态的变化如何影响他们的审美情趣，影响他们文学题材的选择，甚至影响文体之演变"①。

宗强先生注重士人群体的研究。他说："我的研究对象，是士人群体。我要研究的是士人群体的普遍的人生取向、道德操守、生活情趣，他们的人性的张扬与泯灭。"② 他也研究个案，但目的也是为了说明群体的状况。他要研究的是动向和这种动向与文学观念变化的关系。对士人心态，他着力研究的是他们的情感世界、人生价值认同、理想追求、生活趣味、精神风貌、审美情趣。因为正是这一切变了，士人群体的人生旨趣变了，审美情趣变了，文学创作的主题和艺术风貌就变了，一个时代的文学思潮就变了。

怎样研究士人心态，宗强先生有深入的思考。他说，他研究明末士人心态，涉及事件，而不着重事件本身；涉及思潮，而不着重于思潮之内在理路；涉及政局，往往亦不着重于政局面貌之全面省察；涉及社会风貌，亦只在于考察其对于士人心态的影响。③ 研究士人心态，当然注意其"言"。诗文书信，就明末来说，还有理学家讲学的记录，都是研究其时士人心态的文献依据。但是宗强先生提出，研究士人心态，更要看其"行"，要把言和行结合起来考察、鉴别。他说："我们要根据他们的行为，包括他们的行踪、对某些事情的看法、如何处理

---

① 罗宗强：《我与中国古代文学思想史》，载张世林编《学林春秋》，第 3 编，第 120—121 页。
② 罗宗强：《关于士人心态研究》，《中华读书报》2002 年 12 月 4 日。
③ 罗宗强：《明代后期士人心态研究》，南开大学出版社 2006 年版，第 543—544 页。

人与人之间的关系等等，来与他们的作品印证。"①

　　宗强先生注重士人心态形成原因的分析。他指出，影响中国古代士人心态的很重要的一个方面，是政局的变化。出仕入仕，是多数士人必由的人生之路，因此，政局的变化就与他们息息相关。再一个重要方面，是社会思潮。比如，两汉儒学独尊的思潮、魏晋玄学、宋明理学，这些思潮如何进入士人内心，影响他们的人生取向，融入他们的感情世界，通过什么渠道，轻重浅深，如何开始，如何了结，都需要我们好好研究。再一点，是士人的生存状态，现实的生存状况是决定一个人的心境的非常实在的因素，考察他们的生活出路，有可能了解他们的心绪。当然还有其他的因素，比如，家族的文化传统、社党的组合、交往、婚姻状况以至个性等等。这些都是士人心态研究的内容。宗强先生同时指出，如果研究一个时期士人的主要心态趋向，就只能视其大同而舍其小异。

　　宗强先生研究士人心态，目的在于说明文学思想的变化。在他笔下出现的是不同时代有血有肉的人物群像，是群体士人生动的内心世界，是和政局变化、思潮变化融为一体的历史画面。在士人心态研究领域，宗强先生实际上走出了自己开阔而独特的学术之路。

　　三

　　历史还原是宗强先生又一重要学术思想。

---

① 《当代意识与历史还原——访著名中国文学思想史研究专家罗宗强先生》，《人民政协报》2006年9月25日。

1985 年，宗强先生明确提出，要使古文论的研究成果具有历史实感，第一步而且最重要的一步工作便是还原。① 1986年，宗强先生的《隋唐五代文学思想史》出版。这部著作正是对隋唐五代文学思想历史原貌的生动描述。1989 年，宗强先生批评四十年来存在过的在古文论研究中把古人现代化的现象，指出，凡如此者，率皆留下失败的记录。必须尊重历史事实，必须有历史实感。他指出，许多古文论的理论命题、理论范畴，由于年代绵邈，古今心理素质、思维方法的差异，它的原貌如何，今天已不甚清楚，需要经过史的研究，窥测它的本来面目。② 1991 年，《玄学与魏晋士人心态》出版。他说："我的原则，是竭己之所能，描述历史的真实面貌。"③ 1995 年，为张毅的《宋代文学思想史》作序，宗强先生对此做了更为系统的阐述。他指出，文学思想史的研究可以说有各种各样的方法，但是不论用何种方法，都必须极重视历史的真实面貌。他说，古代文学思想史研究的第一位的工作，应该是古代文学思想的尽可能的复原。复原古代文学思想的面貌，才有可能进一步对它做出评价，论列是非。这一步如果做不好，那么一切议论都是毫无意义的。④

历史还原，涉及一个研究目的问题。宗强先生认为，我们的古文论研究有为建立具有民族特色的马克思主义文学理论服务的目的，有为今天的文化建设服务的目的，有为培养人、提高民族文化素质服务的目的，也有为文化承传服务的目的。它

---

① 罗宗强：《并存、拓展、打通》，《文学遗产》1985 年第 3 期。
② 罗宗强等：《四十年古代文学理论研究的反思》，《文学遗产》1989 年第 4 期。
③ 罗宗强：《玄学与魏晋士人心态》，第 371 页。
④ 罗宗强：《〈宋代文学思想史〉序》，载张毅《宋代文学思想史》。

不仅留给今天，而且也留给将来，不仅是给从事文学理论建设者的遗产，也是给整个民族的遗产。因此，"有时候，对于历史的真切描述本身就是研究目的"，这方面的研究，或者意只在于弄清历史面貌，于今日并无实用的意义，但亦依然有其学术价值在。①

还原历史，需要面临的一个问题，是如何处理好当代意识与历史实感的关系。宗强先生指出，古文论的研究，不可避免地带着当代意识的烙印。古今的理论衔接，重要的一点就是古文论的历史还原。我们运用现代科学方法，运用理论思维和现代文学理论成就，是为了更确切和严密地阐释和评价古文论，还它以历史的本来面目，决定取舍，而不是以现代面目去改装它。

历史还原还涉及一个经典著作解读的问题。宗强先生指出，我们只能用当代人严密的思维能力，据原典文本、史料，尽力把它读懂。但是，我们不可能回到古代，用古人的思维方法，与古人持相同的看法。我们对原典的解读也就不可能与原作者的理解完全一致。由于古今思维方法、价值标准的差异，我们对于原典也存在误读的可能，但是有时误读也有可能是深化和丰富了原典所蕴涵的思想。这是因为，一些带有普遍意义的理论遗产，由于它的高度的抽象性，由于它的巨大的理论涵盖力，它就存在着巨大的充填空间，随着人们认识能力的提高，有可能对它做出更为深入、丰富、具体的阐释或者论证。②

宗强先生还注意到，在古代文学研究中，对文献的可信度

---

① 罗宗强等：《四十年古代文学理论研究的反思》，《文学遗产》1989 年第 4 期。
② 《当代意识与历史还原——访著名中国文学思想史研究专家罗宗强先生》，《人民政协报》2006 年 9 月 25 日。

进行考察，是个非常复杂的问题。他就士人心态研究对这一问题做了阐述。他指出，存留下来的史料，未必就能够反映出历史的真实。历史上发生过无数事项，而记录下来的仅是极少的一部分。此极少一部分的记录，是否为当年之主要事件，是否为该事件之关键所在，我们都不得而知。另外，传播过程也常常走形。因此，对于历史的解读，存在着巨大的空间。[①] 宗强先生说："对于文学批评和文学理论这两部分来说，历史还原的最重要的工作，便是原文的正确解读。"这有一个训诂的问题，但有许多批评范畴，仅看文字训诂是无法正确解读的。即使那些在文字上看来并不难懂的地方，也往往存在着解读困难。"一种批评与一种理论的出现，有它的具体的环境。它是针对什么说的，它的原意是什么？离开了具体的环境，就无从索解。"他说，有时为了一句话，可能要求清理一大段历史。离开了细心的大量的史料的清理和历史面貌的追寻，我们便有可能对看来明白而其实甚为复杂的文学批评、文学理论原文做出牵强附会的解释。"从这个角度说，原文的正确解读不仅仅是文字本身，也包括更为广阔的历史事实的清理，复原历史的原貌"[②]，而这，就是理论索原的问题。

历史还原，就意味着一切要从第一手材料出发。这是一个学风的问题，也是历史还原的必然要求。宗强先生谈到他的《隋唐五代文学思想史》和《玄学与魏晋士人心态》等几部著作的成就时说："研究古代文学、古代文学思想，我的想法是一切从实际出发。""从第一手材料出发，绝不取巧，不相信和

---

① 罗宗强：《明代后期士人心态研究》，第 541—543 页。
② 罗宗强：《〈宋代文学思想史〉序》，载张毅《宋代文学思想史》。

转引二手材料。当我没有看过大量原著的时候，在没有对大量原始资料进行认真梳理之前，我是不敢动笔的。"①

四

与历史还原相联系的是理论思辨和探索。这是宗强先生学术思想的又一重要方面。

宗强先生很重视文学思想史研究中的理论把握和理论素养。他在谈到文学思想史的撰写时说："文学思想史的撰写，对于撰写者有三个基本要求，即国学基础、理论素养和审美能力。没有必要的国学基础，就会陷入架空议论。没有必要的理论素养，就会把文学思想史写成资料长编。"② 他指出："对于研究文学思想史的人来说，只停留在史料上同样不够，还有一个理论把握和理论表述的问题。"③ 他为张毅的《宋代文学思想史》作序，对此做了更为详细的阐述。他说，对于文学批评和文学理论研究来说，不仅仅涉及文字训诂和原文的正确解读，更重要的是要理论索原。需要更为广阔的历史事实的清理，需要清理影响文学思想的各种因素，其中最重要的是社会思潮和士人心态的变化，要研究影响士人心态的各种因素，包括经济、政治、思潮、生活时尚、生存状态、地域文化环境以至个人的遭际等等，研究政局的变化，研究其他艺术门类的发展情

---

① 罗宗强、张毅：《"自强不息，易；任自然，难。心向往之，而力不能至"——罗宗强先生访谈录》，《文艺研究》2004 年第 3 期。
② 罗宗强：《我与中国古代文学思想史》，载张世林编《学林春秋》，第 3 编，第 123 页。
③ 罗宗强、张毅：《"自强不息，易；任自然，难。心向往之，而力不能至"——罗宗强先生访谈录》，《文艺研究》2004 年第 3 期。

况。弄清这种种因素，清理出文学思想的发展面貌，需要对各种各样的史料"辨别思索"。就是说，要进行理论思辨。[①] 在某种意义上，文学思想史面貌的清理过程，士人心态的研究过程，也就是理论思辨理论把握的过程。

他善于从纷繁的史料和复杂的现象之间发现和把握其内在逻辑联系，梳理出清晰的史的发展脉络。他分析杜甫重兴寄，写生民疾苦与缘情如何统一，杜甫重写实与重传神的关系，分析韩愈不平则鸣说与明道说的关系，分析经学束缚解除之后建安思潮变动不居，多元存在与其时非功利、主缘情、重个性、求华美的关系，正始玄风下士人心态变化与其时创作中表现老庄人生境界，表现哲理化的倾向的关系，西晋士人纵欲、求自全自适、求名的心态和他们娱乐的文学观的关系，东晋士人的偏安心态和他们审美趣味变化的关系。他分析嵇康，说后者既把庄子返归自然的精神境界变为人间境界，厌恶仕途，又伴随一个执着而切直的性格，处处以己之执着高洁显名教之伪饰，这就使他走向悲剧。分析阮籍从感慨无常人生，厌恶污秽世俗，鄙薄当权者，极度孤苦，惧祸自全，终至浮诞玩世。分析向秀改节等事件，如何使西晋士人走向新的精神天地。在宗强先生的著作里，史料和史料之间、现象和现象之间，总有着内在的逻辑联系，不是史料的排比，而是有清晰的史的发展脉络。

他还善于准确地把握历史发展的基本特征和总的趋势。他说，隋代文学创作处于过渡期的状态，而其时重功利的文学带有形而上学的特点。他概括盛唐文学思想为三点：崇尚风骨，

---

① 罗宗强：《〈宋代文学思想史〉序》，载张毅《宋代文学思想史》。

追求兴象玲珑的诗境，追求自然的美。他敏锐地把握了大历诗风的特点，提出大历文学思想过渡期问题。他指出，中唐诗歌思想，一派是尚实、尚俗、务尽，一派是尚怪奇，重主观。他分析刘勰文学思想的主要倾向和实质，是站在其时文学思想的发展潮流之中，而比同时的其他思想家更冷静地思考问题，既接受、认可其时文学思潮发展的许多实质问题，又要把这个思潮引向雅正。关于东汉中后期的士风，有人提出这是士人的群体觉醒，但宗强先生指出，这时士人心态的基本特点是对于政权的疏离意识以及由此而来的思想多元发展。东晋士人，一般史书描述为宁静、高雅、飘逸，宗强先生则说，这时士人其实是一种偏安心态，是半壁江山偏安政局的一种自慰，是一种狭小心地的产物。这种把握，处处让人感到一种理论思辨的力量。

他善于对历史做深刻的价值阐释和理论分析。他指出，隋代仅有的两次改革文风的主张，之所以没有完成指导文学创作的历史使命，是因为没有正确反映文学发展趋势，在认识论上，又表现出形而上学的特点。他指出，东汉中后期的两次党禁，对于政权和士人来说，都是悲剧。士人的悲剧在于他们明知朝廷腐败到无可为的地步，却以一片忠心，强扶持之。他认为嵇康的人生悲剧是玄学理论自身的悲剧，从现实需要中产生而脱离现实，最终为现实所抛弃。这当中还纠结着士人与政权的种种复杂关系，他的被杀是司马氏在权力争夺中的需要，借一个有甚大声望的名士的生命，以弹压名士们不臣服的桀骜。他分析玄学的产生，分析阮籍何以受到司马氏的特别保护，分析明代身陷囹圄的谏臣杨继盛对当时衰颓士风的愤慨等，都体现出理论思辨的深刻。

他善于总结历史发展的理论问题。他分析文学思想，指出，唐代约三百年间文学思想的发展变化，表现为一个缓慢的过程。在这个过程中，一种文学思想发展到另一种文学思想，是通过逐渐的、漫长的演变完成的；一种文学思想发展到另一种文学思想，中间常有一些短促的过渡期；不同文学思想之间还有复杂衔接现象。唐代文学思想还有一个理论主张和创作实践之间的关系问题。而魏晋南北朝文学思想，其发展主流是淡化文学与政教的关系，文学自觉有帝王引导的原因，更主要的在于个性觉醒，它意识到它应该是一个什么样子，应该抒情和形式华美，认识到自己的独特创作过程，在理论上表现为关于文笔的讨论。这时文学思想提出的又一个理论问题，是不同地域文化在形成不同文学思想倾向上的巨大作用。他分析士人心态，指出，从魏晋时期来看，每一个历史阶段，士人的心态都有一种总的大体一致的趋向，促使士人心态变化的重要因素，有政局和哲学思潮。就明代后期来说，影响其时士人心态走向的，有政权运作与生存状况、思潮变化、生活的条件、环境和风尚变化等因素。政权的力量已无法改变思想多元的局面，士人心态也走向多元格局。所有这些都是在宏观审视中体现一种整体的理论把握，一种高屋建瓴的理论眼光。

这种理论把握，又表现为平实的描述。宗强先生说："我非常不喜欢摆理论面孔，特别不喜欢把简单的问题做深奥的表述。我在描述文学思想现象时，力图把理论色彩淡化，把它藏在描述的行文之中，藏在行文的内在逻辑里，让思辨的力量从行文中自然表现出来。"①

---

① 罗宗强、张毅：《"自强不息，易；任自然，难。心向往之，而力不能至"——罗宗强先生访谈录》，《文艺研究》2004 年第 3 期。

这是宗强先生著作的特色，也是他的重要学术思想。从历史还原而走向理论索原和思辨，走向复杂事物的内在联系、总体趋势和史的脉络的清晰而准确的把握，走向深刻的理论分析，这些都具有学术思想和方法论的重要意义。

五

强调文学本位，注重审美把握，融入浓厚感情，是宗强先生学术与思想的又一重要特点。文学研究要回到文学本位，问题是从古代文学研究多学科交叉提出的。宗强先生看到，古代文学研究应该有多学科交叉研究的基础，需要弄清各种文学现象产生的社会背景，比如，当时士人的仕途状况，当时文人生活的社会环境、宗教、社会思潮与文人的关系，各种艺术门类与文学的关系，学术思想的变迁与文人、文学的关系等等。多学科交叉的研究是不可避免的，但是问题在于，研究完那些问题之后，一定要回到文学上来。他说："假如不回到文学本身，那就不是文学研究，而是历史学研究、社会学研究或别的什么研究。"① 他说："多学科交叉的研究，如果没有用来说明文学现象，那就有可能离开文学这一学科，成了其他学科的研究，例如，成了政治制度史、教育史、思想史、民俗史、宗教史、音乐艺术史、社会生活史，或者其他什么史的研究。这些'史'的研究，研究古代文学的人可以用来说明文学现象，但是它们本身，并不是文学本身的研究。我们既然是研究古代文

---

① 罗宗强、张毅：《"自强不息，易；任自然，难。心向往之，而力不能至"——罗宗强先生访谈录》，《文艺研究》2004 年第 3 期。

学，多学科交叉当然最终还是要回到文学本位。"①

何为回到文学本位？宗强先生认为，不仅仅指对于文本的训读，不只是鉴赏、风格之类，也不只是单个作家及其作品的研究。它要宽泛得多。"从文学现象、作品的人文内涵、地域色彩、形成因素、承传关系、发展脉络到作品自身的内在结构、意象、境界、词采、声律等等，总之，是文学自身的问题。"② 文本研究，回到文学本位，在思路上、方法上要有大突破。"我国古代文学的最为主要的艺术上的贡献是什么，一种文学现象、一个作家、一部作品的艺术上的成就到底在什么地方，哪些是我们的文学传统的主流，哪些我们可以把它看作文学作品，哪些应该把它们剔除在文学作品之外，一种文学文体为何产生，如何演变，一种文体与另一种文体存在着何种联系，每一种文体有没有它自身体式上的相对稳定的要求，以及作品本身构成的一系列的'如何'。"③ 这些都是回到文学本位需要研究的问题。

强调文学本位，因而注重审美把握，注重感性接受，以至感情注入。宗强先生把审美能力看作文学思想史撰写者的三个基本要求之一（还有国学基础和理论素养）。他说："对于文学思潮发展的敏锐感受，在很大程度上，要求具备审美能力。一个作家、一个流派的创作，美在哪里，反映了什么样新的审美趣味，乃是文学思想中最为核心的问题。如果这一点都把握不到，那写出来的就不会是文学思想史，而是一般意义上的思想史。如果把一篇美的作品疏漏过去，而把一篇并不美的作品拿

---

① 罗宗强：《目的、态度、方法》，《天津社会科学》2002 年第 5 期。
② 罗宗强：《回顾与展望》，《文学遗产》1999 年第 2 期。
③ 罗宗强：《目的、态度、方法》，《天津社会科学》2002 年第 5 期。

出来分析，并且把它说得头头是道，那就会把文学思想史的面貌写走样了。"① 回归文学本位，正确解读作品很重要。正确解读作品，往往被理解为词语与事典的训释，这样理解并不全面。他说："能不能真实贴切地解读作品，还包括对于作品的总体把握，如审美感受、艺术追求、艺术技巧的特点等等。"在这里，审美感受是非常重要的。他说："我们常常看到这样的情形：一首很好的诗，一篇很好的散文，被解得味同嚼蜡，关键就在于研究者缺乏艺术的感受力。"② "文学本身离不开感情，作者因感情而兴发，读者因之感发而动情。文学史撰写者假若心如死水，毫无爱憎，那么，他对于文学现象如何评价呢？他对于作家、作品如何取舍呢？文学史撰写者如果真做到不感动，而能有所选择，而能撰写文学史，那文学史会是什么样子呢？"因此他说："不论是文学研究专题的研究，还是文学史的编写，感性的接受是第一位的。"③

宗强先生的学术正体现了这一特点。他说，他在研究中注意两个基本方面：一个是真诚地面对历史，"再就是对作家的衡量以人性作为标准，看其在作品中如何真实表现他的性情、他的个性，如何表述他的人生感悟，当然，也看他艺术表现的特色与成就。从这些来推测他在创作中的崇尚，理解他的文学观念"④。他说，审美感悟，可能跟个人气质、经历和素养有关。他自己就重情善感。他较早受到古诗词的熏陶，十五六岁就爱

---

① 罗宗强：《我与中国古代文学思想史》，载张世林编《学林春秋》，第 3 编，第 123—124 页。
② 罗宗强：《文学史编写问题随想》，《文学遗产》1999 年第 4 期。
③ 同上。
④ 罗宗强、张毅：《"自强不息，易；任自然，难。心向往之，而力不能至"——罗宗强先生访谈录》，《文艺研究》2004 年第 3 期。

写诗，自幼习画，爱好欣赏书法碑帖。他的人生经历也坎坷多艰。他说："人文学科的学术研究，特别是文学研究，里面包含着很多人生感悟的东西，含有对人性的理解在里面。真切的人生体验对文学研究很有好处。人生多艰，人生不易！但是多艰的人生对生命有更深沉的感悟，各种各样的生存境遇和体验，使人对文学作品可能会有更真切的感受，对人性也会有更深的体会。"① 他的文学思想史研究著作，处处是审美的把握和美的境界的描述，使人处处感受到诗人般的生命感发和激动。这是宗强先生学术的显著特点，也是他学术思想的重要方面。既展现历史发展的清晰脉络，又充满浓厚的理论思辨色彩，更有对古代作品艺术风貌、审美境界的细腻准确的把握与生动重现，这是罗宗强式的学术境界，是一位中国文学思想史学科体系规划者独有的学术境界。

（原刊《社会科学战线》2009 年第 4 期）

---

① 罗宗强、张毅：《"自强不息，易；任自然，难。心向往之，而力不能至"——罗宗强先生访谈录》，《文艺研究》2004 年第 3 期。

中国文学思想史研究方法的再思考

□ 左东岭

一、 文学思想史研究的基本特征与存在的问题

中国文学思想史作为一个学科，是由南开大学中文系罗宗强教授开创的，如果以罗宗强在 1986 年出版的《隋唐五代文学思想史》一书作为该学科建立的标志，那么至今已有近三十余年的历史。目前，首都师范大学、南开大学等都建立了相关的学术研究平台。

作为对本学科学科属性与研究特点的总结，笔者曾经在《中国文学思想史的学术理念与研究方法》[①] 一文中，将其概括为四个方面：一是求真求实与历史还原的研究目的；二是将理论批评与创作实践相结合以概括文学思想的研究方法；三是历史环境与士人心态相关联的中介要素；四是心灵体悟与回归本位的学科交叉原则。中国文学思想史研究之所以会形成上述特征，乃是基于下述两方面的学理依据。一，从历史研究层面

① 见拙文《中国文学思想史的学术理念与研究方法》，《文学评论》2004 年第 3 期。

讲，是为了更加贴近历史的真实面貌，因为一个人对于文学的认识与观念，往往是由许多复杂因素构成的，同时也反映在不同的场合与领域。当文学思想研究将体现在创作实践中的文学认识纳入自己的研究视野时，对于某一时期、某一流派、某一代表人物文学思想的认识就更趋于立体化和复杂化，因而也就更接近于历史的原貌。尽管从历史哲学的角度讲，到底在多大程度上能够还原历史至今仍存争议，但探索历史真实内涵与遵从文献证据依然是史学牢不可破的基本学术原则。二，从学科发展层面讲，是为了突破已经具有近百年研究历史的中国文学批评史的学科限制，使中国古代文学观念史的研究向着更高层次提升。仅就研究对象而言，文学思想史将自己的研究对象扩展至创作实践的领域，这极大地拓展了研究的空间，从而使本学科拥有丰富的学术内涵与宽广的发展前景。

到如今，在中国文学思想史的研究过程中，该研究领域有了更多的经验积累，需要及时加以新的总结，以便推动学科的进一步发展，比如关于历史还原问题，随着本体诠释学与接受美学的深入影响，从而对于还原的内涵与性质就有了新的认识，也就是说，没有人能够真正回到历史场景自身，而只能无限接近历史的真实。这不但不会使人们对历史还原失去信心，使历史还原本身失去魅力，反倒会使历史还原充满张力与多种可能性。又比如，关于如何从创作实践中提取文学思想观念的问题，原来只是从作者的创作倾向中加以概括。其实，作者的题材选取、文体使用、创作格式、审美形态等方面，均能体现作者对于各种文学问题的看法。而且，如何提炼文学思想也还存在种种技术手段，在研究生培养过程中，我发现这是难度最大的培养环节，告诉学生应该如何做相对较为容易，但真正使其自如运用却相当困难。因此，作为一位成熟的文学思想史的研究人员，他必须得到严格的学术规范与研究方法的训练。当然，毋庸讳言，在本学科的发展过程中也曾出现过一些争议，比如有不少学者曾经提出过质疑，用当代学者所拥有的纯文学观念去研究中国古代的文章观念或者说杂文学观念，到底有无可能，而且是否与本学科文学思想还原的研究目的相冲突？①这样的问题其实不仅是文学思想史需要解答的，同时也是整个古代文学研究所必须认真面对的。另外，文学思想史中的文人心态研究，本身便具有很强的主观体验色彩，又如何保证其研究的客观有效性？因此，就本学科的发展而言，无论是从经验总结还是疑难辨析的角度，都需要对一系列相关问题予以更深入的探讨。

二、　理论批评与创作实践的复杂关系问题

将理论批评与创作实践结合起来进行研究，揭示中国文学思想的复杂内涵与真实面貌，可以说是文学思想史研究最鲜明的特点之一。之所以要把文学理论批评与创作实践结合起来，正如罗宗强所言："文学思想除了反映在文学批评与文学理论之外，它大量的是反映在创作里。有的时期，理论与批评可能相对沉寂，而文学思想的新潮流却是异常活跃的。如果只研究文学批评与理论，而不从文学创作的发展趋向研究文学思想，我们可能就会把极其重要的文学思想的发展段落忽略了。同

① 彭树欣：《历史还原：理论与实践的尴尬——兼评罗宗强文学思想史的写法》，《社会科学论坛》2007 年第 3 期。

样的道理，有的文学家可能没有或很少文学理论的表述，而他的创作所反映的文学思想却是异常重要的。"① 可见将理论批评与创作实践结合对古代文学观念进行考察，是文学思想研究的常规套路。

由此，文学思想史研究中理论批评与创作实践的关系便可以概括为以下三种。

一是有些历史时期或者某些作家只有创作实践而缺乏必要的理论批评，研究他们的文学思想无法从理论批评中去归纳总结，就只能通过创作实践中所包含的文学倾向与创作风貌来总结。这可以叫作弥补理论批评之不足。比如研究李白的文学思想，尽管李白的理论表述相当有限，但其丰富的诗歌创作成就体现着他对诗歌传统、诗歌审美形态的深刻认识，代表了盛唐时期对于诗歌认识的水准。更为重要的是，该问题不仅牵涉到作家个人的文学思想，还涉及对于中国文学观念史的整体认识。比如关于中国古代文学观念何时自觉的问题，在近几十年的学术界曾展开过广泛争议。自铃木虎雄、鲁迅到李泽厚的主流观点都认为是在魏晋时代，但是需要弄清楚的是，到底是批评的自觉还是意识的自觉？如果是意识的自觉，那么《诗经》中有那么多优美的诗篇，《楚辞》中有那么丰富的情感表达与篇章设计，难道都是在懵懂模糊的状态下完成的？其实，研究文学理论批评尚未形成的先秦文学文论，一直困扰着学界，甚至形成了没有文学批评的文学批评研究这样的悖论。但是，从文学思想研究的角度，完全可以从创作中归纳出其作者的文学

---

① 罗宗强：《〈宋代文学思想史〉序》，载张毅《宋代文学思想史》，中华书局 2006 年版，第 2 页。

看法，从而进行有效的观念史研究。汉代的经学家是站在经学的立场上看待文学的，所以不仅"诗三百"是经，连同《楚辞》也要升格为经，于是便有了《离骚经》的称谓。可是，司马相如、枚乘这些辞赋家也是从经学的角度进行创作的吗？那么，刘向和班固又何以会将诗赋在"七略"中单独列为一类？因而，将创作与批评结合起来研究，对此类问题应该有更为圆融的认识。

二是理论批评与创作实践相互印证。也许一个批评家在理论批评中所表达的只是他对于文学思想的部分看法，而把另一部分看法通过创作实践表现出来。只有将二者结合起来，才能将其文学思想概括完整。比如对李商隐文学观念的研究，文学批评史与文学思想史的处理方式便有明显不同。王运熙、杨明所著的《隋唐五代文学批评史》在详细爬梳李商隐的文论与诗论材料的基础上得出结论说："在理论批评方面，我们看到，他既重视、钦佩李贺、杜牧的日常抒情写景之作，更推崇贾谊、李白、杜甫等关怀国事民生的篇章，还肯定了宋玉假托巫山神女寄托讽喻的辞赋。可见在内容题材方面，他要求有裨于政治教化，但也重视抒发日常生活中的个人情怀，取径较为宽阔。这一点是唐代大多数文人所共通的。"① 罗宗强的《隋唐五代文学思想史》则认为李商隐的文学思想主要是追求一种细美幽约之美，他通过对李商隐诗歌作品的细致而深入的解读分析，认为其诗歌体现出三个方面的特征：一是追求朦胧的情思意境；二是追求一种细美幽约的美；三是感情的表达方式多层次而迂回曲折，感情基调凄艳而不轻佻。最后他得出结论：

---

① 王运熙、杨明：《隋唐五代文学批评史》，上海古籍出版社 1994 年版，第 638 页。

"李商隐在诗歌艺术上的这三个方面的追求，都集中反映出唐代诗歌思想发展至此已经产生了巨大的变化，从盛唐的风骨、兴象，到中唐的讽喻与怪奇，到此时的细美幽约，更侧重于追求诗歌表现细腻情感的特征。"① 那么，哪种结论更合乎李商隐本人的真实思想内涵呢？其实，李商隐在批评文字中更强调政治教化与个人情感抒发的兼顾性，他在论文时更是如此，因而王运熙等人的看法是有充分依据的，也可以说，这表达了李商隐思想的一个重要侧面。罗宗强从李商隐的诗歌创作中则提炼出了有别于其理论表述的另一个侧面，那就是对于细美幽约情感的追求与表达。而且他认为这更能代表晚唐诗学思想的主导倾向。由于罗宗强的著作更接近于思潮史的性质，所以也更关注文学思想的主要潮流尤其是带有新的创作倾向的潮流。但作为李商隐本人的思想特征，这种追求细美幽约之美其实也是其文学观念的一个侧面，而且可能是主要的一个侧面。因此，在此种关系中，体现了一位文学家文学观念的多样性，他在不同场合、不同时期、不同文体乃至不同心情下，往往呈现出许多不同的侧面。只有将这些侧面都关注到了，文学思想的研究才会具有真实的立体感。

三是理论批评与创作实践的相互矛盾。有些作家与批评家在理论表达时是一种态度，而在创作中则是另一种态度，从而构成一种相互解构而富于张力的关系。这主要是由中国古代大一统的思想现实所决定的，中国古代士人尽管也讲儒释道互补，但儒家思想却是他们大多数人推崇的处世原则，只要他想入仕为官，就不能在公开场合讲违背儒家的言论。此外，还要

---

① 罗宗强：《隋唐五代文学思想史》，中华书局 1999 年版，第 338 页。

考虑到中国古代文人人格的复杂性，有时口头上说要决绝官场
而归隐山林，那不过是一时的愤激之言，其实他们内心深处是
难以忘怀政治与天下苍生的。反过来，许多人天天大谈社稷苍
生，但实际上却并不真正践行自己的主张，从而形成如袁宏道
所调侃的："自从老杜得诗名，忧君爱国成儿戏。"可是像袁宏
道这样"新诗日日千余首，诗中无一忧民字"① 的风流才子，
却能够尽心供职而政绩斐然，被当时的首辅大学士称为明代两
百年难见的好县令。这种现象表现在文学思想上，便是理论与
创作的不一致，有时候作者明明在理论上提出一种主张，但在
创作中却表现出与之相反的倾向。比如刘基的文学思想就是一
个突出的实例，他在入明之后理论上主张台阁体的写作与昂扬
盛大的诗风，他理想的文章乃是"理明而气畅"的体貌，但是
在实际创作中却充满感伤，显示的是一种自我排遣的功能，追
求一种深沉感伤的情调。清人钱谦益早已发现了此种矛盾现
象："（刘基）遭逢圣祖，佐命帷幄，列爵五等，蔚为宗臣，斯
可谓得志大行矣。乃其为诗，悲穷叹老，咨嗟幽忧，昔年飞扬
碉砺之气，渐然无有存者。"② 其实，不仅刘基存在这种矛盾，
明初文坛也基本如此，刘基本人便吃惊地说："今我国家之兴，
土宇之大，上轶汉、唐与宋，而尽有元之幅员，夫何高文宏辞
未之多见？良由混一之未远也。"③ 对这种矛盾状况如何对待，
就必须做出深入的思考。这其中既有可能是个人心口不一、言
行不一的体现，也可能是时代的理想与现实、主观与客观难以

① 袁宏道著，钱伯城笺校：《袁宏道集笺校》卷一六《显灵宫集诸公，以城市山林
为韵》四首其二，上海古籍出版社1981年版，第651页。
② 钱谦益：《列朝诗集小传》甲前集，上海古籍出版社1983年版，第13页。
③ 刘基著，林家骊点校：《刘基集》卷二《苏平仲文集序》，浙江古籍出版社1999
年版，第89页。

协调的矛盾。

当然，如何从创作实践中提炼出文学思想，从而不把文学思想史的观念研究弄成文学史的作家作品研究，还存在着许多技术上的问题。比如，对于作者文学功能观的探讨，可以从其所写的题材与诗文的题目上进行归纳，大量山水诗的创作与个体私人化情感的抒发，以及对于隐逸生活的向往，都说明他不大可能是儒家教化功能的倡导者。又如，中国古代作者很少不讲效法古人的，但并不能就此认定他们全是复古论者，这要看他所写的诗文到底是亦步亦趋地模仿古人，还是在学习古人的同时又有明显的自我创新与情感抒发。变体与破体永远是创作的两极，而在这两种不同的追求中，便显示出作者对待传统的态度。再如，对于诗体的选择，也能透露出作者的文学观念，他是喜爱古体诗，还是喜爱格律诗？这其中显示了他对于形式技巧的态度。还有，一位作家的作品体貌是与流行的主流体貌相趋同，还是能够独树一帜？如果是后者，那他很可能体现了作者对于文学价值的不同观点而具有新的创造。还有诗文创作的方式，他是喜爱个人独吟，还是喜爱聚会唱和？这其中就包含了他们对诗文价值的不同追求。另外，还有诗文传播的方式，也能显示一个人的文学观念，他写成诗文后，是急于献给朝廷或者向社会公开，还是仅仅在亲友小圈子内流传，甚至干脆藏之名山而以待来世，这些便是教化、宣泄文学观的不同体现。对于文学思想的概括与研究，就是要把这些方方面面都综合起来，并结合其理论表述与他人评价，最后形成一个完整立体的看法。这需要长期的学术训练与研究实践，然后方能运用自如。其中不仅需要研究者拥有良好的文献解读能力、缜密的理论概括能力，更需要敏锐的文学感受能力。因为他必须首先能够领悟到作者在哪些方面表现出了新的审美倾向和独特的文学体貌，然后才能由此探讨其背后所蕴涵的文学观念。

三、 文人心态研究中的文献使用问题

心态研究本来属于历史学的一个分支，所以它理所当然应该遵守历史研究的学术规范。而此处所说的文人心态研究除了具有历史研究的一般特征之外，其主要目的乃是中国文学思想史研究的一个环节。

中国文学思想史研究的主要优点，就是把文学批评史的平面研究变成立体的研究。所谓立体，指的是在纵向上注重过程性的研究，不把文学思想理解成静止不变的固定形态；在横向上注重形成文学思想的复杂原因，诸如政治的、经济的、哲学的、宗教的、风俗的等等，也就是文学思想史更重视对于文学观念的深层原因的把握。

正是在这种深层原因的把握上，文人心态研究成为不可或缺的一个环节。韦勒克曾经把文学研究分为内部研究与外部研究，认为对于文本的结构研究与审美研究属于文学的本体研究，而把思想史的、作家传记的以及其他因素的研究称为外部研究。以前的文学史与批评史的研究也会对文学发展的背景进行宏观的描述，但往往是概论性的，从而也就是外在性的，文学的历史背景叙述与文学本体的论述时常是两张皮的，中间往往缺乏一个沟通的环节。弥补此一环节的中介，那就是文人心态。因为无论是何种社会历史因素，要进入文学创作与文学观念，都必须通过文人的整合与改造，于是文人心态就成为沟通社会历史文化与文学审美的一个有效的中介。但是文人心态如

何研究呢？其中除了需要具备一定的心理学的学术素养外，还要能够拥有感同身受的心灵感悟能力，但作为历史研究性质的心态研究，更重要的还涉及文献合理使用以保证其历史客观性的问题。

在研究文人心态时，研究者所依据的文献应包括其他人所记录下来的文字，诸如档案、实录、笔记、史书等等，都是从第三者的立场进行记录的，拥有一定的客观属性，但此类文献也存有难以克服的缺陷，就是说，这些毕竟都是间接的记载，与作者本人是存在相当的时间与空间距离的。因此，要进行文人心态研究，更重要的还是要使用研究对象本人所撰写的诗文作品，也就是别集中的文献，这无疑是最能直接表露其思想情感的文献依据。而这就牵涉到了到底文如其人还是文不如其人的问题。金人元好问早就在诗中写道："心画心声总失真，文章宁复见为人。高情千古《闲居赋》，争信安仁拜路尘。"[1] 潘安一面撰写向往归隐的文章，一面又巴结逢迎权贵，可见文章与为人原是不完全一致的。但刘勰却说："贾生俊发，故文洁而体清；长卿傲诞，故理侈而辞溢；子云沉寂，故志隐而味深；子政简易，故趣昭而事博；孟坚雅懿，故裁密而思靡；平子淹通，故虑周而藻密；仲宣躁锐，故颖出而才果；公幹气褊，故言壮而情骇；嗣宗俶傥，故响逸而调远；叔夜俊侠，故兴高而采烈；安仁轻敏，故锋发而韵流；士衡矜重，故情繁而辞隐。触类以推，表里必符。"[2] 可见作家性情又是能够左右作品体貌的。那么到底在哪些层面可以由作品看出作者的心态，

① 元好问著，姚奠中主编，李正民增补：《元好问集》卷一一《论诗绝句三十首》，山西古籍出版社 2004 年版，第 269 页。
② 刘勰著，范文澜注：《文心雕龙注》，人民文学出版社 1958 年版，第 506 页。

而哪些层面又可能掩饰遮蔽呢？在作品与文人心态的关系中，除了心口不一的道德虚伪外，是否还包含着创作本身的一些特点？

影响文人心态研究的重要因素之一是作者与叙述者的关系问题。按照现代叙事学的观点，作者与叙述者永远是不重叠的，二者之间只有距离远近的差别，而没有合一的可能。这种说法应该说是合乎中国古代的文学创作实践的。比如中国诗歌中出现过许许多多以香草美人为喻的诗作，叙述者常常自称贱妾，而把君主当成夫君，我们当然不能认为作者就是女子。中国诗学从汉代确立比兴的传统后，诗歌解读者总会在文字表面探讨其中更为隐秘的寓意和寄托，于是，李商隐以言情作为主要叙述方式的"无题"诗就长期吸引研究者的探测兴趣，不断从中寻求其微言大义。中国古代有许多文体的规定，作者一旦进入某种文体的写作过程，就必须自觉遵守这些规定，再加上作品的许多具体情景的变化，就使得作者作为叙述人时在一定程度上进行着角色的扮演，那么为文而造情的现象也就在所难免。就其本质意义而言，为文而造情不能完全被视为负面的因素，这就像你不能否认演员的表演一样。但是对于心态研究而言就会造成许多困难，因为依据这些文献而探讨作者的心态，很可能是不完全有效的，是不真实的。在这种情况下，仅仅像乾嘉学派那样去进行文献排列来归纳结论就往往距真实很远。可直到今天的历史研究，还有许多人谨慎地守着这些家法不敢越雷池一步。这样的研究尽管从表面上看严守学术规范，似乎证据确凿而结论可靠，其实许多时候只是隔靴搔痒，在材料的表面滑来滑去，而难以深入历史的深层，更不要说深邃的心灵世界了。于是，就有必要弄清作者与叙述者在不同文体中的关系远近问题，然后才能决定其心态研究的价值。一般说来，尺牍中作者与叙述者的关系是最为接近的，然后是诗歌等抒情性文体，最远的莫过于偏重形式的骈体文与实用性的公文文体了。如果不把作者与叙述者、文体与作者之间的关系弄清楚，就贸然讨论文如其人还是文不如其人的问题，那是很简单轻率的态度。

影响文人心态研究的因素之二是文献作为证据的效用问题。在文人心态的研究中，辨别材料的真伪当然是非常重要的，而了解文献生成的背景、解释文献的证据效用以及恰如其分地运用这些文献，同样不可忽视。也就是说，并非所有的诗文作品都拥有相同的心态研究价值，有的可以作为证据，有的就没有证据的功用，有的则需要说明文献的适用范围才能作为证据。而这一切，都不是仅靠材料真伪的辨别所能解决的。比如，同样是作者与叙述者关系最近的尺牍，其本身也还存在一个证据效用的大小问题，具体说就是尺牍的生成背景。他是写给上司的，还是写给朋友的，或者是写给亲人的，那他透露的心态真实性就会有很大的差别。这就像我们开会时说的话和私人聊天的话一样，是会有很大差别的。试看以下袁宏道写于同一时期的几封书信：

　　职今年三月内，闻祖母詹病，屡牍乞休，未蒙赐允。职惟人臣事君，义不得以私废公，又事势无可奈何，强出视事，一意供职，前念顿息，无复他望矣。不料郁火焚心，渐至伤脾，药石强投，饮食顿减。至前月十四日，病遂大作。旬日之内，呕血数升，头眩骨痛，表里俱伤。①

---

① 袁宏道著，钱伯城笺校：《袁宏道集笺校》卷七《乞改稿一》，第 317 页。

　　大约遇上官则奴，候过客则妓，治钱谷则仓老人，谕百姓则保山婆。一日之间，百暖百寒，乍阴乍阳，人间恶趣，令一身尝尽矣。[①]

　　画船箫鼓，歌童舞女，此自豪客之事，非令事也。奇花异草，危石孤岑，此自幽人之观，非令观也。酒坛诗社，朱门紫陌，振衣莫厘之峰，濯足虎丘之石，此自游客之乐，非令乐也。令所对者，鹑衣百结之粮长，簧口利舌之刁民，及虮虱满身之囚徒耳。然则苏何有于令，令何关于苏哉？[②]

　　上官直消一副贱皮骨，过客直消一副笑嘴脸，簿书直消一副强精神，钱谷直消一副狠心肠，苦则苦矣，而不难。唯有一段没证见的是非，无形影的风波，青岑可浪，碧海可尘，往往令人趋避不及，逃遁无地，难矣，难矣。[③]

　　此处言及袁宏道的三种辞官原因：一是身体有病，二是好逸恶劳，三是遇到了政治风险。那么这三种原因中是否存在真假问题，或者说，即使全是真的，有无主次之分？这就需要考察三封尺牍的写作对象。一般说来，属于公文尺牍的《乞改稿》可靠性是最低的，因为因病辞职乃是中国官场中最为常见的现象之一，几乎成为古今辞官的共同理由。但也不必认为袁

---

① 袁宏道著，钱伯城笺校：《袁宏道集笺校》卷五《与丘长孺书》，第208页。
② 袁宏道著，钱伯城笺校：《袁宏道集笺校》卷五《兰泽、云泽叔》，第211页。
③ 袁宏道著，钱伯城笺校：《袁宏道集笺校》卷五《与沈广乘》，第242页。

宏道是在造假，只不过他的病是否足以达到辞官的程度要有所保留而已。而好逸恶劳的表达是针对亲友的，应是其主要原因，联系到他辞官后漫游吴越的种种行为，起码身体不是辞官的主因。而政治风波或许是加速其辞官的直接诱因，但必须有放纵自我性情的"求乐"动机作为前提。当其辞官之后，曾在致朋友信中说："病是苦事，以病去官，是极乐事。官是病因，苦为乐种。弟深得意此病，但恨害不早耳。"① 可见，辞官求乐是其目的，得病刚好成为辞官的理由，所以才会遗憾自己为何不早点得病。将这些复杂因素辨析清楚之后，我们就能具体了解此时袁宏道的心态是如释重负的解脱感，并在此种心态下写出了许多流畅挥洒的诗文作品，其文学思想也是最为激进自由的时期，因此他辞官后的诗文结集便命名为《解脱集》。由此生发开去，他此刻所摆脱掉的不仅仅是官位的羁绊，还有文学上的传统束缚与种种格套的限制，于是才会提出"独抒性灵，不拘格套"的文学主张。

心态研究尽管不是文学思想史研究的核心内涵，但却是连接社会文化诸要素与文学思想的重要环节，是其他文化要素通向审美要素的重要途径。而文献的有效使用，又是心态研究的重要前提之一。如果研究者真正能够严格遵守文人心态研究的文献使用原则，将作者与叙述者的关系进行仔细的考量，认真考察每一篇文献的生成背景与使用效用，并且将文人自己所创作的作品与其他相关的文献进行综合比对研究，那么最终所取得的学术结论就应该是令人信服的。

---

① 袁宏道著，钱伯城笺校：《袁宏道集笺校》卷六《致王瀛桥》，第301页。

四、 古今文学观念的差异问题

受过现代学术训练的学者，他所拥有的文学观念基本都是受西方文学观念影响的纯文学意识，但在进行文学思想史研究时，却必须面对复杂的中国古代文学观念，或者说是一种杂文学观念。比如在近百年的中国古代文学研究中，学术界形成了一种比较一致的看法，这就是中国古代文学是以诗歌作为核心与主线的，所以诗歌与诗论也就理所当然地成为其研究的重心。应该说，这种看法只是部分合乎中国古代文学的实际情况。因为在中国古代的文体排列中，是以经、史、子、集作为先后顺序的，现代学者最为重视的诗歌文体，恰恰是被列在末尾的集部中，而中国古代最看重的还是经部，这无论是在经学占统治地位的汉代，还是清代官方所撰修的四库全书中，都鲜明地体现了此一观念。这便是中国古代最为强烈的观念之一：宗经意识。这种观念是与人文教化、经国治世的实用目的紧密相结合的，没有谁会轻易否定经学的地位，哪怕是最为重视文学审美的曹丕也还得说："盖文章经国之大业，不朽之盛事。"像西方文学不能忽视《圣经》的重要地位一样，中国古代文学也绝不能低估经学的深刻影响。在中国古代，经学意识导致了两种不同但互有关联的文学观念：一种是重教化的文学功能观，延伸出的是文与道的关系，因而有德者必有言与道决定文成为其核心观念；另一种是实用的文学功能观，延伸出的是文章体要与华美漂亮之文辞的关系。所谓体要，就是各种文体的独特功能具有与之相应的体貌与写法。刘勰曾论檄移说：

凡檄之大体，或述此休明，或叙彼苛虐，指天时，审人事，算强弱，角权势，标蓍龟于前验，悬鞶鉴于已然，虽本国信，实参兵诈。谲诡以驰旨，炜晔以腾说，凡此众条，莫或违之者也。故其植义扬辞，务在刚健。插羽以示迅，不可使辞缓；露板以宣众，不可使义隐；必事昭而理辨，气盛而辞断，此其要也。①

此处所强调的就是檄移的"体要"，前面的内容与功用的"体"决定了后面写作上的手法与体貌的关键之"要"。如果谁失去了此种"体要"，那必然会归于创作上的败笔。当然，体所要蕴涵的不仅仅是文体的功能，同时还涉及文体的价值等级等内涵。刘勰无疑是非常重视文章体要的，所以他对于六朝以来的"文体解散"也就是忽视体要的现象持严厉的批评态度，可是他同时又讲："然则圣文之雅丽，固衔华而佩实者也。"②可见在刘勰眼中，既要实用又要华美，才是理想的文章。但是，在现代文学观念中，无论是教化还是实用，都已不再是文学的应有功用。这样就形成了古今文学观念差异的问题。有人曾质疑，以这样一种矛盾方式去研究中国古代的文学思想，能够达到求真求实的学术目的吗？

我的基本观点是，既要坚持现代文学观念的审美本位立场，又要照顾中国古代文学观念的复杂状况。这就是说，在价值选择与叙述重心上，应该坚持审美性、文学性，否则，我们就没有了学科的规定性与文学的基本属性，但又绝不能忽视古代文

---

① 刘勰著，范文澜注：《文心雕龙注》，第378—379页。
② 刘勰著，范文澜注：《文心雕龙注》，第16页。

学观念的复杂内涵，否则就不是中国古代文学思想的研究。

其实，古今中外，从来就没有一个共同的、被所有人都认可的纯审美的文学观念，不同时代、不同国度、不同人群，都有各自不同的文学思想，例如政治家的文学观，无论古今中外，基本都是讲究实用教化的，那些试图让政治家也拥有纯文学审美观的想法是过于天真幼稚的主张。中国古代由于受儒家政教观念的影响，所以文学在很多时候都倾向于教化。但是又不能说没有审美的文学观念，比如，刘勰讲"衔华而佩实"，李贽讲"天下文章以趣为主"等等，其实都强调的是审美与文采。当然，也有对所有文体进行更本质概括的理论，比如萧统的《文选》自序就说：

> 若夫姬公之籍，孔父之书，与日月俱悬，鬼神争奥，孝敬之准式，人伦之师友，岂可重以芟夷，加之剪截？老庄之作，管孟之流，盖以立意为宗，不以能文为本，今之所撰，又亦略诸。若贤人之美辞，忠臣之抗直，谋夫之话，辨士之端，冰释泉涌，金相玉振，所谓坐狙丘，议稷下，仲连之却秦军，食其之下齐国，留侯之发八难，曲逆之吐六奇，盖乃事美一时，语流千载，概见坟籍，旁出子史。若斯之流，又亦繁博，虽传之简牍，而事异篇章，今之所集，亦所不取。至于记事之史，系年之书，所以褒贬是非，纪别异同，方之篇翰，亦已不同。若其赞论之综辑辞采，序述之错比文华，事出于沉思，义归乎翰藻，故与夫篇什，杂而集之。[1]

---

[1] 萧统编，李善等注：《文选》，中华书局 1987 年版，第 3—4 页。

归纳起来说，他的选文原则就是"事出于沉思，义归乎翰藻"。也就是集中于文人的精心构思与文辞的华美漂亮。无独有偶，刘勰在《文心雕龙》的序言中也提出了同样的要求："夫文心者，言为文之用心也。昔涓子琴心，王孙巧心，心哉美矣，故用之焉。古来文章，以雕缛成体，岂取驺奭之群言雕龙也？"① 在此，刘勰一部《文心雕龙》所要探讨的，便是作家如何构思文章并获得如"雕龙"般的华美文采，进一步说，其"文心"所思考的主要对象便是如何构成"雕龙"的效果，"雕龙"也就成为"文心"所指涉的主要对象。现代学者当然很看重这样的观念，因为它们距离我们如此之近，几乎可以说大致重叠了。但是，我们必须承认，魏晋六朝只是中国古代一个讲究唯美的很特殊的时期，不可能以此涵盖整个中国古代的文学观念。而且即使在六朝，即使在刘勰自身，宗经与实用依然占据着其文学观念的重要位置。如果忽视这些，必然曲解古人。

当今的中国文学思想史研究，就是要首先弄清楚古代文学观念的实际情况，即它包括了实用的、教化的、自适的、不朽的、唯美的文学观，这是中国文学思想史的实际状况，不写出这些，就不能算真正的历史研究。同时，我们又要用现代文学观念去进行价值判断，将那些强调审美性、文学性的观念作为介绍的重点。只有兼顾到这两个方面，我们的文学思想史研究才能成为对今天文学理论建设有用的思想资源。

关于文学思想史的研究，还存在许多问题，比如求真求实与阐释接受的问题、主流文学观念与地域文学的问题、实用教

① 刘勰著，范文澜注：《文心雕龙注》，第 725 页。

化与文学风骨的问题、历史转型与文学思想变迁的问题等等，都是牵涉文学思想研究的整体性问题，有必要进行更深入全面的研究。

（原刊《中国人民大学学报》2014 年第 4 期）

朝代转折之际文学思想研究的价值与意义

□ 左东岭

　　韦勒克在其《文学理论》中，曾把文学研究分为外部研究与内部研究这样两个层面。尽管他没有完全否定外部研究的价值，但认为真正的文学研究应该是文学内部研究，所以他在其八卷本《近代文学批评史》中，基本没有按照政治史、经济史或文化史的段落做划分，而是将其分为文艺复兴、巴洛克、古典主义、浪漫主义、现实主义与现代主义等几个大的文学思潮来描述近代欧美文学批评的发展过程。可以说，以文学作品为核心，以审美性为目的，以文学理论范畴为基本范式，是韦勒克文学理论与文学批评研究的基本思路。

　　中国文学史、文学批评史与文学理论史的研究基本上都是以朝代来划分的，从而分成先秦两汉、魏晋南北朝、隋唐五代、宋代、辽金元、明代、清代与近代等。这有一定的合理性，因为中国的文学发展与政治关系极为密切，每个王朝的文化政策、每次大的朝政变动，都会引动文人们敏感的心理与情感，并对其文学观念与文学创作产生深刻的影响；同时，许多时候朝代的更替也是文学观念与文学创作的分期标志，如魏晋时期就被许多学者认为是从先秦两汉的以政教论诗到六朝唯美主义的分界线，因而被称为文学自觉的时代。但是，以韦勒克的眼光看，这种划分方式依然属于文学的外部研究，因为最终的依据还是政治史的。文学的发展有时与政治是同步的，而有时则存在着巨大的差异，文学创作的风格、流派与观念大多情况下不会因为朝代的变迁而泾渭分明地分为两个完全不同的时期。如果人为地将其割裂开来，显然不利于文学研究。可是长期以来，大多数学者却都是以政治史的分期作为分段标志而展开自己的研究的。根据笔者的涉猎范围，也许朱维之先生是个例外，他在其《中国文艺思潮史稿》①中仿照西方思潮史的写法，主要线索是依照文学思潮的演变来叙述的，历史则成了一个时间的参照物。比如他用古典主义、浪漫主义与现实主义来叙述元明清三代的文艺思潮，而所有这些思潮都是跨越政治分期的，从而显得很有学术个性。当然也还有许多未尽如人意之处，主要不足起码有两点：一是线条太粗，漏掉了许多重要的文学现象；二是所使用的理论范畴术语基本上是照搬西方的，从而与中国的文学发展过程不能完全符合。但朱先生的这种探索笔者认为还是极有学术价值的。

朱先生著作的价值并不是由于合符了韦勒克的文学研究范式，而是因为他解决了跨时代文学现象的研究与叙述的问题。抛开韦勒克的理论不谈，用政治史的标准来研究文学发展，起码它对研究朝代转折时期的文学现象是极为不利的。在中国历史上，历代王朝的朝代更替时期往往是政治、经济、哲学、文化，甚至是风俗习惯的大变动时期，而各种历史因素的变化必然带来整个历史环境的变化，作为反映历史变化最直接、最形象也最全面的

① 参见朱维之：《中国文艺思潮史稿》，南开大学出版社1988年版。

文学，理所当然会发生巨大的变化。朝代更替时期的文学，也许不一定都是创作上的高峰期，但却肯定是文学思想、创作心态、审美趣味、文学风格等重要文学因素的大变化时期，从而显示了其变异性、过渡性与转折性等重要特征。而且，朝代更替时期的文学变迁往往牵涉面非常深广，其变化常常是前一朝代各种历史因素长期积累的结果，同时又会对下一朝代的文学产生深远的影响。因而研究朝代更替与文学变迁的关系，可以更好地梳理各种文学现象发展演变的基本线索，对文学的演变过程有一个更清楚的认识，有利于对中国文学史做整体的把握，同时还可以通过对各朝代更替时期文学演变的相同与不同的诸复杂因素的研究，从而发现一些带有深层规律性的东西，以便对中国文学的历史做出更深入的探讨。这种研究不仅对历史真相的还原具有很高的学术价值，而且对于现代的文学理论与文学创作也具有重要的借鉴作用。但是由于采用政治史的分期方式，所以往往是以一个或者几个朝代为基本单元，为了照顾单元的完整性，也就不得不在许多情况下以牺牲朝代与朝代之间文学发展的连贯性作为代价，从而在客观上造成了朝代更替时期研究上的缺陷与空白。因此，自中国古代文学研究在现代学术史上形成一个学科以来，还没有人将朝代更替与文学变迁的关系作为一个独立的课题加以研究，因而也就不能不在古代文学的研究中留下许多疑问与难题。比如，就文学分期而言，建安文学的归属问题，即将其归入汉代文学还是魏晋文学，至今仍是个争议很大的学术问题；就作品归属而言，对《三国演义》与《水浒传》，不少文学史与小说史将其作为明代文学的重头作品，可是几乎产生于同一时间与具有相同的创作倾向的《琵琶记》则被划入了元代，然而也有人将前两部小说作品（如章培恒、骆玉明主编的《中国文学史》）划入了元代文学之中，其归属的混乱于此可见一斑；就作家而言，钱谦益本是公安派成员袁中道的好友，他的许多文学活动都是在明代后期，但目前的文学史教材却为了朝代的划分将其置于清代初期，其做法无疑是主观武断的。像上述的这些争议与混乱可以说大量地存在于古代文学的研究中，也就不能不影响到对朝代更替时期的文学现象的研究，更谈不上对朝代更替与文学变迁之间深层关系的研究了。尤其是对于文学思想的研究，就更需要将朝代转折时期作为一个整体进行观照。文学思想研究包括了创作风格、文学流派、理论批评、观念演变的丰富内涵，以文学思潮的演变为主要线索。它更强调立体感与连贯性，所以也就更关注文学自身的发展变化。换句话说，它是将文学的内部研究与外部研究结合起来进行操作的，既要弄清文学思想本身的理论内涵与来龙去脉，也要探讨其形成的种种复杂因素。

具体到元明之际这一时期的文学思想研究而言，自当有其独立的学术价值与意义。首先是保证了其研究对象的完整性。元明易代之际的文人往往由于政治归属的原因而被划入不同的政治势力，又由于不同政治势力兴衰而被分属于不同的朝代。其实从文学思想研究的角度看，这是很没有道理的。比如宋濂与戴良二人，同属浙东文人，同出柳贯、黄潘之门，但清代学者在将二人的别集收入"四库全书"时，却将戴良归入元代，而宋濂则归入了明代。其实二人不仅年龄相仿，而且仅就卒年而论，戴良卒于洪武十六年（1383 年），而宋濂却卒于洪武十三年（1380 年）。之所以将较宋濂还多在明代生活了三年的戴良归入元代，主要的理由就是因为他"迄未食明禄也"①。宋濂

---

① 永瑢等：《四库全书总目提要》卷一六八，中华书局 1983 年版，第 1458 页。

则早在元至正十九年（1359 年）即被朱元璋所聘请而投入朱明政权，因其为"开国文臣之首"而被归入明代。这种归属对后世影响极大，今人杨镰《元诗史》仍将戴良归入"赴难诗人"之列，而宋濂则成了明代文学的开山人物，多数文学史著作都将宋濂被朱元璋征召笼统地说成"明初"，甚至专业历史工具书《中国历史大辞典·明史卷》都说他"明初应朱元璋召至应天"①，其实宋濂受征召的时间距明朝之建立还有整整九年，将其说成"明初"显然是一个叙述上的失误。如果就文学思想研究本体看，这种划分是非常不利的。宋、戴二人同属浙东金华文人集团，同出一个师门，都强调文学的政教与实用功能，很能代表该地域文人文学思想的共同特征。同类的情况还有杨维桢与陶安，前者卒于洪武三年（1370 年）却常被视为元代诗人，而后者卒于洪武元年（1368 年）却被列入明诗人群体，其原因也是以其是否归顺朱元璋政权作为分辨标准。如果将元明之际作为一个独立的研究对象，这样的割裂之弊将会被避免，从而更完整地观照该时期的文学思想。

其次是对当时文学思潮的发展演变过程有一个完整的认识。比如台阁体是明代前期流行的文体，今人的文学史著作大多以"歌功颂德，形式工稳"来概括它，而且在叙述立场上大都持贬抑态度，其实对此做出较为准确概括的还是《四库全书总目提要》，该书在序杨荣文集时说："发为文章，具有富贵福泽之气。应制诸作，沨沨雅音。其他诗文，亦皆雍容平易，肖其为人。虽无深湛幽渺之思，纵横驰骤之才，足以震耀一世。

---

① 中国历史大辞典明史编纂委员会编：《中国历史大辞典·明史卷》，上海辞书出版社 1995 年版，第 249 页。

而逶迤有度，醇实无疵。"① 其核心在于实与醇、合于道的宗旨与实用的目的，当然还要加上"逶迤有度"的温柔敦厚体貌，这是明代前期文坛上占主导地位的文学思想，也就是所谓的"台阁气象"。但台阁体并非始于明代，如果仅就明代自身着眼，便很难对台阁体有一个完整认识。台阁论诗文起码在唐代就已经出现，但是把台阁与山林作为相对应的两个体派却是始于元代。元代文人尽管在政治仕途上机会不多，而且即使进入朝廷也很难占据重要的决策位置，但是他们在文化上的优势还是很明显的，凡属制作礼乐、纂修史书、诏诰奏议、碑铭传记等事，均须靠他们承担，因而馆阁就成为他们施展才能的地方，同时也成为许多文人向往羡慕的地方，而台阁之文也就理所当然地成为文人所尊崇的理想体貌。对此戴良曾做过集中的概括："自天历以来，擅名于海内，惟蜀郡虞公、豫章揭公及金华柳公、黄公而已。盖四公之在当时，皆涵淳茹和，以鸣太平之盛治。其摛辞则拟诸汉唐，说理则本诸宋氏，而学问则优柔于周之未衰，学者咸宗尚之，并称之曰虞、揭、柳、黄，而本朝之盛极矣。"② 从作者角度讲，虞集、揭奚斯、柳贯与黄溍的确能够代表元代的台阁文章；"涵淳茹和"则是雅正冲和的体貌要求，"说理则本诸宋氏"乃是体现的文章之宗旨。至于"摛辞则拟诸汉唐"则是文辞上的要求，其具体内涵可用黄溍的话作为补充："予闻昔人论文，有朝廷台阁、山林草野之分，所处不同，则所施亦异。夫二者岂有优劣哉？今四方学者第见尊官显人摛章缋句，婉美丰缛，遂悉意慕效之，故形于言者类

---

① 永瑢等：《四库全书总目提要》卷一七〇，第 1484 页。
② 戴良：《九灵山房集》卷七《夷白斋稿序》，中华书局 1985 年版，第 101 页。

多有其文而无其实。"① 尽管黄溍在此是批评只讲外在的"摛章缋句，婉美丰缛"而不顾文章之实，但他却不经意间透露了台阁体华美婉丽的文辞特征。总结起来讲，元代的台阁体的特点是体貌平和，崇尚实用，看重理学，同时又讲究文辞之婉丽。此外，黄溍在此还进一步指出了当时论文以朝廷台阁与山林草野为分类原则的普遍情形，而且点出其"所处不同，则所施亦异"的区分原因。到了明初宋濂之时，非常明显地承袭了元人的观点："昔人之论文者，曰有山林之文，有台阁之文。山林之文，其气枯以槁；台阁之文，其气丽以雄。岂惟天之降才尔殊也？亦以所居之地不同，故其发于言辞之或异耳。濂尝以此而求诸家之诗，其见于山林者，无非风云月露之形，花木虫鱼之玩，山川原隰之胜而已。然其情也曲以畅，故其音也眇以幽。若夫处台阁则不然，览乎城观宫阙之壮，典章文物之懿，甲兵卒乘之雄，华夷会同之盛，所以恢廓其心胸，踔厉其志气者，无不厚也，无不硕也。故不发则已，发则其音淳庞而雍容，铿鍧而镗鞳。甚矣哉，所居之移人乎！"② 宋濂在两方面继承了元代的台阁体内涵，一是"淳庞而雍容"的雅正平和体貌，二是形成山林与台阁的差异是由于"所居之地不同"。但他也有两点突破，一是将原来用之于论文的体派划分推及于论诗，并且没有完全排斥山林之诗，而是肯定了"其情也曲以畅，故其音也眇以幽"的长处；二是以气之强弱来区分台阁与山林的不同。元人虽也经常以气论文，但他们所说的气主要指

---

① 黄溍：《金华黄先生文集》卷一八《云蓬集序》，载《四部丛刊初编》，商务印书馆 1929 年版，集部第 239 册，第 177 页。
② 宋濂：《汪右丞诗集序》，载宋濂著，罗月霞主编《宋濂全集》，浙江古籍出版社 1999 年版，第 481 页。

王朝疆域广大与国势强盛所造成的气势之盛，宋濂也讲朝廷的气派与威势，但又必须最终落实到创作主体志气的深厚硕大。宋濂的观点代表了明代刚刚建立使文人们所拥有的自信与豪迈，并且集中体现了一批文人从山林进入台阁的心态与文风。到了三杨时的台阁体，依然继承了体貌平和，崇尚实用，看重理学的传统，但已经不讲文辞婉丽，不讲主体盛气，也就是没有了"丽以雄"的盛大铿鍧。显而易见，对台阁体文风的演变必须要将元明之际作为一个整体，才能有一个完整的认识。

最后是对于构成当时文学思潮的复杂原因能够进行更深入的探讨。许多历史因素都不是产生于一时一事的现象，而是存在着许多深层的复杂历史关联，只有将某一阶段的前后关联都弄清楚了，此一时期的许多现象才能呈现出其真实面貌。比如明初许多文人都有很强烈的隐逸倾向，以前学术界大都将其归于明初朱元璋严刑峻法的威慑以及对于旧王朝的留恋等，其实情况相当复杂，某些因素是元代历史的延续。可以说隐逸是元代文人很普遍的人生旨趣，而且越到元末这种隐逸倾向越强烈。而要追究元代文人的隐逸倾向，又必须考察有元一代文人群体存在的整体状况，比如科举考试的停止、文人地位的边缘化、文化政策的宽松、江南经济的发达等等。只要这些历史因素没有得到根本改变，隐逸的倾向就不会消逝；即使这些因素已经改变，文人们长期养成的人生旨趣依然会因为顽强的历史惯性而难以遽然改观。更何况有的历史因素表面上似乎已经改观，却依然在深层保留着原有的性质。比如文人的地位问题，所谓元代文人地位低下，并不是说他们就没有仕进的机会与成功的可能，而是在两个方面与宋代相比而大相径庭：一是不再通过科举考试来铨选官员，而是通过荐举的方式以入仕途，并且大都要经过一个充当吏员的时期，然后才能辗转升迁；二是汉族文人尤其江南文人在政权结构中即使做了官，也不能做正职而只能屈居副职，并因此常常受到不公正的待遇而心有压抑与苦闷的感觉。进入明代之后，这种状况得到了明显的改观，科举制度得以恢复，文人被大批地征入朝廷为官，照理说文人们应该纷纷走出山林而踊跃入仕。但实际上并没有如此乐观，更多的人还是隐居不出，弄得朱元璋最后不得不制定一个"寰中士大夫不为君用"的法令，即凡是不肯做官者一律可以抄其家而斩其首的规定。朱元璋尽管想方设法将文人驱入仕途，但使用文人却太随意轻率，常常将他们当吏员对待。文人的地位难以稳定，尊严难以保证，才能难以发挥，还常常遭受莫名其妙的责罚，甚至有性命之忧。如此情况自然使他们依然会采取回避政治的态度，从而难以改变其隐逸的人生选择。认识到这种复杂的现象，就会对明初文学思想的复杂内涵与演变趋势具有较为深入的认识。从理性上讲，文人们对于战乱的结束，对于汉族政权的建立，对于国家的统一都满心欢喜，并为此写作诗文表达激动的感情。当时的宋濂等主流派文人都渴望文学就此能展现出博大昌明、雄浑高昂的格调。但是由于隐逸倾向的存在，由于文人回避政治的态度，由于文人惴惴不安的心理，因而这种文学的理想并没有变成文学现实，反而使文学创作迅速地衰落下去。

从上述情况看来，以前所谓的文学整体观需要得到纠正：整体观不仅要从明代一个朝代的文学整体着眼，更要从跨越朝代的元明之际这一整体观入手，才能使研究推向深入。而其他朝代的转折之际也不同程度地存在着此种情况，因此此一领域的研究理应得到加强并拥有广阔的学术前景。

（原刊《光明日报》2007 年 4 月 3 日）

中国古代文学思想阐释中的历史意识

□ 左东岭

中国文学思想史的研究从文学学科讲，是对中国古代文学家、批评家关于文学的看法、理解、认识及评判的观念性研究；从历史学科讲，则是对中国古代文学思想的各段历史的发生、演变及兴衰的过程性研究。将此二者综合起来，便呈现出如下特征：其目的在于还原古代文学思想的真实内涵，其特点在于既重视其整体的复杂性又关注其纵向的过程性，其方法乃是将理论批评的观念与创作实践中所包含的文学认识结合起来的交叉考察，并注重通过文人心态的透视以挖掘文学思想发展演变的复杂社会历史原因。不难看出，中国文学思想史的研究是对传统的文学批评史和古代文论研究的进一步改造与拓展。就其相同处看，它们都是对于中国古代文学的观念性研究。但其差异性也非常显著，传统的文学批评史或者古代文论更重视理论范畴与批评方法自身的归纳与总结，并从中生发出有益于现代文学理论构建的思想资源与理论活力，而中国文学思想史的研究则更重视古代文学思想内涵的还原，同时更关注其产生原因以及对当时文坛所产生的复杂影响。鉴于此种区别，文学思想史的研究除了要具备良好的理论思辨能力和文学审美能力之外，同时需要良好的史学修养与自觉的历史意识。因为文学思想史的研究主要由两个环节组成：文献的搜集辨析与文献的解读阐释。文献的搜集辨析乃是历史研究的必备功夫，而文献的解读阐释同样需要具备自觉的历史意识，否则便很难揭示古代文学思想的真实面貌。

古代文学思想阐释的历史意识之一，是要具有古今观念之间存在明显差异的意识。这尤其体现在语言表达的词义差异上，有时看似相同的术语表达，但其内涵却有较大变化。比如在《文心雕龙》研究中，"辞"乃是其出现频率最高的术语之一，大多数研究者都将其含糊地理解为文辞，但涂光社在其《文心雕龙·风骨篇简论》[1] 一文中，却认为将"辞"理解为言辞、文辞或辞章是一种肤浅的看法，并引述段玉裁《说文解字注》说："词与辞部之辞，其意迥别……然则辞谓篇章也。词者，意内而言外者也。积文字而为篇章，积词而为辞。"查阅《汉语大词典》，"辞"字共列有十三个义项，却没有一条是篇章之义，也难怪大多数学者都没有将《风骨》篇中的"辞"理解为篇章之义。但考诸该书实际情况，涂光社的解释是符合实际情况的，比如《知音》中的"观置辞"，便不仅仅是考察一般的词语安排，而是由字到词、由词到句、由句到段、由段到篇的文本细读，这是理解一篇作品的必要环节。同理，《文心雕龙》其他许多地方所用的"辞"也均有篇章或文章之义。遗憾的是，尽管有涂光社文章的提醒，还是有许多学者沿用旧习惯，将此一古今差异轻易忽视了。研究《文心雕龙》，不能仅

---

[1] 载中国古代文学理论学会编：《古代文学理论研究》，上海古籍出版社 1981 年版，第 3 辑。

凭查阅工具书进行词义的诠释，因为刘勰在使用关键术语时，大都用其古代本意，需要研究者进行词源学的考察，并结合相关典籍认真辨析，才能知其所言真意。

其实，古今观念的差异不仅体现在诠释者与古代文本之间，还体现在古代不同作家、不同历史时段之间，因此，弄清它们之间的差异也是需要具备历史意识的。还以《文心雕龙》研究为例，其《原道》起句"文之为德也大矣"中的"德"，便有德教、功用、特点、规律、文采等许多不同释义，罗宗强认为王元化从道与德关系切入最为清楚："'道'无形无名，借万物以显现，这就是'德'，文之得以为文，就因为它是从道中派生出来的。"① 这样的释义从理顺文意的角度当然是清楚的，但是，德的属性是什么却语焉不详，而这又是很重要的，因为德的属性还牵涉文的内涵问题。研究该问题的学者一般都会引用《管子·心术》中的"德者道之舍"那句话，却少有全引的，该文说："德者道之舍，物得以生，生知得以职道之精。故德者得也，得也者，其谓所得以然也。以无为之谓道，舍之之谓德，故道之与德无间，故言之者不别也。间之理者，谓其所以舍也。"② 正如管子本人所言："虚而无形谓之道，化育万物之谓德。"也就是说尽管道是化育万物的根本，但却是虚而无形的，必须通过德来体现，因此德就成为道之现实展开，二者其实是一体的，如果无德，道也就无从体现，从此一角度说，二者也就无从分别。只不过人们为了突出"所以德"的原

---

① 罗宗强：《释"文之为德也大矣"》，载《读〈文心雕龙〉手记》，生活·读书·新知三联书店 2007 年版，第 9 页。
② 戴望：《管子校正》卷一三，载《诸子集成》，上海书店出版社 1994 年版，第 5 册，第 220—221 页。

因探求，才将二者分别开来。刘勰的思想创造在于它将"文"的观念引入道与德的关系中，认为文作为德的存在状态，作为道的现实展开，真是太了不起了。在此，文并不是与道相对待的一方，而是与道为一体的存在，也就是所谓的德。因此，日月花木、山川河流、礼乐教化、制度文章等等，均为文之体现，它当然有华美的外饰特征，更有充实的实用内涵，所谓"圣文之雅丽，衔华而佩实也"。在刘勰的论述思路中，文和道的关系犹如德和道的关系，是二者合为一体的。这贯穿在其天文、地文与人文的不同层面，也贯穿在其华美与实用相统一的文章观中。所以，他从来不认为文章之美可以作为一种外在装饰而独立存在。然而，到了唐宋之后，思想界道与德的关系论述逐渐被理与气、太极与五行的体用关系所取代，文则成为外在于道的一种形式因素，因而当论及道与文的关系时，就衍生出文以载道、文以害道的新命题，韩愈强调文可以载道，朱熹说他这是以道来充门面，本意并不在道而在文。王安石在《上人书》中说：

> 且自谓文者，务为有补于世而已矣。所谓辞者，犹器之有刻镂绘画也。诚使巧且华，不必适用；诚使适用，亦不必巧且华。要之以适用为本，以刻镂绘画为之容而已。不适用，非所以为器也。不为之容，其亦若是乎？否也。然容亦未可已也，勿先之，其可也。[①]

与刘勰的论文思路相比，王安石有两点改变：一是他已将

---

① 王安石著，唐武标校：《王文公文集》，上海人民出版社 1974 年版，第 45 页。

文之适用与辞采分为相对待的两个方面，不再是实用与华美相统一的文道一体观；二是文之适用先于文之辞采的先后次序，缺乏辞采而适用依然不失为器具，而仅有文采而缺乏适用则不能成器。王安石毕竟是唐宋八大家之一，他难以彻底放弃辞采的讲究，只是不可将其置于适用之前而已。可是到了理学家那里，已经不仅仅是先后次序的问题，而是讲究华美的文辞便会妨害对于道的把握与圣人境界的追求。后来，到了元明之际的浙东学派那里，文道合一的观念再次成为讨论的中心话题。宋濂《曾助教文集序》说：

> 天地之间，万物有条理而不紊者，莫非文，而三纲九法，尤为文之著者。何也？君臣父子之伦，礼乐刑政之施，大而开物成务，小而谨身缮性，本末之相涵，终始之交贯，皆文之章章者也……施之于朝廷则有诏、诰、册、祝之文，行之师旅则有露布、符檄之文，托之国史则有记、表、志、传之文，他如序、记、铭、箴、赞、颂、歌、吟之属，发之于性情，接之于事物，随其洪纤，称其美恶，察其伦品之详，尽其弥纶之变，如此者，要不可一日无也。[①]

本段文字的论证思路，显然源自刘勰从天文、地文而推及人文，是一种文道相合、注重实用的大文观。但细绎之则又不然，刘勰之由天文、地文推及人文，虽然也重视人伦教化、文

---

① 宋濂著，黄灵庚编辑校点：《宋濂全集》，人民文学出版社 2014 年版，第 605 页。须注意的是，相近的论文观点不仅一再出现在宋濂的文论中，也出现在浙东派王祎、苏伯衡等其他主要代表人物的文章中，可知他们具有大致相同的文论主张。

章体要的实用功能，但更重视论述文之华美之必然。宋濂则重在强调儒家文论制礼作乐的实用功效，其论述重心固不在文之华美。然其又有别于宋明理学家仅以载道或害道论文，而带有浙东文人的事功倾向。但这种有异于理学家的文之观念，不仅未能被现代批评家所理解，因为其讲究实用而轻视文采的倾向过于突出，更重要的是连清人黄百家也未能予以认可，他在《宋元学案》中说："金华之学，自白云一辈而下，多流而为文人。夫文与道不相离，文显而道薄耳。"① 由此，形成了所谓元代"理学流而为文"的传统说法，并且一直影响到今人对于浙东学派文论特色的阐释基调。其实，宋濂等人对于文的理解，是对刘勰文道合一并以实用功能为旨归传统的继承，他们的"文"包括了天地礼乐以及经国济世的丰富内涵，不仅不能用现代的文学概念进行诠释，也不能用唐宋以后理学家的道与文的关系进行概括。历史就是如此，每一时代似乎都会围绕一些基本的文学范畴不断进行讨论言说，但却又各有其独特内涵，如果缺乏自觉的历史意识，就会以抽象的理论加以解释，从而曲解了古代文学思想的内涵。

古代文学思想阐释的历史意识之二，是对承载中国古代文学思想文献的不同文体特征的考察与把握。古人表达自己的文学观念，与现代人的表述方式具有明显差异。今人表达文学主张往往通过正式的论文与著作，并要经过严密的论证与说明。古人的表述方式往往复杂而零碎，缺乏明晰性与系统性。今人对于古人文学思想的研究，需要细致清理其现存文献并加以系

---

① 黄宗羲：《宋元学案》卷八二《北山四先生学案》，载黄宗羲著，沈善洪主编《黄宗羲全集》，浙江古籍出版社 2005 年版，第 6 册，第 298 页。

统化的诠释，然后再经过现代学术语言的转换加以说明，才可能被当代读者所理解。就实际情况看，古代的文学思想文献的表述方式大致可以分为四种类型：一是正面表述自己文学主张的，如刘勰的《文心雕龙》、叶燮的《原诗》、李贽的《童心说》等，都是直接表述对文学的自我见解；二是通过序跋等文体类型进行表达的，如韩愈的《送孟东野序》、苏轼的《书黄子思诗集后》、袁宏道的《叙小修诗》等；三是在尺牍、碑传、铭诔等实用文体中所顺带涉及的文学看法，此类文字零碎而繁杂，例子待后再举；四是在他人论文时间接转述的，比如高棅在《唐诗品汇》凡例中说："先辈博陵林鸿尝与余论诗：'上自苏、李，下迄六代，汉魏风气虽雄，而菁华不足。晋祖玄虚，宋尚条畅，齐梁以下但务春华，殊欠秋实。唯李唐作者，可谓大成。然贞观尚习故陋，神龙渐变常调，开元、天宝间，神秀声律，灿然大备。故学者当以是楷式。'予以为确论。"[①] 但在林鸿现存的作品中，却见不到这样的论诗文字，林鸿是否说过这样的话无法得到证实。

以上四类文学思想的文献载体，其证据效用和阐释方式是有很大差异的。第一类当然不会有太大问题，可以视为作者的观点，但是否为其真实看法还需要结合其创作中所显示的倾向加以折中思考。第四类则只能作为旁证材料进行使用，而不能作为该作家的孤证文献进行立论。尤其是第二、三类文献问题更大。从序跋的文体功能看，是表述作者著述的立意的，乃是针对某书作者对文学诸方面的看法进行论述，所以历来被作为古代文论的重要文献加以使用。但这其中又可分为自序和为他

---

① 高棅：《唐诗品汇》，上海古籍出版社 1988 年影印本，第 14 页。

人作序。自序可视为作者的看法表达应无大的问题，但如果是为他人作序，就会产生作序者与书之作者之间的表达差异问题。有些序跋主要是以著作者的创作思想和评价作品特点作为其行文主旨，那么后人在解释这些文献时就主要关注其评价是否公允中肯。另有一些序跋则主要通过评述他人作品来表达作序者本人对文学相关问题的看法，因此可以作为研究作序者的文学思想的文献材料进行阐释。比如上面提到的明初诗人林鸿，他的诗集前面有倪桓和刘嵩两篇序文，对其诗歌体貌的概括就颇有出入。倪序认为林鸿之诗"置之韦、柳、王、孟间未易区别"，"此大历才子复见于今也"。① 强调的是其诗风的清丽。刘嵩则说："今观林员外子羽诗，始窥陈拾遗之阃奥，而骎骎乎开元之盛风，若殷璠所论神来、气来、情来者莫不兼备，虽其天资卓绝，心会神融，然亦国家气运之盛驯致然也。谨题其集曰鸣盛。"② 这又认为林诗具有盛唐诗的体貌。可见这两篇序文表达方式是有重要差异的。如果读了林鸿现存的诗歌作品，那么倪桓的概括是准确的，林鸿的主要人生志趣乃是元末养成的隐逸倾向，故其诗作亦多清远风貌。但如果以高棅上面所引述林鸿的言论，则与刘嵩盛唐诗风的看法较为一致。而且根据后来林鸿以"鸣盛"名集，可见他本人也认可了刘嵩的观点。但这其中最重要的是"然亦国家气运之盛驯致然"一句，即刘嵩作为明初的台阁体代表作家，他希望用诗文来歌颂新朝的强盛与太平，林鸿也一度在朝为官，受到台阁观念的影响，所以会在鸣盛上与刘嵩具有一致的看法。可见倪序的概括

---

① 林鸿：《鸣盛集》卷首，载《影印文渊阁四库全书》，上海古籍出版社 2003 年版，第 3 页。
② 同上。

是根据作品实际，而刘序则代表其本人与当时台阁文人的共同理想。如果不弄清序文的论述立场便贸然阐释，则有可能造成东拉西扯的混乱阐释效果。

关于上述文体的另外一个问题是不同文体之间所造成的观点矛盾和差异。比如说宋濂是明初重要的文坛领袖，但其文学思想的表述在不同的文体中就有明显的差异。其表现之一是他对于元末怪异香艳诗风的评价。在序跋中他对此多持批判态度。其《杏庭摘稿序》说："濂颇观今人之所谓诗矣。其上焉者，傲睨八极，呼吸风雷，专以意气奔放自豪；其次也，造为艰深之辞，如病心者乱言，使人三四读，终不能通其意；又其次也，傅粉施朱颜，燕姬越女，巧自炫鬻于春风之前，冀长安少年为之一顾。诗而至斯亦可哀矣。"[①] 此处的"傲睨八极"的"意气奔放自豪"乃是指元末流行的铁崖体诗风，而"傅粉施朱颜"也与杨维桢为主导的香奁体诗风有关。在其《徐教授文集序》中，他甚至将此类文字称为"非文"，亦即将其驱逐出文之范围。但是，宋濂在为杨维桢作墓志铭时，却又抱着欣赏的态度说："其于诗尤号名家，震荡凌厉，骎骎将逼盛唐。骤阅之，神出鬼没，不可察其端倪。其亦文中之雄乎？"[②] 尽管宋濂做了"文中之雄"的限制性评价而有所保留，但总体上依然是认可杨维桢的诗歌成就的。之所以出现评价的明显差异，乃是不同文体特征与需求所决定的。从宋濂在明初朝廷的地位看，他基本代表的是官方的文论立场，因此对于元末怪异和纤秾的诗风必须批判纠正，从而使诗歌创作归于大雅之正途。但

① 宋濂著，黄灵庚编辑校点：《宋濂全集》，第 434 页。
② 同上，第 1354 页。

是，从墓志铭的文体需求出发，他不能采取贬斥态度，所以本文一开始就交代，杨维桢临终前交代弟子们说："知我文最深者，唯金华宋景濂氏。我即死，非景濂不足铭我，尔其识之。"有了这样的关系，又是杨维桢的墓志铭，所以要么不写，要么回避对其文章的非议，此乃人之常情。需要强调的是，宋濂乃是文章大家，尽管他在不同文体中对杨维桢的评价有所出入，却也有意弥补其在文论形式上的裂痕，即在批评元末怪诞纤秾诗风时，始终没有点出杨维桢的名字，而在评价杨维桢时，又将其限制在"文中之雄"的范围之内，从而避免了自己的尴尬。但在古代文学思想家及理论范畴的研究中，所论及的古人并不是都能形成一个严密的体系以供后人进行融贯性的阐释，其中多数人的文学思想存在着理论矛盾甚至裂痕，今人在进行阐释评价时，不应回避这些缺陷。人们应该认识到，历史并不会按照某种设计好的模式演变运行，其中充满了变数与偶然。作为思想观念承担者的个体，也不会总是坚持一种固定的观念作为其思想的核心，所有的行为与想法均围绕此核心而展开。在以前的研究中，学者往往将力量用于为古人的理论观念搭建系统的思想体系，很少有人关注其思想的矛盾、裂痕与零碎，并还原其真实的历史面貌。其实，对于古代文学思想的阐释，其思想体系的重建与解构同样重要，都是其历史还原中不可或缺的环节。需要详加辨析的是，究竟是研究对象实质性的思想裂痕，还是由于表达载体的文体差异所导致的话语矛盾，研究者必须在这二者之间做出区别，才有可能做出准确的阐释。

古代文学思想阐释的历史意识之三，是对于古代文论文献所产生的具体历史语境的探讨与解释。这包括作者的创作心态、所要解决的具体问题，以及所倡导理论主张的针对对象等等。最早提出此种知人论世阐释方法的是孟子，他说："颂其诗，读其书，不知其人，可乎？是以论其世也。是尚友也。"①孟子在此乃是在论述"尚友古人"时附带提及了知人论世的看法，即使将其作为一种阐释方法，也还仅仅是一种原则与态度的强调。真正对此种方法展开论述的是清人章学诚，他在《文史通义·文德》中提出了"论文以恕"的阐释原则与方法，所谓"恕"就是"能为古人设身而处地"，目的则是要弄清其"所以为言"的创作背景。他说："不知古人之世，不可妄论古人文辞也。知其世矣，不知古人之身处，亦不可以遽论其文也。身之所处，固有荣辱、隐显、屈伸、忧乐之不齐，而言之有所为而言者，虽有子不知夫子之所谓，况生千古以后乎！圣门之论恕也，'己所不欲，勿施于人'，其道大矣。今则第为文人论古人必先设身，以是为文德之恕而已尔。"②章学诚此处所言的"有子而不知夫子"，是指的关于"丧欲速贫，死欲速朽"的理解与评价。《礼记·檀弓上》记载，曾子说孔子曾说过"丧欲速贫，死欲速朽"的话，有子认为这是"非君子之言"，但曾子解释说夫子乃是"有为言之"，因为孔子在宋国时，见到桓司马为自己造石椁"三年而不成"，就说"若是其靡也，死不如速朽之愈也"；他看到南宫敬叔在鲁国失位而返回宋国，"必载宝而朝"，就说"若是其货也，丧不如速贫之愈也"③。在此处，"丧欲速贫，死欲速朽"仅仅是孔子针对桓司马和南宫

---

① 孟子：《孟子·万章下》，载《诸子集成》，上海书店出版社 1994 年版，第 1 册，第 428 页。

② 章学诚著，仓修良编注：《文史通义新编新注》，浙江古籍出版社 2005 年版，第 136—137 页。

③ 郑玄注："丧，谓仕失位也。"见孙希旦撰，沈啸寰、王星贤点校：《礼记集解》，中华书局 1989 年版，第 217 页。

敬叔的"有为"之言，而考诸孔子平日所言，他并不同意这样的观点。章学诚对此感叹说："'丧欲速贫，死欲速朽'，有子以谓非君子之言。然则有为之言，不同正义，圣人有所不能免也。今之泥文辞者，不察立言之所谓而遽断其是非，是欲责人才过孔子也。"① 古人在言说作文时，都有具体的语言环境与特殊情景，如果只按字面意思进行阐释，有可能违背了古人的本意，因此，必须能够设身处地地弄清古人"所以为言"或者叫"立言之所谓"，也就是作者言说的动机与目的，才能真正理解古人的原意并给予恰切的阐释与评价。

这种知人论世的阐释方法不仅被中国古代文学批评家所重视，而且在现代学人中也被进一步的探讨与细化。英国剑桥学派代表人物昆廷·斯金纳（Quentin Skinner）曾对此做过系统的论述，他认为对于文本的理解存在着两个层面的问题：一是文本的意思是什么，二是作者的意思是什么。尽管这二者之间存在着密切的联系，但却不是相互重叠的。任何文本通常都会包含一种意欲中的意涵，而复原这种意涵乃是理解作者意思的一个前提条件。也就是说，要理解某个文本，不仅要能够说出作者言论的意涵，而且要清楚该作家发表这些言论的意图。这显然与章学诚的"所以为言"或者"立言之所谓"是同一思路。更重要的是，他的这种主张是建立在如下历史哲学观念之上的：

> 任何言说必然是特定时刻特定意图的反映，它旨在回应特定的问题，是特定语境下的产物，任何试图超越这种

---

① 章学诚著，仓修良编注：《文史通义新编新注》，第 227 页。

语境的做法都必然是天真的。这不仅意味着经典文本关心的是他们自己的问题，而不是我们的问题，而且正如柯林武德所说的，在哲学中没有所谓的永恒问题，只有具体问题的具体答案，而且往往会出现的情形是，有多少提问者就有多少不同的问题。我们不是要在哲学史上去寻找直接可资借鉴的"教训"，而是要自己学会如何更好地思考。①

昆廷·斯金纳这段话有两点值得注意。一是研究历史的目的。他认为今人研究历史不是在古人的文本中去寻找作为直接答案的可资借鉴的"教训"，而是通过历史经验的认知而学会更好地去思考。那么历史研究的目的就在于去发掘古人思想中独特而丰富的经验，而不是去寻找抽象的真理与规律。二是每一位古人都必须面对他们自身独特时代所面临的独特问题，并试图做出自己的回应。那么在理解这些文本时，就必须找出作者所关心的问题，然后才有可能对文本做出合乎古人原意的阐释。昆廷·斯金纳是一位活跃于 20 世纪 70 年代的思想史理论家，尽管他的理论与当代本体诠释学和接受学理论具有较大的差异，甚至可以说具有本质的区别，但作为一种思想史的阐释原则和方法，我认为依然具有重要的参考价值，这正如中国传统的知人论世方法依然拥有重要方法论意义一样，现代的文学思想研究者没有任何理由对其加以忽视。

在现代中国学术史上，由于受到西方科学主义规律论与目的论的影响，许多古代文论和文学批评史的研究都往往从现代

---

① 昆廷·斯金纳：《观念史中的意涵与理解》，载丁耘主编《思想史研究》，上海人民出版社 2006 年版，第 1 辑，第 123 页。

需要出发去总结归纳古人的理论观点，从而忽视古代文本的作者意图，以致造成种种的主观臆测与过度诠释。其中曹丕的《典论·论文》便是突出的一例。学界论此文本，往往将其概括为文体论、文气论和文学价值论三个范畴，并将其作为魏晋文学自觉的重要证据。但如果认真检讨，实则问题多多。曹丕尽管已做出四科八体的分类，更说过"诗赋欲丽"的话语，但其目的并不在谈文体分类，而是作为"文本同而末异"观点的举例。他虽然讲了"文以气为主"的话，但重点不在论"气"上，而是在强调"虽在父兄，不能以移子弟"的个体差异性，因此他才不会去深究"清浊"这样重要的气学话题。至于言其为"文学价值论"则更是造成了巨大的理论混乱，他确曾说"盖文章经国之大业，不朽之盛事"，但与今日之文学概念相距甚远，这不仅表现在他将奏议、书论、铭诔与诗赋并列（尤其是作为今人眼中文学的诗赋被置于末位），而且后来举为不朽实例的《易》与《礼》，均系经书，而最后所言的"干著《中论》，成一家之言"，则更包括了子书。如此看来，曹丕的文章内涵，是包括了经史子集在内的大文章观念，与今人之文学无涉。之所以留下如此多令现代学者难以处理的问题，除了古今文学的差异之外，更在于作者所要表达的中心并不在文气、文体和文章概念的辨析上，而是另有自己的"意图"。本文的写作是由"文人相轻，自古而然"的话题而切入的，而写作的目的则是为了表彰"建安七子"的两个重要方面：一是他们能够"齐足而并驰，以此相服"，从而避免了"文人相轻"的顽疾；二是他们都在各自熟悉擅长的领域成就斐然，达到了"于学无所遗，于辞无所假"的高度，从而独立于文坛。为了说明这两个方面，他以"气之清浊有体"来突显"七子"之个体独特性，又用"文本同而末异"，来强调"能之者偏也"，只有通才才能众体兼善，这又是针对"七子"各有所长而又有所短的情况而做出的论证。因此，本文立意既有对"文人相轻"的文坛弊端所做的批评，故而在《典论·自叙》中才会意在说明"事不可自谓己长"①，同时又以此为前提而表彰了"七子"的业绩与地位。至于最终落脚于不朽观念的表述，则需要在相关文献和当时历史状况中探寻作者动机。曹丕在《与吴质书》中，曾反复感叹"七子"成员的病逝："昔年疾疫，亲故多离其灾，徐、陈、应、刘，一时俱逝，痛可言邪！昔日游处，行则连舆，止则接席，何曾须臾相失？……谓百年已分，可长共相保，何图数年之间，零落略尽，言之伤心！顷撰其遗文，都为一集。观其姓名，已为鬼录；追思昔游，犹在心目。而此诸子化为粪壤，可复道哉！"②生前的相聚饮酒赋诗的快乐与零落后的巨大悲伤痛苦，使曹丕试图寻找有效的方式，让这些零落化为"粪壤"的同道好友如何能够流传不朽。其中一法就是将其"遗文"，"都为一集"。另外，就是在自己也同样试图垂之久远的《典论》中对之进行表彰，从而使之声名不朽。这有二文的论述结构为证。在《与吴质书》中，在感叹四人的早逝之后，便是对"七子"文章成就的表彰和每人特点的论述，最后归之于"一时之隽也"的结论。感叹人生短暂，追求生命不朽，本是东汉以来战乱中文人反复咏叹的一个话题，建安以来瘟疫的流行更加重了该话题的分量，而作为情感丰富、心灵敏感的曹氏父子与"建安七子"，对此话题尤其应有更为深切的体验。

---

① 郁沅、张明高编选：《魏晋南北朝文论选》，人民文学出版社 1996 年版，第 12 页。

② 郁沅、张明高编选：《魏晋南北朝文论选》，第 9 页。

于是，无论在创作中还是在理论表述中，屡屡触及此类敏感话题是自可想见的。于是，在解释该文本时，就造成了现代研究者所期盼的文学理论内涵与作者所意欲表达的意图之间的错位，今人要总结其"文学"观念以证明那一时代是"为艺术而艺术"的自觉时代，而曹丕则是要表彰"七子"的业绩与价值。二者当然是有重叠的，那就是都触及了文气、文体与文章价值的命题，但由于诠释角度与立场的不同，自然也造成了理解上的巨大差异。

在中国文学思想史的研究方法中，文人心态研究是相当重要的一个环节，其目的就是要通过文人心态的考察以说明作者与批评家的创作意图，从而准确把握其笔下文献的文学思想真实内涵。因为作者所处的时代语境往往复杂丰富，其中包括了政治、经济、宗教、风俗及个人际遇等等因素，但这些因素是如何影响作家并左右其创作意图的，就必须通过文人心态的环节来考察，其中包括创作心态与审美心态的具体层面。当然，文人心态的研究需要一些心理学的理论与方法，但文学思想研究中的文人心态研究主要是群体心态的考察，更接近于现代史学中心态史的范畴。对于该问题，笔者曾有专文予以探讨，在此不再赘述。①

以上从古今观念的差异、古今文体形式的差异和古今语境的差异三个层面，强调了历史意识对于阐释古代文学思想的重要作用，其目的乃是为了更好地进行古代文学思想历史内涵的还原。这样的看法处于后现代主义流行的时代，许多学者都在

---

① 见拙文《中国文学思想史研究方法的再思考》，《中国人民大学学报》2014 年第 4 期。

忙于从事视界融合的接受理论和颠覆传统的解构主义学说的宣扬，而本文对于历史还原的强调就不免显得传统而刻板，但本文的写作却并非没有意义。因为任何解构与颠覆都难以在历史研究中起到真正的建设作用，它只是指出在传统的历史研究中存在着种种的缺陷甚至陷阱，却较少进入本体的研究领域，而更加严重的是还存在着种种主观臆测与过度诠释的学术弊端。因此，真正的历史研究就应汲取本体诠释学与解构主义所指出的种种缺陷与陷阱的教训，从而使自己的研究更加严谨与富于包容性。正如英国的当代历史哲学家沃尔什（Walsh）所说："一旦我们承认了自己的偏颇性——正如我们肯定有此可能——我们就已经是在提防着它了，而且只要我们能保持充分的怀疑态度，它就无须对我们构成更多的恐惧。"① 更有人在梳理后现代语境中的史学理论后，颇有所悟地说："我们不强调不可能做到完全客观或是得到令人完全满意的因果解释，而是强调有必要竭尽所能做成最客观之解释。"② 以上所谈及的三种历史意识，或许很难做到对于古代文学思想完全客观的阐释，但充分认识到这些意识及其相关方法，无疑会使我们的解释更加向着历史的客观真实靠近。历史研究的真正学术意义，也许就是在不断地向着历史真实靠近的过程中实现的。

（原刊《首都师范大学学报［社会科学版］》2015 年第 6 期）

---

① 沃尔什：《历史哲学导论》，何兆武、张文杰译，广西师范大学出版社 2001 年版，第 103 页。
② 乔伊斯·阿普尔比、林恩·亨特、玛格丽特·雅各布：《历史的真相》，刘北城、薛绚译，中央编译出版社 1999 年版，第 207 页。

文学思想研究

魏晋南北朝文学思想发展中的几个理论问题

□ 罗宗强

　　在中国文学史上，人们常以文学理论与批评作为魏晋南北朝的标志，把它和唐诗、宋词、元曲、明清小说并列。这种看法不是没有理由的，魏晋南北朝确是一个文学理论和批评十分繁荣的时期。何以这个时期文学理论和批评有如此高的成就？我想，最主要的一个原因，便是这时正处于文学发展的大转变期，创作上积累了大量的经验，需要总结，也提出了许多问题，需要做理论的回答，于是有各种理论命题的提出，有各种文学观念的出现。这个时期文学思想的发展，表现为一种非常独特的形态，与以前，与以后，都有很大的不同，引起后代的是是非非的争议。它提出了一些值得探讨的问题。

　　　　一

　　魏晋南北朝文学思想的发展过程，一个明显的特点，便是它一步步淡化文学与政教的关系。

　　在我国的思想传统里，老、庄对于文艺的影响，是使文艺回归人自身，或者更确切地说，使文艺回归心灵。而儒家对于文艺的影响，则主要是将文艺纳入政教的轨道，或者更确切地说，使文艺成为政教的工具。对于这两种思想影响的评价，一直为学术界所关注。我想，我们不忙于对此论列是非，因为它涉及的是一些异常复杂的理论问题。我们要研究的，是这个时期文学思想发展的实质究竟是怎样的。若自其实质言之，可以说，魏晋南北朝三百八十余年间，文学思想的发展是在一步步离开政教中心说，摆脱它的工具的身份，而走向自我。

建安诗歌的最为突出的特点，便是完全摆脱了汉代诗歌那种"经夫妇，成孝敬，厚人伦，美教化，移风俗"①的思想的影响，而完全归之于抒一己之情怀，如彦和所说："并怜风月，狎池苑，述恩荣，叙酣宴。""傲雅觞豆之前，雍容衽席之上，洒笔以成酣歌，和墨以藉谈笑。"②当然，这种抒一己情怀的倾向，古诗十九首已有充分之表现，不过，建安诗人则完全把它变为一种内心生活的需要。曹操是一位政治家，但从他的诗里，我们完全找不到教化说的影响。他的诗无疑充满了政治主题，但那是因为政治是他的主要的生活内容，他为此而感慨、感奋、感怆，不可以已。当我们读到"生民百遗一，念之断人肠"③的时候，我们感受到的是他政治家情怀的一种自然流露，而不是他出于教化的写作动机。我们根本找不到这种动机。他

---

① 《毛诗正义》卷一《国风·周南·关雎》，载阮元校刻《十三经注疏》，中华书局1980年版，第270页。
② 刘勰著，范文澜注：《文心雕龙注》卷二《明诗》，人民文学出版社1958年版，第66页；卷九《时序》，第673页。
③ 曹操：《蒿里行》，载逯钦立辑校《先秦汉魏晋南北朝诗》，中华书局1988年版，第347页。

所抒发的，和王粲的"悟彼下泉人，喟然伤心肝"①没有什么不同，和曹丕、曹植以及"七子"的其他人一样，他们都沉浸在那种强烈的、带着时代深深印记的悲凉慷慨情思之中，所谓"忧来无方，人莫之知""乐往哀来摧心肝"，所谓"忧从中来，不可断绝"②，都是这种情思不得不发泄的证明。此时之抒情小赋也一样，远离讽谏，纯为抒情。建安作者仿佛把诗教说遗忘了，遗忘得是那样自然，那样毫无痕迹。他们非常重视文学，但那是为了扬名，为了不朽。曹丕提出过一个有名的命题："盖文章，经国之大业，不朽之盛事。"③论者多把它理解为用文章于经国，好像曹丕便是政教说的提倡者。其实这是一种误解。他不过是说，文章乃是可与经国大业相比之事业而已。何以可比之经国大业，因为年寿终可尽，荣乐亦有期，唯文章可以传之久远。无论是感情不得不抒发，还是著篇籍以垂名不朽，都不是为他，而是为己。我们说建安文学从群体的工具变为强烈的个体生命意识的一部分，大概是不悖于事实的吧！

两晋玄风，不唯没有把文学引回政教，而且似乎使它离政教更为遥远。文学从抒发强烈之情思，转入冷静的哲理思索。由抒情转入哲思，仍然是为了表现自我。个性觉醒的最初冲动过去了，战乱也已经让位于相对安定的局面。在曹植和"七子"的时代，不可能执麈尾而潇洒谈座；到了王谢子弟登上文坛的时候，谈座的潇洒风流代替马上的慷慨悲歌却早已成现

---

① 王粲：《七哀诗》，载逯钦立辑校《先秦汉魏晋南北朝诗》，第365页。
② 曹丕：《善哉行》，载逯钦立辑校《先秦汉魏晋南北朝诗》，第390—391页；曹丕：《燕歌行》，载逯钦立辑校《先秦汉魏晋南北朝诗》，第395页；曹操：《短歌行》，载逯钦立辑校《先秦汉魏晋南北朝诗》，第394页。
③ 曹丕：《典论·论文》，载《全三国文》卷八，严可均辑《全上古三代秦汉三国六朝文》，中华书局1958年版，第1098页上。

实。他们已不再为人生匆匆、生命短促而怆然伤怀，同样的生命主题，他们表现起来，已经冷静得多，也理智得多了。王羲之《兰亭序》极写生命短促之慨叹，然读来已非悲怆梗概，而是引向了一种带着生命的眷恋与体味的美的冥思："夫人之相与，俯仰一世，或取诸怀抱，悟言一室之内；或因寄所托，放浪形骸之外。虽趣舍万殊，静躁不同，当其欣于所遇，暂得于己，快然自足，不知老之将至。及其所之既倦，情随事迁，感慨系之矣。向之所欣，俯仰之间，已为陈迹，犹不能不以之兴怀。况修短随化，终期于尽。古人云：'死生亦大矣。'岂不痛哉！"[①] 就生命主题而言，晋人与建安作者并无差别，差别只在一慷慨一安详，一激动一沉思而已。

元嘉以后，从哲思又逐渐回到抒情上来。这种回归，有甚为复杂之原因，然自文学发展自身言之，依然是自我表现之一种选择。我们看到了元嘉抒情与建安抒情不同的地方，它在抒情的同时，开始有意寻找形式的美的表现。建安的抒情，一出于自然流露，虽时有骈骊之美，而以得到抒情的满足为目的。元嘉以后，形式的美却是有意的追求了。对偶、用典、词采的讲究，至永明声律，形式的有意追求达到高峰。表现形式的美的刻意追求有什么样的意义呢？这意义，恐怕就在于张扬文学自身的艺术特征，而不在于关照它的社会功能。文学已经完全醉心于它自己了。

文学醉心于自身，着意于形式的美的追求，反过来又影响着它自身在生活中的位置。它的消闲的性质突出了。齐、梁以

---

① 王羲之：《三月三日兰亭诗序》，载《全晋文》卷二六，严可均辑《全上古三代秦汉三国六朝文》，第 1609 页。

后，文学思想开始分流，一方面是自然真挚的抒情的文学继续发展；一方面，由抒情而逐步转向娱乐。文学题材大量转向咏物、咏闺阁生活、咏宫廷琐事，这就是文学转向娱乐的证明。题材的变换当然有更为复杂的原因，如士人生活、士人心态的变化，但自文学本身言之，则它的形式的华美加强了它玩赏的功能，使它处于与琴、棋、书、画、妇人、酒等同的地位，恐怕也是一个不应忽略的原因。当我们读到大量的咏几、咏妆台、咏帘以至咏药名、咏郡名、咏数目字的诗的时候，我们再也感受不到那种不可以已、感情非抒发不可的创作冲动了。我们感受到的，是他们在玩诗。他们写诗，主要的是一种消闲的方式。这种消闲的文学，发展到它的顶峰，当然就是"宫体诗"。

这样，我们就可以勾画出魏晋南北朝文学思想发展的一个大致轮廓了（当然，永嘉南渡之后，北方文学思想的发展另有其径，我们将在后面论述；我们这里描述的，是作为魏晋南北朝文学思想主流的自魏晋迄南朝的文学思想）：由抒情而玄思，又由玄思而抒情，到抒情与形式的美的探求并重，之后，一支继续朝抒情发展，一支则由形式的美的追求转向消闲。而贯穿这整个的发展过程的，是与政教的关系的淡化以至于消失。这就是魏晋南北朝文学思想发展的主流。

当然，在这个主要的发展潮流中交错着其他的一些文学思想现象，但是这个文学思想主潮的存在却是无法否认的事实。交错在这个文学思想主潮周围的文学思想现象，与这个主潮处于一种相异又相似的状态中。葛洪是这个时期第一位对这个文学思想主潮持批评态度的人。他从子书的要求出发，去衡量文学的艺术特征，称诗、赋为"琐碎之文"和"浅近之细文"，未若子书之"深美富博"①。他是重政教之用的，因之也就反对无益教化、求华艳尚虚构之美文。他事实上是以文学与学术未分之前的标准，去衡量文学正在与学术分开的现实，是与文学思想的发展潮流相左的。但是，他又肯定文采越来越丰富的现象，承认今胜于古，甚至认为夏侯湛、潘岳的《补亡诗》诸作，比"诗三百"更为精彩。他是站在文学发展主潮旁边，批评这主潮；但又不知不觉地接受着这主潮的影响，接受了文学的艺术特质被充分认识和张扬的现实。从葛洪的文学思想中，我们可以清楚地看到，一种文学思想一旦成为发展潮流，它的影响便扩及文坛的各个领域，人们有意无意、不知不觉地接受着它的影响，即使它的反对者也不例外。

另一个类似的例子是刘勰。在中国文学思想史上，没有一位理论家像刘勰这样复杂而丰富，这样令人费解。他是主张宗经的，因此后代的学者常常把他与其时的文学思想倾向对立起来，把他的主张看作对其时的文学思想倾向的批判。其实这也是一种误解。之所以是误解，只要提一个问题即可不言而自明：刘勰的种种主张，能否产生于两汉之世？回答当然是完全否定的。他的种种主张的基础，正是魏晋以来文学的艺术特质被逐步认识和张扬的现实。他的许多精彩的理论命题，离开魏晋以来积累起来的艺术经验，是无法提出和展开的，如神思、风骨、体、势、声律、骈辞、总术等等。他在论述这些命题时，也处处显现出他对其时文学主潮的接受与理解。与其说他的文学思想有儒家的深刻的印记，不如说在这些儒家思想的印

---

① 葛洪：《抱朴子》外篇卷四四《百家》，载《丛书集成初编》，中华书局1991年版，第569册，第752页；卷三二《尚博》，载《丛书集成初编》，第567册，第638页。

记背后，处处是道家的思想影响。他看到了文学原本之自然，文学的发展处处反映着个人情性抒发的本然之义。由玄学思潮发展起来的重内心、重个性、重气质的思想，几乎渗透到他的所有重要命题之中，处处表现出文学与人的个性、与自我的不可分的联系。与其说他提倡宗经，以经书为一切文体写作的规范，不如说在这些规范的背后，处处是魏晋以来积累起来的艺术经验的总结。终魏晋南北朝之世，没有任何一位理论家，像刘勰这样全面、这样系统地总结魏晋以来文学创作的艺术经验。如果我们以刘勰所提出和阐释的理论命题为纲，结合创作实际加以概括印证，那我们便可以得到一部相当完整的魏晋南北朝文学的艺术发展史。我们实在无法说，刘勰背离了其时文学思想发展的主潮。我们只能说，他就在这个主潮之中。只不过，他比这个主潮中的任何人更富于理性色彩，更冷静也更全面地思考文学发展中的种种问题。儒家的思想传统影响着他，当他面对这个主潮时，他觉得他应该来引导它，去掉过分，还归适中，于是提出宗经的主张。宗经只是要宗圣人的作文之法。任自然，重情性，便无所师法；宗经却是要为文学立一万古不变的楷式，"百家腾跃，终入环内"①。他想把二者统一在一起。他主张华美，但华美要归到雅正上。他主张抒情，但又主张情虽多而有节，他似乎是要把抒情引向教化。其时文学思想主潮所提出的许多问题，他是接受的；但是，他又怕它流荡而忘返。他要把它引向雅正。就刘勰文学思想的实质说，他不是要起而反对其时之文学思想潮流（就像裴子野和后来西魏的苏绰那样），他只是要给这个潮流以一点引导而已。我们这样

① 刘勰著，范文澜注：《文心雕龙注》卷一《宗经》，第 23 页。

来理解刘勰的文学思想，就可以发现，在大的方面，他与钟嵘、萧统，甚至与萧纲和萧绎，都并无根本的矛盾。他们是有差异的，但他们也有许多相同的地方。我们这样来理解刘勰的文学思想，就可以明白何以刘勰持《文心》以干沈约而得到沈约的赏识，也可以理解萧纲在《与湘东王书》中明确批评裴子野而没有批评刘勰。

刘勰想引导其时之文学思想主潮，使其还归雅正，但是他没有成功。《文心》问世之后，并未产生实际的影响。它没有产生影响，便很值得认真思索。我想，它至少说明，其时文学沿着淡化其与政教的关系的道路已走得很远，而社会的环境又没有提供改变文学之此种地位的条件。无论是裴子野还是刘勰的意见，都提非其时。一种文学理论是否能在创作中起指导作用，是否合时宜恐怕是一个很重要的因素。

要而言之，终魏晋南北朝之世，文学思想的发展主流，就是淡化文学与政教之关系，而回归它自身。

二

有学者提过魏晋南北朝是文学的自觉的时代。如果从文学思想发展的主要潮流考虑，是指它回归自身，重艺术特质，淡化其与政教的关系的话，那么这个提法是可以成立的。所谓文学的自觉，核心是它脱离政教。这里有一些问题值得注意。

所谓脱离政教，自创作者言之，是指它不被用来作为教化的工具，不被有意识地用来明儒家之道，也没有被用来讽谏；自鉴赏者言之，它没有被用来观盛衰，了解为政之得失。

自魏晋迄于南朝，只有少数的皇帝与文学没有关系；但却很少见到持政教目的文学观的帝王。曹氏父子的文学观前已述及。晋武帝是崇实用的,《宋书·礼志》载其《禁断立碑诏》,谓"石兽碑表,既私褒美,兴长虚伪"[1]。他于诗赋无所论列。王嘉《拾遗记》载其论张华《博物志》,谓"记事采言,亦多浮妄,宜更删剪,无以冗长成文"[2]云云,似不可信,《拾遗记》所记,多杜撰无稽。晋明帝存《蝉赋》残句,谓:"寻长枝以凌高,静无为以自宁,邈焉独处,弗累于情,在运任时,不虑不营。"[3]他显然亦受玄风之影响,与当时玄思进入文学之主要思潮并无不同。刘宋的建立者刘裕,一介武夫,于文学亦无所论议。萧齐的建立者萧道成,出身素族,他虽崇尚儒学,然于文学,并无明显的重功利的倾向。他不喜欢谢灵运的诗,但却喜欢陆机、潘岳和颜延之。潘、陆其实正是非功利主潮的重要人物。武帝萧赜好文学,于五言之作,甚表关注。而武帝诸王,所与往来的文学之士,多是其时永明文学思想的代表者。梁、陈诸帝好文学,然其所好,非为政教之用,实为装饰与娱乐。

皇室对待文学的态度,常常影响着文学思想的发展进程。这在中国古代,差不多成一普遍之现象。盖皇室对待文学之态度,直接影响其文艺政策。而更为广泛的影响,乃在于形成一种导向,因其关涉士之升降进退,上有所好,下必从之。这一点我们可以找到不少例证。文帝、陈思周围一批作者,率皆梗概苍凉;简文、湘东周围作者,同其轻靡华艳;萧赜、萧衍,

---

① 沈约:《宋书》卷一五《礼志》,中华书局1974年版,第2册,第407页。
② 王嘉:《拾遗记》卷九《晋时事》,载《景印文渊阁四库全书》,台湾商务印书馆1986年版,第1042册,第356页。
③ 欧阳询:《艺文类聚》卷九七"蝉"条,载《景印文渊阁四库全书》,第888册,第929页下。

视文学为装饰，他们对待文人，意亦仅止于缘饰政治，为政权增加一点文化气氛。试看齐武训诫儿子萧子懋，论文章与政务之关系的话，试看他论刘系宗与沈约的轻重的话，便可明了此中讯息。视文学为政权之装点，于是有大量应诏、应令、应教诗，且由是而促进咏物诗的发展。文学之一步步由抒情而走向娱乐，皇室的引导应是其中之一原因。

文学自觉的更为重要的原因，乃在于个性的觉醒。自从经学的束缚松动之后，士亦从皓首穷经中苏醒过来，论无定检的局面代替了僵化的思想模式，思想由一统走向多元，自我的感情、欲望便亦迅速发展。魏晋以降，士之感情世界丰富了、细腻了，仿佛一夜之间，他们发现自己还有如此丰富的内心世界，于是一一展示于文学之中。在这时的文学创作中，我们看到了表现内心世界的更丰富的层面。而更为丰富、更为真实地表现内心世界，与文学的艺术特质正相适应。文学本来就是心灵的产物，没有真诚的心灵展示，文学势必失去作为文学的独特的不可更替的地位。重自我，在人生境界上，老、庄的影响和佛家的情怀占着主要的地位，而儒家的济世理念淡薄些。这也促使此时作者在对待文学时，更多地着眼于文学是否能更好地表现自己的情怀，更少去考虑是否有益于政教。于是形式问题随之更多地进入视野。美感冲动需要美的形式来表达，二者的完美结合才使创作过程作为一个美的享受过程成为可能。从这个意义上可以说，个性的觉醒为这个过程提供了非常重要的条件。

但它也还不是文学自觉自身。文学自觉，是指它自身意识到它应该是一个什么样子，是它追求自身的完美，是它自身特质的充分发展。魏晋南北朝文学思想的几个重要内容，如重文学的抒情特质，重文体的表达功能，重视创作过程的独特性，重视文辞的美学特征，重视表现技巧的丰富与完善，都是文学追求自我完美的反映。

抒情与形式华美的问题在前面论及文学思想主潮时已涉及，不再赘说。关于文体功能的探讨，此一时期确为中国文学思想史上最重要的一页。曹丕、陆机、挚虞、李充、刘勰等人，都把文体表现功能的探讨放在很重要的地位上。各种文体（或者称为文学体裁、文类）是否有它们表现的领域，是否有各自的理想模式？是否有大体的风格规范？这些问题这时差不多都涉及了。在研究这些问题时，又涉及各种文体的发展史，涉及它们演变的各个阶段的不同特征。从这些史的考察中，我们清楚地看到对各种文体的形式的美的要求日益加强的迹象。有些文体虽属应用文，本不应属于文学的范围之内，但也不例外地对它们提出了美的要求，如刘勰论诏策，论奏启，都是在应用文体中提出美学要求的例子。对于文体的这种认识，反映着文学自觉过程中尚处于不成熟阶段的特征。文体越分越细，但是哪些属于文学文体，哪些属于非文学文体，则无论是挚虞、李充还是刘勰，都并不明确。这就形成了这样一种理论趋势：没有从文体特征上探讨文学与非文学的区别，而是受着文学发展过程中重艺术特质的思想的影响，为许多非文学文体加进了文学的要求。这样一种理论趋势，对于形成我国的杂文学传统，影响是相当深远的。

文学自觉的又一重要表现，是它逐步认识到自己的独特的创作过程，它异于经，异于子，亦异于史。经、子以理，意在明道；史重实录，反对虚构；而文学则以情始，以虚构成。综观魏晋南北朝文学思想发展史，可以清楚看到文学创作的独特过程在理论上的完整表述。由物感始，而神思，而设情位体，敷情设采，而笼圈条贯、附辞会义，创作过程的各个环节，都探讨过了。而对于各个环节的论述，都充分地反映出文学正在独立成科的种种特征。物感说与气说联系起来，把万物一气因之相感相通的思想引入创作论，而气说又与自然性情说连在一起，应物而感，乃是自然情性的必然表现，这又引入了个性、气质说，把物感说自然而然地引导到抒情说，而淡化其与政教说的关系。对于创作过程的认识最为精彩的地方，是关于神思的论述。神思的跨时空的特点，运思过程中心、物的关系，神思中"图象"与义理的交错，神思中的灵感现象，以至神思中心志与语言的关系诸问题，此时无不有精细的论述与传神的把握。魏晋南北朝时期对神思的认识所达到的深度，即使在现代意义上说，它也是不易超越的。仅此一点，亦可证其时文学自觉已经达到的程度。当然，反映着此时文学自觉的又一成就，是对文学语言的美的认识。这个时期，差不多把汉语的内在的美都挖掘出来了：如何运用汉语的声调的清浊抑扬，构成诗文中错综和谐的声韵，使之具有乐感；如何运用对偶，使单音节的汉语具有连贯而又错落的节奏感；如何注意语言的感情色彩，使之或华艳或雅正；如何组织语言，使之具有言外之意……凡此种种，或见于此时之创作，或见于此时之批评与理论阐述。对于语言之艺术表现能力之此种探讨，正是文学自身追求完美、是文学自觉的必然反映。

文学自觉反映到理论上来的最为重要的表现，就是关于文、笔的讨论。上述种种，是文学自身完美过程中的具体认识与追求，而归到文学与非文学的区别的总认识上，便是文、笔问题。文、笔的讨论刚刚开始，便中断了。它提出了文与笔的区别，事实上透露出一个重要的讯息：有可能通过讨论，产生

一个纯文学的概念。但是终于没有产生。在这次讨论中萧绎对
文的阐释无疑反映了魏晋以降文学的艺术特质被发现和张扬的
现实，文须"绮縠纷披，宫徵靡曼，唇吻遒会，情灵摇荡"[①]。
把文学的抒情特征、它的词采与声律的美都概括进来了。从其
时文学自觉已经积累起来的经验说，本有可能把这个理论问题
深入下去，但这个问题牵涉面太广。它的深入，有赖于思想文
化领域诸多问题的解决，而其时并不具备解决这些问题的条
件。它的完成，也需要文学在社会生活实际中更正确地完成它
的定位，而其时亦并未具备此一条件。文学自身的特点是张扬
了，它与政教的关系是淡化了，但它还没有明确地找到它在社
会生活中的正确地位。萧绎概括的只是文学自身的艺术特质的
一些方面，而不是文学在社会生活中的正确定位。其时是把文
学定位在娱乐上的，这种定位只处理了文学在个体生命中一个
侧面的需要，而没有处理好个体与群体的关系。犹如玄学强调
了个人的情感、欲望而没有解决好个体与群体的关系一样，文
学只满足于个人消闲的需要，便亦在社会生活中失去其群体需
要的价值。儒家解决这个问题的办法比较简单，就是有益于政
教。有益于政教不是一个完美的有利于文学发展的口号。人们
在社会生活中的需求极为丰富而多样，不是政教所能笼括的。
而且，有益于政教可能是有益于好的政教，也可能是有益于不
好的政教。即使有益于好的政教，这个口号的提出也往往淡化
文学的抒情特质因之实际上也常常减弱它的社会作用。在中国
文学史上，因其真实抒发人生遭际之种种体验，自然地流露作

---

① 萧绎：《金楼子》卷四《立言篇》，载《景印文渊阁四库全书》，第 848 册，第
853 页上。

者高洁情怀的作品，往往成了熏陶和造就民族的高尚情操和优秀品格的文化瑰宝；而一些标榜政教说的作品，却常常味同嚼蜡，甚或充满思想之糟粕。历史就是这样不可思议，讲抒发个人情怀，反而达到教化的目的；而有意以文学为高头讲章，反而失去其教化的价值。可见，文学的社会功能应该如何体现，实在是一个非常复杂的、不能简单待之的问题。

三

魏晋南北朝文学思想发展提出的又一个理论问题，是不同地域的自然环境和社会环境对于文学思想发展的影响。在中国文学思想史上，再一次鲜明地表现出地域文化的不同风貌在形成不同文学思想倾向上的巨大作用。

战国时代曾鲜明地表现出不同地域不同文化的特色。汉代这种不同的特色得到了融合，地域色彩进入汉文化中。永嘉南渡之后，政权的南北割据为不同地域文化的独特发展提供了条件，地域的色彩又从统一的文化进程中分离出来，得到了长足的发展。

南方重文学特质，淡化与政教的关系；北方却依然重政教之用。南方文学思想的发展可以清楚地看到它和建安的逻辑联系，北方的重政教却是直接两汉。南方重华采，北方则重写实，崇朴野。不同的文学发展趋向，当然与不同的文化环境、自然环境有关。

首先是文化环境的差异。南渡之后，江左玄风继续发展。玄学理论虽已无新建树，但在两个方面却取得了进展：一是玄学与佛学合流，玄学进入佛学的阐释中；二是由是而更深地进入士人的生活，更深刻地影响他们的人生旨趣。正是在这个深层次上，玄学进入文学。这样才能解释何以东晋玄言诗得到发展，可见玄、佛思想在南朝文学中的巨大作用。而北方，则处于另一种的文化环境中。北方玄风消歇，虽仍有谈老、庄者，而已经消失尽中朝谈玄之风气。在北朝，经学发达，儒家思想有绝对的影响。鲜卑族的汉化，主要的便是重建以儒家思想为核心的典章制度和伦理道德。北朝士人中，儒家思想已完全取代玄风改变着他们的观念与心态。佛教在北朝的影响也完全不同于南朝，它更多地带着宗教信仰的性质，不像南朝那样影响士人的人生理想、情趣。

文化环境差异之另一端，是世族南渡之后，世族文化随之南移。对于世族文化在魏晋南北朝时期文化发展中的地位，似应给予更为充分之关注。中朝之后，世家大族集中了一大批文化精英，王、谢家族在书法和诗歌上的成就，令其在中国文化史上地位显赫。世族文化的承传，无疑在人格熏陶、审美情趣培养、文化品位等等方面都有影响，在文人结集上也起着促进的作用。南朝文人团体众多，与世族文化的影响不无关系。虽然许多文人集结并不在世族周围，但世族文化品位那种高雅气氛的影响，在文人结集上起作用，却是明显的事实。北朝少有以诗文活动为中心的文人团体，与世族文化南移或者不无关系。

文化环境差异之又一端，在于文化发展之连续性上的差别。南渡之后，南方文化的发展保持着一种相对安定的局面，以世族文化为核心的文化承传未曾中断；而北方，在胡族实行汉化之前，文化发展有一个沉寂期。此一点影响于文学思想发展实至巨。江左自东晋以思辨为文，元嘉转向山水题材与山水审美，永明追求词采与声律之美，到宫体诗人的绮靡华艳，文学思想的发展过程是连续的；而北方，则缺乏这样一个连续不断的发展过程。五胡十六国时期，完全没有文学可言。建安与中朝的文学思想，在北方没有承接。到高允出来，北方的文学才算开始，而其时在南方已是永明体盛行之世。是否有连续性，当然也就决定了文学思想的是否同步发展。

造成文学思想南北差别的原因，除了不同的文化环境之外，自然环境的差异也起着作用。如果南渡士人没有面对会稽一带的明山秀水，那么文学情趣的格调会有另外的样子。这一片水木明瑟的山川，与他们受到玄、佛熏陶的心灵一拍即合，这才有了清新明丽的审美趣味。

当然，南北文学思想的差别也不是绝对的，双方原非处于完全封闭的环境之中。元魏以后，交往益加频繁，相互影响也加速。佛教传播、使节互聘、诗文流传，都是文化得以交流的途径。大体说来，南方的重词采华美逐渐影响北方，而南方也受到北方的重气质的影响。完全的融合，还需要经过漫长的时间，那是要到唐人那里才能实现的。

就魏晋南北朝文学思想的发展而言，南朝是主流；而在以后的岁月里，当南北融合完成的时候，北方重气质的文学思想却成了核心。这是一个非常有意思的问题，研究这个问题，涉及我国文化传统的基本特征，涉及我国文学发展的总的趋向。

南朝重艺术特质的文学思想倾向虽未能成为后来文学思想发展的名正言顺的中坚，但是它带给我国文学思想发展的实际影响，却是难以估量的。如果我们以一种更豁达的态度来看待文学思想史的话，我们必会同意这一点。

（原刊罗宗强：《魏晋南北朝文学思想史》，中华书局1996年版）

唐代文学思想发展中的几个理论问题

□ 罗宗强

　　唐代文学思想的发展，是从反对绮艳开始的，最后却又复归于绮艳。虽然唐末五代的崇尚绮艳，与初唐承袭的南朝绮艳之风在表现形式、艺术水准和艺术价值上都不可同日而语，但最主要的一点却是相同的，那就是它们都反对功利主义的文学思想。约三百年间，走了一个大回旋。这个大回旋很像是中国文学思想发展史上的一个小断面。从这个小断面，文学思想发展中的各种脉络（如它与王朝盛衰、士人心理状态、创作的发展变化的关系，它自身起伏变化的轨迹等等），似都一一可寻。这些脉络，实际上涉及文学思想发展史上的一些规律性问题。

一

　　唐代约三百年间文学思想的发展变化，表现为一缓慢的过程。在这个缓慢的过程中，一种文学思想发展到另一种文学思想，是通过逐渐的、漫长的演变完成的。

　　从唐朝建立之初到殷璠在《河岳英灵集》中所说的"颇通

远调"①的景云中，即从反对南朝绮艳文风到唐文学第一次繁荣的盛唐文学的到来，用了将近九十年的时间。唐太宗作为一代英主，何尝不希望迅速改变文风。只要看他那样反复地把绮靡文风与前朝的败亡联系起来，就可以明白他反对绮靡文风的急切心情。前朝覆亡的教训对于这样一个雄才大略的君主来说，印象实在是太深刻了。梁元帝兄弟、陈后主、隋炀帝，都是写绮艳文章的高手，而宗社须臾倾覆，贻后代笑。唐太宗从这里得出了"人主惟在德行，何必要事文章"的结论，提出了反对"无益劝诫"的浮华文风的主张。② 这当然是很自然的，是历史的发展顺理成章的理论产物。何止唐太宗！他的重臣魏徵等人何尝不是反复征引前朝败亡的教训作为反对绮艳文风的历史依据。在他们之前，再没有比魏徵在这个问题上的认识更为深刻的了："古人有言，亡国之主，多有才艺。考之梁、陈及隋，信非虚论。然则不崇教义之本，偏尚淫丽之文，徒长浇伪之风，无救乱亡之祸矣。"③ 他把文风和政权的关系，概括得既生动明快，而又雄辩有力，充满哲理与睿智。毫无疑问，他们都是首先从政权的角度，即从皇祚永固的角度来考虑文风问题的。他们考虑文风，首先考虑的是刚刚建立的皇朝的利益。在这个意义上，他们反对绮靡文风，实际上不仅是一个文学的问题，而且是他们的国策的不可分割的组成部分。

既然给予文风问题以这样的重视，而且在贞观初年就反复提出来，按理说，绮艳文风的改变应该能够迅速收效。但是事

---

① 殷璠：《河岳英灵集序》，载董诰等编《全唐文》卷四三六，中华书局 1983 年影印嘉庆本，第 5 册，第 4453 页上。
② 吴兢：《贞观政要》卷七《文史》，上海古籍出版社 1978 年版，第 222 页。
③ 姚思廉：《陈书》卷六《后主本纪后论》，中华书局 1972 年版，第 1 册，第 119—120 页。

实上并非如此。贞观中，经济开始繁荣起来，政治和军事都已经相当强大，但是文风的转变却极其缓慢。直到龙朔初年"上官体"的流行，许敬宗、上官仪的奉诏博采古今文集，摘其英词丽句编成五百卷的《瑶山玉彩》，绮艳文风似又出现一个高潮。此时上距贞观初已三十余年。文风的改变比政治、经济面貌的改变，实在缓慢得多，落后得多。

怎样来理解这种现象呢？

历史是复杂的。一方面，梁元帝兄弟、陈后主、隋炀帝之崇尚淫靡文风，同他们的腐败政治是一个统一体，正如魏徵所描述的那样，陈后主引狎客对贵妃，共赋新诗，采尤艳丽者被声歌之，持以相乐，他们在文学上追求淫丽，乃出于纵欲生活的需要。淫丽文风当然很自然地同他们之所以败亡连在一起。在我国文学思想史上，崇尚淫丽绮艳、主张娱乐消遣的文学这样广泛地长时间地同政治上的腐败连在一起，这还是第一次。也就是说，历史以它活生生的事实，为唐太宗君臣提供了前此未有的鉴戒。在这个问题上，他们的认识的深刻性与新鲜感，都是独特的，前此的历代君臣是无法比拟的。他们对文风问题给予那样的重视，当然可以理解。但是，另一方面，经过魏晋六朝，文学发展了，表现技巧丰富了。同淫丽文风搅在一起的，是艺术表现手段和技巧的丰富与发展。显然，文学有它自己的发展规律，任何力量也无法让它回复到独立成科以前的状况去。他们不得不面对这样的事实。既要反对淫丽文风，又必须承认文学发展的事实，汲取艺术上的成就，这样一个课题的解决，比他们的马上打天下要复杂得多，也艰难得多。

事实说明，他们确实是封建社会中罕见的眼光远大的君臣。在反对淫丽文风时，他们完全不像宇文泰和苏绰、隋文帝和李谔那样采取简单的行政命令的办法，持否定一切的态度；也不像王通那样以政治、伦理道德观念去取代文学。他们采取了一种较为稳妥的办法，既明确反对淫丽文风，又重视文学的艺术特征：反对淫丽文风，是反对用文学于纵欲，只是在这个界限之内，他们才十分重视淫丽文风之害；重视文学的艺术特征，是重视它的感情特点，重视它已经发展起来的包括声律、词采等表现手段。唐太宗亲自为《晋书》写《陆机传论》和《王羲之传论》，对于陆机的宏丽文藻那样赞赏备至，以为"百代文宗，一人而已"；对于王羲之"凤翥龙蟠"的书法艺术，也备极推崇，说是"心慕手追，此人而已"。① 在这两个传论里，他说了许多艺术行家的话。魏徵反淫丽，可以说是最坚决的了，但正是他提出了一种理想文学的标准：取江左的清绮文辞、河朔的刚贞词义，"掇彼清音，简兹累句，各去所短，合其两长"②，以为这就能达到尽善尽美。在这个合南北文学之两长的理想文学里，他没有摒弃清绮文辞。令狐德棻在《周书·王褒庾信传论》中对于这种理想的文学提得又稍具体，他以为应该是以气为主，调远，旨深，理当，辞巧。③ 以气为主，调远和辞巧，就包含对魏晋六朝以来发展起来的文学的艺术特征的认识。这样，他们就把淫丽文风同文学的特征、文学的技巧分开来了，把反对淫丽文风同重视文学的艺术特征、艺术表现技巧结合起来了。这样做的结果，一方面制止了淫丽文风的进一步发展——初唐的文风，虽缓慢，但却确实在起变化，纵

---

① 房玄龄等：《晋书》卷五四《陆机传论》，中华书局 1974 年版，第 5 册，第 1478 页；卷八〇《王羲之传论》，第 7 册，第 2108 页。

② 魏徵等：《隋书》卷七六《文学传序》，中华书局 1973 年版，第 6 册，第 1730 页。

③ 令狐德棻等：《周书》卷四一《王褒庾信传论》，中华书局 1971 年版，第 3 册，第 744—745 页。

欲已经没有了，绮艳而不放荡，而且即使在绮艳之中，也逐渐带进了一点清新气息。就文学思想而言，已不再主张娱乐的文学，从娱乐说正在慢慢地转向教化说；而另一方面，又给文学艺术技巧的进一步发展留下了广阔的天地。既然还主张清绮文辞，主张调远与辞巧，那么文学的艺术特征的进一步发展，当然就不受限制了。这就顺应了文学自身发展的规律。事实上，魏晋六朝以来对文学特征、文学表现技巧、文学形式的种种探讨，都还有待于进一步完成。例如，从六朝开始的对于诗的格律的美的探讨，就远没有成熟，要等到唐朝建国之后六十年左右沈佺期、宋之问手里，五律才定型；从南朝山水诗发展起来的对自然景物的真实细腻的描写，在景物的真实细腻描写中抒情，烘托气氛，创造完美诗境，也还有待于进一步发展。艺术形式、艺术表现技巧方面的进一步发展，当然也就同时为绮艳文风的继续存在留下了一些天地。要在发展过程中把绮艳文风清除出去，需要找到一种途径。这种途径，又只能从文学特征内部去寻找，而这就需要有一个过程。唐太宗君臣只是在反对用绮艳文学于纵欲生活上是明确的、坚决的，除此之外，对于绮艳文风的清除，不管他们是出于自觉还是不自觉，事实上是容许了这样一个过程的存在。他们反绮艳文风，没有采取苏绰、李谔式，也没有采取王通式，在当时看来，文风的转变是缓慢的，但他们的这种文学思想，在整个唐文学的发展过程中却被证明是稳妥的、正确的，是后来唐文学的繁荣的一个很好的思想基础。

历史的复杂性还不止于此，不仅在于他们的文学思想本身的特点，还在于长期形成的绮靡文风的巨大影响，连他们自己也未能摆脱。他们看到了绮靡文风为害，自己却受这种文风的影响而不自知。唐太宗之所以也写宫体诗，晚年之所以看重上官仪的文辞，就是例子。连唐太宗这样的英主尚且如此，他的臣下就更不必说了。于志宁、杨师道贞观年间有两次宴集就留下来那么多人的丽采雕琢的诗。这说明他们虽是封建社会中有远见的君臣，但思想实质与绮靡文风毕竟并无水火不容的矛盾。当考虑政权利益的时候，他们惧怕淫丽文风为害；当平居宴乐时，又从感情上接受这种文风。同时，这也说明，一种长期形成的文风的影响是根深蒂固的。有时候可能有这样的情况：在当时或者以为已经摆脱了它的影响，而经过一个比较长的历史时期之后，回过头来看，才发现自以为改变了的文风其实与旧文风并无实质的差别，只是大同小异而已。初唐的情形似乎就是这样。

但是，文风改变缓慢的更为重要的原因，还在于不论是在理论上还是在创作上，新的文学应该是个什么样子，还需要在一个比较长时间的实践中才能逐渐明晰起来。魏徵他们提出的合南北文学之两长，以气为主，调远，旨深，理当，辞巧，究竟还只是一个一般的原则，行将到来的繁荣的文学是个什么样子，他们都还茫无所知。慢慢地，在创作实践中，首先是在卢照邻与王勃入蜀后的诗中，在骆宾王戍边之后的诗中，出现了一些高昂的感情基调，出现了一点壮大的气概。与他们创作中这点新的倾向相呼应，在理论上也提出了浓郁感情与壮大气势的主张。他们反对龙朔初年"骨气都尽，刚健不闻"[1] 的文风，就是这种主张的表现。他们向往"气凌云汉，字挟风霜"[2]，向

---

① 杨炯：《杨炯集》卷三《王勃集序》，中华书局1980年版，第36页。
② 王勃：《王子安集》卷一二《平台秘略·艺文》，载《四部丛刊初编》，上海书店1989年版，集部第102册。

往"思飞情逸，风云坐宅于笔端；兴洽神清，日月自安于调下"①的文学，更是这种主张的表现。他们已经意识到行将到来的文学，是一种感情浓郁昂扬的文学，他们已经把魏徵他们那个一般的原则，逐渐集中到或者说具体到"风骨"上来了，虽说还仅仅是意识到，但究竟已经是一个有力的信息。所以后人说"词旨华靡"，是其旧影响；"骨气翩翩"，为其新倾向。②待到陈子昂出来，才把这种意识到的信息，变为明确的响亮的号召，提出了"兴寄""风骨"的主张，并且借着评论东方虬的诗，对这种以"风骨"为主要特征的理想文学做了生动的描述："骨气端翔，音情顿挫，光英朗练。"③至此，理论的准备可以说已经完成。而在创作上，新的风貌也明晰起来了。一篇《登幽州台歌》，一篇《春江花月夜》，可以说是新风貌的典型。一是慷慨悲歌，苍凉浑茫，一是明丽纯美，而纵览历史，与宇宙融为一体的浓郁情思与广阔胸怀则一，艺术趣味虽不同，昂扬的感情基调则一。眼光已不再着落在闺阁庭园、个人琐琐的生活里，而思索历史与人生，感悟哲理，视野开阔得多了。与此同时，律诗的形式，特别是五言律诗已经走向成熟。可以说，从理论到实践，都已经准备就绪，一种光辉灿烂的文学行将到来。于是，王湾、王翰、贺知章、张旭诸人的名篇相继出现。然后便是众所周知的盛唐的巨匠们成批出现，留下了那些

---

① 王勃：《王子安集》卷四《山亭思友人序》，《四部丛刊初编》，集部第 102 册。

② 王世贞：《艺苑卮言》卷四。据明世经堂刻本《弇州山人四部稿》的原文作："词旨华靡，固沿陈、隋之遗；骨气翩翩，意象老境，超然胜之。"《历代诗话续编》所收《艺苑卮言》，此处漏"骨气"二字，而意义差别极大，当以《弇州山人四部稿》为是。

③ 陈子昂：《修竹篇序》，载陈子昂著，徐鹏校点《陈子昂集》卷一，中华书局 1960年版，第 15 页。

千古不朽的诗篇，传下了中华民族文化史上的瑰宝。

从唐太宗君臣到"初唐四杰"再到陈子昂和张若虚，是一个理论上和创作实践上都逐渐明晰和成熟的过程。当唐太宗君臣反对淫丽文风的时候，他们并没有想到将要到来的光辉灿烂的文学是一种追求风骨、追求兴象玲珑、追求自然之美的文学，是一种倾向于理想主义的文学。九十年过去了，一步一步地，从文学自身的特征中找到了清除淫丽文风的途径，以充沛浓郁、昂扬壮大、健康质实的感情，去取代颓靡庸俗情调；以宽广的胸怀与气魄，去取代狭窄的生活视野，以清水芙蓉般的明丽的美，去取代华靡与雕饰。从感情到词采，都对南朝文学加以净化。是净化、汲收和发展，是扬弃，而不是否定一切。如果我们考察这个虽缓慢，但却是一步步明晰、成熟起来，最后水到渠成的过程，我们或者可以从中认识到一点什么。比如说，文学自身发展的规律。从文学思想上说，没有唐太宗君臣，就不会有"四杰"，没有"四杰"，就不会有陈子昂，没有陈子昂和张若虚，也就不会有盛唐的灿烂群星。如果没有思想上和艺术上的充分准备，没有艺术经验的充分积累，一个伟大的天才是很难出现的，更不用说一个个天才成批涌现的时代了。

这样一个过程虽然是缓慢的，但却是健康的。类似的过程在其他时期还出现过，比如说，五代绮艳文风的改变，从宋初到欧阳修他们登上文坛，也经历了六十年左右的时间。明白了这一点，也就可以明白李谔上书正文体之荒唐所在。

二

在唐代文学思想发展史上，我们还可以看到，一种文学思想发展到另一种文学思想，中间常有一些短促的过渡期。

盛唐的倾向于理想主义，追求风骨、兴象玲珑、自然之美的诗歌思想，安史之乱后，在满目疮痍的现实生活中便显出不协调来了。于是，适应现实生活的需要，便自然地要出现功利主义的、倾向于写实的诗歌思想。这种诗歌思想，在杜甫的创作实践和元结的理论主张中很快就出现了，但又很快消失，直到贞元末元和年间，才形成广泛的影响，中间间隔着大历初至贞元中的二十余年。这二十余年的诗歌思想，既不像盛唐，又不像中唐。就像是盛唐诗歌思想到中唐诗歌思想的发展中间一段小小的插曲，一次小小的回旋。这个时期的创作的主要倾向，是崇尚高情丽辞远韵，追求冷落与寂寞的境界，追求冲淡，追求韵味。诗人们的感情天地仿佛比盛唐的诗人们的感情天地要窄小得多，平静得多，表述也冷漠得多。这时的理论探讨，既不同于盛唐，如殷璠等人的提及兴象风骨，也不同于中唐，如元、白等人的提倡讽喻与诗教，而是探讨意境和诗歌的写作技巧。不论是托名王昌龄的《诗格》（它的作年至迟不晚于贞元五年［789 年］，很可能在大历年间），或是戴叔伦对于诗境的论述，或是皎然《诗式》，着眼点都在诗歌艺术特征、艺术形式的探讨上。

何以会出现这样一个就其审美情趣来说倾向于冲淡与清丽纤弱，就其理论倾向来说侧重于艺术形式的探讨的过渡期？除了这个时期士人心理状态的变化之外，从文学发展自身的原因说，是因为盛唐诗歌的高峰过去了，须有一个反思的总结的阶段，须有一次停顿。盛唐的诗歌思想，虽有李白和殷璠的理论概括，但毕竟理论的表述比之于创作的繁荣要逊色得多。创作高度繁荣，而理论相对沉寂。盛唐的诗歌思想，主要体现在创作里。创作的高峰一旦过去，咀嚼回味、回顾反思，或者说理论总结的时期，便自觉不自觉地开始了。戴叔伦之把诗境比喻为蓝田日暖，良玉生烟，当然是对于盛唐诗歌创作实践已经创造的不可句摘、兴象玲珑的诗歌意境的感性认知和形象把握。《诗格》论诗境创造的特征所说的"处身于境""心入于境""视境于心"，① 以"心"击"境"，同样是力图对已经出现的充满浓郁情思的诗境的创造秘奥进行探索，强调在诗境创造中"心"的作用。皎然《诗式》则除了意识到诗境创造中的情景关系之外，还提出了"取境"问题，以图说明诗境创造之有径可寻。对于诗境的这种理论总结，是反思。同样的道理，《诗格》《诗式》之把作诗的方法归纳为一系列的琐碎程式，如"十七势""十四例"之类，当然也是这种反思的表现。不论是否出于自觉，他们事实上是力图把盛唐诗歌所已经提供了的丰富经验上升为理论的认识。从这个意义上说，这个时期的批评家们是力图同盛唐的文学思想相衔接的。他们要通过理论总结，指出诗歌进一步发展的道路。《诗式》的"明势""明作用""四不""二要""二废""四离""取境"；《诗格》的"入兴体十四""常用体十四""落句体七"及"三宗旨""三语势""六式"等等，都是企图为以后的诗歌创作指出途径，规定一些一二三四。这正是创作的繁荣期过后常常出现的理论活动现象。这种理论活动如果既正确总结了创作的经验，又适应社会发展的需要，它就能够为创作的进一步发展指出正确的道路。但是，大历初至贞元中这二十几年，由于地主阶级知识分子既

---

① 陈应行：《吟窗杂录》卷四《诗格》，载《四库全书存目丛书》，齐鲁书社1997年版，集部第415册，第256页上。

缺乏他们的盛唐前辈那种昂扬的精神风貌和充足的自信心，又没有他们的后辈——贞元末和元和年间将要出现的那批知识分子的改革精神，因此，他们既未能完全正确地总结经验，也没有能指出创作进一步发展的正确方向。他们对于诗歌意境的理论认识，当然是一个非常重要的理论成就，是殷璠"兴象"说的进一步发展，概括了盛唐诗歌的一个重要特征，这个总结当然是意义深远的。但是，除此之外，他们的大量的理论总结，则陷入烦琐的公式里，与盛唐诗歌的艺术风貌和极其丰富的艺术经验了不相干，把诗歌艺术完全庸俗化，僵死化了。正如王夫之说的，诗之有皎然，"皆画地成牢以陷人者，有死法也"，"有皎然《诗式》而后无诗"。[①] 他们为诗歌创作规定的这些一二三四，同行将到来的充满革新精神的元和诗坛诗歌创作的另一次高潮，当然是格格不入的。这一段时间，并不是元和诗坛的先导，而只是一次反思，一次徘徊而已。这就是诗歌思想上这个过渡期的主要特点。

类似的过渡期，还存在于中唐的文学思想向晚唐的文学思想转变中间的一段时间。

元稹、白居易的功利主义诗歌主张从永贞二年（806 年）二月白居易作策文提出采诗以补察时政算起，到元和十二年（817 年）元稹作《乐府古题序》，肯定杜甫的讽兴当时之事，"即事名篇"[②]，前后不过十二年。之后，他们就再也没有提及这方面的理论。在这十二年间，事实上提出这种主张的，也只有前后两段时间，即永贞二年二月至元和四年（809 年，这年

---

① 王夫之著，舒芜校点：《姜斋诗话》卷二，载《四溟诗话 姜斋诗话》，人民文学出版社 1961 年版，第 149、169 页。

② 彭定求等编：《全唐诗》，中华书局 1960 年版，第 12 册，第 4604 页。

白居易作《新乐府序》）前后（元和四年后不久，他还写了
《寄唐生诗》），中间中断了几年，元和八年（813 年）元稹作
《杜工部墓系铭并序》到元和十二年为一段（元和十年［815
年］为一高峰，白居易作《读张籍古乐府》《与元九书》，元稹
作《叙诗寄乐天》，十二年已近尾声）。他们的功利主义诗歌主
张的理论提倡的时间前后实际上不足十年。在创作实践上实行
这一主张的时间还更短。元和十二年虽还有刘猛、李馀、元稹
写古题乐府，但他们写新乐府的时间只在元和初的短短几年
里。元和十二年以后，白居易连其他的讽喻诗也很少写了。与
此同时，随着他们仕途和生活状况的变化，创作倾向也逐渐发
生变化，直至完全违背了他们原先的诗歌主张。可以这样说，
中唐的功利主义诗歌思想，元和十二年以后便销声匿迹了。散
文文体文风改革的理论主张与实践，时间虽然要长得多，但元
和八年，"文明道"的理论已经完全成熟。元和八年以后，不
论是韩愈、柳宗元还是其他人，都没有在这个问题上加进新的
内容。创作上延续的时间虽长些，但元和十四年（819 年）柳
宗元死，长庆四年（824 年）韩愈死，之后，古文运动创作的
高潮也就过去了。以后虽有韩门的一传再传弟子出来，但在文
坛上已形不成多大影响。总之，不论是诗歌思想还是散文思
想，元和末长庆初以后，功利主义的主张都已不再成为主要潮
流。大和末至大中间，主要的文学思想潮流便让位于非功利主
义的文学思想了。杜牧用"以意为主"去代替"文明道"说。
"以意为主"的"意"虽也包含儒家伦理道德观念如"仁义"
的内容，但究竟已经只是一个重要内容的概念，而不同于"明
道"说的工具论的性质了。至于李商隐，则散文理论和诗歌主
张，都是鲜明地、强烈地反功利主义的：诗歌思想上不重诗教

而重抒情，散文思想上明确反对文以明周公、孔子之道。

就在贞元末元和间重功利的文学思想与大和末大中间的非功利主义文学思想之间，又交错着一个在时间界限上虽不十分明晰而仍然可以确认的过渡期。这个过渡期在诗歌思想上表现得尤为明显。

非功利主义诗歌思想的到来，是从创作中首先开始的。写生民疾苦，为时为事而作的功利主义诗歌思想，本来基础就不牢固，创作上也并未形成"运动"。一旦政治上的革新无望，功利主义的诗歌主张也就失去了存在的思想基础。当元、白提倡讽喻说的时候，他们的立脚点是借助诗歌的讽喻作用，感动皇帝以改革弊政。但是事实告诉他们，这只是一种幻想。如果说永贞改革的失败还没有使白居易寄希望于皇帝以改革弊政的信念消失的话（贞元二十一年［805年］十月，永贞改革失败后韦执谊被贬崖州，白居易震动很大，写了《隐者》诗，表示了退出政治的念头。但是翌年他作策文，仍然提出了"诗教"说），那么之后发生的几件事，对他的这一信念的打击就更大了。元和三年（808年）上《论制科人状》，为杨於陵、王涯等辩诬，因言语激切而为执政者所不容；元和四年写讽喻诗，即遭非议；元和五年（810年），累疏论元稹之不该贬，而疏入不报；元和十年，宰相武元衡被刺杀，居易上书请捕刺客以雪国耻，执政恶其言事，会被诬，贬江州司马。这些事实都向他说明，依靠讽谏，寄希望于皇帝以改革弊政的想法是行不通的。这就是为什么元、白功利主义的诗歌主张半途而废的主要原因（当然，除此之外，他们思想中原就有佛、老的影响，也是一种原因）。当他们写讽喻诗的时候，就同时写了不少闲适诗。讽喻说一旦丧失思想基础，他们便完全转向闲适了。于是，元和末年，诗歌思想的过渡期便从他们开始。这一过渡期的主要特点，便是创作上视野内向，转向写个人情思。

写个人情思的一种表现，便是写身边琐事，写逸乐生活的满足感。白居易后期的诗基本如此。他之醉心于"妻子在我前，琴书在我侧，此外吾不知，于焉心自得"①，"世间好物黄醅酒，天下闲人白侍郎"②，"月俸百千官二品，朝廷雇我作闲人"③，"我心与世两相忘，时事虽闻如不闻"④，就是这种逸乐生活的满足感的表现。像白居易这样写闲适诗的，其时不在少数，元稹、令狐楚、崔元亮，以至李德裕、刘禹锡等人的大量唱和诗类皆如此。

写个人情思的又一表现，便是写闺阁生活。盛唐诗人很少写闺阁生活，而此时写闺阁生活的诗开始在一些诗人中出现。元稹写了一些艳情诗。这些诗，是他诗作中写得最好的部分，反映的感情天地虽然狭窄，但写来往往感情浓烈真挚、细腻轻艳。后来苏轼所说的"元轻白俗"的"轻"，大概就是指此而言的。（李贺虽也写爱情，不过他把它写得迷离惝恍。）从元稹开始的以真挚情怀转向闺阁生活，在大中以后诗歌创作中遂成一主要倾向。

写个人情思的另一表现，便是咏史诗的出现。政治上的改革既已无望，不得不接受中兴已成一梦的现实。这在士人心理上的反映，便是怀古伤今，借对于历史的伤悼，寄寓对于现实的衰败无望的悲哀感慨。刘禹锡长庆四年（824年）作《西塞

---

① 白居易：《自余杭归，宿淮口作》，载彭定求等编《全唐诗》，第13册，第4763页。
② 白居易：《尝黄醅新酎忆微之》，载彭定求等编《全唐诗》，第14册，第5089页。
③ 白居易：《从同州刺史改授太子少傅分司》，载彭定求等编《全唐诗》，第14册，第5164页。
④ 白居易：《诏下》，载彭定求等编《全唐诗》，第14册，第5128页。

山怀古》，宝历二年（826年）作《金陵怀古》《台城怀古》，这几年还作《金陵五题》，都是怀古伤今之作。短短两三年，写了这么多怀古诗，且多表现一种时光流逝，人事变幻，繁华已去，景物犹在的深沉慨叹。这就很值得注意。这不得不说与贞元元和之际士人的各种改革热情至此已经消退，中兴希望已经幻灭有关。政局既已无望，讽喻和明道也就没有现实意义，或者说已经失去了动力。而用世之心，与对于朝廷的忠诚情怀又并未完全泯灭，不像晚唐后期的一些士人那样走向归隐。这种矛盾心理，便很自然地表现为一种深沉的思索，思索人世盛衰兴败的哲理；又表现为对这个朝代的已逝繁华的共同眷恋和对中兴终成一梦的现实的伤悼。事实说明，怀古咏史诗的出现，乃是政局发展在士人心理上反映的自然产物。怀古伤今，成了晚唐初期诗歌创作之一的重要主题。在刘禹锡之后，大量异常精彩的怀古咏史诗便接连出现。许浑的《金陵怀古》《咸阳城东楼》《姑苏怀古》《凌歊台》《骊山》诸作皆是。杜牧这方面的诗就更精彩了，《江南春绝句》《题宣州开元寺》《登乐游原》等等，都是这方面的代表作。"长空澹澹孤鸟没，万古销沉向此中。看取汉家何事业？五陵无树起秋风。"[1] 其中蕴涵的就是这种兴衰盛败的深沉思索。薛逢的《悼古》、王枢的《和严恽落花诗》等等，无不如此。可以看出，咏史诗乃是士人从关心改革，视野外向，着眼于生民疾苦，转为视野内向，抒个人情怀，写身边琐事的过程中出现的一种思索、体认人生哲理的现象。

怀古咏史，写身边琐事，写闺阁生活，创作题材的这种转

---

[1] 杜牧：《登乐游原》，载彭定求等编《全唐诗》，第16册，第5954页。

变，是这个过渡期的主要特点。它反映了重功利的文学思想到非功利的文学思想的转变过程的衔接现象。但它是一种缓慢的过渡，不同于上一个过渡期的反思、徘徊的特点。

当然还有其他的过渡期，例如，我们可以把隋代的文学思想看作南朝文学思想到唐代文学思想发展的一个过渡；可以把五代到北宋初年也看作一个文学思想的过渡期等等。各个过渡期的特点虽然不同，但有一点却是相同的，那便是它在两种文学思想潮流中间起过渡作用。在唐代文学思想的发展过程中，很少看到一种文学思潮与另一种文学思潮在发展过程中突然衔接的现象。它们中间总有一个或长或短，或清晰或不甚清晰的这样那样的过渡阶段。这种过渡阶段的存在，或许是文学思想发展史上的一种普遍现象。

三

在唐代文学思想发展史上，我们还看到不同文学思想之间的复杂衔接现象。任何一种文学思想，它都不是绝对"纯净"的，不接受其他文学思想的影响的。

从总趋势，从主要倾向着眼，我国古代文学思想的发展基本上是一个功利主义文学思想与非功利主义、重文学特征、重抒情的文学思想不断交替的过程。例如，在散文文风文体演变中，我们就看到了这样一个过程。散文发展的最初阶段得到繁荣的是散体，究其原因，盖出于实用之需要。诸子百家争鸣之际，论辩要求说理严密，一字褒贬，骈体难以适应此种要求，而散体则可大显身手，因此，骈句虽很早就出现，而骈体却得不到发展。散体之得以风云际会，很快走向成熟，一开始便反映出功利主义的文学思想。孙梅所谓"骈体肇自魏晋"之说，似稍不确；但他说的骈体大约始于制诏，沿及表启，则是符合事实的。其实，骈体的最初出现，可追溯到汉元帝元朔三年（前126年），《封公孙弘平津侯诏》即为骈体。其时骈体也偶或出现在奏书中，如谯玄《上书谏成帝》。延至东汉，似又略有扩展，而及于书信，如冯异的《遗李轶书》。但此类骈体，只有质朴之对句，实为骈体之雏形。此类雏形骈体之出现，主要也是出于实用的需要，为增强效果，有所强调，而使其略有对偶，朗朗上口。但此类质朴之雏形骈体并未得到发展。骈体的进一步得到发展，是它逐渐离开功利主义的目的，而纯粹出于艺术的追求。曹丕《答繁钦书》虽未用典，而华采秀出，音韵铿锵。他周围的一些作家，除修饰词采之外，开始加上用典，如应场的《报庞惠恭书》、刘桢的《答魏太子丕借廓落带书》，应璩书信，几乎篇篇若是。可见魏文论文尚气，已肇文学自觉时代之思想端倪，骈体从功利目的走向纯艺术的追求，乃是此种思想之一反映。由魏而晋，排偶更加整齐，词采更为华丽，用典时或出现借喻与隐喻。由晋而宋，用典更为琐碎，所谓"大明泰始中，文章殆同书抄"者谓此。由宋而齐、梁，丽采、事典之外，又加以声韵的追求，骈体于是走向成熟。此时之骈文，已成纯粹之美文，与实用了无相干，与功利主义文学思想完全背道而驰了。这种非功利主义的文学思想发展到极端，弊病终于暴露无遗，于是又有功利主义的文学思想出来。这便是从宇文泰、苏绰开始的，断断续续延至唐代古文运动全盛期的明道说的出现。当明道说走向成熟之后，由于多种原因（如政局和社会思潮的变化），非功利主义的文学思想又出来，这便是以李商隐为代表的反对文以明道的重抒情、重艺术技巧的文学思想的出现，以及晚唐骈体文的再度兴起。散文思想的发展是这样一个否定之否定的过程，诗歌思想的发展也大致如是。

如果稍加考察，就会发现，这样的一种否定之否定，是一个复杂的衔接通变的过程。骈体最初出现和散体一样，带着明显的功利主义目的，后来才逐渐走向纯艺术技巧、艺术形式的追求；散体再起而取代骈体，又汲取了骈体艺术表现上的成就才得以取得成功。纯粹意义上的复古，不考虑文学和艺术表现手段已经丰富发展了的现实，结果当然不可能取得以散代骈的成功，韩、柳之前的李华、独孤及、柳冕诸人就是例子。韩、柳之所以取得成功，除了他们的文体文风改革带着强烈的政治色彩，与当时之政治思想生活密切相关外，就在于他们很好地吸收了已经发展起来的，包括骈文在内的丰富的艺术经验、艺术技巧，在于他们既倡明道，也主抒情，而且在创作实践中把二者很自然地结合起来。他们把秦汉散文创作中的功利主义文学思想，同魏晋六朝发展起来的对文学艺术特殊性的重视与强调，很自然地融为一体。他们文学思想的主要倾向是功利主义的，但又不废缘情。这种衔接现象说明，一种能够引导文学创作走向繁荣的文学思想，都不是凭空产生、孤立存在的。它只是文学思想发展过程中的一个环节。它不可能割断历史。它要承继前此文学思想上的一切积极因素，吸收、改造、发展。

这种现象在诗歌思想上也有充分表现。如果追索一下各种诗歌思想的构成，我们就可以看到，除了该诗歌思想的主要倾向之外，还包含有各式各样的其他诗歌思想的因素。这就是衔接现象。杜甫是一个很典型的例子。他的诗歌思想的主要倾向，当然是写实。这种诗歌思想更接近于功利主义的性质，其中有陈子昂兴寄说的影响。但是，在杜甫的诗歌思想中，又到处可以看到盛唐重风神、重意境创造的诗歌思想的影响。不仅如此，他还接受了魏晋六朝诗歌思想的影响，特别是重词采、重声律的思想。他的诗歌思想，和他的创作实践一样，实具"兼备众体"的性质。元稹和白居易倡功利主义的诗歌主张，但元稹在创作实践中实际上接受了梁、陈宫体诗人的诗歌思想的影响，白居易则无疑受到南朝山水诗人们的影响。他们两个同是推崇杜甫，元稹推崇杜的兼备众体；白居易则推崇其讽喻兴寄。他们两人诗歌思想的主要倾向是相同的，但各自诗歌思想的构成却要复杂得多，丰富得多。又如，对于诗歌语言的色感、韵律感和意象的组合方式，李贺和韩愈都做了独特的探索，李商隐和温庭筠接受了他们这些艺术追求的影响，又各不相同地加以发展，另有所好。韩愈、李贺、孟郊以至后来的杜牧、李商隐，都受到杜甫艺术追求的某些影响而又各有自己的美的追求。正是由于有这种复杂的衔接现象，诗歌艺术思想的精华才得以以各种形式积淀起来，并且慢慢形成诗歌艺术思想的民族传统。没有这种复杂的衔接现象，诗歌艺术思想的民族传统的形成是难以想象的。

和这种复杂的衔接现象有关的一个问题，便是发展。发展是衔接的下一个环节，从衔接到发展。在唐代诗歌思想的发展中，我们可以看到，只有衔接而没有发展，便不会有什么建树。衔接之后又发展，承继前人诗歌艺术的经验，而加以创新，就取得了独特的成就，就在文学思想发展史上留下了独特的不可磨灭的印记。这样的例子是很多的。

我们先来看韩愈的例子。韩愈诗歌艺术的追求，显然受到杜甫和李白的深刻影响。杜甫追求的那种掣鲸碧海的壮大的美、李白追求的那种豪雄奔放的美，都为韩愈所深心向往。而且，他是以自己的独特意会去感受这种美的。他把这种美描绘为"徒观斧凿痕，不睹治水航。想当施手时，巨刃磨天扬。垠崖划崩豁，乾坤摆雷硠"①。这就是他心目中李、杜所追求的美。他承接了这种美的追求，但是他又把它发展了。他把这种壮大豪雄奔放的美，变为一种光怪震荡的美。他在创作中，常常表现出一个光怪陆离的世界的震荡变幻，表现一种狠重的怒张的力。他之用"搜搅""腾踔""轰輵""跌踢"描写洞庭湖的波涛；用"天跳地踔""神焦鬼烂"描写陆浑山火；用"崩腾排拶""龙凤交横飞""波涛何飘扬"描写雪花；用"赤龙拔须""羲和操火鞭"形容赤藤杖，就都是为了表现出一种震荡光怪的怒张的力。正因为这种发展，他才开创了一个新的诗派。

李商隐受韩愈的影响，他的一些诗，写来很像韩愈。《韩碑》一篇，写法上之像韩诗，到了可以乱真的程度。但是，这些写得像韩诗的作品，都并不是李商隐的成就。如果李商隐对诗歌艺术的追求仅仅是模仿韩诗用词的怪奇与构辞的散文化，那就不会有我们今天见到的这样一个杰出的李商隐了。他之所以在唐代诗歌发展史上留下了不可更替的印记，就在于他学韩之外（当然还有学杜甫与李贺），另有自己的艺术追求。他追求一种朦胧情思与朦胧意境的美，追求一种幽约细美凄艳的美。他的诗歌思想，在唐代诗歌思想发展史上开启了一个新的阶段。这正是他的成就处。

任何一种文学思想都不可能是万古不变的。随着历史的发展，随着文学创作的发展，文学思想也就自然而然地这样那样

---

① 韩愈：《昌黎先生集》卷五《调张籍》，蟫隐庐影宋世綵堂本。

地发展变化。它有自己继承的一面，即衔接的一面；也有发展的一面。只是重复原有的思想，没有赋予新的时代的内容，没有汲取创作实践已经提供的新的经验，它也就失去了生命力。隋唐五代文学思想史有不少这样的现象，例如隋末王通和晚唐的一些批评家，离开社会生活的实际，重复前人观点，带着空言明道的性质，他们的理论便没有多大意义，也未对创作实践产生实际影响。

四

唐代文学思想的发展提出的另一个问题，便是理论主张和创作实践之间的关系问题。一种理论主张的提出，是否能推动创作的发展，对创作的繁荣起指导作用，主要取决于这种理论主张是否正确反映了它的时代的创作风貌，是否具有实践性的品格，以及根据这种理论主张进行的创作实践是否取得了实际的成就。

以散文的文体文风改革为例。"文明道"的主张在韩、柳之前已经完备。萧颖士主宗经，倡风雅。李华于宗经之外，又强调文章与作者品德之关系。永泰二年（766年）独孤及在宗经之外，提出本乎王道，以五经为源泉，重政教之用，反华饰的主张。他甚至教导他的学生梁肃："文章可以假道。"[1] 翌年，元结写《文编序》，提出救时劝俗说。大历八年（773年），梁肃提出文章应叙治乱，陈道义，广劝诫，颂美功；指出文之用，是明道德仁义。柳冕更把这种理论纯粹化为正统儒家的思

---

① 梁肃：《祭独孤常州文》，载董诰等编《全唐文》卷五二二，第6册，第5306页下。

想。其论文之旨归，在本于教化，文经一体，应该说，文以明道的理论主张，已经相当完整了。在理论上，韩、柳的文明道说并未超过从萧颖士到梁肃这些文体文风改革前辈的理论主张的范围。何以韩、柳取得了巨大的成功，而萧颖士他们却并没有在文学思想史上留下更为深刻的印记？最根本的原因，就是他们的文明道说缺乏实践性的品格，带着空言明道的性质。他们本身都并不是政治改革家，他们的文学主张缺乏政治改革的思想基础。他们虽一再提倡明道，但所明之道，与现实政治并无密切联系。他们提出文明道说时，正是唐代由盛而衰的转折时期，而他们对于朝廷盛衰，并无后来韩、柳诸人的强烈责任感，也未见有改革弊政的主张。李华、梁肃，都是荆溪禅师的弟子。崔恭《梁肃文集序》把梁肃的信佛、复古而不适于经世之用说得很清楚。近年有的论者从梁肃诸人与后来柳宗元之信佛，把佛教与唐代古文运动联系起来，认为佛家思想的影响，乃是唐代古文运动兴起之一原因。其实，这是把问题弄颠倒了：佛教思想的影响，正是古文运动提倡者的局限。柳冕倒是儒家正统思想的信徒，但其不切于经世之用则是相同的，新、旧《唐书》均有他不长于吏治的记载。他们的一个共同特点，便是口言明道，而于行身处世上对现实持一种较为超脱的态度。这就给他们的文明道说带来了一个致命的弱点，即抽象、缺乏现实感，不像韩愈明道说之带着明确的反释、老的目的，不像柳宗元明道说之明言所谓道者，盖指"辅时及物"而言。因此他们的明道说也就没有韩、柳明道说那样和现实政治息息相关。明道说作为一种功利主义的文学理论，既与现实生活相暌隔，缺乏现实政治的具体内容，用之于创作实践，当然也就不可能给文章带来生气，带来生命力。这恐怕就是他们这些人的文章虽有两汉遗风，且已完全消除骈文影响的痕迹，而终于没有名篇传世，未能推动散文文体文风改革取得更大成就的根本原因。①

一种文学理论主张之是否具有实践性品格，还表现在它是否正确反映文学的发展趋势上。就是说，它提得是否适时。当韩愈崇尚怪怪奇奇的时候，他的这种审美理想既与元和年间的社会风尚相适应（元和尚怪。元和的服装和元和年间士人的行径，如韩愈在《谁氏子》一诗中的反映，都透露了当时社会风尚的消息），也和当时创作上的革新思潮相适应。因此，他的尚怪奇不论表现在散文创作上还是表现在诗歌创作上，都取得了巨大的成功，而且不只他一人如此。诗歌创作上卢全、马异尚怪奇固不用说，就是孟郊、李贺诸人，也都不同程度地反映出尚怪奇的倾向，而且同样取得了独特的成就，在诗歌史上留下了自己鲜明的创作个性。但是，同一种审美理想，在他之前和之后，都没有能在创作上取得成功。在他之前，天宝年间任华就在诗歌创作中追求怪奇。但任华自己既未取得成功，也未见有人响应。因为其时既无尚怪奇的社会思潮的背景为基础，文学发展的趋势、时代的审美情趣也与怪奇格格不入。在韩愈之后，孙樵又提出了尚奇的主张。但其时诗歌创作的审美情趣已逐渐转向细美幽约，散文创作中骈体又发展起来，追求表现技巧的细腻含蕴。孙樵本人的创作，既未在"奇"上有何创造，也未见有何响应者。显然，他的尚奇的主张，与任华当年对奇的追求一样，都是不适时的，不符合文学的发展趋势的。他们之未能在这方面取得与韩、孟他们一样的成就，原因除个

---

① 元结：《文编序》，载董诰等编《全唐文》卷三八一，第 4 册，第 3872 页下。

人才气之外，或即亦在于此。

陈子昂一倡风骨，而引起了文坛那样强烈的响应，对有唐一代的文学发展留下了那么深远的影响，最根本的原因，就在于他的这一理论主张预示了行将到来的盛唐诗歌的风貌，充分地反映了文学发展的必然趋势，说出了文学发展的思潮迫切要求说出来的那句最重要的话。就是说，他的这一理论主张具有充分的实践性品格，因此，他十分有力地推动了盛唐诗歌的创作，对盛唐诗歌的繁荣给了巨大的助力。而诗教说在晚唐的出现，情形正与此相反。皮日休（如《正乐府序》）、杜荀鹤（如《自叙》）、吴融（如《禅月集序》）、黄滔（如《答陈磻隐论诗书》）、顾云（如《唐风集序》）、裴赞诸人也提倡诗教，但是他们的诗教说在创作实践中并未起任何作用，与他们在散文上的主张一样，带着空言明道的性质。就连他们自己，也都未按照诗教说来写诗。除皮日休有十篇模仿白居易的新乐府而属失败之作外，吴融、黄滔、顾云、裴赞现存诗作中，无一首及于诗教者。杜荀鹤、聂夷中、曹邺、唐彦谦诸人，有少量写生民疾苦的诗，但更类杜甫的写实倾向，而不同于诗教说的要求。他们这部分写生民疾苦的诗，如同此时皮日休、杜荀鹤、罗隐诸人在写一些甚为精彩的抨击社会黑暗的散文一样，是从对朝政的失望走向对社会的不合作，是尖酸泼辣的讥讽，是嬉笑怒骂，不是借讽喻以匡救弊政，不是合作。他们在散文上的明道说未能付诸实践，付诸实践的是奋激抗争；在诗歌上的诗教说，也同样未能付诸实践，付诸实践的除少量写生民疾苦的诗之外，却是大量追求淡泊情思、淡泊境界之作。这时的政局既已一塌糊涂，明道与诗教，都已无实际意义；这时的文学发展趋势，也非明道说、诗教说所能代表，因此，他们的这部分主张，也就显得苍白无力，缺乏光彩，比之于他们创作实践中反映出来的文学思想倾向要逊色得多。

当然，一种文学理论是否具有实践性品格，是否对当时创作的发展起推动作用，这只是衡量它的价值的一个方面。理论和创作的关系不仅仅表现在这一点上，它要复杂得多。判断一种文学理论的价值也要复杂得多。在文学思想史上我们可以举出《文心雕龙》的例子。现在我们几乎很难找到《文心雕龙》在当时文学创作中的影响的痕迹，但是它的巨大的理论价值却是毫无疑义的。一种正确的理论主张是否能付诸实践，何时能付诸实践，还须具备其他条件。因此，不能仅仅以是否推动了当时的创作实践来衡量一种文学理论的价值。但是，是否能推动文学创作的发展，却无疑应该作为判断一种理论主张的价值的一个重要依据。

五

唐代文学思想的发展变化，与政局有关。但是它与政局的关系，主要是通过士人的心理状态表现出来的。政局影响士人的心理状态，士人的心理状态直接影响文学思想的发展变化。

在唐代文学研究中，曾不止一次讨论过唐诗繁荣的原因。这个问题当然已经取得了一定的进展，但仍未能令人信服地得到圆满解决。之所以如此，除了这个问题本来涉及多学科，而我们对其他学科有关这个问题的研究尚待深入，一时尚难弄清诗歌繁荣的背景之外，研究方法上似亦有可考虑处。对约三百年的唐代诗歌发展的不同段落不加区别，一概而论，这样的方法，是难以把繁荣的原因完全说清楚的。繁荣这个概念，如果我们指的不只是诗人和诗歌创作数量的众多，而是指有成就的诗人和有高度艺术价值的诗篇的众多的话，那么，唐诗的繁荣大抵有三个阶段：景云中至安史之乱前后（盛唐和代表转折时期的集大成的杜甫）；贞元元和间的中唐诗坛；大和大中间的晚唐初期诗坛。第一个段落，当然是众所周知的群星辉映的时期。第二个段落，则是各个诗派、各个有鲜明创作个性的诗人出现的时期。第三个段落，虽然总的成就比之于前两个段落似稍逊色，但杜牧、许浑、李商隐、温庭筠仍然取得了巨大的成功，特别是李商隐，他简直把诗歌的高度表现技巧，把诗歌感情的幽微隐约的表达推向了极致。三个段落，各有其繁荣的特点。这特点，便是艺术追求的不同、艺术成就的不同、文学思想主要倾向的不同。除了诗歌本身发展的内在原因（如魏晋六朝以来积累起来的艺术经验，诗歌形式的发展趋势等等）之外，艺术追求、文学思想的不同，则直接受着士人心理状态的影响。

盛唐诗人之追求风骨、兴象、自然的美，与此时士人的强烈入世思想，与他们对建立功业的热烈向往，与他们的充足的自信心是分不开的，是他们这种情怀在美学理想上的反映。近百年的安定繁荣，国力强盛，培养了这一代地主阶级知识分子的昂扬精神风貌。他们的豪雄气概与建立功业的强烈愿望，几乎处处流露出来。王维早年的《老将行》《燕支行》，孟浩然的《田园作》，高适的《塞下曲》《淇上酬薛三据兼寄郭少府微》，以及李白的大量作品，都充分表现了这一点。一大批诗人把边塞写得是那样神奇壮伟，山河、功业、豪情，完全融为一体，向往、追求、理想，一切都带着明朗基调与乐观情绪。这就是盛唐风骨的思想基础，也就是盛唐风骨之表现出清刚壮大的特点，而不同于魏晋风骨悲怆梗概的原因。正因为其时士人的这种精神风貌，所以他们无论写什么，都没有表现出缠绵悱恻、低沉颓靡的情调。可以说，没有这种昂扬的精神风貌，就不会有盛唐风骨，盛唐诗歌之所以为盛唐诗歌，也就难以想象了。

唐代社会衰败的到来，特别是安史乱起之后，政局的突然变化在士人中引起了不同的心理反响。像杜甫那样，同情生民疾苦，系念朝廷安危，一片忠心与一腔血泪，遂在创作中走向写实，于世上疮痍中成为诗中圣哲。文学思想之从盛唐的倾向理想主义转变为杜甫的倾向于写实，当然与战乱引起的杜甫复杂的心理状态的变化有关。但不久，另一部分士人便表现出了另外的倾向。他们在突然到来的大战乱面前表现出了另外的一种心理状态。"时艰方用武，儒者任浮沉。"他们原先那种渴望立致卿相、建立不世功业的理想，被安史之乱和继之而来的藩镇割据、外族入侵的连绵战乱的政局一扫而光，他们感到生不逢时，在急剧动荡的生活面前，表现出一种不知所措的情绪。他们失去了自信心，沉湎于对开元天宝盛世的回忆之中，而对现实生活采取了一种无可无不可的态度。这便是大历至贞元中这一段时间诗坛的背景。这时的诗人们的感情天地，比盛唐诗人们实在要狭小得多。他们已不再追求清刚壮大的气概，而是追求冷落寂寞的境界，追求冲淡与韵味。士人心理状态的变化，造成诗歌思想的这种转变。而诗歌思想的这种变化及其在创作中的表现，标志着唐代诗歌繁荣第一个高峰的结束，转入一个过渡期，等待着第二次繁荣的到来。

待到贞元元和年间，地主阶级的知识分子，它的智囊们，才仿佛从不知所措的心绪中惊觉起来，产生一种渴望挽救唐王朝的衰落，渴望中兴的强烈愿望。他们从各自的角度，提出了各式各样的改革主张，永贞革新自不必说，韩愈的反佛、老，裴度的平淮西，以至白居易在《策林》中提出的对政治经济问题的种种见解，都是这种改革愿望的反映。只要看看柳宗元的那种执着求实的精神，看看他那些政治见解；看看韩愈反佛、老的那种坚决的义无反顾的态度，就可以知道当时渴望改革的思潮是多么强烈。尽管政见不同，但希望朝廷强大起来，幻想中兴却是一致的。正是士人的这种改革精神，这种重又振奋起来的心理状态，才给贞元末至元和的文坛带来了新的生机。如果要简单地描述贞元末至元和年间文坛的总的风貌的话，那么可以用一句话加以大致的概括，便是：充满革新精神。诗歌上讽喻说的提倡，散文上明道说的出现，为革新精神在文学上的反映固不待言；诗歌思想上韩、孟之尚怪奇，李贺之追求瑰丽斑斓，也无一不充满革新精神。正是这种革新的精神，促使中唐诗坛出现了众多创作个性极其鲜明，彼此之间艺术风格、艺术表现方法差别极大的诗人和不同的诗派，出现了唐代诗歌的第二次繁荣。可以说，唐诗的第二次繁荣，与此时士人的改革精神关系至为密切。

随着改革的失败，中兴成梦，士人心理又起了变化。虽仍惦念王朝盛衰，时存希望，而又明知衰败之无法挽回，繁华已成陈迹。这种矛盾的思想状态，使此时士人的视野转向历史的回顾与思索，转向闺阁庭园，给诗歌带来细腻的情思与技巧。唐诗最后一个高潮的特点，同样是与士人心理状态的变化联系在一起的。

唐代文学思想的变化与士人心理状态的变化的关系，似具普遍意义。由于中国封建社会里文人普遍地走入仕参政的道路（不论其成功与失败），文人的命运往往和政局的变化关系至为密切。他们的思想状况、精神风貌，也就随着政局的变化而变化。而这种变化，不可避免地影响到他们的生活情趣、审美理想，当然也影响到他们的文学思想。即使有时候他们在文学理论、文学批评中会说一些言不由衷的话，说一些假话，但他们的创作倾向却是掩盖不住的。他们的创作很自然地反映了他们的心理状态的变化，反映了他们的真正追求。政局的变化、士人心理状态的变化、创作倾向的变化、文学思想的变化，常常是很敏感地联系在一起的。

唐代文学思想的发展涉及的当然还有其他理论问题，比如说，某种文学体裁在创作上得到繁荣与文学思想发展的主要潮流是不是存在一些联系。唐代散文的文体文风改革大体是沿着两个方面进行的：一是散体的逐渐增多，终于取代骈体而占主导地位；一是骈体的改造，去赘典繁辞，终于发展至陆贽奏议那样，抑扬顿挫而又质朴流畅，虽仍为骈体而又说理严密，只差一步，即可与散体合流。这两个方面的发展，都经历着一个缓慢的过程。这或者是散文文体文风改革的高潮迟迟到来的一个原因。但是，仅此原因，似仍不足以说明何以唐代文学的第一次繁荣即盛唐文学的到来，是从诗歌开始，而不是从散文开始的。因为诗歌繁荣的到来也同样经历了一个缓慢的过程。散文繁荣的迟迟到来，当尚有其他原因。原因之一，或与文学思想发展的主要潮流有关。盛唐文学思想的发展潮流，是重风骨，重抒情，重自然的美，就其实质来说，更倾向于理想，而不是功利与写实。盛唐是一个充满理想的社会，那是一个诗的时代。而唐代散文文体文风改革的特点，却和功利主义文学思想连在一起。唐代功利主义文学思想的出现虽较早，但有较充分的表现是在天宝后期以后，而成为主要的思想潮流，则直到贞元末元和年间。那个严峻的、改革的、求实的时期，更适合于功利主义文学思想的发展。这或者就是散文的繁荣为什么到韩、柳出来才开新局面的一个重要原因。当然，这又涉及另一个问题，即中国传统散文的特点问题。这一问题牵涉较广，本文不拟详论。唐代文学思想发展涉及的其他理论问题，除此之外，又比如文学思想主要潮流的形成、变换，与哲学思潮的关系，与中外文化交流的关系，等等，所有这些，都有待于进一步研究。

（原刊罗宗强：《隋唐五代文学思想史》，中华书局 1999 年版）

明代文学思想发展中的几个理论问题

□ 罗宗强

明代是一个文学思想非常活跃的时期。政权运作与文学思想的变化关系密切，哲学思想影响文学思潮至为深广，程朱理学、阳明心学、庄、禅、净土、道教以不同方式影响着士人和文学创作倾向，市民趣味进入文学思想中，文体多样发展与交融，文体研究的展开，同一思潮中不同文体的表现形态都十分丰富，新的文学理论范畴的提出，反映着文学思想新的展开，等等，都反映出明代文学思想在我国的文学思想发展史上的独特面貌。

明代文学思想的发展，大致有七个段落。这七个段落，并无明确之时间断限，它们之间常常交错出现。

明王朝建立，朱元璋对思想领域实行严厉管制，文学创作倾向的主流是服从于政教的需要，代表人物是宋濂与方孝孺。此一种之文学思想主流，发展至永乐朝达到高峰。朱棣大力宏扬程朱理学，让臣下编写《圣学心法》以明君道、臣道、父道、子道，编写《五经四书大全》《性理大全》以统一思想。在这样的思想环境中形成的台阁文学思潮的主要特点，是传圣贤之道，鸣国家之盛，提倡和平温厚的文风。

正统十四年（1449 年）"土木之变"，皇帝被俘，鸣国家之盛已失去思想基础。景泰至成化末、弘治初，台阁文学思想退潮，从鸣国家之盛转向写日常生活，心学介入程朱理学，由理入心，文学趣味从温厚和平转向自然平淡，有影响的人物如陈献章。这是一个文学思想的过渡期，没有形成统一的文学思潮。这个过渡期延续至弘治、正德间，既有教化文学观，也有独抒个人情怀的文学思想，还有复古文学思潮的先导。

与弘治间文学思潮的过渡期交错，弘治后期，萌发了明代第一个有纲领的、跟随者众多的文学思想潮流，即以李梦阳、何景明等"前七子"为首的文学复古思潮。这个思潮的主要理论主张，是文必先秦两汉，诗必汉魏盛唐，求质朴，重抒情，讲格调。

正德后期至嘉靖末，文学思想进入多元时期。有杨慎兼容并包的文学思想，有徐渭等人追求浅俗的创作倾向，有本色说的提出，有江南文人纯情的创作倾向。

嘉靖三十一年（1552 年），出现了以李攀龙、王世贞为首的第二次文学复古思潮。此一次之文学复古思潮，理论延续第一次文学复古之主张，而其着眼点，则纯为文风改革。

就在第二次复古思潮鼎盛、佶屈聱牙文风弥漫文坛之时，万历初，有一批文人出来，反复古，提倡言情，言真，张扬个性，表现欲望与性灵，开始了明代文学思潮的大转变。先是屠隆、王穉登，接着是李贽、汤显祖、"公安三袁"。此一种之思潮，伴随着城市题材与市民趣味进入文学，重情走向纵欲，由纵欲而反思，似颂似讽的世情小说《金瓶梅》出现，反映了从创作题材到技法的全面革新。以后是以文为戏、以文娱情、以情为教的文学思想。此一种之重情思潮，绵延至明末。

张扬自我、重情的文学思潮随明王朝走向崩溃而弱化。此时一部分忧国忧民的士人出来，重回程朱道统，重提政教说，主张文以理为主，回归情之正的抒情观，代表人物如叶向高、顾宪成、陈子龙。

明代文学思潮的发展，从政教说开始，最后回归政教说。

在明代文学思想的发展过程中，有三个问题似有探讨之必要：一是明代文学复古思潮的性质及其在文学发展中的位置；一是明代文学抒情论的性质；一是文学思潮的发展与政局的关系。

文学复古虽在弘治后期与嘉靖后期先后两次形成思潮，但复古与崇古的思想则不同程度地贯穿于整个明代社会。明初的杨维桢、高启，崇古与抒情一起提；贝琼，提出诗宗盛唐，文宗唐宋六家。其时即使同是宗唐，所宗亦并不相同，有人宗杜，有人宗王、孟，有人宗白居易，有人宗晚唐。到了高棅，才明确提出诗宗盛唐。同是复古，也有人宗南朝，如宗阴、何。之后，丘濬、程敏政、吴宽等人，都有文以载道、本诸经传的思想。甚至像祝允明这样放纵个性的人，也有崇古的思想。在弘治后期第一次文学复古思潮之前文学复古与崇古思想的存在，并未形成思潮。其时之复古与崇古之观念，与其他文学思想掺杂着，同一个人，既有复古或崇古思想，又有非复古的思想。而且，在整个文坛上，复古也非文学思想之主流。

文学复古思想的存在，非自明代起。这与我国思想中崇圣宗经的传统有关。圣人万能，经为最高典范，重古而轻今，不唯文学，且及吏治与学脉。此或为我国文化之一基因。此一基因之是是非非，不易言说，此处且不言说。文学复古在各个时期之不同诉求，亦非一律。自明代言，崇古只是认古代诗文为典范，并非提倡以此种典范为文学发展之方向。复古则是要求文学按照此种典范为文学发展之方向。在前后两个复古思潮之前与之后，多为崇古之思想，并非以复古为文学发展之总方向而号召。只有弘治末与嘉靖末两次复古才属于文学复古之思潮，因其参与者众，且又有明确之纲领。

两次文学复古思潮之纲领基本一致：文必先秦两汉，诗必汉魏盛唐。而两次形成思潮之原因，则有同有不同。第一次复古思潮之兴起，主要从改变其时之文风说。王九思自序其文集时说，其时"诗学靡丽，文体萎弱"。周祚在给李梦阳的信中说近时鸣世之文，"气卑意下，只令人悲悼耳"①。嘉靖二十四年（1545年），张治道在为康海的文集作序时也说："国初作者，尚复浑厚。及于弘治，气渐纷靡，斗巧争能，芜没先进，竞一韵之艰，争一字之巧，上唱下和，一趋百随。"② 四库馆臣论及李梦阳，也说："明自洪武以来，运当开国，多昌明博大之音。成化以后，安享太平，多台阁雍容之作。愈久愈弊，陈陈相因，遂至啴缓冗沓，千篇一律。梦阳振起痿痹，使天下复知有古书，不可谓之无功。"③ 也是说此次之复古，为改变文风。引发第一次复古思潮的，是文风问题。复古作者，有直指权奸而遭迫害者，但就文学复古之动因言，非指向政治，而是指向普遍存在之靡弱文风。嘉靖三十一年（1552年），第二次文学复古思潮之引发，也是文风问题。这是与第一次文学复古相同的地方。不同的是，第一次反对的是成化以来的文风，而

---

① 李梦阳：《空同集》卷六二附录，载《景印文渊阁四库全书》，台湾商务印务馆1986年版，第1262册，第571页下。
② 张治道：《对山先生集序》，载康海《对山文集》卷首，明嘉靖二十四年刊本。
③《四库全书总目》卷一七一《空同集》提要，中华书局1965年版，第1497页。

第二次文学复古要反对的文风有三：一是第一次文学复古的追随者字模句拟的坏风气；一是学六朝者，针对的是江南诗风的靡丽；一是尚理者，针对的是王慎中、唐顺之的宗宋文风。要反的文风对象不同，这是区别。还有一个区别，就是第一次在文学复古中常提及道的问题。他们言文道关系，谓道尊文从。当然他们所说的道，并无具体之内容，带有空言明道的性质。而第二次文学复古，则并道亦不提。

两次文学复古的过程亦略不同。第一次文学复古思潮的发展，是一个漫长的过程。李梦阳说："仆少壮时振翮云路，尝周旋鹓鸾之末，谓学不的古，苦心无益。"① 他说自己"非古弗则，非圣弗遵，非经弗由。少为之力，长而益修，譬之饥渴饮食焉"②。他说弘治间古学遂兴。同是复古的黄省曾在给梦阳的信中则说："凡正德以后，天下操觚之士，咸闻风翕然而新变，实乃先生倡兴之力。"③ 弘治后期李梦阳们从创作开始学古，到正德时已形成风气。但是在理论上他们除文主宗经之外，并没有系统的阐述，只有一些零碎的言说，如提出过文学《春秋》《史》《汉》，学孔、孟、左、庄，诗学曹植、阮籍、谢灵运、杜甫、李白、陈子昂等，尤以模仿李、杜为甚。他们的言说有时也零乱不一贯，如李梦阳对魏诗评价很高，但他也肯定中唐和宋诗："峥嵘百年会，浩荡观人文。建安与黄初，叱咤皆风云。大历熙宁各有人，戛金敲玉何缤纷！"④ 而文则对《战国策》有严厉的批评，并且认为《檀弓》太古奥，不好。直到嘉

---

① 李梦阳：《空同集》卷六二《答周子书》，第569页下。
② 李梦阳：《空同集》卷五三《赠刘大夫序》，第487页上。
③ 李梦阳：《空同集》卷六二附录，第572页下。
④ 李梦阳：《空同集》卷二〇《徐子将适湖湘，余实恋恋难别，走笔长句，述一代人文之盛，兼寓祝望焉耳》，第155页上。

靖初，王九思才提到其时之论者，"文必曰先秦两汉，诗必曰汉魏盛唐"①。所谓其时之论者，是说其时学古者存有此一种之普遍认识。嘉靖十一年（1532 年），康海在为王九思的文集作序时，才提到"明文章之盛，莫极于弘治时，所以复古昔而变丽靡者，惟时有六人焉……于是后之君子，言文与诗者，先秦两汉，汉魏盛唐，彬彬然盛乎域中矣"②。胡缵宗在列出当时复古的二十一人之后，说"虽言人人殊，而其归则迁与甫也"③。他概括得更简要，是文学司马迁，诗学杜甫。可以看出，文必先秦两汉，诗必汉魏盛唐的明确方向，是在创作实践的过程中逐步明晰起来、集中起来的一种认识，并概括形成一个纲领性口号，是先创作后理论表述。第二次文学复古思潮则一开始就承继文学先秦两汉，诗学汉魏盛唐的言说，并没有经过漫长的历程。第二次文学复古思潮，主要人物带有很强的炒作成分，他们互相标榜，称彼此为龙为凤，为李为杜，为孔子为左丘明。李攀龙甚至说自己就是孔子："微我竟长夜。"④ 意思是说没有他文坛就如在黑夜了。互相标榜，炒作张扬，这也是与第一次文学复古思潮不同的地方。

两次复古思潮之兴起，当然有甚为复杂之原因，然归之其时之政局，或谓政盛，或谓政衰，却嫌简单。"土木之变"以后，仁、宣之治的盛世景象已成记忆。虽有弘治中兴，但为时

---

① 王九思：《渼陂集》续集卷下《刻太微后集序》，载《四库全书存目丛书》，齐鲁书社 1997 年版，集部第 48 册，第 237 页下。

② 康海：《渼陂先生集序》，载王九思《渼陂集》卷首，《四库全书存目丛书》，集部第 48 册，第 2 页上。

③ 胡缵宗：《鸟鼠山人小集》卷一二《西玄诗集序》，载《四库全书存目丛书》，集部第 62 册，第 330 页下。

④ 李攀龙《寄元美》："微吾竟长夜，念尔和阳春。"载李攀龙著，李伯齐校点：《李攀龙集》卷六，齐鲁书社 1993 年版，第 149 页。

短暂。弘治后期，于太平景象之背后，已伏危机。而正德更甚。弘治十七年（1504 年）二月，兵部尚书刘大复言："江南江北灾伤太甚，陕西往岁困兵，江浙困役。"① 弘治七年（1494年）至十七年，北至辽东广宁卫；西北至陕西秦州、渭南，贵州安南卫；东至登州、吴江；东南至福州、泉州；南至广东高州；西南至四川汶川、云南曲靖；全国八十三个州、县、卫地震一百三十六次（据谈迁《国榷》所记）。频繁的灾害、动乱，繁荣与贫困，贫富悬殊，已潜伏着社会的危机。此时之思想界，出现多元之趋向，有陈献章心学的传播，有丘濬弘扬程朱理学的主张，有程敏政的朱、陆早异而晚同论。史学与经学，亦处多元之状态。如祝允明《罪惟录》，不信史书旧说而别出心解。经学有复古倾向的出现，如吕柟《毛诗说序》，王鏊论《诗》，反朱子废《序》说，而复归汉人《诗》说。但同是吕柟，《周易说翼》则专主义理而不取象数。韩邦奇《易学启蒙意见》，亦大体取宋儒之说。崔铣《读易余言》、马理《周易赞义》均杂取汉宋诸儒之说，而出以己意，大体取于义理。社会危机的潜伏，思想学术的多元动向，说明着思想活跃起来，指向是多元的。文学思想有复古，有反复古，有吴中士人的独抒情怀。此一种之多元动向，后来发展为嘉靖以后文学思想的多元并存的局面。将复古文学思潮简单地归为政局之触发，是不确的。或谓因于盛世，或谓因于衰世，均不易说清。就复古者个人之遭遇言，非感受盛世。弘治十八年（1505 年），梦阳因坐劾寿宁侯而下狱。他为此还写了《述愤》诗十七首。正德三年（1508 年），他因劾刘瑾再次下狱，有《离愤》五首。他的

① 谈迁：《国榷》卷四五，中华书局 1958 年版，第 2808 页。

诗文，并非颂世。有说此一次之文学复古，乃是弘治的盛世之音。说实不合。梦阳在给徐祯卿的信中，提到与他倡和的十六人，"正德丁卯之变，缙绅罹惨毒之祸，于是士始皆以言为讳，重足累息，而前诸倡和者，亦各飘然萍梗散矣"。[①] 丁卯是正德二年（1507 年），宦官刘瑾矫诏列刘健、谢迁等五十三人为"奸党"，在刘瑾的专制下，士以言为讳，不敢说话了。正德五年（1510 年）诛刘瑾，但正德是个荒唐的皇帝，正德一朝，无盛世可言。或谓此一次之复古乃对衰世之抗争，似亦不然。他们中有人亦忧愤时事，但也有人诗颂严嵩。更重要的是从文学复古思潮于弘治兴起时，很难找到与政局密切相关之印记。第二次文学复古思潮之引发，亦未见与政治改革相关之言说。从政治背景解释两次文学复古思潮之兴起，似嫌过于简单。或言两次文学复古思潮之兴起，与王阳明心学之兴起有关。此说似亦不尽然。正德四年（1509 年），阳明龙场悟道，六年（1511 年）提出有名的"四句教"，都在李梦阳辈兴起文学复古思潮之后。更重要的是自思想体系言，阳明心学以其不同之侧面，影响于文学思想，主要在唐顺之等的实学一面，与李贽、"公安三袁"之求个性张扬一系，而非复古派。两次文学复古思潮，主要动因是改变文风问题，而非政治改革、思想改革所引发。

在我国的文学思想史上，有成功的复古，那就是唐代的古文革新。那次的文学复古，除了它与其时之政治有关之外，主要是一次文体的改革，改骈为散。而且在改骈为散的过程中，吸收了骈文所取得的成就。因之，不唯改变了一代文风，且亦影响了我国整个散文发展的进程，名家辈出，名篇众多。明代

---

① 李梦阳：《空同集》卷五九《朝正倡和诗跋》，第 544 页上。

两次文学复古思潮，与之不同。它从文风着眼，讲典雅、古朴，讲格调。他们也讲抒情，因情立格，因情立体。此一种之言说，从前此的李东阳来。格主眼，调主耳。格从诗的形貌说，调从诗的声调说。对格调之要求，都是典雅古朴。两次复古的主要作者，古体都写得比近体好，或与其对于格调之此种追求有关。因其从文风着眼，于是学古文之写法，如李梦阳说"古之所云开阖照应，倒插顿挫者"①，所谓以古法写今情。事实上以古法写今情是会受到种种限制的，且法非仅指结构，甚且字模句仿，毫无创新可言。他们之间，虽也有提倡学古人之神而不学其法者，如何景明，但是时移世易，如何能回到古人精神那里去呢？两次复古，弊都在于把文章写得佶屈聱牙，难以卒读。在当时，批评者就声不绝耳。第一次文学复古时，孙绪对之就有严厉的批评。他说：

> 今人掇拾前人残唾，才见贺诗，即曰鬼才；见苏诗，即曰不无利钝；至魏晋李杜之诗、秦汉之文，即拱手降服，惟恐不及。问其所以为佳，茫然四顾。不取必于心，而徒论世之先后。学之卤莽，一至于此！大抵文章与时高下，人之才力亦各不同。今人不能为秦汉战国，犹秦汉战国不能为六经也。世之文士，往往尺寸步骤，影响謦欬，晦涩险深，破碎难读，曰：此《国语》体、《左氏》体、《史记》《汉书》体。此下视之渺然，燕、许、韩、柳诸公俱遭诽薄。②

---

① 李梦阳：《空同集》卷六二《答周子书》，第 569 页下。
② 孙绪：《沙溪集》卷一一《无用闲谈》，载《景印文渊阁四库全书》，第 1264 册，第 584 页。

　　嘉靖初，熊过对李梦阳等人的复古弊端已有婉转的批评。杨慎有崇古思想，他说，文章还是古的好，而且越古越好。但是他反对复古，他说有人熟读杜诗，此人诗必不好。陈束、唐顺之、茅坤，都有不同程度的批评复古的言说。归有光的批评更为明白："但今世相尚，以琢句为工，自谓欲追秦汉。然不过剽窃齐梁之余。而海内宗之，翕然成风，可为悼叹耳！区区里巷童子，强作解事者，此诚何足辨也。"① 嘉靖末至万历初，一些重视个人情性抒发的作者，都有非议复古的言论。王穉登批评李梦阳的诗"调高而意直，才大而情疏，体正而律庸，力有余而巧不足也"，说他"摹仿刻深，陶镕未暇"②。屠隆、邹迪光、庄元臣，都有批评复古的言论。而批评的着眼点，都在其模拟上。

　　应该如何评价明代的文学复古思潮，我想有两个层面的问题：一为复古之途径，一为复古之成果。途径与成果，实相联系。

　　就途径言，不外二端，一是学古人之方法，一是学古人之精神。自方法言，学其结构、修辞。此一种之方法，大量作品证明是错误的。方法随思维能力之发展而改变，文学发展过程中表现方法丰富了，没有必要再回到原初的状态。作为思维能力表现的语言也发展变化了，政制、器物的称名，都在变化中。生于当世而要说古人之语言，好比生当今世而回到茹毛饮血之先民那里。说复古在修辞上有成就，似亦值得商榷。试看其文章之佶屈聱牙，即可知以古辞写今情之尴尬。另一途径，学古人之精神，也就是何景明所说的"舍筏登岸"。此一种之途径，若指取古人之道德追求之类，或有可取；若取古人之格

① 归有光：《震川集别集》卷七《与沈敬甫》，载《景印文渊阁四库全书》，第1289册，第542页下。
② 王穉登：《王百谷集》之《晋陵集》卷下《与方子服论诗书》，明万历刻本。

调风神，则须视其有无创新。前后两李，都追求典重雄伟，但都碍于模拟的束缚，仿杜之句式，有时甚至改装杜之诗句，无佳篇可言。李梦阳多有此类模拟之作。如仿杜之《同谷七歌》，杜作"有弟有弟在远方"，李作"有弟有弟青云姿"；杜作"有妹有妹在钟离"，李作"有姊有姊天一方"；杜作"生不成名身已老"，李作"丈夫生不得意居人下"。《九日寄何舍人景明》模仿杜之七律《登高》，《述愤》十七首，模仿阮籍《咏怀》。何景明也一样，《秋兴》八首，仿杜之《秋兴》；《得献吉江西书》，仿杜之《梦李白》；《寄李献吉》二首，仿杜之《春日忆李白》。一些诗句，直接剥自杜句，如杜"君今在罗网，何以有羽翼"，何作"闻君在罗网，古道正南行"；杜作"渭北春天树，江东日暮云"，何作"渭水天边树，黄河日暮流"；杜作"冠盖满京华，斯人独憔悴"，何作"冠盖京华地，斯人独可哀"。王廷相也多有模拟之作，如《华阳稿序》全篇从结构到逻辑，均模仿庄子《应帝王》中列子见郑巫一段。王九思、郑善夫等人，亦多有此类模拟之作。模仿古人之写法，以古法写今情，不可能有优秀之作。学古人之神呢？神各有主，舍己之神而取古人之神，失在无己。两李都没有足以传颂的诗篇，即是证明。试比较韩愈的诗文，那就大不相同。韩诗千古如新；韩文不少语言的创造，进入我国语言发展的宝库，要在明代两次复古思潮中找到堪与相匹敌者实无有。原因就在于一为以复古为革新，一为纯然复古。

明代文学思潮发展中另一值得探讨之理论问题，是抒情命题。

人秉七情，应物斯感，感物吟志，莫非自然。此一感物说，绵延数千年，贯穿于中国文学思想之发展过程中。抒情说大抵源于此。明代文学思想的发展过程中，除极少数重理而轻情之外，绝大多数都讲抒情，只是此抒情与彼抒情实存差别。这差别，主要是"性其情"与"情其性"。

王弼说："不性其情，焉能久行其正？"他是指以性制情。他是承认人而有情的，但要约束情，使之不流荡，以达到情之中和。他说性其情，就能达到情之正，"若心好流荡失真，此是情之邪也"。他所说的"性"，是人之本然的性，本然之性中有情。他说未能以情从理，"乃知自然之不可革"①。理性地节情，使其不要过度。用以节情者并非道德内容，只是以理性约束，是度的问题。到了程颐，本然之性就具有了道德内容。他说："天地储精，得五行之秀者为人。其本也真而静。其未发也五性具焉，曰仁义礼智信。形既生矣，外物触其形而动其中矣。其中动而七情出焉，曰喜怒哀乐爱恶欲。情既炽而益荡，其性凿矣。是故觉者约其情，使合于中，正其心，养其性。愚者则不知制之，纵其情而至于邪僻，梏其性而亡之。"② 性即理，以性制情，就是以仁义礼智信约束情。王弼的自然之性在程颐这里就成了天生本有的道德之性。性其情，就是以五性约束七情，要求表现情之正。

永乐年间台阁文学作者们的抒情观，就是遵循程朱理学基本观念，以理约束情的很好的例子。杨士奇说："诗以理性情而约诸正。"③ 杨荣说："君子之于诗，贵适性情之正而已。"④

---

① 楼宇烈：《王弼集校释》，中华书局 1980 年版，第 631、640 页。
② 陈荣捷：《近思录详注集评》，台湾学生书局 1992 年版，第 68 页。
③ 杨士奇著，刘伯涵、朱海点校：《东里文集》卷五《玉雪斋诗集序》，中华书局 1998 年版，第 63 页。
④ 杨荣：《文敏集》卷一一《省愆集序》，载《景印文渊阁四库全书》，第 1240 册，第 168 页下。

梁潜说："诗以道性情，而得夫性情之正者，尝少也。"① 金幼孜说："大抵诗发乎情，止乎礼义。"② 他说诗应该得于性情之正，而不是流连光景、风花雪月而已。魏骥更从性情之正进一步明确提出："惟在发乎性情而归乎义理。"③

同是表现性情之正，台阁诗人讲的是以温厚和平的心态鸣国家之盛，而活动于宣德、正统间的薛瑄追求的性情之正，则是表现平静的道心。他也笃信程朱，认为本然之性就具有仁义礼智信。"正"，是表现无欲之心情。他所写的一千多首诗，追求的多是这样的感情格调，平静、安详，近于邵雍体。陈献章讲表现性情之真，真也是正。他所说的性情之真，与程朱理学不同，他是指表现没有欲念的本然之性。他思想中带有更多的庄子成分。情有所感，回归不受外物干扰的真性，"百感交集而不动"④，进入平静的境界。

以仁义礼智信五性约束七情，使情归于正；以无欲的本然之性约束情，表现情之真。都是以理制情，对抒情有所节制，有所限定。虽然他们用以制约感情的理有所不同，但都属于性其情的范围。

另一种之抒情观，是情其性。情其性，是情摆脱理的束缚，任其自由发抒。嘉靖末年徐渭的诗书画，都有这种特点。他任由情之所至，随意挥洒，不受任何束缚。他论文，说人生

---

① 梁潜：《泊庵先生文集》卷五《雅南集序》，载《景印文渊阁四库全书》，第1237册，第281页下。
② 金幼孜：《金文靖集》卷八《吟室记》，载《景印文渊阁四库全书》，第1240册，第775页上。
③ 魏骥：《南斋先生魏文靖公摘稿》卷五《可轩吟稿序》，载《四库全书存目丛书》，集部第30册，第377页上。
④ 黄宗羲著，沈芝盈点校：《明儒学案》卷五《白沙学案》，中华书局1985年版，第79页。

堕地，即为情使，无须任何掩饰。隆庆、万历初的一批文人，如王穉登、冯梦祯、屠隆等，也属于情非理所能束缚的人。万历十年（1582年），屠隆在青浦任上，与莫是龙等人交往的诗，均纵情发抒，行云流水，没有任何理的约束。他的许多书信，更是没有任何道德约束的思想道白。他们的抒情观，就是求真。冯梦祯论文，以真为宗："盖超然一本之情性，而自得于矩度之外者也。"① 是"矩度之外"，什么规矩都不要。屠隆求真，返归本然之性灵。万历十八年（1590年），李贽《焚书》刊行，给情其性的抒情思潮以极大的影响。自创作倾向说，情其性的最重要的作者当然是汤显祖，"世总为情，情生诗歌，而行于神"②。他于万历二十六年（1598年）作《牡丹亭记》，把因情成梦，因情而死，因情而死可再生，理之所必无而情之所必有，表现得淋漓尽致。接着是"公安三袁"及其追随者。晚明放纵情欲的社会风尚为情其性抒情观之存在环境。

明初的性其情与晚明的情其性，有着明显的区别。此两种抒情观，与社会思潮、个人立身处世的态度有密切关系。两种抒情观，与文学的发展趋向也关系至大。在两种抒情观之间，有一个不小的灰色地带。如同不同思想的互相渗透一样，这两种抒情观，也互相渗透。李东阳讲抒情，杨慎讲抒情，两次复古的作者们，也讲抒情，冯梦龙讲抒情，陈子龙也讲抒情。此种种之抒情，情为何物，缘起与评价，自亦不同。细数起来，似更为复杂，有待于深入之研究。

---

① 冯梦祯：《快雪堂集》卷三一《跋尚友堂诗集》，载《四库全书存目丛书》，集部第164册，第447页下。
② 汤显祖：《耳伯〈麻姑游诗〉序》，载汤显祖著，徐朔方笺校《汤显祖全集》，北京古籍出版社1999年版，第1110页。

明代文学思想发展中另一个理论问题，就是政局与文学思潮发展之关系。

王阳明说：

> 天下所以不治，只因文盛实衰，人出己见，新奇相高，以眩俗取誉。徒以乱天下之聪明，涂天下之耳目，使天下靡然争务修饰文词，以求知于世，而不复知有敦本尚实、反朴还淳之行，是皆著述者有以启之。①

他是从道与文、行与文说的。文影响实，文盛实衰。有类似观点的如陆深，他说：

> 杜诗出而唐祚衰矣。何者？淳庞朴厚之才，审于体而知务，弼成人国于肇基开业之会。暨其休养蓄息之已久，然后士无所见，往往悉其长于艺文，而于当务之急，顾有所略，积而至于弊且蠹焉。此孔子所为思先进也。自周之季，盖已然矣。故曰：文盛者实衰，末茂者伤本。知者惧焉。②

文盛世衰的理由，是说世治之时，安享荣华，士人置世务于不顾，而用心于艺文，致使世衰。类似于此种观点的如李贽，他说：

---

① 王阳明：《语录》，载吴光、钱明等编校《王阳明全集》，上海古籍出版社 1992 年版，第 8 页。
② 陆深：《俨山集》卷三八《重刻杜诗序》，载《景印文渊阁四库全书》，第 1268 册，第 237 页上。

　　一治一乱若循环……夫人生斯世，惟是质文两者。两者之生，原于治乱。其质也，乱之终而治之始也。乃其中心之不得不质者也，非矫也。其积渐而至于文也，治之极而乱之兆也，乃其中心之不能不文者也。[1]

李贽从广义的文说，是从国家的治与乱说的。乱极则治，治之初朴野。战乱之后，无力顾及文。治之极，繁荣富裕了，豪华奢侈，不顾及文也就不可能了。治极又萌乱兆，又是乱、治、治、乱，循环反复。李贽说的是广义的文，其中当然也包含礼乐文化与文学。这个广义的文，也可理解为文风问题，治、乱影响文风的质实或华美。至治文盛而乱始。

顾璘的见解与之有别。他认为运盛文盛。他在论及其时复古者之诗学渊源时，回顾诗文的历史，有如下的一段话：

　　载观前代之文，弊萌于所胜，变生于所穷，盛衰相因，关系非细。汉承亡秦纵横之余，建武一变，文章尔雅。其季乃至委靡不振。唐变六朝，开元之音，几复正声。宋变五代，元祐诸贤，遂倡道学。及其季也，各有纤琐繁芜之陋。文盛则运盛，文衰则运衰。庄生曰：世丧道也，道丧世也，世与道交相丧也。可谓洞见几微者矣。[2]

他举出的几个文盛运盛的朝代，汉武之文"尔雅"，开元之文"几复正声"，元祐之文"倡道学"。可知他衡量文盛之标

---

[1] 李贽：《藏书》卷一《世纪总论》，中华书局1959年版，第2页。
[2] 顾璘：《顾华玉集·息园存稿文》卷九《与陈鹤论诗》，载《景印文渊阁四库全书》，第1263册，第603页下。

准，似为雅正。

叶向高也讲世盛文盛，他说：

> 自昔一代文章之盛，多出于极隆之朝。气化之所沉涵，声名之所焕发，以泄为词章，而其时亦必有名家旧阀，世载缥缃，业传著作，如青箱之王、兰台之班、龙门之司马，先后相绳，克昌此道，非偶然也。我明文章，自弘、正稍起，至于嘉、隆，不啻家灵蛇而户和璧。盖国家郅隆之理，至是而极，治化文运，若有适相符者。[1]

他以王彪、班固、司马迁说明盛世名家旧阀文盛之因由。言及明代，谓弘治稍起，嘉、隆极盛。弘治是短暂的盛世，他认为此时文运稍起。此时之作者，如李东阳、谢迁、顾璘、王鏊、吴宽、祝允明、唐寅等等，当然还有以李梦阳为首的"前七子"。他们属于不同的创作倾向。他说到了嘉靖、隆庆时文学大盛。我们看嘉、隆时期，除弘治的一部分作者此时进入老年之外，"后七子"和他们的追随者是一大批，还有杨慎、王慎中、唐顺之、归有光、茅坤、李开先、徐渭、梁辰鱼、王穉登等等，还有江南的一大批诗人。此时正处于文学思想、文学创作倾向多元化的时期。叶向高所说弘治稍盛和嘉、隆大盛，显系指名家众多，而非仅指文学复古之状况。向高是反对复古的，他有一段论复古之弊的话：

---

① 叶向高：《苍霞草》卷九《林文恪公集叙》，载《四库禁毁书丛刊》，北京出版社1997年版，集部第124册，第223页下。

诗盖甚难矣。而近世率易言之。其易言之也，失在于尊唐。唐于诗称律令矣，尊唐奚失也？尊之而至于摹，摹之而转相仿以成风，不复知本来性情之谓何，则尊唐之失也。故窭籔之夫，而摹其靓丽；快心之子，而摹其忧危；竞逐之士，而摹其简远。登高摹旷，惜别摹愁，吊古摹伤。甚者身居宋后，语必唐先，至使五季以来，数百年衣冠文物之雅，旷绝幽奇之事，不一入词人之笔端，则是学迁史者不纪东汉，而源流三百者必举春秋以前之故实也。以故摹之愈似，合之愈舛，不知其舛之深，而徒炫其似之易。此所以易言诗也。①

叶向高是位讲实学的政治家，他反对复古，从其实用出发。可知他所说弘治稍启与嘉、隆文盛，非指两次复古思潮，而是指名家众多而言。

王阳明、陆深、李贽持世治文衰说；顾璘、叶向高持世盛文盛说。究以何说为是，我想，各是其是。如果我们回顾我国的历史，此两种见解均可举出实例。乱世文盛，如春秋战国、魏晋、晚明；盛世文盛，如西汉、盛唐、北宋。世之治乱与文之盛衰，不能一概而论。乱世文盛与盛世文盛，表现是不同的。文与政的关系是多方面的。乱世有乱世之条件，如政权无暇干预文学，思想约束松动，有利于文学之自由发展。且颠沛流离之生活，易感发成文，亦为文学创作提供丰富之素材。治世有治世之条件，如政策之正确导引、人才辈出、信心、优裕

① 叶向高：《苍霞草》卷四《王亦泉诗序》，载《四库禁毁书丛刊》，集部第124册，第59页下。

之生活环境，悦豫情畅，也有利于文学之发展。但是，这只是大致而言，我们也可以举出世治文不盛和世乱文不盛的例子。文之盛衰非仅政局一端之影响。思想环境、生存状态、社会风尚、文学自身发展的成熟程度等等因素，与文之盛衰都有关系。

我们若考察明代文学思想与政局变化之关系，则似有若干现象值得思考。明初朱元璋以《大学》治国，严厉的思想管制，促成了洪武一朝重道轻文的主流文学思潮。朱棣遵循程朱道统，促成了台阁颂美的文学思潮。直至宣德，近七十年间，政局之影响文学思潮，一是政策的强力推行，一是思想之管制，一是帝王与重臣之导引。此时体制内之文学思想潮流，与政权的利益若合符契。文学成为政教的工具。维护政权与社会安定，它发挥了作用。自文学之艺术成就言，此一段时间，则并无可以传世之杰作。嘉靖之后，思想管制松动，张扬自我，重情的文学思潮起来，文学与政权的关系出现了一点异样。重情文学思潮的几位主要人物，他们为官（都是地方小官）时，勤谨为民，正直无私。如屠隆为青浦令、袁宏道为吴县令，在当时有口皆碑。但他们的文学创作，则与政权疏离。此中原因，或与立身之道有关。万历后期，出现了一些杰出作品，如《牡丹亭记》之类，似都与思想管制之松动有关。

明代文学思潮与政局之关系，另一可注意者，看似与政局无直接之关系，从社会生存环境之角度，实与其时之政治生态有关。《水浒传》虽非作于嘉靖朝，但其广泛传播，则自嘉靖。之所以能在嘉靖间广泛传播，除其时印刷业发达之外，与其书之泄愤当亦有关。民间积聚的对腐败朝政与权奸的愤怒之情，在《水浒传》阅读中得以发泄。李贽说"《水浒传》者，发愤之所作也"①，他是看到此一点了。《水浒传》一书，是从传播的角度，反映了民众的思想倾向。黄景昉言万历后期朝政之昏乱，谓："万历之季，九阍深隔，三褫屡闻，野有遗贤，朝有幸臣。"② 万历皇帝深居不出视朝，臣下凡有所奏，疏入不报，但他又不放权，大小事必得他诏许。朝政几陷于瘫痪。在社会生活中，程朱理学的思想约束力减弱，三教合一成为社会思想之主流。市民社会纵欲之风气，影响及于士林。程朱理学作为统治思想的影响缺失，禅与净土成为抑制纵欲之思想力量，念佛、劝善惩恶、因果报应观念等等，起到社会自我净化的作用。这就是其时之政治生态，文学就是在这样的政治环境中与政治发生关系的。这时文学创作倾向发生的最值得注意的变化，是市民题材进入文学领域，如《金瓶梅》的出现。这部曾被视为淫书的市井小说，在写奸商兼贪官西门庆淫荡生活的同时，把市井的各个角落、各色人物一一呈现，而结以因果报应。其时之社会，酒色财气，不唯皇帝沉迷③，且亦浸及社会，从上烂到下。前人言明亡于万历，不为无据。《金》书写淫荡，笔触所到，无处不有，似亦津津乐道；而警示以必有报应，又似于此种糜烂风气有所不满，似颂似讽。此一种之适俗疗俗，也以不同形态反映在后来的一些小说中。如"三言""二拍"，其中市民社会的生活情状，与其宣扬命定、因果报应、劝善惩恶等等思想，从一个侧面反映当朝廷已无力规范社会行为时，市民社会以佛家、道家特别是以净土思想来约束行为，力图自

---

① 李贽：《焚书　续焚书》卷三《忠义水浒传序》，中华书局1975年版，第109页。
② 黄景昉著，陈士楷、熊德基点校：《国史唯疑》，上海古籍出版社2002年版，第304页。
③ 吕毖《明朝小史》卷一四《万历记》："十七年十二月，大理评事雒于仁进酒色财气四箴。"讽劝万历皇帝。载《四库禁毁书丛刊》，史部第19册，第571页。

行净化。这就是其时之政治生态，从一个独特的角度，反映了文学与政治的关系。

文学与政治的关系，是一个复杂而又敏感的问题。从不同的层面看此一问题，会有不同的判断。各行其是，各取所需，因之文学思潮有不同之发展与不同之解读。

除了上面涉及的三个理论问题之外，明代文学思想发展过程还为我国文学思想史提供了新的经验。如市民题材与市民的审美趣味进入我们的文学传统；性灵、本色、格调范畴的丰富成熟并作为创作要求被正式提出；文体的多样互渗和文体理论的受重视；小说戏曲的评点为我国的文学批评提供了新的思想和经验；中后期结社现象的大量出现，为文学活动提供了一种特殊场所。诗社、文社、酒社、禅社等等，时间有长有短，人数有多有少。这些结社活动，有的与文学思潮的发展有关，有的则主要是一种生活方式。这方面的研究，已有很好的成果，如何宗美兄的《文人结社与明代文学的演进》。结社作为士人的一种生活方式的研究，似尚未展开。明代文学思想的发展涉及的问题尚多，这里涉及的只是其中的三个理论问题。但已可看到，明代是我国文学思想史发展的一个比较成熟的时期。

（原刊罗宗强：《明代文学思想史》，中华书局 2013 年版）

辽代文学思想论略

□ 张　毅[*]

辽是唐末五代契丹在我国北方建立的少数民族政权，自辽太祖耶律阿保机立国于古汉城（916 年），辽太宗耶律德光取石敬瑭所献燕云十六州入居中原（938 年），经辽圣宗和辽兴宗时期的和平发展，迄于天祚帝耶律延禧失国（1125 年），历时二百零九年。其间，属五代时期四十三年，与北宋对峙一百六十六年。在这两百多年间，契丹族所统治的北方地区，经历了漫长的文化认同和民族融合的过程，辽代的文学和文学思想就是在这样一个大的文化背景中产生和发展的。

一

崇儒修文是契丹建国后采取的重要文化认同措施，先是体现在官制礼仪和典章文饰方面，后又落实于科举和修史。这虽属于广义的"文化"或"文明"的进程，却是辽代有文字记载的文学和文学观念得以萌生的契机。

＊ 南开大学教授、博士生导师，长期从事中国文学思想史、中国文艺思想史研究。

契丹源于东胡，属鲜卑族中较落后的一支，后魏以来游牧于辽河流域，随水草就畋渔，以车帐为家，"本无文记，唯刻木为信"①。虽唐太宗以其地置松漠都督府，并任命契丹部落首领为都督，但其社会长期处于原始氏族部落联盟阶段，文明程度是比较低的。这种情况，到辽太祖耶律阿保机立国前后有了根本性的改变。趁唐末藩镇割据、中原纷乱之机，耶律阿保机统一契丹各部，建北、南宰相府掌管事务，代替契丹原有的部落氏族联盟制度，并仿照汉王朝体制建立"契丹"国，选用一批汉族士人，为其制定典章制度。他自称"大圣大明天皇帝"，营建皇都，立长子耶律倍为皇太子，确立世袭皇权统治。在灭渤海国后，改渤海为东丹，任太子耶律倍为东丹王。"渤海既平，乃制契丹文字三千余言。"② 这是契丹迈进文明社会、有自己民族文字的开始。③ 在汉族士人的帮助下，耶律阿保机在较短的时间内就完成了契丹社会的制度转变，认同于以儒家思想为支柱的中原文化。即位之初，他问周围的侍臣："受命之君，当事天敬神。有大功德者，朕欲祀之，何先？"当时众侍臣皆认为应祀佛，可他认为"佛非中国教"。皇太子耶律倍说："孔子大圣，万世所尊，宜先。"于是乎"太祖大悦，即建孔子庙，诏皇太子春秋释奠"④，在随后进行的围攻幽燕、降服渤海的经

① 王溥：《五代会要》卷二九《契丹》，上海古籍出版社1978年版，第457页。
② 叶隆礼撰，贾敬颜、林荣贵点校：《契丹国志》卷一，上海古籍出版社1985年版，第7页。
③ 耶律阿保机时创制的契丹文字分大字、小字两种，所谓"汉人教之以隶书之半增损之，作文字数千，以代刻木之约"（《契丹国志》卷二三）。这就是契丹大字，基本上属于表意文字。契丹小字则是依仿回鹘文字制成的拼音文字。一表意，一表音，两者是有区别的。参见金光平：《从契丹大小字到女真大小字》，《内蒙古大学学报》1962年第2期。
④ 脱脱等撰：《辽史》卷七二《义宗倍传》，中华书局1974年版，第3册，第1209页。

略征伐中，耶律阿保机是以奉天承运的中国皇帝自居的，其《谕皇后皇太子大元帅及二宰相诸部头等诏》云："朕既上承天命，下统群生，每有征行，皆奉天意。是以机谋在己，取舍如神，国令既行，人情大附。舛讹归正，遐迩无怨，可谓大含溟海，安纳泰山矣。"①

靠掌握兵权和母后支持而继承皇位的辽太宗耶律德光，继承了耶律阿保机的文化认同政策，进一步推行汉朝的官制礼仪。《辽史·百官制》云："太祖神册六年，诏正班爵。至于太宗，兼制中国，官分南北，以国制治契丹，以汉制待汉人。国制简朴，汉制则沿名之风固存也。"② 会同元年（938年），耶律德光割取石敬瑭所献的燕云十六州，大规模地获得汉地和汉民，开始在燕京建都城。为了笼络汉族士人和安抚新附民众，他下诏"蕃部并依汉制，御开皇殿，辟承天门受礼"③，并设立国子监和太学，用科举考试选拔人才。会同十年（947年）辽灭晋时，耶律德光用中原皇帝的仪仗进入后晋都城大梁（开封），穿汉族皇帝的服装接受百官的朝贺，改国号为大辽。④ 他在同年所下的《谕百官诏》中说："应晋朝臣僚，一切仍旧。朝廷仪制，并用汉礼。"⑤ 辽太祖和辽太宗是辽国的奠基者，尽管他们对中原文化的认同还只限于官制礼仪和典章文饰，但已使契丹的社会形态发生了历史性的飞跃，由无城郭、文字，迁

---

① 陈述辑校：《全辽文》卷一，中华书局1982年版，第2页。
② 脱脱等撰：《辽史》卷四五《百官制》，第2册，第685页。
③ 脱脱等撰：《辽史》卷三七《地理志》，第1册，第440页。
④ 辽代的国号曾多次更改，一开始名"契丹"，本年改为"辽"，圣宗统和六年（988年）又改号"契丹"，道宗咸雍三年（1067年）再次改为"辽"，但一般统称辽。
⑤ 陈述辑校：《全辽文》卷一，第6页。

徙无定，不知礼仪，进入知书达礼的文明社会。契丹文化与汉文化的交融已成为现实，产生了辽代初期最出色的契丹族诗人耶律倍。耶律倍是耶律阿保机的长子，小字图欲，曾被立为皇太子，又被封为东丹人皇王，人称东丹王。他自幼聪敏好学，从汉族文人张谏学习，《契丹国志》说他"性好读书，不喜射猎。初在东丹时，令人赍金宝私入幽州市书，载以自随，凡数万卷，置书堂于医巫闾山上，扁曰望海堂"①。他知音律，善书画，能为五言诗，博学多才，《辽史》说他"工辽汉文章，尝译《阴符经》。善画本国人物，如《射骑》《猎雪骑》《千鹿图》，皆入宋秘府"②。耶律阿保机去世后，由于母后不喜欢他，他被迫让位于任天下兵马大元帅的弟弟耶律德光。他失位后曾作《乐田园诗》，已失传，现仅存一首遭猜忌而被迫离国时作的《海上诗》：

> 小山压大山，大山全无力。羞见故乡人，从此投外国。③

这是一首失意的悲歌，从汉语字面看，以大山喻己，小山喻弟，隐含讽喻，合于哀而不伤的风人之旨。但在契丹小字里，"山"是"汗"（即帝王）的意思，照此理解，则此诗直接表达了对弟弟耶律德光夺走自己皇位的不满，怨恨之情溢于言表。元好问《东丹骑射》诗云："意气曾看小字诗，画图今又

---

① 叶隆礼撰，贾敬颜、林荣贵点校：《契丹国志》卷一四，第 151 页。
② 脱脱等撰：《辽史》卷七二《义宗倍传》，第 3 册，第 1211 页。
③ 同上，第 1210 页。

识雄姿。血毛不见南山虎，想得弦声裂石时。"① 或许，用契丹小字吟咏耶律倍的这首诗，才更能体会其悲愤深广的刚烈意气。

契丹社会的"汉化"或"封建化"过程，完成于辽景宗和辽圣宗时期。《辽史·文学传序》说："辽起松漠，太祖以兵经略方内，礼文之事固所未遑。及太宗入汴，取晋图书、礼器而北，然后制度渐以修举。至景、圣间，则科目聿兴，士有由下僚擢升侍从，骎骎崇儒之美。"② 所谓"崇儒之美"，指的是重用汉族官员，并通过制度化的科举取士，吸收一批博通经史而善属文的士人进入统治阶层。辽朝这种统治政策的重大变化，是从辽景宗任用汉臣韩匡嗣、韩德让父子，以及诏南京复礼部贡院开始的。辽圣宗即位时年仅十二岁，其母萧太后执政，由宠臣韩德让总揽军政大权。统和六年（988 年），诏开贡举，将科举由过去那种试无定期、笼络汉人的权宜之计，定为一年一试，增多录取人数。统和二十四年（1004 年），又与北宋订立"澶渊之盟"，双方又偃武修文，形成南、北朝对峙的和平发展局面。至辽圣宗亲政的统和二十七年（1007 年），辽朝进入了国泰民安的全盛时期。

辽圣宗耶律隆绪、兴宗耶律宗真、道宗耶律洪基，对儒家思想的重视和学习都是极为突出的。圣宗自幼受汉文化的熏陶，喜读《贞观政要》，其《诸侄诫》云："惟忠惟孝，保家保身。"③ 兴宗以"好儒术"见称于世，其《论萧韩家奴诏》说：

---

① 元好问著，施国祁注，麦朝枢校：《元遗山诗集笺注》卷一四，人民文学出版社1958 年版，第 642 页。
② 脱脱等撰：《辽史》卷一〇三《文学传序》，第 3 册，第 1445 页。
③ 陈述辑校：《全辽文》卷一，第 17 页。

"文章之职，国之光华，非才不用，以卿文学，为时大儒，是用授卿以翰林之职。"① 道宗尝听侍臣讲《论语》，又命王师儒等讲《五经大义》，认为："上世獯鬻、猃狁，荡无礼法，故谓之'夷'。吾修文物，彬彬不异中华。"② 他还"诏析津、大定二府精选举人以闻，仍诏谕学者，当穷经明道"③。

由于统治者的提倡，在辽朝中后期，儒家思想的影响已深入社会生活的各个层面，就文化的主导思想而言，已无华夷之别。在契丹人中，博览汉文典籍、会作汉文诗赋者越来越多。出现一批好学能文的士人作家，较著名而被列入《辽史·文学传》的有七位，即萧韩家奴、李瀚、王鼎、耶律昭、刘辉、耶律孟简、耶律谷欲。他们大多博通经史，因"能文"而被任命为翰林学士或史馆修撰，成为帝王身边的文学侍从。如萧韩家奴"少好学，弱冠入南山读书，博览经史，通辽、汉文字……擢翰林都林牙，兼修国史"④，王鼎"幼好学，居太宁山数年，博通经史……累迁翰林学士，当代典章多出其手"⑤，刘辉"好学善属文，疏简有远略……诏以贤良对策，辉言多中时病，擢史馆修撰"⑥。他们有的被帝王命为"诗友"，但鲜有纯文学作品留存，其主要著作是为朝廷起草的各种诏令、奏议、实录等，以及书记、墓志、铭序等应用性文字。

辽代士人作家的文学观，还停留在文史不分的杂文学阶段，他们所讲的"文学"，实际上指的是儒家传统的经史文章

---

① 脱脱等撰：《辽史》卷一〇三《萧韩家奴传》，第 3 册，第 1449 页。
② 叶隆礼撰，贾敬颜、林荣贵点校：《契丹国志》卷九，第 95 页。
③ 脱脱等撰：《辽史》卷二五《辽史·道宗纪》，第 298 页。
④ 脱脱等撰：《辽史》卷一〇三《萧韩家奴传》，第 3 册，第 1445—1449 页。
⑤ 脱脱等撰：《辽史》卷一〇四《王鼎传》，第 3 册，第 1453 页。
⑥ 脱脱等撰：《辽史》卷一〇四《刘辉传》，第 3 册，第 1455—1456 页。

之学，在写作活动中，他们重视的是秉笔直书的"史笔"。如萧韩家奴曾将兴宗猎秋山时死伤数十人之事书之于册，"帝见，命去之。韩家奴既出，复书。他日，帝见之曰：史笔当如是"①。当时的士人作家，均把修史作为自己为国争光的责任和义务，被兴宗命为诗友的耶律谷欲，"奉诏与林牙耶律庶成、萧韩家奴编辽国上世事迹及诸帝实录，未成而卒"②。耶律孟简上表道宗，认为"本朝之兴，几二百年，宜有国史以垂后世"。他对任编修的同事说："史笔天下之大信，一言当否，百世从之。"③ 在《焚椒录》的序里，王鼎自述写作目的："书其事，用俟后之良史。"④ 由此可见他们为文之用心所在。

正因为如此，崇儒修文落实在辽代士人作家身上，就是立言本于经术，叙事规模史传，以修史代替修文。这种思想，虽能起到增"国之光华"的政治作用，但于辽代文学的发展贡献不大。

二

受中原文明的濡染，在辽朝的契丹族上层统治集团中，留意诗赋者代不乏人。特别是自辽圣宗热心提倡文学后，朝野常有宴饮赋诗、迭相唱和之举，至兴宗、道宗时期，吟诗作赋在上层社会已蔚然成为风气。而主导这一风气的，则是君主倡导政治教化和后妃标举讽喻的制作，从中可以看到传统儒家上以

① 脱脱等撰：《辽史》卷一〇三《萧韩家奴传》，第 3 册，第 1449 页。
② 同上，第 1457 页。
③ 同上，第 1456 页。
④ 王鼎：《焚椒录》卷首，载《四库全书存目丛书》，齐鲁书社 1996 年版，史部第 45 册，第 128 页下。

风化下、下以风刺上的诗教思想的影响。

在辽朝帝王中，圣宗耶律隆绪是第一位以能诗闻名的君主。他幼喜书翰，十岁能诗，通晓音律，又好绘画，其《题乐天诗佚句》说"乐天诗集是吾师"①。辽人好乐天诗，是因为白居易的诗通俗明快，文字上易于理解，尤其是他以新乐府为代表的讽谏诗，"其辞质而径，欲见之者易谕也；其言直而切，欲闻之者深诚也"②，除令人易懂外，还兼有讽喻教化的功能。为了扩大乐天诗的影响，耶律隆绪"亲以契丹字译白居易《讽谏集》，召番臣等读之"③。

上以风化下，是用诗宣扬政治教化的重要手段，耶律隆绪对臣下的褒奖，就常以"赐诗"的方式为之。如统和十五年（997 年），萧挞凛因征讨叛乱有功，"上赐诗嘉奖，仍命林牙耶律昭作赋，以述其功"④。史载圣宗"又喜吟诗，出题诏宰相以下赋诗，诗成进御，一一读之，优者赐金带。又御制曲百余首"⑤。耶律隆绪多次以诗赐臣下，赋诗制曲之作自然不止百余首，然今所存仅《传国玺诗》一首：

> 一时制美宝，千载助兴王。中原既失守，此宝归北方。子孙皆慎守，世业当永昌。⑥

① 陈述辑校：《全辽文》卷一，第 18 页。
② 白居易：《白氏长庆集》卷三《新乐府序》，载《景印文渊阁四库全书》，台湾商务印书馆 1986 年版，第 1080 册，第 32 页下。
③ 叶隆礼撰，贾敬颜、林荣贵点校：《契丹国志》卷七，第 71 页。
④ 脱脱等撰：《辽史》卷八五《萧挞凛传》，第 3 册，第 1314 页。
⑤ 叶隆礼撰，贾敬颜、林荣贵点校：《契丹国志》卷七，第 72 页。
⑥ 陈述辑校：《全辽文》卷一，第 18 页。

　　此诗所咏的"传国玺"，据说为秦始皇所制，正面刻有"受命于天，既寿永昌"八个字，被历代统治者视为传国宝或"受命宝"。秦亡后，此玺为汉高祖所有，历汉、魏、唐而归于石晋，辽灭石晋而得此宝。在辽与北宋成对峙之势、北朝与南朝分治中国的情况下，耶律隆绪以类于乐天诗那种"直而切"的方式咏此宝，无非是要宣告北方的王朝才是天命所系，昭示子孙要永保这份得来不易的基业。其作诗的政治功利性质极为明确，可以说是他所倡导的儒家政教诗学观的体现。

　　兴宗和道宗，对诗赋的兴趣更浓，除"赐诗"外，还自拟题目亲试进士，或者赋诗令臣下唱和。如兴宗重熙六年（1037年），"上酒酣赋诗，吴国王萧孝穆、北宰相萧撒八等皆属和，夜中乃罢……癸未，赐南院大王耶律胡睹衮命，上亲为制诰词，并赐诗以宠之"①。在此前一年，兴宗"御元和殿，以《日射三十六熊赋》《幸燕诗》试进士于廷"②。《辽史·张俭传》卷八〇说："帝幸礼部贡院及亲试进士，皆俭发之。进见不名，赐诗褒美。"③ 同样，道宗也乐此不疲，他"以兴宗在时生辰，宴群臣，命各赋诗"。又"御制《放鹰赋》赐群臣，谕任臣之意"④。次年，他"以《君臣同志华夷同风诗》进皇太后"⑤，教人应制属和。

　　帝王作诗以赐臣下，或寓褒贬，或示恩宠，均带有较强的政治功利目的，但也不排除君臣赋诗唱和中的取悦性质。兴宗仅存的一首七绝，《以司空大师不肯赋诗以诗挑之》云："为避

---

① 脱脱等撰：《辽史》卷一八《兴宗纪》，第1册，第219页。
② 同上，第217—218页。
③ 脱脱等撰：《辽史》卷八〇《张俭传》，第3册，第1278页。
④ 脱脱等撰：《辽史》卷二一《道宗纪》，第1册，第253页。
⑤ 同上，第255页。

绮吟不肯吟，既吟何必昧真心。吾师如此过形外，弟子争能识浅深。"① 诗称辽代名僧海山（俗名郎思孝）为吾师。劝其不必昧真心而不肯"绮吟"，只是表明一种作诗的兴趣爱好，无政治教化的色彩。道宗写得最好的七绝《题李俨黄菊赋》也是如此。诗云：

> 昨日得卿黄菊赋，碎翦金英填作句。袖中犹觉有余香，冷落西风吹不去。②

此诗为道宗读了宰相李俨所献的《黄菊赋》后的一时兴到之作，构思巧妙，意境空灵，含有言外之意，是辽诗中少有的纯诗之作。不过，帝王的诗作，当被下臣作为"圣谕"看待时，即便本无教化之意，也会在特殊的阅读语境中带有抹不去的政治色彩。故道宗的这首题诗，也就被认为是对汉人相臣李俨的一种特殊恩宠了。

辽代君臣间的赋诗唱和，多以颂美盛德的形式出之，可仅此一端，似不足以尽诗教的美刺功能。辽圣宗译白居易的《讽谏诗》，当含有鼓励直言进谏的意思在。如马得臣上《谏上击鞠疏》，劝圣宗别击鞠过度，应游心典籍，"书奏，帝嘉叹良久"③。兴宗和道宗，也都还有求治之心，尤其是道宗，在继位之初就下《即位谕百僚诏》说："朕以菲德，托居士民之上，第恐智识有不及，群下有未信，赋敛妄兴，赏罚不中，上恩不能及

---

① 陈述辑校：《全辽文》卷二，第31页。
② 同上，第49页。
③ 脱脱等撰：《辽史》卷八〇《马得臣传》，第3册，第1280页。

下，下情不能达上。凡尔士庶，直言无讳。"① 果如此言，他也应是一位像圣宗那样能容纳讽谏的君主，可事实却完全两样。

文明的作用是双重的，既能发展智慧，又隐含着大伪。以儒家诗教而言，上以风化下较容易做到，而下以风刺上，尽管有帝王的提倡，往往流为表面文章，实践起来很困难。在辽代后期，后妃萧观音和萧瑟瑟都是勇于讽谏的女诗人，可其结局都是悲剧性的。

萧观音原为道宗妃，她"姿容冠绝，工诗，善谈论。自制歌词，尤善琵琶"②。清宁初年被立为皇后，生有皇子浚，一度深得道宗宠爱，誉之为"女中才子"。可她"每于当御之夕，进谏得失"③，如上《谏猎疏》，劝道宗别耽于游猎，以防不测。本为好心，却令道宗深感不快而厌远之。遭冷落后，萧观音作《回心院词》十首，以在后宫等待君王时的种种具体动作描写，曲折地抒写自己被遗弃的孤情幽绪，企盼"下情上达"后，道宗能回心转意。如云："张鸣筝，恰恰语娇莺。一从弹作房中曲，常和窗前风雨声。张鸣筝，待君听。"④ 虽属抒写宫怨，表达却委婉、细腻、缠绵，怨而不怒，完全符合儒家诗教的温柔敦厚之旨。

虽说诗可以怨，但怨上与谏上一样的危险。据《焚椒录》所言，由于萧观音自制的这十首歌词是合乐的，当时只有伶官赵惟一能演此曲，奸臣耶律乙辛乘机诬陷萧观音与赵惟一有私情。他先令人作《十香词》献呈，乞萧观音书写，萧观音不知

---

① 陈述辑校：《全辽文》卷二，第33页。
② 脱脱等撰：《辽史》卷七一《后妃传》，第3册，第1205页。
③ 王鼎：《焚椒录》，载《四库全书存目丛书》，史部第45册，第130页上。
④ 陈述辑校：《全辽文》卷三，第63页。

深浅，书毕后作《怀古诗》一绝，云："宫中只数赵家妆，败雨残云误汉王。惟有知情一片月，曾窥飞鸟入昭阳。"① 此诗指责赵飞燕以女色误汉王，托古慨今，讽意深婉。如以儒家思想衡量，内容是完全正确的，可却被耶律乙辛等人深文周纳为萧观音与赵惟一私通的铁证，理由是诗中的第一句和第三句里含有"赵惟一"三字。本就对萧妃无好感的道宗，竟听信这种无稽之说，敕萧观音自尽。随后皇子浚也遭谋害。

哀怨起骚人，在被迫自杀前，萧观音写下了饱含血泪的骚体《绝命词》，抒写忠不见察而受谤蒙冤的满腔悲愤，所谓"岂祸生兮无朕，蒙秽恶兮宫闱。将剖心以自陈，冀回照兮白日"。在彻底绝望之际，她发出了"呼天地兮惨悴，恨今古兮安极"② 的控诉，这已是无所顾忌的拼死讽谏了。

同样的悲剧在天祚文妃萧瑟瑟身上又重演了一次。天祚帝是辽朝的亡国之君，其昏庸远较道宗为甚，他即位后荒于畋猎酒色，拒谏饰非，信用谗谄，政事委之于奸相萧奉先，以致纲纪废弛，国土不保，辽在与起兵反抗的女真族的作战中连连受挫。详重寡言而善于歌诗的文妃萧瑟瑟对此深感忧虑，作诗加以规箴，其《讽谏歌》云：

> 勿嗟塞上兮暗红尘，勿伤多难兮畏夷人，不如塞奸邪之路兮选取贤臣。直须卧薪尝胆兮激壮士之捐身，可以朝清漠北兮夕枕燕云。③

---

① 王鼎：《焚椒录》，载《四库全书存目丛书》，史部第 45 册，第 131 页下。
② 陈述辑校：《全辽文》卷三，第 64 页。
③ 同上。

一是劝谏天祚帝要振作精神，改弦易张，不必畏怕"夷人"女真；二是要求整顿朝纲，励精图治，去奸佞而用忠良。在《咏史》诗中，萧瑟瑟借咏赵高擅权乱政而使秦国覆灭之史实，说明外患源于内忧，所谓"丞相来朝兮剑佩鸣，千官侧目兮寂无声。养成外患兮嗟何及，祸尽忠臣兮罚不明"①。借古喻今，讽刺的锋芒直指天祚帝宠信的权相萧奉先，这自然会引起他们的猜疑和忌恨。因遭萧奉先的设计陷害，文妃萧瑟瑟和她的儿子晋王相继被诛。

因讽谏而遭诛杀的悲剧在辽代后期一再重演，固然与当时的政治黑暗密切相关，但也表明了契丹女诗人关切国事的政治态度，其作品体现了以诗讽喻的创作思想。

三

辽代长达两百多年，可立国之初才迈进以文字代替木刻的文明社会，又长期处于吸收消化中原儒家思想文化的发展阶段，在文学艺术方面的成就无法与唐宋相比。如今可考的辽人诗文别集不到二十种，②且都已失传。在收集全备的《全辽文》里，较完整的辽人诗歌作品也不过二十余首。但就是在这些有限的作品里，透露出了一种有别于唐宋文学的刚健质朴的文

① 陈述辑校：《全辽文》卷三，第64页。
② 据清人黄任恒《补辽史艺文志》所载，辽人诗文别集有：圣宗《御制曲》《白居易讽谏集译》、道宗《清宁集》、耶律隆先《阆苑集》、萧柳《岁寒集》、刘京《刘京集》40卷、耶律资忠《西亭集》、萧孝穆《宝老集》、《耶律庶成诗文集》、杨佶《登瀛集》10卷、耶律良《庆会集》、萧韩家奴《六义集》12集、李澣《应历小集》10卷、耶律孟简《放怀诗》1卷、《北朝马氏集》20卷、沙门了洙《僧了洙文集》等。

风，为文学思想的发展注入了一些新的活力和因素。

刚健质朴的文风的形成，含有地域文化的因素。辽人长期生活在北方，北地的荒漠风沙、苍凉草野，以及喜骑射畋猎的尚武民俗，对诗歌创作的影响非常之大。即便是汉人，只要置身于北地，其诗作也就会有雄健朴野的塞北风情，如赵延寿的《失题》：

> 黄沙风卷半空抛，云重阴山雪满郊。探水人回移帐就，射雕箭落著弓抄。鸟逢霜果饥还啄，马渡冰河渴自跑。占得高原肥草地，夜深生火折林梢。[①]

作者是一位武将，五代恒山（今河北正定南）人，降辽后为幽州节度使，封燕王。此诗描写辽地阴山一带浑莽苍凉的雄奇景色，以及游牧民族逐水草迁徙牧猎的习俗，冰天雪地的恶劣自然环境中展现出来的顽强生命力和野性之美，是生活在长城以南的人们难以想象的。《辽史·营卫志》说："长城以南，多雨多暑，其人耕稼以食，桑麻以衣，宫室以居，城郭以治。大漠之间，多寒多风，畜牧畋渔以食，皮毛以衣，转徙随时，车马为家。此天时地利所以限南北也。"[②]

正是这种地域的差异，使契丹的风土人情不同于中原。如《契丹土风歌》中萧总管所说："契丹家住云沙中，耆车如水马如龙。春来草色一万里，芍药牡丹相间红。大胡牵车小胡舞，弹胡琵琶调胡女。一春浪荡不归家，自有穹庐障风雨。"[③] 类似

---

① 陈述辑校：《全辽文》卷四，第 69 页。
② 脱脱等撰：《辽史》卷三二《营卫志》，第 1 册，第 373 页。
③ 陈述辑校：《全辽文》卷一二，第 360 页。

的记叙和描写，在北宋许多作家的"使辽诗"里屡见不鲜，如欧阳修的《奉使契丹回出上京马上作》《雁》《北风吹沙》、苏颂的《契丹帐》《辽人牧》《观北人围猎》、苏辙的《虏帐》《渡桑干》等，构成一道奇异的辽地文学风景线。在这方面，本为汉人而身为辽官的李良嗣的《绝句》也颇具特色，诗云：

> 朔风吹雪下鸡山①，烛暗穹庐夜色寒。闻道燕然好消息，晓来驿骑报平安。②

作者的人品不足论，但因其长期生活于燕京一带，故诗的风格意境颇为苍劲雄浑，燕山夜雪"烛暗穹庐"的勾画，具有鲜明的北国色调。

除了地域环境的影响，决定辽诗风貌的主要因素，是北方民族那种粗犷强悍的性格气质。尽管契丹入主中原后加速了"汉化"的文明进程，但也有意识地要保存一些本民族的文化习性，诸如喜欢射猎，实行双语制，以及官分南、北。"皇帝与南班汉官用汉服，太后与北班契丹臣僚用国服。"③契丹妇女不仅在服饰等生活习俗方面保留了更多的民族特色，在诗歌创作方面，她们所表露的性格气质也大有压倒须眉的气概。如懿德皇后萧观音的《伏虎林应制》：

> 威风万里压南邦，东去能翻鸭绿江。灵怪大千俱破胆，

---

① 一作燕山。
② 陈述辑校：《全辽文》卷一一，第322页。
③ 脱脱等撰：《辽史》卷五五《仪卫志》，第2册，第900页。

那教猛虎不投降。①

伏虎林是辽帝秋季射猎的场所，系契丹王室四捺钵（转徙行在地）之一。契丹人入居中原认同定居的农耕生活方式时，并没有完全放弃依随时令迁徙牧猎的传统生活方式，故辽帝每有秋猎之举，后妃则鞍马相随。此诗反映的就是这样一种习俗。虽为应制之作，但充满了北方游牧民族的强悍和威风，不无靠武力吞并南邦宋朝和东邻高丽而一统天下的雄心。同样的意思，作者在《君臣同志华夷同风应制》诗中表现得更为明白，所谓"到处承天意，皆同捧日心。文章通谷蠡②，声教薄鸡林③"④。此种指点江山、叱咤风云、风格雄健的诗篇，完全出自女性之手，在诗史上是较为罕见的。

在辽代文学中，契丹族诗人的创作始终占主导地位，尤以女诗人的作品引人注目。其中萧观音的诗作留存最多，而且风格多样，不仅有《回心词》一类表达个人感情而婉约典雅的自度曲，还有《伏虎林应制》等表达契丹统治集团意愿而雄豪犷悍的应制诗。特别是后一类作品，可以说是契丹民族勇于征战的性格写照，尚武之气溢于行间，很能体现辽代文风的刚健质朴。

辽代作家还有用契丹语创作的诗文，惜多已失传。现代语言学的研究表明，契丹语属阿尔泰语系，单词多音节，用粘着

---

① 陈述辑校：《全辽文》卷三，第 62 页。
② 匈奴藩王的封号。
③ 指朝鲜新罗国。
④ 蒋祖怡、张涤云整理：《全辽诗话》，岳麓书社 1992 年版，第 17—18 页。

词尾来表示语法现象①，这与汉藏语系的汉语有很大差别。如唐人贾岛的两句诗，"鸟宿池中树，僧敲月下门"，若译成契丹语，则须颠倒其文句，读作"月明里和尚门子打，水底里树上老鸦坐"②。两相比较，后者的表达要质朴得多。

当然，在接受汉文化的同化过程中，契丹诗人即便用母语作诗，也会受汉文化和汉诗的影响，如朝鲜李王博物馆所藏圆镜上的契丹文字，其排列和押韵完全模仿汉诗，可断定为一首七言绝句。更为典型的是寺公大师创作的《醉义歌》，长达一百二十句，是现存辽诗中最长的诗篇。此诗原为契丹文，经耶律楚材译为汉语后流传于世。诗人以饮酒为契机，纵情放歌，自比陶渊明和李太白，脱形迹于醉乡，杂糅儒、佛、道思想以求解脱。所谓：

> 遥望无何风色好，飘飘渐远尘寰中。渊明笑问斥逐事，谪仙遥指华胥宫。华胥咫尺尚未及，人间万事纷纷空。一器才空开一器，宿醒未解人先醉。携樽挈榼近花前，折花顾影聊相戏。生平岂无同道徒，海角天涯我遐弃。……③

虽然所用事典和思想旨趣均来自汉文化传统，采用的也是汉诗歌行体的抒写方式，但融入了契丹民族刚健质朴的粗犷气质。全诗写得慷慨雄放，气势流贯，具有自己的独特风格。耶律楚材《醉义歌序》将其称为辽诗的"绝唱"，以为"可与苏、

① 参见清格尔泰、刘凤翥等：《契丹小字解读新探》，《考古学报》1978年第3期。
② 洪迈撰，何卓点校：《夷坚志》丙集卷一八《契丹诵诗》，中华书局1981年版，第2册，第514页。
③ 陈述辑校：《全辽文》卷一二，第363页。

黄并躯争先耳"①。

此外，辽代文学中还有一些流行于民间的谣谚和民歌，其地域色彩和生活气息更加浓郁。如《焚骨咒》："夏时向阳食，冬时向阴食。使我射猎，猪鹿多得。"反映的是契丹民族父母死时以不哭为勇的焚骨葬俗。② 再如《寄夫诗》："垂杨传语山丹，你到江南艰难。你那里讨个南婆，我这里嫁个契丹。"③ 以一个女子的口吻，写战乱给北方下层百姓造成的离别痛苦，但反映了乱离后的民族融合（通婚）。这一类歌谣，继承了慷慨自然的北歌传统，语言十分通俗，表现形式也更为质朴。

（原刊《南开学报》1999 年第 1 期）

---

① 耶律楚材：《湛然居士集》卷八，载《景印文渊阁四库全书》，第 1191 册，第 557 页下。
② 《新五代史·四夷附录》："契丹比佗狄尤顽傲，父母死，以不哭为勇，载其尸深山，置大木上，后三岁往取其骨焚之，酹而咒曰：夏时向阳食……"欧阳修：《新五代史》卷七二，中华书局 1974 年版，第 3 册，第 888 页。
③ 陈述辑校：《全辽文》卷一二，第 349 页。

经学发展与西汉文学思想的演变

□ 张峰屹*

从汉初到景帝末武帝初的大约七十年，是西汉经学逐渐抬头的时期。学界早已确认，这一时期占优势地位的思想，是以道、法为主又融汇了儒、墨、名、阴阳诸家的黄老刑名之学。但值得注意的，黄老之学既是一种兼容并包的思想，它的根本趋向也不是绝对的清静无为，而是务实尚用，是"务为治者也"①。只不过，它采取了一种"静治"的方式。这一思想倾向，决定了西汉前期儒家思想并未遭到排斥，而是在秦始皇"焚书坑儒"之后渐渐恢复和发展起来。汉初统治者固然信奉黄老，却也并不排斥儒学。例如高祖十二年（前 195 年）刘邦过鲁，便以太牢祀孔庙②，开帝王祭孔之先例。文、景二帝对儒学更是采取扶持态度，他们开始设立今文经学博士，先后得立者有《诗》《书》《春秋》三经。发生在景帝时期的一场道、儒之争，是一个有意味的事件。窦太后酷爱黄老之术，连景帝

---

* 南开大学文学院教授，博士，主要从事先秦两汉文学思想史研究。

① 司马迁撰，裴骃集解，司马贞索隐，张守节正义：《史记》卷一三〇《太史公自序》载司马谈《论六家要旨》，中华书局 1959 年版，第 10 册，第 3288—3289 页。

② 班固撰，颜师古注：《汉书》卷一下《高帝纪下》，中华书局 1962 年版，第 1 册，第 76 页。

及太子、诸窦，都"不得不读黄帝、老子，尊其术"①。但是，当窦太后向齐《诗》学者辕固问《老子》时，他竟答道："此家人言耳。"太后大怒，命令辕固去刺杀野猪，以示惩罚。后来景帝以"固直言廉直，拜为清河太傅"②。这个事件说明，到西汉前期之末，儒学已经足具与黄老刑名抗衡的力量。

这一时期的文学发展，就创作而言，大抵有楚歌、散文和辞赋三种样式。楚歌包括政治抒情诗和辅政颂世诗两种题材的作品。前者如刘邦的《大风歌》《鸿鹄歌》，戚夫人的《春歌》，刘友的《歌》（诸吕用事兮）等，这些楚歌作品，尽管情感浓郁，但一概是政权争夺的直接产物，更多"政治叙述"的意味，而不具备普遍的抒发性灵的意义。后者就是唐山夫人所作的《安世房中歌》，这组楚歌的意义非常单一和明确：颂世倡孝，为新建政权鼓吹。其思想的根基，是经学而非黄老。西汉前期的散文，包括陆贾、贾山、贾谊、晁错等人的一批文章，都是政论文章，是响应刘邦"试为我著秦所以失天下，吾所以得之者何，及古成败之国"③的号召而撰写的，有着直接为新生政权服务的实用目的。只有辞赋，开始确是抒情述志、独抒性灵的，这就是贾谊的作品。《吊屈原赋》虽是借凭吊屈原来述说自己的不得志，有"政治叙述"的背景，但是这个背景在作品中只是潜在的，更明显的表现形式是作家情感的喷发。而《鹏鸟赋》就更是抒发对人生的富有个性色彩的感慨和志趣了。

---

① 司马迁撰，裴骃集解，司马贞索隐，张守节正义：《史记》卷四九《外戚世家》，第 6 册，第 1975 页。
② 班固撰，颜师古注：《汉书》卷八八《儒林传》，第 11 册，第 3612 页。
③ 司马迁撰，裴骃集解，司马贞索隐，张守节正义：《史记》卷九七《郦生陆贾列传》，第 8 册，第 2699 页。

可惜的是，后来的作家并没有很好地继承和发展贾谊辞赋的抒情述志的写作方式。就今存资料看，只有与贾谊同时稍后的严忌，创作了一篇《哀时命》，模仿《离骚》，为屈原鸣不平，算是抒情意味很浓的，但是几乎没有作者自我的融入。严忌之后，汉初辞赋创作便起了明显的变化。载录于《西京杂记》卷四的枚乘、路乔如、公孙诡、邹阳、公孙乘、羊胜等人的七篇小赋，就纯然是歌功颂德、游戏文字的样子了，而绝无个人真情实感的投入。因此，综观汉初七十年的创作情形，其间或有抒情与实用交错的状况，但总的趋向是义无反顾地奔向实用，创作与政治、教化密切结合在一起。这种创作的实际状况，与此一时期黄老与经学交错、经学渐次抬头的思想状况基本是同步的。

西汉前期的一些论著，如陆贾《新语》、贾谊《新书》、四家《诗》经解和《淮南子》等，其中都有一些论《诗》说乐的文字。然而他们心目中的《诗》、乐，内涵与今天极不相同。

陆贾继承荀子的礼乐思想，认为《诗》、乐的产生，根本就是为着"绪人伦""匡衰乱""节奢侈""正风俗""通文雅""序科第""明大义"等等政教实用目的的。[1] 因此他特别重视文艺的实用性，尖锐地批评"弃本趋末，技巧横出……加雕文刻镂，傅致胶漆丹青、玄黄琦玮之色，以穷耳目之好，极工匠之巧"[2] 的风习，认为君主不应沉迷于"璧玉珠玑""雕琢刻画"[3]，不应听信华而不实的言论："谗夫似贤，美言似信，听

---

① 参见陆贾著、王利器校注：《新语校注》之《道基》《本行》，中华书局1986年版。
② 陆贾著，王利器校注：《新语校注》卷上《道基》，第21页。
③ 陆贾著，王利器校注：《新语校注》卷下《本行》，第149页。

之者惑，观之者冥。"① 贾谊同样把儒家六艺视为礼制政治教育的纲领。他认为，礼乐是政治不可分割的组成部分："夫乐者，所以载国；国者，所以载君。彼乐亡而礼从之，礼亡而政从之，政亡而国从之，国亡而君从之。"② 所以，贾谊也同样强调儒家六艺具有政治教化的功能与责任："或称《春秋》，而为之耸善而抑恶，以革劝其心；教之《礼》，使知上下之则。或为之称《诗》，而广道显德，以驯明其志；教之《乐》，以疏其秽，而填其浮气。"③ 至于鲁、齐、韩、毛四家解《诗》，更是如前人所说，"把《三百篇》做了政治的课本"④，"咸非其本义"⑤。他们往往用力于揭示诗作的本事和大义，注重诗外意义的演绎，标举美刺教化的解《诗》宗旨，把《诗》完全当作了政治、教化的实用工具。

如果说陆贾、贾谊和四家《诗》解关于《诗》、乐的思想主要还是先秦儒家政教观念的继承，《淮南子》则有所不同。与其庞杂的思想体系相一致，《淮南子》对于文艺的看法有时似乎是矛盾的。如云："翡翠犀象、黼黻文章以乱其目，刍豢黍粱、荆吴芬馨以嗛其口，钟鼓管箫、丝竹金石以淫其耳，趋舍行义、礼节谤议以营其心。于是，百姓糜沸豪乱，暮行逐利，烦挐浇浅，法与义相非，行与利相反。虽十管仲，弗能治

---

① 陆贾著，王利器校注：《新语校注》卷上《辅政》，第55页。
② 贾谊著，王洲明，徐超校注：《贾谊集校注》甲编《新书·审微》，人民文学出版社1996年版，第71页。
③ 贾谊著，王洲明，徐超校注：《贾谊集校注》甲编《新书·傅职》，第174页。
④ 闻一多：《匡斋尺牍》，载《闻一多全集·神话与诗》，生活·读书·新知三联书店1982年版，第356页。
⑤ 班固撰，颜师古注：《汉书》卷三〇《艺文志》，第6册，第1708页。

也。"① "仁者所以救争也，义者所以救失也，礼者所以救淫也，乐者所以救忧也。"② 否定和肯定并存。但是若从该书"作为书论者，所以纪纲道德，经纬人事"③ 的基本纲领考察，看似相反的说法又统一在"实用"这个更高的政教原则之上。这便同汉初的时代思潮完全一致起来，与渐渐兴起的今文经学的思想原则完全一致起来。何况，《淮南子》中也不乏以儒家六艺为政教纲领的论说，如云："温惠柔良者，《诗》之风也；淳庞敦厚者，《书》之教也；清明条达者，《易》之义也；恭俭尊让者，礼之为也；宽裕简易者，乐之化也；刺几辩义者，《春秋》之靡也。"④ 此类说法还见于其他篇章。

显而易见，陆贾、贾谊、四家《诗》解、《淮南子》等关于《诗》、乐的说法，不是把《诗》、乐作为文艺来看待，而是将它们视为政治教化的组成部分。这一时代的文艺观念，正是逐渐抬头的儒家经学思想的折射。

从汉武帝初到昭帝初的大约五十年，是西汉经学正式确立并艰难发展的时期。汉武帝刘彻即位之初，就批准了卫绾罢黜"治申、商、韩非、苏秦、张仪之言"者的奏议（实含有非儒者辄罢之义）。不久，董仲舒举贤良而上《天人三策》⑤，建议"诸不在六艺之科、孔子之术者，皆绝其道，勿使并进"。元光元年（前134年）和元光五年（前130年），武帝又两次亲策

① 刘安编，刘文典集解：《淮南鸿烈集解》卷一一《齐俗训》，中华书局1989年版，上册，第375页。
② 刘安编，刘文典集解：《淮南鸿烈集解》卷八《本经训》，上册，第250页。
③ 刘安编，刘文典集解：《淮南鸿烈集解》卷二一《要略》，下册，第700页。
④ 刘安编，刘文典集解：《淮南鸿烈集解》卷二〇《泰族训》，下册，第674页。
⑤ 关于董仲舒对策的时间，计有三说：建元元年（前140年）、元光元年（前134年）、元光五年（前130年）。由于《史》《汉》记载即抵牾不明，三说均嫌证据不足。综核多种资料，董子对策当在建元年间，不会是元光时。

贤良，向儒生询问治国大计。在位期间，屡召贤良儒者，并曾下诏劝学以昌明儒学。他任用"好儒术"的窦婴、田蚡掌军政大权；提拔治公羊《春秋》的公孙弘做丞相，治《尚书》的儿宽做御史大夫，开创了汉世儒生位至三公的先例。当然，最足以说明武帝向儒的，还是他确立了"罢黜百家，独尊儒术"的文化政策，以及健全五经博士和设立太学、置博士弟子几件重大举措。种种迹象表明，在思想文化领域内而言，儒学到了武帝朝，确实改变了它在汉初的从属地位，一跃成为国学、显学、独尊之学。自此，汉代的思想文化一改汉初以来黄老为主的格局，开始了儒学独尊的新时期。①

但是更应看到，儒学在汉武帝时期的社会政治生活中，并不像它的显赫声名一样尊贵，而只是处于政治的附庸和文饰地位。《汉书》对此有概括的记述："孝武之世，外攘四夷，内改法度，民用凋敝，奸轨不禁。时少能以化治称者，惟江都相董仲舒，内史公孙弘、儿宽，居官可纪。三人皆儒者，通于世务，明习文法，以经术润饰吏事。天子器之。"②班固在这里说，三位大儒吏员，都是"以经术润饰吏事"而得到武帝的赏识（董仲舒固然也"以经术润饰吏事"，但并未受到武帝特别看重，应另当别论）。武帝本人，对儒术也采取借以润饰政事的态度。他曾经就司马相如遗留《封禅书》之事询问儿宽的看法，儿宽答以"唯圣主所由，制定其当"，于是"上然之，乃自制仪，采儒术以文焉"。③

---

① 此一文化政策的正式建立，当在建元六年（前135年）窦太后死之后。
② 班固撰，颜师古注：《汉书》卷八九《循吏传》，第11册，第3623—3624页。
③ 班固撰，颜师古注：《汉书》卷五八《公孙弘卜式儿宽传》，第9册，第2631页。

经学的尴尬决定了儒士地位的尴尬。舆论上受到重视而实际上则被戏弄于股掌之间的境遇，造成了武帝时期士人怨郁内敛又守志不渝、受挫又不愿隐退的复杂的处世心态。[①] 这一心态倾向直接影响到他们的创作，这在司马相如的大赋中可以明显见出。司马相如文才倾动朝野，可是"其进仕宦，未尝肯与公卿国家之事。称病闲居，不慕官爵"[②]。平生唯一谏，也只是为天子万金之躯的安危考虑，请武帝不要亲自围猎搏兽，并不涉及国计民生。[③] 他的《封禅书》是讲述封禅大典的国家大事的，但那是他临死前才托付家人交给武帝的。这说明，他对自己文学侍从的地位有十分清醒的认识，他为官从政期间，总是主动地把自己限定在以文愉主、略尽谏士之责又能自逞才学的范围内，保持士人的基本品格，不隐退，但也不敢越雷池一步。此种心态，直接影响到他的大赋创作。据司马迁说，司马相如的《子虚》《上林》赋本意是要讽谏的："空藉此三人为辞，以推天子诸侯之苑囿。其卒章归之于节俭，因以风谏。"[④]《汉书·司马相如传》亦作如是说。然而其中的所谓讽谏，只有乌有先生斥责子虚"不称楚王之德厚，而盛推云梦以为高，奢言淫乐而显侈靡"以及亡是公所谓"天子芒然而思，似若有亡。曰：'嗟乎！此泰奢侈！'"数语，大量的篇幅却留给了东西南北、前后高下、山水石林、野兽美女、猎场宴会、宫殿物

① 张峰屹：《西汉文学思想史》等3章第1节，南开大学出版社2001年版。

② 司马迁撰，裴骃集解，司马贞索隐，张守节正义：《史记》卷一一七《司马相如列传》，第9册，第3053页。

③ 司马相如：《谏猎疏》，载朱一清、孙以昭校注《司马相如集校注》，人民文学出版社1996年版，第96—97页。

④ 司马迁撰，裴骃集解，司马贞索隐，张守节正义：《史记》卷一一七《司马相如列传》，第9册，第3002页。

产等等的层层铺夸，在令人眩目的夸饰描摹中，哪里还能看到其劝诫之意！同样是大赋重要作家的扬雄的话非常值得重视："雄以为赋者，将以风也，必推类而言，极丽靡之辞，闳侈钜衍，竞于使人不能加也，既乃归之于正，然览者已过矣。往时武帝好神仙，相如上《大人赋》，欲以风，帝反缥缥有陵云之志。由是言之，赋劝而不止，明矣。"① 这说明，大赋创作出现了意图与效果的反差，有讽谏意图而无实际效果。为什么"欲以风"的大赋最终却变成了"劝而不止"呢？很明显，这与上述士人怨郁内敛又不甘退废的处世心态有直接关系。

西汉中期其他的辞赋创作，就现存史料看，还有小赋和辞（类似楚辞）两种类型。这些作品，因其作者不同而情形各异。比如汉武帝的辞作《李夫人赋》，是抒情、描写俱佳的怀人之作。中山靖王刘胜的小赋《文木赋》，是感谢乃兄鲁恭王刘余馈赠的应用之作。孔子后裔孔臧的小赋《鸮赋》《杨柳赋》《蓼虫赋》，都是意味寡浅的咏物述志之作。这些作者的身份地位特别，他们的创作不在主流之内，其余的创作，则明显可见与此时的士人心态直接相关。如董仲舒的辞作《士不遇赋》，直接抒发士人的困境："屈意从人，非吾徒矣。正身俟时，将就木矣。悠悠偕时，岂能觉矣。心之忧欤，不期禄矣。皇皇匪宁，只增辱矣。努力触藩，徒摧角矣。"② 司马迁的小赋《悲士不遇赋》亦云："悲夫！士生之不辰，愧顾影而独存。恒克己而复礼，惧志行之无闻。谅才懵而世戾，将逮死而长勤。虽有形而不彰，徒有能而不陈。何穷达之易惑，信美恶之难分。时

---

① 班固撰，颜师古注：《汉书》卷八七《扬雄传》，第 11 册，第 3575 页。
② 董仲舒：《士不遇赋》，载费振刚、胡双宝、宗明华辑校《全汉赋》，北京大学出版社 1993 年版，第 112 页。

悠悠而荡荡，将遂屈而不伸。"① 至于东方朔的赋作，更是直接道出了此时士人生存的艰难："直言其失、切谏其邪者，将以为君之荣，除圣主之祸也。今则不然，反以为诽谤君之行，无人臣之礼，果纷然伤于身，蒙不辜之名，戮及先人，为天下笑。"② "尊之则为将，卑之则为虏；抗之则在青云之上，抑之则在深泉之下；用之则为虎，不用则为鼠；虽欲尽节效情，安知前后？"③ 西汉中期这些辞赋的创作，正是此时期士人心态的直接反映。

从经学的角度看，这一时期辞赋创作中所折射或直接反映出来的上述士人心态，乃是直接导源于此时经学发展的尴尬境况。

西汉中期观念形态的文学思想，主要体现在《毛诗大序》、《礼记·乐记》、董仲舒《春秋繁露》和司马迁的著述思想之中。《毛诗大序》和《礼记·乐记》都是前代儒家思想的总结性文献。《大序》认为，《诗》是先王用来"经夫妇，成孝敬，厚人伦，美教化，移风俗"的，其中风关乎邦国之政，雅"言王政之所由废兴"，颂的作用则是以优良的政绩祭告天地、祖宗。④《礼记·乐记》论音乐，以为"声音之道，与政通矣"，"乐者，通伦理者也……是故先王之制礼乐也，非以极口腹耳

---

① 司马迁：《悲士不遇赋》，载费振刚、胡双宝、宗明华辑校《全汉赋》，第 142 页。原文"何穷达之易惑"中"何"误作"阿"，今据《全上古三代秦汉三国六朝文》改。

② 东方朔：《非有先生论》，载费振刚、胡双宝、宗明华辑校《全汉赋》，第 128 页。

③ 东方朔：《答客难》，载费振刚、胡双宝、宗明华辑校《全汉赋》，第 135 页。

④《毛诗正义》卷一《国风·周南·关雎》，载阮元校刻《十三经注疏》，中华书局 1980 年版，第 270 页。

目之欲也，将以教民平好恶而反人道之正也"①。同样是把音乐与政教紧密联系在一起。再看《春秋繁露》，董仲舒也说："君子知在位者之不能以恶服人也，是故简六艺以赡养之。《诗》《书》序其志，《礼》《乐》纯其美，《易》《春秋》明其知。六学皆大，而各有所长。《诗》道志，故长于质。《礼》制节，故长于文。《乐》咏德，故长于风。《书》著功，故长于事。《易》本天地，故长于数。《春秋》正是非，故长于治人。"②与《毛诗大序》《礼记·乐记》的根本看法完全一致，无非都是强调《诗》、乐的政教意义。凡斯种种对《诗》、乐的看法，显然不是把《诗》、乐当作文艺形式，而是当作了政治和经学的组成部分，从而强调其政教的作用。至于司马迁的"发愤著书说"，讨论动机、人生遭际与写作之关系，接触到了文学创作的问题。但是从《太史公自序》或《报任安书》的叙述看，既有《离骚》《诗》这样的文学作品，也有《周易》《春秋》《国语》《吕览》《韩非子》这样的史籍和学术典籍。这一点也不奇怪，因为司马迁本来就是站在古文经学的立场，讨论他对记载历史的认识。他的"发愤著书说"本来就不单纯是讲述文学创作的问题，而是一种内涵广泛的著述思想。③

综上可见，西汉中期无论是创作实践，还是文学观念，都与经学在此期的发展状况紧密联系，受到经学观念的支配。

从汉昭帝初到西汉末，是西汉经学得到极大发展并盛极而

---

① 孙希旦撰，沈啸寰、王星贤点校：《礼记集解》卷三七《乐记》，中华书局1989年版，第978、982—983页。

② 苏舆撰，钟哲点校：《春秋繁露义证》卷一《玉杯》，中华书局1992年版，第35—36页。

③ 张峰屹：《西汉文学思想史》第5章第3节。

衰的时期。在武帝"独尊儒术"时代未曾真正尊显的儒学，到西汉后期却大盛起来。昭帝于始元六年（前81年）二月召集的盐铁会议，倡儒排他，兴王黜霸，使儒学从武帝时的"润饰吏事"中逐渐摆脱出来，奠定了儒学兴盛的根基。宣帝于甘露三年（前51年）召开讨论《五经》同异的石渠阁会议，以其有众多硕儒的参与和宣帝亲临决议的待遇，更使儒学灿发出从未有过的光芒。经学与政治亲和，以灾异论政，以儒家经典为议政、施政的根据成为普遍的现实，出现了政教合一的崭新局面，经学在西汉后期是真正挺起了腰脊。

但是，在专制的时代，政权才是决定生死存亡的"上帝"。西汉后期的一个多世纪，基本是外戚交替擅权的军人政府执政。君权旁落，政局多变。在此种情况下，经学和儒生的地位便不只尴尬，更是危险的：一方面是地位被空前提高了，如帝王亲自参与经学问题的讨论，儒生中仅位至三公的就有十余人；经学极大普及发展了，如太学生的数量由武帝时期的五十人扩充到数千人（元帝时还曾一度不限名额），全国各地各级行政区域广设教习经学的学校。另一方面，经学和儒士又受到空前轻视和宰割。由于武帝时期经学的"缘饰"地位和士人的俳优或类俳优地位，不仅令士人深感压抑、郁怨、无奈，也积聚了爆发的能量。到西汉后期，缘于皇权衰落、政局多变的政治环境，借助自上而下倡儒兴儒的东风，儒生们本着通经致用的理想和参政议政的传统品格，掀起了一股政治批评的思潮。他们引经据典，评说政治的利弊得失，使经学在致用的道路上达到了最辉煌的成就。但正是与此同时，经学和"经术士"也必然地遭到政权的更加强有力的反击和报复。一个最明显的表现，就是儒生频遭贬废囚杀，有时一次杀戮即百余人！或是上千人被视为异己而遭排斥。在冰冷、惨淡甚至血淋淋的现实面前，在许多教训之后，儒生们开始分流。有的转向曲学阿世，失去持操，而更多的人则或在心理上或在行动上渐渐与政治、政权疏离，道家思想开始回归，经学于是走向衰落。①西汉后期政局的多变和险恶，使经学发展大起大落，也造成了儒生们政治热情的高涨和急剧消退，造成了他们的苦闷、恐惧、怨愤，进而令他们走上隐退之路。这样的心态明显地反映到了他们的文学创作中。

这一时期的文学创作，仍是以辞赋为主，也包括大赋、小赋、辞三种体式。扬雄是这个时期唯一的大赋作家，他最负盛名的《甘泉》《河东》《羽猎》《长杨》四赋，都创作于初入京师的两年之内。因为初入宦途，不知险恶，还具有进取干政的精神（《汉书·扬雄传》说此四赋均为进谏成帝而作）。但是经历了仕途坎坷之后，他的创作就发生了变化。在《酒箴》里，他借酒器的不同命运讽喻官场的险恶和混浊；在《解嘲》里，他以貌似轻松安然的口吻抒发怀才不遇的深沉愤郁；在《逐贫》和《太玄》二赋中，他真诚地表达了对道家生活理想的向往。

西汉后期重要的小赋和辞作家，还有王褒、刘歆等。王褒入朝之前，曾为益州刺史王襄作《中和》《乐职》《宣布诗》（今均失传），又为这三首诗作传，后以《四子讲德论》为名被萧统收入《文选》。《四子讲德论》完全是对宣帝"美政洪恩"及其遍得"天符人瑞"的赞颂。开首即引孔子的话："盖闻国

① 张峰屹：《西汉文学思想史》第6章第1节。

有道，贫且贱焉，耻也。"① 这说明王褒开始是怀有进取入仕的政治热情的。但是当他被举荐到朝中，宣帝仅以文学侍臣待之，"数从褒等放猎，所幸宫馆，辄为歌颂，第其高下，以差赐帛"② 之时，王褒感到了苦闷。他的《洞箫赋》以箫自况，淋漓尽致地抒发了他怀才不遇的怨愤。刘歆是汉室宗亲，才学渊博，因极力推举古文经学而遭贬，他在赴外任的路上，"感今思古……而寄己意"，创作了情思浓烈的辞作《遂初赋》。他把自己受到排挤的遭遇同历史上晋人自毁公族而灭国的史实融会一处，抒发悲愤之情，最后落脚在了"守信保己，比老彭兮"的道家思想上。③

西汉后期的文学观念，主要体现在人们对抒情的看法、质文观念、文用观念、对《诗经》的阐释以及扬雄的有关论述几个方面。前三个方面基本是继承前人经学意味浓重的成说，没什么突破，值得注意的是后两个方面。

继承董仲舒的思想体系，以天人感应观念解释《诗经》，是这一时期的重要特点。例如齐诗学者翼奉提出"六情十二律"的知人之法，把自然现象和人的性情牵合粘捏，为帝王提供了一套知人用人的法则。正是在这一思想中，翼奉提出了"《诗》之为学，情性而已"的判断。他并不是在说"《诗》只是表现情感"这样的观念，而是以《诗》为经，用以衡量和判断人事人情，"知人道之务"："《易》有阴阳，《诗》有五际，

---

① 萧统编，李善注：《文选》卷五一《四子讲德论》，中华书局1986年版，第6册，第2246页。
② 班固撰，颜师古注：《汉书》卷六四下《王褒传》，第9册，第2829页。
③ 刘歆：《遂初赋》，载费振刚、胡双宝、宗明华辑校《全汉赋》，第231—233页。

《春秋》有灾异，皆列终始，推得失，考天心，以言王道之安危。"①他把《诗》同其他经典一道，都看作了符合阴阳天人观念的致用于王道的东西。与翼奉同师的齐诗学者匡衡，其解《诗》的思想也基本如此。

刘向说《诗》也贯穿着天人感应思想。如其《条灾异封事》论说"众贤和于朝，则万物和于野""朝臣和于内，万国欢于外"的以和致和、天人相和的美政境界，就引用了《周颂》的《清庙》《雝》《执竞》和《思文》四篇的诗句，用以说明后人所以祭祀、仰慕、怀念文王、武王、后稷这些先祖，正是由于他们能够以和致和，使天人相和，政通人和。相反，在那些不能以和致和的时代，则是灾异屡现，人民怨愤，天人共怒。他又引用《小雅》的《角弓》《小旻》《十月之交》《正月》四篇诗作，来说明"幽、厉之际，朝廷不和，转相非怨"②的状况。刘向把这些诗歌都解释为对小人在位、君子遭谗从而导致日月无光、天变地动的历史时代的批判，也即对贤不肖易位、天人不和的批判。刘向在论证天人相应、相和的政见时，引《诗》为证，把《诗》解释到这一思想体系中去了。它具体地体现了西汉后期秉承董仲舒的经学思想，并把这一思想渗透到文学观念之中的情形。

西汉后期以天人感应观念说《诗》的，还有纬书中的不少片断，如《诗纬·含神雾》说："《诗》者，天地之心，君德之祖，百福之宗，万物之户也。"③《春秋纬·说题辞》说："《诗》

① 班固撰，颜师古注：《汉书》卷七五《翼奉传》，第10册，第3168、3170、3172页。
② 班固撰，颜师古注：《汉书》卷三六《刘向传》，第7册，第1933—1935页。
③ 孙穀辑：《古微书》卷二三，载《景印文渊阁四库全书》，台湾商务印书馆1986年版，第194册，第967页上。

者，天文之精，星辰之度，人心之操也。”[①] 这就是把《诗》作为总理天地、人事和人心的门户或枢纽。换言之，《诗》体现着与自然、社会和个人的必然的内在联系及其一体性。

扬雄的思想中存在着儒与道的矛盾。他一方面承继荀子，主张征圣、宗经：“舍舟航而济乎渎者，末矣；舍五经而济乎道者，末矣。弃常珍而嗜乎异馔者，恶睹其识味也；委大圣而好乎诸子者，恶睹其识道也。”[②] 另一方面又提倡儒道兼取：“或问‘天’。曰：‘吾于天与，见无为之为矣！’。或问：‘雕刻众形者匪天与？’曰：‘以其不雕刻也，如物刻而雕之，焉得力而给诸？’老子之言道德，吾有取焉耳。及槌提仁义，绝灭礼学，吾无取焉耳。”[③] 认为老子贬损仁义的思想虽不可取，但无为而无不为的思想则是可取的。

扬雄基本思想中本儒兼道的矛盾，当然影响到他的文学观念，形成了以儒为主，兼取道家的特点。如其论赋，批评赋“极丽靡之辞，闳侈钜衍”“劝而不止”，难以达到讽谏的目的，就基本是站在儒家立场设论的。而在另外一些问题上，则更多地表现为儒道兼包的特色。如关于“心声心画”，他一面说言论和著述能够表达内心的真实思想感情：“面相之，辞相适，捈中心之所欲，通诸人之嚍嚍者，莫如言。弥纶天下之事，记久明远，著古昔之㫚㫚，传千里之忞忞者，莫如书。故言，心声也；书，心画也。声画形，君子小人见矣。声画者，君子小

① 孙縠辑：《古微书》卷一一，载《景印文渊阁四库全书》，第194册，第890页上。

② 汪荣宝撰，陈仲夫点校：《法言义疏》卷二《吾子》，中华书局1987年版，第67页。

③ 汪荣宝撰，陈仲夫点校：《法言义疏》卷四《问道》，第114页。

人之所以动情乎!"① 一面又说只有圣人才能做到"言心声书心画":"言不能达其心，书不能达其言，难矣哉! 惟圣人得言之解，得书之体。"② 这就包含着言可尽意和言不尽意的认识矛盾。他认为只有圣人言可尽意，乃是根基于征圣宗经的基本思想；他又认为一般人言不尽意，那是取自先秦道家的观念。此外，在扬雄对"神"的解释、文质观念等方面，无不表现出本儒兼道的矛盾特征。这一特征是扬雄的，也是时代的。

综观西汉后期的文学创作和文学观念，尽管"文学的"特质比以前更为明显些（如小赋和辞的创作中凸现自我和抒情，扬雄的文学观念中具有道家的因素等），但经学对文学观念的渗透（或者说是文学对经学的依附）是主要的、基本的。在人们的思想观念中，文学仍然附属于经学。

（原刊《南开学报》2003 年第 3 期）

---

① 汪荣宝撰，陈仲夫点校：《法言义疏》卷五《问神》，第 160 页。
② 同上，第 159 页。

刘勰文学思想的主要倾向

□ 罗宗强

刘勰文学思想的内涵颇为复杂。自其主要之倡导言之，是宗经；然考察其文学思想之各个侧面，则又非宗经所能范围。自其思想之主要倾向言之，属儒家，以儒家的文学观、儒家的哲学思想为基础；然考察其思想之渊源，则又非儒家思想所能范围。要把握刘勰文学思想之主要倾向，须逐层加以分析，再导引出结论。

一

刘勰文学思想之一重要基础，便是文原于道。《文心》五十篇，以《原道》开篇。何以以原道首揭论文之宗旨，学者们普遍认为，文原于道的提出，是为了提出宗经的主张，"道沿圣以垂文，圣因文而明道"，道的提出只是为了证明经之神圣不可移易。这一看法当然不无道理。但是，如果我们从深层考察，则原道说的提出，实际上超过了宗经的范围，而更带着崇尚性灵的意味。

《原道》谓：

> 文之为德也大矣。与天地并生者，何哉？夫玄黄色杂，方圆体分，日月叠璧，以垂丽天之象；山川焕绮，以铺理地之形：此盖道之文也。仰观吐曜，俯察含章，高卑定位，故两仪既生矣；惟人参之，性灵所钟，是谓三才。为五行之秀，实天地之心，心生而言立，言立而文明，自然之道也。[①]

这一段文字下面，接着又说"傍及万品，动植皆文"，有形即有文；不唯有形文，且亦有声文。此盖自然而然之道理。文原于道，就是文本于自然，即文乃自然而然而生。纪昀非常敏锐地看到了这一点，谓："文以载道，明其当然；文原于道，明其本然，识其本乃不逐其末。"文本于自然，就为重情性抒发打开了一个广阔的天地。

天地万物有文，人模仿天地，人亦有文。这种思想来源久远。《老子》二十五章："人法地，地法天，天法道，道法自然。"人法于天地，实质上源于人与天地万物一气的古老思想，因其一气，故相通。从这个基本思想出发，派生出人类种种活动都与自然界息息相关的思想，反映在养生论、医学理论中，当然也反映在文艺理论中。《淮南子·精神训》说："故头之圆也象天，足之方也象地，天有四时、五行、九解、三百六十六日，人亦有四支、五藏、九窍、三百六十六节。天有风雨寒暑，人亦有取与喜怒，故胆为云，肺为气，肝为风，肾为雨，脾为雷，以与天地相参也。"人的整个肌节，都模仿天地四时，

---

① 刘勰著，范文澜注：《文心雕龙注》卷一，人民文学出版社1958年版，上册，第1页。

所以说是"与天地相参"①。晚于刘安的董仲舒亦沿用这一说
法，《春秋繁露·人副天数》章："人有三百六十节，偶天之数
也；形体骨肉，偶地之厚也；上有耳目聪明，日月之象也；体
有空窍理脉，川谷之象也；心有哀乐喜怒，神气之类也。观人
之体，一何高物之甚而类于天也……是故人之身首妢而员，象
天容也。发，象星辰也。耳目戾戾，象日月也。口鼻呼吸，象
风气也。胸中达知，象神明也。腹饱实虚，象百物也……天地
之符，阴阳之副常设于身。身犹天也，数与之相参，故命与之
相连也。天以终岁之数成人之身，故小节三百六十六，副日数
也；大节十二分，副月数也；内有五藏，副五行数也；外有四
肢，副四时数也，乍视乍瞑，副昼夜也；乍刚乍柔，副冬夏
也；乍哀乍乐，副阴阳也。"② 此种思想也贯串于传统医学的体
系中，阴阳五行与生理构造相对应，疾病的发生和治疗与阴阳
四时有关，就是说，阴阳、五行、四时与人的五脏、经络、病
机、治则相关联。这在《黄帝内经》中有大量论述。在中国的
传统医学思想里，把人看作一个不可分割的整体，犹如整个宇
宙之和谐统一一般；把人与宇宙，也看作一个统一的整体，和
谐不可拂逆。这种思想，在后来道教的丹鼎派中得到充分的发
展。丹鼎派在倡内丹修炼中，把人的身体看作一个小天地，这
个小天地与身外的大天地相通，炼内丹的目的，便是最终打通

---

① 《原道》篇的"惟人参之，是谓三才"，历代注家均释"参"为三。此说来自
《礼记·孔子闲居》郑注："参天地者，其德与天地为三也。"然以"三"解释人
与天地相参，实不确。盖此一思想为一系统之学说，贯串于养生学、医学、哲
学、文艺学之中，释"参"为仿效，符合此一思想体系，释"参"为三，则难以
解释此一思想体系之实质。
② 苏舆撰：《春秋繁露义证》卷一三，载《续修四库全书》，上海古籍出版社 2002
年版，第 150 册，第 661—668 页。

小天地与大天地的交汇点，与大地合气，与大地一体，从而达到长生不老的目的。在音乐理论中，天地相通的思想也有表现，如提出乐纬与季候相对应。《吕氏春秋·音律》谓："大圣至理之世，天地之气，合而生风，日至则月钟其风，以生十二律。仲冬日短至，则生黄钟。季冬生大吕。孟春生太蔟。仲春生夹钟。季春生姑洗。孟夏生仲吕。仲夏日长至，则生蕤宾。季夏生林钟。孟秋生夷则。仲秋生南吕。季秋生无射。孟冬生应钟。天地之风气正，则十二律定矣。"① 根据《吕氏春秋》十二月令与十二律的对应关系如下：

孟春之月，其音角，律中太蔟

仲春之月，其音角，律中夹钟

季春之月，其音角，律中姑洗

孟夏之月，其音徵，律中仲吕

仲夏之月，其音徵，律中蕤宾

季夏之月，其音徵，律中林钟

孟秋之月，其音商，律中夷则

仲秋之月，其音商，律中南吕

季秋之月，其音商，律中无射

孟冬之月，其音羽，律中应钟

仲冬之月，其音羽，律中黄钟

季冬之月，其音羽，律中大吕

① 吕不韦著，陈奇猷校释：《吕氏春秋校释》，学林出版社1984年版，第324页。

而季候又与社会生产、生活相关，音乐就在这一点上既与社会又与大自然发生着联系。

把人与宇宙看作一个不可分割的整体，人自身及其一切活动都要联系到宇宙来考察的思想，发展到极端，是天人感应说，史书五行志有大量记载。天人感应的思想，至今还看不出有什么积极的意义。但是，将人自身及其活动联系到宇宙来考察的思想的另一个方面，是强调人与宇宙万物的统一和谐。事实上，这一个方面的思想，是强调了人的自然属性，这是一个非常了不起的思想。早期思想家凭直观把握认识到人与自然的统一和谐，这是非常深刻的。他们这种总体认识的深刻性，还没有能够通过科学的验证具体化，当他们把它具体化的时候，便常常牵强附会（如《五行志》和医学理论中的部分内容），从而改变了它的原貌，也消泯掉它的深刻性。这或者跟运用直观思辨的高度发达的思维能力与科学发展的落后同时并存有关。[1]

但无论如何，人与自然和谐统一的思想，是强调了生命的价值。这种思想进入文艺理论中，成了重自我、重个人情性抒发、重自然的文艺观的很好的哲学思想基础。它的进一步发展，便是以人体各个组成部分比拟文艺的各种特征，从而成为文艺论中的各种范畴的名称，如气、骨、体、神、形等等。

刘勰论文心，无疑受着这种思想的深刻影响。文原于道，就是文本于自然。原道的这个道，在《文心》一书中有多种说法，如"自然之道""道心""神理"。自然之道，就是自然而

---

[1] 关于这一点，我曾与刘泽华先生讨论过，我们持有同样的认识。在此注明，盖明不敢掠美之意。

然的道理。什么是自然而然的道理呢？天地有文，动植有文，"形立则章成，声发则文生"，这就是自然而然的道理。从这个角度理解，那么，自然之道就是寓于天地万物中的本然道理。《夸饰》篇说："夫形而上者谓之道，形而下者谓之器。"① 形而上的道寓于形而下的器中，道不是离开器存在的虚无的东西，而是寓于器中的道理。② 道自身就是"自然而然"，也是物自身的自然而然，所以《老子》说："道法自然。""道法自然"，非谓"道"之外尚有一"自然"，乃谓道遵循自然而然之法则而存在，是则器外无道，道之文，就是天地万物之文。刘永济先生已非常精辟地指出这一点，谓："此篇论文原于道之义，既以日月山川为道之文，复以云霞草木为自然之文，是其所谓道，亦自然也。"而彦和所谓"神理""道心"，实亦"自然之道"之义。盖万物何以如此，本自有其本然之道理，而其中之奥妙，往往未被认识，难以言说。既以其为本然，又因其难以言说，故视之为神妙莫测，乃称之为"神理"。如河图洛书之说，彦和亦信其真有。既信其真有，而又难以解释，于是归于神妙之本然。其实，早于彦和的王充，已持此种见解，《论衡·自然篇》谓："或曰：'太平之应，河出图，洛出书，不画不就，不为不成，天地出之，有为之验也……'曰：此皆自然也。夫天安得以笔墨而为图书乎？天道自然，故图书自成。"③ 他也是把河图洛书的出现归之于自然之道的，并非人为，而是自然而然。由是亦可证"神理"与"自然之道"义同。"原道心以敷章，研神理而设教"，"道心"与"神理"对举，义亦同。

---

① 刘勰著，范文澜注：《文心雕龙注》卷八，第 608 页。
② 今人有用"法则""规律"称"道"者，庶几近之。
③ 王充著，黄晖校释：《论衡校释》卷一八，中华书局 1990 年版，第 778 页。

文既原于本然，是则各代有各代之文，先王圣贤亦如是。《原道》谓：

> 唐虞文章，则焕乎始盛。元首载歌，既发吟咏之志；益稷陈谟，亦垂敷奏之风。夏后氏兴，业峻鸿绩，九序惟歌，勋德弥缛。逮及商周，文胜其质，《雅》《颂》所被，英华日新。文王患忧，繇辞炳曜，符采复隐，精义坚深。重以公旦多材，振其徽烈，剬《诗》缉《颂》，斧藻群言。至夫子继圣，独秀前哲，熔钧六经，必金声而玉振；雕琢情性，组织辞令，木铎起而千里应，席珍流而万世响，写天地之辉光，晓生民之耳目矣。①

这一段自《三坟》以至孔子，看似在追溯人文之历史，而从所述之内容看，实亦含人文同样有其本然之义。唐虞盛世，故典章制度盛极一时；夏禹功业巨大，故受到百姓的赞颂；商周礼文隆盛（亦"郁郁乎文哉"之义），故《雅》《颂》富有文采；文王遇难，故成就了《易》的卦、爻辞（亦《太史公自序》所言"昔西伯拘羑里，演《周易》"之义）等等。这样来理解人文之历史，才与天地万物之文出自本然的论述一致起来，盖言天地万物之文出自本然，圣人模仿天地万物之文，什么时候就有什么文，什么人就有什么文，亦自然之道也。

原道论的最重要的意义，恐怕就在这本之于自然而然上。

而这正是其时文学思潮之一重要内容，原道是一表现，钟嵘"自然英旨"说也是一表现。

---

① 刘勰著，范文澜注：《文心雕龙注》卷一，第2页。

二

　　从原道如何转入征圣、宗经，这是阐释刘勰文学思想必须说明的又一问题。

　　从原道到宗经，其实是一种很古老的思想。《易·系辞上》说：

　　　　探赜索隐，钩深致远，以定天下之吉凶，成天下之亹亹者，莫大乎蓍龟。是故，天生神物，圣人则之。天地变化，圣人效之。天垂象，见吉凶，圣人象之。河出图，洛出书，圣人则之。①

丁仪《刑礼论》：

　　　　天垂象，圣人则之。②

这都是说，圣人是法天地而垂文成化的。圣人之经典之所以具有权威性，不仅因为他法天地而成文，而且因为他体认天地万物之至理，他是自然之道的代言者，他能揭天道之秘奥。王充《论衡·谴告篇》谓："《易》曰：'大人与天地合其德。'故太伯曰：'天不言，殖其道于贤者之心。'夫大人之德，则天德也。贤者之言，则天言也……上天之心，在圣人之胸，及其谴

————————

① 高亨：《周易大传今注》卷五，齐鲁书社 1979 年版，第 539 页。
② 《全后汉文》卷九四，载严可均辑《全上古三代秦汉三国六朝文》，中华书局 1958 年版，第 2 册，第 980 页上。

告，在圣人之口。"① 王充反对天人感应的灾异说，反对神道设教，以圣人与天地合德来解释圣人为天的代言者。桓谭《新论·闵友》谓："扬雄作玄书，以为玄者，天也，道也，言圣贤著法作事，皆引天道以为本统，而因附属万类。"圣贤著法作事引天道以为本统，就是要说明他们的言论具有权威性。应场《文质论》亦有类似论述："盖皇穹肇载，阴阳初分，日月运其光，列宿曜于文，百谷丽于土，芳华茂于春。是以圣人合德天地，禀气淳灵，仰观象于玄表，俯察式于群形，穷神知化，万物是经。"② 圣人能体认天道，就是在这一点上，征圣、宗经与原道衔接。刘勰继承的就是这一古老的思想。《原道》说：

> 爰自风姓，暨于孔氏，玄圣创典，素王述训，莫不原道心以敷章，研神理而设教，取象乎河洛，问数乎蓍龟，观天文以极变，察人文以成化；然后能经纬区宇，弥纶彝宪，发挥事业，彪炳辞义。③

《宗经》说：

> 三极彝训，其书言经。经也者，恒久之至道，不刊之鸿教也。故象天地，效鬼神，参物序，制人纪，洞性灵之奥区，极文章之骨髓者也。④

---

① 王充著，黄晖校释：《论衡校释》卷一四，第 646 页。
② 《全后汉文》卷四二，载严可均辑《全上古三代秦汉三国六朝文》，第 2 册，第 701 页上。
③ 刘勰著，范文澜注：《文心雕龙注》卷一，第 2 页。
④ 刘勰著，范文澜注：《文心雕龙注》卷一，第 21 页。

他把天道、圣人、经三个环节明确联结起来，用到论文上，构筑了他的文论的核心。就此一思想之实质言，他无所发明，大抵发挥成说；而就其明确引入文论，从前人的片断论述展开为一种系统的思想构架，则可以说是他的一个创造。正是从他开始，奠定了我国文论史上宗经说的思想基础。

我们现在来更为详细地考察这三个环节的具体内容。

如前所述，原道的道，是指天地万物的本然，原道的意义，就在本之于自然而然上。如果从这个意义上直接衔接征圣与宗经，那么就可以说，圣人揭示自然之本然之理，故其经为"不刊之鸿教""恒久之至道"。那么与下编诸文术论连接起来，刘勰的文学思想就要明快得多。但是，思想史常常异乎寻常地复杂，思想发展过程中交融吸收、杂糅着多家之说。刘勰也不例外。他的思想里有着道家的自然观，又有着儒学一尊之后谶纬神学的不知不觉的影响。原道说之一极重要认识基础，是三才说。三才说是把人与宇宙万物看作一个整体而又以人为贵，极其重视人的价值的思想，以人为天地之心。戴逵《释疑论》说："夫人资二仪之性以生，禀五常之气以育。性有修短之期，故有彭殇之殊；气有粗精之异，亦有贤愚之别。此自然之定理，不可移者也。"[1] 人与宇宙全是一种有机体的联系，没有半点的不可知与神秘意味。何承天说："人非天地不生，天地非人不灵，三才同体，相须而成者也。"[2] 也是这个意思，而更把人的地位提到非人而天地不灵的高度。但是《易》本来有一点

---

[1]《全晋文》卷一三七，载严可均辑《全上古三代秦汉三国六朝文》，第 2 册，第 2251 页上。
[2]《全宋文》卷二四，载严可均辑《全上古三代秦汉三国六朝文》，第 2 册，第 2568 页上。

神秘色彩，早期的认识手段的落后，在认识论上产生一些神秘色彩是很自然的事。到了两汉定儒学于一尊之后，这点神秘色彩便被极大地发挥了。圣人万能论一确立，天与圣人便走向了神秘莫测的境界，天人一体的有机联系，演化成圣人与天的神灵感知。这种思想，给天人一体说的发展带来若干的混乱，道家思想、早期儒家思想与谶纬神学在天人一体说中交融一体，往往不易分清。有的思想家在提到这个问题时受谶纬神学的影响少些，有的则影响多些。刘勰也不得不受到影响。这影响便表现在道与圣的衔接点上。道的自然与圣和经的神化结合。其实，定儒术于一尊以前，圣人与经的地位并不绝对神圣不可移易。《淮南子·泛论训》论古法之不可全依，经之不可全实行，谓：

> 夫殷变夏，周变殷，春秋变周，三代之礼不同，何古之从？……
>
> 王道缺而《诗》作，周室废、礼义坏而《春秋》作。《诗》《春秋》，学之美者也，皆衰世之造也，儒者循之以教导于世，岂若三代之盛哉！①

这些言论对于以经为准则的说法颇不以为然。但是定儒术于一尊之后，圣与经的绝对权威与万世不变的准则便不容怀疑了。刘勰以征圣、宗经衔接原道，就存在着这种思想的影响。征圣之重要意义，在：

---

① 刘安撰，高诱注：《淮南鸿烈解》卷一三，载《景印文渊阁四库全书》，台湾商务印书馆 1986 年版，第 848 册，第 652、650 页。

> 妙极生知，睿哲惟宰。精理为文，秀气成采。鉴悬日月，辞富山海。百龄影徂，千载心在。[1]

圣人是生而知之的，只有他们才能体认微妙的道心，传达微妙的道心，因之经不唯成为后世一切文章之源，且亦成为后世一切文章之法则。

原道既言文本于自然，则物变文亦变，征圣、宗经则又尊不变之法则，此一折中糅合之思想，不唯成为刘勰文学思想之核心，且贯串《文心》全书，成为刘勰文学思想之一特色。

在叙述了原道与征圣、宗经的衔接点之后，我们再来介绍他的征圣、宗经的思想。

彦和论征圣，涉及两个方面的问题。

一谓圣人贵文：

> 是以远称唐世，则焕乎为盛；近褒周代，则郁哉可从。此政化贵文之征也。郑伯入陈，以文辞为功；宋置折俎，以多文举礼。此事迹贵文之征也。褒美子产，则云："言以足志，文以足言。"泛论君子，则云："情欲信，辞欲巧。"此修身贵文之征也。[2]

圣人既贵文，故贵文必征于圣。

二谓圣人为文，可为师法：

---

① 刘勰著，范文澜注：《文心雕龙注》卷一，第 17 页。
② 同上，第 15 页。

　　夫鉴周日月，妙极机神；文成规矩，思合符契。或简言以达旨，或博文以该情，或明理以立体，或隐义以藏用。故《春秋》一字以褒贬，丧服举轻以包重，此简言以达旨也。《邠诗》联章以积句，《儒行》缛说以繁辞，此博文以该情也。书契断决以象夬，文章昭晰以效离，此明理以立体也。"四象"精义以曲隐，"五例"微辞以婉晦，此隐义以藏用也。故知繁略殊形，隐显异术，抑引随时，变通会适。征之周孔，则文有师矣。[①]

圣人为文之所以可为师法，在其鉴识洞明深广，动合几神。因其鉴识之洞明深广，故能表现至微之妙道，此其一。圣人为文，能依据各种需要，依据不同之写作对象与不同之体裁，采用不同之表现手法，或繁或略，或隐或显，或抑或引，或变或通，此其二。征圣，是以圣为法，取法他们对文的重视，取法他们的洞识天地万物之几微，取法他们为文之变化，如他们一般，使文章变化多端而又达到"雅丽""衔华佩实"的标准。"雅丽"就是丽辞雅义。关于"雅丽"与"衔华佩实"，刘勰在《征圣》中只略一带过，而其实此一标准贯串全书，我们也将在后面展开分析。

　　征圣是以圣为法，法其所为；宗经则是以经为一切文章之模式。《宗经》篇谓：

　　　　故论、说、辞、序，则《易》统其首；诏、策、章、奏，则《书》发其源；赋、颂、歌、赞，则《诗》立其

---

① 刘勰著，范文澜注：《文心雕龙注》卷一，第15页。

本；铭、诔、箴、祝，则《礼》总其端；纪、传、铭、檄，则《春秋》为根，并穷高以树表，极远以启疆，所以百家腾跃，终入环内者也。①

他认为后代一切文体，都以五经为祖。五经为群言之祖，一切文章以五经为宗，此是宗经之第一义。

宗经之另一义，是以经为法式，"若禀经以制式，酌《雅》以富言，是即山而铸铜，煮海而为盐也"。以经为法则，主要是指文章的写法。一切文章都可以归入五经之内，而五经的特点各不相同，各类文章所应遵循之法则自亦不同。《宗经》谓：

夫《易》惟谈天，入神致用，故《系》称：旨远辞文，言中事隐。韦编三绝，固哲人之骊渊也。②

《易》的写作特点是"旨远辞文，言中事隐"，那么论、说、辞、序一类文章，便应循此径路写作。《书》则记言，其楷式为"览文如诡，而寻理即畅"，那么诏、策、章、奏，就应以此为标准。《诗》的特点是"摘风裁兴，藻辞谲喻"，温柔敦厚，那么赋、颂、歌、赞便应以此为法式。《礼》的特点是章条纤曲，执而后显，那么，铭、诔、箴、祝便应以此为准的。《春秋》的特点是"一字见义""婉章志晦"，那么纪、传、盟、檄便应循此以成章。这些论述，都是要说明，后世的一切文体，应该如何写，五经已经有样板在。这是从各种文体可以遵

① 刘勰著，范文澜注：《文心雕龙注》卷一，第22—23页。
② 同上，第21页。

循的不同写法说的。《宗经》更重要的论述，是从文章的体貌上说明宗经所要达到的目的：

> 故文能宗经，体有六义：一则情深而不诡，二则风清而不杂，三则事信而不诞，四则义直①而不回，五则体约而不芜，六则文丽而不淫。②

这是刘勰宗经思想的核心。体，指体貌；义，宜，犹言恰到好处。谓文章如果能够以经为法式来写作，文章的体貌就可能在六个方面恰到好处。这六个方面，是情、风、事、义、体、文。情，是情志，情志深挚而不诡异，诡异是相对于雅正而言的，不诡就是正。刘勰是反对情不真，而主张情真的，但感情的深挚不能失去雅正，"若任情失正，则文其殆哉"③。风，指风力，文章中的感情力量。杂，是不纯；不杂，是纯正、雅正。风要受到雅的制约，"必雅义以扇其风"④。宗经，就能做到风力清峻而雅正。事，所写的事实；诞，荒诞。文能宗经，则述事真实而不荒诞，也属于雅正的要求。义，义理；贞也是正。宗经就能做到义理雅正而不扭曲。以上这四个方面，都属于文章的内容，宗经就能使文章的内容归之于雅正。体和文属于文章的形式方面。体，是结体的体，指文章的体制结构。宗经，就能使文章的体制结构简练而不芜杂。文，文辞，宗经就能使文辞华丽而又不过分，不过分是适中，也是正。从这宗经

① 又作"贞"。
② 刘勰著，范文澜注：《文心雕龙注》卷一，第23页。
③ 刘勰著，范文澜注：《文心雕龙注》卷四，第287页。
④ 刘勰著，范文澜注：《文心雕龙注》卷五，第408页。

而达到的六义看，宗经的目的，是要提倡文章的雅正。

三

原道本之自然，宗经本之于经，本之于经是要返归雅正。如果我们考虑到经带有更多的非文学的成分，考虑到刘勰撰《文心》时文学的发展状态的话，那么宗经无疑是一种文学观念的复归，这种复古的倾向对正在发展起来的文学的特质是不利的。但是刘勰文学思想的主要倾向并不仅仅是宗经，并不仅仅是文学观念的复归，文学自觉的思潮在他的文学思想中也留下了印记，宗经之外，他又提出了正纬和辨骚。酌乎纬，变乎骚，与宗经一起，构成他文学思想的核心。

正纬的目的不仅在于把纬与经区别开来，而且在于指出纬书之用事与辞采之可取处。甚至可以说，是用一种很婉转的方法，指出纬书之用事与辞采，可补经之某些不足。在指出纬异于经之后，《正纬》谓：

> 若乃羲农轩皞之源，山渎钟律之要，白鱼赤乌之符，黄银紫玉之瑞，事丰奇伟，辞富膏腴，无益经典而有助文章。是以后来辞人，采摭英华。平子恐其迷学，奏令禁绝；仲豫惜其杂真，未许煨燔。前代配经，故详论焉。①

纬异于经而指其伪，是从内容上说的。从内容辩其不可以配经，其实是因为它之所述，常杂荒诞谲诡，有伤于雅正。而

---

① 刘勰著，范文澜注：《文心雕龙注》卷一，第31页。

从用事与文采说，则并未指责其奇诡华丽。这里肯定纬书的"事丰奇伟"，与宗经的主张"事信而不诞"，显然并不一致。何以将此种不一致，统一在"文之枢纽"之内？我以为，这正是刘勰之用心处。论宗经，无法将"事丰奇伟"放入经书之中，因为经书本身不可能存在"事丰奇伟"的问题。论经书，只能是"事信而不诞"。但是文学又确实已经发展了，文学想象已经大量出现，要否定文学想象是不容易的。刘勰从不同的角度，接触到文学想象的问题。他写专篇论神思，论夸饰，《神思》从运思的过程与特点言，《夸饰》从辞采之想象成分言。他又写了《事类》，论文章中用事用典，主要指从经典中渔猎。而神话传说中大量生动的故事在文学中有没有价值，他并没有专门的论述。而这些，他又认为是于文章有益的，于是便在《正纬》里论述了。《正纬》的重要意义，便在这"事丰奇伟，辞富膏腴"的肯定上。这便在宗经的主张里，开了一个不小的缺口，通向重视文学特征的广阔天地。

这是刘勰文学思想中的很重要的一面。这一面的进一步展开论述，便是《辨骚》。

《辨骚》何以放在《原道》《征圣》《宗经》《正纬》之后，纳入"文之枢纽"中？骚其实与经并无干系，列入此篇，与宗经思想何关？当我们认识到《正纬》意在宗经主张中开一通向重文学特质的缺口之后，我们便也可以解释这一点。辨骚，便是辨骚之价值。骚之价值何在呢？便是情与奇。刘勰对情之深挚与辞之奇伟是不反对的。从《正纬》通向《辨骚》便是顺理成章的事了。盖纬书只提供了事之奇与文采之富的借鉴，而诗赋等文学式样所最需要的风情气骨，奇文壮采，还有待于《楚辞》来作为榜样。而这风情气骨，惊辞壮采，正是刘勰文学思想枢纽之不可或缺的方面。这恐怕就是《辨骚》列入"文之枢纽"的用意所在。

辨骚如何与宗经衔接？彦和接得既巧妙又自然。他用经的标准来衡量它，说它有四点合于经：

> 故其陈尧舜之耿介，称禹汤之祗敬，典诰之体也。讥桀纣之猖披，伤羿浇之颠陨，规讽之旨也。虬龙以喻君子，云霓以譬谗邪，比兴之义也。每一顾而掩涕，叹君门之九重，忠怨之辞也。观兹四事，同于《风》《雅》者也。①

又说它有四点不合于经：

> 至于托云龙，说迂怪，丰隆求宓妃，鸩鸟媒娀女，诡异之辞也。康回倾地，夷羿彃日，木夫九首，土伯三目，谲怪之谈也。依彭咸之遗则，从子胥以自适，狷狭之志也。士女杂坐，乱而不分，指以为乐，娱酒不废，沉湎日夜，举以为欢，荒淫之意也。摘此四事，异乎经典者也。②

合于经的四点，主要就内容言，谓其对圣王之祗敬，谓其忠贞与规讽，均与《风》《雅》合；比兴之义，看似手法问题，而其实指褒君子而贬谗邪，也还是内容问题，所以他说《楚辞》"骨鲠所树"，是"取镕经旨"。在内容的这些方面，他把《楚

---

① 刘勰著，范文澜注：《文心雕龙注》卷一，第46页。
② 同上，第46—47页。

辞》与经连接了起来，为宗经与辨骚立一衔接点。异于经典的四点，"狷狭之志""荒淫之意"，他是反对的；但是"诡异之辞"与"谲怪之谈"这两点，他并未反对。这两点其实就是他在《正纬》中说的"事丰奇伟"，他是要加以提倡的，他接着便说：

> 故论其典诰则如彼，语其夸诞则如此，固知《楚辞》者，体宪于三代，而风杂于战国，乃《雅》《颂》之博徒，而词赋之英杰也。①

这段话的意思，如果换一个角度说，那便是：《楚辞》虽有不合经典之处，而它却是辞赋的典范。而这一点，正是刘勰所要特别强调的。他要论述，这《楚辞》，正是纯文学作品的模仿对象。他反复申述它的杰出之处：

> 故《骚经》《九章》，朗丽以哀志；《九歌》《九辩》，绮靡以伤情；《远游》《天问》，瑰诡而惠巧；《招魂》《大招》，耀艳而深华。《卜居》标放言之致，《渔父》寄独往之才。故能气往轹古，辞来切今，惊采绝艳，难与并能矣。②

这些肯定，指它的浓烈的感情，华丽的辞藻，瑰诡的事物，而这些，正是文学最需要的，所以他说《楚辞》"无益经

---

① 刘勰著，范文澜注：《文心雕龙注》卷一，第47页。
② 同上。

典而有助文章"。他接着便从这一点出发，论《楚辞》对后来文学发展的影响：

> 自《九怀》以下，遽蹑其迹，而屈、宋逸步，莫之能追。故其叙情怨，则郁伊而易感；述离居，则怆怏而难怀；论山水，则循声而得貌；言节候，则披文而见时。是以枚、贾追风以入丽，马、扬沿波而得奇，其衣被词人，非一代也。[1]

从这论述看，他并未反对感情的郁伊易感与怆怏难怀，不反对描写的循声得貌与披文见时。他把这些都看作《楚辞》哺育的结果。

在宗经之外，刘勰是拓开了另一块天地了。正是由于在他的"文之枢纽"里有了这一面，才会有后面文术论中的《丽辞》《声律》《事类》《夸饰》等篇，甚至可以说，才会有《神思》《风骨》《情采》《物色》中许许多多的充分反映出文学特质的论述。这一面，实质与宗经是有差别的。他大概也意识到似乎应该处理好这种差别，因此才指出《楚辞》与经的同异，而且在《辨骚》篇的最后，明确提出处理这种差别的原则：

> 若能凭轼以倚《雅》《颂》，悬辔以驭楚篇，酌奇而不失其真，玩华而不坠其实；则顾盼可以驱辞力，咳唾可以穷文致，亦不复乞灵于长卿，假宠于子渊矣。[2]

---

[1] 刘勰著，范文澜注：《文心雕龙注》卷一，第47页。
[2] 刘勰著，范文澜注：《文心雕龙注》卷一，第48页。

处理这差别的原则便是以雅驭奇，奇还是要的，但以不悖于雅正为准绳。

四

在介绍了原道、征圣、宗经、正纬、辨骚的各自含义之后，我们来看刘勰文学思想的总体倾向是一个什么样的面貌。

要用一句话来概括刘勰文学思想的总倾向，是极难的，因为它过于复杂，过于丰富，在这丰富复杂里有着太多的历史底蕴。

如果我们勉力来对刘勰的文学思想倾向做一个简略的概括的话，是不是可以这样说：他是看到文学发展的事实了，文学本于自然，文学发展中处处反映着个人情性抒发的本然之义，处处表现出辞采华美的动人之处，处处表现出文学与人的个性、与自我的不可分的联系。他感受到了，而且不管他自觉不自觉，他也接受了。但是他的理智告诉他：这其中是不是有一些过分，是不是有着一些离经叛道的东西。思想传统的复杂的种种影响左右着他，推动着他，他要来做引导的工作，要去掉过分，防止离经叛道，于是提出了宗经的主张。宗经不是载道，不是明圣人之道，而是宗圣人的作文之法，只是宗经书的写法而已。他似乎生怕问题说不清楚，于是又小心翼翼地从不同角度来说明，提出了酌纬变骚，力图把自己的主张说得更周全些。

他是看到任自然的文学思想发展潮流了，他是那样重感情，重才性，重自我在文学创作中的价值；但是他又是那样崇拜圣人，特别是儒家的圣人周公孔子。任自然，于文学创作而言，是无所师法，或者说师法自然，要怎么写就怎么写。如果从文学的利益考虑，这无疑是文学的出路。而崇拜圣人，以至于提出宗经，却又为文学立一万古不变之准则，限制文学发展的自由，所谓"百家腾跃，终入环内"者是。他处处想把这二者统一在一起，并且以此来建构他的体系。

他说，可以酌奇，可以玩华，但要归着到雅正上。

他说："人禀七情，应物斯感，感物吟志，莫非自然。"① 但"情以物兴，故义必明雅"②，情虽抒而有节，不要任情失性。

他主张抒情性，但他又给抒情性加上功利的色彩，想把抒情性引向教化说。

他说，各人有各人的才性，才性不同，则文变殊术，但是文术不同，经的典范却是不可更代的。

他似乎是要以一个冷静的智者的身份出现，引导文学发展的潮流。其实，他就在这个潮流之中。他的文学思想的许多重要方面，都与这个潮流并无二致，甚至比他同时的其他任何一位批评家和理论家都更体现这个潮流的实质（如有关文术的许多论述），只不过是更带理论色彩，更深刻的体现而已。把他的文学思想倾向看成与其时之文学主潮异趣，把他的文学主张看作为反对其时之文学主潮（所谓"形式主义"）而发，都是不准确的。他之持《文心》以干沈约，而得到沈约的赏识，正是这一点的证明。沈约无疑是其时文坛的领袖，是其时文学主潮的主要代表者，假若刘勰《文心》为反对其时文学主潮而

① 刘勰著，范文澜注：《文心雕龙注》卷二，第65页。
② 同上，第136页。

发，则沈约自无赞赏之理。但是他又确实没有沉溺于这个潮流之中，巨大的思想传统推动着他，要他以这个传统的面貌来引导文学的发展。人有时是很难自主的，强大的思想传统和强大的现实思潮同时左右着他，不管他愿意不愿意，他都得同时接受。历史上常常有这样的思想家，他以最彻底的反传统的面目出现，而他自己身上，却处处是传统思想的印记，反之亦然。我们把这种现象看作历史的悲剧也罢，看作历史的自然现象也罢，我们都得承认它，而且承认它更符合于历史的真实。

到此，我们似乎可以说：刘勰站在其时文学思想的发展潮流之中，而比同时的其他思想家更冷静地思考问题。对于其时文学思潮发展的许多实质问题，他是接受的、认可的，但是他要把这个思潮引向雅正。这就是刘勰文学思想的主要倾向。[1]

（原刊罗宗强：《魏晋南北朝文学思想史》，中华书局 1996 年版）

---

[1] 对于刘勰文学思想倾向的这个描述，带着更多的弹性，而且带着暗示的成分，缺乏严谨的界说。此一点，思虑再三，其间经历四五年，终于确定以此种方式描述。根本的一点，是刘勰的文学思想有着十分丰富的层次，有着远为复杂的内容，用明确的界说限定是难以说周全、准确的。模糊的描述则留下更多的思索空间，或者更能传神地把握。

苏、黄的书法与诗法

□ 张　毅

　　苏轼和黄庭坚是宋代最具影响力的书法名家，同时也是宋诗的代表人物。他们所倡导的"尚意"书风，在行草书艺术中得到了充分的体现，纵横跌宕的笔势和曲折成章的笔意，可与其"以文为诗"而姿态横生的诗歌章法相媲美。其"一笔书"的意脉和气韵，"字中有笔"和"句中有眼"的书法艺术，与诗歌创作的笔法、句法和字法也是相通的。在苏、黄引领风骚的时代，书画同法而又向诗靠拢，或自出新意，或古意翻新，不仅书法与诗法相互渗透，更在作品风格和神采方面完全一致。天资解书的用笔与清旷心胸相契合，出奇制胜的笔法与抖擞俗气的品格修养相映衬，超轶绝尘，痛快沉着，由道技两进到心手两忘，完成了由有意到无意、由有法到无法的内在超越。追求不烦绳削而自合，以达到"至法无法"的老成境界。

一

　　唐代就有"书画用笔同法"的说法，但直到宋代文人"墨戏"兴盛之后，书、画、诗之间的界限才被完全打破。苏轼题吴道子画所说的"出新意于法度之中"①，黄庭坚论李公麟画讲的"领略古法生新奇"②，成为宋代书法"尚意"的创作纲领。苏轼行书的随意变态，黄庭坚草书的笔走龙蛇，与苏、黄各自的作诗风格完全一致，其纵横起伏的笔势和命意曲折的布局，与其"以文为诗"而重气格的宋诗章法有着神理相通的联系。

提倡自出新意是苏轼文艺理论的主旨，他称赞晁君成的诗"每篇辄出新意奇语，宜为人所共爱"③；又表扬画家孙位"始出新意，画奔湍巨浪，与山石曲折，随物赋形，画水之变，号称神逸"④。对于用人们熟习的汉字书写来表达情意的书法而言，如何在熟悉法度的基础上勇于创新，更是作者必须考虑的了。苏轼说"我书意造本无法，点画信手烦推求"⑤，强调不践古人而自出新意的重要。他常将诗歌与书法相提并论，其《书黄子思诗集后》属于诗论，却以论钟繇和王羲之等书法家的笔法来开篇。而他评论隋唐书法名家又每以诗为喻，说智永禅师作书"精能之至，反造疏淡。如观陶彭泽诗，初若散缓不收，反覆不已，乃识其奇趣"。又说颜真卿的书法"如杜子美诗，格力天纵，奄有汉、魏、晋、宋以来风流"⑥。在他看来，书法与诗文的界限是可以打破的，他用点画的布置和行笔的轻重缓疾等方式，来表现视觉上线条流转造成的美感，抒写丰富的内心情感，使书法艺术具有行文的气势和诗的意境。他贬谪黄州

---

① 苏轼：《书吴道子画后》，载《苏轼文集》，中华书局1986年版，第5册，第2210页。

② 黄庭坚：《次韵子瞻和子由观韩幹马因论伯时画天马》，载《黄庭坚全集》，四川大学出版社2001年版，第1册，第82页。

③ 苏轼：《晁君成诗集引》，载《苏轼文集》，第1册，第320页。

④ 苏轼：《画水记》，载《苏轼文集》，第2册，第408页。

⑤ 苏轼：《石苍舒醉墨堂》，载《苏轼诗集》，中华书局1982年版，第1册，第236页。

⑥ 苏轼：《书唐氏六家书后》，载《苏轼文集》，第5册，第2206页。

后写的《寒食雨二首》堪称诗书合璧的佳作，诗云：

> 自我来黄州，已过三寒食。年年欲惜春，春去不容惜。今年又苦雨，两月秋萧瑟。卧闻海棠花，泥污燕脂雪。暗中偷负去，夜半真有力。何殊病少年，病起头已白。
>
> 春江欲入户，雨势来不已。小屋如渔舟，濛濛水云里。空庖煮寒菜，破灶烧湿苇。那知是寒食，但见乌衔纸。君门深九重，坟墓在万里。也拟哭途穷，死灰吹不起。①

诗人采用"以文为诗"的夹叙夹议笔法，抒写寒食节遭遇"苦雨"的生活境遇和郁闷心情，看似平铺直叙，但在平直中有奇变，琐细中见凝练，苦闷之情随江雨弥漫而溢于言表。这种漫兴式的写法，含有气盛言宜的古文章法，凡意之所到，则笔力曲折，而无不尽意。如刘熙载所言："滔滔汩汩说去，一转便见主意，《南华》《华严》最长于此。东坡古诗惯用其法。"② 苏轼手书的这两首诗的墨宝《黄州寒食诗帖》（简称《寒食帖》），将心境和情感的起伏，寄寓于点画线条的缓急和字形变化之中。开始的心境比较平和，笔势舒缓，结体中规中矩；但随着情感趋于激越，笔势也奔放起来，纵横挥洒而意态横生。如"乌衔纸"的最后一笔拉得很长，"坟墓"的"墓"字和"哭途穷"三个字突然变大，造成很强的视觉冲击力。整幅书法一气呵成，运笔由凝重到飞动，字小者行密，字大者气阔，心手相应而变态无穷。诗情融入笔墨，心境与书境浑然一

---

① 苏轼：《苏轼诗集》，第 4 册，第 1112—1113 页。
② 刘熙载：《艺概》，上海古籍出版社 1982 年版，第 67 页。

体，诗与书法珠联璧合。黄庭坚说："东坡此书①似李太白，犹恐太白未有到处。此书兼颜鲁公、杨少师、李西台笔意，诚使东坡复为之，未必及此。"② 既表扬苏轼此诗或许胜过李白，也肯定其书法的艺术成就超越了前人。

苏轼主张自出新意，不是无法度可言，他认为"书法备于正书，溢而为行、草，未能正书而能行、草，犹未尝庄语而辄放言，无是道也"③。他学书初临"二王"（王羲之、王献之），后又师法颜真卿、杨凝式等人，其《题二王书》云："笔成冢，墨成池，不及羲之即献之。笔秃千管，墨磨万铤，不作张芝作索靖。"④ 苏轼长于正书和行书，其《寒食帖》继王羲之的《兰亭序》、颜真卿《祭侄稿》之后，被称为"天下第三行书"。他的行书善于由文字本身的点画成其变化，用线条组成有意味的形式，给人以新鲜的美感，写得情驰神纵，如行云流水，但又暗合古人，有规矩法度在。如果说苏轼的行书是情与法的结合，那么黄庭坚的草书则是情、理、法的交融，他以领略"古法""古意"求新奇，运笔龙飞凤舞却章法井然。但这是有一个过程的，黄庭坚坦言："少时喜作草书，初不师承古人，但管中窥豹，稍稍推类为之。方事急时，便以意成，久之或不自识也。比来更自知所作韵俗，下笔不浏离，如禅家'粘皮带骨'语，因此不复作。"⑤ 禅家的"粘皮带骨"语，指的是世俗的妄言绮语，但真正的草书绝非鬼画符般的妄语。与苏轼一

① 墨迹为"此诗"。
② 黄庭坚：《跋东坡书寒食诗》，载《黄庭坚全集》，第3册，第1608页。
③ 苏轼：《跋陈隐居书》，载《苏轼文集》，第5册，第2185页。
④ 同上，第2170页。
⑤ 黄庭坚：《钟离跋尾》，载《黄庭坚全集》，第3册，第1603页。

样，黄庭坚主张草书应从正书中来，他认为"凡作字，须熟观魏晋人书，会之于心，自得古人笔法也。欲学草书，须精真书，知下笔向背，则识草书法，草书不难工矣"①。

他强调："要须古人为师，笔法虽欲清劲，必以质厚为本……凡书之害，姿媚是其小疵，轻佻是其大病，直须落笔一一端正。至于放笔，自然成行，草则虽草，而笔意端正，最忌用意装缀，便不成书。"②倘若正书如坐立，行书如走，草书如跑，那么绝无不能坐立而会走跑之人。

在熟悉前人法度的基础上开拓创新，是黄庭坚论书画诗文的一贯宗旨。他主张"欲下笔，略体古人致意曲折处，久之乃能自铸伟词，虽屈、宋亦不能超此步骤也"③。他在指导后学时说："少加意读书，古人不难到也。诸文亦皆好，但少古人绳墨耳。可更熟读司马子长、韩退之文章。凡作一文，皆须有宗有趣，终始关键，有开有阖。"④诗文的章法与命意分不开，黄庭坚在《论作诗文》里说：

> 词意高胜，要从学问中来尔……但始学诗，要须每作一篇，辄须立一大意，长篇须曲折三致焉，乃为成章耳。⑤

诗文的章法布置，讲究纵横曲折而意脉贯通，率然开阖而奇正相生，与行草书的笔势相仿佛。范温《潜溪诗眼》说："古人律诗亦是一片文章，语或似无伦次，而意若贯珠……非唯文

---

① 黄庭坚：《跋与张载熙书卷尾》，载《黄庭坚全集》，第 2 册，第 678 页。
② 黄庭坚：《与宜春朱和叔》，载《黄庭坚全集》，第 2 册，第 499 页。
③ 黄庭坚：《书枯木道士赋后》，载《黄庭坚全集》，第 4 册，第 2287 页。
④ 黄庭坚：《答洪驹父书》，载《黄庭坚全集》，第 2 册，第 474 页。
⑤ 黄庭坚：《论作诗文》，载《黄庭坚全集》，第 3 册，第 1684 页。

章，书亦如是……故唐文皇称右军书云：'烟霏云敛，状若断
而还连；凤翥龙盘，势如斜而反直。'与文章真一理也。"① 王
羲之曾说："若欲学草书，又有别法。须缓前急后，字体形势，
状如龙蛇，相钩连不断，仍须棱侧起伏，用笔亦不得使齐平大
小一等。"② 较早用"状如龙蛇"来形容草书形势。后来李白这
样描写对怀素狂草的观感："恍恍如闻神鬼惊，时时只见龙蛇
走。左盘右蹙如惊电，状同楚、汉相攻战。"③ 草书笔走龙蛇的
阵势，可以让人感受到澎湃激情，并联想到文章的层次曲折。
黄庭坚称赞陈师道："至于作文，深知古人之关键。其论事救
首救尾，如常山之蛇，时辈未见其比。"④ 用常山蛇阵来形容文
章布置。《孙子兵法》曰："善用兵，譬如率然。率然者，常山
之蛇也，击其首则尾至，击其尾则首至，击其中则首尾俱
至。"⑤ 以蛇喻阵，重在首尾相应，前后一体贯通，这也是章法
布置所要考虑的。

　　书法的笔势纵横与意脉曲折，运笔的左右映衬和前后呼
应，与诗文章法的相通甚为明显。黄庭坚说："右军笔法，如
孟子言性、庄周谈自然，纵说横说，无不如意，非复可以常理
待之。"⑥ 他还说："余尝以右军父子草书比之文章，右军似左
氏，大令似庄周也。"⑦ 在黄庭坚的一首论书诗里，言及草圣的
诗句"仲将伯英无后尘，迩来此公下笔亲"，别本为"纵横浑

---

① 郭绍虞辑：《宋诗话辑佚》，中华书局 1980 年版，第 318—320 页。
② 王羲之：《题卫夫人〈笔阵图〉后》，载杨素芳、后东生编《中国书法理论经典》，
　河北人民出版社 1998 年版，第 15 页。
③ 李白：《草书歌行》，载《李太白全集》，中华书局 1977 年版，上册，第 456 页。
④ 黄庭坚：《答王子飞书》，载《黄庭坚全集》，第 2 册，第 467 页。
⑤《孙子十家注》，载《诸子集成》，中华书局 1986 年版，第 6 册，第 199 页。
⑥ 黄庭坚：《题绛本法帖》，载《黄庭坚全集》，第 2 册，第 748 页。
⑦ 黄庭坚：《跋法帖》，载《黄庭坚全集》，第 2 册，第 720 页。

脱若有神，意匠直与真宰亲"①。这别本的诗句提示了作草书的真髓。黄庭坚作诗也讲究纵横曲折，所谓"诗到随州更老成，江山为助笔纵横"②，这种诗法来源于杜甫《戏为六绝句》里的"庾信文章老更成，凌云健笔意纵横"③。方东树说："杜公所以冠绝古今诸家，只是沉郁顿挫，奇横恣肆，起结承转，曲折变化，穷极笔势，迥不由人。山谷专于此苦用心。"④ 黄庭坚的山谷体诗，即便是短章也多层次变化，命意曲折而有远势，如"坐对真成被花恼，出门一笑大江横"⑤，一两句即相当于大段文章，有咫尺万里之势。

二

苏轼说："唐人以身言书判取士，故人人能书。"⑥ 因用书判取士，故端正劲直而法度谨严的真书成为唐人"尚法"的代表性书体，欧、褚、颜、柳等书法家都以精于真行著名；而宋代士人中流行的则是"尚意"而带文人气息的行草书。苏、黄以擅长行书和草书享誉士林，他们的书体，或端庄杂流丽，刚健含婀娜，或清劲奇崛，丰筋多骨，一如其诗体而个体色彩相当鲜明，具有"一笔书"的气韵，而且笔力遒劲雄健，讲究"字中有笔"和"句中有眼"。这些与他们作诗的笔法、句法和

---

① 黄庭坚：《李君贶借示其祖西台学士草圣并书帖一编二轴以诗还之》，载《黄庭坚全集》，第 3 册，第 1250 页。
② 黄庭坚：《忆邢惇夫》，载《黄庭坚全集》，第 1 册，第 255 页。
③ 杜甫著，杨伦笺注：《杜诗镜铨》，上海古籍出版社 1980 年版，上册，第 397 页。
④ 方东树：《昭昧詹言》，人民文学出版社 1984 年版，第 379 页。
⑤ 黄庭坚：《王充道送水仙花五十枝欣然会心为之作咏》，载《黄庭坚全集》，第 1 册，第 114 页。
⑥ 苏轼：《跋咸通湖州刺史牒》，载《苏轼文集》，第 5 册，第 2179 页。

字法也都有联系，体制虽异而意同神通。

行书是介于正书与草书之间的一种书体。张怀瓘《书仪》说："夫行书，非草非真，离方遁圆，在乎季孟之间。兼真者，谓之真行；带草者，谓之行草。"① 苏轼行书的笔画略有钩连，当属于行草。他虽然以行书为擅长，但对落笔如风的草书十分喜爱，常于酒后作草书，谓"仆醉后，乘兴辄作草书十数行，觉酒气拂拂，从十指间出也"②。对有真书《郎官石柱记》传世的草书名家张旭，苏轼极为欣赏，称"张长史草书，颓然天放，略有点画处，而意态自足，号称神逸"③。张旭作草有真书的底子，虽奇怪百出，而无一点画不该规矩，他尝言"初见担夫争道，又闻鼓吹，而知笔意。及观公孙大娘舞剑，然后得其神"④。又自谓"吾书不大不小，得其中道，若飞鸟出林，惊蛇入草"⑤。张旭的草书在唐代就很有名，杜甫《殿中杨监见示张旭草书图》说："斯人已云亡，草圣秘难得。及兹烦见示，满目一凄恻。悲风生微绡，万里起古色。锵锵鸣玉动，落落群松直。连山蟠其间，溟涨与笔力。"⑥ 以苍劲浩瀚言张旭草书用笔的神妙。苏轼诗云："剑舞有神通草圣，海山无事化琴工。"⑦ 又说："我本三生人，畴昔一念差。前身或草圣，习气余惊蛇。"⑧ 他心目中的草圣非张旭莫属。

草圣的桂冠最初戴在张芝头上，他是今草"一笔书"的创

① 张怀瓘：《书仪》，载杨素芳、后东生编《中国书法理论经典》，第96页。
② 苏轼：《跋草书后》，载《苏轼文集》，第5册，第2191页。
③ 苏轼：《书唐氏六家书后》，载《苏轼文集》，第5册，第2206页。
④ 《宣和书谱》，上海书画出版社1984年版，第139页。
⑤ 《宣和书谱》"释亚栖"条，第148页。
⑥ 杜甫著，杨伦笺注：《杜诗镜铨》，下册，第629页。
⑦ 苏轼：《授经台》，载《苏轼诗集》，第1册，第193页。
⑧ 苏轼：《次韵致政张朝奉仍招晚饮》，载《苏轼诗集》，第6册，第1830—1831页。

始人。张芝字伯英，张怀瓘《书断》说："伯英学崔、杜之法，温故知新，因而变之以成今草，转精其妙。字之体势，一笔而成，偶有不连，而血脉不断，及其连者，气候相通。惟王子敬①明其深指，故行首之字，往往继前行之末，世称'一笔书'者，起自张伯英，即此也。"② 在由杜度、崔瑗等人的"章草"向"今草"的过渡中，张芝起了关键的作用，但今草艺术的日趋成熟，以至出现新的草圣，"二王"功莫大焉。苏轼在《题王逸少帖》诗里说：

> 天门荡荡惊跳龙，出林飞鸟一扫空。为君草书续其终，待我他日不匆匆。③

所谓"匆匆"，指张芝每作楷字则曰："匆匆不暇草书。"④ 逸少即王羲之，宋人看到的"二王"书帖以草书居多，故《宣和书谱》把他们都归入"以草书得名者"加以论列。其中有前人论"二王"书的精妙之语，如以为王羲之的字体"飘若游云，矫若惊龙""势如龙跃天门，虎卧凤阁"；又说王献之的笔法"如丹穴凤舞，清泉龙跃"⑤。龙飞凤舞，笔走龙蛇，遂成为草书体势的形象说明，而"飘""飞""舞""跃"一类的动词，乃连绵起伏的"一笔书"的笔法提示：状若断而还连，势如斜而反直，要在笔断意连而气脉贯通。相对于真书较为规矩的楷法而言，草书激情澎湃的线条运动，一笔书写一行的连绵气势，似

---

① 即王献之。
② 张怀瓘：《书断》，载杨素芳、后东生编《中国书法理论经典》，第110页。
③ 《苏轼诗集》，第4册，第1343页。
④ 《宣和书谱》，第101页。
⑤ 《宣和书谱》，第116—117、124页。

乎更符合苏轼的创作个性。类似草书的用笔之神妙，在苏轼歌行体的七言古诗创作中得到了充分体现，他的题画诗和论书诗，颇多气势不凡的神来之笔。如《王维吴道子画》《次韵吴传正枯木歌》《次韵滕兴公大夫雪浪石》《石苍舒醉墨堂》等，其笔法之奇纵，笔势之灵动，如骤雨狂风、电闪雷鸣，可谓"笔所未到气已吞"。但一气奔赴之中又有顿挫，草蛇灰线，神化不测，若寻绎其意脉，则又无不生气贯注，几与造化者为友。

虽然都是以文字为媒介，书法用笔与诗歌语言还是有所不同的。张怀瓘说："文则数言乃成其意，书则一字已见其心。"① 书法艺术把文字所具有的点、横、竖、撇、捺等笔画拆开来欣赏，一个字的结体即能表达自己的意思，故一字一句，而诗文要数言组成一句或两句才能见意，这也是黄庭坚要多次将"字中有笔"与"句中有眼"连起来讲的原因。书法的"字中有笔"，等于诗文的"句中有眼"，故书法的结体、笔法与诗歌的句法、字法可以相互印证。以书法而言，字中有笔、有意、有势、有力，气韵生动，方可谓"有眼"的活句。黄庭坚《论写字法》说："盖字中无笔，如禅句中无眼，非深解宗理者未易及此。"② 所谓"宗理"，又称"宗趣"，是禅门里的第一义，不立文字，故不可思议言说。如果非言说不可，则须"但参活句，莫参死句。活句下荐得，永劫无滞"③。"句中有眼"方为活句，活句须有生气贯注。书家行笔的生气贯注，既表现为整篇线条的错综连绵和虚实映带，也体现在一字之结体的疏密有

---

① 张怀瓘：《文字论》，载杨素芳、后东生编《中国书法理论经典》，第 142 页。
② 《黄庭坚全集》，第 3 册，第 1433 页。
③ 普济：《五灯会元》，中华书局 1984 年版，第 935 页。

致和八面流通。黄庭坚说："东坡云：'大字难于结密而无间，小字难于宽绰而有余。'此确论也。余尝申之曰：结密而无间，《瘗鹤铭》近之；宽绰而有余，《兰亭》近之。若以篆文说之，大字如李斯《绎山碑》，小字如先秦古器科斗文字。"① 以其所列举的碑帖言，《瘗鹤铭》的大字密不透风，用笔欹侧而气势磅礴；《兰亭序》的小字结体无一相同，行款忽密忽疏，变幻无穷而自然生动。至于黄庭坚自己作字，采用中宫收紧、长笔展开的结体方式加强疏密对比，又常以欹侧取势，横画略显斜倾，竖画虬曲反直，形态雄放奇崛而极具气魄，动感很强烈。这与山谷体诗那种意必新奇、语多生造的作风完全一致，追求文字的奇伟精彩，笔墨间透露出英气和奇气。

书法结体的内气充盈，奠定了"字中有笔"的基础，加之运笔的虚实映发、气势连贯，即可形成线条飞舞流动的通篇气韵。在行笔雄快飘逸之际，为防止出现气骨轻滑的弊端，还须知"擒纵"，济之以顿挫之法。黄庭坚说："盖用笔不知擒纵，故字中无笔耳。字中有笔，如禅家句中有眼，非深解宗趣，岂易言哉！"② 擒为收，纵即放，有往必收，无垂不缩，不能一往无余。如何才能做到用笔收放自如呢？黄庭坚认为须知古意，懂古法，关键是用笔要工拙参半。他说："数十年来，士大夫作字尚华藻而笔不实，以风樯阵马为痛快，以插花舞女为姿媚，殊不知古人用笔也。"③ 他强调："凡书要拙多于巧，近世少年作字，如新妇子妆梳，百种点缀，终无烈妇态也。"④ 提倡

① 黄庭坚：《书王周彦东坡帖》，载《黄庭坚全集》，第 3 册，第 1629 页。
② 黄庭坚：《自评元祐间字》，载《黄庭坚全集》，第 2 册，第 677 页。
③ 黄庭坚：《书十棕心扇因自评之》，载《黄庭坚全集》，第 3 册，第 1401 页。
④ 黄庭坚：《李致尧乞书卷后》，载《黄庭坚全集》，第 3 册，第 1407 页。

素面朝天、质朴无华的烈女态，反对矫揉造作的浮华。他以为："近时士大夫罕得古法，但弄笔左右缠绕，遂号为草书耳，不知与科斗、篆、隶同法同意。数百年来，惟张长史、永州狂僧怀素及余三人悟此法耳。苏才翁有悟处，而不能尽其宗趣，其余碌碌耳。"①

所谓"古法""古意"，相对于当时行草书"姿媚"而"轻佻"的流丽笔法而言，指篆隶碑刻那种古朴苍劲的凝重笔法。黄庭坚说："晚寤籀篆，下笔自可意，直木曲铁，得之自然。秦丞相斯、唐少监阳冰，不知去乐道远近也，当是传其家学。观乐道字中有笔，故为乐道发前论。"②主张于秦汉的石刻篆隶领会笔法，从中观古人的行笔意思。他认为："王右军初学卫夫人小楷，不能造微入妙。其后见李斯、曹喜篆，蔡邕隶八分，于是楷法妙天下。张长史观古钟鼎铭科斗篆，而草圣不愧右军父子。"③因为不同书体的线条形态不一样，笔法也不同，在行草书里融入篆隶古法，用笔就可以做到工拙参半，使纠缠追逐而婀娜多姿的线条具有筋骨，如绵里裹铁，拙处见奇。草情中含有篆意，不仅可使飞动的笔势显得凝重，笔法也因有变化产生顿挫而更显遒劲，如落花回风，将飞更舞。

用笔工拙参半也是黄庭坚山谷诗及江西诗法的要诀，他在《题意可诗后》里说："宁律不谐，而不使句弱；用字不工，不使语俗。"④陈师道《后山诗话》强调："宁拙毋巧，宁朴毋华，宁粗毋弱，宁僻毋俗，诗文皆然。"⑤这一作诗原则据说源自杜

---

① 黄庭坚：《跋此君轩诗》，载《黄庭坚全集》，第 3 册，第 1604 页。
② 黄庭坚：《跋李康年篆》，载《黄庭坚全集》，第 2 册，第 687 页。
③ 黄庭坚：《跋为王圣予作字》，载《黄庭坚全集》，第 2 册，第 674 页。
④ 黄庭坚：《黄庭坚全集》，第 2 册，第 665 页。
⑤ 何文焕辑：《历代诗话》，中华书局 1981 年版，上册，第 311 页。

甫，范温《潜溪诗眼》云："老杜诗凡一篇皆工拙相半，古人文章类如此。"① 杜甫是作今体七律的高手，而且"晚节渐于诗律细"，但他也有不合平仄的拗律，以及有意打破正常语序的拗句。如《秋兴八首》中的"香稻啄余鹦鹉粒，碧梧栖老凤凰枝"②。老杜诗的"拙"笔体现在拗律和拗句上，这在他只是偶尔为之，黄庭坚则是专意于此。据方回《瀛奎律髓》统计，黄庭坚的三百多首七律里，有一多半为拗体。如《再次韵兼简履中南玉三首》其一：

> 李侯诗律严且清，诸生赓载笔纵横。
> 句中稍觉道战胜，胸次不使俗尘生。
> 山绕楼台钟鼓晚，江触石矶砧杵鸣。
> 锁江主人能致酒，愿渠久住莫终更。③

这一首今体七律，除二、五、八三句外，其他的都不太符合平仄律，于音节上别创一种兀傲奇崛之响，造成声调的拗折。除这种拗律外，还有拗句，即通过变更诗语的正常秩序使句意曲折，文气跌宕。如《病起荆江亭即事十首》中的"闭门觅句陈无己，对客挥毫秦少游"④，正常的语序当为"陈无己闭门觅句，秦少游对客挥毫"。再如《次韵清虚》里的"眼中故旧青常在，鬓上光阴绿不回"⑤，将"眼青""鬓绿"的成语在一句里拆开来用。山谷诗的这些反常做法，与其在行草中参用古法

① 郭绍虞辑：《宋诗话辑佚》，第 322 页。
② 杜甫著，杨伦笺注：《杜诗镜铨》，下册，第 648 页。
③ 黄庭坚：《黄庭坚全集》，第 1 册，第 173 页。
④ 黄庭坚：《黄庭坚全集》，第 1 册，第 227 页。
⑤ 黄庭坚：《黄庭坚全集》，第 3 册，第 1462 页。

同出一辙，目的在于用类似古体诗的声调和古拙的语句，打破今体诗音律和谐圆润与词采华美的流行格调，以不使句弱的沉郁顿挫，避免无气骨的轻浮俗语出现在句中笔下。对于黄庭坚有意于今体律诗里追求古雅拙朴的努力，历来有褒有贬，批评者看到的是瘦硬生新，哂其点金为铁，誉之者谓雄健奇峭，为宋诗别开生面。

再说山谷诗的"句中有眼"。惠洪《冷斋夜话》记载："东坡《海棠》诗曰：'只恐夜深花睡去，高烧银烛照红妆。'又曰：'我携此石归，袖中有东海。'山谷曰：'此皆谓之句中眼，学者不知此妙语，韵终不胜。'"① 以句中有眼论诗而重意韵，所引东坡诗句的特点是意在言外，即言在此而意在彼，这也是禅门"活句"的机趣。追求"句中眼"是山谷诗法的核心，黄庭坚说："请读老杜诗，精其句法，每作一篇，必使有意为一篇之主，乃能成一家，不徒老笔砚、玩岁月矣。"② 句法是山谷诗学的入口，也是他翻新出奇的着眼点，所谓"诗来清吹拂衣巾，句法词锋觉有神。今日相看青眼旧，他年肯作白头新"③。他论诗讲的"句法俊逸清新，词源广大精神"④，与其评书说的"字法清劲，笔意皆到"⑤ 是一个意思。诗歌的句法相当于作书的字法，而且也要落实到用字上，字不工则害句，句不通则无完篇。梅尧臣是宋调的开创者，黄庭坚这样评价他的诗："其用字稳实，句法刻厉而有和气，他人无此功也。"⑥ 黄庭坚的诗

---

① 张伯伟编：《稀见本宋人诗话四种》，江苏古籍出版社 2002 年版，第 49 页。
② 黄庭坚：《与孙克秀才》，载《黄庭坚全集》，第 3 册，第 1925 页。
③ 黄庭坚：《次韵奉答文少激纪赠二首》，载《黄庭坚全集》，第 1 册，第 164 页。
④ 黄庭坚：《再用前韵赠子勉四首》，载《黄庭坚全集》，第 1 册，第 202 页。
⑤ 黄庭坚：《书十棕心扇因自评之》，载《黄庭坚全集》，第 3 册，第 1401 页。
⑥ 黄庭坚：《跋雷太简梅圣俞诗》，载《黄庭坚全集》，第 2 册，第 662 页。

歌创作，借鉴梅尧臣覃思精微而笔力遒劲的句法，讲究意新语工，用字奇警而出之自然，有于句上求远的特色。如"寒虫催织月笼秋，独雁叫群天拍水"①、"落木千山天远大，澄江一道月分明"②、"梦幻百年随逝水，劳歌一曲对青山"③，这些诗句立意规模远大，又精于炼字炼句，做到了"覆却万方无准，安排一字有神"④。杰句高境里有健笔奇气，可谓"句中有眼"。

三

宋代书法散发文人趣味，宋诗亦多为文人之诗，苏、黄在这两方面都具有代表性。卓越的天资和才华，深厚的人文学养及悟性，使他们的书法和诗歌创作没有停留在技艺层面，而深入治心养气的品格修养领域，以为求妙于笔，不如求妙于心。才高者"心法"无轨，信手自然而超轶绝尘，妙在笔墨之外。学深者道技两进，抖擞俗气而痛快沉着，达到不烦绳削而无斧凿痕的"至法无法"之境。

宋代书法"四大家"谁排第一，当时和后世都有不同说法。苏轼推举蔡襄，他说："独蔡君谟书，天资既高，积学深至，心手相应，变态无穷，遂为本朝第一。"⑤ 但黄庭坚以为"本朝善书，自当推为第一"的是苏轼，他说"蜀人极不能书，

---

① 黄庭坚：《听宋宗儒摘阮歌》，载《黄庭坚全集》，第 1 册，第 99 页。
② 黄庭坚：《登快阁》，载《黄庭坚全集》，第 2 册，第 1100 页。
③ 黄庭坚：《光山道中》，载《黄庭坚全集》，第 3 册，第 1270 页。
④ 黄庭坚：《荆南签判向和卿用予六言见惠次韵奉酬四首》其三，载《黄庭坚全集》，第 1 册，第 203 页。
⑤ 苏轼：《评杨氏所藏欧蔡书》，载《苏轼文集》，第 5 册，第 2187 页。

而东坡独以翰墨妙天下，盖其天资所发耳"①。他们推选的人虽不同，所持的标准是一样的，看重天资与学问。若论天赋才华，苏轼自然远在蔡襄之上，其学问亦非常人可比。黄庭坚《东坡居士墨戏赋》说：

> 夫惟天才逸群，心法无轨，笔与心机，释冰为水。立之南荣，视其胸中，无有畦畛，八窗玲珑者也。②

天才者文成法立，随心所欲而不逾矩，其"心法"乃"无法之法"。所谓"笔与心机"，指神采生于用笔，而气韵本乎游心。受庄学和禅学的影响，宋人评文论艺常追溯心源，如郭若虚谈到"一笔书"和"一笔画"时说："乃是自始及终，笔有朝揖，连绵相属，气脉不断。所以意存笔先，笔周意内，画尽意在，像应神全。夫内自足，然后神闲意定，神闲意定则思不竭而笔不困也。"③ 内心做到神闲意定，则心能转腕，手能转笔，书画便如人意。苏轼说："我书意造本无法，点画信手烦推求。"④新意出自吾心，而非古人法度，所以在与黄庭坚谈论书法时，他引张融语表明自己的心志："不恨臣无二王法，恨二王无臣法。"⑤"二王"中的王羲之，素有"书圣"之称，可苏轼认为自己的"臣法"未必不如"王法"，言下不乏庖丁解牛游刃有余而提刀四顾的踌躇。

---

① 黄庭坚：《论子瞻书体》，载《黄庭坚全集》，第 3 册，第 1433 页。
② 黄庭坚：《东坡居士墨戏赋》，载《黄庭坚全集》，第 1 册，第 299 页。
③ 郭若虚：《图画见闻志》，人民美术出版社 1963 年版，第 16 页。
④ 苏轼：《石苍舒醉墨堂》，载《苏轼诗集》，第 1 册，第 236 页。
⑤ 苏轼：《跋山谷草书》，载《苏轼文集》，第 5 册，第 2202—2203 页。

对于苏轼书法意造天成而不受古人法度拘束，黄庭坚持充分肯定的态度，他说："余尝评东坡善书，乃其天性。"① 针对某些士大夫讥东坡用笔不合古法的言论，他强调指出："二王以来，书艺超轶绝尘，惟颜鲁公、杨少师相望数百年，若亲见逸少，又知得于手而应于心，乃轮扁不传之妙……晚识子瞻，评子瞻行书，当在颜、杨鸿雁行，子瞻极辞谢不敢。"② 将超轶绝尘视为用笔的最高境界，认为自东晋以来能达此境者不过数人而已。他说："东坡先生常自比于颜鲁公。以余考之，绝长补短，两公皆一代伟人也。至于行草正书，风气皆略相似。"③ 也就是说，苏轼的书法像颜真卿一样，已达到了可与"二王"比肩的超轶绝尘的入圣之境。"绝尘"指无俗气，"超轶"谓用笔已出于绳墨之外，属于"无法之法"。苏轼《评草书》云："书初无意于佳，乃佳尔。"④ 他表扬释智永的千字文："非不能出新意求变态也，然其意已逸于绳墨之外矣。"⑤ 苏轼本人的书法和诗歌创作，信手点画，脱口快语，如不经意而出之，却纵横洒脱自成一家，字里行间带有英风逸气，将不受绳墨拘束的超轶绝尘表现得淋漓尽致。

苏轼对诗僧思聪说："古之学道，无自虚空入者。轮扁斫轮，伛偻承蜩，苟可以发其巧智，物无陋者。聪若得道，琴与书皆与有力，诗其尤也。聪能如水镜以一含万，则书与诗当益奇。"⑥ 用水镜喻心体的空明，心可蕴涵万物，故于诗和书艺也

① 黄庭坚：《跋东坡叙英皇事帖》，载《黄庭坚全集》，第 2 册，第 773 页。
② 黄庭坚：《跋李康年篆》，载《黄庭坚全集》，第 2 册，第 686—687 页。
③ 黄庭坚：《题欧阳佃夫所收东坡大字卷尾》，载《黄庭坚全集》，第 2 册，第 775 页。
④ 苏轼：《评草书》，载《苏轼文集》，第 5 册，第 2183 页。
⑤ 苏轼：《跋叶致远所藏永禅师千文》，载《苏轼文集》，第 5 册，第 2176 页。
⑥ 苏轼：《送钱塘僧思聪归孤山叙》，载《苏轼文集》，第 1 册，第 326 页。

可以得道。他在《跋秦少游书》里说："少游近日草书，便有东晋风味，作诗增奇丽。乃知此人不可使闲，遂兼百技矣。技进而道不进，则不可，少游乃技道两进也。"①　其实，作草书过程中的技道两进，黄庭坚的表现更为突出，他说："予学草书三十余年，初以周越为师，故二十年抖擞俗气不脱。晚得苏才翁、子美书观之，乃得古人笔意。其后又得张长史、僧怀素、高闲墨迹，乃窥笔法之妙。"②　将"抖擞俗气"作为窥"笔法之妙"的前提条件。他以为"若夫燕荆南之无俗气，庖丁之解牛，进技以道者也。文湖州之得成竹于胸中，王会稽之用笔如印印泥者也……妙万物以成象，必其胸中洞然。好学者天不能掣其肘"③。苏轼称吴道子为画圣，张旭为草圣，而黄庭坚认为："夫吴生之超其师，得之于心也，故无不妙；张长史之不治它技，用智不分也，故能入于神。夫心能不牵于外物，则其天守全，万物森然出于一镜，岂待含墨吮笔，槃礴而后为之哉！故余谓臻：欲得妙于笔，当得妙于心。"④　在黄庭坚看来，书画中的禅就是心之妙。如果说技进于道是庄学的意境，那么"得妙于心"则与禅学相关联。

苏、黄对"心法"都很重视，有意将"得心应手"的技艺与"治心养气"的品格修养融会贯通，具有由庄入禅的时代特点。作为反映禅门宗趣的"句中有眼"说，不仅可以喻指"字中有笔"的书法作品，也与作者的"法眼""道眼"有关系。黄庭坚说："余尝评书云'字中有笔，如禅家句中有眼'，直须

①　黄庭坚：《跋秦少游书》，载《苏轼文集》，第 5 册，第 2194 页。
②　黄庭坚：《书草老杜诗后与黄斌老》，载《黄庭坚全集》，第 3 册，第 1406 页。
③　黄庭坚：《刘明仲墨竹赋》，载《黄庭坚全集》，第 3 册，第 1362 页。
④　黄庭坚：《道臻师画墨竹序》，载《黄庭坚全集》，第 1 册，第 416 页。

具此眼者，乃能知之。"① 所谓"具此眼者"指作者或观书者而言。他以为世间之事，"若以法眼观，无俗不真；若以世眼观，无真不俗"②。法眼与世眼的区别，则在于心源的清净与否。黄庭坚有诗云：

> 江津道人心源清，不系虚舟尽日横。道机禅观转万物，文采风流被诸生。③

本心澄明的禅观，亦可称"正法眼藏"，不仅有利于"抖擞俗气"的品格修养，亦可使人于艺术修炼中产生相当于灵感的顿悟。黄庭坚说："钱穆父、苏子瞻皆病予草书多俗笔。盖予少时学周膳部书，初不自寤，以故久不作草。数年来犹觉湔被尘埃气未尽，故不欲为人书。"④ 俗气就是尘埃气，亦可称为俗尘，而俗尘在释典里多喻烦恼。心如澄江秋月，自可抖擞俗气，消除烦恼，所谓"无人知句法，秋月自澄江"⑤。心性澄明的修养工夫，让黄庭坚能坦然面对人生的磨难，也使他的书艺不断进步，于是"乃知世间法，非有悟处，亦不能妙"⑥。黄庭坚的"乃窥书法之妙"，除了取法古人和得江山之助外，还与他晚年的"顿悟草法"有关，一是"绍圣甲戌，在黄龙山中，忽得草书三昧，觉前所作太露芒角"⑦。再就是元符三年（1100

---

① 黄庭坚：《跋法帖》，载《黄庭坚全集》，第 2 册，第 719 页。
② 黄庭坚：《题意可诗后》，载《黄庭坚全集》，第 2 册，第 665 页。
③ 黄庭坚：《再次韵兼简履中南玉三首》其二，载《黄庭坚全集》，第 1 册，第 173 页。
④ 黄庭坚：《跋与徐德修草书后》，载《黄庭坚全集》，第 2 册，第 676 页。
⑤ 黄庭坚：《奉答谢公静与荣子邕论狄元规孙少述诗长韵》，载《黄庭坚全集》，第 1 册，第 12 页。按："秋月自澄江"出自寒山诗"吾心似秋月，碧潭清皎洁"。
⑥ 黄庭坚：《笔说》，载《黄庭坚全集》，第 3 册，第 1689—1690 页。
⑦ 黄庭坚：《书自作草后》，载《黄庭坚全集》，第 2 册，第 677 页。

年），他在成都为李致尧作行草时，"耳热眼花，忽然龙蛇入笔，学书数十年，今夕所谓鳌山悟道书也"①。在"得草书三昧"并"悟道"之后，黄庭坚的书艺突飞猛进，以至"想初檗礴落笔时，毫端已与心机化"②。如本分衲子参禅，一旦悟入感觉就是不一样。他"书老杜巴中十诗，颇觉驱笔成字，都不为笔所使，亦是心不知手，手不知笔，恨不及二父时耳。下笔痛快沉着，最是古人妙处"③。黄庭坚多草书长卷精品传世，如《诸上座帖》《廉颇蔺相如传》《李白忆旧游诗卷》等。他晚年的草书技艺炉火纯青，以圆劲流转的线条分割创造神奇美妙的视觉空间，体势纵横开阔，擒纵收放自如，达到随心所欲而不逾矩的境界，其落笔如龙蛇腾雾，似挥云转石，痛快沉着而若有神助。

与苏轼天才逸群的"意造本无法"不同，黄庭坚是通过长期的学习实践，才达到"心不知手，手不知笔"的"无法"境界。他说："张长史折钗股，颜太师屋漏法，王右军锥画沙、印印泥，怀素飞鸟出林、惊蛇入草，索靖银钩虿尾，同是一笔，心不知手，手不知心法耳。"④将古人的种种笔法，归结为"同是一笔"的任运自然之法，以心手两忘为旨归，这是"至法无法"的境界。有别于以前对古法、古意的执着，黄庭坚晚年这么说：

老夫之书本无法也，但观世间万缘如蚊蚋聚散，未尝

① 黄庭坚：《李致尧乞书卷后》，载《黄庭坚全集》，第3册，第1408页。
② 黄庭坚：《观王熙叔唐本草书歌》，载《黄庭坚全集》，第3册，第1243页。
③ 黄庭坚：《书十棕心扇因自评之》，载《黄庭坚全集》，第3册，第1401页。
④ 黄庭坚：《论黔州时字》，载《黄庭坚全集》，第2册，第680页。

一事横于胸中，故不择笔墨，遇纸则书，纸尽则已，亦不计较工拙与人之品藻讥弹。譬如木人，舞中节拍，人叹其工，舞罢则又萧然矣。①

这是受禅学影响所形成的认识，一切随缘自适，要以"无心""无意"除去"我执"，以"无法"除去"法执"，不计工拙而任自然。参禅工夫以"治心"为本，黄庭坚说："无心万事禅，一月千江水。"② 又说："今夫学至于无心，而近道矣。"③ 所谓"无心"，指心体的空明澄静。"无心"才能悟道，才能"虚心观万物，险易极变态。皮毛剥落尽，惟有真实在"④。黄庭坚《跋翟公巽所藏石刻》说："禅家云：'法不孤起，仗境方生。'悬想而书，不得一二。"⑤ "法"指"心法"，"境"指世间万缘，心生则种种法生，心寂则尘缘尽，如木人舞罢萧然，无法可言。在空明寂静的"无心"状态下，方能做到心手两忘、言意两忘，达到无意为文和无斧凿痕的自然天成之境。黄庭坚《大雅堂记》说："子美诗妙处，乃在无意于文。夫无意而意已至。"⑥ 其《与王观复书》云："所寄诗多佳句，犹恨雕琢功多耳。但熟观杜子美到夔州后古律诗，便得句法。简易而大巧出焉，平淡如山高水深，似欲不可企及，文章成就，更无斧凿痕，乃为佳作耳。"⑦ 无斧凿痕者不烦绳削而自合。从得心应手

① 黄庭坚：《书家弟幼安作草后》，载《黄庭坚全集》，第 2 册，第 687 页。
② 黄庭坚：《五祖演禅师真赞》，载《黄庭坚全集》，第 2 册，第 583 页。
③ 黄庭坚：《杨概字说》，载《黄庭坚全集》，第 2 册，第 625 页。
④ 黄庭坚：《次韵杨明叔见饯十首》其八，载《黄庭坚全集》，第 1 册，第 57 页。
⑤ 黄庭坚：《跋翟公巽所藏石刻》，载《黄庭坚全集》，第 2 册，第 767 页。
⑥ 黄庭坚：《大雅堂记》，载《黄庭坚全集》，第 2 册，第 437 页。
⑦ 黄庭坚：《与王观复书》，载《黄庭坚全集》，第 2 册，第 471 页。

的"道技两进"，到心手两忘的"至法无法"境界，在书法和诗歌创作领域实现了禅学对庄学的超越。黄庭坚晚年的《观化》诗云："身前身后与谁同，花落花开毕竟空。千里追奔两蜗角，百年得意大槐宫。"[①] 已近于彻悟了。若依照禅门宗趣，心外无法，平常心是道，一切笔墨文字不过是"戏论"而已。

（原刊《文学遗产》2010 年第 2 期）

---

① 黄庭坚：《观化十五首》其十三，载《黄庭坚全集》，第 3 册，第 1321 页。

明代文学思想个案研究的整体观照

□ 罗宗强

　　明代文学思想的发展脉络不易理清。文学思潮大的趋向较为清楚，但是不同思想的交错与相互渗透，则就复杂得多，让人有一种纷如理丝之感。明代中期以后，更是如此。要理清脉络，理想的方法是从个案做起。但是，任何一个个案，又都离不开种种的关系。我常常考虑一个问题：何以洪武、永乐两朝文学思想的发展比较清晰，而到了嘉靖以后，线索就纠缠不清了？洪武朝朱元璋说了几句话，颂美与雍容典雅的文风就成为主潮。永乐朝朱棣推行程朱理学，编《性理大全》，提倡齐政治而同风俗，传圣贤之道，鸣国家之盛，颂美功德，发为治世之音，引导着台阁文学的发展。但是到了嘉靖以后，帝王的爱好与朝廷的提倡，就没有那么大的力量了。嘉靖皇帝好青辞，但青辞只有少数廷臣为谄媚而作，于文风并无影响。嘉靖四十五年（1566 年）六月礼部奏称："至于文体敝坏，内而两都，外而列郡，靡然同风。"并把文风的敝坏归之于书商刻书："其弊皆由书肆刊文盛行，便于采摘。请悉按天下私鬻冗书无当实用者，一切铲毁。"[1] 这奏疏

---

① 《明世宗实录》卷五五九，台湾历史语言研究所校勘本，第 8979—8980 页。

得到嘉靖皇帝的认可，但是文风照样多元化，书商照样大量刊书。隆庆六年（1572年）十二月，礼部又有人上疏称："近来时文，浸失旧制，险怪钩棘，破析文义，冗长厌观，虽时加禁革，难以猝改。"① 文风已经影响到向以尊经雅正为标准的时文上了，朝廷要纠正，也仍然纠正不了，因为试官本身的爱好就是榜样。万历十五年（1587年）正月，礼部又奏："近来士子，为文不用六经，甚取佛经道藏，摘其句法口语为之，敝至此极！"希望皇帝查处。皇帝批道："近来文体，轻浮险怪。依拟，各提学官仍将考取优卷送部稽查，如有故违者，从重参治。"② 虽有皇帝谕旨，照样没能解决问题，于是万历十六年（1588年）就处分官员了："以文体险怪，夺浙江提学官苏俊等俸各两月。"③ 虽处分官员，也仍然不管用。万历二十四年（1596年）问题依然存在："礼部复禁文体诡异，行各省直提学官，将试卷限岁底解部。得旨：'尔来文体险怪，屡经明旨申，全无改正。所奏依拟，着实举行，以后提学官务查有无转移士习为殿最，不许概拟升转。'。"④ 从文风追究到士风上来了，但一切依然如故。万历三十四年（1606年）又提出类似问题。为什么洪武、永乐朝能做到的事，嘉靖、万历朝就无法做到？这是一个很有意思的问题。我们以往研究古代文论，不大重视朝廷的文化政策。文学思潮的变化，虽有种种的因素，但是政局的变化，却是一个大的环境。洪武、永乐朝，朝廷有权威有凝聚力，政策也较为严厉，且易于推行；嘉靖、万历朝，朝廷威

---

① 《明神宗实录》卷八，第 298 页。
② 《明神宗实录》卷一八三，第 341 页。
③ 《明神宗实录》卷一九七，第 3710 页。
④ 《明神宗实录》卷三〇四，第 5701—5702 页。

权已丧失，除了张居正万历头十年的改革之外，其余时间文化政策也较为宽松，举一例即可说明。隆庆五年（1571年），"广东东莞人陈建私辑《皇明资治通纪》，具载国初至正德间事，梓行四方，内多传闻失真者"①。私人修史，是重罪。但此事处理甚为宽松，只是焚毁原板，令史馆不得采用而已，并未加陈建罪。社会生活的变化，思想的多元，朝廷文化政策的较为宽松，互为因果，研究不同时段的文学思想个案，这个大的政局环境是无法忽略的。

另一个需要面对的问题，是社会思潮和生活情趣。我们有时遇到这类问题时，较容易注意社会思潮而不大注意生活情趣。陈献章和王阳明、佛和庄，对于明代后期文学思想发展影响之巨大，难以估量。个案研究时受到何种思想影响常常是题中应有之义，但如果不考虑到生活情趣，思想影响有时也可能说不清。比如说，嘉靖末至隆万时期的一些文人，如沈明臣、王伯谷、卓明卿、孙七政、王伯稠、屠隆、冯梦祯、沈懋学、莫是龙、潘之恒等等这一群文人的生活情趣，就是游、酒、妓、禅，有的还加上求仙和演剧。这些情趣在他们身上融合无间。他们有时甚至携妓入禅寺，如孙七政。（孙七政《孙齐之松韵堂集》卷三就有《同武林俞八爹史携妓游拂水禅院》："峰头萧寺绕烟霞，春半江山丽物华。仙醒欲求千日醉，佳人共驻七香车。舞裙却藉空门草，歌扇偏随碧涧花。为有风光供谢客，五湖舟楫未还家。"）了解了他们的生活情趣，才有可能了解他们对于禅、仙和心学的理解。而且，他们的生活情趣在他们的文学思想形成中，也关系至大，这只要看他们诗歌创作

①《明神宗实录》卷六一，第1491页。

的题材选择就可明白。生活情趣往往是社会思潮的某种呈现，研究文学思想，不可避免地会涉及范畴、概念的问题，最简单的办法是追溯语源。但追溯语源不可能真正解决问题。不同时期、不同人使用，同一个范畴和概念的含义是很不同的。那不同的含义之间有没有内在联系，联系在什么地方？其中是如何变化的？就需要认真地清理。如性灵，这个范畴萌发于何时？成熟于何时？成熟之后它的内涵与外延在何处？指称人的性灵与指称创作的一种状态的性灵有何不同？朱熹所说的性灵与屠隆、袁宏道所说的性灵有何不同？等等。同是性灵，"性灵豁畅""性灵廓彻""性灵恶赖""性灵屈折郁抑"以及性灵可损可养等等，此性灵与彼性灵并非同一所指。并非文章中有"性灵"二字，就是性灵说的提倡者。那么，它的限定范围在何处，就是一个需要认真研究的问题。有研究者把它联系到抒情上来。重视抒情，是中国文论的一个重要传统，我们不能把它都看作性灵论。即以明代而言，明初以来，抒情说就不断。王行、陈谟、林右、吴宽、王鏊、李东阳等人，都有重抒情的言说；复古派也有求抒情的言论。我们不能把他们的思想都看作提倡性灵说。即就抒情说而言，此抒情说与彼抒情说，也是很不同的：有的是求抒性情之正，"正"，是道德约束；有的则追求自然情性，求抒人性本然之情。又如"复古"与"崇古"，是两个不同的概念，我们不能把两者等同起来。在文学思想史上，崇古的言论多得很，但不是提倡复古。即以明代而言，王世贞所说的"后五子""广五子""续五子""末五子"以至"四十子"等等，并不都是他要网罗的复古派。他们之间的文学观念差别是很大的。以屠隆为例，他说古文与古诗好，但是他并不是文学复古论者。他颂美王世贞、李攀龙与汪道昆，但在他给王世贞的二十七封信和给汪道昆的九封信①中，谈的多是三教关系、仙佛修持和日常事务，既没有要求参加复古，也没有谈论有关复古的理论问题。他倒是处处反对摹古拟古，并且还有不少对李攀龙、王世贞的批评。说他颂扬王、李、汪（屠隆给人写信、写序，无不给予颂扬），说他崇古可以，说他复古，则就不确。这些都关系到文学思想个案研究中全面观照的问题。

明代文学思想的个案研究，不仅涉及理论批评，亦涉创作倾向。忽略创作倾向来谈文学思想，并不全面。我以前举过一个例，说明理论阐述与创作的实际追求不同。② 还可以再举一例，有研究者称屠隆的性灵说在万历二十三年（1595年）他见到袁宏道之后才产生。此说若检视屠隆诗文，即应重新考虑。万历八年（1580年）屠隆在青浦任上，诗已经纵情抒发，文已经行云流水，独抒性灵已经在创作中表现出来，与李攀龙、王世贞辈的诗文风貌完全不同，没有丝毫复古迹象。文学思想的研究离开创作实际，是很难论定的。

即使在个案内部，也存在一个全面观照的问题。有一个时期，我们研究明代商人，总是围着儒商转。儒商问题的最初提出，主要是根据商人墓志、传记。死者家属出钱请名人写墓志，有谁在墓志里说墓主是奸商？我不是说没有儒商，只是说有儒商也有奸商。只要认真读一读《明实录》，材料有的是。更不要说读笔记了。商人墓志中多以"侠"颂美墓主。侠指济人急难。袁宏道就说他在当时就不大相信墓志上的话。他说为

① 据《由拳集》《白榆集》《栖真馆集》《鸿苞》统计。
② 参见拙作《隆庆万历初当政者的文学观念——以1567至1582年为中心》，《文学遗产》2005年第4期。

商人撰墓志必称侠，为县令撰墓志必称河阳，此套语耳。汪道昆出身于巨商家族，他为儒商程锁撰墓表，说："余惟乡俗不儒则贾，卑议率左贾而右儒。与其为贾儒，宁为儒贾，贾儒则狸德也。以儒饰贾，不亦蝉蜕乎哉！"① 他当然没有提到奸商问题，但他把又贾又儒的家庭分为两类：贾儒和儒贾，并且说贾儒是"狸德"。我们在考虑商人对于明代文学观念的影响时，给予全面的观照，或者能把问题说得更有分寸一些。

明代文学思想留下来的材料极多，也较为复杂，特别是后期，多种思想错综纠结，社会生活正处于变动之中，个案研究如果在细致清理材料时给予全面观照，有可能做出更为真实的描述。在研究明代文学思想个案时，如果能观照前代的文学观念，考其联系与差别，有可能给予更为准确的定位；如果对前代文学作品有较为深入的了解，加以比较，有可能对作品的好坏评价更为贴切；如果能对个案周围的方方面面有所了解，则解读有可能更接近真实。当然，全面的观照，工作量会很大，有时为研究一部别集，十数部甚至更多的别集都得看，且不说经子史的相关材料了。目的呢，都是为了更好地解读个案。

（原刊《文学遗产》2011 年第 3 期）

---

① 汪道昆：《明处士休宁程长公墓表》，载汪道昆撰《太函集》卷六一，黄山书社
　2004 年版，第 1265 页。

高启之死与元明之际文学思潮的转折

□ 左东岭

　　《四库全书总目提要》在评价高启时说："启天才高逸，实据明一代诗人之上。其于诗，拟汉魏似汉魏，拟六朝似六朝，拟唐似唐，拟宋似宋，凡古人之所长，无不兼之。振元末纤浓缛丽之习而返之于古，启实为有力。然行世太早，殒折太速，未能熔铸变化，自成一家，故备有古人之格，而反不能名启为何格。此则天实限之，非启过也。特其摹仿古调之中，自有精神意象存乎其间。"① 此处既肯定了高启在明代诗歌史上的崇高地位，又指出其模拟的不足，更进一步剖析其模仿中而又有自我精神意象存在的独特性，因而此段话历来被学者视为对高启评价的权威结论，从而屡屡被后人所征引。同样对后世造成深刻影响的，还有如下的看法，即高启之未能做到自成一家而取得更大的创作成就，其原因则在于过早地死于非命。此种看法使学者们在谈起高启时一方面惋惜其早逝，一方面痛恨朱元璋对于文学的扼杀。其实，四库馆臣的此种感叹只具备同情的情感倾向，而并不是经过深思熟虑的学术判断。高启所以没

---

① 永瑢等主编：《四库全书总目提要》卷一六九，中华书局1983年版，1472页。

有取得理想的创作成就，是由于他已经不具备原来的创作条件与创作心境，换句话说，就是整个文学思潮已经发生转折，高启在这种情况下不可能在创作上有什么新的进展与新的成就，即使他不被腰斩而依然存活在世，也照样不能取得更大的成就。高启之死的价值在于它鲜明地体现了元明之际文学思潮的转折，从而成为文学思潮发生转向的一个标志。

一

关于高启的死因，学术界已经有过许多的考辨与推测，应该说都有一定的根据与道理。但本文要指出的是，高启肉体生命的存在或毁灭也许会有种种的意外与机缘，而其精神世界的苦闷与文人个性的摧折则是无可避免的。高启最得意的时期恰恰是元代末年的战乱频仍之时，当时他或在吴中之北郭与杨基、张羽、徐贲等朋友赋诗饮酒，或在松江之青丘啸傲自乐，用他诗中经常用到的话说就叫作"闲"与"懒"，其有诗曰："移家到渚滨，沙鸟便相亲。地僻偏容懒，村荒却称贫。犬随春馌女，鸡唤晓耕人。愿得无愁事，闲眠老此身。"① 但这种"闲懒"只是相对于功名利禄的进取而言的，而并不是饱食终日无所用心的慵散。与闲懒密切相关联的是孤高的个性、自由的心境、雅致的情趣与饱满的诗思。像高启这样的闲淡超然之士在元代绝不是少数，而是作为一个有异于其他朝代的文人群体而出现的，尤其是在元末，出现了以顾瑛为首的玉山雅会的

---

① 高启：《郊墅杂赋》十六首其五，载《高青丘集》，上海古籍出版社 1985 年版，第 524 页。

文人集团，出现了像杨维桢那样的怪异之人，出现了像王冕那样的隐逸高士。以高启为代表的所谓"吴中四杰"只不过是其中的一个部分而已。文人出现此种特性乃是元代诸多复杂历史因素融汇的结果。元代少数民族统治的民族隔阂与尚武重吏的政治现实，使得原本在政治生活中占据中心位置的儒士群体迅速地边缘化，从而造成了所谓"九儒十丐"的说法。文人中的大多数当然还没有放弃对于功名的追求与济世经国的自期，同时也不乏仕途上的成功者，但成功者的数量已大为减少，追求的过程又充满挫折与烦恼，于是许多元代文人都经历过一个求取功名——挫折失败——归于隐逸的人生历程，从而在整体处于政治边缘化的位置。此种边缘化的现实逐渐孕育出一种旁观者的心态，所谓"不占龙头选，不入名贤传。时时酒圣，处处诗禅。烟霞状元，江湖醉仙。笑谈便是编修院。留连，批风抹月四十年"①。

这种旁观者的心态在元末达到极致，比如从至正八年（1348 年）至十六年（1356 年），在周围到处都是烽火战乱的环境中，顾瑛依然可以在其玉山草堂组织一次又一次的诗酒雅会，而数以十计的文坛名流竟然也可以心安理得地吟诗作赋，高谈阔论。诗人兼画家的王冕则更绝妙："著作郎李孝光数荐之府吏。冕骂曰：'吾有田可耕，有书可读，肯朝夕抱案立庭下，备奴使哉！'"② 然后就隐居山中专心致志地写诗作画去了。而且他是在预知天下将乱，"不满十年，此中狐兔游"的情况下归隐山中的，可知他对元政权是以旁观者自居而不愿担负任

---

① 乔吉：《自述》，载隋树森编《全元散曲》，中华书局 1981 年版，第 575 页。
② 宋濂：《王冕传》，载宋濂著，罗月霞主编《宋濂全集》，浙江古籍出版社 1999 年版，第 1474 页。

何的政治责任。"吴中四杰"则更突出，至正二十七年（1367年），当朱元璋大军围攻苏州时，高启等人竟"聚首辄啜茗树下，哦诗论文以为乐"①。在他们看来，腐败透顶的朝廷、庸碌无能的张士诚与气势汹汹的朱元璋，都没有必要过于亲近，都没有他们饮茶作诗更重要。在中国历史上，文人的个性伸张与精神自由，往往是与对政治的疏离相伴而来的，在此又一次得到了证实。

高启也经历了一个从壮志满怀到失望隐居的人生历程，其《赠薛相士》一诗对此总结说："我少喜功名，轻事勇且狂。顾影每自奇，磊落七尺长。要将二三策，为君致时康；公卿可俯拾，岂数尚书郎？回头几何年，突兀渐老苍。始图竟无成，艰险嗟备尝。归来省昨非，我耕妇自桑。"② 与其前辈不同的是，身处元末动乱之中的高启并非没有机会出仕，当时的张士诚、朱元璋和元朝朝廷都急于网罗才能智勇之士以为己用，高启本人就曾明确指出："今天下崩离，征伐四出，可谓有事之时也。其决策于帷幄之中，扬武于军旅之间，奉命于疆场之外者，皆上之所需而有待乎智勇能辨之士也。"③ 但高启依然坚持不出，尽管"吴中四杰"的其他成员在当时或主动或被动地任职于张士诚政权中，高启却依然啸歌于吴淞之青丘。究其原因，则其《摸鱼儿·自适》一词言之甚明："近年稍谙时事，旁人休笑头缩。赌棋几局输赢注，正似世情翻覆。思算熟。向前去不如，退后无羞辱。三般检束。莫恃微才，莫夸高论，莫趁闲追逐。

---

① 王彝：《衍师文稿序》，载《王长宗集》卷二，《景印文渊阁四库全书》，台湾商务印书馆1986年版，第1229册，第411页。

② 高启：《高青丘集》，第270页。

③ 高启：《娄江吟稿序》，载《高青丘集》，第892—893页。

虽都道，富贵人之所欲。天曾付几多福。倘来入手还须做，底用看人眉目。聊自足。见放著有田可种，有书堪读。村醪且漉。这后段行藏，从天发付，何须问龟卜。"① 在此，他指出了两点归隐的理由，一是群雄相争，世情反复，未知最终鹿死谁手；二是替人当差，受人指使，须要看人眉目，从而失去了自我的独立性。关于后一点，他在《瞻木轩》诗中有过更直率的表白，即所谓"君子贵独立，依附非端良"②。可知高启所以选择隐居的生活而做诗人，除了对于诗歌的酷爱之外，最重要的还在于他能够保持自我的独立与自由，从而守住文人的人格节操。

当然，能够闲散自由地隐居、赋诗、饮酒而保持自我的独立，不仅需要具备文人的主观条件，同时还要拥有一个宽松的社会环境，在元代则恰好为其提供了此一机遇。文人们在被朝廷边缘化之后，其实在一定程度上成了一群无人管束的自由阶层。遵循宋代以来的传统，文人们主要从事讲学与作诗两大行当，尤其是在江南地区就更是如此。有元一代，书院林立，诗社迭起，与此种既轻视文人又放纵文人的政治环境是密切相关的。后来王世贞曾带着羡慕的语气追忆说："当胜国时，法网宽，人不必仕宦。浙中每岁有诗社，聘一二名宿如廉夫辈主之，刻其尤者以为式。饶介之仕伪吴，求诸彦作《醉樵歌》，以张仲简第一，季迪次之。赠仲简黄金十两，季迪白金三斤。"③ 当时的吴越一带曾先后有两个文人集团最可瞩目，一个

---

① 高启：《高青丘集》，第 973 页。
② 高启：《高青丘集》，第 242 页。
③ 王世贞：《艺苑卮言》卷六，载丁福保辑《历代诗话续编》，中华书局 1997 年版，第 1040 页。

是以顾瑛的玉山草堂为中心的松散诗人群体，他们体现了元代文人处于政治边缘的自由闲散的生活方式；另一个是以"吴中四杰"为核心的文人群体，他们处于张士诚的势力范围之内。张士诚在政治上缺乏远大目光而只图自保，但对文人则较为优待，为其所用则予以优厚待遇，不为其所用亦听其自便，所以当时的文坛盟主杨维桢与年轻新秀高启都曾拒绝其征召而得以安然隐居。正是在如此环境中，高启才能享受那一份潇洒与自由，他在《青丘子歌》中自我描绘说："蹑履厌远游，荷锄懒躬耕。有剑任锈涩，有书任纵横，不肯折腰为五斗米，不肯掉舌下七十城。但好觅诗句，自吟自酬赓。""朝吟忘其饥，暮吟散不平。当其苦吟时，兀兀如被醒。头发不暇栉，家事不及营。儿啼不知怜，客至不果迎。不忧回也空，不慕猗氏盈。不惭被宽褐，不羡垂华缨。不问龙虎苦战斗，不管乌兔忙奔倾。""世间无物为我娱，自出金石相轰铿。江边茅屋风雨晴，闭门睡足诗初成。叩壶自高歌，不顾俗耳惊。"① 尽管这是带有极大的夸张与想象的文学描绘，不等于现实中的作者，但考诸高启生平，还是大致能够体现其当时的人生行为与精神状态的。

但是在入明之后，文人们在元代所拥有的环境全都改变了。朱元璋总结元朝灭亡的原因，认为官吏贪污与法网松弛是主要因素，故曰："建国之初，当先正纲纪。元氏昏乱，威福下移，法度不行，人心涣散，遂致天下骚动。"②《明史·刑法志》则曰："太祖开国之初，惩元季贪冒，重绳赃吏。"面对在元代社会中闲散自由惯了的文人群体，朱元璋必须解决两个问

---

① 高启：《高青丘集》，第433—434页。
② 谷应泰：《明史纪事本末》，中华书局1977年版，第25页。

题，既要让他们出山为朝廷服务，又要让他们在规定的体制内规规矩矩地服务。明初朝廷曾充满热情地连续下诏书征召山林隐逸之士，却同时又连连摧折儒士名流。对此钱穆先生曾总结说："元政大弊，端在重吏而轻儒。明祖之起，其敬礼而罗致之者固多儒，且亦以儒道而罗致之。然其所以录用之者，则仍未免循元之弊。盖以旧之用吏者用儒，儒有不能吏事者，亦有不愿自屈为吏者。方其未仕，敬礼之，优渥之，皆所以崇儒也。及其既仕，束缚之，驰骤之，皆所以驭吏也。在上者心切望治，有其可谅。而在下者之不安不乐，宁求隐退以自全，亦有未可一概而议者。"① 儒召之而吏用之，这是元明易代之际文化变迁与承袭相混合的典型特征，钱先生之概括基本准确。说基本准确是因为朱元璋之视儒为吏除却望治心切外，更要通过各种手段将文人纳入既定的规范秩序之中，而要守规矩，其前提即在摧折其个性与限制其野性。

高启不幸遭遇到这样的时代，从而使他无论在朝与在野都感到严重的不适应，在朝时不仅具有京城做客的孤独感，更有种种礼节制度对其闲散自由个性的限制，其他种种不便不必多言，单是早出晚归的朝参就使之苦不堪言："关吏收鱼钥，趋朝阻向晨。忘鸣鸡睡熟，倦立马嘶频。柝静霜飞堞，钟来月堕津。可怜同候者，多是未闲人！"② 在高启的眼中，他不如那些熟睡的鸡，它们可以忘记打鸣而熟睡，却不会被朝廷追究罪过，可自己立在宫门前，连马都等得不耐烦了，却还得耐着性子等下去。由己及彼，他看到周围乃是一群再做不得闲人的同

---

① 钱穆：《中国学术思想史论丛》，安徽教育出版社 2004 年版，第 6 卷，第 133 页。
② 高启：《早出钟山门未开立候久之》，载《高青丘集》，第 474 页。

僚。于是他想到了退隐，他认为自己就是一只草野养成的大雁，根本不适宜养于宫中："野性不受畜，逍遥恋江渚。冥飞惜未高，偶为弋者取。幸来君园中，华沼得游处。虽蒙惠养恩，饱饲贷庖煮。终焉怀惭惊，不复少容与。"① 做官当然有好处，比如宫廷的华贵、生活的优裕，但无论如何他就是感到再没有以前从容自在，还是更留恋那逍遥自在的江浒生涯。然而当高启真正回到他梦寐以求的隐居之地时，他依然感受不到原有的愉快。朋友已经星散，世事已经变迁，诗酒优游的场面已经一去不复返。尽管有人曾考证出洪武时期北郭诗社还一度存在②，但在高启的诗中却很少再出现集中的高谈阔论、饮酒赋诗的场面，所谓"去年秋，余解官归江上，故旧凋散，朋徒殆空"③。高启的确又可以享受其懒与闲的生活了，但此时的懒散已经主要不是潇洒而是无聊了。于是，高启真正陷入了一种"居闲厌寂寞，从仕愁羁束"④ 的两难境地。在一个新王朝中，他找不到自己的位置，他还在按原有的惯性生活，于是就有了与魏观的交往。他们之间的交往不是官与民的关系，而是朋友的关系，这种关系就像当初与饶介的关系一样，可以一起饮酒赋诗，可以相互帮助。果然，为了交往方便，魏观就把高启的家迁到了夏侯里第，以便朝夕亲与；高启也为魏观改造的新府第撰写上梁文，就像当初夸耀饶介一样夸耀魏观说："郡治新还旧观雄，文梁高举跨晴空。南山久养干云器，东海初生贯日虹。欲与龙庭宣化远，还开燕寝赋诗工。大材今作黄堂用，民

---

① 高启：《池上雁》，载《高青丘集》，第 151 页。
② 参见史洪权博士学位论文《高启生平考论》第 4 章 "高启与北郭诗社"。
③ 高启：《送丁至恭河南省亲序》，载《高青丘集》，第 886 页。
④ 高启：《晓起春望》，载《高青丘集》，第 242 页。

庶多归广庑中。"① 不必再追索已经散佚的《上梁文》的内容，也不必再去猜测其《宫女词》是否含有讥讽深意，因为在洪武七年（1374 年）二月已基本完成的《大明律》有"上言大臣德政"曰："凡诸衙门官吏及士庶人等，若有上言宰执大臣美政才德者，即是奸党。务要鞫问，穷究来历明白，犯人处斩，妻子为奴，财产入官。若宰执大臣知情，与同罪；不知者，不坐。"② 仅凭此律便可治高启之罪。魏观当然还算不上"宰执大臣"，但如果联系到朱元璋认为他在伪吴王府旧址上修建府第而有谋逆嫌疑的话，则高启自然也就犯了上言"美政才德"的罪过。不是吗？"南山久养干云器，东海初生贯日虹""大材今作黄堂用，民庶多归广庑中"，这些话在朱元璋看来难道还不够刺眼吗？高启在明代初期只可能有两种选择：一是默默无闻老死草野，二是接受官职甘当循吏，但前提是放弃他伸张的自由个性与文人的清高。他由于不肯放弃这些，所以他必然付出生命的代价。

二

高启的文学创作是与其人格心态密切相关联的，既然他在易代之后无法保持其个性与闲逸生活，那么其创作也必然发生转向从而趋于衰竭。

论及高启的诗歌创作与理论，人们首先看到的是他随事模拟、众体皆备的特征，这当然是不错的。但我以为这对于高启

---

① 高启：《郡治上梁》，载《高青丘集》，第 657 页。
② 《大明律》"吏律一"，法律出版社 1999 年版，第 35 页。

来说并不是最重要的。作为元末文人的代表，高启最应该引起注意的是他专业诗人的身份认同感与追求纯粹审美境界的观念。在《青丘子歌》中，他认为自己的长处与趣味就是："造化万物难隐情，冥茫八极游心兵，坐令无象作有声。微如破悬虮，壮若屠长鲸，清同吸沆瀣，险比排峥嵘。霭霭晴云披，轧轧冻草萌。高攀天根探月窟，犀照牛渚万怪呈。妙意俄同鬼神会，佳景每与江山争。星虹助光气，烟露滋华英，听音谐韶乐，咀味得大羹。世间无物为我娱，自出金石相轰铿。"①从创作体验的角度讲，这是真正的内行之言；从享受的角度言，这是真正的艺术美感。从其实际文学经验出发，高启在《缶鸣集序》中提出了"专意"为诗的"名家"身份认定。他认为古时没有人专门写诗，后世才逐渐出现了"一事于此而不他"的专业诗人，这些人往往"疲殚心神，搜刮物象，以求工于言语之间"，而自己正是这样的角色。他分析自己成为诗人的原因说："余不幸少有是好，含毫伸牍，吟声咿咿不绝于口吻，或视为废事而丧志，然独念才疏而力薄，既进不能有为于当时，退不能服勤于畎亩，与其嗜世之末利，汲汲者争骛于形势之途，顾独此事，岂不少愈哉？遂为之不置。且时虽多事，而以无用得安于闲，故日与幽人逸士唱和于山颠水涯以遂其好。"其中有"少有是好"的先天气质，有权衡自身能力的主动选择，但更重要的是他能够"无用得安于闲"，有宽松的环境与充裕的时间，同时还要有"幽人逸士"的同类相互唱和切磋，所有这些因素加起来才成就了他诗人的身份。这种身份也形成了他的诗歌功能观："虽其工未敢与昔之名家相比，然自得之乐，虽善

---

① 高启：《高青丘集》，第 434 页。

辩者未能知其有异否也。"可见在他的眼中，只要是真正的诗人，作诗都是为了自我的快适，而不是为了外在的目的。但这并不意味着诗人会只顾自我的狭隘生活而放弃诗歌写作的丰富内容，所以他总结自至正十八年（1358 年）到至正二十七年（1367 年）这十年的创作说："凡岁月之更迁，山川之历涉，亲友睽合之期，时事变故之迹，十载之间，可喜可悲者，皆在而可考。"① 这说明高启的诗歌内容是相当丰富的，蔡茂雄先生曾将高启的诗作分为"自述""讽刺""咏史""题画""咏物""咏怀""田园""赠答""纪游"等九类②，正是注意到了其诗歌内容的多样性。但无论如何，高启在元末的创作是自由的，他可以反映现实，可以讽刺苛政，也可以抒情言怀，写景咏物，没有人规定他只能写什么或不能写什么，用什么方法写或用什么风格写。最关键的还是那"可喜可悲"四字，因为这决定了他是为自我的情感抒发与心灵愉悦写作而不是为别人写作。自由的身份与自由的心灵成就了他自由的诗歌。

　　作于洪武三年（1370 年）六月的《独庵集序》历来被视为高启诗歌理论的集中体现，在此如果从纯诗学的角度看，可能会有新的理解。诗序是为北郭诗友僧道衍的诗集而作，又是刚入明朝不久，因此可以视为是其元末诗学思想的总结。序中曰："诗之要，有曰格、曰意、曰趣而已。格以辩其体，意以达其情，趣以臻其妙也。体不辩则入于邪陋，而师古之意乖；情不达则堕于浮虚，而感人之实浅；妙不臻则流于凡近，而超俗之风微。三者既得，而后典雅、冲淡、豪俊、秾缛、幽婉、

① 高启：《高青丘集》，第 906—907 页。
② 蔡茂雄：《高青丘诗研究》第 4 章第 2 节，台湾文津出版社 1987 年版。

奇险之辞变化不一，随所宜而赋焉。如万物之生，洪纤各具乎天，四序之行，荣惨各适其职。又能声不违节，言必止义，如是而诗之道备矣。"[1] 在此，作者将这三个要素称为"诗之要"与"诗之道"，可见其重视之程度。应该说作者的此种强调是并不过分的，因为此三字的确是诗歌艺术最本质的东西。"体"是诗歌最基本的要素，每种诗体都有其表达情感的不同功能以及与此相应的体貌。无论是作诗还是读诗，如果不能把握住诗体，就不能算真正懂诗。尊体与辨体是明代诗学的一大特征，高启可算开了先河，同时也真正切入了诗歌美学的基本层面。"意"是指诗歌创作中真情实感的表达，这是诗歌更高一层的要求。仅仅懂得诗体还是远远不够的，只讲体而不重视表情达意的真挚深厚，就会形成假古董。而高启诗歌的长处之一就是"登高望远，抚时怀古，其言多激烈慷慨"[2]。至于"趣"的强调，则更体现了高启超然自适、脱落世俗的高雅审美情趣。所谓"臻其妙"，就是达到一种不可言说的审美愉悦境界，而要达此境界，又必须具备闲雅从容、自由洒脱的逸气，以及对诗歌艺术坚持不懈的痴迷追求，而这些也只有在元末的隐逸环境中才会真正具备。

但是在进入明代之后，这种纯粹诗歌审美品格的追求显然已经不合时宜。因为从身份上看，只为作诗而活着的名家已经很难存在，朱元璋将文人们征召出山当然不是让他们专门写诗，而是让其投入制礼作乐乃至日常政务的政权建设，文人们整日地忙于冗务尚且惴惴不安怕招祸愆，哪里还有闲情逸致去

---

① 高启：《高青丘集》，第 885 页。
② 刘昌：《高启集序》，载《高青丘集》，第 985 页。

追求超然之趣？可以说崇实尚简是朱元璋的一贯思想，也是明初的主流文学思想。朱元璋曾说："我于花木结实可食用者种之，无实者不用。"① 将此种思路移之文章，就是他向当时的翰林侍读学士詹同所告诫的："古人文章，或以明道德，或以通当世之务，如典谟之言，皆明白易知，无深怪险僻之语……近世文士，不究道德之本，不达当世之务，立辞虽艰深而意实浅近，即使过于相如、扬雄，何裨实用？自今翰林为文，但取通道理明世务者，无事浮躁。"② 朱元璋认为文章只可以用之于"通道理明世务"的实用功能，其他的用途就像那些只开花不结果的树木一样是花架子。如果联系到明代初年经济凋敝、百废待兴的现实，朱元璋此种崇尚实用的思路当然不能说没有道理，后来李贽还对这种现象做出了归纳，认为任何一个朝代都会经历一个由质到文的发展演变过程。朱元璋当然不至于完全取消文学的其他功能，他也需要抒情言志，也需要鼓吹休明，所以他偏爱豪壮博大的文风，而不喜欢婉转细腻的私人化情感表达，尤其不喜爱悲苦之音。"金事陈养浩作诗云：'城南有嫠妇，夜夜哭征夫。'太祖知之，以为伤时，取到湖广，投之于水。"③ 高启当然在追求雄健豪放风格上与明太祖有一致之处，但他是一个风格多样的诗人，豪放壮大只是其一格，其他还有飘逸、清丽、冲淡、幽婉、奇险等等，尤其是他那愉悦自我、追求自适的创作目的，显然与明太祖是截然相反的。从随心所欲地创作到被规定只能写什么和只能怎么写，自然会使他像每

① 刘辰：《国初事迹》，载邓士龙辑《国朝典故》，北京大学出版社 1993 年版，第 100 页。
② 余继登：《典故纪闻》，中华书局 1981 年版，第 30 页。
③ 刘辰：《国初事迹》，载邓士龙辑《国朝典故》，第 105 页。

日准时参加早朝一样地感到非常不适应。他也曾有意无意地改变自己的创作风貌，但他始终无法从过去的自我中摆脱出来。

更为严重的是，他辞官归隐江上之后，却依然找不回原来的感觉与状态。他在洪武四年（1371年）曾经很认真地写作了大型组诗"姑苏杂咏"九十四首，是他归隐后创作的最重要成果，他还很认真地撰写了《姑苏杂咏序》，其中曰："及归自京师，屏居松江之渚，书籍散落，宾客不至，闭门默坐之余，无以自遣，偶得郡志阅之，观其所载山川、台榭、园池、祠墓之处，余向尝得之于烟云草莽之间，为之踌躇而瞻眺者，皆历历在目；因其地，想其人，求其盛衰废兴之故，不能无感焉。遂采其著者，各赋诗咏之。辞语芜陋，不足传于此邦，然而登高望远之情，怀贤吊古之意，与夫抚事览物之作，喜慕哀悼，俯仰千载，有或足以存劝戒而考得失，犹愈于饱食终日而无所用心者也。况幸得为圣朝退吏，居江湖之上，时取一篇，与渔父鼓枻长歌，以乐上赐之深，岂不快哉！"① 序中所表达的当然有与前期文学思想的一贯之处，主要用于自我"喜慕哀悼"情感的抒发，以及"自遣"的创作目的。但也有改变，他在此不仅强调了"存劝戒而考得失"的诗教功能，而且作为"圣朝退吏"，他还讲了"以乐上赐之深，岂不快哉"的门面话，可知他此时已经不像以前那么放言无忌。但更重要的还有两点。一是他的"姑苏杂咏"并非来自实际漫游的感受与冲动，而是阅览郡志后按图作诗，是对"屏居松江之渚，书籍散落，宾客不至，闭门默坐"的无聊生活的排遣，所以整个组诗并没有精心的安排与设计，真正体现了"杂"的特征，其中的感受与体验

---

① 高启：《高青丘集》，第907页。

都是以前所留下的。这样的创作很难表达奔放的情感与飘逸的才气，因而也很难成为一流的作品。如果勉强归纳组诗的特征，我以为其中的近体短篇大都仅限于客观的描述而缺乏情感的力度，古风长篇偶有情感寄托也大都是以低沉悲凉为基调，如《百花洲》曰："吴王在时百花开，画船载乐洲边来。吴王去后百花落，歌吹无闻洲寂寞。花开花落年年春，前后看花应几人。但见枝枝映流水，不知片片堕行尘。年来风雨荒台畔，日暮黄鹂肠欲断。岂惟世少看花人，纵来此地无花看。"① 这是组诗中写得最为空灵的一首，吴王的在与不在决定了自然景色的繁荣兴衰，此中是否有深意寄托暂不考究，而"岂惟世少看花人，纵来此地无花看"的双重落寞，却实实在在地表达了作者悲凉低沉的心情。高启最后几年在创作上的最大变化，是从原来风格的多姿多彩而归于单一狭窄，而且这单一的风格主要是由哀惋低沉的内涵构成。在此一点上，他倒是与"吴中四杰"的其他成员出奇地一致。高启在创作上只可能出现两种倾向，要么心甘情愿地鼓吹休明、歌功颂德，要么小心翼翼地收敛个性、感叹忧伤，唯一不能出现的就是其元末时奔放豪迈、挥洒自如的激情表达。在这样一个崇尚实用质朴的时代，专业的诗人已成多余，纯审美的创造已成奢侈，高启本人既没有了自由的心灵，周围又失去了相互支持的诗人群体，他凭什么在创作上还能取得更大的成就？高启没能成为像李白或杜甫那样的一流诗人，并不是由于他的被腰斩，因为他的艺术生命已被时代所扼杀，他的肉体存在与否其实已不重要。

---

① 高启：《高青丘集》，第 351—352 页。

三

作为才气过人同时又饱读诗书的高启，身处复杂敏感的易代之际，他当然不是只会被动地接受环境所给予的安排。他思考过，努力过，甚至一度还深为满足与得意，但所有这些努力最后全归于徒劳。

在高启研究中，考察他与元末朝廷、张士诚政权以及朱元璋政权的关系是一个重要的问题。综合各方面的材料，高启在元明易代之际应该说与各方的关系是最简单清楚的。他始终没有获得过元朝的任何功名，所以他不存在逸民的情结。他曾经在诗中如此描绘元明易代之事："盛衰迭乘运，天道果谁亲？自古争中原，白骨遍荆榛。乾坤动杀机，流祸及蒸民。生聚亦已艰，一朝忽胥沦。阳和既代序，严霜变肃晨。大运有自然，彼苍非不仁。咄咄堪叹嗟，沧溟亦沙尘！"[1] 他认为朝代更替是天道所运，犹如"阳和既代序，严霜变肃晨"那样的自然变化，所以没有留恋和遗憾的必要。唯一值得同情的，乃是在此过程中百姓们吃尽了苦头。至于张士诚，高启是少有的几位没有为其供职的文人，从他在张士诚政权覆灭后没有被明军迁谪的结果看，也证实了他与张氏政权没有什么瓜葛。高启在当时是真正的隐逸之士，所以在被新朝廷征修《元史》时，虽然说不上欢天喜地，却也没有任何的勉强，其《召修元史将赴京师别内》曰："宴安圣所戒，胡为守蓬茨。我志愿裨国，有遂幸

---

[1] 高启：《寓感》二十首其三，载《高青丘集》，第 108 页。

在斯。"① 尽管有些舍不得妻子家庭，但读了那么多年的诗书，尤其是拥有史才的他，毕竟遇到了一个证明自我的机会，岂能轻易放弃。到京城后，高启在史馆可谓尽职尽责，根据后来朱元璋不断提升其职务看，双方的合作应该是愉快而富于成效的。

高启在南京的近三年中，创作风格也曾发生了不小的变化。他将该时期的诗作汇为《凤台集》（现已散佚），并请一起被召修《元史》的同乡谢徽作序，谢序中有一段话颇值得重视："盖季迪天资警敏，识见超朗，其在乡，踪迹滞一方，无名山大川以为之游观，无魁人奇士以为之振发，而气颖秀出已如此。今又出游而致身天子之庭，清都太微，临照肃穆，观于宗庙朝廷之大，宫室人物之盛，有以壮其心目；观于诸侯玉帛之会，四夷琛贡之集，有以广其识量；而衣冠搢绅之士又多卓荦奇异之才，有以广其见闻，是皆希世之逢而士君子平昔之所愿者。况金陵之形胜，自六朝以来，尝为建都之地，今其山水不异，而光岳混融之气，声灵煊赫之极，则大过于昔焉。登石城而望长江，江左之烟云，淮南之草木，皆足以资啸咏而适览观。季迪虽欲韬抑无言，盖有所不能已者。此凤台之集所以作。识者有以知其声气之和平，有以鸣国家之盛治也。使季迪此时而专意于诗，则他日之所深造，当遂称一家，奚止相与唐人轩轾哉！"② 谢徽认为高启到南京后接触了朝廷的气派与显赫的人物，看到了南京一带雄伟多姿的山水形势，其诗歌创作应当较之以前隐居山林时具有重要的变化与提高。谢徽的看法与

① 高启：《高青丘集》，第 274 页。
② 朱存理：《珊瑚木难》，载《景印文渊阁四库全书》，第 815 册，第 168 页。

其说是对高启诗风的概括，还不如说是对他的美好祝愿，因为明初人论诗喜欢分成山林与台阁两类，并且多以台阁为理想风格。宋濂之议论可作为此种论诗观点的集中代表："山林之文，其气枯以槁；台阁之文，其气丽以雄。岂惟天之降才尔殊也？亦以所居之地不同，故其发于言辞之或异耳。"① 以宋濂在明初文坛上的地位，此种论诗观点会造成广泛的影响是毋庸置疑的，对照宋、谢二家所论，可谓如出一辙。以谢徽的意思，他是要尽力将高启的诗歌创作拉向主流风格，从而突出高启在当时诗坛的位置。

窥诸高启的诗歌创作实际，谢徽的话有一定道理，因为高启在朝为官期间的确写了一批典型的台阁体作品。这些作品如今保存下来的约有二十余首，大多都是五言排律或七言律诗。或许这两种诗体长度适中，又具有工整华丽的体貌特征，比较适宜写作此类官样文章。如《逢迎车驾享太庙还宫》："鸣跸声中晓仗回，锦装驯象踏红埃。半空云影看旗动，满道天香识驾来。汉酹祭余清庙闭，舜衣垂处紫宫开。礼成海内人皆庆，献颂应惭自乏才！"② 描绘整齐的仪仗，宣扬显赫的威势，颂扬皇上的恩德，贬抑自我的才能，没有真情实感的流露，唯有华丽工整的体貌，这便是典型的台阁体诗歌的特征。但高启毕竟是一位真正的诗人，他可以在颂圣的同时去表达自我的情思，如被后世传为名作的《送沈左司从汪参政分省陕西汪由御史中丞出》："重臣分陕去台端，宾从威仪尽汉官。四塞河山归版籍，百年父老见衣冠。函关月落听鸡度，华岳云开立马看。知尔西

---

① 宋濂：《汪右丞诗集序》，载宋濂著，罗月霞主编《宋濂全集》，第481页。
② 高启：《高青丘集》，第574页。

行定回首，如今江左是长安。"① 诗作起首说缘由并夸耀对方的官位与威仪，中间写所去之地与所经之路，最后说汪、沈二人所去为汉唐国都长安，可如今的国都却已成南京，"知尔西行定回首，如今江左是长安"，既是对当今皇上的歌颂，又是对二人恋阙忠心的表露，同时也是实际情况的叙述，确为妙笔。故明末诗人陈子龙称赞该诗说："音节气味，格律词华，无不入妙，《青丘集》中为金和玉节。"② 但本诗的真正价值在于其中所言的天下统一与民族再兴是一个时代的共同心声，"宾从威仪尽汉官"的传统复归、"百年父老见衣冠"的喜悦兴奋，都是明初人关注的焦点与真实的心理感受，可以说此诗套子里所灌注的是真实的情感与真实的现实状况，这比起高启的个人化抒情作品无疑又进了一格。当然，最能代表该时期的诗歌创作成就的还属其《登金陵雨花台望大江》一诗③，本诗不能算是标准的台阁体作品，但却是高启受南京虎踞龙盘形胜地理及金陵丰富历史传统影响的结果。全诗开头八句颂扬金陵的险要地势，言秦始皇埋金宝欲压其王气而不可得，使诗作起势不凡，颇有太白之风。中间八句是对历史的咏叹，作者回顾了发生在金陵的历史故事，指出如果单凭这险势王气来满足个人的割据或称帝野心，则只能徒然成为历史的笑柄。这种感叹不仅使诗作具有悠长的历史感，也与前边的颂扬成为对照，从而引起读者的深思。最后又将上述的两层意思结合起来，既赞扬朱元璋平定战乱、统一天下的历史功绩，又暗含以德服人而不以险胜人的深层用意，从而使诗作的结尾显得意味深长，含蓄不

① 高启：《高青丘集》，第 576—577 页。
② 陈子龙编：《皇明诗选》，华东师范大学出版社 1991 年版，第 662 页。
③ 高启：《高青丘集》，第 451 页。

尽。这种风格反映在结构上，则是大开大阖，多有转折，但又一气贯注，毫无阻隔之感。在表现方法上，则融咏物、抒情与议论于一体，遂构成奔放沉雄的诗风。如果没有到南京做官的经历，如果不亲临雨花台俯瞰长江，高启不可能写出如此内涵丰富、气势盛大的作品。从这个意义上说，谢徽的评价还不能说言不由衷，起码在一个方面发掘出了高启诗风的新特征与新变化。

但是遗憾的是这只是高启诗风的一面。高启诗风的另一面而且是更重要的一面被谢徽忽视了，这便是其表达思乡、念友与忆旧的私人化写作。高启人虽到了京城，但他总觉得自己是客居，总有一种孤独感，从而使他的许多诗作都带上了淡淡的哀愁与凄清的格调，其《清明呈馆中诸公》也是作于此时的名作："新烟著柳禁垣斜，杏酪分香俗共夸。白下有山皆绕郭，清明无客不思家。卞侯墓上迷芳草，卢女门前映落花。喜得故人同待诏，拟沽春酒醉京华。"① 此诗之好处在于词句清丽而意旨含蓄，而"清明无客不思家"句实为全诗之主调，卞侯虽功高而如今唯有芳草蔽墓，卢女虽美而如今只有几片落花，一切都如过眼烟云般地消逝了。尾联更是以喜笔写忧，虽则回家无望，好在尚有同馆好友，以沽酒同醉的方式而暂忘思家之念而已。这才是高启，他善于写自我的哀愁，善于写清丽的景色，家庭与朋友是他最不能忘怀的。"欲挽长条已不堪，都门无复旧毵毵。此时愁杀桓司马，暮雨秋风满汉南。"② 这凋残的秋柳意象，这深长的苦闷与凄冷的情感，哪里像一个正在朝中供职

---

① 高启：《高青丘集》，第 578 页。
② 高启：《秋柳》，载《高青丘集》，第 718—719 页。

的官员？哪里还有开国的盛大气象？哪里还有高昂的气势与激烈的情怀？翻开高启的诗集，在其京城供职时的诗作中，如此情调的作品可谓俯拾皆是，如"走马已无年少乐，听莺空有故园思"①、"帝城春雨送春残，雨夜愁听客枕寒"②、"为念春来客思悲，欲教一醉对花枝"③、"初春风日自妍华，客意登临只感嗟"④。春天本是充满生机的季节，是令人开朗愉快的季节，但是在高启的笔下，却引起了无穷的愁思和感叹，这说明在他的心灵深处，并没有改变自我长期形成的人生志趣，新王朝的诞生曾使之激动，也曾部分地改变了其创作的风貌，但其稳定的个性依然在左右着其诗风。

高启文学思想的结局带有双重的悲剧色彩。他在新王朝的政治环境中，曾努力改变自己的创作风貌以表达对新朝的感受，所以自觉不自觉地写出了一批台阁体的作品，而且在离开朝廷归隐松江的洪武四年（1371年），他还写下了歌颂朝廷平定蜀中割据政权的《喜闻王师下蜀》的台阁体诗作。但是随着归隐时间的延长，这样的作品几乎再没有出现过。从实质上看，他不属于台阁作家，他是野马，是海鸟，不是养在深宫的宠物，他无法改变自己。更深一层的悲剧是，在他进入新朝之后也再不能找回原来的自我，无法保持原有的诗风，更不要说有什么发展了。他在朝中时，天天因拘束而愁闷，天天期盼能够回归那自由的山间水畔。可他真正归隐后，却发现不仅再也写不出《青丘子歌》那样个性奔放、风格飘逸的诗作，甚至连

---

① 高启：《春来》，载《高青丘集》，第585页。
② 高启：《夜闻雨声忆故园花》，载《高青丘集》，第738页。
③ 高启：《吴中亲旧远寄新酒二首》其二，载《高青丘集》，第739页。
④ 高启：《首春感怀》，载《高青丘集》，第645页。

生活都没了味道,"欲觅兰亭会中友,几人迁谪未能归"①。在吴中文人整体性地沦落飘散后,高启当然不能单独拥有原来的诗酒生涯,但他又无法忍受这种孤独寂寞的折磨,他有时甚至留恋起当初令其厌恶的官场生活来:"去岁端阳直禁闱,新题帖子进彤扉。太官供馔分蒲醑,中使传宣赐葛衣。黄伞回廊朝旭淡,玉炉当殿午薰微。今朝寂寞江边卧,闲看游船竞渡归。"② 这种无所依归的孤独感不仅酿成了他诗歌创作山林与台阁的双向失落,更重要的是导致了其悲剧的人生命运。他难耐寂寞,所以要呼朋引伴,这决定了他不顾忌讳地去结交京城故友魏观。更为致命的是,他不分场合与对象地写作了最后一首台阁体诗,并由此导致了身首异处的后果。明人黄景昉曾如此评价高启之死:"高季迪编修辞户部侍郎之擢,力请罢归,意但求免祸耳,非有他也。卒死魏观难。时方严不为君用之禁,其肯为山林宽乎?高归,不能秽迹深藏,若袁凯然,顾炫才援上,宜其及矣。"③ 在此段叙述中,由于文笔的简练而留下了一个明显的裂痕:既然高启辞官的目的是为了免祸,何以会又"不能秽迹深藏"地去"炫才援上"呢?换句话说,连皇上他都不"援",何以会又去"援"一个地方太守呢?原因只有一个,那就是高启原本拥有自由挥洒的个性,这使他难以深受孤独的寂寞,遂依照元末文人交往聚会的习惯去结交魏观、王彝等人,这是一个在劫难逃的命运悲剧。值得注意的是,黄景昉在此处将袁凯与高启相比,却包含了一个意味深长的诗学话题。袁凯是元末有名的诗人,因写《白燕》诗而被人称为"袁

---

① 高启:《上巳有怀》,载《高青丘集》,第 636 页。
② 高启:《端阳写怀》,载《高青丘集》,第 634 页。
③ 黄景昉:《国史唯疑》,上海古籍出版社 2002 年版,第 9 页。

白燕"。钱谦益曾记述曰："洪武间为御史，上虑因毕，命凯送东宫覆审，东宫递减之，凯还报，上问：'朕与东宫孰是？'凯顿首曰：'陛下法之正，东宫心之慈。'上不怿而罢，以为持两端，心衔之。凯惶惧，托癫疾辞归。上使人调之，佯狂得免。生平负权谲，有才辨，雅善戏谑，卒以自免于难。"① 按照黄景昉的看法，如果高启能够像袁凯那样托疾佯狂而深藏不露，便能够消灾免祸。但是他忘记了高启要学袁凯首先得具备其权谲才辨的表演能力，而这对于一向将人格尊严视为性命的高启来说几乎是不可能的。更重要的是，即使高启果真能够做到像袁凯那样非常逼真地装疯卖傻，他还有可能继续承担其率真自然的诗人角色吗？他还能写出挥洒自如、清新流丽的诗歌作品吗？袁凯的例子恰恰表现了高启没有成为现实的另一面：即使他由于种种的机缘而存活下来，也不可能在创作上有任何进展。因为高启的时代不是一个诗人舒展个性的时代，尤其不是一个追求纯美的诗境的时代。此时的文学思潮已经发生转折，无论高启是生还是死，都无法改变此一进程。

然而，高启在当时诗坛上毕竟是名气颇大的诗人，他的死尽管与文学思潮的转折与否无关，但从思潮史的角度看，他的死起码可以成为文学思想转折的重要标志之一。从诸多文人诗友为其所作的挽诗中，可以清楚地看到该事件如何刺激了他们敏感的神经："式省愬兮兢惕，恐驾祸兮速躬。何出乎不测兮，罹此大咎？"② 高启为避祸已经够小心谨慎的了，可为什么还是遭此"大咎"，活着的人当该如何呢？"圣朝重英彦，草泽无遗

---

① 钱谦益：《列朝诗集小传》，上海古籍出版社1983年版，第72—73页。
② 张适：《哀辞》，载《高青丘集》，第1014页。

逸。若人抱奇才，独为泉下客。"[1] 一向声称尊重英才、大举征求隐逸的朝廷，为何让这位天下皆知的奇才命丧黄泉呢？"文章穷壤成何用？哽咽东风泪满巾！"[2] 不重英才就是不重文章，不重文章当然预示着诗人劫难的到来。通过一片树叶的陨落可以预知秋天的来临，通过一位诗坛领袖的陨落同样可以预测文学冬天的到来。这，就是高启之死的意义。至于人们惋惜其过人才华，慨叹其英年早逝，感伤其不幸遭遇，遗憾其未能成为一流大家，均仅具备情感的价值而缺乏实际的文学思想意义。

（原刊《文学评论》2006 年第 3 期）

---

[1] 张羽：《观高吹台遗稿以诗哀之》，载《高青丘集》，第 1019 页。
[2] 杨基：《哀悼》，载《高青丘集》，第 1016 页。

良知说与王阳明的诗学观念

□ 左东岭

　　王阳明作为明代最为显赫的心学大师，对于良知学说的探求是其一生的用力之处，因而后人也大都将其作为哲学家加以研究，从而忽视了他在明代文学史尤其是诗歌史上的地位。最近关于他诗歌创作的研究状况已经有了改善①，但对于良知学说与其诗学观念的关系尚未引起足够的重视。

　　良知是王阳明心学的核心，也是其一生为学的落脚处。但其有何内涵，则没有集中的表述，根据他不同场合的说法，大致有如下几点：一是主体之虚灵，二是自我之明觉，三是真诚恻怛之情怀。他曾说："心者身之主也，而心之虚明灵觉，即所谓本然之良知也。"② 进一步说，这种良知灵明不仅是身之主，也是天地万物之主，即所谓："我的灵明，便是天地鬼神的主宰。天没有我的灵明，谁去仰他高？地没有我的灵明，谁

---

① 近几年来不仅有关于王阳明诗歌研究的专题论文出现，还出版了两部其诗歌研究专著。一部是台湾学者林丽娟的《吾心自有光明月——王阳明诗探究》（高雄复文图书出版社 1998 年版），另一部是大陆学者华建新的《王阳明诗歌研究》（安徽人民出版社 2008 年版），可见有关王阳明的文学研究已引起学界重视。
② 王阳明：《答顾东桥书》，载吴光、钱明等编校《王阳明全集》，上海古籍出版社 1992 年版，第 47 页。

去俯他深？鬼神没有我的灵明，谁去辩他吉凶灾祥？天地鬼神万物离却我的灵明，便没有天地鬼神万物了。"① 因此阳明心学是典型的主体性哲学。他又说："盖良知只是一个天理，自然明觉发见处，只是一个真诚恻怛，便是他本体。故致此良知之真诚恻怛，以事亲便是孝；致此良知之真诚恻怛，以从兄便是弟；致此良知之真诚恻怛，以事君便是忠：只是一个良知，一个真诚恻怛。"② 此处的"真诚恻怛"其实就是心学所谓的天地生生之仁在人心中的情感体现，它是一种万物一体精神的体现，是对同类的充满情感的真诚关注。体现在个体胸怀上，便是广阔无边而又不抱成见的虚怀若谷，同时又有不假思虑的是非判断之灵明。至于良知的特征则主要有两种，一是自然而具的先天性："知是心之本体，心自然会知：见父自然知孝，见兄自然知弟，见孺子入井自然知恻隐，此便是良知不假外求。"③ 二是当下的现成性："夫良知者，即所谓'是非之心，人皆有之'，不待学而有，不待虑而得者也。"④ 合此二点，良知便有了道德直觉的色彩，甚至具有神秘主义的特征。最后是良知的功用。阳明认为如果具备了良知，即可获得出世入世皆可自如的境界，他说："盖吾良知之体，本自聪明睿智，本自宽裕温柔，本自发强刚毅，本自斋庄中正文理密察，本自溥博渊泉而时出之，本无富贵之可慕，本无贫贱之可忧，本无得丧之可欣戚，爱憎之可取合。"⑤ 此处所言的"聪明睿智""宽裕温柔""发强刚毅""斋庄中正"与"溥博渊泉"，是入世的品格能力；

① 王阳明：《传习录》三，载吴光、钱明等编校《王阳明全集》，第124页。
② 王阳明：《答聂文蔚》，载吴光、钱明等编校《王阳明全集》，第84页。
③ 王阳明：《传习录》一，载吴光、钱明等编校《王阳明全集》，第6页。
④ 王阳明：《书朱守乾卷》，载吴光、钱明等编校《王阳明全集》，第279页。
⑤ 王阳明：《答南元善》，载吴光、钱明等编校《王阳明全集》，第211页。

而"无贫贱之可忧""无得丧之可欣戚，爱憎之可取合"，则是内在超越的前提。以阳明之意，若具备了良知之体，可以入世济民，但不会流于世俗；可以超然自得，又不必绝世离俗。这便叫作世出世入而无不自得也。其实，王阳明所说的此种自得乃是一种境界、一种人格，同时也是一种心理感受。也许王阳明良知学说的哲学价值还可以进一步研究评估，但它无疑具有浓郁的诗学意味。从其突出的主观意识、鲜明的虚灵特征、浓厚的情感色彩，到超然的人格境界，都深深影响了他本人的诗学观念与诗歌创作。

良知说对其诗学观念的影响首先体现在心与物的关系上。阳明心学与朱子理学的最大区别便是将外在之理转换成内在的自我良知，尽管他们在对伦理道德的重视与经世致用的强调上并没有太大的出入，故而可以同归于新儒学的范畴，但良知的内在化却大大突出了其主体意识，从而使其在心与物关系中跃居主导性的地位，以致他不无夸张地说："良知是造化的精灵。这些精灵，生天生地，成鬼成帝，皆从此出，真是与物无对。"[1]"与物无对"的结果是打破了中国诗学心物相感的平衡。在宋代以前，感物是文学发生的动力，从《礼记·乐记》的"人心之动，物使之然也"，到《文心雕龙·物色》的"情以物迁，辞以情发"，物均有不容忽视的主导地位，唐代诗学最为成功的经验便是情与景均衡交融的意境构造，而这正是感物说的典型体现。随着中唐以来见性成佛的南宗禅的流行与宋代理学的崛起，感物说逐渐发生松动。但由于禅宗的宗教特性与理学的拒斥情欲，从而使其在诗学上未能获得应有的正面效应，

---

[1] 王阳明：《传习录》三，载吴光、钱明等编校《王阳明全集》，第104页。

因而感物的诗学发生论未能在理论上被撼动主导地位。王阳明的良知说可以说是中国诗学史上从早期的感物说向后期的性灵说转变的关键环节。在其心学体系中，物已退居到次要地位，《传习录》中记载了他与朋友的一次对话：

> 先生游南镇，一友指岩中花树问曰："天下无心外之物，如此花树，在深山中自开自落，于我心亦何相关？"先生曰："你未看此花时，此花与汝心同归于寂。你来看此花时，则此花颜色一时明白起来。便知此花不在你的心外。"①

在此，物对于心来说当然不是可有可无的，没有物，便无法证得此心的功能；然而从价值取向上讲，物的自在是毫无意义的，是人的主观心灵的观照，才使得花一时"明白"起来。从诗学观念上看，心成为核心与主动的一方，只有当心灵与物相遇时，才能取得"明白"的诗意，构成诗歌的境界。从发生学的角度讲，主观心灵在心物关系中占据了绝对的主导地位。在朱熹那里，"格物"是究极物理之义，人心所具之天理与万物所具之天理如万川印月，并无主次之分；而在阳明这里，"格物"是正不正以归于正之义，物的意思也被规定为"意之所在"亦即事之义。在此，人之灵明成为主宰，物则退居于次要的地位。尽管王阳明在诗学理论上没有明确提出性灵说，但在实际创作中已显示出重主观、重心灵、重自我的鲜明倾向。他有一首《中秋》诗说："去年中秋阴复晴，今年中秋阴复阴。

① 王阳明：《传习录》三，载吴光、钱明等编校《王阳明全集》，第107—108页。

百年好景不多遇，况乃白发相侵寻！吾心自有光明月，千古团圆永无缺。山河大地拥清辉，赏心何必中秋节。"① 作为自然之物的月亮，当然有阴晴圆缺之时，所以苏轼有"此事古难全"的感叹。然而，拥有了良知的境界，犹如心中升起一轮永恒的明月，它不仅使自身获得澄明的心灵，而且还将照亮山河大地。正由于此，中秋之月的有无变得无关紧要，而心中的明月才是具有决定意义的。王阳明的这首诗当然是用来象征良知的，但是它也形象地说明了心灵在诗学中所占的决定性地位。艾布拉姆斯（Abrams）有一本著名的文学理论著作《镜与灯》，将反映现实的文学称为镜子，而将浪漫主义的文学称为灯，认为是心灵之光照亮了文学的世界。王阳明的良知学说则将人之心灵喻为月，同样也起到了照亮文学世界的作用。

其次，良知说对其诗学观念的影响还体现在人生境界对于诗歌创作的决定作用上。王阳明的心学是一种成圣的学说，而成圣的前提便是要发明自我的良知，而发明良知便是拥有圣人的品格与境界。拥有了良知的境界，便会拥有澄明的心境与崇高的人格，不仅能够才思灵慧，而且趣味高雅，也就会写出美妙的诗篇。王阳明将此种良知境界称为"洒落"，有时又叫作"乐"，它包括忘怀得失的超逸与自我实现的自足两个方面。所谓"忘怀得失"，是指既不过于追求名利爵禄，此可称为克己；又不畏惧外在环境的毁誉，此可称为超然，从而做到在任何环境中均能安然自在。他在正德十六年（1521 年）致信邹守益说："近来信得致良知三字，真圣门正法眼藏。往年尚疑未尽，今自多事以来，只此良知无不具足。譬之操舟得舵，平澜浅

---

① 吴光、钱明等编校：《王阳明全集》，第 793 页。

濑，无不如意，虽遇颠风逆浪，舵柄在手，可免没溺之患矣。"① 正是在此一时期，他达到了"知者不惑仁不忧"的洒落境界，拥有了"信步行来皆坦道"的自如感觉，具备了"丈夫落落掀天地"的圣者品格。此种境界也使他此时的诗歌创作达到一个高潮。阳明后学万廷言在其《阳明先生重游九华诗卷后序》中，对其良知境界与诗歌创作的关系有过透彻的论述。他认为一般文人身处"凶竖攘功""阴构阳挤""祸且莫测"的危险境地中，都会"垂首丧气"，即使善处患难的豪杰之士，也只能"绕床叹息"而已。但阳明先生却不然，他能够"捐得失之分，齐生死之故，洞然忘怀，咏叹夷犹于山川草木之间"，写出了那么多超然自得、从容浑然的诗篇。然后万廷言便探求其中原因说：

　　盖其良知之体虚明莹彻，朗如太虚，洞视环宇，死生利害祸福之变，真阴阳昼夜惨舒消长相代乎吾前，遇之而安，触之而应，适照我良知变见圆通之用，曾不足动其纤芥也。其或感触微存凝滞，念虑差有未融，则太虚无际，阴翳间生，荡以清风，照以日月，息以平旦，煦以太和，忽不觉转为轻云，化为瑞霭，郁垺之渐消，泰宇之澄霁，人反乐其为庆为祥，而不知变化消融之妙，实在咏歌夷犹之间，脱然以释，融然以解，上下与天地同流矣。故观此诗而论其世，然后知先生之自乐，乃所以深致其力，伊川所谓学者学处患难，其旨信为有在。益知先生千古人豪，

---

① 吴光、钱明等编校：《王阳明全集》，第 1278—1279 页。

后世所尚论而取法者也。①

在万廷言看来，阳明先生的良知境界与其诗歌创作之间是互为依存的，他有了以良知为核心的大丈夫人格，所以才能在患难危机中保持一份平和的心态，依然吟咏于山川草木之间。同时，那些"感触微存凝滞，念虑差有未融"的些许不快，也在"咏歌夷犹之间"变化消融，脱然以释，最终达到"上下与天地同流"的和乐之境。可以说，良知构成了他的大丈夫人格，如此人格决定了他的诗歌体貌，而在诗歌创作中又进一步陶冶了他的心灵。而这也是后人最应该取法的。万廷言的此种论述是否合乎实情，这需要验之以王阳明的创作实践。他所论的《阳明先生重游九华诗卷》今已不存，但在阳明的诗文集中还保存着游九华山的一组诗，分别是《游九华》《弘治壬戌尝游九华值时阴雾竟无所睹至是正德庚辰复往游之风日清朗尽得其胜喜而作歌》《岩头闲坐漫成》《将游九华移舟宿寺山二首》《登云峰二三子咏歌以从欣然成谣二首》《有僧坐岩中已三年诗以励吾党》《春日游齐山寺用杜牧之韵二首》《重游开先寺戏题壁》等等，万氏所序作品应该就是这些诗作。在这组诗中，的确看不出作者的忧愁烦恼与畏惧委屈，反倒处处显示出闲适的心境与幽默的情趣，如"静听谷鸟迁乔木，闲看林蜂散午衙""风咏不须沂水上，碧山明月更清辉""深林之鸟何间关？我本无心云自闲"。尤其是那首长篇歌行《弘治壬戌尝游九华值时阴雾竟无所睹至是正德庚辰复往游之风日清朗尽得其胜喜而作歌》，更是此种心境的典型体现，其中一段写道：

---

① 黄宗羲编：《明文海》，中华书局 1987 年版，第 2801—2802 页。

肩舆一入青阳境，忽然白日开西岭。长风拥彗扫浮云，九十九峰如梦醒。群峦踊跃争献奇，儿孙俯伏摩其顶。今来始识九华面，恨无诗笔为传影。层楼叠阁写未工，千朵芙蓉抽玉井。怪哉造化亦安排，天下奇山此兼并。揽衣登高望八荒，双阙下见日月光。长江如带绕山麓，五湖七泽皆陂塘。蓬瀛海上浮拳石，举足可到虹可梁。仙人为我启阊阖，鸾軿鹤驾纷翱翔。从兹脱屣谢尘世，飘然拂袖凌苍苍。①

在到九华山之前，他刚刚结束平定朱宸濠的战事，心情尚有些许牵扯，所以发感慨说："频年驱逐事兵戈，出入贼垒冲风埃。恐恐昼夜不遑息，岂复山水能徘徊？"但一旦登上九华，他就被此处的奇峰美景所吸引，随着"揽衣登高望八荒"，其精神境界也被大大陶冶与提升，从而有了"从兹脱屣谢尘世，飘然拂袖凌苍苍"的超然情怀，简直进入了一种飘飘欲仙的感觉。这便是万廷言所说的，良知的境界令其拥有平和的心态，而游山吟诗更使之脱然以释怀。

王阳明本人在《书李白骑鲸》一文中说："李太白，狂士也。其谪夜郎，放情诗酒，不戚戚于困穷。盖其性本自豪放，非若有道之士，真能无入而不自得也。然其才华意气，足盖一时，故既没而人怜之。"② 这是颇值得深思的一段话。他欣赏李白身处谪居之地而依然能够"放情诗酒"的豪放性情，或者说正是李白的豪放性情，才使得他能够不顾环境之险恶而"放情

① 吴光、钱明等编校：《王阳明全集》，第774页。
② 同上，第1025页。

诗酒"。然而，他又是不能完全认可李白的，因为他的放情诗酒仅仅取决于其狂放的气质与过人的才华，却并非真正达到了圣人"无入而不自得"的良知境界。按照他的思路，首先应该具备良知的境界，然后再转化成豪放的性情并加上个体的才气，才是最为理想的状态。这便是他所理解的良知学说与诗歌创作的关系。这种观念深深影响了明代中后期的诗坛，由于良知学说的广泛流行，造就了一大批具有圣人情结与狂放精神的文人，诸如徐渭、李贽、汤显祖、"公安三袁"等等，并创作出了大量展现其个体超然情怀与主观性灵的诗篇。

其三，良知说对其诗学观念的影响又体现在对"乐"的功能的强调上。王阳明曾将君子之学称为"自快其心"，因为"惟夫求以自快吾心，故凡富贵贫贱、忧戚患难之来，莫非吾所以致知求快之地"，最终也才能达到"无入而不自得"的超然境界。① 他的这种看法是与其对心体或曰良知的认识直接相关的，他在《与黄勉之》的信中，曾明确提出"乐是心之本体"，其特性为"和畅"，所谓"仁人之心，以天地万物为一体，欣合和畅，原无间隔"。由于其"仁人之心"是良知的另一表述方式，因此也就理所当然地推论出"良知即是乐之本体"。② 作为儒学大师的王阳明，当然不会放弃对诗歌教化功能的强调，但他所倡导的教化是与求乐紧密相连的。比如他论述戏曲的教化功能时说："今要民俗反朴还淳，取今之戏子，将妖淫词调俱去了，只取忠臣孝子故事，使愚俗百姓人人易晓，无意中感激他良知起来，却于风化有益。"③ 教化是必须的，但

---

① 王阳明：《题梦槎奇游诗卷》，载吴光、钱明等编校《王阳明全集》，第 924 页。
② 吴光、钱明等编校：《王阳明全集》，第 194 页。
③ 王阳明：《传习录》三，载吴光、钱明等编校《王阳明全集》，第 113 页。

又不能过于生硬刻板，要"无意中感激他良知起来"，这符合汉儒所言上以风化下，下以风刺上的主文谲谏的原则。至于诗歌创作，就更要讲究感兴宣泄的功能："故凡诱之歌诗者，非但发其志意而已，亦以泄其跳号呼啸于咏歌，宣其幽抑结滞于音节也。"① 正是此种求乐自快的良知属性，导致了王阳明诗歌功能观的转变，从而与当时占诗坛主导地位的复古派诗歌功能观区别开来。在李梦阳等人那里，强调抒发真性情与坚守汉唐格调始终成为一对难以调和的矛盾，这不仅使其诗歌创作成为极力模仿古人的苦差事，而且格调最终也覆盖了性情，从而使作者与读者双方都很难找到愉悦性情的感觉。王阳明从良知之乐的功能出发，不再将诗歌创作视为专门的苦吟，而是作为一种陶冶性情、快适自我的生命方式。既然是求乐，当然不限于诗歌的书写，举凡谈学论道，登山临水，饮酒歌咏，均成为其不可或缺的人生情趣，诗歌也就成为其抒发人生情趣的有效方式。其《年谱》记载："滁山水佳胜，先生督马政，地僻官闲，日与门人遨游琅琊、瀼泉间。月夕则环龙潭而坐者数百人，歌声振山谷。诸生随地请正，踊跃歌舞。"② 在此种氛围中，他写出了许多情趣盎然、闲适冲淡的诗歌作品。《龙潭夜坐》可作为此刻诗作的代表：

何处花香入夜清？石林茅屋隔溪声。幽人月出每孤往，栖鸟山空时一鸣。草露不辞芒屦湿，松风偏与葛衣轻。临流欲写猗兰意，江北江南无限情。③

① 王阳明：《传习录》二，载吴光、钱明等编校《王阳明全集》，第88页。
② 吴光、钱明等编校：《王阳明全集》，第1236页。
③ 同上，第730页。

在此，暗暗花香与淙淙溪流、月下幽人与栖鸟空山、露中草鞋与风中葛衣，构成了一个空灵寂静而又悠然自得的诗境，从而使作者感到无比快适，遂发出"临流欲写猗兰意，江北江南无限情"的感叹，表达的是圣者兼隐士的情怀。"求乐"意识体现了王阳明对生命的珍惜与对生活的爱恋，并表现在注重亲情、酷爱山水、向往隐逸及谈玄论道的种种行为方式中，用他自己的话说就叫作："吾侪是处皆行乐，何必兰亭说旧游？"①

关于诗歌的功能，历来就有不同的理解，且不说儒家的政教观与道家的自适观构成了中国文论的两大传统，即以诗歌艺术本身讲，也存在苦吟派与求乐派的不同。作为专业诗人，许多人都有像孟郊、贾岛那样以全部生命献身于诗歌艺术的经历，而也有将诗歌作为吟咏性情、愉悦自我的工具者，像宋代的邵雍就专门用诗的形式来谈学论道，愉悦性情。明代较早提出吟咏性情的是陈献章，他认为："大抵论诗当论性情，论性情先论风韵，无风韵则无诗矣。"②他没有解释为什么必须要有性情风韵，但他不满于矜奇炫能的意思是很明显的，所以才会提出"诗之工，诗之衰"那样的观点来，他认为被众人所称道的唐诗其实存在着"拘声律，工对偶"的毛病，"若李杜者，雄峙其间，号称大家，然语其至则未也"③。他对李杜的不满有两点：一是无益于世教，二是诗歌写得太辛苦，也就是缺乏性情风韵。按照白沙心学的倾向，求乐亦为其重要内涵之一，但并没有明确提出诗歌创作的求乐观念。从思想体系上讲，阳明

---

① 王阳明：《寻春》，载吴光、钱明等编校《王阳明全集》，第665页。
② 陈献章：《与汪提举》，载孙通海点校《陈献章集》，中华书局1987年版，第203页。
③ 陈献章：《夕惕斋诗集序》，载孙通海点校《陈献章集》，第11页。

的致良知与白沙心学应属同一思想路径，则其对于诗歌愉情功能的强调也就是不谋而合的了。与白沙不同的是，王阳明的求乐意识更具有系统性，他将良知的属性、生活的情趣与诗歌的功能统合在一起，构成了明确的求乐诗学观念，在复古诗派之外另辟蹊径，并在明代中后期造成了重要的影响。

由于王阳明的诗学观念是建立在其良知说的基础之上的，必然带有浓厚的心学色彩。在心与物的关系中，主体性灵占据了压倒性的优势；在诗歌创作过程中，诗人的人格性情、思想境界成为决定诗歌优劣的重要因素；在诗歌功能上，更强调愉悦性情、快适自我的作用。由此，便可以将此种诗学概括为性灵诗学观。

这种性灵诗学观在明代中晚期曾大为流行，可以说使明代诗歌史发生了明显的转向。当王阳明在世时，曾经有两位诗人因接受此种观念而改变了他们的诗学立场。第一位是"前七子"的重要成员徐祯卿。徐祯卿病逝于正德六年（1511 年），他尽管只活了三十三岁，为学却有三变，王阳明在为其所作的墓志铭中说："早攻声词，中乃谢弃。脱淖垢浊，修形炼气。守静致虚，恍若有际。道几朝闻，遽夕先逝。"这便是所谓"昌国之学凡三变，而卒乃有志于道"①。至于说变的原因，也像阳明一样，是在正德年间的朝政混乱中遭遇到空前的人生困境，即其本人所言："遭时龃龉，良图弗遂。抱膝空林之中，栖神穷迹之境。"② 此时，无论是漫游山水还是诗文创作都已不能解决其精神苦闷与生命焦虑，因而他不得不转向对良知之学

---

① 王阳明：《徐昌国墓志》，载吴光、钱明等编校《王阳明全集》，第 931—933 页。
② 徐祯卿：《重与献吉书》，载范志新整理《徐祯卿全集编年校注》，人民文学出版社 2009 年版，第 712 页。

的追求。在病逝的前一个月，他曾很认真地与阳明反复讨论此一问题。当时他正热衷于"服之冲举可得"的"五金八石"的道教秘术，当王阳明向他反复讲述"存心尽性，顺夫命而已"的心学理论后，还一再追问："冲举有诸？"王阳明的回答是"尽鸢之性者，可以冲于天矣；尽鱼之性者，可以泳于川矣""尽人之性者，可以知化育矣"。依阳明的良知学说，乃是物各得其性之义。亦即既要荣辱得失无系于心而超越世俗，又要尽到参赞化育的济世责任，从而达到成己成物的良知境界，自然也就获得了身心的愉悦。徐祯卿听后似已领会其意，说："道果在是，而奚以外求！吾不遇子，几亡人矣。然吾疾且作，惧不足以致远，则如何？"他果然不久亡逝，未能予以深究。所以王阳明感叹："吾见其进，未见其至。"但由此可知，徐祯卿的确对自我生命的意义进行了认真的思索，或者说他开始由诗学转向了心学。

但是在徐祯卿的转变里尚有两点疑问，一是他接触阳明心学一事仅见于王阳明本人的叙述而未见其他文献记载，则其接触程度与实际效果难以验证；二是当他转向心学之后是否已完全放弃了诗歌的写作，还是诗风有了明显的转变，也因为迅速病逝而不能深究。但这两点疑问均可在另一位转向诗人董沄的身上得到有力的验证。董沄（1459—1534年），字复宗，一字子寿，号萝石，浙江海宁人。他在阳明弟子中颇有些传奇色彩。他原本是位嗜诗之人，与当时诗坛名流沈周、孙一元、郑善夫交游往来，赋诗唱和。六十八岁时得闻良知之学，遂大为叹服，强执弟子礼，并不顾亲友反对而自称"从吾道人"。然而，良知之学吸引董沄的强大力量到底是什么呢？根据王阳明本人的记忆，他们相见后董沄曾如此说：

　　吾见世之儒者支离琐屑，修饰边幅，为偶人之状。其下者贪饕争夺于富贵利欲之场，而尝不屑其所为，以为世岂真有所谓圣贤之学乎，直假道于是以济其私耳。故遂笃志于诗，而放浪于山水。今吾闻夫子良知之说，而忽若大寐之得醒，然后知吾向之所为，日夜弊精劳力者，其与世之营营利禄之徒，特清浊之分，而其间不能以寸也。幸哉！吾非至于夫子之门，则几于虚此生矣。①

从其话语中可知，良知学说在他的心目中，非但超越了世俗陋儒的功利价值，同时也超越了他从前所酷爱的诗学价值。事实上，他后来跟随阳明"探禹穴，登炉峰，陟秦望，寻兰亭之遗迹，徜徉于云门、若耶、鉴湖、剡曲。萝石日有所闻，亦充然有得，欣然乐而忘归也"。也就是说他找到了人生的快乐与归宿，使自身进入了另一个生命的境界。按王阳明对其"真吾"之号的解释，那便是他所获得的人生之乐的内涵："良知之好，真吾之好也，天下之所真好也……从真吾之好，则天下之人皆好之矣，将家、国、天下，无所处而不当，富贵、贫贱、患难、夷狄，无入而不自得。斯之谓能从吾之所好矣。"也就是向外能够有效经世济民，向内能够无入而不自得，这便是真吾之好、良知之好。因此，董沄闻良知之说而获得新的人生境界，这应该是明显的事实。在此要进一步追问的是，董沄闻良知之说后其诗学转向如何呢？可以肯定的是，无论是王阳明还是董沄，在他们相遇之后都没有停止诗歌的创作，而只是创作的目的与方式发生了变化而已。比如王阳明的诗文集中共留下

---

① 王阳明：《从吾道人记》，载吴光、钱明等编校《王阳明全集》，第248页。

居越诗三十四首,与董沄赠答者便有六首之多,几近五分之一。这说明他既没有劝止董沄写诗,自身更向他示范了如何写诗。其中《天泉楼夜坐和萝石韵》一诗最堪注意:"莫厌西楼坐夜深,几人今昔此登临?白头未是形容老,赤子依然混沌心。隔水鸣榔闻过棹,映窗残月见疏林。看君已得忘言意,不是当年只苦吟。"① 阳明在此告知董沄,由于他保持了良知的赤子混沌之心,不仅拥有了忘怀物我的心灵超越,而且诗歌自身的写作也发生转向,只重视精神的愉悦而不再顾及文字的工拙,这便是"看君已得忘言意,不是当年只苦吟"的真意。这可拿董沄的原作为证:"高阁凝香夜色深,四檐星斗喜登临。雪垂须发今何幸,春满乾坤见道心。冉冉光风回病草,瀼瀼灏气足青林。浴沂明日南山去,拟向炉峰试一吟。"② 本诗已不是单纯吟风弄月的赠答歌咏,而是充分表达了作者获得良知境界后的喜悦心情,全诗围绕"喜"字展开:喜他在晚年有幸得闻良知之学,获道后自我生命犹如春满乾坤般的充满生机,就像春风吹绿了小草,就像灏气弥漫在树林。他找到了当年曾点追随孔子那样的快乐,于是忍不住要登上高峰纵情吟诗了。这样的诗的确是靠气势境界胜而非工巧学问胜,可以说算是标准的性灵诗篇了。当然,董沄诗学转向后所作诗篇不多,水平也赶不上王阳明,因而在明代诗歌史上也没有什么地位,但是如果从性灵诗学流派的发展上,他所体现的特征则是比较明显的。

当时受阳明心学影响的诗人还有一些,比如顾璘与郑善夫,原本都是复古意识很强的诗人,但后来都受到良知学说很

---

① 吴光、钱明等编校:《王阳明全集》,第790页。
② 董沄:《宿天泉楼》,载钱明编校《徐爱 钱德洪 董沄集》,凤凰出版社2007年版,第364页。

深的影响。王阳明的诗歌创作具有一定成就，但却不能算是明代的一流诗人。他对明代诗歌发展的最大贡献还是其性灵诗学观念，可以说他开辟了明代中后期的一种诗歌潮流。尽管开始时成效并不明显，凡是受其影响者也大都具有讲学议论的性理诗的倾向，但是经过王畿、唐顺之、徐渭、李贽等人的发挥推演，在晚明遂蔚为大观，产生了公安派、竟陵派那样的诗歌流派，终于展现出与复古派截然不同的诗学特征。它上接自宋代以来以趣为主的诗学传统，下开近代以来的新诗源头，从而成为中国诗歌发展史中不可或缺的一环。

（原刊《文学遗产》2010 年第 4 期）

嘉靖末至万历前期文学思想的转变

□ 罗宗强

一

嘉靖一朝，文学思想的多元化已经展开，有一个时期文学复古思潮成为主流，影响着一个长时期的文风。但是，就在复古思潮高涨的时候，持批评态度的也大有人在。即使在复古文人内部，他们之间的主张与创作倾向，也存在不同程度的差异。而到了嘉靖末，一批与复古思潮异趣的出色作者的出现，展示了一种全新的创作风貌，文学思想正在起变化，并且预示着一个新的以自我为核心、重在表现自我情性的新的文学思潮行将到来。起自嘉靖末至万历前期文学思想的变化，是政局、思潮、社会生活情趣变化的反映。

嘉靖末，朝政已经混乱不堪。嘉靖皇帝沉迷于道教修炼，在宫内举行斋醮，祈求长生，既不视朝政，又靡费无度。有名的奸人严嵩操纵朝政，官场腐败成风，上下贿赂公行，卖官鬻爵。王穉登在《黄翁传》中说，以前好古君子，对古器物图籍不过用以清赏，"以故虽有名物，莫得厚直。今读邸中书，见朝廷迁官晋阶，其在齐鲁燕赵者，远不可数。若吾乡某人为御史，则曰以某器进；某人为监司，则曰以某图入。由是夏王之鼎、石鼓秦经、图史丹青、玉检金匮之书，芬然入市，而其价视昔不翅十倍。呜呼！是古钟鼎金石图书为金钱货赂尔矣"①。由是可见朝廷的腐败，朝政已经到了不可收拾的地步。国库无可用之钱粮，边境无可用之士兵。士人中之正气受到巨大的挫伤。到了万历初张居正进行改革的前夕，各级政府几已处于瘫痪状态。张居正改革十年，整顿吏治，雷厉风行，数十年疲沓腐败得到整肃，政局有了生机。《明史》本传说他为政"以尊主权，课吏职，信赏罚，一号令为主。虽万里外，朝下而夕奉行"。他减缩开支，增加税收，国库日渐充盈，太仓之粟可支五六年。国防也加强了，南平倭，北稳定了俺答。万历的头十年，确实出现了正德之后从未有过的好局面。但是由于他性格方面的原因，"殚精毕智，勤劳于国家；阴祸深机，结怨于上下"②。有人说他工于谋国，拙于谋身。也由于少年万历皇帝受压抑心态的报复心理，更由于朝廷内部的斗争，张居正一死，对他的清算立刻开始。此次清算，不以事理之是非为准绳，而以是否为张居正所重用划线。凡张居正重用之人，无不遭弹劾处理。一切又回到原来的状态。

思想潮流也发生变化，阳明心学的发展至此渐入空谈，讲学与谈禅，几无二致。沈懋学在给王畿的信中谈到这一点：

---

① 王穉登：《王百谷集十九种》之《金昌集》卷四，载《四库禁毁书丛刊》，北京出版社1997年版，集部第175册，第43—44页。
② 于慎行语。见谈迁：《国榷》卷七二，中华书局1958年版，第5册，第4476页。

　　盖文成王夫子当训诂章句溺心之时，举致良知三字提醒人心，挽回世运。流传渐远，议论渐玄，造诣渐疏，宗旨渐失，以知识为真际而不察其所以为良，以本体即工夫而不思其所以为致。高者借锋于禅幻，卑者射影于利名……假途托迹，妄拟清谈。甚有恣己猖狂，率人悖乱，几成党祸，大坏师门，不思易之，后将何极？①

　　沈懋学严厉批评由心学入禅者。其实，阳明心学已有禅的成分。阳明后学有的由心学入禅，也就顺理成章。嘉靖末心学与禅修、与道教养生合一已成趋势，进入一部分士人的生活中。修心与养生，都是"为我"，与当时奢靡的社会生活风尚怪异地结合，一为生活的放荡满足，一为心灵的救赎，呈现出一幅士人心态的生动景观。

　　社会生活风尚奢靡日甚，士风随之放荡不检，游、酒、禅、妓成了他们日常生活所追求的情趣。王穉登在《答朱十六》中说自己十二而游青楼，中间二十年，"未尝不与此曹燕昵"。他十二至三十二岁，是嘉靖二十五年（1546 年）至四十五年（1566 年）。孙七政不唯谈禅，游狭邪，时或将妓女带进禅院。嘉靖二十八年（1549 年）他在《春游篇》中就有带佳丽下榻禅房的记载。后来在《休上人房赠美人》中，写得更为露骨："绣佛斋前香气微，可怜行雨亦霏霏。看来一片青莲色，疑是空花作舞衣。"② 在禅房而咏行雨，可见其时放荡之

① 沈懋学：《郊居遗稿》卷六《上王龙溪先生》，载《四库全书存目丛书》，齐鲁书社 1997 年版，集部第 163 册，第 671 页。
② 孙七政：《刻孙齐之先生松韵堂集》卷六，载《四库全书存目丛书》，集部第 142 册，第 544 页。

风气。卓明卿在其《示儿子书》中，坦然说他年轻时纵欲之情形：

> 兼性好豪奢，不能检柙，狎惊逸兴，神往色飞。弱冠以来，词场酒家，罔不为政，曼睩蛾眉，投簪堕屦，鸡叫月落，脂遗馥剩，既趣尚之风流，或余心之有托。此政非若辈所知也。[①]

王百谷、孙七政、王伯稠、莫是龙等人都有不少赠妓诗。他们也谈禅，也拥妓。我在《明代后期士人心态研究》中提到："上自首辅，下至一般官吏，享乐成为一时之时尚。享乐与纵欲一体。妻妾成群为一时之风尚。为了纵欲而服春药。上自皇帝始，习此为乐。即使改革家如张居正，亦姬妾成群，为满足色欲，他也服春药。他之早逝，似与此有关。房中术与春药，为此时纵欲士人之一爱好。达官显宦、富商巨贾，以至下吏布衣，都有崇尚此道者。享乐生活之另一内容，是征歌度曲，燕饮时演出。许多著名人物，家中都有戏班或歌伎歌童，用以自娱或娱客。"[②]

要言之，自政局言，嘉靖末处于朝政混乱时期，于文学思潮的发展未加干预。万历头十年张居正改革，着眼点在政权运作、经济政策与用人上，他虽然曾毁书院、禁讲学、杀何心隐，那是因为反对言谈有碍他的改革的进行。张居正借《诗》以议朝政，在公开场合，他持有功利文学观。但是张居正自己

---

① 卓明卿：《卓光禄集》卷三，载《四库全书存目丛书》，集部第158册，第161页。
② 参见拙著《明代后期士人心态研究》，南开大学出版社2006年版，第374页。

的创作实践与他的理论言说并不相同，他诗文都写得辞采华丽。① 而万历十年（1582 年）以后的政治环境，当政者忙于清算张居正与朝廷内部的争斗，无暇顾及文学思潮之变化，给文学思潮的发展留出了空间。

嘉靖末至万历前期，张扬自我的思潮在士人中影响巨大。这样一种思想潮流与追求自适生活情趣结合，反映到文学上来，就是回归自我，要求表现出人性的本然之真。士人们本能地反对复古。他们的审美趣味与其生活趣味一样，带着世俗的倾向。这种文学思想取向，王百谷、孙七政等人在嘉靖末已在诗文创作中表现出来；屠隆、冯梦祯、莫是龙等人在隆庆、万历前期表现得更为充分。

二

这些士人文学思想的共同倾向之一，是反对复古。王百谷、冯梦祯、屠隆、潘之恒、莫是龙等人，都与"后七子"王世贞辈有交往，也都承认王世贞、李攀龙、汪道昆在文坛上的领袖地位。但是，他们的审美情趣和文学思想倾向，却与王世贞辈不同。嘉靖末，王百谷在《与方子服论诗书》中，对方子服崇尚复古予以批评：

> 吴人之诗，大率骄淫绮靡之思多，慷慨激烈之音少。足下毅然欲尽洗其陋，于乡国辞人及当代阐奇发藻之士，举莫当意；而独于关西李氏之作咨嗟击节，命为绝唱。此

---

① 参见拙文《隆庆、万历初当政者的文学观念》，《文学遗产》2005 年第 4 期。

则鄙人所未喻也。①

　　对方子服独尊李梦阳，他表示不解。王百谷从明代诗歌发展史的角度，认为李梦阳在扭转文风、恢复风雅上固有其成就，但是其缺点是意直、情疏、律庸，弊在矫枉过正，弊在"摹仿刻深，陶镕未暇"。由于模仿太过，所以没有含蕴，没有深情。他批评方子服说："足下贱家丘之易，而效邯郸之步，舍熊掌之珍，而甘嗜鱼之癖，不已谬乎？"他说应该融情义于两得，而后运之于心。

　　后来冯梦祯在《答冯文所》中说：

　　　　今之文人，自谓不作唐以下人语。而区区模拟，句栉字比，尚非叔敖之优孟？即唐以下文人如昌黎、河东、卢陵、临川、眉山父子兄弟诸君子，见之必然呕吐。顾嚚嚚然高自标榜以欺天下，将谁欺乎！②

冯梦祯对于复古派的欺人之谈，真是批评得极其严厉。

　　屠隆对复古派的批评就更多。他认为以古文为榜样，并非不好；但要有一个条件，就是要有自己的见解："见非超妙，则傍古人之藩篱而已。壮夫者，禀灵异之气，挺秀拔之姿，竭生平才智以从事文章家，乃不能高足远览，洞幽极玄，以特立于千载之下，与古人并驱而前，分道而抗旌，而徒傍人藩篱，

---

① 王穉登：《王百谷集十九种》之《晋陵集》卷下，载《四库禁毁书丛刊》，集部第175册，第19页。
② 冯梦祯：《快雪堂集》卷四二，载《四库全书存目丛书》，集部第164册，第600页。

拾人咳唾以为生活，彼古人且奴视之曰：是为我负担而割裂我者。传之后世，以为如何？"① 屠隆说得实在非常自信：要写文章，就要与古人并驾齐驱；若是只会拾人咳唾，连古人也看不起。他最早写给王世贞的一封信，居然敢于批评李攀龙的诗风太过单一，批评王世贞的诗文太滥，"无所不有，亦必有所无"，是说他涉猎太广，必有所失。一个初出茅庐的青年，居然对两位文坛盟主提出批评，而且指出的正是他们的要害所在，这表现出屠隆的新的文学思想观念，与他的敏锐的思辨能力和独立意识。

屠隆指出复古者往往规模《列》《左》，纵横诸子，古声古色，而索之无味。古人有其事而言之，今人无其事亦言之，"字模句仿，非不俨焉徐之，而形色虽具，神气都绝……唐不拟六朝，六朝不拟魏、晋，魏、晋不拟周、汉，子不拟《史》，《左》不拟《骚》，而皆卓然为后世宗，则各极其至也。何物不传，而必曰吾为某体，过矣"②。各个朝代的诗各有其特点，谁也不可能像谁，也不必像谁。"各极其至"，是说各个朝代的诗文都有其最好的成就。他晚年说自己少年时也学古，但后来觉得那样做太难为情："余少时亦尺寸《史》《汉》，今每临文，欲用太史公字句，不胜羞缩。"③

邹迪光也厌弃模拟。在《王懋中先生诗集序》中他指出："今上万历之初年，世人谭诗必曰李、何，又曰王、李。必李、

① 屠隆：《由拳集》卷二三《文论》，载《四库全书存目丛书》，集部第 180 册，第 676 页。
② 屠隆：《白榆集》卷一《皇明名公翰藻序》，载《四库全书存目丛书》，集部第 180 册，第 135—136 页。
③ 屠隆：《鸿苞》卷一七《论诗文》，载《四库全书存目丛书》，子部第 89 册，第 253 页。

何、王、李而后为诗，不李、何、王、李非诗也。又谓此四家者，其源出于青莲、少陵氏。则又曰李、杜。必李、杜而后为诗，不李、杜非诗也。自李、杜而上有沈有宋，有卢有骆，有王、杨；再上有阴、何，有江有鲍有颜，再上有曹、刘，有嵇、阮，有潘、陆，有左有韦，有束有苏、李，无暇数十百家，悉置不问，而仅津津于少陵、青莲、献吉、仲默、元美、于鳞六人，此何说也？"① 这是说，要师古就应该广师诸家，而不独偏一二家。这个时期的作者们反对复古，主要是主张从复古转而师心。

三

王穉登、屠隆等士人文学思想的核心是求真。生活趣味追求任情适意，极重自我，当然也就看不惯随人脚跟的复古派的主张，而张扬个性。他们主张不加粉饰地表现自己的真感受真性情。这样一种文学思想倾向，首先在创作中反映出来。嘉靖末，王穉登的诗已表现出随性而发的趋向，《重阳前一日与方丈兄弟同集泉上》：

> 一笑柴门晚，元方复季方。清风吹短发，明日是重阳。野屋山橙落，新霜坂稻香。爱君泉上月，不肯负清光。

"方丈"，指方子服、方子时；"元方""季方"，犹言大方二方。

---

① 邹迪光：《调象庵稿》卷二七，载《四库全书存目丛书》，集部第 159 册，第 743 页。

重阳前一日与方氏兄弟同游，写来如同随口说出。这一时期他的七律也写得流畅自然，如《新秋感事》：

> 信有秋风不厌贫，吹帘入幌转相亲。红颜薄命空流水，绿酒多情似故人。服药难辞星入鬓，闭门长与竹为邻。黄金散尽真堪惜，前日亲知是陌尘。[1]

山居而发一种世态炎凉之感慨，谓黄金未散尽时是亲知，黄金散尽之后前日之亲知已成路人。《壬戌除夜》：

> 忽忽流光岁屡移，烧灯对酒不胜悲。雨寒山县梅花寂，地僻柴门玉历迟。市上香醪杯上雪，旅中星鬓镜中丝。故人若问庭前竹，叶叶枝枝似旧时。[2]

壬戌是嘉靖四十一年（1562年），这年王穉登二十八岁，他北游太学，本拟应试，却因父丧回乡守制，诗当是他回乡后所作。守制的悲思、未能应试的失落与无奈交错，"玉历迟"，时光过得慢，一切如故，应试的事又推迟了。把心事表现得很真诚。沈尧俞为百谷的《金昌集》作序，称："今百谷之诗，读之固不俟艰齿涩舌、侧耳倾听瞬目罥思而后得也。"[3]沈尧俞是说百谷的诗情思抒发明白晓畅，不像复古派那样艰涩深奥。

---

① 王穉登：《王百谷集十九种》之《金昌集》卷三，载《四库禁毁书丛刊》，集部第175册，第39页。
② 王穉登：《王百谷集十九种》之《金昌集》卷三，载《四库禁毁书丛刊》，集部第175册，第40页。
③ 王穉登：《王百谷集十九种》之《金昌集》卷首，载《四库禁毁书丛刊》，集部第175册，第23页。

《金昌集》初刻于嘉靖四十二年（1563年），从沈尧俞的序，可以看到嘉靖末士人中对字模句仿、艰齿涩舌复古派诗风的不满。

师心，写出真心，真性情，最为突出的例子是屠隆。万历六年（1578年），屠隆在颍上县令任上，修筑堤坝，同情生民疾苦，受到爱戴。同时他又是一个性情中人。万历七年（1579年）末，他调青浦县令。在青浦任上，与吴越间名士沈懋学、冯梦祯、莫是龙等交往，青帘白舫，泛舟置酒，诗歌酬答。沈懋学、冯梦祯与屠隆都是万历五年（1577年）同榜进士。沈懋学因反对张居正"夺情"而引疾归，放浪西湖苕雪间。冯梦祯也因"夺情"事件愤而病归，这时正在西湖一带。他们三人"以文章意气相豪，纵酒悲歌，跌宕俯仰，声华籍甚，亦以此负狂简声"①。这段时间，他们的诗文都纵情而发。屠隆无论是写民生疾苦的诗文（如《发颍阳记》），还是写日常生活，都十分真诚、亲切。《发颍阳记》写万历七年冬他从颍上县令移青浦县令路上所见：

> 是夕宿茅屋中，上漏下湿，床头积雪盈尺，襆被如冰。旦起上马，行数里，见山谷中群蓝缕号哭而来。屠子停辔问之，皆答曰：吾侪小人，皆大梁民，为官人拘于河工一岁，冬月暂放还，单衣敝尽，而橐中亡一钱，奈此寒天何！去其家尚千里，旦晓委于沟壑，故哀伤而哭尔。屠子泫然怜之，捐金钱而后行。其人咸哭拜马首去，而风雪

① 钱谦益：《南京国子监祭酒冯公墓志铭》，载《钱牧斋全集·初学集》卷五一，上海古籍出版社2003年版，第1300页。

益厉。①

没有像复古派那样从古人那里寻找词句，而是朴实地说出了深深的同情。屠隆在青浦，冯梦祯曾来看他。屠隆写了《吁嗟行为开之赋》：

> 吁嗟冯先生，汝为我饮，我为汝讴，仰天独啸销百忧。星辰北走，河汉西流。昨日北风叫枯桑，今朝芳树鸣鸤鸠。世事如此，今我何求！我欲努力取富贵，富贵难自适；我欲局促修空名，空名竟何益！丈夫低眉复苦心，笑杀金华紫烟客。夜来闻君浩荡言，使我酒量大如斗。尧舜桀纣总枯骨，不如月下一杯酒。红烛未残，歌声渐低，玉壶醉击，宝剑夜提。酒中累月堪沉迷，空林不问城乌啼……君虽有官不妨晏眠，我为小吏多纠缠。今朝送君出门去，明朝世事还相煎……②

诗虽然技巧还较为粗糙，但是真诚、酣畅、毫无伪饰，是在用心灵抒说，把小县令的苦辛与人生感慨一一说出。屠隆是个坦荡的性情中人。他写友情，也真挚动人，如《怀李生》：

> 去年山露叫钩辀，水满平芜共泛舟。又是一年春草绿，思君无日不登楼。③

---

① 屠隆：《由拳集》卷一八，载《四库全书存目丛书》，集部第180册，第636页。
② 屠隆：《由拳集》卷七，载《四库全书存目丛书》，集部第180册，第456页。
③ 屠隆：《由拳集》卷一一，载《四库全书存目丛书》，集部第180册，第510页。

他的感事诗也写得很好，《孤愤篇》：

> 城南萧萧行人断，野风吹沙白草短。狐狸穿土鬼啸霜，天阴夜夜青磷满。义士一丘托山阿，何人杀之鹰与犬。奸雄灰灭乃天亡，鹰邪犬邪投烟荒。[1]

此诗为被冤杀的生员吴仕期而发，对吴仕期的慷慨节义深表同情。末句有些坐实，暗指杀害吴仕期的太平府同知龙宗武和操江都御史胡槚。万历十一年（1583年）五月，终因冤杀吴仕期，胡槚和龙宗武被弹劾，胡槚永戍贵州，龙宗武永戍雷州。"鹰邪犬邪投烟荒"指此。万历十五年，屠隆过吴仕期墓，作诗祭之。屠隆的歌行写得好，如行云流水。清人陈田论屠隆诗，称："长卿才气纵横，长篇尤极恣肆，惟任情倾泻，不自检束，未免瑜为瑕掩。"[2] 任情倾泻正是屠隆歌行的特点，其实也是他的优点，并非"瑕"之所在。

莫是龙的诗亦属直抒怀抱的那种，如《别友》：

> 一江烟雨片帆移，泛入中流信所之。幽咽歌声飘极浦，苍茫柳色暗长堤。天边碧草消魂处，醉里青山怅别时。自笑身如苏季子，貂裘空敝泣如丝。[3]

莫是龙富才华，工诗，书画皆有名，而一生潦倒，终于贡生。

---

① 屠隆：《栖真馆集》卷三，万历十八年（1590年）刻本。
② 陈田：《明诗纪事》，上海古籍出版社1993年版，第4册，第1961页。
③ 莫是龙：《石秀斋集》卷八，载《四库全书存目丛书》，集部第188册，第478页。

此处以己比喻貂裘凋敝四处游说之苏秦，心境苍凉。《与同叔论心》诸诗皆如此。

还有一位潘之恒，他比屠隆小十三岁，万历前期与屠隆辈往来，有同样的创作倾向。万历后期与公安派来往，张扬自我的倾向更加发展。邹迪光为潘之恒的金昌诗作序，说之恒游金昌，淹留卒岁，"徘徊山水间，发为篇什，动盈箱籯矣。夫景升所为诗，出于曲房之下，酒炉之畔，男女嬲而杂坐之倾，击筑鼓缶呼卢博塞之隙耳。而类能吐肝哕胆，刳心剔肠，句啄字磨，穷致极变"①。这是说题材虽系风月，而抒发则纯为真情。潘之恒极富才华，汤宾尹为其《蒹葭馆诗集》作序，称之恒的诗"感事而发，触景成歌，慷慨淋漓，率皆情至之语"②。

这时创作倾向变化还有一可注意处，就是小品文的出现，如冯梦祯的《快雪堂漫录》。屠隆晚年的《娑罗馆清言》把小品发展得很精致。以极短小简洁的文字，传达一种清幽闲逸情趣，时含人生感悟与哲思。屠隆说他写《清言》的目的，是"能使愁人立喜，热夫就凉，若披惠风，若饮甘露"。兹引数则以见其风貌之一般：

> 净几明窗，好香苦茗，有时与高衲谈禅；豆棚菜圃，暖日和风，无事听闲人说鬼。
>
> 水色澄鲜，鱼排荇而径度；林光淡荡，鸟拂阁以低飞。
> 曲径烟深，路接杏花酒舍；澄江日落，门通杨柳渔家。

---

① 邹迪光：《郁仪楼集》卷三二，载《四库全书存目丛书》，集部第 158 册，第 688 页。
② 汤宾尹：《蒹葭馆诗集序》，《睡庵稿》卷一，载《四库禁毁书丛刊》，集部第 63 册，第 24 页。

持论绝无鬼神，见怪形而惊怖；平居力诋仙佛，遇疾病而修斋。儒者可笑如此。称柴数米，时翻名理于宾筵；媚灶乞墦，日挂山林于齿颊。高人其可信乎！[①]

常想病时，则尘心渐灭；常防死日，则道念日生。风流得意之事，一过辄生悲凉；清真寂寞之乡，愈久转增意味。[②]

屠隆清言，自内容言，一片禅心，悟人生之有无，数点感慨，看世态之变幻，半是逸兴，半是哲思。自文字言，则清新淡雅，容量甚大。这已经进入万历后期与后期如陈继儒辈的清言相衔接，成一时风气，影响至于"五四"。

四

这些士人求真的文学思想，在理论上也有表述。创作倾向的表现在前，而理论表述在后。有的理论表述，甚至晚至万历后期。但是，他们求真情的文学思想，前后是一致的。

冯梦祯特别强调真实。他在万历十六年（1588 年）写的《题门人稿》，署名就是真实居士。在《序四子采真录》中，冯梦祯说：

夫垒石为山，以寄丘园之适，非不穷工极研，而终无真趣，为其非造物所成也。即造物所成矣，一树一石，姿

---

① 屠隆：《娑罗馆清言》卷上，载《丛书集成初编》，中华书局 1991 年版，第 2986 册。
② 屠隆：《续娑罗馆清言》，载《丛书集成初编》，第 2986 册。

态之巧，玩之可以解饥，劢畅心神，况大此者耶。故余之论文，以真为宗，一语之真充之，启口皆真矣。一言之真充之，掇体皆真矣。所谓美在其中而畅于四肢，发于事业，直文也云乎哉！

他崇尚自然，反对伪饰，主张反对伪饰应该从为文开始：

故余谓反世之伪，必从文始。余归而逢里中诸生论文，大都提此一字话柄。[①]

在《跋尚友堂诗集》中，他说《尚友堂诗集》的诗：

盖超然一本之情性，而自得于矩度之外者也。夫强笑不乐，强哭不哀，饰妇人须鬓则不韵，傅男子以粉黛则不庄。何也？性情不可假也。故田夫牧竖、妇人女子，何常习声律、工文辞哉！而其率然自鸣之语，反见采于史氏，陈于先王，至于今尊之曰经。而后之文人才子，竭其精力求一言之似而不可得。……夫诗而本之性情，近取诸身，远取之物，随感而动，天机自呈。譬如临镜自见其面，亦如水银撒地，大小皆圆，宁待安排布置耶？[②]

得之天机，自然呈现，这说的也是表现真性情，反对伪饰。冯

---

① 冯梦祯：《快雪堂集》卷三，载《四库全书存目丛书》，集部第 164 册，第 84 页。
② 冯梦祯：《快雪堂集》卷三一，载《四库全书存目丛书》，集部第 164 册，第 447—448 页。

梦祯把提倡为文之真提到治国的高度。他说有时文章写得头头是道，满嘴经术，焉知不是伪君子；有时文章写得奇采美丽、为过增色，焉知不是谀佞之辈。"上以伪取之，则下以伪应之。上以真取之，则下饰其真以应之。真者十七，饰者十三，疑真于饰，疑饰于真，是非非是，毫厘千里。治乱因之，如淄渑之合。"①

王穉登也有类似言说。嘉靖末他在《与唐司马书》中就提到阐扬性灵的问题：

> 不肖无似，十岁为诗，十五攻文，才卑调下，不能与古人齐驱。然模写景物，阐扬性灵，雕香刻翠，于今代作者往往为侣。②

"阐扬性灵"，亦抒发真情之义。集中论述求真文学思想的是屠隆。他由言情而言真，由言真而言性灵。在《与友人论诗文》中，他说，唐人之诗之所以写得好，因为他们重在兴趣，独抒性情。"诗者非他，人声韵而成诗，以吟咏写性情者也。固非搜隐博古、标异出奇、旁通俚俗以炫耀恢诡者也。即欲搜隐博古、标异出奇、旁通俚俗以炫耀恢诡，曷不为《汲冢竹书》《广成》《素问》《山海经》《尔雅》《本草》《水经》《齐谐》《博物》《淮南》《吕览》诸书，何诗之为也？"这是说，诗如果不抒写性灵而炫耀学问，就成了子、史，何必写诗。在《范太仆

---

① 冯梦祯：《快雪堂集》卷三《拟山东试录后序》，载《四库全书存目丛书》，集部第164册，第87页。
② 王穉登：《王百谷集十九种》之《晋陵集》卷下，载《四库禁毁书丛刊》，集部第175册，第20页。

集序》中屠隆指出诗本小道，何以还有那么多人写诗，而且有
的还因诗而名传后世，就因为诗表现的是精神，是性灵：

> 诗者，伎也。其为道也小，其为象也假，而古今之人
> 率驰焉，甚则毕一生之神力而为之……顾万物之形容声响
> 皆有销歇时，而惟精神不可磨灭。汉高帝、西楚霸王《大
> 风》《垓下》之歌，不过三言耳，而万古跌宕，千秋悲凉，
> 则其雄豪沉鸷之气不灭也。又况至人高士，陶洗性灵而发
> 之者邪！①

他这里说的"为象也假"，指诗中之象非现实之象，而是作者
构拟之形象。此种构拟之形象，皆源于作者之气、精神、性
灵，都是作者本然性情之表现。在《高以达少参选唐诗序》
中，有类似说法。屠隆说诗是小伎，于道不尊，命将帅与临战
阵，诗无一用处，以诗换杯酒，屠沽唾之不顾。诗确实不如钱
有用。但是，诗舒畅性灵，描写物象，感通神人，却是无用之
大用。屠隆为朋友邹彦吉的《羼提垒集》作序，指出当时的文
坛多伪：

> 今文人多赝，庸而赝奇，浅而赝深，枵而赝博，佻而
> 赝庄，稚而赝苍，俚而赝雅，躁而赝冲，善自涂泽，达者
> 一觑破之。②

---

① 屠隆：《白榆集》卷二《范太仆集序》，载《四库全书存目丛书》，集部第 180 册，
   第 149—151 页。
② 屠隆：《栖真馆集》卷十《羼提垒稿叙》，万历十八年（1590 年）刻本。

屠隆认为在这样以伪为真的风气里，邹彦吉能去伪存真，表现出他的真性情。

求真，是返归自然之性灵。在《文章》中屠隆说：

> 夫文者，华也。有根焉，则性灵是也。士务养性灵而为文，有不巨丽者，否也。是根固华茂者也。①

这里不仅提出性灵问题，而且提出性灵须养。屠隆从文学发展的历史，谈性灵问题。在《论诗文》中，他列举历代诗人之诗加以评论：

> 冲玄清旷，爽气袭人，如寒泉漱齿，烦嚣顿除，神丹入口，凡骨立蜕。已上摘赏篇什，选波斯宝，析栴檀香，各极才品，各写性灵，意致虽殊，妙境则一。冥搜而妙悟之，诗家三昧，思过半矣。②

好的诗都是各写性灵的诗。他还从天、地、人三者的关系中看性灵。他在《诗文》中强调：

> 响随乎形，形出乎气，气有清浊而声因之，斯自然之籁，不可强也。粗器必无清声，秀形必无浊韵，寸管必无洪音，巨钟必无细响。其窍以天，其发以机也。

---

① 屠隆：《鸿苞》卷一七，载《四库全书存目丛书》，子部第89册，第231页。
② 屠隆：《鸿苞》卷一七，载《四库全书存目丛书》，子部第89册，第247页。

万物一气，而气有清浊，声也有清浊，有什么样的器，就有什么样的声。他接着论述声以代变："汉文典厚，唐文俊亮，宋文质木，元文轻佻，斯声以代变者也。"声也因人而别："孔、孟雅正，老氏深含，庄、列玄虚，佛氏闳奥，左氏庄严，屈、贾凄怨……斯声以人殊者也。"声既出于自然元气，既因代而变，因人而异，那就要顺其然，不要违背自然情性：

> 造物有元气，亦有元声，钟为性情，畅为音吐。苟不本之性情而欲强作假设，如楚学齐语，燕操南音，梵作华言，鸦为鹊鸣，其何能肖乎！故君子不务饰其声而务养其气，不务工其文字而务陶其性情。[①]

屠隆认为，文之所以能留传后世，不是文传，而是性情传："古之人之所以藏在京师，副在名山，金函玉篋，日月齐光者，匪其文传，其性情传也。"这是说，不论你是入世还是出世，不论你在什么地方，你的传世，不是因为文章写得好，而是因为你的文章中传递了你的真性情。这就把表现真性情放到为文的首要地位。

屠隆所说的真性情，是指自然所赋予，未经闻见理道所遮蔽的本然的性情，浑沦纯净，未经情识欲望之污染。他所说的养性灵，就是要去除闻见理道的遮蔽，去除情识欲望的污染，回归本然之性，他在《人解》中说：

---

① 屠隆：《鸿苞》卷一八，载《四库全书存目丛书》，子部第 89 册，第 254—255 页。

> 天地以太极之理，阴阳五形之气，妙合而生人。理者，性也；气者，命也。天地之所以成化工者，此性命也。圣贤之所以尽人道者，此性命也。众人之性命，其初本浑沦完足而无亏欠，惟此一点太极灵光，落在二五揉杂中，所以不无昏明纯驳，而欲根情识，得以覆盖本心……故必时时提醒，时时拂拭，沙去水清，莠尽苗长。[1]

他认为，本然之性是灵明具足的，要守持住这灵明具足的性灵，就要时时拂拭，去除欲根情识的遮蔽，回归本然之灵性。这一认识显然受到心学的影响。他所说的性灵须养，道理在此。他所说的写性灵之天籁，即是写自然赋予的性灵。

屠隆的思想是复杂的。他强调写性灵应该写自然赋予的、去除欲根情识的本然之性，而事实上他在创作实践中的表现，却是毫不掩饰地写欲根情识。他放纵情欲，任由欲根情识自由发泄。他的一些书信，毫不掩饰自己的情欲，为所欲言。屠隆生活本来放荡。他给冯梦祯、沈君典等人的信，谈的是性，流露的是欲望。在颍上，他给冯梦祯写信，对冯梦祯、沈君典的放纵生活深表羡慕："沈郎挟吴娃泛五湖烟雨去，便谓足下买江阴棹矣……沈郎买一丽姝，而足下挟龙阳，平分风月，大闹吴门。两太史亡赖。东南霪雨，疑二足下所为。"[2] 他也知自己情识欲望强烈，便开始禅修，也信净土的果报，禅净双修。万历八年（1580年），他拜昙阳为师。昙阳名焘真，为大学士王锡爵之女，未过门而夫死守节，自称修炼成仙，称昙鸾菩萨。

---

① 屠隆：《鸿苞》卷二七，载《四库全书存目丛书》，子部第 89 册，第 504 页。
② 屠隆：《由拳集》卷一七《与冯开之》，载《四库全书存目丛书》，集部第 180 册，第 621 页。

当时许多有名士人，如王世贞兄弟、沈懋学、赵用贤等人，拜其门下为徒。屠隆也真诚相信，还与王世贞交换修持心得。昙阳在给王世贞传示的"八戒"中，有色戒一项。此一项也为屠隆所遵守。但是他生活放荡难以克制，因此常常为此而苦恼。后来，他还从聂姓道士和金姓道士授真诀，大概学的是气功一类。他的修持，亦仙亦佛。他所说的性灵须养，大概也指此一种的修持，目的是去欲，特别是去除名欲与色欲。他曾在给朋友的信中提及修持去欲的过程：

> 某视天下之物，一无所好。至于男女之欲，亦犹夫人耳。兼之名根为障，去道弥远。盖尝书绅以铭，要神以誓，苦形以自罚，虚心以自度，至于寒暑昼夜，展转反覆，若制毒龙，若克大敌，为力甚勤，取效甚少，久而渐熟，差减于初。而明公辄许某为无欲，得无伤知人之明乎！公曰：男女之欲，去之为难者何？某曰：道家有言，父母之所以生我者以此，则其根也。[①]

他始终难去色欲，最终只好为此寻找借口，说男女之事为天经地义。屠隆禅净双修是一片真心，但他未能克制欲望，依然纵欲也是事实。他在理论上主张修持，以回归没有情识欲念的天赋之本然性灵，而事实上他在创作中表现的却是强烈的含有情识欲念的性灵。

嘉靖末到万历前期，三教一源、三教一体的思想，禅净双

---

① 屠隆：《白榆集》卷九《与李观察》，载《四库全书存目丛书》，集部第 180 册，第 253—254 页。

修的思想都非常活跃，而任情纵欲的风气也同时存在。王穉登、冯梦祯、沈懋学、屠隆、莫是龙、潘之恒这些士人，在这样一个环境中展开他们的内心世界，以真示人，毫无伪饰。然亦由重自我、求真，走向纵欲，发展至万历后期而此风愈炽，社会风气中似有一种世纪末之情态。

他们是一群志同道合的人，冯梦祯就说与屠隆是"石交"，屠隆与沈懋学还曾结儿女亲家。他们与前后文坛有广泛的交往。屠隆、冯梦祯都拜访过汤显祖，对汤显祖评价甚高。他们与公安派也有来往。他们求真、抒写性灵的文学观念，上承弘治到嘉靖前期江南文人如唐寅、祝允明、文徵明辈之余绪，下与公安派的性灵说相接，是重自我、重真情、重创造的文学思潮发展的不同阶段。

（原刊《天津社会科学》2011 年第 6 期）

从良知到性灵

——明代性灵文学思想的演变

□ 左东岭

　　以公安派为代表的"独抒性灵"的晚明文学思想，与阳明心学的良知灵明具有密切的关联。而二者相关联的核心从哲学的层面讲，便是主体性灵在心与物关系中所占据的绝对主导地位。自从王阳明将良知称为造化的精灵，并突出其生天生地、成鬼成帝的巨大功能后，王门后学便在心与物的关系中，日益重视主体之心而将物置于次要地位。到王时槐时，便已提出如下说法："阳明以意之所在为物，此义最精。盖一念未萌，则万境俱寂，念之所涉，境则随生。且如念不注于目前，则虽泰山觌面而不睹；念苟注于世外，则虽蓬壶遥隔而成象矣。故意之所在为物，此物非内非外，是本心之影也。"① 王氏在此提出了境的概念，而此境实乃心物相融之结果，有类于以前所称之意境，但与传统相别处，在于他更强调了意对于境之创生统率作用。王学的此种良知性灵观念促成了中国文学思想在文学发生论上的一次明显转折，即从早期以物为主的感物说向着晚期

———————

① 黄宗羲：《明儒学案》卷二〇，中华书局 1985 年版，上册，第 482 页。

以心为主的性灵说的转变，从而构成了晚明性灵说的哲学基础。如袁宏道称真诗之创作说："要以出自性灵者为真诗尔。夫性灵窍于心，寓于境。境所偶触，心能摄之；心所欲吐，腕能运之。心能摄境，即蝼蚁蜂虿皆足寄兴，不必《雎鸠》《驺虞》矣；腕能运心，即谐词谑语皆是观感，不必法言庄什矣。以心摄境，以腕运心，则性灵无不毕达，是之谓真诗。"① 中郎在此虽不是专门讨论性灵与外物的关系问题，但他还是无意中从两个方面突出了性灵的重要：一是从发生过程看，由所寓性灵之心而至境，再由心而至手，最后方由手而成诗，其第一发生之源在于主体性灵；二是从价值判定看，决定诗之好坏高低的因素，乃在于以心摄境与以手写心的能力，而不取决于外物的美丑恶与好坏、语言的谐谑与庄重，只要心能摄境与腕能运心，则无论何种外境均有其价值。因此，无论是从诗学发生论还是从诗学价值论上看，公安派的性灵文学思想都具有浓厚的心学气息。故而若欲真正弄清公安派之文学思想，便须首先理清它与心学的渊源关系。近年来已有人开始对此一问题进行探讨，但远没有达到令人满意的程度。② 在公安与阳明心学的关系中，其实存在着并不相同的两个侧面：一是顺延性的，即从阳明心学原来哲学的良知观念发展为审美的文学观念，此可称为蹑事增华；二是变异性的，即对其原来的儒家伦理内涵进行

---

① 江盈科：《敝箧集叙》，载袁宏道著，钱伯城笺校《袁宏道集笺校》附录三，上海古籍出版社 1981 年版，下册，第 1685 页。
② 有关公安派与阳明心学关系的研究，请参看吴兆路《性灵文人与阳明心学》（《文史知识》1995 年第 5 期）、《公安派与阳明后学》（《浙江学刊》1995 年第 2 期）。此二文对公安派与阳明后学的交游及其相互影响进行了叙述，对于该问题的研究有相当的贡献，然惜未能深入至其文学思想与审美意识中加以对比考察，故仍须进行二者关系的深层研究。

扬弃与改造，此可称为旁枝异响。因而在论述其间的任何一种继承关系时，均须注意到这两个侧面，既要注重其继承，又要弄清其变化，如此庶几可以得出近乎其实的结论。下面便从三个方面来探讨公安派与阳明心学之间的继承发展关系。

一、 从良知虚明到审美超越

自王阳明提出四句教以后，关于良知本体到底是无善无恶还是知善知恶的争论便一直没有停息。而就公安派所接受的心学影响看，则主要是来自讲究无善无恶的王畿、李贽与泰州后学罗近溪。袁宗道说："伯安所揭良知，正所谓'了了常知'之知，'真心自体'之知，非属能知所知也。"① 在此，他借用了禅佛理论，将良知说成超越了善恶的真心自体，它既非一般感觉之能知，亦非外界之所知，而是真常之体，同时，他又称此真常之体，为"迥然朗然，贯通今古，包罗宇宙"② 的"自然灵知"。而此自然灵知的特性便是虚明不染，所以他又说："虚灵之地，不染一尘。"③ 合而言之，良知本体便可概括为虚明广大。在这方面，"三袁"的认识基本上是相同的。此种以禅释儒的思路，在阳明处已初露端倪，至龙溪、卓吾时则更变本加厉，"三袁"显然是从后二人处直接受到了启示。

"三袁"不是心学家，他们汲取心学资源也并非只为讲学论道，而是为其求乐适意的人生观寻求哲理支撑。因此当他们

① 袁宗道著，钱伯城点校：《白苏斋类集》卷一七《读大学》，上海古籍出版社1989年版，第239—240页。
② 同上，第240页。
③ 袁宗道著，钱伯城点校：《白苏斋类集》卷一九《读孟子》，第279页。

将虚明的良知理论转化为人生观时，便成为禅学无心无执的人生境界，袁宏道则将此称为"韵"，他在《寿存斋张公七十序》中说："山有色，岚是也；水有文，波是也；学道有致，韵是也。山无岚则枯，水无波则腐，学道无韵则老学究而已。昔夫子之贤回也以乐，而其与曾点也以童冠咏歌。夫乐与咏歌，固学道人之波澜色泽也。江左之士，喜为任达，而至今谈名理者必宗之。俗儒不知，叱为放诞，而一一绳之以理，于是高明玄旷清虚澹远者，一切皆归之二氏。而所谓腐滥纤啬卑滞局局者，尽取为吾儒之受用，吾不知诸儒何所师承，而冒焉以为孔氏之学脉也。且夫任达不足以持世，是安石之谈笑，不足以静江表也；旷逸不足以出世，是白、苏之风流，不足以谈外物也。大都士之有韵者，理必入微，而理又不可以得韵。故叫跳反掷者，稚子之韵也；嬉笑怒骂者，醉人之韵也。醉者无心，稚子亦无心，无心故理无所托，而自然之韵出焉。由斯以观，理者是非之窟宅，而韵者大解脱之场也……颜之乐，点之歌，圣门之所谓真儒也。"① 中郎此论，意在打通儒释道三家，或者说是以儒来统合释、道，其要旨在于：一是儒者之目的亦为求生命之乐；二是求乐放达而无碍于经世；三是唯其求乐有韵，所领悟之理才可入微。此种见解实源于王阳明与王艮二人，阳明教人屡称"不是捆缚人的"，心斋言学亦以乐为宗旨，这些意思均可在中郎的话中找到回应。而颜回、曾点之乐，则一直是心学家所乐谈之题目。可知他的乐是由佛、道之解脱与儒家之和乐相融而成，中郎将其称为韵，实际上也就是无心无执的自然自由状态，它犹如儿童与醉者之无心。得韵则理必入微，

---

① 袁宏道著，钱伯城笺校：《袁宏道集笺校》卷五四，下册，第 1541—1542 页。

即学道已真正悟得生命之底蕴。但真正超悟者又必须无执于理与道而达到"忘"的自如境界，故言"理又不可以得韵"。然而，一旦达到理无所托的无心无执状态，自然之韵便会不期而至，从而获得自我解脱之乐。中郎在此处所追求的，实为物我两忘的超然人生境界，故而他所说的"无心"，便与阳明"心忘鱼鸟自流形"的"自得"，与李贽自然无执的童心，具有了同一意旨。尤其是他所称的稚子无心与醉人无心的韵，更与李贽的童心状态相近，则其乐之境界亦与李贽所言的"游艺"之境相同。

公安派的真正贡献不在于他们的求乐理论有何超越前人之处，而是在继承心学求乐传统的基础上，将此种人生观推向了超然的审美心境。在公安派的文学思想里，此种审美心境是指既不为俗儒的道理闻见所执，亦不为世俗功利所扰的高雅情趣。袁宏道认为历代取得卓越艺术成就者，如阮籍、白居易、苏轼，以及本朝的祝允明等，他们的诗文书画之所以至微入妙，盖因其"异人之趣，去凡民远甚"①。袁中道曾对此种异人之趣有过具体说明，他在为朋友夏道甫诗集作序时，言其曾挟数千金至麻城经商而甚不得其道，乃至被人视为迂拙，但却能"神情静嘿，日与造物者游"，亦即沉醉于艺术想象之中，故被李贽、梅国桢诸先贤称为"韵人"。小修由此总结说："士之有趣致者，其于世也，相远莫如贾，而相近莫如诗。"② 远于贾即超越世俗，近于诗即具有审美情怀。从哲学的虚明到人生态度的无心再到超越的审美心境，公安派终于将一个心学上的哲理

---

① 袁宏道著，钱伯城笺校：《袁宏道集笺校》卷四一《纪梦为心光书册》下册，第1223页。
② 袁中道著，钱伯城点校：《珂雪斋集》卷一一《夏道甫诗序》，上海古籍出版社1989年版，上册，第523页。

概念升华为一种审美的理论。

"三袁"自身具有超越世俗的审美追求。"伯修少有逸兴，爱念光景，耽情水石。"① 中郎则更是"恋恋烟岚，如饥渴之于饮食"②。而且他们也的确在山水漫游中获取过极大的审美愉悦，如中郎观庐山黄岩瀑布，"一旦见瀑，形开神彻，目增而明，天增而朗，浊虑之纵横，凡吾与子数年淘汰而不肯净者，一旦皆逃匿去，是岂文字所得诠也"③。在自然山水中，心灵得到净化，境界得以提升，一种难以用文字言说的美感油然而生。尽管"三袁"平生均有山水之癖，但是严格地说来，山水还并非其审美的核心，在其审美观念中审美心胸居于更重要的地位。中郎曾说："善琴者不弦，善饮者不醉，善知山水者不岩栖而谷饮。孔子曰：'知者乐水。'必溪涧而后知，是鱼鳖皆哲士也。又曰：'仁者乐山。'必峦壑而后仁，是猿猱皆至德也。唯于胸中之浩浩，与其至气之突兀，足与山水敌，故相遇则深相得。纵终身不遇，而精神未尝不往来也，是之谓真嗜也。"④ 鱼鳖猿猱虽终身居于山水之间，却未可以哲士至德相称，盖因其自身并无灵性，不具备"知""仁"之胸襟。人唯有先具此浩浩阔大之心胸，而后在与奇丽美妙之山水相遇时，方可主客相融，构成审美境界。即使终身不遇山水，而只要具此审美胸怀，仍可通过欣赏山水画卷，甚至通过艺术想象而获

① 袁中道著，钱伯城点校：《珂雪斋集》卷一二《白苏斋记》，中册，第 533 页。
② 袁中道著，钱伯城点校：《珂雪斋集》卷一八《吏部验封司郎中中郎先生行状》，中册，第 758 页。
③ 袁宏道著，钱伯城笺校：《袁宏道集笺校》卷三七《开先寺至黄岩寺观瀑记》，下册，第 1145 页。
④ 袁宏道著，钱伯城笺校：《袁宏道集笺校》卷五四《题陈山人山水卷》，下册，第 1582 页。

得审美享受。在此，可以明显地看出公安派审美观念中，具有非常突出的阳明心学重主体心性的倾向，即在心与物的关系中，以心作为第一要素，没有审美心胸，便不存在审美创造与审美欣赏。以前许多人均将此讥为脱离现实的唯心主义倾向，当然不能说毫无道理。但从文学发生过程看，中国古代文学思想之从早期的感物说转向晚期的性灵说，也是一个不可逆转的趋势。自王阳明提出良知说后，经过了王畿的求乐说，再到李贽的童心说，最后发展为公安派的性灵说，乃是此一转变过程的主要潮流。正是在此一方面，显示了公安派文学思想的意义与价值。当然，这是一个逐渐演变的过程，在王阳明那里，他已具备了相当丰富的超越的审美意识，并创作出不少体现其审美理想的诗文作品，但他毕竟是思想家，所看重的依然是对士人救世热情的鼓励与伦理观念的强化，而未在理论上对超越的审美意识进行集中的表述。到了李贽时，他已较之王阳明进了一步，在文学思想上明确地提出了童心说，其理论形态已与公安派相当接近，但由于他入世观念甚强，其自身反倒在审美上并未得到太多的人生真实受用。公安派既将王阳明哲学上的良知虚明演化为无心无执的超然审美境界，又吸取了李贽人生受用的价值观念，从而既在现实中获得了潇洒自由的真实受用，又在理论上提出了明确的性灵主张，还在创作上取得了相当的实绩，可以说代表了性灵文学思想的最高成就。

二、 从良知灵明到自心慧灵

公安派所言性灵显然源于王学的良知灵妙，中郎曾言"一灵真性，亘古亘今"，而且此"真神真性，天地之所不能载也，净秽之所不能遗也，万念之所不能缘也，智识之所不能入也，岂区区形骸所能对待者哉"①。此种表述显然是承袭了阳明良知生天生地的灵妙特征。但阳明突出良知灵明的目的在于增强体认自然天则（德性之善）的信心，公安派强调自我性灵除有重视作家主体性情外，更将其与作家灵动的审美感受力和独特的艺术才能联结起来，这在公安派的表述中常常被称为"才气"，如中郎称江进之"才高识远"②，"三袁"间称"才高胆大""逸趣仙才"③。公安派的才气主要指作家所独具的灵心慧性，如小修称诗人周伯孔的诗文"抒自性灵，清新有致"，并述其成因曰："湘水澄碧，赤岸若霞，石子若楇蒲，此《骚》材所从出也。其中孕灵育秀，宜有慧人生焉。"④ 此所言"灵""秀""慧"，均指作家之天才灵感。而有无此种灵感，便成为判断诗文价值高低的标准。小修读其好友马远之文，觉其"灵潮汩汩自生，始知天地之名理，与人心之灵慧，搜而愈出，取之不既"⑤。马氏之文所以会灵潮汩汩而生，关键便在于其心中有搜之不尽的灵慧之性。而灵慧之性之所以有价值，乃因其与美有密切关联，小修曾论慧与美之关系曰："凡慧则流，流极而趣生焉。天下之趣，未有不自慧生也。山之玲珑而多态，水之涟漪而多姿，花之生动而多致，此皆天地间一种慧黠之气所成，

---

① 袁宏道著，钱伯城笺校：《袁宏道集笺校》卷一一《与仙人论性书》，上册，第489—490页。
② 袁宏道著，钱伯城笺校：《袁宏道集笺校》卷一八《雪涛阁集序》，中册，第710页。
③ 袁中道著，钱伯城点校：《珂雪斋集》卷一一《中郎先生全集序》，上册，第521页。
④ 袁中道著，钱伯城点校：《珂雪斋集》卷一〇《花雪赋引》，上册，第460页。
⑤ 袁中道著，钱伯城点校：《珂雪斋集》卷一〇《马远之碧云篇序》，上册，第482页。

故倍为人所珍玩。至于人，另有一种俊爽机颖之类，同耳目而异心灵，故随其口所出，手所挥，莫不洒洒然而成趣，其可宝为何如者。"① 此言由慧而生之趣有二层含义：一为慧则流，而流即活，即盎然之生命感，此处所言山、水、花三种喻体之"玲珑""涟漪""生动"，均与鲜活灵动的生命感相关联，故称其为"慧黠之气所生"；二是"俊爽机颖"的心灵之慧发之为各自不同的灵心慧口，便会在诗文中形成独特的生命之趣，从而显示出鲜明的艺术个性。二者相合，灵慧便重在一个"活"字，而只有活了，才会有生命感；也只有活了，才会具备自我之独特个性；而只有具备了生命感与独特个性，才会是真正美的诗文。

在此种重视作者个体灵心慧性的背后，不仅是将原有的哲思引向了审美，同时也包含着价值观的转变。袁中道在称赞中郎转变文坛风气的功劳时说："至于今天下之慧人才士，始知心灵无涯，搜之愈出；相与各呈其奇，而互穷其变，然后人人有一段真面目溢露于楮墨之间。即方圆黑白相反，纯疵错出，而皆各有所长，以垂之不朽，则先生之功于斯为大矣。"② 观此可知小修所以将诗文之价值衡之于心，乃是由于他更看重每位作者的个体存在，在重视自我心灵的前提下，每位作者便可"各呈其奇"，将自我的"一段真面目溢露于楮墨之间"，于是便会"各有所长"，也才会最终"垂之不朽"。从此处所言的"方圆黑白相反，纯疵错出，而皆各有所长"来看，其价值不

① 袁中道著，钱伯城点校：《珂雪斋集》卷一〇《刘玄度集句诗序》，上册，第456页。
② 袁中道著，钱伯城点校：《珂雪斋集》卷一一《中郎先生全集序》，上册，第522页。

在于趋同而在于存异，这意味着明代的文学思想已经从前期的重伦理之同，转变为后期的重个性之异。在此一转变中，公安派的文学思想与阳明心学既有继承的一面，更有发展变异的一面。在王阳明那里，尽管依然在围绕着伦理心性而立论，但同时也强调学以"自得"，主张教育弟子时重视其个性，所谓狂者便从狂处成就他，狷者便从狷处成就他，由此也开启了心学重个体自我的传统。最能体现重作家主体思想的是唐顺之的本色论，他不仅重视每位作家的真知灼见，而且提出了儒、墨、名、老庄、纵横、阴阳各家自有其本色的见解，认为尽管儒家之外各家为术也驳，却也具备了千古不可磨灭之见，故而亦各有其价值。唐顺之的观点对后来有极大的启示。不过这种本色说依然未脱去心学的心性论色彩，一是带有浓厚的伦理气息，二是多从作家之"识"而未从审美方面着眼，以致有时表现出一并否定文学本身价值的偏见。到李贽时开始有了更大的转变，他不仅承认天生一人自有一人之用的个体价值，而且主张自然流露自我性情，提出了著名的童心说，这已与公安派的理论极为接近，只是尚未完全深入创作实践中而已。公安派正是继承了心学的此一传统，才会提出重性灵、重个体的文学思想来。在袁宗道那里，尚留有本色论的影响，他在《论文下》①中，提出了"有一派学问，则酿出一种意见；有一种意见，则创出一般语言"的观点，并具体论述曰："无论《典》《谟》《语》《孟》，即诸子百氏，谁非谈理者？道家则明清净之理，法家则明赏罚之理，阴阳家则述鬼神之理，墨家则揭俭慈之

---

① 袁宗道著，钱伯城点校：《白苏斋类集》卷二〇，上海古籍出版社1989年版，第285—286页。

理，农家则叙耕桑之理，兵家则列奇正变化之理。汉、唐、宋诸名家，如董、贾、韩、柳、欧、苏、曾、王诸公，及国朝阳明、荆川，皆理充于腹而文随之。"因而他最后得出结论说，"复古派七子""其病源则不在模拟，而在无识"。无论是就其认同的阳明、荆川的学源上，还是强调诸子百家各有其识上，以及为文重"识"而缺乏审美色彩上，伯修的理论都直接与唐顺之本色论一脉相承。但他同时又提出了为文须有真感情的观点，故曰："大喜者必绝倒，大哀者必号痛，大怒者必叫吼动地，发上指冠。"这显然受了李贽童心说所倡言的自然表现论的影响，开启了公安派重自我个性的文学思想。至中郎、小修处，性灵说的内涵已有了重大的变异。其核心在于他们已将性灵完全落实在作者真实的个性表现上，并以抒发情感的审美功能为旨归。在此便须提到中郎先生那篇著名的《叙小修诗》，其中论小修之诗曰："大都独抒性灵，不拘格套，非从自己胸臆流出，不肯下笔。有时情与境会，顷刻千言，如水东注，令人夺魄。其间有佳处，亦有疵处，佳处自不必言，即疵处亦多本色独造语。然予则极喜其疵处。"① 在此，当然仍可看出心学色彩与本色说思路的痕迹，这不仅依然有"本色独造语"的术语沿袭，而且"独抒性灵，不拘格套"的主张，也与唐顺之以内容颠覆形式技巧的做法如出一辙。然而一句"予极喜其疵处"，将中郎与荆川严格地区别开来，因为荆川无论如何肯定名、墨、老庄，但对其为术也驳的缺陷是绝对难以认可的，他心目中的理想状态，依然是儒家的纯正善美，只是在与无本色相比时，儒家之外的诸子百家才具有了相对的本色价值。可知

---

① 袁宏道著，钱伯城笺校：《袁宏道集笺校》卷四，上册，第 187 页。

荆川判别文章的最高标准乃在其善与不善。而袁宏道所看重者，乃是否从自我胸臆流出，那些"佳处"虽合乎传统的善美标准，却有模拟蹈袭的"假病"存在；而疵处虽有种种不如意，却是作者真实情感的流露，故"多本色独造语"，从而有了不可替代的价值。可知公安派判别文章的最高标准乃在其真与不真，以疵为美实际上便是以真为美。这种以不完善为美的审美标准显然已与阳明、荆川的审美观有了重大的差别，从而使明代性灵论发生了根本的转向。由此形成了一种以疵为美、以癖为美的审美思想，在晚明广泛流行。

三、 从自然童心到自然表现

强调心性自然本是王学的传统，许多王门学者如王畿、罗汝芳等，喜将此称为赤子之心，到李贽时则形成了他不拘一格的童心说。而赤子之心与童心是有很大差别的。因为尽管龙溪的赤子之心也是为了突出良知的当下现成与发用自然，但仍罩着一顶伦理天则的帽子。李贽一方面继承了龙溪心性自然现成的说法，同时又舍弃了良知的伦理属性，以本体之空与自然童心取而代之，并将其引入文学理论的领域。李贽童心说的核心是真实自然，它由真实无欺之本心与自发无碍之表现此二种互为关联的内涵构成，并以重视自我价值为其根本前提。公安派则主要是继承了李贽的童心说的真实自然观念，且将其在创作实践中全面展开，从而形成其自然洒脱的审美风格。袁宏道将这种真实自然的人生状态概括为"趣"，所谓："世人所难得者惟趣。趣如山上之色，水中之味，花中之光，女中之态……夫趣得之自然者深，得之学问者浅。当其为童子也，不知有趣，然无往而非趣也。面无端容，目无定睛，口喃喃而欲语，足跳跃而不定，人生之至乐，真无逾于此时者。孟子所谓不失赤子，老子所谓能婴儿，盖指此也。趣之正等正觉最上乘也。山林之人，无拘无缚，得自在度日，故虽不求其趣而趣近之。愚不肖之近趣也，以无品也，品愈卑故所求愈下，或为酒肉，或为声伎，率心而行，无所忌惮，自以为绝望于世，故举世非笑之不顾也，此又一趣也。迨夫年渐长，官渐高，品渐大，有身如梏，有心如棘，毛孔骨节俱为闻见知识所缚，入理愈深，然其去趣愈远矣。"① 从行文的语气看，中郎的自然之趣汲取了老子与孟子的思想，也与罗汝芳的赤子之心相近。近溪曾说："赤子孩提，欣欣长是欢笑，盖其时，身心犹自凝聚。及少少长成，心思杂乱，便愁苦难当。世人于此，堕俗习非，往往驰求外物，以图安乐。不思外求愈多，中怀愈苦，老死不肯回头。"② 但就其价值取向看，则是李贽童心说的具体推衍。陆云龙评中郎上述文字曰："自然二字，趣之根荄。"可谓中的之言。正是以自然为核心，中郎论童心之自然无碍，山林隐士之自由自在，愚不肖之率性而行，以及高官显宦被道理闻见塞却心灵之拘禁失真。此乃与李贽所言童心为同一旨趣，所不同者为中郎又增加近趣之愚不肖一类，但此显系与童心之无知无识通。可知在中郎的人生观中，趣、自然与童心乃三位一体之物。

由自然人生之趣出发，公安派又将其引申为自然审美之趣。中郎说："夫花之所谓整齐者，正以参差不伦，意态天然，

① 袁宏道著，钱伯城笺校：《袁宏道集笺校》卷一〇《叙陈正甫会心集》，上册，第463—464页。
② 罗汝芳：《罗近溪先生集》，广理学备考本，第14页。

如子瞻之文随意断续，青莲之诗不拘对偶，此真整齐也。"① 无论是自然花卉之美抑或诗文之美，其原则均应为"意态天然"。公安派论诗文自然之美有两层内涵。首先是求真，即表现出自我之真实面目。中郎又将此称为"质"，其曰："古之为文者，刊华而求质，敝精神而学之，惟恐真之不极也。"② 而伤质之真者有理之碍与意之执二害，故中郎强调在创作过程中要破除理与意，他说："博学而详说，吾已大其蓄矣，然犹未能会诸心也。久而胸中涣然，若有所释焉，如醉之忽醒，而涨水之思决也。虽然，试诸手犹若掣也。一变而去辞，再变而去理，三变而吾为文之意忽尽，如水之极于澹，而芭蕉之极于空，机境偶触，文忽生焉。"③ 此虽仍是李贽"无意而为文"理论的发挥，但却是一位优秀作家真正的创作心理描述。作家之作文务须先有"大其蓄"的学识积累，然后化为自我之自然才能，在临笔创作时方能不为这些积蓄所执。非唯学识要忘，而且过分的修饰、学问的卖弄，甚至有意于诗文之工拙，亦应完全忘却，故曰"一变而去辞，再变而去理，三变而吾为文之意忽尽"，从而真正达到无成算于胸中，摒道理于诗外，心境空明，物来毕照，此刻忽有所感，随而发之，便是人之自然真性情。其次是求达亦即表现的自然流畅，此乃与求真密切相关联。若欲真实表现自我，当然不能顾及形式之工拙、语言之雅俗、意象之美丑恶、风格之婉露，甚至嬉笑怒骂，无所不可。中郎除了在万

---

① 袁宏道著，钱伯城笺校：《袁宏道集笺校》卷二四《瓶史·五宜称》，中册，第822页。
② 袁宏道著，钱伯城笺校：《袁宏道集笺校》卷五四《行素园存稿引》，下册，第1570页。
③ 同上，第1570—1571页。

历二十四年（1596年）提出了"非从自己胸臆流出，不肯下笔"的创作主张外，在万历二十七年（1599年）再次强调说："文章新奇，无定格式，只要发人所不能发，句法字法调法，一一从自己胸中流出，此真新奇也。"① 在此中郎一再用"流"字来形容文学的表现，可知他特别看重表现的自发与流畅，亦即尽情达意，有怀必吐，并由此形成了他们自然放纵的文学表现观。

而求真与求达的结合，最终也构成了公安派真实自然、酣畅淋漓的美学风格。这种审美风格的好处在于无所遮掩的透彻性，给人一种酣畅明快的感觉，不足之处是缺乏一种蕴藉从容的大家风范，有时甚至流于浮泛浅露。如果拿人格类型作比，则它只能是文之狂者而非文之圣者。但从基本审美观看，公安派对真实自然、流畅无碍美学风格的强调，意味着对传统审美范式的突破，自有其文学思想史上的意义。小修曾很明确地意识到自身文之狂者的特征，他将含蓄蕴藉者喻之为圣贤，将雕琢虚饰者称为乡愿，而视流畅自然者为狂狷，在《淡成集序》中，他指出了何以要变文之圣为文之狂者的原因："由含裹而披敷，时也，势也。惟能言其意之所欲言，斯亦足贵已。楚人之文，发挥有余，蕴藉不足。然直撼胸臆处，奇奇怪怪，几与潇湘九派同其吞吐。大丈夫意所欲言，尚患口门狭，手腕迟，而不能尽抒其胸中之奇，安能嗫嗫嚅嚅，如三日新妇为也。不为中行，则为狂狷。效颦学步，是为乡愿耳……楚人之文，不能为文中之中行，而亦必不为文中之乡愿，以真人而为真

① 袁宏道著，钱伯城笺校：《袁宏道集笺校》卷二二《答李元善》，中册，第786页。

文。"① 在小修眼中，圣贤虽佳，含蓄蕴藉虽优，却已成"昔日黄花"，无可再得。当文坛上横生一片黄茅白苇之乡愿时，则"直摅胸臆"之狂狷便不得不取圣贤而代之。小修说此种变化之原因是"时也，势也"二项，这其中当然包含有文学自身"由含裹而披敷"的发展趋势，但同时也具有因时代变化而导致士人心态变异的原因，中郎在论小修诗文之酣畅淋漓特征时，曾特举屈原为例说："且《离骚》一经，忿怼之极，党人偷乐，众女谣诼，不揆中情，信谗赍怒，皆明示唾骂，安在所谓怨而伤者乎？穷愁之时，痛哭流涕，颠倒反覆，不暇择音，怨矣，宁有不伤者？"② 屈原的《离骚》之所以有"怨""伤"特征，并形成其"忿怼之极"的狂狷色彩，并非作者对此有特别偏好，而是在身处"穷愁之时"，造成了"痛哭流涕"的情感状态，于是便形成了"不暇择音"的怨与伤的结果。在中郎看来，先有了时代的变异，引起了作家心态的变异，最后才会形成有违文之圣者的狂狷风格。屈原是如此，小修与整个公安派的情形亦当作如是观。公安派对诗文的狂狷风格的欣赏，正是他们人格上认同于狂狷的必然结果。而他们狂狷人格的形成，虽与自身过人的才气以及对现实的激愤密不可分，同时也与王学传统直接相关。狂者精神本是心学的一大特色，阳明本人曾当着众弟子的面，挥笔写下"铿然舍瑟春风里，点也虽狂得我情"③ 的有名诗句，表现出毫不掩饰的豪杰气质。阳明之

---

① 袁中道著，钱伯城点校：《珂雪斋集》卷一〇，上册，第486页。
② 袁宏道著，钱伯城笺校：《袁宏道集笺校》卷四《叙小修诗》，上册，第188—189页。
③ 王阳明：《月夜二首》其二，载吴光、钱明等编校《王阳明全集》，上海古籍出版社1992年版，第787页。

后，此种狂狷精神便不断被心学弟子发扬光大，王畿继承了阳明狂者的衣钵自不待言，由心斋开创的泰州学派则更是一个狂者辈出的心学流派，颜山农、何心隐、罗汝芳之辈，皆为明代历史上出名的狂士，而龙溪与心斋二派的融合，最终孕育出一位以狂放出名的大怪杰李贽，并对晚明士人产生了深刻的影响。公安派生活于如此时代，并与心学诸人有过密切的来往，则他们形成狂狷的人格，并写出有违审美风格的诗文，也就不足为奇了。

从上述三方面的论述中，便不难来论定公安派文学思想的位置了，它是处于心学思潮与时代变异交结点上的产物，因而也就显示出既有浓厚心学色彩又有巨大变化的复杂特征。由于王学为当时士人提供了超越现实环境的理论途径，因而公安派也就毫不犹豫地选择了它作为自我人格的支撑，但随着时代的变化，他们又不得不对心学价值观做出必要的修改与补充，从而形成其鲜明的流派特征。其实，早在清代便已有人指出过心学与性灵文学思想的密切关系，陈仅曾说："诗本性情，古无所谓'性灵'之说也……'性灵'之说，起于近世，苦情之有闲，而创为高论以自便，举一切纪律防维之具而胥溃之，号于众曰：'此吾之性灵然也。'无识者亦乐于自便，而靡然从之。呜呼！以此言情，不几近于近溪、心隐之心学乎？夫圣人之定诗也，将闲其情以返诸性，俾不至荡而无所归。今之言诗者，知情之不可荡而无所归，亦知徒性之不可以说诗也，遂以'灵'字附益之，而后知觉、运动、声色、货利，凡足供其狷狂恣肆者，皆归之于灵，而情亡，而性亦亡。是故圣道贵实，自释氏遁而入虚无，遂为吾道之贼。诗人主情，彼荡而言性灵者，亦诗之贼而已矣。"① 陈氏的态度略显迂腐，论述也说不上透彻，但他却把几个重点指出来了。他认为诗之所以言性，是要使情返归于性，而晚明诗人不言情而言性灵，是为了便于其"猖狂恣肆"，亦即毫无拘束地表现自我。而文学领域中这种不言情而言性灵的现象，是与哲学上的由圣学而入于释氏之虚无为同一性质的。在宋明理学中，程朱理学是讲格物、重修养的"实学"，而阳明心学则大有返实入虚的趋势，尤其是阳明后学，将禅学引入心学中，以佛道之空无而剔除良知之天则，从而认知觉为性体，遂决名教之堤防。而无论是哲学还是诗学，均为儒道之"贼"，只不过哲学为"道之贼"，而诗学为"诗之贼"而已，但究其实质，又均可称为"德之贼"，因为它们都将"知觉、运动、声色、货利，凡足供其猖狂恣肆者，皆归之于灵"，从而既破圣教大防，又破诗教之大防。陈仅的目的当然是卫道，但他却歪打正着，指出了阳明心学与公安派性灵说之间的必然联系。因此可以说，若欲深入理解性灵诗观之特征内涵，便必须究明其与阳明心学之关系。

（原刊《南开学报［哲学社会科学版］》1999 年第 6 期）

---

① 陈仅：《竹林答问》，载郭绍虞编选《清诗话续编》，上海古籍出版社 1983 年版，第 4 册，第 2222—2223 页。

天地之元气

——明遗民的文学本质观

□ 李　瑄

　　作为清初一个特殊的士人群体，明遗民的文学思想已多为学界所讨论。这些讨论关注到每一遗民作为个体创作者与评论者的独特性。的确，在师法对象、语言风格、技法构思、理论水平等诸多侧面，遗民们体现出的差异是显而易见的。但同样值得注意的是：由于其共同的政治立场、相似的道德准则与生存方式，遗民群体成员的文学主题、题材、情感取向、审美品格等方面又具备鲜明的相似性。产生这种相似性的根本原因，或为他们对文学本质的共同认识，也就是他们对文学与人生关系的共同认识。黄宗羲关于"天地元气"的论述恰为我们提供了一条理解这个问题的思路。

　　黄宗羲既为明遗民群体的中坚，也是遗民现象的当代反思者，他对"天地""遗民""文章"三者有如下论断："遗民者，天地之元气也。"[①]　又："夫文章，天地之元气也。"[②]　以"天地

---

① 黄宗羲：《谢时符先生墓志铭》，载黄宗羲著，沈善洪主编《黄宗羲全集》，浙江古籍出版社 1993 年版，第 10 册，第 411 页。

② 黄宗羲：《谢皋羽年谱游录注序》，载黄宗羲著，沈善洪主编《黄宗羲全集》，第 10 册，第 32 页。

之元气"同时论人与论文，即使黄宗羲并非有意将二者做等量齐观，他对二者本质的认识也可以通过"天地之元气"为中介而获得同构。虽然"天地—人—文"的同构关系在刘勰的《文心雕龙·原道》中早已有之，而以"天地元气"论文也曾见诸宋人，但较之普遍意义上的天、人、文合一，在明清易代的特殊历史情境中，"遗民"作为一个特殊的士人群体，"文章"作为遗民生命过程的文字见证与生命价值的重要载体，三者同构的形成，对于我们理解明遗民对自身生命意义与文学本质的认定，仍然有掩盖于陈言之下不可忽略的价值。

一、"元气"与文学

在中国古代典籍中，"元气"的使用是非常复杂的。它常常被用来解释天地万物的本源，班固《汉书·律历志》曰："太极元气，函三为一。"颜师古注引孟康曰："元气始于子，未分之时，天地人混合为一。"[①] 作为混沌未分时的初始本体，元气有生成化育的能力，王充说："万物之生，皆禀元气。"[②] 人类亦禀受其化育而成性灵，《太平经》说："凡事人神者，皆受之天气。天气者，受之于元气。神者乘气而行，故人有气则有神，有神则有气，神去则气绝，气亡则神去。"[③] 嵇康所谓

---

① 班固撰，颜师古注：《汉书》卷二一，中华书局 1975 年版，第 4 册，第 964、965 页。
② 王充著，黄晖校释：《言毒篇》，载《论衡校释》，中华书局 1990 年版，第 3 册，第 949 页。
③ 王明编：《太平经合校》卷四二，中华书局 1960 年版，第 96 页。

"夫元气陶铄，众生禀焉。赋受有多少，故才性有昏明"①，应该就是从《太平经》脱胎而来。

作为世界本源的元气，被后世的儒士用来指称宇宙与人生的形上本质。在他们看来，这个本质，就人类社会而言是基本的伦常秩序，就个体人生而言是基本的道德法则。元代王恽云："忠义者，国家之元气。"② 清代全祖望云："忠孝者，天地之元气，旁魄而不朽者也。"③ 都是通过元气强调儒家伦理道德规范的政教本原地位。

基于以上观念，把"元气"直接和文学联系起来立论者，大抵有如下几种取向。其一是把文学看作天地元气的显现，可以包蕴自然天道的一体万殊。王安石论杜甫诗云："吾观少陵诗，为与元气侔。力能排天斡九地，壮颜毅色不可求。浩荡八极中，生物岂不稠？丑妍巨细千万殊，竟莫见以何雕镂。惜哉命之穷，颠倒不见收。青衫老更斥，饿走半九州。瘦妻僵前子仆后，攘攘盗贼森戈矛。吟哦当此时，不废朝廷忧。常愿天子圣，大臣各伊周。宁令吾庐独破受冻死，不忍四海寒飕飗。"④ 杜甫诗取材极广，包罗自然万象、人生百态，其丰富的人生经历与敏感深情的性格，使得他的诗在反映社会生活的深广程度可谓独一无二，此为元气之"万殊"；而杜诗的可贵更在于他能从一己苦难生发开去，关注国家生民的共同命

---

① 嵇康：《嵇康集》卷六《明胆论》，载鲁迅辑录《鲁迅辑录古籍丛编》，人民文学出版社 1999 年版，第 4 卷，第 91 页。
② 王恽：《秋涧先生大全文集》卷四五《对鲁公问》，《四部丛刊初编》本。
③ 全祖望：《明娄秀才窆石志》，载全祖望撰，朱铸禹校《全祖望集汇校集注》，上海古籍出版社 2000 年版，中册，第 847 页。
④ 王安石：《王安石全集》卷一五《杜甫画像》，上海古籍出版社 1999 年版，第 410 页。

运，脱离了狭隘的忧生之嗟而充满了强烈的道德情感，此为元气之“一体”。

宋人的文学元气论多与王安石的说法相似，梅尧臣云：“文章包元气，天地得嘘吸。明吞日月光，峭古崖壁涩。渊论发贤圣，暗溜闻鬼泣。”① 张元幹云：“文章名世，自有渊源，殆与天地元气同流，可以斡旋造化。”② 这些说法都是把文学看作自然天道的人文显现，它一方面要求文学要有反映天地万象的能力、合于圣贤之道的思想意识，另一方面是对文学做了本体论意义上的肯定，作为吐纳天地元气的文学，毕竟不是供人赏弄的玩物，也不仅仅是服务政教的工具。

其二是把元气论纳入儒家政教文学观的范围，明代以来如此立论不少。如宋濂：“斯文，天地之元气。得其正者其文醇，得偏者其文驳。世之治也，正文行乎上，则治道修而政教行。世之乱也，正文郁乎下，则学术显而经义章。斯文之正，非谓其富丽也，非谓其奇佹也，非谓其简涩涣漫也。本乎道，辅乎伦理，据乎事，有益乎治。推之于千载之上而合，参之于四海之外而准，传之乎百世之下而无弊。”③ 这就将文学从内容、风格到功能都做了框定。首先不可醉心于文辞的绮靡、神思的奇幻，要保持风格的醇正，在内容上要合乎圣贤之道，在功能上要能够培养人们对伦理的信念。总之，要对政治教化有所裨益，此所谓“本乎道，辅乎伦理；据乎事，有益乎治”。宋濂的论调比起宋人来明显偏隘不少，很容易使文学沦为政教手

① 梅尧臣：《宛陵先生集》卷三三《永叔进道堂夜话》，《四部丛刊初编》本。

② 张元幹：《芦川归来集》卷三《亦乐居士文集序》，载《四库全书存目丛书》齐鲁书社 1997 年版，集部第 15 册，第 532 页。

③ 宋濂：《宋学士文集》卷六三《深袅先生吴公私谥议》，《四部丛刊初编》本。

段，这或许和他身为文士而以经纶天下为抱负有关。自认"文士"身份，以文章为安身立命之途的归有光则借助元气说来抬高文学的地位。他说："文章，天地之元气，得之者其气直与天地同流。虽彼其权足以荣辱毁誉其人，而不能以与于吾文章之事，而为文章者亦不能自制其荣辱毁誉之权于己，两者背戾而不一也久矣。"① 强调文学的独立价值为世俗权势所不能左右，文士虽然对于当世荣辱无可奈何，但可以期待凭借文章获得不朽。归有光借用了"文章，天地之元气"这个旧有的命题舒展其为世俗所轻的抑郁之气，也通过文学体认了自己的人生价值。

总的来说，及至明末，以元气论文学至少在以下一些方面为文学思想的拓展提供了可能：文学作为天地元气的显现，能够映现万象，既包括自然山川景物，也包括历史世情人生；文学要体现元气的本体性特征，自然要追寻宇宙人生的本原，在儒家作者看来，伦理道德法则即具有这种本原性。这个方面被部分儒者强化为文学与政教的密切关联，要求文学自觉应对政教的要求，可以视为传统文以明道说的分支。文学既与天地元气同流，便成为人类所能把握的天地本体承载者，具备了超越人类自身有限性的不朽价值。

本文所要讨论的是：以往文学元气论提供的这些资源有哪些影响了明代遗民，为他们的文学思想提供发展的更多可能，哪些方面是他们关注的重心？他们的文学元气论有什么新义，又对其创作有何作用？

---

① 归有光：《震川先生集》卷二《项思尧文集序》，《四部丛刊初编》本。

二、 元气论与明遗民以宣泄自我人生体验为目的的文学观

理清明遗民文学元气论的实质，要从对"遗民者，天地之元气"的考察入手。乍看起来，黄宗羲提出这个命题，似乎和"忠义者，国家之元气"相类。然而在社会发生剧烈动荡、各种人生观纷繁激荡的历史转折时期，黄宗羲作为遗民的一员，对自身价值"天地之元气"的认定却代表了这一类士人的责任感：在危难之际，以独立于政治机构之外的个体生命为国家、民族存亡续绝。

易代之后，甚至于复国的希望也断绝了之后，明遗民大多穷老荒村。易代之初影响其成为遗民的诸多因素，例如名声、气节、从众心理、祸乱刺激，未必足以长久支撑人生选择，更何况遗民身份的保持还需要抵御各种诱惑与压力。遗民的生存方式意味着对实际生活需要的许多牺牲，随着时日推移改变了初衷的人并不在少数。在这种危机下，坚持人生选择必须有来自主体内部的坚定信念，而信念的形成，又必须以对此种选择意义的明确认识为前提。

明遗民们因此开始反思自身的生存意义。居住在不同地域、思想背景各异、具体生活方式不同的遗民们都找到了同一个答案，那就是"存道"。

顾炎武云：

人间若不生之子，五岳崩颓九鼎沦。①

王夫之云：

> 天下不可一日废者，道也；天下废之，而存之者
> 在我。②

徐枋，明少詹事徐汧子，徐汧乙酉殉难，枋隐居没世，自
谓二十年不入城市，二十年不出庭户，为遗民群体中声望最著
者。他说：

> 吾观古者一二大儒生，当革运之会而处乱世也，其植
> 大节甚峻，而其处迹甚晦，其持气甚平，何也？……经不
> 传，道不明，是使斯人之不得与于纲常伦序之中也，是使
> 万物之不得遂其生而尽其性也，是使天地之失其位而日月
> 之失其明也。噫！儒者之身不綦重哉？故必晦吾迹以存吾
> 身，而存之愈久，则垂之愈长，积之愈厚，则施之愈远。③

张履祥，明诸生，入清弃去，以训蒙自给，率家人耕田十
余亩，亲力亲为，老农不逮。初从刘宗周习慎独之学，晚乃专
意程朱。论儒者参赞天地之功，则曰：

---

① 顾炎武：《陈生、芳绩两尊人先后即世，适皆以三月十九日，追痛之作，词旨哀
恻，依韵奉和》三首之二，载《顾亭林诗集汇注》，上海古籍出版社 1983 年版，
上册，第 521 页。
② 王夫之：《读通鉴论》卷九，载《船山全书》，岳麓书社 1996 年版，第 10 册，第
346 页。
③ 徐枋：《居易堂集》卷七《郑老师桐庵先生七十寿序》，《四部丛刊初编》本。

天地之心，虽当阴凝龙战之日，而一阳已潜回于九地之下，自有生民以来，终无灭息之理。幸与同志诸君子努力进修，则世道之庆也。儒者参赞之功，要不外此。濂、洛之风，被及百世，其初亦自一人为之。①

屈大均，广东诗人。南明永历元年（清顺治四年，1647年）从其师陈邦彦起义，失败后改服为僧。又曾为郑成功进军长江联络。后娶妻生子，浮沧海，历大河南北，忽又返僧服。乾隆间，为清廷开棺戮尸，著作亦遭禁毁。其论曰：

南昌王猷定有言，古帝王相传之天下至宋而亡，存宋者，逸民也。大均曰：嗟夫，逸民者，一布衣之人，曷能存宋？盖以其所持者道，道存则天下与存……世之蚩蚩者，方以一二逸民伏处草茅，无关于天下之重轻，徒知其身之贫且贱，而不知其道之博厚高明，与天地同其体用，与日月同其周流，自存其道，乃所以存古帝王相传之天下于无穷也哉。②

所谓"存道"，即在国家遭难，现实政治已无可为之时，以个体的道德生存为载体，承担起保存本民族文化命脉的重任。③有了对自身生存意义的这种自信，遗民群体对文学本质的认定

---

① 张履祥著，陈祖武点校：《杨园先生全集》卷七《与沈尹同一》，中华书局 2002 年版，第 183 页。
② 屈大均：《翁山文钞》卷八《书逸民传后》，载《屈大均全集》，人民文学出版社 1996 年版，第 3 册，第 394 页。
③ 关于存道的具体内容、途径等问题，参见李瑄：《存道：明遗民群体的价值体认》，《学术研究》2008 年第 5 期。

便呈现出与其他文化群体不同的面貌。

不同首先体现为对文学与人生关系的认识。在儒家主流艺文论传统中，无论是要求寄寓讽喻，还是把文学当作宣传儒家伦理道德的工具，都有很明确的功利目的。在这样的文学观念当中，作者本人和文学的关系往往是不被重视的。宋濂的文学元气论，以及宋濂本人的散文写作都有这样的倾向。当然，也有一些作家能够把自身的情感经历与时政融合起来，使议论不致醇正然而空疏，讽喻不致迫切然而生硬，杜甫、韩愈、柳宗元等人都有这样的作品，然而他们在理论上对此似无明确的自觉。

明遗民也有以文明道的要求，黄宗羲云："文章以载道，不与江河奔。"① 顾炎武云："文之不可绝于天地间者，曰明道也，纪政事也，察民隐也，乐道人之善也。"② 他们甚至有文艺危害道德修养的担心，顾炎武云："一命为文人，无足观矣。"③ 在遗民群体中以诗人著称的归庄也有轻文重道的思想："立德者，立言之本原也。苟但求工于文辞，而不思立德，考其行事，有与文辞不相似者，虽下笔语妙天下，不过文人而已，君子不贵也。"④ 但是，他们所要载的道，却并非仅存于儒家经典、政治伦常或道德法则当中，而是和他们的人生体验、和他们的情感密切关联着的。如前所述，他们本已把存道作为遗民这一生存方式的意义所在，载道的要求，对他们来说就不仅仅

① 黄宗羲：《次叶讱庵太史韵》，载黄宗羲著，沈善洪主编《黄宗羲全集》，第11册，第285页。
② 顾炎武：《日知录集释》卷一九，岳麓书社1994年版，第674页。
③ 顾炎武：《与人书》十八，载《顾亭林诗文集》，中华书局1983年版，第96页。
④ 归庄：《黄蕴生先生文集序》，载《归庄集》，上海古籍出版社1984年版，上册，第213页。

来自为政教服务的文道观，而且是其抒发个体情志的切实需要。正是在这个意义上，"遗民者，天地之元气"和"文章者，天地之元气"获得了同构。

因此，他们对文学明道与否的判断就不是以服务于现实政教为标准，而更看重作者的情志。他们常常把文章之"道"与作者之"志"整合在一起。王夫之说："君子之有文，以言道也，以言志也。道者，天之道；志者，己之志也。"① 这是说文章所传天地之道并不分离于作者之志，二者是结合一体的关系。吕留良更把"道所生之文"与"因文见道之文"做了区分。他说："自古有道所生之文，有因文见道之文，如退之、永叔，因文见道者，先儒犹少之，以其有所明，亦有所蔽，不足定是非之归也。故学者多患不能文，能文者又患不纯乎道，又必有韩欧其人，生程朱之后，实得其道于己，一开斯域焉。"② 两种文的不同，在于一为在理念指导下的写作，或依据某部经典，或执有某种教条，虽意存明道，但并不强调"道"和现实问题的具体关联，故而"以其有所明，亦有所蔽"，此为"因文见道之文"。至于"道所生之文"的产生，则需要作者个人体验的介入，"实得其道于己"，发之于文才会充实而具有现实影响力。

这样一来，在处理"情"与"理"的关系时明遗民多把"情"置于首位，黄宗羲云："文以理为主，然而情不至，则亦理之郛廓耳。庐陵之志交友，无不呜咽。子厚之言身世，莫不悽怆。郝陵川之处真州，戴剡源之入故都，其言皆能恻恻动

---

① 王夫之：《读通鉴论》卷一二，载《船山全书》，第 10 册，第 439 页。
② 吕留良：《吕晚村先生文集》卷一《答吴雨若书》，载《续修四库全书丛书》，上海古籍出版社 1994—2002 年版，集部第 1411 册，第 77 页。

人。古今自有一种文章不可磨灭，真是'天若有情天亦老'者。而世不乏堂堂之阵，正正之旗，皆以大文目之，顾其中无可以移人之情者，所谓刓然无物者也。"① 文章虽然以明理为目的，然而若无真情实感，论理则至于徒然说教，并不能打动人。所以他虽然高论以文载道，然而编选《明文案》却把入选标准确定为："唯视其一往深情，从而掘撷之。钜家鸿笔，以浮浅受黜，稀名短句，以幽远见收。"并断言："凡情之至者，其文未有不至者也。"② "理"与"情"的不同，就在于一是抽象的、普遍的、可以通过学习接受的，一则直接来自创作者的个体感受。

这个时候，他们所谓的"元气"，便不完全是经典中俨然在上的"道"，而多为他们在特殊时代中对自我价值的种种体验。伤战乱与悲失志，即为明遗民文学的两大主题。他们写战乱，没有把自己作为民生疾苦的旁观者、悲悯者，更不会寄意于讽谏，他们本来就是苦难的一员，他们的许多遭遇和普通百姓一样。归庄写在战争中罹难的亲人："我邑满枯骨，我家半游魂。两妇婴白刃，诸孙赴清川。衰年逢大戚，日夕涕潺湲。""母老儿女弱，三世六七棺。"③ 邢昉写乱后的凄苦："乱离何意到今朝，衰草无边万木凋。雁向菰蒲逢雨雪，地因征战罢渔樵。亲朋欲尽书方达，涕泪将残骨尽消。想象石头城似旧，月

---

① 黄宗羲：《论文管见》，载黄宗羲著，沈善洪主编《黄宗羲全集》，第 2 册，第 271 页。

② 黄宗羲：《明文案序上》，载黄宗羲著，沈善洪主编《黄宗羲全集》，第 10 册，第 18 页。

③ 归庄：《归庄集》卷一《嘻嘻》二首之二，上册，第 47—48 页。

明长听打寒潮。"① 他们自己的命运是寄托在时事当中的，像杜甫的"三吏""三别"那样抓住典型事件与典型人物来对战乱进行有意识的反映的作品，明遗民并不多。他们自己的人生本来就沉浮于易代动荡中，以至于很难拉开距离来对其进行更多侧面的叙写。同样是以亲身闻见写战乱，杜甫在《羌村》《北征》中反映对生民苦难的深切同情，在明遗民的作品里，却是自身失怙无依的穷途困顿。陈确写他举家避难的经历：

> 久病余微喘，迢遥事远避。武原六十里，三日始得至。中途遇烈风，船舻莽失势。飘荡触颓岸，四口命如寄。借宿谁家村，苍茫无畔际。云是梅园墟，群盗垂耽视。……本缘避盗来，盗贼此复炽。蹇蹇天壤间，何从乞片地！②

相比之下，杜甫的"夜深经战场，寒月照白骨"（《北征》）展现的是战乱中的一个场景，它的意象非常鲜明，给人的刺激非常强烈，但意象所承载的内容是比较单一的。陈确则以他自己的经历，把这种场景背后的事件铺展开来了。避乱途中的祸从天降、未来的苍茫不可预测、朝夕不保的惶恐、走投无路的伤痛，都加深了个人在时代动荡中的渺小感和无力感。在这种情形下，他们根本无法像杜甫那样寄望于"圣心"与"官军"，只能凭借个人之力在这个把自己抛来掷去的时代中寻求立足之地。

作为他们立足之地的，虽然从根本上说是儒家道德伦常观

---

① 邢昉：《石臼前集》卷五《答与治寄书》，载《四库禁毁书丛刊》，北京出版社2000年版，集部第51册，第159页。
② 陈确：《避乱之武原》，载《陈确集》，中华书局1979年版，下册，第637页。

念，可是它在明遗民作品中却不是以教化的方式出现的。我们可以来看归庄对"诗言志"传统的重新阐释："诗言志，不可以伪为。其诗如芳草之绿缛者，必文人；如古木之苍劲者，必节士；若倜傥奇伟之人，发于文辞，必将如干将之在匣，良玉之在璞，星斗山川，皆见气象，非寻常诗人之可拟也。"[1] 他没有去强化诗"经夫妇，成孝敬，厚人伦，美教化，移风俗"的功能，而是直接把"言志"与作者的个性联系起来，这或许是由于对遗民群体来说，具有道德内涵的性情多自然显露于作者的日常品性当中，他们没有必要刻意要求文学作品的道德教化功能。

他们的道德志向虽然也用议论来表达，但更多还是情感的自然流露，优秀的作品往往产生于后者。比如顾炎武的《海上》：

> 日入空山海气侵，秋光千里自登临。十年天地干戈老，四海苍生痛哭深。水涌神山来白鹤，云浮真阙见黄金。此中何处无人世，只恐难酬烈士心。

秋日登高望远，即便眼见着"水涌神山来白鹤，云浮真阙见黄金"的奇幻神妙，顾炎武也难有泛海寻仙的逸兴，他的内心此时满溢着"十年天地干戈老，四海苍生痛哭深"的悲怆。他的烈士之志表现在当下心事的写实里，读者也从悲怆中体会到他人生的志向。吴嘉纪的《赠歌者》同样如此：

---

① 归庄：《归庄集》卷三《费仲雪诗序》，上册，第190页。

战马悲笳秋飒然，边关调起绿樽前。一从此曲中原奏，老泪沾衣二十年。①

不必诉说如何矢志忠诚，也不必诉说二十年来如何窘迫困顿，为平凡细节所刺激的真情流露足以引发起人们的亡国之痛。再如方文的《白下逢朱子葆感旧》：

青溪烟雨忆昔游，与君醉卧溪上楼。神州倏忽变沧海，故人强半归荒丘。晨星落落二三子，霜水茫茫十五秋。今夜雨窗重对酒，蒋山一望泪双流。

施闰章论方文诗云："兴会所属，冲口成篇……感时事则凄怆伤心，叙羁愁则郁纡永叹，登临则望古而奋发，交游则慕义而缠绵。"② 正是在这些"时事""羁愁""登临""交游"的细处，遗民群体展现了他们独特的人生选择。

和明代中后期主要的文学思想潮流不同，明遗民文学思想最关心的问题不是格调、意象、技法、情趣、雅俗等，而是文学与人生的关系。关于这一点，他们的看法其实也是对明代文学潮流的逆转。明代复古派试图使作品呈现雄浑典丽的品味风调，他们模仿汉魏盛唐文学慷慨豪迈的风貌，但在现实人生中却不可能恢复汉魏盛唐的精神气度，故其为文学树立了一套规范情志的外在标准。公安派提倡"独抒性灵，不拘格套"，可是他们所说的"性灵"，是"天地之所不能载也，净秽之所不

---

① 吴嘉纪：《吴嘉纪诗笺校》卷一五，上海古籍出版社1980年版，第469页。
② 施闰章：《西江游草序》，载方文《嵞山集》，上海古籍出版社1979年版，第762页。

能遗也，万念之所不能缘也，智识之所不能入也"的"真神真性"①，他们希望在文艺赏玩中消解心灵重负，其作品多快意于个性之真与名士之趣，"游于艺"仿佛拉开了他们和现实人生的距离，让心灵获得短暂的自由。明遗民却把文学当作与其自我生命意义同构的"元气"，可以寄托心志，可以砥砺信念，可以见证苦难，文学实为这一群人在历史长流的无情淹逝中留下自己生命印记的一种主要途径。

对于明遗民群体来说，文学最重要的功能就是自我宣泄。宣泄除了自我表达以外，还包括自我释放。长期受压抑的清初遗民很难在现实环境中找到释放积郁之处，而文学为他们提供了一个可以避开实际利害舒展身心的私密空间。

归庄云：

> 余有无穷之恨，郁积于中，多发之于诗，然唱和无人，闭户独吟而已。②

陈确云：

> 年来自觉乾坤小，醉去翻憎日月长。满壁颠狂旧题句，无端又续两三行。③

魏禧云：

---

① 袁宏道著，钱伯城笺校：《袁宏道集笺校》卷一一《与仙人论性书》，上海古籍出版社1981年版，上册，第490页。
② 归庄：《归庄集》卷三《吴门唱和诗序》，上册，第192页。
③ 陈确：《同山衲自明许生欲尔过韵弦楼题壁》，载《陈确集》，下册，第746页。

禧少负志，壮而无所发，不得不寄之文章。①

徐枋《居易堂集自序》自谓：

> 四十年中，前二十年不入城市，后二十年不出户庭，故凡交游之往复，故旧之怀思，风景之流连，今昔之感伤，陵谷之凭吊，以至一话一言之所及，一思一虑之所之，非笔之于书，则无以达之。

小说戏曲的创作也有这种倾向。陈忱作《水浒后传》，叙述宋江死后李俊等人远渡暹罗，再创海外乾坤。关于此书的创作意图，陈忱说：

> 《后传》为泄愤之书。愤宋江之忠义，而见鸩于奸党，故复聚余人，而救驾立功，开基创业；愤六贼之误国，而加之以流贬诛戮；愤诸贵幸之全身远害，而特表草野孤臣，重围冒险……②

吴伟业为明亡以后绝意仕进的戏剧作家李玉的《北词广正谱》作序，称其：

> 遁于山巅水湄，亦恒借他人之酒杯，浇自己之块垒。

---

① 魏禧：《魏叔子文集》卷六《复都昌曹九萃书》，载《宁都三魏全集》，《四库禁毁书丛刊》，集部第 4 册，第 483 页。
② 陈忱：《〈水浒〉论略》，载马蹄疾辑录《水浒资料汇编》，中华书局 1977 年版，第 2 卷，第 107 页。

其驰骋千古，才情跌宕，几不减屈子离忧，子长感愤。①

宣泄还涉及情感的强度。全祖望这样描绘浙东遗老诗酒唱和时的状态："以扁舟共游湖上，或孺子泣，或放歌相和，或瞠目视岸上，人多怪之。"② 李邺嗣说他给邓汉仪的诗集作序之后，"一读之痛哭，再读之狂叫，忽哀忽乐"③。中国文化传统向来讲求适度，讲求圆融，讲求收敛蕴藉，大音希声，大象无形，大羹不和……作为遗民思想底蕴的儒家文化更以中庸为极则，情感的恣意释放很难得到认可。那么，明遗民是如何看待和解决自己的心理需要与思想背景之间的矛盾呢？

三、 对儒家"温柔敦厚"文学标准的突破

儒家文学思想有一条基本审美标准，那就是"温柔敦厚"。"温柔敦厚"本是诗教。《礼记·经解》云："孔子曰：入其国，其教可知也。其为人也，温柔敦厚，《诗》教也……其为人也，温柔敦厚而不愚，则深于诗者也。"它与儒家学说的两个思想基础相关。一是对政治的维护。文学既承担了教化国民的责任，那么在其陶冶下，人的性格应向着平稳、和顺、朴质、节制的方向发展，从根本上保障政权的稳固。二是对士人道德修养的要求。自孔子言"中庸之为德，其至矣乎"（《论语·雍

---

① 吴梅村：《吴梅村全集》卷六〇，上海古籍出版社 1990 年版，下册，第 1214 页。
② 全祖望：《宗征君墓幢铭》，载全祖望撰，朱铸禹校《全祖望集汇校集注》，中册，第 856 页。
③ 李邺嗣：《杲堂文续钞》卷三《答邓孝威先生书》，载《丛书集成续编》，台湾新文丰图书公司 1989 年《影印四明丛书》本，第 154 册，第 80 页。

也》），无过不及、从容中道就成为德性的终极标准，也一直是儒士努力的目标。这种人格在文艺中表现为悠游不迫、含蓄蕴藉、委婉和谐的特征，亦即"温柔敦厚"。它首先要求作品情绪的缓和，排斥大喜大悲。它与"发乎情，止乎礼义""哀而不伤""怨而不怒"等说法结合起来，就形成了中国文学批评的一种正统标准，从诗歌延展到其他文学体裁。

明遗民并未因这个标准而放弃文学的宣泄功能，也没有削弱情感的强度。"杀戮作诗料，忧愁为诗肠。哭泣当诗韵，和墨写诗章"[1] 是这个群体文学创作的真实写照，他们将如何处理中和标准与实际情感之间的矛盾？

首先，从德性方面，明遗民凭借对自身人格的高度自信改造了"温柔敦厚"的内涵。遗民既以"天地之元气"自任，即以自身主体精神为宇宙的本原，他们对自己在乱世的意义有清醒的认识，也反思情感在其中的地位。屈大均说："吾之佯狂自废，与世相违，则终于鸟兽同群而已矣，其为忧也，将与天地无穷焉。"[2] 他们清楚意识到自己的情感虽然激烈，但其根源不是小我的得失损益，而是天下国家的兴衰存亡，因而具有永恒价值。情感的激昂或含蓄在其次，要紧的是情感的实质。作为明遗民文学偶像的杜甫，正是因此受到了不少人的批评。除了对道德要求得近乎苛刻的王夫之、严正得近乎固执的顾炎武之外，钱澄之也说："凡公之崎岖秦陇，往来梓、蜀、夔峡之间，险阻饥困，皆为保全妻子计也……且夫银章赤管之华，青

---

① 陈洪绶：《陈洪绶集》卷四《姜绮季赴天章、子山二陶子废社，诗寄陶水师去病暨二陶子》，浙江古籍出版社 1994 年版，第 73 页。
② 屈大均：《翁山文外》卷二《寒香斋诗集序》，载《屈大均全集》，第 3 册，第 72 页。

琐紫宸之梦，意速行迟，形诸愤叹，公岂忘功名者哉?"① 他们力图超越个人的得失、一己的悲喜，其所认可的"情"与道德体验不可分割，黄宗羲云："情盖难言之矣。情者，可以贯金石，动鬼神。古之人情，与物相游而不能相舍，不但忠臣之事其君，孝子之事其亲，思妇劳人，结不可解，即风云月露，草木虫鱼，无一非真意之流通……今人亦何情之有？情随事转，事因世变，干啼湿哭，总为肤受，即其父母兄弟，亦若败梗飞絮，适相遭于江湖之上，劳苦倦极，未尝不呼天也，疾痛惨怛，未尝不呼父母也，然而习心幻结，俄顷销亡，其发于心，著于声音，未可便谓之情也。"② 温婉和顺也好，悲痛愤怒也好，只要情感产生的基础不是私欲而是公义，都能够得到认可。

由此，他们把"温柔敦厚"这个命题原本要求的情感含蓄蕴藉改换为要求情感真切醇正。钱澄之云：

> 夫声音之道本诸性情。古人审音正乐，必求端于性情，而后声音应之，是故性情正者，风气之所不得而偏也……古人之所为温厚和平，正不妨杂出于激昂，而非以柔曼为工也。③

正是在这个意义上，屈大均把"风雅"的范围大大扩充了。他说"吾尝谓秦人为诗，当以周之典则、汉之经术为本根，其音

① 钱澄之：《田间文集》卷一三《陈二如杜意序》，黄山书社1998年版，第245页。
② 黄宗羲：《黄孚先诗序》，载黄宗羲著，沈善洪主编《黄宗羲全集》，第10册，第30页。
③ 钱澄之：《田间文集》卷一四《温虞南诗序》，第266—267页。

乃纯乎诸夏，既不流于浮靡，亦不过于廉劲，一唱三叹，有风人温厚之旨，无西鄙杀伐之声，斯为笃于仁义，洽于和平"①，看起来完全合乎诗教的标准，但他又说《雅》《颂》皆圣贤"发愤"所作："今欲继为《雅》《颂》，当先学为圣贤，好古者圣贤发愤之所为作，斯可以为名。"② 他所说的风雅居然包括接舆狂歌："接舆以楚之声感孔子，孔子亦乐其善，以为合于《风》《雅》，而从而和之。"③ 他又推崇屈原与庄子的"放言"，说："怨愤、无聊、不平，呵而问之，佯狂而道之，不可以情理而求之。《南华》《离骚》二书，可合为一，《南华》天放，《离骚》人放，皆言之不得已也。"④ 他是把充满怨愤之气的狂言、放言，都当作风雅的一部分来看待。汉代刘安说"《国风》好色而不淫，《小雅》怨诽而不乱，若《离骚》者可谓兼之矣"⑤，把《骚》与《诗经》拉在一起，虽抬高其地位，却把对它的理解限制在儒家诗教范围内。屈大均这里的行为看似与之相似，实质却完全不同了。他不能完全摆脱诗教的影响，可倾心的却是"怨愤、无聊、不平"，为其争一个正统的地位，实际上就是要扩大正统的范围，使狂言与放言都得到世人的认可。

不仅如此，明遗民还意识到了情感激越在特殊历史时期的必要性。一是出于对自我的真诚，方以智云：

或曰：诗以温柔敦厚为主，近日变风，颓放已甚，毋

---

① 屈大均：《关中王子诗集序》，载《屈大均全集》，第 3 册，第 62—63 页。
② 屈大均：《王蒲衣诗集序》，载《屈大均全集》，第 3 册，第 64 页。
③ 屈大均：《接舆传》，载《屈大均全集》，第 3 册，第 100 页。
④ 屈大均：《读庄子》，载《屈大均全集》，第 3 册，第 178 页。
⑤ 朱熹：《楚辞集注》引，上海古籍出版社 1979 年版，第 2 页。

乃噍杀？余曰：是余之过也。然非无病而呻吟，各有其不
得已而不自知者……今之歌，实不敢自欺，歌而悲，实不
敢自欺，既已无病而呻吟已，又谢而不受，是自欺也。必
曰吾求所为温柔敦厚者以自讳，必曰吾以无所讳而温柔敦
厚，是愈文过而自欺矣。①

钱澄之亦云：

近之说诗者，谓诗以温厚和平为教……且夫无病而呻，
不哀而悼，谓之不情。有如病而不呻，哀而不悼，至痛迫
于中，而犹缘饰以为文，舒徐以为度，曰："毋激，恐伤
吾和平也。"有是情乎？情之发也无端，其止诸礼义者，
惧其荡而入于邪也。若夫本诸忠爱孝友以为情，此礼义之
情也，性情也。性情惟恐其不至，可谓宜得半而止乎？②

经历了国破家亡和人生重大变故，并且将在压抑环境中度过余
生的遗民，积聚了过多的悲愤，勉强维持平和不合情理，容易
导致人格分裂，情感激越是至性至情之人在这种生存状态之下
的必然结果。归庄云："余谓此一身之遭遇，愁愤之小者也。
岂知天下之事，愁愤有十此者乎？"③ 苦难使情绪沉积，等到其
终于不可遏制，自然强烈得异乎寻常，同时，"大不幸"的自
我意识，更助长了他们的狂放慷慨之气。

---

① 方以智：《浮山文集前编》卷二《陈卧子诗序》，载《续修四库全书》，集部第
1398 册，第 195 页。
② 钱澄之：《田间文集》卷一四《叶井叔诗序》，第 259—260 页。
③ 归庄：《归庄集》卷三《历代遗民录序》，上册，第 170 页。

二是情感的激越可以表明遗民对现实的对抗态度。明遗民由于拒绝与新朝合作，和现实政治疏离，他们的文学当然也不可能直接服务于政教。儒家功利文学观的不少要求，诸如美刺、讽谏、教化，遗民们无从实现。"温柔敦厚"体现了对政权的顺服，通过自我克制和教化民众克制来维护政治稳定，在君臣尊卑的上下秩序中起着调和的作用。明遗民站在清政权的对立面，能够无所顾忌地袒露真实感受，而这些感受恰恰形成了与现实政治对抗的强大离心力。陈确说："痛哭谈先朝，肆意忘朝昏。舌如悬黄河，笔若挥千军。亦复奚所忌，亦复谁能嗔!"[①] 痛快地表达这些情感，无异于对当世"乾坤反覆，天下乱亡"实质的揭露。杜濬更以"嗔"为文心：

> 夫一部《离骚》经，缘嗔而作也，故屈子不嗔，则无《离骚》。由是，武侯不嗔，则无《出师表》；张睢阳不嗔，则无《军城闻笛》之诗；文文山以嗔，故有《衣带铭》《正气歌》；谢叠山以嗔，故有《却聘书》。九烟犹是也。盖嗔者生气。[②]

"嗔"表明了遗民的立场，也表明了遗民不屈的态度和能量。

强烈的情感通过文学为中介，还可以激发当世甚至后世的读者。遗民们已经认识到，在这个各种价值观混乱纷繁的时代，只有突围而出的激越之声才能收到振聋发聩的效果。方以智说："尼山以兴，天下属《诗》，而极于怨，怨极而兴，犹春

---

① 陈确：《和二陆子挽张元岵先生》，载《陈确集》，下册，第669页。
② 杜濬：《跋黄九烟户部绝命诗》，载《变雅堂文集》，《四库禁毁书丛刊》，集部第72册，第419页。

生之，必冬杀之，以郁发其气也。行吟怨叹，椎心刻骨，至于万不获已。有道之士，相视而歌，声出金石，亦有大不获已者存。存此者天地之心也，天地无风霆则天地喑矣。嘻噫！诗不从死心得者，其诗必不能伤人之心，下人之泣者也。"[1] 文学要激发人的道德意志，首先要有感动人、震撼人的力量，没有椎心刻骨的情感体验，很难产生奋发励志的心理刺激。如果不痛不痒，道理再光明正大，也难于深入人心。基于对主体精神的这种自信，对情感能量的这些认识，明遗民轻轻迈过"温柔敦厚"的标准，在自我的释放与表达上脱去了束缚。

最后，我们再回过头来看一下黄宗羲的文学元气论。黄宗羲云：

> 夫文章，天地之元气也。元气之在平时，昆仑旁薄，和声顺气，发自廊庙而耸泆于幽遐，无所见奇。逮夫厄运危时，天地闭塞，元气鼓荡而出，拥勇郁遏，坌愤激讦，而后至文生焉。[2]

以"天地之元气"同构遗民与文学，意味着将文学当作遗民生命意义的承载体，将文学当作宇宙人生本质的承载体，相信文学中蕴藏着可以把宇宙人生推上正常秩序的动力。文学虽然仍肩负着载道的责任，却不再是实际政治的裨补，而是对抗强权的嗔怒之音、独立人格的高亢之声，进而成为延续民族文化精

---

① 方以智：《浮山文集后编》卷一《范汝受集引》，载《续修四库全书》，集部第1398 册，第 372 页。
② 黄宗羲：《谢皋羽年谱游录注序》，载黄宗羲著，沈善洪主编《黄宗羲全集》，第10 册，第 32 页。

神的火种，这就是乱亡时代遗民文学的价值所在。

黄宗羲还有一段话，可以看作"元气论"的补充：

> 其文盖天地之阳气也。阳气在下，重阴锢之，则击而为雷；阴气在下，重阳包之，则搏而为风。商之亡也，《采薇》之歌，非阳气乎？然武王之世，阳明之世也，以阳遇阳，则不能为雷。宋之亡也，谢皋羽、方韶卿、龚圣予之文，阳气也。其时遁于黄钟之管，微不能吹纩转鸡羽，未百年而发为迅雷。①

实现文学与人生意义的同构，是明遗民文学实践最重要的问题。由于对创作者主体精神的高度重视，最真切地表达创作主体的感受，成为文学的首要任务。无论是现实政治的要求，还是传统观念的规范，都不能阻碍它的实现。与遗民的人生经历相应，情感的激昂强烈成为其文学创作的重要特征，在文学思想中也得到了普遍肯定。正是在这个意义上，黄宗羲用"迅雷"来描述明遗民文学的形态、功能与价值。

（原刊《浙江学刊》2006 年第 1 期，字句略有改动）

---

① 黄宗羲：《缩斋文集序》，载黄宗羲著，沈善洪主编《黄宗羲全集》，第 10 册，第 12 页。

士人心态研究

关于士人心态研究

□ 罗宗强

　　此书于 1991 年 7 月出版，由于只印了三千册，11 月各地就已买不到。有读者不断来信，要求购买，而出于种种考虑，一直未能再版。

　　写此书的目的，原甚简单。当时正在写《魏晋南北朝文学思想史》，对于魏晋这样一个大变动时期的文学观念何以产生，甚难理解，只觉得这是一个异样的时代。中国历史上有过许多的改朝换代，有过许多的大战乱，有过许多的株连杀戮，风云变幻，无时无之。士人或青云直上，或冤死牢狱；或坐享荣华，或转死沟壑。荣瘁更替，仕隐分疏，流光逝水，习以为常。就个人而言，或有惊天动地之经历；而就整个士阶层而言，则大体循传统思想而行事，未见大震撼于士林。只有魏晋和晚明，似乎是两个有些异样的时期。士（或者说是那些引领潮流的士人）的行为有些出圈，似乎是要背离习以为常的传统了。而此种异样，于文学观念的变动究有何种之关系，则黯而不明。于是产生了来探讨魏晋士人心态的想法，目的只是为撰写《魏晋南北朝文学思想史》做一点准备。

　　不料此书出版之后，得到过多的关注。过多的鼓励，使我汗颜。而读出其中悲慨的朋友，则使我感到极大的满足。人生多艰，而朋友们的会心一笑，则是多艰人生的最大慰藉。当然，也有学者提出批评，认为这是一本粗浅的书，婉转地提示说应该用西方的心理学的有关理论，才能把心态研究深入下去。

其实，我并非专门从事心理研究。我之所以研究心态，只是为了研究文学思想。因此，我的研究对象，是士人群体。我要研究的是士人群体的普遍的人生取向，道德操守、生活情趣，他们的人性的张扬与泯灭。涉及士人个案时，目的也在于说明群体的状况。我要研究的是动向，和这种动向与文学观念变化的关系。我无能力也无意于对某一士人做心理的以至与心理有关的生理的深层剖析。我以为那是心理学家的事。由于中国古代士人特殊的成长环境，我所看重的是环境的影响，而非他们的生理的基础。

影响中国古代士人心态的很重要的一个方面，是政局的变化。在古代中国，有隐逸情怀的士人不少，但真正的隐士却不多。隐逸情怀是人生的一种调剂，而真正的隐士却要耐得住寂寞。多数的士人，出仕入仕，因之政局的变化也就与他们息息相关。家国情怀似乎是中国士人的一种根性。风声雨声读书声，声声入耳；家事国事天下事，事事关心。这是晚明东林党人说的。但从这话语里，我又仿佛看到东汉末年党人的身影。根性遗传，无可如何！

影响中国古代士人心态变化的又一重要方面，是思潮。我们通常都谈到诸如两汉的儒学一尊的思想潮流、魏晋玄学、宋明理学等等对于士人的影响。这些影响是如何进行的，通过什么样的渠道，轻重浅深，如何开始，如何了结，似乎就有一连串的问题需要回答。我们可以对这些思潮做义理的细微辨析，但是它们如何进入士人的内心，变成他们的人生取向，融入他们的感情世界，我们就所知甚少。有时我常想，王阳明在越，每临讲座，环坐而听者数百人，四方来学者比屋而居，每一室合食者常数十，夜无卧处，更相就席，歌声彻昏旦。阳明门人王艮讲学，听者近千。他们何所求而来？他们想些什么？他们的内心是怎样的一种境界？他们所追求的理论，是如何融入他们的人性深处？如果我们都了解了，我们也许就会看到一群活生生的人从逝去的历史中复活。我们会同其悲，同其喜。我们对于历史，就会有一种亲切感。历史就不会是一组枯燥的数字和一些事件的罗列。我们对于人生，或者就会有更深的感悟。

影响中国古代士人心态变化的又一方面，是提供给他们什么样的生活出路。现实的生活状况是决定一个人的心境的非常实在的因素。他们有什么样的生活条件，就可能产生什么样的想法。

我们看明代嘉靖以后的士人，他们中的一部分人，虽也为屡试不第而苦恼，但是那苦恼又常常很快消逝。因为他们并非只有入仕一途。他们还有其他的生活出路，可仕可商，可卖文卖书卖画。他们还有生存的广阔空间，有人甚至还可能获得极高的社会地位。考察他们的生活出路，有可能了解他们的心绪。

当然影响心态变化的还有其他的因素，如家族的文化传统、社党的组合、交往、婚姻状况以至个性等等。但是如果研究一个时期士人的主要心态趋向，恐怕也就只能视其大同而舍其小异。当然，如果是为了研究不同士人群落的心态，又当别论，那就复杂得多了。要是为一个作家或一部作品而研究心态，我想那恐怕是另一回事。那似乎更近于心理分析，与我所理解的心态研究似有差别。

心态研究面对的是人。面对人，就难免有是非褒贬，就难免带着感情色彩。带着感情色彩研究历史，为历史研究者所大忌，说是这种研究容易失去客观性。但是我常常怀疑，即使我们竭泽而渔，广罗史料，是否就可以完全避免主观的介入呢？我们选择和解释史料的过程，就是一种主观判断的过程。我们尽量地就已有的史料去接近历史的真实，但是当年发生的事象，以史料存世者恐不及万分之一。以此万分之一之史料，去推知当年事象之真相，有谁能够说他所描述的就是当年历史的真实呢！就我自己而言，每当我面对历史之时，是是非非，实难以无动于衷。面对魏晋与晚明的历史，尤其如此。带着感情面对历史，或者就是我的心态研究难以摆脱的痼疾吧！

就我所知，20 世纪 80 年代初，国内学界将心理学引入文艺学研究。心理学引入古代文学研究的是 1982 年钟宝驹先生的《从心理学的角度释〈关雎〉》，之后这一方面的研究成果数量极大。但是我必须说明的是，我的研究侧重于群体心态趋向，而研究的目的在于说明文学思潮的演变。与文学的心理学研究是有区别的。我无意于步先驱者之后尘。之所以说明这一点，是已有文章提及，不得不做一点说明，以表不敢掠美之意。

（节选自罗宗强：《玄学与魏晋士人心态》再版后记，
南开大学出版社 2003 年版）

社会历史与文学观念的中介

——中国古代文学思想史学科的士人心态研究

□ 张峰屹

20 世纪 80 年代初，古代文学研究中引入了心理学之后，从士人心态方面着手对文学进行研究所取得的成果甚多。本文只想在中国古代文学思想史学科内，就士人心态研究的思想和现实基础、实施方法及其对文学思想研究的意义，做一简要阐述。

一

早在 1983 年，王元化先生就在《论古代文论研究的"三个结合"——〈文心雕龙创作论〉第二版跋》中提出，古代文论研究中应当采取"三个结合"——"古今结合，中外结合，文史哲结合"的方法。他特别看重文史哲结合的方法："尤其是最后一个结合，我觉得不仅对我国古代文论的研究，就是对于更广阔的文艺理论的研究也是很重要的……文史之间难以分割是容易理解的，因为我国古代向来以文史并称。至于文学与哲学之间的密切关系，却往往被忽视。事实上，任何文艺思潮都有它的哲学基础。"随着文学研究的深入，打通文史哲，在更为广阔的社会历史和文化背景下审视古代文论，逐渐得到学者们的认同。文学思想史这一新的学科，正是在此一学术背景下诞生的。

1986 年，上海古籍出版社出版了罗宗强先生的《隋唐五代文学思想史》，这部著作把文学理论批评与文学创作倾向结合起来，把文学观念的探讨置入政局、历史文化中考量，更为客观精确地描述了隋唐五代文学思想演变，标志着"文学思想史"学科的正式确立。罗宗强先生随后出版的《玄学与魏晋士人心态》（浙江人民出版社 1991 年版）、《魏晋南北朝文学思想史》（中华书局 1996 年版），使这一新学科不断得到完善。

"文学思想史"作为一个新的学科，它的最直接的研究对象，既包括各个时期理论形态的文学批评、文学理论中的文学观念，也包括各个时期文学创作中所反映出来的文学观念。这是它与 20 世纪 20 年代以来的文学批评史研究、文学理论史研究根本不同的地方：它拓展了研究范围。从实施研究的方法、范围而言，上述直接的研究对象是文学思想史的研究本体，本文不拟涉及这一问题。与此同时，研究文学批评、文学理论和文学创作实际所反映的文学思想，必然会涉及它们得以产生的社会历史条件；研究文学思想，不可避免地要对相关的社会历史条件做出认真的研究。社会历史条件包括层次不同的十分广泛的因素。从文学思想史研究的角度说，政局状况、时代社会思潮、历史文化传承、地域文化环境、士人群体心态，乃至家族文化传统、社党的组合、士人间的交往、个人的个性、特殊人生经历等，都可能影响某种文学思想的形成。只不过，每种因素对形成某种文学观念作用之大小轻重，要以具体研究的对象和问题来具体地讨论。在普遍的意义上说，上述众多因素中影响文学思想最为普遍和重要的，是政局状况、时代的社会思潮和士人心态的变化。古代士人与政治生活关系极为密切，一个时代的政治状况，往往决定着其时士人们的出入进退，影响着他们对社会人生的看法，这种影响会在他们的文学创作、文学理论批评中表现出来。一种强大的社会思潮，往往左右着士人的生活理想、生活方式和生活情趣，进而对文学功能的认识、审美时尚、题材倾向诸方面产生影响。然而，政局、社会思潮并不能对文学思想直接发生作用，处在政局、社会思潮与文学思想之间的，是士人心态。政局、社会思潮对文学创作倾向、文学观念的影响，都是通过士人心态这一中介来实现的。士人心态的中介作用在文学思想演变中具有关键的意义。

应该特别说明的是，文学思想史学科的士人心态研究，关注的是某一时代群体的士人心态倾向和这种倾向与其时文学思想发展动向之关系，而不是单纯心理学或社会心理学意义上的心态研究。因此，它与单纯心理学或社会心理学的研究方法也有很大不同。它关注社会群体士人的心态倾向，不看重个案心态状况（对一些重要士人心态的个案研究，也是为了考察那个时代总体的士人心态倾向）；它注重揭示士人群体的政治倾向、人生观念、生活理想、审美时尚等，而不做纯粹心理学或生理学的考察。

当我们弄清楚政局、社会思潮等外部因素与士人心态的变化的关系，就可以解释他们的人生旨趣何以发生了这样那样的变化，他们的文学创作倾向、审美情趣、文学观念何以发生了这样那样的变化。也就是说，我们就可以具体真切地描述文学思想的发展面貌了。下面，我们借用一些研究实例，具体看看在文学思想史学科领域，士人心态的研究是如何进行的。

二

研究判断政局状况对士人心态的巨大影响，可以拙著《西汉文学思想史》（南开大学出版社 2001 年版）为例来说明。这里仅介绍西汉初期政局对士人心态的影响，以及士人心态与当时文学思想演变的关系。

总的看来，西汉初期的士人对新兴的刘汉政权充满信心，以负载天下的雄心大志和昂扬进取的姿态，主动亲合并效力于政权。他们积极追思秦朝灭亡的原因，以此为现政权的政治建设提供借鉴。陆贾、贾谊、贾山、晁错、邹阳等人，从不同角度反思秦亡的原因，这是他们积极效力汉廷的显明表现。同时，他们直接为新兴政权的建设献计献策。陆贾的《新语》、贾谊的《新书》都为统治者提出了极好的建议。

这一时期的士人，敢于大胆极谏，对不合理的现象，往往予以无情指摘。在积极进取、为国效力的坚定心愿支持下，不计委屈和得失，甚至为之献出生命。晁错对于当时国家的重大问题，上书发表恳切高明的见解，倾心效力。他曾在《贤良文学对策》中说："救主之失，补主之过，扬主之美，明主之功，使主内亡邪辟之行，外亡骞污之名。事君若此，可谓直言极谏之士矣。"他本人就正是这样一位毫无二心的真谏士。但因为"削藩"的国策引起诸藩王的叛乱，汉景帝竟声称"吾不爱一人谢天下"，杀掉晁错！而大可注意者，即使如此，晁错竟也心甘情愿。他被杀前不久，父亲从家乡赶来，责备他说："公为政用事，侵削诸侯，疏人骨肉，口让多怨，公何为也？"晁错道："固也。不如此，天子不尊，宗庙不安。"其父曰："刘氏安矣，而晁氏危！"遂饮毒药而死。[①]

为什么汉初的士人会如此不计利害、义无反顾地采取积极入世、与政权趋同的态度呢？这就与当时的政局有直接关系。认识秦朝政权的残暴寡恩，是理解汉初士人心态的重要前提。与严刑酷律、焚书坑儒的秦王朝相比，刘汉新兴政权使士人充满着向往和希望。对秦王朝的惊惧和愤怒，甚至使当时的一些士人可以追随任何一股灭秦的势力，并为之效忠尽力。

一个新的政权终于诞生了，它的一切做派都与暴秦形成了鲜明的对比：刘邦初入关，与民约法三章，并去除秦朝一切酷律；称帝后，又采取了罢兵归田、卖身者复庶、省赋减税等一系列利民政策，把"约法省禁，而不轨逐利之民"[②] 作为基本国策。其后的孝惠、文、景各朝，无不奉行。汉初七十年间一直坚持的休养生息的政策，受到人民的欢迎，国运也蒸蒸日上。此种情形，不能不在当时士人心中波荡起赞叹和向往之情。

汉初统治者对士人采取的是吸纳招抚的态度，思想文化政策宽松，这也与秦朝形成鲜明的对比。高祖十一年（前 196 年）二月，刘邦下《求贤诏》，认为先秦王霸之主"皆待贤人而成名"，今天下一统，乃由于"贤人已与我共平之"，进而表明"贤士大夫有肯从我游者，吾能尊显之"[③] 的明确态度。惠帝四年（前 191 年）三月，除挟书律；高后元年（前 187 年）

---

① 班固：《汉书》卷四九《晁错传》，中华书局 1964 年版，第 8 册，第 2295—2300 页。
② 司马迁：《史记》卷三〇《平准书》，中华书局 1959 年版，第 4 册，第 1417 页。
③ 班固：《汉书》卷一《高帝记》，第 1 册，第 71 页。

春，废除妖言令；文帝二年（前178年）五月，废除诽谤妖言罪。一方面广开招贤之路，另一方面又允许自由言论，允许私藏图书，士人可以进身，可以思想，当然容易吸引士人们心向政权。

汉初统治者扶持奖掖儒学和儒生。高祖十二年（前195年）刘邦祀孔庙，开帝王祭孔之先。文、景二帝始立经学博士，这表明汉初统治者吸纳儒学的态度。从儒生境遇看，刘邦周围有叔孙通、陆贾、郦食其等人，文、景周围有贾谊、贾山、晁错、申培、韩婴、辕固等人。他们都是当世的名儒，他们的计策、学问，都受到帝王的重视：陆贾上《新语》，"每奏一篇，高帝未尝不称善"；① 文帝看重贾谊，"谊之所陈略施行矣"②。这些都证明着汉初儒生得到了政权的重视。

刘汉新兴政权的清静利民政策、宽容谦逊的精神以及对士人的吸纳接受，促成了这一时期士人与政权的亲和，演奏了一曲士人与政权的和谐乐章。

研究汉初士人进取用世、与政权趋同的心态，对研究这一时期的文学观念具有重要意义。士人与政权的协力同心，标志着他们对当前政治的认同和顺从；而汉初清静无为、务实尚用的政治取向，也必然地约束士人思想的多元发展，使士人多倾向对现实问题的思考。不论是陆贾、叔孙通、贾谊、晁错这些直接参与政治的士人，还是申培、韩婴、辕固、枚乘、邹阳、严忌这些经师和文人，他们的作为、他们的著作，都是非常现实化、实用化的。一切为了政治，一切为了实用，这种政治

---

① 司马迁：《史记》卷九七《郦生陆贾列传》，第8册，第2699页。
② 班固：《汉书》卷四八《贾谊传》，第8册，第2265页。

（统治者）和文化（士人）共同酿造的价值取向，当然地影响到文学创作和文学观念。汉初的诗赋、散文作品，子书中散见的文学观念，以及鲁、韩、齐、毛四家诗说，无一例外地流动着执着现实的实用精神，这与此期的士人心态紧紧相关。

三

一个时代的社会思潮也会对当时的士人心态产生巨大影响，进而反映到其时的创作和文学观念中去，中国历史上这样的例子不在少数。限于篇幅，本文仅以魏末正始时期为例。

正始时期，思想界出现了玄学思潮，名士谈玄一时蔚成风气。他们以《老》《庄》《易》为谈资，探讨了许多理论问题，如圣人有情无情、养生、本末、有无、言意关系、声无哀乐等，认为一切事物在其存在和发展变化的过程中，都应当顺任其自然本性，不要人为地扭曲、矫饰，追求一种恬静寡欲、不受任何羁绊的超然自适的生活。在玄学思潮的影响下，正始名士总体上采取了一种追求自然的人生态度。而这种人生态度，又深刻地影响了他们的创作及其对文学的观念。

玄学名士追求自然的心态，使正始文学的创作出现了表现老、庄人生境界的作品。例如，何晏的《言志》诗："鸿鹄比翼游，群飞戏太清。常恐夭罗网，忧祸一旦并。岂若集五湖，顺流唼浮萍。逍遥放志意，何为怵惕惊！"嵇喜《答嵇康诗》四首之一："逍遥步兰渚，感物怀古人。李叟寄周朝，庄生游漆园。时至忽蝉蜕，变化无常端。"玄学思潮通过士人心态带给文学创作的，还有创作的哲理化倾向。例如阮籍《咏怀诗》第四十八首："鸣鸠嬉庭树，焦明游浮云。焉见孤翔鸟，翩翩无匹群。死生自然理，消散何缤纷。"是讲因任自然的人生哲理。

正始名士任自然的心态，也对文艺观念产生明显影响，这主要表现在有关乐论和言意关系的问题上。嵇康的《声无哀乐论》，把音乐的本体归结到自然之道：由五音到五行，到天地，到自然之道。他认为，五音排比而成乐，就是"和声"，"和声"是无象的，是一种独立的存在，因此它与感情无关。所谓哀乐之情藏于人的内心，因"和声"而诱发，并不是音乐本身有哀乐。嵇康的"和声"，明显是由老子的"大音希声"派生出来。关于言意之辨，最著名的主张就是王弼的"得象忘言""得意忘象"①之说，认为义理抽绎之后，具体的物象和言语都可舍弃。这个思想也显然是来自老庄。

中国古代文学思想史学科的士人心态研究，已经在科研实践上取得了令人瞩目的成就。它是一项综合的复杂的工程，因为影响士人心态的因素是极为复杂的，要根据不同的研究对象做具体考量，本文只是择要、感性地介绍了士人心态研究的最基本途径和方法。

（原刊《河南社会科学》2003 年第 5 期）

---

① 王弼：《周易略例·明象》，载楼宇烈《王弼集校释》，中华书局 1980 年版，下册，第 609 页。

历史研究中的文献阐释与文人心态研究

——罗宗强先生《明代后期士人心态研究》序

□ 左东岭

一

身处当今各种理论方法纷呈迭现，价值观念趋于多元的时代，搞历史研究的人不免常常陷于困惑之中。有时雄心勃勃，仿佛无论多么遥远复杂的历史事件，只要留有蛛丝马迹，我们都可以殚精竭虑地将其澄清重现，并发掘出其中所蕴涵的文化价值；但有时又疑惑叹息，仿佛历史早已被尘封淹没在时间的迷雾之中，你即使穷尽一生，也很难真正弄清历史的真相。对于历史研究充满信心，是因为历史研究是一门重证据的学科，只要有文献可征，我们就能重建过去的历史；充满疑惑，是因为古人留下的文献太过复杂凌乱，其中充满了各种矛盾抵牾，有时真让人无从措手。且不说后人的记载已经让历史在许多方面失去了本真，即使当时人的记录也难说完全可信。比如以"实录"为名的文献，其实根本不是照实记录。因为实录往往是某皇帝授命本朝大臣组成班子，根据父辈朝的各种档案文献整理而成的，于是就有了选择与修饰，对于自己就难免多粉饰打扮，对于父辈就难免多扬善隐恶，对于政敌当然也就多攻击诬陷之辞。这只要看一看明朝的实录，尤其是永乐朝和天顺朝的实录，就会对上述情况有非常清晰的认识。别集中材料似乎是作者亲笔写下的，好像不成问题，其实无论是作者本人还是亲友后学，在编集子时都经过了删减甚至改编，早已不是当初的原貌了。更不要说还有一些有意无意混入的赝作。元末明初的杨维桢是当时名气很大的诗人，但根据他本人的别集来探讨他的生平，就很容易成为一笔糊涂账。比如他在入明后到底对新朝的态度如何，就非常不易说清楚，因为现在所流传的杨维桢诗文集中，既有表示坚决拒绝与新朝合作的《老客妇谣》，又有极力歌颂新朝的《大明铙歌十八首》。后来经人考证，这两篇作品竟然都是伪作。学者在面对这样的史料文献时，往往需要极为小心谨慎，综合各方面的材料认真辨析体认，才能有所发现，而且还很难说就是历史的真实。

研究历史的困难除了文献自身的复杂混乱外，还有一个时代局限与研究者自身学养不足的问题。比如"五四"以来对李贽的研究，可以说从来没有真正把这位思想家当作历史人物来研究，而是把他当作一种工具来使用。1949 年前基本把他当成反礼教、反儒学的工具，所以吴泽先生将其称为《儒教叛徒李卓吾》（1949 年）；从 1949 年到"文革"时期，他又被当作唯物主义与革命者的典型，所以侯外庐先生的《中国思想通史》的标题便是"李贽战斗的性格及其革命性的思想"；等到"文革"时，李贽又成了著名的法家人物的典型；而到改革开放以后，他又成了资本主义萌芽与市民阶层的代表。为了拿李贽当作工具，当然就不能顾及其全人与全文，比如李贽在

《焚书·答邓石阳》中说："穿衣吃饭，即是人伦物理，除却穿衣吃饭，无伦物矣。"[1] 数不清的学者都把这段话当作李贽重物质、重现实甚至重普通百姓生活的重要论据材料。但几乎所有人都省掉了后面两句话："学者只宜于伦物上识真空，不当于伦物上辨伦物。"[2] 他的意思很清楚，追求自我解脱之道的途径是在穿衣吃饭的人伦物理上致真空之原，充其量是禅宗"平常心是道"的另一种表述方式。研究历史当然不是只为了弄清历史事实，其中还存在一个如何解释历史的问题。比如对于同一件事，从不同的角度、不同的身份来评判，便会有不同的立场与看法。张居正和罗汝芳两个人都曾迷恋于王阳明的心学，可做了首辅大学士的当权者张居正就认为不能到处自由讲学，应该在见解上一尊程朱，并且不能随意自我发挥，更不能成群结队到处乱跑；罗汝芳却要一意孤行，自行其是，他认为讲学是每个圣人之徒的责任与权利，只有大家都来讲学，才能充分发挥圣人之道。他们两个人其实在维护儒家道统上并没有原则的分歧，但对待讲学却有如此对立的态度，其中原因就在于张居正是当权者，他需要政治稳定；罗汝芳是民间色彩极浓的泰州学派的中坚，他看重的是自我的尊严、士人的救世责任。研究者在面对这样的情况的时候，就必须要表明自己的态度以及对此事的解释，并挖掘出此事背后所蕴涵的价值。但是，评判的前提是弄清事情的真相，如果所述事实有误，则价值的阐发也就失去了应有的意义。

令人遗憾的是，像这些不顾及文献本意而做随意发挥的例

---

① 李贽：《焚书 续焚书》卷一，中华书局 1975 年版，第 4 页。
② 同上。

子，在近年来的研究中却屡见不鲜。应该说这样去面对历史是随意而不负责任的，因为这严重破坏了学术研究的严肃性与信誉。产生这些失误的根本原因我以为主要有两种，一种是急功近利的研究目的。中国的各种现代学科形成于"五四"以后，受西方19世纪实证主义与乾嘉汉学传统的影响，历史研究理所当然地以求真为其目的，所以王国维先生在《国学丛刊序》中理直气壮地说："凡事物必尽其真，而道德必求其是，此科学之所有事也；而欲求认识之真与道理之事者，不可不知事务道理之所以存在之由与其变迁之故，此史学之所有事也。"[①] 但是，由于中国社会变迁的剧烈，使学术很难在一种平心静气的环境中进行，而反倒助长了急功近利的心态。但这种情况一开始还没有发展到恶化的程度，后来由于特别强调历史对现实的作用，就把历史当成了工具，于是歪曲、影射、随意发挥的现象就很难避免了。

历史研究失误的另一种原因是西方20世纪所谓相对主义史学观与本体诠释学的影响。意大利历史学家克罗齐所提出的"一切历史都是现代史"的史学理念，否认历史研究有任何客观性可言，当然也就不存在求得历史真实的可能。在中国最为流行的伽达默尔的本体诠释学理论，主张理解是主体与客体的视界融合，而任何人在理解文本时都带有自我主观的因素，所以也就不可能是客观的。这些理论是在西方的整体学术背景下产生的，自有其产生的原因与学理上的过人之处，而且当它们被介绍到中国之后也的确活跃了研究者的思想和拓展了研究的思路。但不可否认的是，它们也给中国学术界的某些学者提供

---

① 王国维：《观堂别集》卷四，上海书店1992年版，第7页上。

了偷懒与胡说的依据，一些人将这些理论与中国传统的"诗无达诂"理论结合起来，于是就放开胆子随意发挥，将原有的学术规范与学术责任完全置于脑后。

就目前学术界的情况看，急功近利的现象依然存在，这既有国家追求短期效应的功利行为，也有学者求名求利的浮躁情绪，但就总体看，学术还是在日益走向成熟。然而学理上的失误是必须辨明的，因为许多学者并不认为自己的主观发挥行为是违反规范，而将其称为创造性诠释。这里有必要弄清遵守学术规范的真实内涵是什么。所谓遵守规范其实就是遵守一定的研究原则及其与之相关的一套操作技术，因而遵守学术规范的前提就必须先有明确的阐释原则与配套的操作技术。处于变动而多元的当代学术界，各自拥有不同的阐释原则，其操作技术当然也就不同。用不同的阐释原则去批评对方违规，当然也就不具备说服力。比如支撑文学史研究的阐释学理论目前被学术界概括为六种，即圣经解释学、文献解释学、语义解释学、人文科学解释学、本体解释学及实践哲学解释学。但据我看来，这些理论又可归纳为两大类：追求客观的解释学与追求主观的解释学。前者坚信历史是可以认识的客观对象，文学作品提供了客观的思想内涵，研究者解释作品，就是要寻找出作者的本意或文本所呈现的自身含义。这种理论以历史还原为其阐释目的，利用语言学、文献学、心理学、社会学等方法进行操作，其研究态度讲究客观公正，其研究风格重视实证，凡是违背了这些原则的便被称为违反学术规范。如西方的施莱尔马赫、狄尔泰、贝蒂、赫施，以及中国清代的乾嘉考据学，均是遵循此种原则。后者则认为历史是不可恢复的，文本的意义只存在于读者的阅读之中，因为每位读者都受自身的历史局限，所以都可能误读本文，但同时也可以创造出新的意义，而本文的内涵也就存在于不断的解释过程中。这种理论讲究的是阐释者的创造性解释，讲究文本视界与阐释者视界的融合，但是在方法论上还不具备配套的技术。西方的海德格尔、伽达默尔、哈贝马斯等都是此种理论的倡导者。中国古代也有这样的批评家与批评理论，如明代的李贽就在评点他人著作时很喜欢做自我发挥，他读苏轼、杨慎的集子甚至读《华严经》，都更强调创造性的自我见解。他最得意的就是经过他的评点，就成了"又—东坡""又—升庵""又—《华严》"。

究竟选择什么样的阐释原则取决于我们对待历史的态度，或者说取决于我们研究历史的目的。研究历史可以有许多目的，比如为现行的理论与政策寻找存在的理由与依据，比如增强民族的凝聚力与群体意识，等等，但我认为最重要的还是探讨与总结人类已经经历过的人生经验、已经产生的精神成果和曾经经历的人生教训，从而能够使今人加以借鉴而更加聪明。历史的经验对今人在两个层面构成价值：一是处于同一文化传统中的情景的相似性，我们的今天是由历史的昨天发展演变而来的，所以我们就难免会遇到大致相似的历史状况。如果我们拥有了相近的历史经验，就会更加理性地去加以应对。二是各种历史现象之间其实存在着深层的关联，如果历史研究把这些深层的历史关联揭示出来，就会增加人们的认识能力与人生智慧，从而更好地应对现实。但无论是前者还是后者，都需要我们真正能够发掘古人的真实经验与思想内涵，才不至于变成自我的循环论证。因此，不论是做什么领域的史的研究，只要是历史研究，就必然会涉及已经成为事实的一端，这种已经给定的事实就是一个客观的存在，如果忽视这种事实，历史研究也将失去它的意义。正如英国历史学家埃里克·霍布斯鲍姆所说：历史研究的关键所在，"就是要区分确凿事实与凭空虚构、区分基于证据及服从于证据的历史论述与那些空穴来风、信口开河式的历史论述"①。正是由于这样的目的，决定了客观的诠释学依然是历史研究的首选规范，而不能只靠主观的发挥与自由的想象。

二

但是，今天的历史研究毕竟不同于一百年前的实证主义的研究。经过 20 世纪史学理论与本体阐释学的影响，即使目前依然坚持还原历史真实的理论，也不能再奢望完全复原历史和做到绝对客观，因为每位研究者都会受自己主观因素的影响，而难以像自然科学那样精确公正。同时，历史的真实也只能有限地接近它而不可能与之重叠，因为历史既不能重复，也不能对结论进行有效的检验。就目前的历史研究的发展趋势而言，将主观与客观的因素包容，将事实的探讨与意义的研究兼顾，而同时又将它们明确区分开来，越来越为学者们所重视。从历史哲学的角度讲，目前的史学家谁也不会再照当年实证主义大师兰克的话去做：一、照录史实；二、客观地不偏不倚地叙述。而是将伽达默尔的视界融合理论拿来做积极性的发挥。出版于1994 年的《历史的真相》一书，是由三位美国女历史学家写的，她们在书中提出了一种务实的实在论，其中对历史客观性做了如下的表述："我们重新定义的历史客观性是提出疑问的

---

① 埃里克·霍布斯鲍姆：《史学家：历史神话的终结者》前言，马俊亚、郭英剑译，上海人民出版社 2002 年版。

主体与外在客体之间的一种互动关系。按照这个定义，在论证中起更大作用的是信念而不是证据。当然，历史著述若没有证据，也就没有任何价值。"① 她们没有从后现代主义走向对客观性的颠覆，而是进行新的整合，因为她们认识到"解构而不重建是不负责任的行为"②。

我想，历史研究应该是回顾过去与通向现代的桥梁。一个合格的历史研究者应该既知道如何揭示历史真相，又能够发现与现代生活的关联，但却不应该将二者混淆起来。以我从事的中国文学思想史研究为例，这门学科为什么从原来的中国文学批评史转变为中国文学思想史，关键就在于它能够更真实地揭示中国古代文学理论的内涵与特征。这给它带来了一系列的变化。从大处讲，它不仅要关注文学理论与批评的理论表述，更要注意从古人的创作实践中去发掘其文学思想。这是因为，公开的理论表述许多情况下是门面话，并不能完全表达作者的真实思想，而在创作中则可能表现出其真实想法。把这两方面结合起来，就能更接近古人的真实状态。从小处说，一首诗、一封信、一篇序文，不仅要知道它写的是什么，还要知道作者是在什么情形下写的，是写给谁的。如果是写给一个并不熟悉的同僚，很可能是些客套话；如果是写给好友与亲人的，那就可能是写真实的想法。要是给朝廷的奏折，他的真实用意可能和表面的表述正相反，比如他说自己辞官是由于病重，你就千万不能相信他是真的有病，反倒经常是托词而另有难言的苦衷。这就是对中国古代文学理论所进行的史的研究，它以求真为目

---

① 乔伊斯·阿普尔比、林恩·亨特、玛格丽特·雅各布：《历史的真相》，刘北城、薛绚译，中央编译出版社1999年版，第244页。
② 同上，第211页。

的，以弄清古代理论的真实内涵为重心，因此它必须坚持客观的态度，尽量向古人靠拢，少些个人的主观发挥，从而向现代人提供一些可信的文本注释与文学理论知识。尽管古人的原意已不可能完全恢复，同时也无从检验是否完全恢复，但仍然应该尽量向古人接近，此犹如我们虽无法全部认识宇宙却依然去不懈地追求，不可能达到绝对真理却仍然要追求真理一样。在这种态度下，西方由施莱尔马赫与狄尔泰所建立的许多解释学规范以及乾嘉考据学的原则都应该得到遵守，而施莱尔马赫所说的"解释就是避免误解的艺术"的话语也就依然有其合理性。如果一位学者以求真为目的，以历史还原为自己的学术宗旨，却又不按照与此相应的技术规范去操作，便可被视为违规行为。对于古代文学理论现代意义的研究则可多一些学者自己的主观见解，按传统的话说它是以有用作为其原则，尽管这种研究也不能任意曲解古人之意，但毕竟可以引申发挥，价值评判，意义阐发，甚至赋予新的内涵。在此种情况下，就没有必要要求研究者语语皆有来历，字字必有根据。我读过一篇文章，叫作《神韵说与文学格式塔》，是文艺心理学专家鲁枢元先生写的，如果按照史的研究原则，把王士禛的诗学理论说成西方的格式塔理论，那是非常荒唐的。但如果是说这种思想可以与格式塔理论相通，并可以作为这种理论的启发，那完全是可以的。

其实，历史研究说到底就是历史学家通过对历史文献的思考与解释而重建过去的史实。它可以分为史料的搜集与辨别、文献的解释与编排、对各种历史事件深层关联的发现与梳理、对历史经验的总结与表现。也许是在 1949 年以后的很长一段时间，我们的历史研究经常成为现实政治的影射与现实政策的注脚，从而充满了主观随意性，所以近二十年来许多学者更重视史料的搜集与文献的编纂，从而在一定程度上将史料当作历史，并认为那才是真学问。而且即使在专题研究中，也讲究材料的厚重性，甚至堆垛史料。从拨乱反正的角度讲，这些当然是必要的。然而，史料毕竟不是历史。要成为能够使现代读者了解并对他们产生影响的历史，就必须主要依靠研究者对这些史料文献的解释。所谓解释当然是对于文献的解释，但选择什么文献来解释，解释得是否合乎文献的自身内涵，各种文献之间的深层关联如何，何种历史经验对现代生活及人的存在更有启示意义，以及对这些文献顺序的排列与过程的重建，都不是靠史料本身所能解决的。一位历史研究者真正用力的地方，其实主要是对文献的解释。而真正能够检验一位历史研究者水平高低的标准，也是视其解释文献能力的高低。因为这其中体现了研究者发现问题的眼光、解读文献的能力、综合思辨的水平、人文关怀的境界。历史研究的最终目的不是利用我们的智力去弄清与堆积史料，而是充分使用这些史料去发现与总结人类过去的人生经验与人生智慧，因为只有这些对于我们今人才能产生价值与意义。总之，历史研究包含着两端：史料文献搜集辨别与对史料文献的解释。我们的解释必须建立在文献史料的基础之上，不能随意发挥，更不能曲解史料；而史料则必须在解释的过程中才能生成意义，不能有效解释史料的研究永远不会成为真正意义上的历史研究。

由于中国现代学术建立的过程中充满了各种复杂的政治纠缠与文化冲突，从而使得我们的历史研究存在着时代交叉与鱼龙混杂的局面。直至今日，还有相当一些人甚至拿政治代替历史，加之学术训练的不足，因而随意发挥、信口开河的现象便不免屡屡发生。从这个意义上说，傅斯年当初所说的"史学便是史料学"的话便依然拥有其价值。经过二十多年的努力，中国的史学研究有了长足的进展也是有目共睹的事实。许多学者拥有良好的学术训练，接受了现代史学观念，视历史研究为理性的知识认知行为，严格遵守证据的使用与逻辑的严密等原则，以探求历史的真相与事物间的内在深层关联为目的，试图发现蕴涵于表象之下的历史规律。于是有了各种专业性很强的专门史的研究，诸如文化史、经济史、政治史、宗教史、风俗史、军事史、水利史、地理史等等，从而使历史研究趋于科学化或者说客观化。这当然是必要的。但是，历史是否只能以这种客观冰冷的面目出现，或者说是否只能以探寻真相与规律为目的？这样做的结果从表面看似乎具备了科学性，但却是以牺牲历史的丰富性与可感性为代价的。于是，我们没有了读司马迁《史记》时的精神震撼与心灵启示，没有了司马迁那种"究天人之际，通古今之变，成一家之言"所蕴涵的文化力量，因为客观性中体现的是史料的排比、概念的界定、理论的推演、不动声色的陈述，却缺乏了有效的解释、心灵的沟通、情感的共鸣、意义的阐发。总之，它逐渐远离了今人最需要的历史内容与启示意义，从而成为一种冰冷的学问与专业。我们当然不能抛弃这种学问与专业，我们也不能走向后现代的虚构与神话，但在历史研究中多一些人文关怀，多一些心灵沟通，多一些经验解释，也许能够重新获得历史研究的生命活力。

三

心态史属于历史研究的领域之一，当然也存在着上述所言的文献真伪、阐释原则与历史观念的问题，同时它又有其自身的特殊之处。其中最重要的一点是，即使我们使用的文献是真切无误的，我们的态度是求真务实的，是否就真的能够真实地揭示古人的心态？因为研究心态尤其是士人心态，研究者所依据的文献虽然也可以是他人所记录下来的，诸如档案、实录、笔记、史书等等，但这些毕竟都是间接的记载，更重要的还是要使用研究对象本人所撰写的诗文作品，也就是别集中的文献，这无疑是最能直接表露其思想情感的文献依据。而这就牵涉到了到底文如其人还是文不如其人的问题。金人元好问早就在诗中写道："心画心声总失真，文章宁复见为人。高情千古《闲居赋》，争信安仁拜路尘。"潘安一面撰写向往归隐的文章，一面又巴结逢迎权贵，可见文章与为人原是不完全一致的。其实这除了心口不一的道德虚伪外，也还包含创作本身的特点。按照现代叙事学的观点，作者与叙述者永远是不重叠的，二者之间只有距离远近的差别，而没有合一的可能。这种说法应该说是合乎中国古代的文学创作实践的。比如中国诗歌中出现过许许多多以香草美人为喻的诗作，叙述者常常自称贱妾，而把君主当成夫君，我们当然不能就认为作者是女子。中国古代有许多文体的规定，使作者一旦进入此种文体的写作过程，就必须自觉遵守这些规定，再加上作品的许多具体情境的变化，就使得作者作为叙述人时在一定程度上进行着角色的扮演，那么为文而造情的现象也就在所难免。在此种情况下，仅仅像乾嘉学派那样去进行文献排列来归纳结论就往往距真实很远。可直到今天的历史研究，还有许多人谨慎地守着这些家法不敢越雷池一步。这样的研究尽管从表面看严守学术规范，似乎证据确凿而结论可靠，其实许多时候只是隔靴搔痒，在材料的表面滑来滑去，而难以深入历史的深层。更严重的是，这种研究将活生生的历史变成了索然无味的材料堆积。所以，心态研究除了要遵守历史研究重证据的规范外，还要有良好的思辨能力，在众多的复杂文献与诗文作品中分析鉴别，综合各种情况，对比折中，全面衡量。同时，还需要有一定的情感投入，感同身受，将心比心，真正与古人进行心灵的沟通，然后才能搔到痒处。许多人认为历史研究是科学研究，要排除主观因素的干扰，然后才能客观公正。其实，按照本体诠释学的观点，任何诠释者都不可能不带有自我的主观色彩，任何的理解都不能不带上理解者的前理解。与其自欺欺人地无视这些主观因素，倒不如认真研究辨析，什么时候要遵守文献的客观性原则，而哪些地方又可以发挥体贴感受的情感优势，也许这样更有利于对研究对象的认识与把握，对于心态研究尤其是这样。

指出文不如其人是为了避免将作者与叙述者完全等同起来，从而在使用诗文作品材料时简单地直接以之作为心态研究的证据，并不是说诗文作品就不能作为心态研究的文献来使用。首先要看哪些因素作者是可以在作品中改变隐藏的，而哪些因素又是作者隐藏不了的。当刘勰说："贾生俊发，故文洁而体清；长卿傲诞，故理侈而辞溢；子云沉寂，故志隐而味深；子政简易，故趣昭而事博；孟坚雅懿，故裁密而思靡；平子淹通，故虑周而藻密；仲宣躁锐，故颖出而才果；公幹气褊，故言壮而情骇；嗣宗俶傥，故响逸而调远；叔夜俊侠，故兴高而采烈；安仁轻敏，故锋发而韵流；士衡矜重，故情繁而辞隐。"这一大串讲的都是作家个人气质性情与其文章风格的关系，这些是隐藏不住的，所以刘勰很自信地说："触类以推，表里必符。"① 在这种情况下，又的确可以说是文如其人的。其次，某位作家在某篇作品里可以把自己真实的看法、思想与情感隐藏起来或进行修饰，但通过其全部作品，依然可以探讨出其基本的思想情感。用金圣叹的话说这叫作"诚"与"慊"，也就是人如其心，文如其人，所谓"圣人自慊，愚人亦自慊。君子为善自慊，小人为不善亦自慊。为不善亦自慊者，厌然掩之而终亦肺肝如见"②。如果说圣人的文如其人、表里如一表现了圣人品格的话，则小人的表里不一、"厌然掩之"则恰恰表现了其小人品格，而这两种情形对于心态研究都是极有用处的。从此一角度，也可以说文如其人。其三，从群体心态研究上说，文如其人的原则也依然是成立的。作为士人个体，当然会有各自不同的品行、不同的气质、不同的遭遇、不同的命运，所以在心态上也就会呈现出千变万化的差异。但是作为整体，他们又会在时代的共同境遇里，具有许多共同的感受、共同的看法、共同的观念、共同的情绪，从而构成了他们共同的心态。因此，心态的研究必须根据不同层面的研究来界定自身研究方法的适用限度。如果是群体心态的研究，那就要抓住共性而舍弃一些偶然性的东西，从而更接近于思潮的研究；如果是个体心态的研究，则就需要关注个人的气质、个人的遭遇、个人的命运甚至家庭的遗传因素等等，也就是说更重视偶然的因素。但无论如何，通过诗文作品，通过其他历史文献，通过认真的思辨，通过感同身受的理解，对士人的心态是可以做出

---

① 刘勰著，范文澜注：《文心雕龙注》，人民文学出版社 1958 年版，下册，第 506 页。

② 贯华堂本《水浒传》第四十二回回评，载朱一玄、刘毓忱编《水浒传资料汇编》，南开大学出版社 2002 年版，第 270 页。

较为接近真实的把握的。在士人心态研究中，辨别材料的真伪当然非常重要，而了解文献生成的背景，解释文献的证据效用，以及恰如其分地运用这些文献，同样是非常重要的。也就是说，并非所有的诗文作品都拥有相同的心态研究价值，有的可以作为证据，有的就没有证据的功用，有的则需要说明文献的适用范围方可作为证据。而这一切，都不是仅靠材料真伪的辨别所能解决的。在此，心态研究也许比较接近目前越来越被看重的"质的研究"方式，即它更强调材料本身的选择与呈现，更强调研究的过程性、情景性与具体性，力争将读者带进历史的"现场"，从而产生一种身临其境的感觉。它不仅重视理性的思辨，更重视现象的把握。

但是更重要的是，心态研究中还存在着道德与情感的因素。作为一种历史的存在，文人的各种心态都有其形成的原因与存在的理由，但是从节操与品格的角度，又不是都具有同等价值的。当我们面对大义凛然的人格与圆滑世故的人格时，我们是否可以不动声色地予以同样的叙述？我们当然不能用自身的道德倾向代替对文人心态的客观研究，可我们在面对这些客观事实时，却可以保持道德的判断、情感的向度与人文价值的阐发，从而揭示出其中所包蕴的复杂历史内涵与意义。

四

宗强先生的《明代后期士人心态研究》是属于群体心态的研究，他从朝政变化、风俗变迁与思潮演变的角度，对最为复杂的明代后期士人心态进行了卓有成效的探讨。书中既从横的一面将当时士人归纳为拯世情怀与回归自我的不同心态类型，以及恰当地将徘徊于入仕与世俗之间、心学的狂怪另类这两类士人类型单独提出，以见士人心态之复杂多样；同时又从纵的一面抓住由拯世的巨大热情到希望失落的演变过程，以展现明代后期士人心态的全貌。全书采用了点面结合的叙述方式，将典型事例与典型个体作为基本的叙述单元，同时又按不同类型的心态进行了逻辑的分类，从而将宏观把握与重点论述有效地结合起来。在材料的使用上，以诗文作品尤其是尺牍与讲学记录作为主要文献论据，而辅之以实录史书的记载。在心态的分析上，特别关注士人的深层心理与现实行为、理论讲说与人生践履、原初动机与实际效果之间的种种复杂关系，从而将士人心态的研究引入立体化的格局。比如书中对阳明本人与其后学的对比，就是通过道德境界与人生践履的关系来进行的，因而专门撰写了"王阳明对其学说之践履"和"阳明后学之言与行"两节，清楚地指出了二者的巨大差别以及导致这种差别的原因。我以为，这样的研究是把理性思辨与现象描述紧密地结合起来了，是一种深度的"描述"。当然，准确地描述当时的士人心态是最为重要的，但这并不意味着可以完全不动声色。本书中对这些史实的解释评价与对历史事实的探究同样值得关注，宗强先生常常在史实论述之余，深入透辟地发掘出其价值与意义。身陷囹圄的谏臣杨继盛对当时的衰颓士风深表愤慨，说当自己身处危境时，"平昔指天论心者，惧祸之及己，则远绝之不暇；同时交游者，疾名之胜己，则非毁之惟恐不足；而素以义气著闻、豪杰自负者，恨言之侵己，且售计投石要功泄愤于权奸之门"①。引完此

---

① 杨继盛：《杨忠愍集》卷二《祭易州杨五文》，载《景印文渊阁四库全书》，台湾商务印书馆 1986 年版，第 1278 册，第 650 页。

段文字后宗强先生议论道:"此种风气,不唯为历代官场所常有,实亦为士林之或一常态。历经人生坎坷者当有切身之体悟。若从此一点切入,则于我国士之传统性格或有更为全面之认识。国族危难之时,既有赴汤蹈火、舍生取义者,亦有奴颜婢膝、卖身求荣者。日常相处,如继盛所言之面孔变幻、伎俩莫测之情状,无代无之。不过世愈衰士风愈下,则大抵如是。关于士传统之此一面,至今似未引起我人直面之勇气。言说优良传统易,敢于直面丑陋之根性难。"① 这些文字,在传统史学研究中也许是有忌讳的,也许至今依然被有些学者所不屑,但研究历史的目的说到底还是使现实更健全,更有利于人的生存。读了以上这些发人深省的话,我认为是能够起到引人思考的作用的,其中所受心灵撞击的价值也许并不低于对这些历史知识的认知。需要特别指出的是,宗强先生将史实描述与价值阐释区分得很清楚,他很清楚何时应该客观冷静,而何时又需带有情感倾向的价值阐述,从而丝毫不会引起读者的混乱与误解。

宗强先生是我十年前的博士生导师,在我跟随他攻读学位时,他就已经开始了明代历史与文学的研究。至今还记得他当年谈起明代士人的种种行为心态时那兴奋激动的表情,他是对此一段历史,对此一段历史中的士人,怀有深厚的情感的。如今十余年过去了,他才拿出了第一本关于明代历史的研究论著,可知其对待学术之严谨与所下功夫之深厚。书稿初成,我就有幸成为其第一读者,读后深受启迪,并在字里行间仿佛能读出当年师徒谈话的情景。一校出来之后,先生嘱我在前边

① 罗宗强:《明代后期士人心态研究》,南开大学出版社 2006 年版,第 39—40 页。

写几句话。我当然不具备评价先生著作的资格，所以就拉拉杂杂谈了一些历史研究，尤其是心态研究的个人体会。其实这个题目也还是过于沉重，一时很难说得透彻圆融。而且即使这些点滴的体会，也是在宗强先生那里接受学术训练的结果。其实，宗强先生的著作也没有必要由我做出评价，他的《玄学与魏晋士人心态》早已成为学界耳熟能详的著作，并已有许多学者撰文予以评介，则本书的出版将再次为学界提供一部新的文人心态研究的力作，从而对明代历史研究做出新的贡献。果真如此，岂止是先生之荣，弟子亦有幸多多矣！

人生实在太过匆匆！转眼间我就已过知天命之年。记得2005 年在北京召开中国古代文艺思想国际学术研讨会时，台湾学者吕正惠先生对"知天命"有一幽默别解，说是"知天命就是什么也不干了"；当时满座粲然。后来细想，知天命也许就是知道该干什么的意思。但令人汗颜的是，如今知道该干什么却偏偏干不了什么，整日处于忙忙碌碌与心情焦虑之中，真是虚掷了生命，使我们这些凡夫俗子在人生大化中连一点浪花都溅不起来！但是看看宗强先生的著作与治学精神，也许我不该如此心情灰凉。如果打起精神，说不定也还能做点事情。

（原刊罗宗强：《明代后期士人心态研究》，南开大学出版社2006 年版）

嵇康的心态及其人生悲剧

□ 罗宗强

嵇康是玄学思潮造就出来的典型人物。他有着高度的思辨能力，有着返归自然的气质，有着玄学思潮所要造就的那种理想的心态，然而他却是一个悲剧的典型。这其中包含有甚深的历史意蕴，例如玄学作为人生哲学的弱点、玄学与中国传统政治的不相容性、玄学在中国文化传统中的历史命运等等问题。本文不拟涉及如此广泛的问题，只想就嵇康的心态和他的人生悲剧做一点探索，以祈为魏晋士人心态的研究做一点准备工作。

一

在"竹林七贤"中，嵇康不像阮籍那样依违避就，领受临深履薄的苦闷与孤独；不像山涛、王戎那样入世，领受现实人生的种种满足；也不像向秀那样视名教与自然为一体，终于举郡计入洛；也不像刘伶、阮咸那样放诞——在"七贤"中，甚至在整个玄学名士群体中，他都是非常独特的。他始终以执着的精神，追求一种恬静寡欲、优游适意、自足怀抱的人生境界。

他是一位非常认真地对待人生的人。对于如何处世，他做了认真的思考。在《卜疑》中，他一连提出了二十八种处世态度作为选择，归纳起来，大抵是三类。一类是入世。入世有种种方式：或建立大功业，"将进伊挚而友尚父"；安享富贵逸乐，"聚货千亿，击钟鼎食，枕藉芬芳，婉娈美色"；或"卑懦委随，承旨倚靡"；或"进趋世利，苟容偷合"；或"恺悌弘覆，施而不德"；或为任侠，如"市南宜僚之神勇内固，山渊其志""如毛公蔺生之龙骧虎步，慕为壮士"；等等。另一类是游戏人间，"傲倪滑稽，挟智任术"。再一类便是出世，出世也有种种方式：或不食人间烟火，"苦身竭力，剪除荆棘，山居谷饮，倚岩而息"；或隐于人间，"外化其形，内隐其情，屈身隐时，陆沉无名，虽在人间，实处冥冥"；或逃政而隐，"如箕山之夫，颍水之父，轻贱唐虞，而笑大禹"；或修神仙之道，"与王乔赤松为侣"；或如老聃之清静微妙，守玄抱一；或如庄周之齐物，变化洞达而放逸；等等。他列出的这二十八种处世态度，可以说几乎包括了士人出处去就可能有的各种方式。最后，他通过太史贞父之口，说出了一种选择："内不愧心，外不负俗，交不为利，仕不谋禄，鉴乎古今，涤情荡欲。"[1] 这个选择就是自洁、自足、返归自然而不纵欲。他并不像任情纵欲的思潮起来之后多数士人那样把返归自然只当作生之本能。从嵇康的诗文里，我们可以看到，他的返归自然，是追求一个如诗如画的人生境界。这个理想的人生境界，既来源于庄子，又不同于庄

---

[1] 嵇康著，戴明扬校注：《嵇康集校注》卷三，人民文学出版社 1962 年版，第 142页。

子，它返归自然，但不进入虚无，而是归诸实有；它归诸实有，而又超脱于世俗之外。它是独立于世俗之中的一块洁净的人生之地。

稽康是第一位把庄子的返归自然的精神境界变为人间境界的人。

庄子是主张返归自然、泯灭自我的大师。他把物我一体、与道为一看作人生的最高境界。他以为至人是世事无所系念于心的，因之也就与宇宙并存。要做到这一点，就要游于形骸之内，而不游于形骸之外。游于形骸之内，就要以死生为一条，以可不可为一贯，既要泯灭是非界线，无可无不可；又要泯灭物我界线，做到身如枯木，心如死灰，达到坐忘的境界。进入这个境界之后，便可以随物化迁。我既不必执着为我，任自然而委化，也就一切不入于心。庄子妻子死了鼓盆而歌，他处穷闾厄巷，槁项黄馘，而泰然自若。他完全地进入了一种内心的境界中，舍弃人间一切的礼仪规范、欲望要求，而"树之于无何有之乡，广莫之野，彷徨乎无为其侧，逍遥乎寝卧其下"。心与道合，我与自然泯一，这就是庄子的全部追求。这种追求，与其说是一种人生境界，不如说是一种纯哲理的境界。这种境界，并不具备实践的品格，在生活中是很难实现的。庄子多处提到生之如梦，梦亦如梦，都说明这种纯哲理的境界之难以成为可捉摸的实在的人生。在庄子，是要以这样的精神境界去摆脱人间的一切痛苦，是一种悲愤的情绪走向极端之后的产物，其实是对现实的一种回避。

但是对于后人，庄子这一基本思想的影响则要广泛得多，各人从不同的角度去领悟庄子的返归自然：返归自然而寡欲，返归自然而纵欲，返归自然而无欲，等等。但是，真正做到物我两忘，身如枯木，心如死灰，虽槁项黄馘而仍然泛若不系之舟，于无何有之乡遨游，则是很难的，可以说是不可能的。庄子所追求的人生境界，并不是一个实有的人间境界。

嵇康的意义，就在于他把庄子的理想的人生境界人间化了，把它从纯哲学的境界，变为一种实有的境界，把它从道的境界，变成诗的境界。

庄子是槁项黄馘，而嵇康的返归自然，却是"土木形骸，不加饰厉，而龙章凤姿，天质自然"①。

《世说新语·容止》：

> 嵇康身长七尺八寸，风姿特秀。见者叹曰："萧萧肃肃，爽朗清举。"或云："肃肃如松下风，高而徐引。"山公曰："嵇叔夜之为人也，岩岩若孤松之独立，其醉也，傀俄若玉山之将崩。"②

他虽然不加修饰，完全是自然面目，但已是名士风姿，无半点枯槁困顿的形态了。

最重要的，是嵇康把坐忘的精神境界，变成了优游容与的生活方式：

> 息徒兰圃，秣马华山。流磻平皋，垂纶长川。目送归鸿，手挥五弦。俯仰自得，游心太玄。（《兄秀才公穆入军

---

① 见《世说新语·容止》注引《嵇康别传》，载刘义庆著，徐震堮校《世说新语校笺》下卷，中华书局1984年版，第335页。
② 刘义庆著，徐震堮校：《世说新语校笺》下卷，第335页。

赠诗》十九首之十五）①

琴诗自乐，远游可珍，含道独往，弃智遗身。寂乎无累，何求于人？长寄灵岳，怡志养神。（同上诗之十八）②

流咏兰池，和声激朗。操缦清商，游心大象。倾昧修身，惠音遗响。钟期不存，我志谁赏！（《酒会诗》七首之四）③

淡淡流水，沦胥而逝。泛泛柏舟，载浮载滞。微啸清风，鼓楫容裔。放棹投竿，优游卒岁。（同上诗之二）④

优游、了无挂碍、怡然自得的生活，充满着闲适情趣。他所追求的这些优游闲适的生活，当然有庄子返归自然的精神，不是富贵逸乐，不是任情纵欲，而是一种不受约束、随情之所至的淡泊生活。这种生活与建安士人的及时行乐、诗酒歌吹，已经完全不同了。建安士人是在感喟时光流逝、人生短促之后尽情地享受人生，纵乐中带着一种悲凉情调。而嵇康则是在一种对于自然的体认中走向人生，闲适中透露出一种平静心境。他的琴、歌、酒，都是在对于自然的体认中展开的，他的游猎垂钓、他的鼓楫泛舟，也是为了游心于寂寞。这些当然也来源于庄子。他的垂纶长川，便使人想到庄子的避世，想到《庄子·秋水》中说的庄子钓于濮水的故事。他从优游容与的生活中要体认的，正是庄子所要追求的道的境界，游心大象，游心太玄，含道独往等等，都说明了这一点。他在许多地方中提到

---

① 嵇康著，戴明扬校注：《嵇康集校注》卷一，第 15 页。
② 同上，第 18 页。
③ 同上，第 74 页。
④ 同上，第 73 页。

主于内，不主于外，更重精神的满足，而轻荣华富贵，也说明了这一点。但是，他到底是改造庄子了。他的游心太玄，他的求之于形骸之内，求意足，已经不是空无，不是梦幻，不是不可捉摸的道，而是实实在在的人生，是一种淡泊朴野、闲适自得的生活。在这种可感可行的生活里，他才进入游心太玄的境界。"目送归鸿，手挥五弦"，是一种体验，在无拘无束的悠闲自得的情景中，忽有所悟，心与道合，于是我与自然融为一体。这种心境是难以言状的、言所不能传的意蕴，正在"目送归鸿"之中，前人称其"妙在象外"①。所谓有悟于道，言语道断者，大概就是这种境界。有悟于道，故俯仰自得，从其中得到一种心境的宁静，得到一种享受，又回到现实中来。这不可言说，是现实体验中的一种不可言说，不是进入庄子式的"太冲莫胜"抑或"未始出吾宗"的境界，并未归于空无。它既是对于道的了悟，又是一种审美，一种对于宁静的美的体验。

稽康从未进入一个坐忘的境界，他追求的只是一种心境的宁静、一种不受约束的淡泊生活。这种生活是悠闲自得的，应该有起码的物质条件、起码的生活必需、必要的亲情慰藉，是在这一切基础上的返归自然。在《与山巨源绝交书》中他说："游山泽，观鱼鸟，心甚乐之。一行作吏，此事便废，安能舍其所乐，而从其所惧哉？"他向往的是摆脱世俗的羁缚，回到大自然中去。他还提到当他醉心于大自然中时，喜欢一个人自由自在的独处。他说如果做了官，"抱琴行吟，弋钓草野，而吏卒守之，不得妄动，二不堪也"。他是很喜欢自由自在的，

① 王士祯《古夫于亭杂录》卷二论及"手挥五弦，目送归鸿"时，说："稽语妙在象外。"载《景印文渊阁四库全书》，台湾商务印书馆1986年版，第870册，第613页。

信中把这种自由自在陈述得相当充分，说一做了官，这种生活方式受到干预，他便受不了。

> 卧喜晚起，而当关呼之不置，一不堪也……危坐一时，痹不得摇，性复多虱，把搔无已，而当裹以章服，揖拜上官，三不堪也。素不便书，又不喜作书，而人间多事，堆案盈机，不相酬答，则犯教伤义，欲自勉强，则不能久，四不堪也。不喜吊丧，而人道以此为重……然性不可化，欲降心顺俗，则诡故不情，亦终不能获无咎无誉，如此，五不堪也。不喜俗人，而当与之共事，或宾客盈坐，鸣声聒耳，嚣尘臭处，千变百伎，在人目前，六不堪也。心不耐烦，而官事鞅掌，机务缠其心，世故繁其虑，七不堪也。[①]

"七不堪"，不是说他什么生活享受都不需要，无欲无念，而只是说要自由自在，不受约束，在纯朴的自由自在的生活中得到快乐，得到感情的满足：

> 今但愿守陋巷，教养子孙，时与亲故叙阔，陈说平生，浊酒一杯，弹琴一曲，志愿毕矣。[②]

嵇康的这种人生追求，虽超脱于世俗之外，而又不同于遁迹山林的隐士，他实处人间；他又不同于入世的士人，他事实上是要在政争激烈、政局变幻莫测的环境里，完全摆脱政治的牵

---

① 嵇康著，戴明扬校注：《嵇康集校注》卷二，第119—122页。
② 同上，第126—127页。

制，独立人间。这种人生境界无疑有小国寡民的理想社会的味道，但又不像小国寡民理想社会那样复归原始，它有浓厚的文化氛围和审美意味，带着一种审美的心境：

> 南凌长阜，北厉清渠。仰落惊鸿，俯引渊鱼。盘于游田，其乐只且。（《兄秀才公穆入军赠诗》十九首之十一）[1]
>
> 轻车迅迈，息彼长林。春木载荣，布叶垂阴。习习谷风，吹我素琴。咬咬黄鸟，顾俦弄音。感悟驰情，思我所钦。（同上诗之十三）[2]
>
> 临川献清酤，微歌发皓齿。素琴挥雅操，清声随风起。（《酒会诗》七首之一）[3]

这些景物的描写，或设想对方将经历之境界，或为自身所亲历，但写来都一往情深，其中蕴涵着对于大自然的眷恋，对于自然美的体味。在嵇康的诗里，我们常常可以感受到一种清泠韵味，这种飘浮于清峻基调之外的淡淡的清泠韵味，正是他自由自在、闲适愉悦的生活中审美意味的反映。

事实上他生活中也处处表现出审美的情趣。他是一个很有艺术修养的人，精于音乐，能书能画。他的音乐素养，可以从他的《琴赋》《声无哀乐论》中得到说明。他还善于弹琴。《琴赋》所反映的他对于琴声的形象体验，前无古人，其美感之细腻敏锐，亦属空前。他能作曲，有琴曲"嵇氏四弄"。《声无哀乐论》从音乐的艺术特质上立论，一扫儒家乐论之功利说，亦

---

[1] 嵇康著，戴明扬校注：《嵇康集校注》卷一，第 11 页。
[2] 同上，第 12—13 页。
[3] 同上，第 72 页。

为前此所仅有。若非对音乐有精心之理解，绝难道出。① 嵇康虽自己说不喜作书，而其实他是极善书的。唐人张怀瓘于《书断》中列康草书为妙品。怀瓘《书议》谓："尝有其草写《绝交书》一纸，非常宝惜，有人与吾两纸王右军书不易。"② 《书断》又谓："叔夜善书，妙于草制。观其体势，得之自然，意不在乎笔墨。若高逸之士，虽在布衣，有傲然之色。"③ 韦续《墨薮》："嵇康书，如抱琴半醉，酣歌高眠。又若众鸟时翔，群乌乍散。"④ 唐人所见嵇康书，是否为真迹，前人已颇怀疑，然嵇康之善书，似为事实。又张彦远《历代名画记》："嵇康工书画，有《狮子击象图》《巢由图》传于代。"⑤ 了解了这些，就可以知道，他其实是一个很有艺术气质的人，是一个纯情的人。他说的"浊酒一杯，弹琴一曲"的话，充满着对于生活的艺术情趣的向往。

凡此种种，都说明嵇康追求一种自由自在、闲适愉悦、与自然相亲、心与道冥的理想人生。这种理想人生摆脱世俗的系累和礼法的约束，而又有最起码的物质生活必需，有朴素真诚的亲情慰藉。在这种生活里，他才能得到精神的自由，才有他自己的真实存在。庄子的纯哲理的人生境界，从此变成了具体的真实的人生。也从此，以其真实可感、如诗如画的理想人生，

---

① 钱锺书先生论嵇康《声无哀乐论》："盖嵇体物研几，衡珠割粒，思之慎而辨之明，前载得未曾有。"见钱锺书：《管锥编》，中华书局 1979 年版，第 3 册，第 1087 页。
② 张怀瓘：《书议》，载《景印文渊阁四库全书》，第 812 册，第 170 页。
③ 张怀瓘：《书断》卷中，载《景印文渊阁四库全书》，第 812 册，第 60 页。
④ 韦续：《墨薮》，载《景印文渊阁四库全书》，第 812 册，第 388 页。
⑤ 张彦远：《历代名画记》卷五，载《景印文渊阁四库全书》，第 812 册，第 323 页。

正式进入了文学的领域。可以说，嵇康第一个把庄子诗化了。①

　　说嵇康第一个把庄子诗化，可从历史的考察中得到证实。隐士早有，然隐之为义，要在不事王侯，高尚其事。《后汉书·逸民列传序》论逸民，谓："长往之轨未殊，而感致之数匪一。或隐居以求其志，或回避以全其道，或静己以镇其躁，或去危以图其安，或垢俗以动其概，或疵物以激其清。然观其甘心畎亩之中，憔悴江海之上，岂必亲鱼鸟乐林草哉？亦云性分所至而已。"大抵说来，或在逃政，或在全己，与其说是一种感情的选择，不如说是一种道德的选择。未若嵇康之把一种任自然的生活作为理想人生的境界去自觉追求，更没有把这种任自然的生活引向如诗如画的现实人生。

二

　　嵇康追求的这样一个理想的人生境界，与当时处于激烈政治斗争中的士人生活的现实，无疑有着甚大距离。而对于这种距离，他不仅丝毫没有要缩短的想法，而且取一种对立的态度，主要的便是"越名教而任自然""非汤、武而薄周、孔"，并且对于仕途带着一种近于本能的厌恶情绪。

　　嵇康厌恶仕途，后世有种种解释。其中一种很流行的解释认为，他是曹魏的姻亲，心存魏室，不愿为司马氏所用。这种观点的更为极端的说法，是说嵇康在毌丘俭起兵反司马氏中起

---

① 嵇康把老庄思想诗化的提法，首见于王辗同志的硕士学位论文《嵇康的诗歌美学思想》。王文谓："嵇康不同于哲学思辨派和放浪派的关键之处，就在于嵇康使老庄思想诗化、艺术化了，老庄第一次步入了文学艺术的殿堂，使中国的文学艺术放射出夺目的光辉。"笔者从中受到启发，更引而论之，而稍有不同。

了作用。这条材料来自《三国志·王粲传》注引《世语》。这是唯一的一条材料。其实，这条材料的可靠性是大可怀疑的。唐人修《晋书》，已经注意到了这一点。《晋书·嵇康传》说："（钟会）言于文帝曰：'嵇康，卧龙也，不可起，公无忧天下，顾以康为虑耳。'因谮：'康欲助毌丘俭，赖山涛不听。'"用一"谮"字，以明本无其事，实为钟会之诬词。嵇康之不可能参与毌丘俭起兵，可从毌丘俭起兵的经过推断。据《三国志·毌丘俭传》记载，可知毌丘俭之起兵，虽先有谋虑，厚结文钦，然决定起兵之时日实甚为仓促。《晋书·天文志》云，正元二年（255 年）正月因彗星见，旋即起兵。在这样短的时间内，要与洛阳方面联络，是极不可能的。且《世语》所说，是"毌丘俭反，康有力，且欲起兵应之，以问山涛。涛曰：'不可。'俭亦已败"。不仅指毌丘俭之起兵与嵇康有关，康曾为出力，且谓康欲起兵应之。此更为无稽。当时从任何角度说，嵇康都没有在洛阳起兵的条件。他当时的官职是中散大夫，是一个备议论的闲散位置，并没有什么实际的权力。在当时的军队中，他也没有任何力量。有的学者认为，嵇康可能会发动太学生，占领洛阳城。[①] 这纯然是一种想象之词。这些观点的产生，建立在嵇康为曹魏政权效力这样一种认识上，并不了解嵇康的为人。《与山巨源绝交书》作于景元二年（261 年），一开始就说："足下昔称吾于颍川，吾常谓之知言。然经怪此意，尚未熟悉于足下，何从便得之也。前年从河东还，显宗阿都，说足下拟以吾自代，事虽不行，知足下故不知之。"这里说明，山涛初尝称道嵇康之不愿出仕，嵇康以为这是深知他的为人；后

---

① 庄万寿：《嵇康年谱》，台湾三民书局 1981 年版，第 167 页。

来又举他自代，说明其实还是不了解他。这里所说的前年，即甘露四年（259年），距毌丘俭起兵已过四年，就是说，在甘露四年以前，嵇康还认为山涛是了解他的，甘露四年以后，才知山涛对他其实并不了解。了解他什么呢？就是了解他不愿入仕，不愿参与政事，不愿忍受"七不堪"。这就说明，甘露四年以前，嵇康以其不愿参与政事之心态，绝不可能参与毌丘俭起兵，更不可能有在洛阳起兵的愿望。以嵇康忠于魏而反晋者，仅因其为魏之姻亲。其实，无论从史料还是从嵇康自己的诗文中，都找不到明确的忠于曹魏的证据。嵇康少年时代，魏明帝倡名教，并不支持玄论派，以嵇康之气质，不可能对曹魏产生好感；正始中，嵇康与阮籍、向秀、山涛等游，与其时掌握大权的何晏、夏侯玄等也没有什么关系；在他二十多岁的时候，娶了曹操的儿子曹林的女儿长乐亭主为妻（一说是曹林的孙女，然亦无确证）。但曹林这一系在正始年间似未进入权力中心，所以嵇康娶长乐亭主之后，只补了个郎中的小官，不久拜中散大夫，也只是个七品的闲职，而且这个闲职他似乎也未认真做过，因为他生儿育女之后，还依然锻铁洛邑，灌园山阳，依然优游山林。一直到景元四年（263年）他被杀，都找不出他心存魏室的言行。当然，能够最有力证明嵇康并未直接卷入反对司马氏的政治斗争的事实，是他对于荣华名利的基本态度。就是说，嵇康并不是因为反对司马氏才不愿做官的，实实在在是因为他有一种厌恶荣华名利的强烈情绪。他在诗文中多次表现了这种情绪："泽雉虽饥，不愿园林。安能服御，劳形苦心？身贵名贱，荣辱何在？贵得肆志，纵心无悔。"（《兄秀才公穆入军赠诗》十九首之十九）"多念世间人，凤驾咸驱驰。冲静得自然，荣华安足为？"（《述志诗》二首之一）"哀哉

世俗殉荣，驰骛竭力丧精。得失相纷扰惊，自是勤苦不宁。"（《六言》十首之四）"三为令尹不喜，柳下降身蒙耻。不以爵禄为己，静恭古惟二子。"（同上诗之八）《秋胡行》《答二郭》等诗，也都表现了类似的厌仕情绪。这些诗作于不同时期，而厌仕的思想却始终一致。在文中，他也多处表达了类似的思想，《答难养生论》说："不以荣华肆志，不以隐约趋俗，混乎与万物并行，不可宠辱，此真有富贵也……以大和为至乐，则荣华不足顾也；以恬淡为至味，则酒色不足钦也。"这些都说明，他从内心深处不愿追求仕禄，不愿参与政争，因为他把这些看作对自己的自由的束缚。他之与山涛绝交，最基本的原因正是这一点。如果把嵇康拒绝山涛的推荐归之于政治的原因，那就把玄风对于士人从生活态度到生活方式的影响低估了。有的学者把山涛荐嵇康看作整个名士集团或者说站在曹魏一边的政治势力与司马氏的较量。①这不仅把竹林名士的政治色彩看得太浓重，而且把他们的政治一致性看得过于绝对。事实上，他们在醉心玄风上的一致性比他们政治上的一致性更为鲜明。山涛更加靠近司马氏，阮咸与刘伶，都并未显示其倾向曹魏的态度。其时政局中曹魏与司马氏两种势力的斗争固甚激烈，但并非士人的一切行为都可以归入这种斗争中。山涛荐嵇康，并非为了"表明他自己在面对着一个重要的邀请时没有离开自己

---

① 徐高阮《山涛论》（《"中央研究院"历史语言研究所集刊》第40本第1分）对山涛所处政局之种种矛盾有甚为精细之分析，但其中亦颇多推测之词，如对嵇康《与山巨源绝交书》的分析即一例。他认为："吏部郎的任命，加上山涛的提议以嵇康自代，大概可以推想是两派政治力量之间的一种协商。山涛用行动使人明白，没有个人的就范或交易。"而嵇康的《绝交书》，则是"假借了一个没有实在意义的谢绝推行的题目针对眼前时势而发的一份反抗宣言"。

的一群"①，而是因为他觉得嵇康较自己才致更佳，他更多的是出于对嵇康的赞赏（《世说所语·贤媛》有关于山涛引嵇、阮家中留宿，山涛与其妻论嵇、阮才佳的话）。山涛后来任选曹，以正直处事为其准则。他之所以推荐嵇康，正是因为嵇康刚直不阿，符合他心目中吏部郎的理想标准。山涛从积极入世的态度要求嵇康，而嵇康却以一种厌恶仕禄的心态拒绝山涛的推荐。《与山巨源绝交书》可以说是嵇康厌恶仕禄的心态的很典型的反映。

出于与不愿追求仕禄，不愿参与政争的同样的原因，嵇康强烈地反对名教。在《绝交书》中说，他自己"每非汤、武而薄周、孔"。他如何非汤、武而薄周、孔，没有留下来多少材料。钱锺书先生谓：

> 按其菲薄之言，不可得而详；卷五〇《难张辽叔〈自然好学论〉》谓"六经未必其为太阳""何求于六经"，又《管蔡论》谓管蔡"顽凶"之诬，周公诛二人，乃行"权事"，无当"实理"，亦足示一斑。②

除了钱先生指出的以外，在《答难养生论》中，他对孔子颇多非议：

> 或修身以明污，显智以惊愚，藉名高于一世，取准的于天下；又勤诲善诱，聚徒三千，口倦谈议，身疲罄折，

---

① 徐高阮：《山涛论》。
② 钱锺书：《管锥编》，第 3 册，第 1088 页。

> 形若救孺子，视若营四海，神驰于利害之端，心骛于荣辱之途，俯仰之间，已再抚宇宙之外者。若比之于内视反听，爱气嗇精，明白四达而无执无为，遗世坐忘，以宝性全真，吾所不能同也。

他所写的这个孔子，是庄子眼中的孔子①，是一个为名利奔忙的孔子，所以他说是"神驰于利害之端，心惊于荣辱之途"。这对于名教中人来说，是不可思议的，是对孔子的大不敬。

"非汤、武而薄周、孔"，可以看出来他对于名教的厌恶心态。这就可以了解他为什么要"越名教而任自然"。任自然，就是任心之自然，只有超越名教的约束，才能达到任心之自然。他是在《释私论》中论述这一思想的：

> 夫气静神虚者，心不存乎矜尚；体亮心达者，情不系于可欲。矜尚不存乎心，故能越名教而任自然；情不系于所欲，故能审贵贱而通物情。物情顺通，故大道无违；越名任心，故是非无措也。②

无矜尚，是非不存于心，气静神虚，体亮心达，通万物之情，一事之来，不人为地考虑得失，任心而行，则自然是是而非非，心中无私，就能越名教而任自然。不能做到越名教而任自然，便有伪饰。他在这篇文章的后面说："抱私而匿情不改者，

---

① 《庄子·渔父》："今渔父杖拏逆立，而夫子曲要磬折，言拜而应，无得太甚乎？"《外物》："老莱子之弟子出薪，遇仲尼，反以告曰：'有人于彼，修上而趋下，末偻而后耳，视若营四海，不知其谁氏之子？'老莱子曰：'是丘也。'"这就是庄子眼中的孔子。
② 嵇康著，戴明扬注：《嵇康集校注》卷六，第234页。

诚神已丧于所惑，而体已溺于常名，心已制于所慑，而情有系于所欲，咸自以为有是而莫贤乎己。未有功期（攻肌）之惨，骇心之祸。遂莫能收情以自反，弃名以任实。"任实，就是任情实，即任心。有伪饰就不能任情实，要任情实就要反伪饰。这也可以看出来，他之主张"越名教而任自然"，实带着强烈的反对名教的虚伪的性质。

从他厌恶仕途，反对名教看，他有着一种傲视世俗、以己为高洁、以世俗为污浊的心态。他要独立于世俗之外，保持自己的高洁，不为世俗所沾染、所迷惑。他对于当时充满伪饰的名教中人，对于以名教为伪饰的司马氏政治势力，确实存在一种对立的情绪，不过不是从维护曹魏势力出发，而是出于自己的人生操守。

三

嵇康这样一种人生理想，这样一种心态，不幸却伴有一个过于执着、过于切直的性格。《世说新语·德行》注引《嵇康别传》，《三国志·王粲传》注引《魏氏春秋》，《晋书·嵇康传》，都说嵇康喜愠不形于色，这显然是他的玄学思想修养、他所追求的和平宁静的人生境界对于自己情性的一种自我制约的结果，而其实并不是他的性格的表现。他的性格，是刚直峻急。他在《绝交书》中就说，降心顺俗，就感到那是"诡故不情"。又说自己"刚肠疾恶，轻肆直言，遇事便发"[1]。他其实是个是非之心十分分明的人，对于他认为非的，便加以愤激的

---

① 嵇康著，戴明扬注：《嵇康集校注》卷二，第121、123页。

驳斥，例如，他对于吕巽的行为，便极其愤慨，以至与之绝交。《与吕长悌绝交书》说明，他原来与吕巽是至交，但是因为吕巽诬陷吕安①，他便慨然与之决裂。与山涛绝交，是因为他的行为与己之人生理想、与己之情趣操守大相背离。他对于与他情趣不同的人，采取一种傲视轻蔑的态度，如对钟会。嵇康的这些性格特点，孙登早就指出来，以为这正是他的致命弱点。《三国志·王粲传》注引《嵇康别传》："孙登谓康曰：'君性烈而才俊，其能免乎？'"② 性烈，而且感情也极为浓烈，他不是庄子式的那种死生无所动心、是非不系于怀的人。他一旦感情激荡起来，便难以自已。看他的《幽愤诗》，看他的《思亲诗》，便可以明白感受到这一点。这样一位感情如此浓烈，性格又刚直峻急的人，感情性格与人生理想之间，与在这个人生理想指引下的心态之间，便不可避免地产生了矛盾。

"越名教而任自然"，可以有许多可供选择的生活方式，例如，可以放纵，不受名教的约束。任情而行，而对于人间的是非，也不管不问，置之不理，例如阮咸与刘伶。他们的行为，当然是违背名教的。但是他们虽"越名教而任自然"，却与世无争。他们只求自己的放纵任情，而于社会并无妨碍，特别是于当政者并无妨碍。他们的行为虽有悖于名教，却并无反名教的言论，不像嵇康的"非汤、武而薄周、孔"。从他们的心态看，他们其实只是求自适而已。他们处世，是极不认真的，无可无不可。两人后来也都并不拒绝做官。所以他们也就都以寿终。

---

① 《三国志·王粲传》注引《魏氏春秋》："康与东平吕昭子巽及巽弟安亲善。会巽淫安妻徐氏，而诬安不孝，囚之。安引康为证，康义不负心，保明其事。"
② 陈寿著，陈乃乾点校：《三国志》卷二一，中华书局1959年版，第3册，第606页。

"越名教而任自然"还可以有另一种生活方式，如孙登，岩居穴处，当然亦于世无碍。

但是嵇康与他们都不同，他太认真。他的"越名教而任自然"，是认认真真执行了的，分毫不爽。这样认真，这样执着，就使自己在整个思想感情上与世俗，特别是与当政者对立起来，就使自己在思想感情上处于社会批判者的立场上。刘伶、阮咸、孙登他们，都不存在"非汤、武而薄周、孔"的问题，也不存在羡慕阮籍"口不论人过"的问题，因为他们根本就没有想到要论人过，没有想到要是是而非非。

嵇康的本意，是要在世俗之中寻一块独立的人生之地，超然于世俗之外。但是当他在思想感情上把自己和世俗对立起来，特别是把这种对立落脚到"非汤、武而薄周、孔"之后，他便把自己从超越名教、返归自然的愿望中拉回到世俗的敌对者的位置上，而这正是他完全预料不到的，与他的初衷完全相反。出现了以己为高洁、以世俗为污浊这样一种局面之后，世俗，特别是当政者，也便把他视为对立面。他所要求的闲适愉悦、与自然相亲、自由自在的独立人生便也不可能实现了。

以己为高洁是可以的，以世俗为污浊则不可。与嵇康处于完全相同的环境中的皇甫谧，正是在这一点上掌握得恰到好处。因此，他高洁之名甚大，而世俗与当政者亦始终对其倍加崇敬。皇甫谧当然不完全是玄学思潮造就的人物，他既熟习老、庄，且著《玄守论》，谓："又生为人所不知，死为人所不惜，至矣……苟能体坚厚之实，居不薄之真，立乎损益之外，游乎形骸之表，则我道全矣。"但他也博通儒家经典，而且既作《高士传》，又作《列女传》，并未非议名教。他虽隐居不仕，屡辟不就，但他申述不应聘的理由，并不像嵇康那样提出

"七不堪""二不可"一类内容，而只是说自己有病。晋武帝也知道他"与流俗异趣"①，但这异趣并不是菲薄名教，而是说他立身高洁，他上疏说"久婴笃疾""于今困劣，救命呼嗌，父兄见出，妻息长诀"。情词恳切，丝毫也没有超尘出俗、不与世俗为偶的气味。不仅如此，他后来还上表，向皇帝借书。皇帝便送了他一车书。皇甫谧这样做，既无损于己之高洁，又给皇帝增加了礼贤下士的美名。于己，是让朝野都知道自己无心仕禄，趣在读书；于皇帝，是奉献他一点风流儒雅，让他感到舒服，两相无碍而又两相获益。皇甫谧后来当然也得以善终。不唯得以善终，且在朝在野，在当时在后世，都获得了甚高评价。皇甫谧成了中国古代士人如何处理与皇帝的关系的一种最佳模式。当然，这个模式的劣化，便是在中国历史上出现了一批虽有甚高才气而品行极差，却始终能取得皇帝欢心的文人。

嵇康却是处处以己之执着高洁，显名教之伪饰。而伪饰，正是当时围绕在司马氏周围的名教之士的一大要害。

当时反对"越名教而任自然"最激烈的人，就是维护名教最出力的人，如何曾等。而这些人，同时又是最虚伪的人。何曾是一位穷极奢侈的人，衣食之奢华，过于王者。以儒家之道德观衡量，此种行为，实有悖于修身之准则，且亦有僭越之嫌。但他一方面穷奢极欲，一方面却以道德家自居，视玄学名士之行为为大逆不道。他数次在司马昭面前责问阮籍，说阮籍纵情背礼败俗，劝司马昭杀阮籍。他指责阮籍不孝，其实阮籍是个真正的孝子，只不过他的孝表现在真感情而不是表现在礼

---

① 参阅刘道荟：《晋起居注》，《黄氏逸书考》辑本，载《续修四库全书》，上海古籍出版社 2002 年版，第 1210 册，第 416 页。

的形式上而已。何曾却是个极端伪饰的人。他是司马氏政权的台柱，但其实对司马氏却三心二意。有一次他对子孙说，晋室是长久不了的，孙子辈可能赶得上晋室的败亡。但是在司马氏面前，他却没有为晋室的长治进过谋议。都官从事刘享曾弹劾过何曾的奢华行为，何曾便辟刘享为掾，人们以为他宽宏大度，其实却是为了借小故对刘享横加杖罚。权臣贾充，人品极坏，何曾心鄙之而身附之。何曾之诈伪，大抵如是。他死的时候，礼官议谥，博士秦秀议谥以"缪丑"。可见当时士人对他的一些看法。

何曾当然与嵇康无直接关系，但是作为当时名教势力之一种代表，却是与嵇康的操守完全对立的。与嵇康有直接关系的是钟会与吕巽，他们在行为上的伪饰也和何曾一样。当然，更重要的是司马氏。司马氏杀戮异党，极其残忍，从司马懿杀王凌而夷其三族，到司马炎杀张弘而夷其三族，二十二年间夷三族的就有六起，而司马氏是以孝治天下的。很显然，当时朝廷之上其实充满着一种虚伪风气，虽讲名教而其实不忠不孝。这样一种政治气氛，可以容忍阮咸、刘伶辈的狂放，可以容忍孙登、皇甫谧辈的隐逸，而绝不能容忍嵇康的"越名教而任自然"。嵇康的执着的存在，对于伪饰的名教中人实在是一种太大的刺激。他之为司马氏所不容，乃是必然的事。

历代论者，差不多都注意到了这一点。《颜氏家训·养生篇》说："嵇康著养生之论，而以傲物受刑。"[1] 《勉学篇》说："嵇叔夜排俗取祸，岂和光同尘之流也？"[2] 《竹林七贤论》说：

---

[1] 颜之推著，王利器集解：《颜氏家训集解》卷五，上海古籍出版社1980年版，第332页。

[2] 颜之推著，王利器集解：《颜氏家训集解》卷三，第178页。

"嵇康非汤、武,薄周、孔,所以迕世。"① 《世说新语·雅量》注引张骘《文士传》,有钟会廷论嵇康的一段话:

> 今皇道开明,四海风靡,边鄙无诡随之民,街巷无异口之议,而康上不臣天子,下不事王侯,轻时傲世,不为物用,无益于今,有败于俗。昔太公诛华士,孔子戮少正卯,以其负才乱群惑众也。今不诛康,无以清洁王道。②

《文士传》这段话是否为钟会所说,颇可怀疑。而其反映的一种心绪,却颇为符合其时之历史真实。康之被杀,要在忤俗,乱群惑众。特别是这"乱群惑众",于行名教实大有妨碍,是非杀不可的了。

　　这就是嵇康的人生悲剧所在。他要寻找一个如诗如画的人生。这个人生本是可行的,他已经完全把庄子的纯哲理的人生境界变为人间的境界,把道的境界变为诗的境界了。但是他在把这个理想人生付诸实施的时候,却把自己独立于世俗之外。他既无力改变世俗,又不肯依违避就,他要以己之高洁,去显世俗之虚伪,以己之真情,去显名教之伪饰,而当时政权中的显贵,正赖伪饰的名教以生存。他之为当政者所不容,也就在所难免。

　　后来的士人,在这一点上比嵇康要聪明得多。他们不少人,以高洁自持,却不忤俗,不过于认真,而是采取一种无可无不可的态度。王维论嵇康,有一段非常精彩的话:

①《太平御览》卷一三七引,转引自嵇康著,戴明扬注《嵇康集校注》附录,第382页。
② 刘义庆著,徐震堮校:《世说新语校笺》卷中,第195页。

> 降及嵇康，亦云"顿缨狂顾，逾思长林而忆丰草"。顿缨狂顾，岂与俯受维縶有异乎？长林丰草，岂与官署门阑有异乎？异见起而正性隐，色事碍而慧用微，岂等同虚空，无所不遍，光明遍照，知见独存之旨邪？[1]

果真泯灭有无是非之界线，则归卧自然，自持高洁，不唯不违俗忤世，且可获闲适怡悦于生前，留高士美名于身后。所以王维就做得比嵇康要高明得多，既归卧山林，又不离轩冕。

四

嵇康的人生悲剧，其实也是玄学理论的悲剧。

毫无疑问，嵇康以其高洁之品格，赢得了广泛的同情与崇敬。试想他入狱之时，名士争相入狱以求替其赎罪，太学生上书请以其为师；临刑时顾示日影，从容弹一曲《广陵散》，这是一种怎样的潇洒风流！他的悲剧，确令千载之下无数士人为之感慨哀伤。但是这个悲剧的历史含蕴却未曾为人所注目。

两汉之后，儒家的处世哲学一直成为中国士人人生观的基本构架，或出或处，都以之为基本准则。玄学思潮出现之后，士人的生活情趣、生活方式有了很大的变化。但是，正始玄学家如何晏、王弼、夏侯玄等人，都并没有寻找到一个反映玄学思潮的新的人生观。就是说，玄学理论本身是在现实需要中产生的，它是个性解放之后的产物，它的特质是返归自然。但是

---

[1] 王维著，赵殿成笺注：《王右丞集笺注》卷一八《与魏居士书》，上海古籍出版社1961年版，第334页。

这些玄学家还没能把这个返归自然的理论变为一种人生观，而把它变为一种人生观的，是嵇康。

这个人生观的本质，是把人性从礼法的束缚中解放出来，是追求个性的自由。但是，任何个性的自由都存在如何处理个人与社会的关系的问题，如何处理感情欲望与理智的关系的问题。人是社会的人，他既是自我，也是社会群体中的一员，不可能不受任何约束而独立于社会群体之外。两汉以后，礼法已经成为维系社会的基本准则，深入政治生活、伦理道德的一切领域。要摆脱它的约束，必须提出新的道德准则、新的人际关系的构架，而嵇康的玄学人生观却并未能解决这些问题。他只提出了以自制的办法来约束个人欲望的无限膨胀，如他在《养生论》《答难养生论》中所论述的。这样一种玄学人生观，不可能维系社会的存在，不会为社会所接受，因为它没有外在的必要约束。

这样一个玄学人生观，作为维护个性的自由来说，它是意义重大的；但是由于它没有解决个人对社会承担的责任，它之注定为社会所摈弃，也就在所难免。高尚的并不都是现实的。因其高尚，而感动人心；因其远离现实，却必然要以悲剧而告终。

嵇康的人生悲剧，也可以说是玄学理论自身的悲剧：从现实需要中产生而脱离现实，最后终于为现实所抛弃。玄学有着极高的理论思维的成就，但却没能在中国的文化传统中占据重要的地位，最为重要的原因，就在于它作为一种人生哲学所存在的无法克服的弱点，它无法解决社会关系中的种种问题，无法取代儒家已经建构起来的伦理道德关系的构架。虽然玄学理论在此后的一百八十余年间还影响深远，但是它的悲剧结局却是一开始便注定了的。

嵇康的人生悲剧，还纠结着当时士人与政权的关系的种种复杂因素。嵇康的强烈的反名教的言行，作为玄学人生观的典型代表，它显然代表着当时崇尚玄风的激进的士人的情绪倾向。而这个情绪倾向，本来就与立于朝廷的何曾辈的势力、与以名教为伪饰的司马氏势力相抵触，由于也是名士的何晏、夏侯玄等的被杀而变得与司马氏政权处于更加对立的状态。这只要从三千太学生上书这一行动中，就可以体味到这种情绪的存在。嵇康自身，并非以反司马氏之行动而被杀，但司马氏之杀嵇康，却实在包含有打击名士们的对立情绪、给予警告的意味。从思想上说，嵇康的被杀是"非汤、武而薄周、孔""越名教而任自然"的言行为名教所不容；从政治上说，他却是不知不觉代表着当时名士们对于司马氏势力的不满情绪，他的被杀是司马氏在权力争夺中的需要，借一个有甚大声望的名士的生命，以弹压名士们的不臣服的桀骜。这当然也是嵇康所始料不及的。

（原刊《中国社会科学》1991 年第 2 期）

元明之际的种族观念与文人心态及相关的文学问题

□ 左东岭

在中国历史上，历代王朝的朝代更替时期往往是政治、经济、哲学、文化甚至风俗习惯的大变动时期，而各种历史因素的变化必然带来整个历史环境的变化。作为反映历史变化最直接、最形象、最全面的文学，也理所当然地会发生巨大的变化。朝代更替时期的文学，也许不一定都是创作上的高峰期，但肯定是文学思想、创作心态、审美趣味、文学风格等重要文学因素的大变化时期，从而显示了其变异性、过渡性与转折性等重要特征。而且朝代更替时期的文学变迁往往牵涉面非常深广，其变化常常是前一朝代各种历史因素长期积累的结果，同时又会对下一个朝代的文学产生深远的影响。因而研究朝代更替与文学变迁的关系，可以更好地梳理各种文学现象发展演变的基本线索，对文学的演变过程有一个更清楚的认识，有利于对中国文学史做整体上的把握，从而对中国文学的历史做出更深入的探讨。

一、 元代文人的旁观者心态及其表现形态

论及元明之际的历史与文学，就不能回避种族意识与民族矛盾的问题，因为这牵涉到文人对待元明二朝的态度及其深度心理问题，而这些又往往影响到文学创作的特征与文学观念的内涵。

元明之际的文人到底存不存在种族意识与民族情感，历来就是个有争议的问题。在现代学术史上，史学界与文学界的主流观点一般均认为明王朝取元而代之带有民族复兴的色彩，因而也就理所当然地会得到在元代遭受歧视的汉族文人群体尤其是江南文人群体的拥护。这在一定程度上合乎历史事实。元末红巾武装曾以恢复赵宋王朝相号召，朱元璋也以驱逐胡虏、恢复中华为口号，可知当时此乃争取人心的有效手段，则人心之向背已昭然若揭。但是情况又并非如此简单，比如同出于金华学派，宋濂应招而辅佐朱元璋，而戴良却誓死效忠元王朝而不肯臣服于明。由此便有学者指出："盖元之儒者，居于异族统治七八十年淫威之下，心志不免日丧，意气不免日缩，乃以为斯文所在，即道统所在，在野在朝，虽亦学业文章有以自守，行己立身有以自完，然而民生利病，教化兴衰，或未能以斯道自负。夷夏之防，有所不知。"对元明之际著名文人宋濂、刘基、高启、苏伯衡、贝琼、戴良诸人广为考察，可得出如下结论："所谓民族大义，光复汉唐旧统，诚千载难遘一机会，而

明初诸儒似无此想。"① 当代史学界有人对元末明初江南士人境遇做出具体考察后说："总之，元末的江南士人，不论伊始依附张吴政权的，或参加朱明政权的，乃至超脱于元末群雄之间的，他们都在相当程度上怀念元朝，而与朱明政权格格不入。"② 似乎元代的江南文人对元朝廷充满情感，民族隔阂与矛盾已不复存在。

然而元末明初的文人心态还是与宋元之际或明清之际的文人心态有重要的差别，尽管从清人赵翼起就曾得出"元末殉难者多进士"③ 的结论，似乎士人是很忠于元蒙朝廷的，但经过现代学者考证，发现赵翼所举的十六位殉国进士中，南人进士只有四人，而"元朝南人进士出仕明朝者，现已考知十九人"④。其中就包括了大名鼎鼎的刘基、张以宁、钱宰等。另一项研究的数字统计则是，元代进士仕明的共三十七人，只有两人属于被迫。在这仕明的三十五人中，南方进士二十三人，北方十二人。⑤ 这些仕明的前元进士，虽然说不上欢天喜地而依然心存种种忧虑，但并没有表现出对元政权的特殊情感，即使表现出有失节遗憾的，也与明末清初的民族气节区别较大。

许多学者都曾指出，元代士人对元朝并没有表现出明显的怨恨与对抗，并认为这主要得力于元政治环境的宽松与对文人的宽容甚至优待。这种观点当然是言之有据的，因为凡

---

① 钱穆：《中国学术思想史论丛》，安徽教育出版社 2004 年版，第 6 卷，第 92 页，第 179 页。
② 郑克晟：《明清史探实》，中国社会科学出版社 2001 年版，第 32 页。
③ 赵翼著，王树民校证：《廿二史札记校证》，中华书局 2001 年版，第 705 页。
④ 萧庆伟：《元朝科举与江南士大夫之延续》，载《元史论丛》，江西教育出版社 1999 年版，第 7 辑，第 11—12 页。
⑤ 桂栖鹏：《元代进士研究》，兰州大学出版社 2001 年版，第 90—99 页。

是阅读过一些元代历史文献者，的确很难找到对元朝廷的对抗与揭露，即使有一些不满与怨气，也大都针对具体的人和事而不是针对朝廷。但是如果在元代的诸多笔记与诗文作品中细加寻绎，当时文人与朝廷之间的关系还是与其他朝代有着明显的区别。元代文人由于科举制度被长期取缔而大多失去仕进的机会，这已经是学术界普遍的共识。这意味着汉族士人尤其是南方士人作为整体已经被边缘化，换句话说，元朝政权的性质不是文官化的，而是贵族化、军事化的。而在贵族化、军事化的背后，当然就隐含着民族的歧视与隔阂。这种民族的隔阂大多不会直接表现出来，而是变换方式的曲折表达。比如孔齐《至正直记》中有一则曰："豫章揭翰林曼硕《题雁图》云：'寒向江南暖，饥向江南饱。物物是江南，不道江南好。'盖讥色目北人来江南者贫可富，无可有，而犹毁辱骂南方不绝，自以为右族身贵，视南方如奴隶。然南人亦视北人加轻一等，所以往往有此诮。"①此处说讥讽对象为"色目北人"而回避了元朝廷字样，但"江南"一词在文人中是有特殊意义的，它常常与朝廷相对而成为汉族文人的精神家园与人生归宿处，因而此处所讥讽的对象当然不能狭隘地理解为仅指色目人而无涉于蒙古人。清人陈衍对此颇有会心，他将此诗特意收入《元诗纪事》中，并评曰："此诗大有寄托。"②该诗现存于揭傒斯的别集中，是其《题芦雁四首》中的第四首，其文字略有出入，即三、四二句为"莫道江南恶，须道江南好"。可知该诗来源不止一个，当时可能广为流传。如果将

① 孔齐：《至正直记》卷三，载《丛书集成初编》，中华书局1991年版，第2886册，第78页。
② 陈衍：《元诗纪事》，上海古籍出版社1987年版，上册，第294页。

作者揭傒斯、同时代人孔齐及后人陈衍的理解联系起来考虑，则活动于元代政治较为稳定开明的延祐年间的台阁文人依然未能与朝廷融为一体是显而易见的。其实，该组"题芦雁"诗的第一首曰："江湖处处非，况汝一身微。如何却欲下，只合更高飞。"① 这显然是因隔阂而造成的孤独感与疏离感，其中也应该"大有寄托"。这可以说表达的是当时许多文人的共同感受，如何会不引起广泛的共鸣，从而使其作者骤享盛名。因此，元代士人与朝廷之间的矛盾与其说是行为上的冲突，倒毋宁说是心理上的隔阂。这种隔阂在形式上并不那么激烈，却根植于心灵深处而到处弥漫。比如说另一位台阁体作家虞集，也常常拥有此种疏离感。尽管他常年在朝中为官，但睡梦里想的还是"杏花春雨江南"②。后来，在宋濂主持撰修的《元史》里，对造成此种心理隔阂的原因有过充分的表述。虞集在修辽金宋三史时，需要参考朝廷历代实录以考订史实，"翰林院臣言于帝曰：'实录，法不得传于外，则事迹亦不得示人。'又请以国书《脱卜赤颜》增修太祖以来事迹，承旨塔失海牙曰：'《脱卜赤颜》非可令外人传者。'遂皆已"③。在这一次又一次的"外人"声里，很难不让虞集萌生异己感与疏离感。所以有学者说：蒙古"征服对士人影响最大方面则是后者传统仕进途径之丧失及其与国家关系之疏离"④。

元代士人由失去仕进机会而被政治边缘化，由异己感而造成与朝廷关系的疏离，而边缘化与疏离感又直接导致了他们典

---

① 揭傒斯：《揭傒斯全集》，上海古籍出版社 1985 年版，第 245 页。
② 吴文英：《风入松》，载虞集撰《道园学古录》卷四，《景印文渊阁四库全书》，台湾商务印书馆 1986 年版，第 1207 册，第 60 页。
③ 宋濂：《元史·虞集传》，中华书局 1983 年版，第 14 册，第 4179 页。
④ 萧庆伟：《元朝科举与江南士大夫之延续》，载《元史论丛》，第 7 辑，第 2 页。

型的旁观者心态。旁观者心态是一种异己的心理状态，而不是敌对的状态（当然在政治格局发生急剧变化时也可以转化为敌对的心态），它往往是文人们在失败失望而又无奈无助时所形成的一种人生存在方式与深度心理。此种心态虽不以激烈的方式作为其外在形态，却能以润物无声般地潜藏于意识的深层，从而左右着文人们的人生模式与兴趣爱好。

旁观者心态的表现之一是政治参与热情与政治责任感的淡漠。这最直接的表现便是元代士人隐逸群体的庞大，在元代士人心目中，隐居是正常的，而出仕是偶然的，做官就像出门做客与经商一样，终归还是要回到家中的。即使有机会进入官场，也会像替别人当差一样，因为他知道那个以蒙古贵族为核心的朝廷不属于自己。元末许多文人以闲与懒自居，如王逢所隐居的草堂称为"最闲园"，自号"最闲园丁"；画家倪瓒亦筑有"萧闲堂"，并自称"懒瓒""倪迂"。至于像王冕、高启、张雨诸人，则更是以闲散著称。张天英有《夏日寄王山人》曰："赤日行天气欲焚，树根群蚁正纷纷。道人心在羲皇上，睡杀青松一枕云。"[1] 世道的热烘托出他心态的冷，众人的忙显示出他心境的闲，而这一切都是以放弃政治责任为前提的。倪瓒的诗则更进一步："英英西山云，翳翳终日雨。清池散圆文，空林绝行履。野性夙所赋，好怀共谁语。烧香对长松，相与成宾主。"[2] 这是真正的闲，已经没有言说世俗的兴趣，甚至有了闲趣都不必向人表述，"烧香对长松，相与成宾主"，真可谓空寂之至，人淡如菊了。

---

[1] 张天英：《石渠居士集》，载顾嗣立编《元诗选》，中华书局1987年版，第3集，第382页。
[2] 倪瓒：《雨中寄孟集》，载顾嗣立编《元诗选》，第1集，第2092页。

旁观者心态的表现之二是视政治与道德为二途。自中唐以来，儒家经过长期的努力建立起理学的新体系。尽管理学内部存在着不同的派系与理论，但都希望通过道德人心的拯救而带来政治的清明与天下的稳定。在理学体系中，从格物、致知、正心、诚意到修身、齐家、治国、平天下，乃是一以贯之的完整过程。当然，两宋时期国家始终处于积贫积弱的状态，理学也始终没有真正成为占统治地位的意识形态，理学家更多的功夫还是下在修身的自我道德完善上，因而具有一种内敛的品格，但治国平天下却始终是其终极的旨归。而真正完成此种内敛的品格则是在元代。一般认为程朱理学在元代开始官方化，但在学理性的提倡与实质性的政治运作之间毋宁说还有相当遥远的距离，或者说正好相反。元朝廷视儒学与佛教、道教、基督教一样，只不过是一种工具而已。所以在元代士人心目中，道德的修持并不一定是为了政治的参与，守道也不一定有明显的政治目的。它可以是家族利益的维系，可以是斯文传统的传承，可以是人格操守的完善。比如元初人杜瑛本有用世之思，忽必烈南渡灭宋时他还曾为之出谋划策，但后来元朝廷征之出仕，他却不应允，其理由很简单，即朝廷不能以道治理国家，在写给执政者的信中他如是说："若夫簿书期会，文法末节，汉、唐犹不屑也，执事者因陋就简，此焉是务，良可惜哉！夫善始者未必善终，今不能溯流求源，明法正俗，育材兴化，以拯数千百年之祸，仆恐后日之弊，将有不可胜言者矣。"在他眼中，执政者只知追求"簿书期会，文法末节"这些技术层面的东西，而无意于道之讲求推行，将会弊端无穷，所以他对劝其入仕者说："后世去古虽远，而先王之所设施，本末先后，犹可考见，故为政者莫先于复古。苟因习旧弊，以求合乎先王意，不亦难乎！吾又不能随时俯仰以赴机会，将焉用仕？"① 于是便终生不仕，杜门读书，优游道艺。杜瑛本是金之文人，对宋朝亦无黍离之悲。他所坚持的乃是先王之道，元朝廷不能以道治国，所以他便隐居不仕。这其中也许隐含着某些民族成分，但更重要的还是对道的追求与坚持。可以说元代很多隐逸不出的文人都是守道者。《元史》"隐逸"传里记载的几个隐士，几乎全是此种情形，用隐士吴定翁的话说，便叫作"士无求用于世，惟求无愧于世"②。将用世与无愧对立起来，是元代士人的突出特点。而且此种情形愈至元末愈益突出。

旁观者心态之三是闲散的生活态度与自我个性的放任。如果说儒者道德气节的修持往往在于家学与书院之中，则文人的闲适放任则大多发生于诗社的饮酒赋诗活动中。元代诗社特别发达，结社吟诗成为文人的常见生活方式。戴表元《胡天放诗序》说："当是时，诸公之文章，方期于用世，无有肯刳心凋形，沉埋穷伏而为诗者。山川虽佳，其烟云鱼鸟，朝夕真趣，不过散弃为渔人、樵客之娱而已。兵戈以来，游宦事息，乃始稍稍与之相接。而前时诸公，吁谟典策之具，亦且倚阁无用，呻吟憔悴，无聊而诗生焉。"③ 在此，戴表元明确指出了宋朝的灭亡同时也使士人们"游宦事息"，用于经国治世的"吁谟典策之具"也已没有用途，故而只好用诗来打发"无聊"的日子。如果说元初以方凤、谢翱为核心的月泉吟社，其结社吟诗还带有寄托亡国之思的鲜明色彩的话，那么后来士人在长期边缘化的过程中，便逐渐由愤激转向无奈，再由无奈转向自得自

① 宋濂等主编：《元史》，第 15 册，第 4474—4475 页。
② 同上，第 4479 页。
③ 戴表元：《剡源文集》卷八，《景印文渊阁四库全书》，第 1194 册，第 171 页。

乐了。比如到了元末的杨维桢，就被宋濂如此记曰："其风神夷冲，无一物萦怀，遇天爽气清时，躐屐登名山，肆情遐眺，感古怀今，直欲起豪杰与游而不可得。或戴华阳巾，被羽衣，泛画舫于龙潭凤洲中，横铁笛吹之，笛声穿云而上，望之者疑其为谪仙人。……当酒酣耳热，呼侍儿出歌白雪之辞，君自倚凤琶和之。座客或蹁跹起舞，顾盼生姿，俨然有晋人高风。"① 杨维桢乃是元末士林的领袖人物，他的品格风度集中代表了士人超然物外而追求自我放任的旁观者心态。

我以为旁观者心态是元代相当一批士人的普遍心态，尽管随着政治形势的变化在各个时期会有强弱的差别，但总的说来它是贯穿元代始终的，而尤以元末的吴中地区为最突出。该地区在元末曾先后活跃着两个著名的士人群体：以昆山玉山草堂顾瑛为主人的群体和以苏州高启为领袖的"吴中四杰"文人群体。顾瑛玉山草堂的文人聚会时间主要集中于至正八年（1348年）至十六年（1356年）之间，其成员约有五十余人，几乎罗致了当时所有的东南文坛名流，其聚会内容则主要是饮酒听曲与唱和赋诗，其聚会目的则前期主要为行乐而后期为避难。这群文人身处社会动荡、战乱四起的时代，却依然能够纵情诗酒，实在是把旁观者的心态表现得淋漓尽致。如果说玉山雅会还带有更多的人生无奈与士人风流的话，高启的旁观者态度就带有更多的理性选择与利害算计。高启是"吴中四杰"的代表人物，他也并非没有追求功名的愿望与能力，但他身处元王朝、张士诚与朱元璋的三股势力之间，却不为任何人所用，而是隐居不出，赋诗自乐。如果与"天下兴亡，匹夫有责"的顾

---

① 宋濂著，罗月霞主编：《宋濂全集》，浙江古籍出版社1999年版，第681页。

炎武相比，立时便显出二者的巨大差别。顾炎武也处于天崩地解的时代，而且是大厦已倾的败局之中，但他抱定知其不可为而为之的决心，依然坚持民族的气节与抗清的决心，他要做衔微木以填东海的精卫："长将一寸身，衔木到终古。我愿平东海，身沉心不改。大海无平期，我心无绝时。"① 高启与顾炎武的差别在于：顾炎武将明王朝视为中华传统礼乐文化的代表，将清人的入关看作传统礼乐文化的毁灭，因而他与国家是一体的，他无法离开国家这棵大树，大树的存在是他个体存在的前提，他的生命是为大树而存活，他必须守住这份责任，直至生命的结束；高启则将元王朝视为一棵借以栖身的大树，而且是并非完全满意的大树。当这棵大树倾倒之时，他可以另去寻找一棵大树来栖身，而不必与其一起倒下。他与大树的关系不是一体的，他是一个旁观者。所以他在后来回忆这场翻天极地的变化时，既没有为元王朝的覆灭而痛心，也没有特意为明朝的建立而欢欣鼓舞，他更得意的是自己在此过程中的明智选择："功名骤，时人笑我真迂缪。真迂缪，不能进取，几年落后。一场翻覆难收救，布衣惟我还如旧。还如旧，思量前事，是天成就。"② 看一看那些毁家灭族的显贵、杀头流放的文人，只有他高启最为聪明，他一直当看客，哪一方都不介入，结果就像树屋佣那样，得到了一个"群雉在罗，一鸿独飞"的侥幸结局，由不得他不感叹庆幸。你不能嘲笑高启目光短浅、胸襟狭小，因为他本身就是一个旁观者。

---

① 顾炎武：《精卫》，载《顾亭林诗集汇注》，上海古籍出版社 1983 年版，上册，第196—197 页。
② 高启：《忆秦娥·感叹》，载《高青丘集》，上海古籍出版社 1985 年版，第 969页。

旁观者心态是一个耐人寻味的问题。它不是民族矛盾的直接显现，但又与民族矛盾有着千丝万缕的联系。它使元代士人丧失了政治责任感，却让他们找回了个体自我。它对元代朝廷缺乏应有的热情，也对明王朝难有密切的亲和力。这种种特点不仅表现了中国历史上士人精神状态的新特征，而且深深地影响了当时文学思想的内涵与思潮走向。

二、 由旁观者心态所引申出的士人气节问题

与旁观者心态相关联的是所谓的士人气节。旁观者心态是由于文人长期处于政治边缘状态所形成的一种稳固心态，并非文人生下来就具有的心态。元代文人几乎都曾有过追求功名显达的人生行为，旁观者心态大都是在经由了几番挣扎、几番屈辱之后的人生无奈后而产生的。杨维桢曾对此有过具体的描述，其《送于师尹游京师序》曰："士有学周孔之艺者，不幸不荐于有司，而其志不甘与齐民共耕稼，则思自致于京师，不幸其艺又不偶，始不免资小道，干王侯，以冀万一之遇者，十恒八九。若星风之占、支干之步、色鉴骨摩，以及瞽巫妖祝、驱丁役甲、丹沙黄白水火之术，凡可以射人隐、簧人惑、一诡所遇者，无不屑焉。"① 只要能够进取成功，几乎所有的方式手段都可以使用，这既说明了当时士人品格的驳杂，也显示了他们命运的不幸。但即使他们用尽了所有的手段，成功者依然寥寥无几。在史书上留下传记的许多文人，同时也留下过感叹唏嘘的失败记录：

① 李修生编：《全元文》，凤凰出版社 2004 年版，第 41 册，第 270 页。

> 登泰华以望八荒兮，薄青冥而上游。抉云汉而分天章
> 兮，将驪骤于皇猷。虎豹怒而当关兮，叫帝阍而无由。出
> 国门而南鹜兮，逝将返于故丘。[①]

这样的作品在元人诗文集中实在是举不胜举。元代文人或反复追求功名而不得之后退隐田园，或侥幸求得功名而经过官场的种种挫折烦恼后退隐田园。除此之外他们没有更好的选择，因为在一个稳固的政治格局中而又身处边缘化的位置，就只能但求自保并打发散漫的人生。

然而在进入元末明初烽烟四起的战乱格局后，文人拥有了更多选择的可能，尽管这多种选择并不总具有积极的意义，比如吴克恭（字寅夫）本来是玉山草堂的座上客，是典型的旁观者，但在至正十二年（1352年）陈友谅部攻占常州时，他不得不权且归顺之，而"未几江浙平章定定来克复，寅夫与赵君谟等，俱以从逆伏诛"[②]。但时代毕竟改变了，文人从原来非朝廷则山林的二元格局中，或主动或被动地置于各种武装割据的多元格局中，他们必须做出更多的选择。当然大多数文人依然窜居山林以求自保，继续保持其旁观者的心态。但旁观本身就是人生失败与绝望的结果，许多人其实在无意识中已积聚了深沉的怨愤，当机会来临时他们自然会从看客变成表演的主角。此时士人气节就成为他们必须要面对的一个人生难题。

在中国古代传统中，士人气节的内涵主要包括种族意识与道德操守。有时此二者是合而出之，有时则又产生抵牾，这要

---

① 陈基：《别知赋送王子充》，载李修生编《全元文》，第50册，第219页。
② 顾嗣立编：《元诗选》，中华书局1994年版，第3集，第453页。

取决于具体的历史环境。比如后来的明清之际，衡量士人的操守就主要观其有无种族意识以决定其是否具备士人的气节。在元明之际情况就要更复杂一些，因为当时的君臣关系与种族关系并不一致，从而造成了士人在是否坚持操守上的矛盾与困难。从君臣关系上讲，中国古代士人经常将其喻之为夫妻关系，作为"妻妾"一方的士人，是需要保持贞节的，哪怕他所相从的"夫君"荒唐腐败，也应该从一而终以尽臣妾之道。从种族意识上讲，汉族士人与元蒙朝廷的关系是一种内外关系，始终处于不被朝廷信任与重用的位置，因而就会产生上面所言的距离感并采取旁观者的心态。当战乱发生之时，如果要脱离朝廷而置身反元势力中，则无论原来出仕与否，均会存在气节的问题。当元朝覆灭之时，如何处理与旧朝廷的关系就成为更复杂的问题，大多数在元朝政权中没有出仕的文人由于不存在君臣关系，也就可以较为轻松地进入新王朝而不必承受过多的心理压力。而曾经在元代中过进士或任过官职的人就比较麻烦，从种族关系的角度说，他们在元朝受过种种的委屈与压抑，心中充满了愤懑与苦恼。从君臣关系的角度说，他们又有失节失身的担忧，因而不能心安理得地面对新王朝的征召与任用，也就会做出种种的姿态与选择。这使得无论是出仕者还是隐居者都不能轻松地生活，从而在心中郁积着种种的忧虑与烦恼。高启是没有君臣关系的旁观者，他的苦恼在于尊严与个性是否能够保持。杨维桢则是囿于君臣关系而坚持隐逸的士人，他面临的问题是承认新政权的合理与保持自我操守纯洁之间的矛盾。刘基是解除与旧王朝关系而加入新王朝的士人，他的困难在于建功立业、救世济民的理想追求与失去臣道、反戈旧主的隐忧折磨这二者之间的无法协调。他们分别代表了那一时期士人的三种类型。

　　杨维桢是以风格奇崛的铁崖体而知名于当时与后世的，其实他一生还有几点应该得到重视。一是他有强烈的南人意识。比如说他自己及同时代人均特别看重的《正统辨》，坚持认为在修史时应该以南宋为正统而否定辽、金的地位，他在文章中提出了许多理由，饶宗颐先生撮其大意曰："论正统之说，处于天命人心之公，必以《春秋》为宗，不得以割据僭伪当之。论元之大一统，在平宋之后，故元统乃当承宋。又以道统立论，道统为治统所系，道统不在辽金而在宋。"①但是饶先生忽略了一点，即杨维桢除了强调正统与道统之外，还对辽金从文化上予以鄙视，如说："吾尝究契丹之有国矣，自灰牛氏之部落始广。其初枯骨化形，戴猪服豕，荒唐怪诞，中国之人所不道也。"②铁崖先生的确胆子够大的，他瞧不起契丹的这些风俗行为，而蒙元初始又何尝不是如此？尽管后来元代朝廷并没有采纳杨维桢的建议，但他却为此赢得了广泛的声誉，尤其在明初更是受到重视，大概无论是从道统还是种族的角度，这都更合乎江南士人的想法。二是杨维桢的功名愿望特别强烈，总想在仕途上有一番大的作为，却一再遭受挫折，最终不得不归隐山林，以狂放的个性与奇崛的诗风为士林所重。他有一首《感时》诗，极为鲜明地表达了当时的心态："壮志凌云气食牛，少年何事苦淹留？狂歌鸣凤聊自慰，旧学屠龙良已休。台阁故人俱屏迹，闾阎小子尽封侯。愁来按剑南楼坐，寥落江山万里

---

①　饶宗颐：《中国史学上之正统论》，上海远东出版社 1996 年版，第 54 页。

②　贝琼：《铁崖先生传》，载《清江贝先生集》卷二，《四部丛刊初编》本，第 1526 册。

愁。"① 尽管他如此对朝廷表示不满，但在元末的战乱格局中却一直以旁观者自居，而坚持不介入张士诚与朱元璋的反元政权。可是当明朝建立后他就遇到了更大的麻烦，因为他一方面是元朝的进士与官员，另一方面又具有如此的意识与心态，所以他在明初的表现就成为众人关心的话题，并由此形成了两种截然相反的传说。一种说法最早见于署名"詹同"的《老客妇传》，说朱元璋征召其入朝，他辞谢说："岂有八十岁老妇，去木不远，而再理嫁者耶？"并表示如果勉强，便要"蹈海死耳"。结果是"上成其志，弗受爵赏，仍给安车还山"②。另一种说法是见于汲古阁本《铁崖先生古乐府》中危素的《铁崖乐府跋》："会稽杨公廉夫登高科四十余年，以文鸣当时。方四海有兵事，高居松江山中。一日聘至金陵，论定礼乐，乃成《铙歌鼓吹曲》称颂武功。"③ 该曲中有歌词曰："大明帝，厉虎旅，拔龙飞，手把黄钺相招麾。元运绝，弥何为。"④ 此二种传说一为替元朝尽忠的逸民，一为替新朝鼓吹的义士，恰成强烈的反差。据有人考证，《老客妇谣》中所言七十九岁年龄与铁崖实际不合，《鼓吹曲》中有《喻西蜀》章所言乃在铁崖身后，均系伪作无疑。⑤ 但是，杨维桢在入明后的确曾写过歌颂新朝的诗作，例如他在《舟次秦淮河》中写道："舟泊秦淮近晚晴，遥观瑞气在金陵。九天日月开洪武，万国河山属大明。礼乐再兴龙虎地，衣冠重整凤凰城。莺花三月春如锦，兆姓歌谣贺太

---

① 杨维桢：《杨维桢诗集》，浙江古籍出版社 1994 年版，第 435—436 页。
② 同上，第 497 页。
③ 杨维桢：《铁崖杨先生诗集》卷上，清抄本。
④ 杨维桢：《杨维桢诗集》，第 452 页。
⑤ 孙小力：《杨维桢年谱》，复旦大学出版社 1997 年版，第 306—310 页。

平。"① 此诗是否为铁崖所作从文献角度不易认定，但有两点可以作为旁证：一是诗中所强调的"礼乐再兴""衣冠重整"以及"贺天平"这些内容也一再出现于当时其他文人的作品中，故可言是当时人共同关心的话题，二是其弟子杨基在《元夕次韵铁崖先生》中曾有"白发老仙逢盛事，彩毫先咏太平诗"②的说法，证明杨维桢当时的确写过"贺天平"的诗作。至于他到底是真心歌颂新朝还是一时的应景之作则难以判定，但有一点是可以肯定的，那就是他并没有采取与新朝对抗的态度。接受新政权是一回事，参与新政权则是另一回事。接受是从文化属性与民族大义的立场出发，而拒绝亲身参与则是从臣子之道与士人气节的角度。这既是杨维桢的人生选择，也是当时其他许多由元入明的文人的选择。

刘基是元明之际朝代更替过程中得意士人的典型。在明清二代的历史叙述中，刘基给人的印象是近于神话的足智多谋角色，并极度夸大了他的功绩以及在元明政权更替中所起的作用。后来随着现代学术思想的成熟，对刘基的研究也日益趋于深入，于是人们了解到他是在人生几近绝望时遇到了朱元璋，并尽心辅佐他取得了天下。文学界的研究则更关心刘基元末与明初诗风的巨大差异，这一点最早是由清人钱谦益提出来的，他认为刘基元末"作为歌诗，魁垒顿挫"，而明初得意之时却"悲穷叹老，咨嗟幽忧"，并认为其中大有深意。③ 如果抛开后人种种夸张渲染的记载而细读刘基本人的作品，会发现他的确对元代朝廷的重北轻南的民族歧视，对官吏的昏庸贪残，都是

① 杨维桢：《铁崖杨先生诗集》卷上，清抄本。
② 杨基：《眉庵集》，巴蜀书社 2005 年版，第 191 页。
③ 钱谦益：《列朝诗集小传》，上海古籍出版社 1983 年版，第 13 页。

非常不满的，对社会的动荡不安，对百姓的疾苦不幸，也是非常关注的，并且最终决定抛弃旧朝而另觅新主。他在《郁离子》中说："仆愿与公子讲尧舜之道，论汤武之事，宪伊吕，师周召，稽考先王之典，商度救时之政，明法度，肆礼乐，以待王者之兴。"① 但是这并不说明刘基一开始就已决定反戈旧主。如果在十年之前，也许他只是发发牢骚而已，然后便归隐山中著书立说尽其一生，充其量再在旁观者文人群体中增加一员而已。可事实上是朱元璋政权的迅速崛起，为他提供了从山中闲人到佐命大臣的历史机遇。果然不久他便应朱元璋之召而出山了。他的出山虽有心理准备，却并非是义无反顾的。当处州被明军占领后，刘基与当地一些著名文人均藏匿于山中不肯出来，甚至朱元璋派孙炎等使者一再催逼亦均无效果，后来孙炎"为书数千言，开谕天命以谕基，基无以答，逡巡就见"。钱谦益曾解释其中原因，说刘基之所以"迁延避匿"，"非独以仕元日久，不欲轻为我用，亦不忍负石抹也"②。的确如此，前不久还给石抹宜孙出谋划策如何拒敌明军，转眼之间却要投入对方怀抱，这无论是情感上还是气节上都是难以接受的。而且这种失节的愧疚与隐忧并未因投入朱元璋集团而消散，而是长久地郁积于心头，并深深影响了其心态与创作。

　　前人研究刘基入明后创作之所以陷入叹老嗟悲的低调，总认为是朱元璋严酷的政治与文化政策所导致，这当然是有道理的，但更重要的还是气节问题的巨大心理压力所造成。在夷夏之辨上他可以理直气壮地说："自古夷狄未有能制中国者，而

---

① 刘基著，林家骊点校：《刘基集》，浙江古籍出版社 1999 年版，第 62 页。
② 钱谦益：《太祖实录辩证二》，载《钱牧斋全集》，上海古籍出版社 2003 年版，第 3 册，第 2110 页。

元以胡人入主华夏几百年，腥膻之俗，天实厌之。"[1] 但在君臣之义上他却很难摆脱他人的非议，于是他只好承受巨大的心理压力。钱谦益早已看出了其中奥妙，故而感叹说："岂古之大人志士义心苦调，有非旌常竹帛可以测量其浅深者乎！"并断言"百世而下，必有论世而知公之心者"[2]。钱氏的话当然也寄托着自己虽然降清而依然眷怀明朝的苦心，而且明清之际的历史状况也与元明之际颇不相同，但他看到刘基存在着巨大心理压力则是会心之言。在《犁眉公集》里，有那么多低沉哀惋的作品，而且许多作品完全找不出感伤的直接原因，比如：

> 孤坐不寐，忧思相仍。壮年已谢，昔非莫惩。[3]
>
> 靡草不凋，无木不稀。不睹逝波，焉知昨非？[4]
>
> 人间无限伤心事，覆水难收。风叶飕飕。只是商量断送秋。[5]
>
> 周章未了，早画角、吹残更漏。翻惹起、无限愁端，中心自受。[6]

在这些作品中，他的愁闷无聊是带有整体性的，而且没有太具体的起因。如果是关于政治方面的，他大可不必表露于诗中，因为如此做既于实用无益，甚至会招致意想不到的麻烦。既然是抒情，他总是想说明些什么，想让他人了解点什么。但又是

---

① 《太祖实录》卷五三。
② 钱谦益：《列朝诗集小传》，上海古籍出版社 1983 年版，第 13—14 页。
③ 刘基著，林家骊点校：《刘基集》，第 306 页。
④ 同上，第 308 页。
⑤ 同上，第 562 页。
⑥ 刘基：《玉烛新·梦归》，载刘基著，林家骊点校《刘基集》，第 569 页。

那么难以表白，难以启齿。从中我们能够看到的就是对于往事的悔恨，所有"昔非""昨非""覆水难收"，到底指的是什么，是不该投奔朱元璋，还是不该接受官职与封爵，还是自己疾恶如仇的行为，但无论如何与自己的前元进士身份和政府供职经历有密切关联。因为在和他一起投奔朱元璋的宋濂的创作中你就发现不了这些悔恨，因为他在前元没有任何功名与官职，他就可以担任《元史》总裁，而且不会招来物议。刘基则必须忍受这精神的折磨，而且他几乎无处诉说，于是只好委婉曲折地抒发于诗词之中，从而构成其哀惋低沉的格调。

无论如何，元明之际是存在着种族意识与民族矛盾的，它在军事与政治领域体现得最为充分，甚至形成了鲜明的政治口号，但又是比较浅表性的，它往往成为各类人物借以实现政治军事目的的手段。而在饱读诗书的文人那里就隐微曲折得多，同时也更复杂多变。这种深层的种族意识导致了文人心态的独特，从而决定了他们的政治选择与情感倾向，并由此表现在诗文创作中。其中旁观者心态是最为重要的因素之一，不了解这一点，就很难真正认识元明之际的历史。因为即使已经入明后的许多历史和文学现象，比如士人气节问题、文人归隐问题、文人创作转向问题等等，如果从深层原因上看，都与元末的文人心态有着或直接或间接的复杂关联。

三、 由文人心态所牵涉的文学问题

研究元明之际的种族观念与文人心态当然会牵涉到许多领域的学术问题，但是就本文的主要目的而言，却依然是为了解决文学的问题。关于元代文学的评价，尤其是元诗的评价，迄今尚无定论。最早对元诗做出全面评价的是元末人戴良，他在《皇元风雅序》中认为由于元朝地域广大，而且朝廷深仁厚德以养天下，因而诗歌创作也达到了极盛的状态，所谓"语其为体，固有山林、馆阁之不同，然皆本之性情之正，基之德泽之深"。① 他的依据是儒家传统的"文章与时高下"的理论，元代地域广大，政治清明，诗歌当然应该"乘其雄浑之气"而取得很大的成就。但是到了明人李东阳，评价便已大相径庭："诗太拙则近于文，太巧则近于词。宋之拙者，皆文也，元之巧者，皆词也。"② 清代四库馆臣则较为折中，认为："有元一代，作者云兴。虞、杨、范、揭以下，指不胜屈。而末叶争趋绮丽，乃类小词。杨维桢负其才气，破崖岸而为之，风气一新，然迄不能返诸古也。"③ 戴良的评价显然有溢美失实之处，而后二者尽管评价并不完全一致，却同时都指出了元诗类"词"的特征，只不过一言其"巧"，一言其"丽"，合起来便是后人经常指出的元诗纤巧秾丽的特征。用现代学术语言讲，就是只讲究形式技巧与文辞华美，缺乏应有力度与雅正精神，亦即学界常说的元诗纤弱绮丽。如果认真检讨，上述对元诗的评价都是基于两个标准的衡量：一是未能达到唐诗的高昂盛大境界，二是失去了儒家诗教传统的讽喻寄托。但是如果从元代文人心态的角度来看元诗，便会有另外的认识与评价。概括起来我以为有三点可以拈出讨论。

其一是旁观者心态与私人化写作。元诗的纤弱绮丽主要是

---

① 戴良：《九灵山房集》卷二九，《四部丛刊》本。
② 李东阳：《麓堂诗话》，载周维德集校《全明诗话》，齐鲁书社 2005 年版，第 1 册，第 486 页。
③ 《四朝诗集序》，载《四库全书总目提要》卷一九○，第 1726 页。

由于文人与朝廷的隔阂而造成的，由于文人大都具有远离政治甚至厌恶政治的心理，所以传统诗歌的教化载道、比兴寄托以及感时愤世的成分在元诗中渐趋弱化，因而诗中所写重大题材相对较少，情感相对不甚浓烈，当然也就无法具有杜甫那样的沉郁顿挫的骨力与深度。在元代的诗歌创作中，诗人结社成为一种突出的现象，而元人的诗社一般以咏物作为主要内容，除了元初月泉吟社的"四时田园杂兴"具有一定的遗民意识之外，大多并不具备政治色彩。结社以咏物的元诗，其主要特点就成为才力的竞赛与作者私人化情感的抒发，当然也就以争奇斗巧取胜，并以绮丽的风格为主。在现存的几首较为集中的同题咏物诗中，比如咏梅、咏百花、宫词、西湖竹枝词、咏史等等，都是以讲求技巧作为其主要特点的。郭豫亨是元人中较早写咏梅诗的，《四库全书总目提要》即言其"属对颇能工巧""存备诗家之小品，固亦无不可矣"①。萨都剌是咏物诗的大家，元人孔齐就言其"善咏物赋诗""颇多工巧"②。至于宫词，则不仅巧，而且艳，被杨维桢称为"诗家之大香奁也"③。当文人们长期沉浸在这样一种环境中时，也就难怪他们会乐于追求技巧上的出奇制胜了，而且这种情形越到元代晚期越为明显。与此种技巧化倾向相伴随的是情感抒发的私人化。从思想内涵上说，元人的诗的确多为咏物送行之作，格局较小，缺乏应有的厚重感，他们并不是不想追随唐人的宏大高远，而是本身的地位与心态决定了他们难以企及唐人。比如杨基是被明清诗评家

---

① 《四库全书总目提要》，中华书局 1965 年版，第 1438 页。
② 孔齐：《至正直记》，中华书局 1991 年版，第 16 页。
③ 杨维桢：《复古诗集》卷四《宫词序》，载《景印文渊阁四库全书》，第 1222 册，第 133 页。

所集中指认的纤秾代表作家，但他的诗歌并不缺乏情感要素，明人许学夷曾说："杨五七言古，每多任情。"又说："国朝古、律之诗为艳语者，自孟载始，然情胜而格卑，远出温、李之下。元美谓'其情至之语，风雅扫地'。予谓：果尔，则温、李诸子宜尽黜矣，岂诗家恒论哉！"[1] 可见在王世贞与许学夷眼中，均认为杨基诗有"情胜而格卑"的特点，区别仅在于严守格调的王世贞认为这种特点是不可接受的，而持宽泛格调论的许学夷则可以接受。此种"情胜而格卑"的成因乃在于其诗中所抒多为思亲怀友、感时伤秋的个人化情感，这从坚持强调比兴寄托的正统诗教观看来，当然是格调卑下了。其实，这种私人化情感的抒写尽管不够高昂壮大，却真挚自然，感人至深，依然是颇为可读的好诗。如：

阮途无用苦悲穷，已拼衰颜渐老翁。沙雁随春冲北雨，江花迎暖待东风。文章误我虚名在，贫贱轻人旧业空。惆怅成皋迁谪地，夜阑犹入梦魂中。[2]

一割鸿沟消息稀，只身湖海尚流离。乾坤何事有今日？父子可怜逢此时！怅望只添新涕泪，艰难应变旧须眉。愁心恨不随春雪，飞上吴山椿树枝。[3]

缕缕轻烟细细风，秋千池馆万家同。高低草色相参绿，深浅桃花各自红。人意尽随流水去，风光都在笑声中。多情白发并州客，坐对西南雪满峰。[4]

---

① 许学夷：《诗源辨体》，人民文学出版社 1998 年版，第 399 页。
② 杨基：《眉庵集》，第 219 页。
③ 同上，第 235 页。
④ 同上，第 250 页。

这三首诗，一忆旧，一思亲，一怀乡，不像杜甫那样家国一体、思君忧民，从而显得格高情长。杨基较少涉笔百姓时事，更不要说国家朝廷了，他所关心的就是自己的亲友及个人遭遇，但情感真挚，景色鲜明，达到了情景交融的境界。可见私人化写作既有所短亦有所长：所短在于题材狭窄而缺乏风骨，所长则在于情感真挚而个性突出。

其二是旁观者心态与隐逸情怀的抒发。尽管隐逸之士与隐逸文学在中国历史上绵延不绝，但像元代这样成为一代文学之特征的却较为少见。只要随意翻检元代史书，就能举出一长串名字，诸如谢应芳、叶颙、王冕、倪瓒、黄公望、王蒙、吴镇、张宪、高启、胡天游、梁寅、邵亨贞等等，都还只是元明之际的隐逸诗人，而且只要愿意，还可以不断增加此一名单的长度。这些诗人崇尚的前辈是陶渊明、邵雍，而对于向来被传统所重视的屈原则不感兴趣。明初人林右曾对产生此种现象的原因进行过深入的分析：“当元盛时，取士之途甚狭，士大夫不由科举，惟从吏而已。积月累时，求一身荣耳。虽间有长才善策，迫于其类，亦无从施。故有志者不肯为也，宁往往投山水间，自乐其所。”序文中的这位北郭先生就是由于不乐意做山长之类的差使，遂弃而归隐：“浩然自得，与山僧野子相往还，乘风咏月，人莫测也。其为诗一出于自然，读之愈久而意愈无穷，固不暇如世之粉藻，一辞一句，取媚人口，此善学渊明者也。”① 从政治边缘化到归隐，从而养成自乐其所的旁观者心态，由旁观者心态形成浩然自得的审美心境，最终写出一出

---

① 林右：《北郭集原序》，载许恕《北郭集》，《景印文渊阁四库全书》，第1217册，第320页。

于自然的超然冲淡诗风。此类诗之难得处在于能够保持一份平和的心态，就像倪瓒所言："读之悠然深远，有舒平和畅之气，虽触事感怀，不为迫切愤激之语，如风行波生，涣然成文，蓬然起于太空，寂然而遂止，自成天籁之音，为可尚矣。"① 而要做到心态平和，就必须克服常人难以忍受的穷苦，就像倪瓒所称赞的谢仲野那般："居乱世而有怡愉之色，隐居教授以乐其志，家无瓶粟，歌诗不为愁苦无聊之言，染翰吐辞必以陶、韦为准则。"② 居乱世、处贫穷而有怡愉之色，这固然是非常难能可贵的品格，但更重要的一点倪瓒在此并未讲出，那就是这些自幼饱读儒家诗书的文人，面对朝廷混乱、战乱频仍却能够心如止水，这除了导源于长期形成的旁观者心态之外，人们似乎找不出更好的解释。只要看一看王冕、倪瓒这样的大名士。当他们预感到天下行将大乱时，首先想到的是遁隐山中而不是如何力挽狂澜，其中内情便可昭然若揭。

其三是旁观者心态与明初文学复归大雅希望的破灭。明人论本朝诗歌，以为开启明诗大雅之风的当首推高启与刘基。王世贞就说："迨于明兴……大约立赤帜者二家而已。才情之美，无过季迪，声气之雄，次及伯温。"③ 明初诗歌达到创作高潮而有复归大雅趋势的原因当然很多，但其中的重要原因，便是以下两个条件的兼备，即明王朝的统一天下，恢复汉官威仪，重新燃起了文人的热情与自信，同时文人又能在朝代转折之际充分保持自我个性，自由地抒写情怀。因而高启的才情方可得以

---

① 李修生编：《全元文》，第46册，第613—614页。
② 同上，第614页。
③ 王世贞：《艺苑卮言》卷五，载丁福保辑《历代诗话续编》，中华书局1983年版，第1023页。

充分舒展，刘基也在风云激荡的时代里得以淋漓尽致地尽情抒发自我的沉雄之气。可这仅仅是问题的一面，由元入明的文人除了像戴良等少数人采取了不合作的态度外，更多的是保持了两面性：一方面他们表达了对新王朝的肯定，另一方面则又不愿过多介入而宁可保持自我的独立。在明初文人的诗文作品里，常常可以看到对于自我"野性"的表达，认为他们自身更适宜在山间林下饮酒写诗，而很难适应官场的拘束与辛苦。其实这本身并非对新王朝有何成见，而是长期形成的旁观者心态的延续。明初文人陈亮有一首题为《观陈抟传》的诗，充分表达了此种心态：

> 寰宇方板荡，有道在山林。矫首云台馆，悠悠白云深。五姓若传舍，戈铤日相寻。虽怀褰颂忧，终作大睡淫。世运岂终穷，大明已照临。乘驴闻好语，一笑归华阴。区区谏大夫，富贵非我心！①

陈抟是五代至宋初的著名隐士，曾被周世宗授以谏议大夫，"固辞不受"。宋初受到宋太宗礼遇，"诏赐号希夷先生，仍赐紫衣一袭，留抟阙下，令有司增葺所止云台观。上屡与之属和诗赋，数月放还山"②。后遂成为尊尚隐逸之士的美谈。陈亮表示大明王朝已开启一个新的时代，他为此而欣慰，却不愿介入以取富贵，而依然希望像陈抟那样做一个受皇上尊崇优待的隐士高人。也许朝廷应该给予这些文人以吟诗作赋的生命空间，

---

① 袁表、马荧选辑：《闽中十子诗》，福建人民出版社 2005 年版，第 108—109 页。
② 脱脱等撰：《宋史》卷四五七，中华书局 1977 年版，第 13421 页。

因为他们本来就没有与新朝对抗的意思，他们只是旁观惯了，闲散惯了，自由惯了，失去了行动的兴趣与能力。但朱元璋却不是宋太宗，他不仅没有兴趣与此类懒散的文人属和赋诗，而且为了稳定政治、整顿吏治、端正士风，命令这些旁观者一律需要到朝廷供职，并接受种种的惩罚与磨炼，否则将剥夺他们的生命。于是文人的厄运来临了，文学的生命枯萎了，文坛复归大雅的希望破灭了。这也许不是朝廷的初衷，然而却是真实的结果。对一个刚刚建立的王朝而言，这也许是政治上应当采取的举措，但对于以自由与个性为生命的文学来说，则显然是一场难以躲避的灾难。

（原刊《文学评论》2008 年第 5 期）

元末明初浙东文人择主心态之变衍及思想根源

□ 饶龙隼

　　浙东文人①多源自故宋旧家。当元末明初的这一代，他们普遍抱持择主心态。这种心态，脱胎于方凤、谢翱辈所蕴蓄的故宋情结，肇始于黄溍、柳贯辈所流露的厌元情绪，成型于宋濂、刘基辈所标举的择主而事，变衍于宋濂、王祎辈等所涵泳的望乡心切，终结于方孝孺、刘璟辈所坚守的不事篡主。其表现形态虽然多变，而思想根源同出一辙，那就是浙东文人所承续的程朱"正学"。

一、　择主心态

　　元末浙东的形势是，东南边庆元、台州、温州诸路为方国

---

① 浙东本来是一个行政区域，指浙江境内的衢江流域、浦阳江流域以东地区，唐代曾设置方镇浙江东道，领辖越、衢、婺、温、台、明、处七州。后来，浙东演化为一个文化区域，宋代有所谓浙东学派，是指与程朱学派对立的学术集群，包括吕祖谦所代表的金华学派、叶适所代表的永嘉学派和陈亮所代表的永康学派。本文所称浙东文人，主要是从文化区域着眼，指元明时期活跃于浙东的几代文人，其活动中心在婺州（今金华），当元明之际则有所谓"浙东四贤"（指金华宋濂、青田刘基、龙泉章溢和丽水叶琛）。其中宋濂、方孝孺一脉以弘扬程朱理学为己任，时人称之为浙东"正学"。

珍所攘夺，东北边绍兴、杭州、湖州诸路为张士诚所窃据，西南边饶州、信州和建宁诸路为陈友谅部将所骚扰，唯浙东的建德、婺州、衢州、处州诸路还在蒙元政权控制之下，然已飘摇欲坠，鹿死谁手，尚难卜定。而此时前后，朱元璋陆续攻取了集庆路、太平路，然后挥师南下，直逼浙东。这就给浙东形势更添恐慌，浙东文人纷纷做出反应。至正十五年（1355 年）春，也就是朱元璋军队渡江前夕，王祎早一步隐居青岩山，买地结屋而住。至正十六年（1356 年）七月，朱元璋自奉为吴国公，越三月宋濂隐居小龙门山著书。至正十八年（1358 年）三月，朱元璋军队攻取睦州，宋濂先遣家人避居诸暨句无山；及至六月，朱元璋军队攻取浦江，宋濂也随后避兵句无山。是年十二月，朱元璋军队攻取婺州，王祎避兵凤林、香溪间。同时，戴良也避兵万山深处。嗣后，朱元璋拟取浙东未下诸郡，刘基早一年隐居青田，已不问世事，而其朋类胡深、章溢，则协助处州守将备战迎敌。浙东其他文人所做反应各有机宜，大抵为保全身家性命计，而视各方军事势力如寇仇。

处此危难局势，浙东文人做梦也不曾想到，乱世枭雄中竟会有"明主"，能诱使他们委身而事之。期待明主而事之，这是儒士的常规志愿，浙东文人也不例外。当宋濂退隐时，戴良撰《送宋景濂入仙华山为道士序》，并举用、晦二义来婉讽他避世。宋濂作《龙门子凝道记》来回应，其卷上《终胥符第三》云："我岂遂忘斯世哉？……予岂若小丈夫乎？长往山林而不返乎？未有用我者尔。苟用我，我岂不能平治天下乎？"这是说，若有"用我"者，他就能平治天下。但浙东文人还有特立之处。他们愿否委身事主，仅逢"用我"者还不够，这"用我"者必须是"明主"，能够用他们所怀之道，能够使他们心悦诚服。刘基隐居青田山中，著《郁离子》以明志，其《枸橼》即这样说："鸟兽以山薮为家，而豢养于樊笼之中，非其情也，而卒能驯之者，使之得其所嗜好而无违也……人与人为同类，其情为易通，非若鸟兽之无知也。而欲夺其所好，遗之以其所不好。绝其所欲，强之以其所不欲，迫之而使从。其果心悦而诚服耶？其亦有所顾畏而不得已耶？若曰非心悦诚服而出不得已，乃欲使之治吾国，徇吾事，则尧、舜亦不能矣。"①因而，面对朱元璋的屈尊礼遇，婺州文人虽有不同程度的认同，但大都不肯贸然归附之。至正十八年（1358年）十二月，朱元璋辟范祖干、叶仪，咨问"治道何先"。范祖干以《大学》敷陈之。朱元璋迎合说："武定祸乱，文致太平，悉此道也。"这当然赢得范、叶的认同，但也仅是认同而已。当朱元璋命二人为咨议，他们以亲老、疾病推辞。②至正十八年（1358年）十一月，郡守聘任宋濂为郡学五经师③。宋濂作《答郡守聘五经师书》，以多病、亲老、性懒、朴憨固辞，一直拖延至次年正月，才接受五经师之聘任。宋濂此番终能接受聘任，应对朱元璋有所认同，但也不排除迁就之计，冀不激怒朱元璋的杀心。宋濂还不能简单断定朱元璋可否倾心归附，因为他此时还缺乏安全感，不久便举家迁回潜溪故居。延及至正二十年（1360年），朱元璋礼请他去南京。宋濂经历一番游移，最后还是决定奔赴。他作《诰皓华文》自白，称士不当图一己安乐，

① 刘基：《诚意伯文集》卷一八，载《景印文渊阁四库全书》，台湾商务印书馆1986年版，第1225册，第424页。
②《明太祖实录》卷六。
③ 至正十八年十二月，朱元璋亲自攻下婺州，改婺州为宁越府，以王宗显为知府。

而应为世艰、民瘼、道坠担忧。[①] 这似乎在说，归附朱氏乃责任感使然，故不太介意人主品性。这有点一厢情愿的意味。其实就在前此不久，他领略过朱氏雄猜嗜杀[②]，只因他的一厢情愿，而不愿多加考虑罢了。后来他追述此一心迹："濂初被召而起，神示以文物之祥，后果入翰林为学士，心久奇之。"[③] 可见，宋濂归附之心萌动，便不可自已了，为了释除前嫌，更以神物证成之。也是因这一厢情愿，他已不听戴良"云路多鹰隼，烟波有虞机"[④] 的忠告。

朱元璋究竟是不是"明主"，也让隐居青田的刘基犹疑。至正十九年（1359 年）十二月，朱元璋遣樊观礼聘刘基等，刘基坚辞不肯应之，然此非刘基素志，其有《感怀》诗云"昊天厌秦德，瑞气生芒砀""修身俟天命，万古全其名"[⑤]。后总制孙炎奉命再聘，刘基以宝剑赠孙氏，仍示不肯出山就聘。孙炎将宝剑封还之，且作诗谓剑当献天子，人臣不敢私受云云："还君持之献明主，若岁大旱为霖雨。"[⑥] 此迎合了刘基择主心态，他无以答乃逡巡就见。但刘基似还不能确定，朱元璋就是期待的明主。在奔赴南京的途中，刘基作《渡江遣怀诗》，先是顾怜乡邦和亲人："兹邦特按堵，庶足憩奔走。故乡有园田，

---

① 宋濂：《宋学士全集》卷二五，载《丛书集成初编》，商务印书馆 1919 年版，第 926 页。
② 据刘辰《国初事略》（《四库全书存目丛书》，第 46 册）载，朱文忠在金华时，用儒士屠性、孙履、许元、王天锡、王伟干预公事。朱元璋闻之，差人提取屠性等人到京，命王袆、许元、王天锡发充书写，而诛杀屠性、孙履二人。
③ 宋濂：《宋学士全集》补遗卷四，载《丛书集成初编》，中华书局 1991 年版，第 1351 页。
④ 戴良：《九灵山房集》卷一，载《景印文渊阁四库全书》，第 1219 册，第 267 页。
⑤ 刘基：《诚意伯文集》卷十，载《景印文渊阁四库全书》，第 1225 册，第 251 页。
⑥ 朱彝尊：《明诗综》卷四，载《景印文渊阁四库全书》，第 1459 册，第 224 页。

委弃没藜莠。老母年八十，头童齿牙朽。痴儿始垂髫，出入寡朋友。衣衾杂絮毳，羹食乏菘韭。儽然多病身，全家倚糊口。那令更远去，忧念成疾首。"接着担心不堪任用，反遭罪咎："千金聘宿瘤，顾谓西施丑。盐车摧太行，骅骝不如狗。况我驽骞质，困踖畏培塿。济河须巨舫，将焉用罂缶？朱弦组琴瑟，曷中洪钟纽？剡蒿射犀革，空贻养由咎。"① 及至三月抵达南京，他又忧念政治前景，尝自叙云："庚子之岁，予与金华宋先生俱来京师。时上渡江未久，浙东方归附。先生与予及予同乡叶景渊、章三益同居孔子庙学，惟日相与谈笑，虽俱不念家，而予三人者，亦皆不能无芥于心，惟先生泰然耳。"② 所谓"芥于心"，就是忧虑前途难卜。③

浙东文人是怀着畏避、好感与认同，半推半就归附朱元璋的。其标志即"浙东四贤"应聘南京。元至正二十年三月，金华宋濂、青田刘基、龙泉章溢和丽水叶琛带着疑虑，同舟抵达南京。朱元璋接见他们说："我为天下，委屈四先生了。"④ 就这样，他们抱持浙东"正学"的标准，选择了朱元璋这位"明主"，冀有所凭附而践行之。

受"四贤"奔赴南京的带动，浙东文人陆续进入朱氏政权，不多时就实现了群落归附。他们想象朱元璋是"明主"，企图用"正学"标准来教导他。朱元璋为了得其忠力，也能勉

① 刘基：《诚意伯文集》卷三，《景印文渊阁四库全书》，第 1225 册，第 79 页。
② 刘基：《诚意伯文集》卷二五，《景印文渊阁四库全书》，第 1225 册，第 356 页。
③ 此为刘基的真实心态。至于黄伯生撰《故诚意伯刘公行状》（《诚意伯文集》卷二〇附录），则据刘基入明事而附会云："会上下金华，定括苍。公乃大置酒，指乾象谓所亲曰：'此天命也，岂人力能之耶？'……公决计趋金陵，众疑未决。母夫人富氏曰：'自古衰乱之世，不辅真主，讵能获万全计哉？'众乃定。"
④ 张廷玉等：《明史》卷一二八，中华书局 1974 年版，第 12 册，第 3790 页。原文为："太祖劳基等曰：'我为天下屈四先生。'"

强随顺委蛇，尽可能表现出从善如流。浙东文人侍御于他，亦多能因势利导，和风细雨，浸润无痕。如某日："太祖御端门，口释黄石公《三略》。濂曰：'《尚书》二《典》、三《谟》，帝王大经大法毕具，愿留意讲明之。'已，论赏赍，复曰：'得天下以人心为本。人心不固，虽金帛充牣，将焉用之。'太祖悉称善。"再如某日："车驾祀方丘，患心不宁，濂从容言曰：'养心莫善于寡欲，审能行之，则心清而身泰矣。'帝称善者良久。"① 又如某日宋濂论黄老神仙之学，劝勉曰："人主能以义理养性，则邪说不能侵；兴学校教民，则祸乱无从而作矣。刑罚非所先也。"朱元璋迎合曰："朕之为君，上畏天地，下畏兆民，兢兢业业，不敢自逸。"宋濂更劝曰："陛下此心，古先哲王之心也……愿陛下慎终如始，天下幸甚！"② 经由若干年的教导，朱元璋竟也像儒生一样，能够谈论心性问题了。洪武十年（1377 年）十月壬子，宫内观心亭落成，乃诏宋濂语曰："人心易放，操存为难。朕日酬庶务，罔敢自暇〔遐〕自逸。况有事于天地宗庙社稷，尤用祗惕，是以作为此亭，名曰观心。致斋之日，端居其中，吾身在是，而吾心即在是，却虑凝神，精一不二，庶几无悔。"③ 宋濂乃作《观心亭记》，对朱元璋予以鼓励④。

---

① 张廷玉等：《明史》卷一二八，第 12 册，第 3785、3786 页。
② 郑楷：《潜溪先生宋公行状》，载《宋学士全集》附录卷二，《丛书集成初编》，第 1694 页。
③ 《明太祖实录·洪武十年十月壬子》。
④ 宋濂：《宋学士全集》卷二，载《丛书集成初编》，第 25 页。

二、 望乡心态

初始，朱元璋尚能认同浙东儒学，并且在政治上重用浙东文人。在明初来附的各地文人中，浙东文人官位最为隆显。刘基善运筹帷幄，助朱氏夺取天下，以功著封诚意伯，开国后任御史大夫。宋濂两度总纂《元史》，被推为开国文臣之首，后又做了皇太子老师，实掌管着天下教权。朱元璋甚至欲以刘基入相，取代淮西文臣把持的相权。[①]朱元璋于洪武六年（1373年）九月，又命宋濂参中书大政。若不是刘基、宋濂婉辞，则浙东文人将分掌相权，政治势位几凌淮西文臣。据载，朱元璋还曾暗示，他任用开国文臣，将做到始终保全。至正二十六年（1366年）九月某日，侍臣王祎等进讲。朱元璋问："汉高祖、唐太宗孰优？"起居注魏观对以"高祖为优"。但朱元璋说："论高祖豁达大度，世咸知之。然其记丘嫂之怨，而封其子为羹颉侯，怨丰之叛，而不封雍齿，不肯以丰为汤沐邑，则度量亦未弘矣。太宗规摹［模］虽不及高祖，然能驾驭群臣，各为己用，及大业既定，卒皆保全，此则太宗为优也。"[②]若不论朱元璋的机心，这话是很有诱惑力的。这难免让人产生逢遇明主、君臣相得的错觉，而浙东文人尤为感奋。洪武十年正月宋濂归居，二月十二日作表谢恩："臣闻生世而逢真主，仕宦而归故乡，此人臣至荣而至愿者也。臣本一介书生，粗读经史，在前朝时虽屡入科场，曾不能沾分寸之禄，甘终老于山林。今

---

① 张廷玉等：《明史》卷一二八，第12册，第3780页。
②《明太祖实录》卷二一。

幸遭逢圣主定鼎建业，特敕省臣遣使者致币，起臣于金华山中，俾典儒台，继升右史，侍经东宫，供奉翰苑。去岁钦蒙特除承旨，为文章之首臣，而次子璲擢中书舍人，长孙慎殿廷序班，一门三世，俱被恩荣。"① 当时同官祖帐送别赠诗，亦极力渲染这君臣相得。② 又当年十二月三日，朱元璋称梦见宋濂，史靖可乃作诗述曰："生平不有君臣契，那得神交入梦思？"③

但这盛况只是一幕幕假象，掩饰着人主的威严与猜忌。其实对于浙东文人，朱元璋非一味宽仁，而往往是恩威并施。这就使宋濂辈宠遇愈隆，而畏惧愈深。如洪武三年（1370年）七月，宋濂续修《元史》成，获赐金帛有加。而当月即以失朝参，降为编修。洪武四年（1371年）某月，宋濂迁国子司业，坐考祀孔子礼不以时奏，谪安远知县，旋召为礼部主事。④ 人主赏罚，转瞬即变，如同冰炭，何以堪受？因而，浙东文人归附明廷，名曰逢遇圣主，实为身受困厄。当然，造成浙东文人困厄的，除了朱元璋恩威难测，还有淮西文人的挤压。淮西权臣排击浙东文人是残酷的。王祎因得罪胡惟庸，在修完《元史》不出半月，就被莫名排挤出朝，前往西北招谕吐蕃，后又转道云南，招降梁王，不屈死节。刘基也因论相，得罪胡惟庸，被他下药毒死。宋濂的孙子宋慎，也因涉胡惟庸党案，致

① 宋濂：《宋学士全集》卷一，载《丛书集成初编》，第 23 页。
② 例如孙蕡诗："头白勋庸列上卿，君王岂是重文名？朝廷礼乐新寰宇，半是先生撰次成。"（《西庵集》卷七《送翰林宋先生致仕归金华二十五首》其七）汪广洋诗："力操铅椠代橐鞬，赞翊无如子独贤。璧水屡游来后学，瀛洲高步领群仙。乞归际遇明良日，近侍从容二十年。况有儿孙能继武，凤皇池上羽毛鲜。"（《凤池吟稿》卷七《送宋景濂承旨致仕还金华》）
③ 史靖可：《寄宋承旨诗并序》，载《宋学士全集》附录一，《丛书集成初编》，第 1656 页。
④ 张廷玉等：《明史》卷一二八，第 12 册，第 3785 页。

使全家遭连坐，宋濂远徙茂州，子璲、孙慎被处死。其实，淮西与浙东文臣之挤压，正是朱元璋一手操控的。他要用这种挤压来保护皇权，即利用淮西文人所掌握的相权，来打压浙东文人所掌握的教权，以解除教权对皇权的约束，又利用浙东文人所掌握的教权，来制约淮西文人所掌握的相权，以减弱相权对皇权的威胁。如此在浙东文人看来，困厄的根源还在朱元璋。因而，浙东文人重新审视朱元璋，认定他不可被教导成明主。他们反悔早先的选择，想放弃这位人君，但又欲罢不能，唯恐遭朱氏报复。他们只能身困朝廷，而心系乡园，寻求些许精神寄托，以示对政争的怨憎。这就形成深沉的望乡心态。

这心态游移于朝廷与乡园之间，以仕途困厄和乡园适意相对照。洪武朝流行"廉慎"一语。浙东文人身处困厄，多能自奉廉慎，力求明哲保身，而宋濂堪称表率。宋濂"性诚谨，官内庭久，未尝讦人过。所居室，署曰'温树'。客问禁中语，即指示之"。于是，朱元璋誉曰："宋景濂事朕十九年，未尝有一言之伪，诮一人之短，始终无二，非止君子，抑可谓贤矣！"[1]洪武九年（1376 年），同门友吴履致仕将归，宋濂劝导他说："天子官汝五品秩，乞骸骨归，恩甚大，汝知保之之道乎？……慎毋出户，绝世吏，勿与交。吾之教子，无以加于此矣！"[2]宋濂也正是这样做的。洪武十年春，宋濂以老致仕归居，"惟亲及故友会之，他无滥交……足不他往，但新建一容膝之室，题名曰'静轩'，日居是而澄方寸"[3]。宋濂虽如此廉

---

① 张廷玉等：《明史》卷一二八，第 12 册，第 3787 页。
② 宋濂：《宋学士全集》卷一一，载《丛书集成初编》，第 382 页。
③ 朱元璋：《明太祖文集》卷一五，载《景印文渊阁四库全书》，第 1223 册，第 158 页。

慎，却未能明哲保身，终遭胡惟庸陷害："宋濂同孙慎被执。慎曰：'祖读万卷书，乃有今日。'公曰：'为我读书少，未知明哲保身之理，读书何罪？'"① 这是宋濂怨激之辞，其实他很清楚，在政治淫威下，明哲未必保身。他另有诗作，说得更冷峻："伊谁施网罟，生致来轩墀。赴蹈绝汤火，奋触无完肌。亦知天地间，久安岂其宜。□②恐栖长林，庶可免祸机。祸机既弗脱，死生一任之。""仅存气半丝，养此一朝命。命岂复在吾，乘化共归尽。方州罗夹巷，百龄寓几姓。大运既如斯，何须苦心竞。"③ 这诗写得极为无奈，既然明哲不足以保身，不如任死生而归大化。

话虽说得达观，似乎无须反顾，一无所求，其实不然。宋濂的心思，曾被一旁人窥破。约在洪武六年某月，江西道士刘永之赴京，与宋濂交接甚相投契。别时刘、宋赋诗若干首，均抒写草堂归隐之思。刘诗以归隐山林相劝，其四曰："大秀千峰菡萏开，玉梁高接九仙台。预从山顶结茅屋，待得先生跨鹿来。"④ 宋濂何尝不想早脱困厄？他在至正二十七年（1367 年）病归期间，复迁居浦江青萝山房，并作《萝山迁居志》，盖为退休归养设计。及至洪武五年（1372 年）十一月，刘崧作《青萝山房诗为金华宋先生赋》："岂无京华乐，只念山房好。恒恐归来迟，青萝笑人老。"⑤ 这诗说出了宋濂的心声，也传达了他朋辈的心思。浙东文人入明后不久，即以尽早归居相羡勉。戴良曾作《寄宋景濂十首》，抒写隐逸田园的意趣，引诱宋濂早

---

① 李绍文：《皇明世说新语》，明万历刻本。
② 此处脱一字。
③ 宋濂著，罗月霞主编：《宋濂全集》，第 2192 页。
④ 同上，第 2603 页。
⑤ 刘崧：《槎翁诗集》，载《景印文渊阁四库全书》，第 1227 册，第 268 页。

决归志。① 嵊人许汝霖征至京，不久得以全身而退。② 王祎作诗颇为欣羡，而叹惋己不得退居："老来诸事废，归去此身全。烟树藏溪馆，霜禾被石田。鉴湖求一曲，吾计尚茫然。"③ 洪武三年七月，王祎被遣西北谕边，心境苍凉而作诗曰："渡江心摇摇，恋阙情宛宛。行矣复何言，赐环谅非晚。"④ 若说"赐环"犹有恋阙之想，则次年正月甘肃道上所作，他已是望乡心切了："芙蓉峰下是乡邦，未许归帆溯浙江。"⑤ 延至十三年（1380 年）七月十一日，宋濂作诗犹祈愿云："帝德如天覆万邦，定期归棹到龙江。"⑥

然而令人扼腕痛叹的是，浙东文人极少全身退归者。王祎终于没能放还，被迫使滇不屈死节；刘基虽得退居青田，但遭人诬陷和蛊毒，怀着忧愤伤痛而逝；吴沉遭太子宫人谗害，竟下狱受折磨而死⑦；郑沇代兄就逮京师，自诬服罪瘐死狱中；戴良拒绝仕明而忤旨，洪武十六年忧惧自裁……惟宋濂尝获致政荣归，然而竟亦不得安养。洪武十年春离京时，他曾恳请朱元璋，允每年万寿节进贺。洪武十二年最后一次，朱元璋见他年老体弱，便劝其不要再来京朝觐。十三年万寿节，宋濂没有前往庆贺。但朱元璋竟然忘了允诺，仍等候宋濂前来觐见。朱元璋久等不至，就召宋濂儿璲、孙慎询问，儿孙谎称"有旦夕之忧"。可是朱元璋不相信，暗中派人去侦查，发现宋濂安然

---

① 戴良：《九灵山房集补编》上，载《景印文渊阁四库全书》，第 1219 册，第 608 页。原诗仅存其六。

② 张元忭：《万历绍兴府志》卷四六《人物志·隐逸》，明万历刻本。

③ 王祎：《王忠文公集》卷二，载《景印文渊阁四库全书》，第 1226 册，第 41 页。

④ 王祎：《王忠文公集》卷二，载《景印文渊阁四库全书》，第 1226 册，第 45 页。

⑤ 宋濂：《宋学士全集》卷三二，载《丛书集成初编》，第 1157 页。

⑥ 同上。

⑦ 王崇炳：《金华征献略》卷一二《吴沉传》，清雍正十年（1732 年）刻本。

无恙，且与朋友饮酒欢乐。朱元璋因之大怒，将宋璲、宋慎下狱，并令御史就地杀宋濂。[①] 此事见载于野史，其细节未可全信。然亦清楚地表明，明初政治环境之严酷，不容安置这望乡心态。

三、 思想根源

从文学的表象来看，望乡心态发端于至正二十年。这一年春天，宋濂同门友戴良诗云："失脚双溪路，今经两度春。不堪飞雪夜，还作望乡人。"[②] 戴良尝任职月泉书院，后走上亲元仕元道路。他此番出任郡学学正，将之看成"失脚"，其失足之地即指朱氏政权；他任职虽未出本乡郡，却自称是"望乡人"，其所望之乡应指精神家园。这情思是戴良的独特感受，也是对朋辈入明处境的预言。

果然，浙东文人入明后不久，就连遭政权打击排抑。他们身为朝廷命官，承受皇家恩禄，却不能尽享荣宠，反觉危机重重。他们常日老早就得上朝，提心吊胆唯恐有去无回，甚或出家门前立好遗嘱。有人作诗嘲讽曰："四鼓冬冬起着衣，午门朝见尚嫌迟。何时得遂田园乐，睡到人间饭熟时。"[③] 他们少有闲暇，难得欢趣。至如洪武五年（1372 年）九月，宋濂访张孟兼于成均，汲玉兔泉煮茗，秉烛夜谈。稍后，临川熊鼎、泰和刘崧、庐陵周子谅、赣州吕仲善"欢然来会"。他们诗文联句

---

① 见《震泽纪闻》《剪胜野闻》。
② 戴良于至正十九年正月受聘郡学学正，"今经两度春"则到次年春天了。故知该诗作于至正二十年春天，即宋濂等人奔赴南京前后。戴良：《九灵山房集》卷三，载《景印文渊阁四库全书》，第 1219 册，第 284 页。
③ 叶盛：《水东日记》卷四，中华书局 1980 年版，第 39 页。

取乐，辞气雍容闲雅。这次欢聚短暂，草草收场，所谓"逮鸡再号，风雨凄迷，仆夫载途，官事有程，皆不告而散"[①]云。可以说，没有政治压抑的文人燕集一去不复返了。

与此相对照，浙东文人回归乡园，其悠闲欢快适意，却是另一番景象。宋濂致仕回乡之后，于洪武十二年秋天，应浦江义门郑涛之邀，赴会燕集，卮酒为欢。与会者还有胡翰、朱廉、苏伯衡、金元鼎等人。宋濂作《和郑奉常先生宴集诗韵》云："探珠赤水欣同调，结屋青萝得所依。泉石要为中世托，姓名岂料九重知。东西御馔尝分赐，出入天门更不疑。虎簜秋严威闪闪，龙楼日转影祁祁。年华自觉随流水，造化谁言类小儿。别梦屡形分讲席，归田一似旧游时。常随采药衣沾雾，几度寻花屡带泥。投老幸知同臭味，此生端不慕轻肥。"[②]该诗述意是说，他被造化捉弄，离开隐所出仕，遭受恩威熬煎，梦中追念旧游，而今回归乡园，不再恋慕荣华。此类场景的文雅燕会，因其政治色彩被淡化，更具文人雅集的逸趣。这深深吸引着浙东文人，使其望乡心态日益真切。因之，乡园让他们魂牵梦绕，成为生离死别的归托。洪武十三年十一月，宋濂因胡惟庸党案，被安置四川茂州，临行时有绝唱云："平生无别念，念念只麟溪。生则长相思，死当复来归。"[③]宋濂当生离死别之际，所念者唯在乡园麟溪，应验了戴良望乡之言。从至正二十年到洪武十三年，大约共有二十年光景，正是浙东文人望乡时期。

浙东文人望乡，为时虽较短暂，却根源有自，取则不远。

---

① 宋濂：《宋学士全集》卷三二，载《丛书集成初编》，第 1147 页。
② 宋濂：《宋学士全集》卷三二，载《丛书集成初编》，第 1158 页。
③ 宋濂著，罗月霞主编：《宋濂全集》，第 2304 页。

它上接元末择主心态，是择主心态的一种变衍，而根源就在浙东"正学"。当年，宋濂辈选择朱元璋，冀有所凭附以行道。他们试图用"正学"标准，将草莽英雄教导成明主。当发现朱元璋不可教，他们便打心底放弃他。他们不可能去另寻明主，却能坚守"正学"标准。这标准虽不能树于朝廷，却可以安置于梦中乡园。所以他们要望乡：望乡可以暂得心理慰藉，缓解身陷暴政的压力；望乡可以标示政治理想，承续浙东"正学"之精神。因之，望乡仍属选择，是另一种坚持，而非轻易放弃。

同样出于这种心态，宋濂又寄望于嗣君，再次尝试择主而教。他利用太子师身份，精心教导储君朱标。洪武十年致政归居，宋濂犹念太子教育，作《致仕谢恩笺》曰："臣闻古圣人有言曰：'为君难。'其所谓难者何也？盖以四海之广，生民之众，受寄于一人。敬则治，怠则否；勤则治，荒则否；亲君子则治，近小人则否。其机甚微，其发至于不可遏，不可不谨也。所以二帝三王相传心法，曰德曰仁，曰敬曰诚，无非用功于此也。治忽之间，由心之存不存何如耳……恭惟皇太子殿下仁孝温恭，出言制行，动合至道，中外无不仰望，而臣犹以二帝三王相传心法为言者，诚以为君之难也。"[①] 好在朱标是个争气的太子，能领教浙东"正学"精义，俨然成了一位宽仁储君。这多少给宋濂些许慰藉。但朱标的有些作为，又让宋濂深怀隐忧。洪武十三年宋濂失朝，险些遭朱元璋的诛没。太子向皇帝求情无效，乃惶惧投水以抗争。[②] 此事让宋濂感激，但储

---

① 宋濂：《宋学士全集》卷一，载《丛书集成初编》，第24页。
② 见《震泽纪闻》《剪胜野闻》。

君如此轻率，似乏人君之度，则难免令人担忧。次年五月，宋濂赴贬所，途中劳顿死，未及储君嗣位登基，更未料他英年早逝。

不过多年以来，宋濂精心培育方孝孺，付以浙东"正学"真传，使之不至失坠，似已预防在先。宋濂教导方孝孺，"凡理学渊源之统，人文绝续之寄，盛衰几微之载，名物度数之变，无不肆言之，离析于一丝，而会归于大通"，而方生也能"精敏绝伦，每粗发其端，即能逆推而底于极，本末兼举，细大弗遗"。师生相得如此，颇让宋濂欣慰，感到后继有人，乃于十三年九月，赋诗赠方孝孺："既扬其素有之善，而复勖以远大之业。"① 所谓"勖以远大之业"，即瞩望他接掌教化，辅导明主。两个月后，宋濂被安置茂州，临行致书方孝孺，又勉以古贤哲事。这思虑是多么深远！但当洪武朝后期，方孝孺未获重用。至朱允炆建文朝，方孝孺才获任用。他诱导少主讲经论道，企图推行井田旧制，恢复周礼古职官，俨然是君臣相得，即使"靖难"兵起，他们也乐此不疲。② 至此方可以说，方孝孺用浙东"正学"标准，成功教导出了一位"明主"。但随着朱允炆逊国死难，浙东文人择主的努力落空。至于方孝孺、刘璟不事篡主，则是择主心态的最后抗争。

不过，方、刘壮烈死难背后，却也很有反讽意味。《明史·方孝孺传》载："（成祖）欲使草诏。诏至，悲恸声彻殿陛。成

---

① 宋濂著，罗月霞主编：《宋濂全集》，第 1626 页。

② 《明史》卷一四一载："洪武十五年，以吴沉、揭枢荐，召见。太祖喜其举止端整，谓皇太子曰：'此庄士，当老其才。'礼遣还……蜀献王闻其贤，聘为世子师。每见，陈说道德。王尊以殊礼，名其读书之庐曰'正学'。及惠帝即位，召为翰林侍讲。明年迁侍讲学士，国家大政事辄咨之。"见第 13 册，第 4017—4018 页。

祖降榻，劳曰：'先生毋自苦。予欲法周公辅成王耳。'孝孺曰：'成王安在？'成祖曰：'彼自焚死。'孝孺曰：'何不立成王之子？'成祖曰：'国赖长君。'孝孺曰：'何不立成王之弟？'成祖曰：'此朕家事。'顾左右授笔札，曰：'诏天下，非先生草不可。'孝孺投笔于地，且哭且骂曰：'死即死耳，诏不可草。'成祖怒，命磔诸市。孝孺慨然就死，作绝命词曰：'天降乱离兮，孰知其由。奸臣得计兮，谋国用犹。忠臣发愤兮，血泪交流。以此殉君兮，抑又何求。呜呼哀哉兮，庶不我忧。'"方孝孺与朱棣抗辩，双方出发点一致，都认同朱家天下。朱棣夺皇位，自称是"家事"，意谓只要是朱家天下，谁做皇帝不需外人管；方孝孺死难，自称是"殉君"，意谓他承认朱家天下，但只选择仁君朱允炆。所以，方孝孺不是殉国，而是殉君，殉君就是择主，择主即缘自"正学"标准。与此相似，刘璟也死于择主。《诚意伯次子阁门使刘仲璟长史传》载："太宗入承大统，公辞疾不起。上欲用公，罪公逃判亲王，系公至京，强以官。公辞，对上语犹称殿下，遂大忤旨。下公狱。一日，辫发自经。"[1] 他也排斥不合"正学"者，而只选择仁君朱允炆。这暴露了浙东"正学"的悖论：浙东文人既然认同家天下，就不该干预朱家皇位更替；既然干预朱家皇位更替，那就意味着主张天下为公。天下为公，是当年朱元璋与宋濂辈达成的默契，所以浙东文人愿意择主而事，而朱元璋也能大话"为天下委屈四先生"；朱家天下，是如今朱棣与方孝孺辈面对的情实，所以朱棣可毫无违碍地说"此朕家事"，而方孝孺辈只落得"殉君"之名分。

　　这究竟是谁在捉弄？若排除道义上的苛责，而更从世道人

---

① 王馨一：《元刘伯温先生基年谱》，台湾商务印书馆 1980 年版，第 102 页。

心上讲，这捉弄应来自"正学"悖论。早年，由于宋濂辈一厢情愿和朱元璋大话伪饰，这个悖论没能激发；如今，由于方孝孺辈迂腐固执和朱棣放言无忌，这个悖论终于暴露。随着这悖论的突显，浙东文人抱持"正学"标准，择主而事的种种努力，最终只好宣告破产了。如此，浙东文人的择主心态也就自然终结。

相较而言，当时流行江右的另类儒学，更能适应明初皇权的需要。此方儒学为刘清之、靖之兄弟开创①，而为刘崧、杨士奇师徒传承。当年，刘氏兄弟与朱熹论学不合，乃退居江西，隐处乡野，耕读传道，经近两百年的讲习，而形成仁孝纯厚、注重行实、廉慎克己的品格。江右这种品性的儒学，或许不如浙东儒学正统②，但在明初皇权专制下，它更具优异的适应性。当浙东、吴中、淮西、闽中、岭南各地文人遭受皇权打击排抑，而陆续退出明初政治舞台，唯独江右文人保持绵延的政治后劲。如刘崧征聘之初，官位虽不隆显，但能不择地而处，不择主而事，逐渐获皇权倚赖。正是在他师范表率下，其学生辈如杨士奇等，渐次进入皇明政权中，缔造出明初盛国气象。杨士奇、胡广等江右文人，在"靖难"后的政治表演，多被史家批评为有亏忠义。这评价合乎道义教条，但未必切合历史情实。在明初政治生态中，教权与皇权是互动的，不只是儒士选

---

① 参见《宋元学案》卷五九《清江学案》。
② 浙东儒学以金华为中心，代表着朱子学的正传。《宋元学案》卷八二《北山四先生学案》："北山一派，鲁斋、仁山、白云既纯然得朱子之学髓，而柳道传、吴正传以逮戴叔能、宋潜溪一辈，又得朱子之文澜，蔚乎盛哉！是数紫阳之嫡子，端在金华也。"对此，浙东文人颇感自豪，王祎、戴良尝撰文称道之。（《王忠文公集》卷五《宋景濂文集序》、《九灵山房集》卷一二《送胡主簿诗序》）朱元璋也称赞："宋濂生于金华文献之邦，正学渊源，有自来矣。"（《潜溪录》卷一《明太祖赐翰林学士诰文》）

择人主，皇权也选择儒术，且随着皇权巩固，皇权一方渐居主导。既然皇权主导了这场选择，浙东"正学"就难免沙汰。

（原刊《文学遗产》2008 年第 5 期）

文学思想研究项目介绍

国家社科基金重大项目"易代之际文学思想研究"简介

"易代之际文学思想研究"（14ZDB073）是以首都师范大学文学院左东岭教授为首席专家的国家社科基金重大招标项目。

本课题采取文史哲交叉的研究方法，以重大的政治变迁为基本线索，探讨易代之际各种历史演变因素与文学思想变迁之间的关系，由七个既相互独立又密切关联的子课题构成：周秦汉易代之际文学思想研究、汉魏晋易代之际文学思想研究、南北朝隋唐易代之际文学思想研究、唐五代北宋易代之际文学思想研究、宋金元易代之际文学思想研究、元明易代之际文学思想研究、明清易代之际文学思想研究，子项目负责人分别是徐建委（中国人民大学）、王洪军（哈尔滨师范大学）、林晓光（浙江大学）、孙学堂（山东大学）、刘尊举（首都师范大学）、左东岭（首都师范大学）和李瑄（四川大学）。

首席专家左东岭教授长期从事中国文学思想史与中国古代文学理论研究，具有丰富的学术积累与突出的科研能力，首都师范大学资深教授、中国诗歌研究中心主任、全国社会科学基金规划办公室中国文学组评委、教育部长江学者特聘教授、中国《文心雕龙》学会会长、中国明代文学学会（筹）执行会长等职。其学术著作《李贽与晚明文学思想》获教育部首届全国百篇优秀博士学位论文奖、北京市第五届哲学社会科学优秀成果二等奖，《王学与中晚明士人心态》获北京市第七届哲学社会科学优秀成果二等奖，《中国诗歌通史》（合著，任明代卷主编）获北京市第十三届哲学社会科学优秀成果特等奖。本课题的梯队成员来自全国多所高校、研究机构，均为年富力壮的青年学者，分别在各自的研究领域取得了突出的学术成就。

朝代更替之际的文学思想包含着丰富的文化内涵与巨大的思想活力。易代之际往往是政治格局动荡与重组、民族关系冲突与融合、地域之间对抗与交流、思想领域活跃与多元、文化传统断裂与延续、文人人格挺拔与孱弱的复杂多样的时期。因此，这一选题不仅具有很高的学术价值，而且还具有重大的社会和文化意义。中国是一个多民族国家，如何实现各民族文化的共同繁荣，是实现中华民族伟大复兴的一个重要前提。本课题密切关注民族融合与文学发展的关系，其研究成果将为新时期的民族文化建设提供有益的借鉴。其整体的研究成果，更是有助于加深对传统文化与民族精神的理解与认同，将对增强国家文化软实力做出突出的贡献。